FOLIO POLICIER

Carlene Thompson

Si elle devait mourir

Traduit de l'américain
par Jean-Pierre Cartier

La Table Ronde

Titre original :
IF SHE SHOULD DIE

Avon Books

Carlene Thompson est américaine. Elle est l'auteur de neuf romans tous parus à La Table Ronde, dont *Présumée coupable*, *Ne ferme pas les yeux* ou *Les secrets sont éternels*. Elle vit en Virginie et est considérée comme l'une des émules les plus talentueuses de Mary Higgins Clark.

À Pamela Gray Ahearn.
En remerciement pour ces années de conseils et d'encouragements.

Mes remerciements vont à Russell Crump, Kelsey Thaler Brown, Jennifer Weis, Keith Biggs. Et à Rhiannon, qui est resté assis près de moi à chaque mot que j'écrivais.

PROLOGUE

Elle s'appelait Dara. Son père aurait voulu l'appeler Angelina mais sa mère, Eve, après avoir plongé les yeux dans ceux de son bébé, deux minutes après sa naissance, avait compris qu'elle n'aurait rien d'un ange. Elle avait donc décidé de la nommer Dara, ces deux syllabes, un peu dures, lui semblant convenir à ce que serait, pensait-elle, son tempérament.

Pour l'heure, elle était assise sur la balustrade du vieux pont de bois à demi pourri qui traversait la rivière Crescent et elle regardait la lune noire. Au cours d'un de ses rares moments de patience, elle avait tenté d'expliquer à Jeremy, son frère « hérité », que, selon les enseignements de Wicca, chaque fois qu'il y a deux nouvelles lunes dans le même mois, la seconde, appelée la lune noire, est considérée comme la plus puissante.

En dépit de ses approbations et de ses sourires, elle avait eu le sentiment que Jeremy n'avait pas compris grand-chose. À dix-sept ans, il avait un QI ne dépassant pas soixante-dix. Les gens disaient de lui qu'au point de vue émotionnel et intellectuel, il n'avait pas plus de onze ou douze ans. C'était arbitraire, bien entendu, mais il était certain que, par bien des côtés, il n'était pas un enfant comme les autres. Dara ne comprenait pas vraiment ce handicap et d'ailleurs elle ne s'y intéressait guère. Pour elle, Jeremy n'était pas normal et c'était tout.

Elle était donc assise sur la balustrade du vieux pont et elle buvait de petites gorgées de vodka au goulot d'un flacon, regrettant désespérément que son père soit devenu le tuteur légal de Jeremy et de sa sœur aînée, Christine, dont les parents avaient été tués, quatre ans plus tôt, lorsque leur petit avion s'était écrasé. Jeremy la gênait profondément. Elle craignait toujours que les gens ne le considèrent comme son vrai frère. Au moins n'était-il pas atteint du syndrome de Down qui donnait à certains retardés mentaux des têtes bizarres dont les bouches restaient ouvertes. Il avait au contraire la grâce d'être très beau, un peu à la manière de Brad Pitt en plus grand et plus athlétique. Dieu est parfois un drôle de plaisantin, pensa-t-elle en rêvassant, mais ses plaisanteries se retournent toujours contre les humains.

Christine, la sœur aînée, n'était pas une plaisanterie, elle. Elle avait vingt et un ans, n'était certainement pas plus belle que Dara mais plus intelligente, au moins en ce qui concernait les questions intellectuelles. Les gens admiraient également sa maturité, son équilibre et son sens des responsabilités. Les professeurs l'aimaient et Dara se dit avec écœurement que, pendant toute sa scolarité, elle n'avait probablement jamais eu une note au-dessous de A +.

— Bien sûr, je n'ai jamais accordé la moindre importance aux notes, annonça-t-elle avec l'aplomb d'une personne légèrement éméchée à Rhiannon, sa petite chatte blottie sur ses genoux. Quand un professeur t'aime, il te met un A à la place du D que tu aurais mérité et tout le monde se met à baver d'admiration alors que, peut-être, tu as tout simplement copié sur ton voisin.

Elle prit une autre gorgée de vodka et se mit à fixer la lune. Elle aimait le jour parce qu'elle pouvait voir son image se refléter dans la rivière mais elle préférait la nuit qui était douce, caressante, séduisante et magique. Elle resta un long moment, heureuse, dans le silence, regardant les étoiles, la lune noire et écoutant les grenouilles chanter le printemps. Serrant Rhiannon dans ses bras, elle caressa sa noire fourrure et sentit son dos se cambrer sous sa main. Alors, elle se leva et récupéra son baladeur. Après tout, le pont sur la rivière Crescent était assez éloigné des habitations pour qu'elle puisse écouter la musique aussi fort qu'elle l'aimait et sans déranger personne. Au fond, elle se moquait de déranger les gens mais elle ne souhaitait pas qu'on sache qu'elle se trouvait là, à onze heures du soir, dans son lieu secret alors qu'elle aurait dû être en train de potasser sa leçon d'anglais pour un cours qu'elle était de toute façon bien décidée à sécher.

Dara plaça un CD sur le baladeur et la chanson *Rhiannon*, de Fleetwood Mac, chantée par Stevie Nicks, fit irruption dans la nuit. Elle avait choisi la nouvelle version avec l'introduction martelée au piano. C'était sa chanson favorite avec sa mélodie et ses paroles obsédantes.

L'obscurité et la vodka l'avaient apaisée pour un temps. Elle se leva et se mit à onduler doucement sous la lune, balançant au vent ses cheveux, les yeux clos, toute à son plaisir. Laissée à elle-même, Rhiannon sauta sur un arbre, se percha sur une branche, entoura ses pattes de sa queue et contempla la scène de ses grands yeux dorés.

Dara dansa ainsi dans un complet abandon, passant les mains dans ses cheveux, les yeux fixés sur la lune. Nulle part ailleurs elle n'aurait pu avoir une telle liberté et c'est bien pour cela qu'elle aimait être ici.

Pour elle, ce lieu était mystique, sans doute parce qu'il avait été habité autrefois par les Indiens. C'était une péninsule qui s'étendait au-delà de la rivière Crescent. Pendant plus d'un siècle, elle avait été cultivée et tout le matériel des fermiers passait alors par ce pont. Quand les terres furent abandonnées, celui-ci le fut aussi et il était maintenant à demi pourri, un pont dangereux qu'il ne valait pas la peine de réparer. Plus tard, des archéologues avaient obtenu la concession du terrain pour y faire des fouilles.

Dara avait toujours détesté les cours d'histoire mais, pour une raison qu'elle ne comprenait pas, elle s'était passionnée lorsque les archéologues avaient découvert un village construit par des Indiens connus sous le nom de « bâtisseurs de tumulus ». Elle se souvenait avec bonheur du temps où, chaque matin, elle se glissait sur le terrain. Personne ne l'avait chassée et même la plupart des chercheurs considéraient, amusés, cette si jolie petite fille de douze ans qui regardait avec des yeux éblouis leurs trouvailles dans leur gangue de terre. Jamais elle ne dérangeait quoi que ce soit, elle n'allait pas où c'était interdit et elle prenait plaisir à aller chercher de l'eau pour rafraîchir les fouilleurs en sueur. Elle allait même jusqu'à leur offrir des barres chocolatées ou des gâteaux au beurre de cacahuète qu'elle confectionnait elle-même.

C'est à cette époque qu'elle connut le jour le plus extraordinaire de sa vie, le jour où les chercheurs découvrirent un tumulus contenant huit squelettes, six adultes et deux enfants couchés sur le côté gauche, le visage tourné vers l'ouest selon leurs rites funéraires. Dara était restée là jusqu'au coucher du soleil, trop fascinée pour se soucier de son père qui se faisait des soucis parce qu'il n'avait aucune idée de l'endroit où elle se trouvait.

Plus tard, quand il l'eut découvert, il lui interdit de

retourner à la péninsule. Le vieux pont n'était pas sûr, lui dit-il. Il y avait des vagabonds qui hantaient les lieux et des serpents qui se glissaient dans les herbes. Il y avait même des putois qui étaient porteurs de la rage. Dara avait été prise d'un rire incoercible en entendant cela et elle avait répondu que jamais personne n'avait été attaqué par un skunk. Elle avait été stupéfaite lorsque son père, qui l'adorait et lui passait toutes ses fantaisies, avait fait mine de la gifler.

À cette époque, Dara était surprise que son père ne comprenne pas la plaisanterie alors que sa mère la comprenait si bien. Plus tard, elle avait pensé qu'il avait été impressionné par la découverte des squelettes et frustré de constater qu'il ne lui était pas possible de la tenir éloignée de ce lieu qui, sans qu'il veuille l'avouer, lui faisait peur. Rien ne faisait peur à Dara, excepté l'idée qu'elle allait vieillir et perdre sa beauté mais, pour le moment, elle n'avait que dix-neuf ans et le temps n'était pas encore venu de s'en préoccuper.

La chanson *Rhiannon* s'achevait. Dara se préparait à la rejouer lorsqu'elle entendit un bruit. Elle se raidit. À plusieurs reprises, Jeremy l'avait suivie jusqu'ici la nuit. Jamais elle ne lui parlait méchamment. Elle détestait l'admettre mais il lui suffisait de regarder son visage sans méfiance et ses yeux pleins d'adoration pour qu'il lui fût impossible d'être désagréable avec lui. Alors, elle lui avait parlé des serpents, des sorciers, de tout un tas d'horreurs en espérant le terrifier mais elle n'avait pas réussi. Sans cesse il lui demandait de lui montrer l'endroit où les anciens Indiens avaient vécu. Il était aussi fasciné qu'elle par ce lieu. Pis encore, elle n'osait pas trop se fâcher lorsqu'il la suivait : elle craignait qu'il ne dise à son père qu'elle venait toujours à la rivière alors que celui-ci était parvenu à se convaincre qu'elle n'y venait plus. Miraculeusement, Jeremy avait conservé le secret et elle avait pu continuer ses visites.

Elle regarda Rhiannon. Les yeux dorés du chat étaient tournés vers la rivière et Dara entendit un autre bruit. On aurait dit qu'un petit animal, un rat musqué ou un vison, venait de sauter dans l'eau. Elle pensa que c'était dommage de troubler ainsi la tranquillité de la campagne. Ces créatures ne réalisaient-elles pas qu'elle était l'une d'entre elles, sauvage, pleine d'une énergie animale emprisonnée dans une forme humaine ? Elle sourit. Voici maintenant qu'elle faisait de la poésie, comme sa « presque » sœur Christine. Mais Christine n'était pas émue par ce lieu. Elle ne l'aimait pas. Elle était une étrangère qui, à l'inverse d'elle, n'avait rien à faire ici.

Dara savait que c'était un animal qu'elle avait entendu et, pourtant, elle se sentait mal à l'aise. Sa respiration s'accéléra. Chacun de ses sens se mit en alerte, vibrant de l'appréhension primaire du danger et de l'instinct de conservation. Elle éteignit son baladeur, s'éloigna du pont et se dirigea vers l'arbre sur lequel Rhiannon était assise, alanguie, sur sa branche.

Dara s'arrêta et prit sous une grosse pierre plate une lourde boule de cristal enveloppée dans un sac en velours bordeaux. Cette boule avait appartenu à sa mère, Eve, lorsque celle-ci s'était entichée de sorcellerie, juste pour passer le temps, avait-elle dit à Dara.

Quand elle était plus jeune, Dara avait été un peu effrayée par cette histoire de sorcellerie mais, après la mort de sa mère, elle avait insisté pour avoir la boule de cristal. Elle aimait regarder à travers elle le soleil et la lune, fascinée par le jeu des couleurs qui la traversaient. Elle pensait que cette boule lui portait bonheur en même temps qu'elle lui rappelait sa mère. Maintenant, cependant, elle la voyait plus comme une arme que comme un objet de divination. Mais il n'y avait rien à craindre. Était-ce si sûr ?

Elle fut soudain saisie d'une froide appréhension, comme si un doigt glacé la touchait à la gorge. Ces derniers temps, elle s'était sentie anxieuse et même, par moments, une peur intense s'était emparée d'elle, une peur qu'elle n'avait jamais connue de sa vie. Une peur dont elle était responsable, elle s'en rendait compte maintenant. Elle avait joué un jeu dangereux, un jeu qu'elle ne contrôlait plus. Elle avait poussé les choses trop loin. Elle le regrettait amèrement mais elle ne savait comment sortir de cette situation.

À moins, pensait-elle, de quitter la ville. Après tout, depuis la semaine dernière, rien ne l'obligeait à rester, sinon son père auquel elle n'avait jamais pardonné son remariage avec une femme beaucoup plus jeune. Elle ne lui pardonnait pas non plus d'avoir fait entrer dans leur foyer Jeremy et Christine. Elle pouvait donc s'en aller mais elle ne se sentait pas capable de l'abandonner. Il serait tellement furieux, déçu, humilié. Il ne comprendrait jamais.

Sans doute se mettrait-il à la haïr et, cela, elle ne pourrait le supporter.

Pourtant il lui faudrait partir, se dit-elle avec fermeté. Elle y pensait depuis quelque temps, se demandant où elle irait. Sur son compte en banque, elle avait même retiré dix mille dollars, l'argent accumulé grâce aux cadeaux reçus pour Noël ou pour ses anniversaires. Elle hésitait encore. Quitter ce lieu où elle avait toujours vécu était une décision déchirante. Elle ne savait plus. Pour l'instant, elle se sentait prise du désir fou de partir cette nuit même, compte tenu des mauvaises vibrations qu'elle avait ressenties ces jours derniers. Oui, elle devait partir cette nuit même.

En réalité, elle avait peur. Peur de rester et peur de partir. Mon Dieu, quel embarras ! Elle s'assit sur une pierre et sentit la chaleur des larmes qui coulaient sur ses joues.

Il y eut un coup de vent et la pluie se mit à tomber. Il pleuvait toujours en mars et, certaines années, la rivière gonflait, joyeuse, et se précipitait dans l'Ohio toute proche. Il en serait sans doute ainsi cette année et ce serait tant mieux : une inondation apporterait un peu d'animation dans cette ville si calme de la Virginie-Occidentale. Mais au fond, se demanda-t-elle, était-ce bien d'animation qu'elle avait besoin ?

Perchée sur sa branche, Rhiannon se mit à gronder et Dara la regarda, surprise. Rhiannon avait toujours été un félin étonnamment silencieux. C'est tout juste s'il lui arrivait de miauler une ou deux fois par semaine. Elle ne ronronnait presque jamais et, à plus forte raison, on ne l'entendait jamais gronder.

Dara regarda autour d'elle. Il y avait quelqu'un sur le chemin qui descendait vers le pont. Quelqu'un dont la silhouette était comme auréolée par la clarté de la lune et des étoiles.

— Jeremy ? appela Dara d'une voix stridente.

Elle était raidie par une soudaine panique.

Mon Dieu, pensa-t-elle, je ne suis vraiment pas dans mon état normal, malgré la vodka qui, d'habitude, me calme.

En dehors de Jeremy, la seule personne à qui il arrivait de passer ici était Streak Archer, un ami un peu excentrique de son père qui avait l'habitude de faire son jogging la nuit mais il se faisait reconnaître chaque fois qu'il approchait.

— Streak, appela-t-elle.

Pas de réponse.

— Christine ? essaya-t-elle d'une voix qui se brisait.

Christine ne venait jamais ici mais peut-être Jeremy lui avait-il confié son secret et peut-être jouait-elle le chien de garde auprès d'elle parce que leur père et leur belle-mère étaient sortis pour la soirée. La silhouette était haute, peut-être un mètre quatre-vingt-cinq, peut-être moins. À côté de Dara, si petite, Christine pouvait passer pour une amazone. Peut-être était-ce elle en réalité qui venait la chercher pour la ramener à la maison. Alors, pourquoi ne répondait-elle pas ?

La silhouette se tenait parfaitement immobile, le visage dissimulé dans l'ombre. Soudain, une voix explosa :

— Dara ! Je ne vous avais pas vue, cachée sous cet arbre.

Dara ne savait pas si elle devait être effrayée par la présence de cette personne ou soulagée par le ton si amical de sa voix. Elle décida de se montrer nonchalante.

— Je ne me cachais pas, dit-elle. J'étais juste assise, en train de profiter de la nuit. Vous sentez ce vent ? Il y a une tempête qui s'annonce.

Pas de réponse. Dara ferma à demi les yeux. Il y avait dans le corps de son visiteur une étrange tension et sa voix non plus ne lui avait pas semblé naturelle. Une voix trop joyeuse et malgré tout tendue. Dara était sur ses gardes. Quelque chose n'allait pas.

— Je dois rentrer à la maison, dit-elle d'une voix aussi normale que possible. Je ferai le chemin avec vous.

Ses mains transpiraient lorsqu'elle saisit la boule de cristal. Une fois de plus, celle-ci était pour elle non pas un souvenir mais une arme et, d'une certaine façon, un objet de protection spirituelle, parce qu'elle avait appartenu à sa mère.

Elle fit quelques pas en avant tandis que le vent

ébouriffait ses cheveux, elle tremblait, se demandant si elle était vraiment en danger ou si c'était l'influence de la lune noire qui la rendait folle.

Les yeux dorés de Rhiannon restaient fixés sur le visiteur. Elle se dressa sur sa branche, ses yeux n'étaient plus que deux fentes, son dos s'arqua, sa queue se gonfla, ses oreilles s'aplatirent et elle émit des sons qui ressemblaient à des sifflements.

Vingt minutes plus tard, alors que les premières gouttes de pluie commençaient à tomber dans l'eau déjà gonflée de la rivière Crescent, Rhiannon se mit à marcher délicatement sur la balustrade du pont. Ses oreilles restaient couchées en arrière, sa fourrure noire et luisante était hérissée, son dos arqué. Ses pattes laissaient derrière elle des empreintes sanglantes tandis que le baladeur, au maximum de sa force, envoyait la mélodie obsédante de *Rhiannon* dans l'obscurité vide et jusqu'à la lune noire.

CHAPITRE PREMIER

Trois ans plus tard

Christine Ireland fit un effort pour refermer le bracelet d'argent orné de grenats sur le poignet dodu que sa cliente tendait vers elle. Elle y parvint et vit aussitôt les veines de cette femme qui commençaient à enfler.

— Wilma, dit-elle, ce bracelet est très beau mais il lui faudrait quelques centimètres de plus.

Wilma Archer lui fit un charmant sourire.

— Oh, Christine, s'exclama-t-elle, ne vous ai-je pas dit qu'il était destiné à fêter le diplôme de ma petite-fille dans deux mois ? Juste ciel, si je devais porter celui-ci toute une journée, je serais vite candidate à l'amputation.

Christine soupira d'aise et sourit. Il y avait tant de clientes de la bijouterie Prince qui tentaient de glisser leurs poignets ou leurs doigts dans des bijoux bien trop petits pour elles et qui se sentaient insultées si l'employée leur suggérait d'en choisir des plus grands. Bien sûr, Christine connaissait Wilma Archer depuis des années et elle savait qu'il n'y avait pas en elle une once de vanité.

— Êtes-vous sûre que vous ne préféreriez pas un bracelet en or ? demanda Christine en défaisant le bracelet.

— Bien sûr, je le préférerais en or avec quelques

diamants. Il serait trois fois plus cher et ma petite-fille risquerait de se le faire voler dans son dortoir.

— Je ne savais pas qu'elle était pensionnaire, dit Christine en replaçant le bracelet dans son écrin bleu garni de ouate et portant un discret logo doré. Elle ne va donc pas au collège de Winston ?

— Elle a l'ambition d'aller à Princeton parce que c'est là qu'a étudié Brooke Shields mais ses notes vont sans doute l'obliger à rester à l'université de Winston. Ce n'est d'ailleurs pas une mauvaise école.

— C'est là que j'ai fait mes études, dit Christine.

— Et vous avez été reçue avec les félicitations du jury, ce qui n'arrivera certainement pas à ma petite-fille. Vous avez bien fait de rester à la maison. Ses parents paient une fortune pour qu'elle vive sur le campus et dorme dans un étroit dortoir alors qu'elle habite à un quart d'heure de l'école.

Wilma soupira.

— Oh ! je suis persuadée qu'elle n'y restera pas plus d'une année mais si par miracle elle était reçue, je lui offrirais non seulement un bracelet mais une bague et des boucles d'oreilles en or, en grenat et avec des diamants.

— Cela suffirait peut-être pour l'engager à faire des efforts.

— Je l'espère mais je n'en mettrais pas ma tête à couper — Wilma jeta un regard sur la vitrine du magasin. C'est là que mon mari a acheté ma bague de fiançailles. C'était encore le vieux M. Prince qui s'occupait du magasin (elle leva les yeux au plafond). Vous vous rendez compte, je parle du vieux M. Prince alors qu'en ce temps-là il était plus jeune que je ne le suis maintenant. Il est vrai qu'il semblait déjà aussi vieux que les collines qui nous entourent et qu'il était toujours si grave. Chaque fois qu'il vendait un bijou, on aurait pu croire que c'était l'événement le plus important de la semaine. Il donnait l'impression que la moindre bague ornée d'un minuscule éclat de diamant faisait partie des joyaux de la Couronne. Quel dommage qu'Ames n'ait pas voulu prendre sa suite ! Le vieux M. Prince aurait souhaité voir son magasin passer de génération en génération. Au moins ne l'a-t-il pas vendu.

— Mais, Wilma, c'est le droit qui a toujours passionné Ames et il ne doit pas le regretter car il a une bonne clientèle pour une petite ville de trente-cinq mille habitants. Il doit être bon.

Wilma sourit.

— Est-il un aussi bon tuteur qu'il est un bon homme de loi ?

— Vous savez bien que oui et que je lui suis reconnaissante chaque jour que Dieu fait de s'occuper et de Jeremy et de moi.

Christine se souvint : elle avait dix-sept ans et elle avait eu le sentiment de tomber dans un puits obscur et glacé le jour où elle avait vu un docteur entrer dans la salle d'attente de l'hôpital où ils attendaient depuis cinq heures, Jeremy et elle. Il avait le visage grave et, d'une voix très douce, il leur avait annoncé que leurs parents avaient été tués lorsque le petit avion du père s'était écrasé. Jeremy avait commencé à faire entendre un lent et monotone gémissement. Christine l'avait serré dans ses bras, envahie par la peine et l'horreur en même temps que par la certitude que c'était maintenant à elle de s'occuper de son jeune frère mentalement retardé. Elle devait le protéger et surtout l'empêcher de tomber aux mains de gens qui le laisseraient dépérir par manque d'attention et d'amour.

— Je ne sais pas ce que nous aurions fait sans Ames, dit-elle à Wilma. Je n'aime pas m'apitoyer sur moi-même mais les quelques vieux parents qui nous restaient ne voulaient pas de nous.

En réalité, c'est de Jeremy qu'ils ne voulaient pas, en dépit de l'importante somme d'argent que leur père avait laissée pour leur éducation.

— Quelle honte ! explosa Wilma en tapant avec force de ses doigts boudinés sur une vitrine. Je dis que la famille est la chose la plus importante dans la vie. La plus importante. Je me plains quelquefois des miens mais je les chéris.

— Même s'il leur arrive de jeter l'argent par les fenêtres ?

— En dépit de tous leurs défauts.

Christine rit et Wilma ajouta :

— C'est si bon de vous entendre rire, chérie. Cela vous arrive si peu, une belle jeune fille comme vous. En réalité, vous ressemblez plus à Ames que sa véritable fille. Responsable et raisonnable.

C'est merveilleux, se dit Christine. Dara Prince éclatait de rire à chaque instant et moi je suis responsable et raisonnable. Elle était un escarpin rouge, sexy, à talons aiguilles et moi je suis une bonne vieille chaussure marron.

Wilma rit avec bonhomie et caressa la main de Christine.

— Ô ma douce, si vous pouviez voir votre visage. Vous pensez que je voudrais vous voir comme était Dara, n'est-ce pas ?

Christine rougit.

— Je sais qu'elle pouvait être très amusante.

— Elle l'était parfois mais il y a un temps pour la légèreté et un temps pour le sérieux (Wilma baissa la voix et un voile de tristesse apparut dans ses yeux habituellement si joyeux). Si elle avait vécu plus longtemps, elle aurait appris que la vie n'est pas seulement faite de rigolade et de jeu.

— La mort de sa mère aurait dû le lui apprendre, murmura Christine.

Wilma approuva.

— Je sais, mais la mort d'Eve a eu l'effet inverse. Dara est devenue presque téméraire. Peut-être son père l'a-t-il trop couvée. Mais assez de tristesse.

— Je suis d'accord avec vous. Voulez-vous un paquet cadeau pour le bracelet ?

— Non, ma chère. Je n'aime pas le papier d'emballage trop voyant qu'Ames utilise à toute occasion. Je ne comprends pas pourquoi il insiste tellement là-dessus.

— Sans doute parce que Eve en a fait le signe distinctif du magasin. Franchement, je n'aime pas cela non plus. La moitié des clients le refusent et Ames s'en irrite parfois.

— Au nom du ciel ! c'est vous la responsable du magasin. Il devrait vous écouter... Mais je sais à quel point il peut être entêté. Il faudra que je lui en parle. Il m'arrive parfois d'avoir sur lui une certaine influence.

— Vous voulez dire : la plupart du temps.

Wilma ne put cacher un sourire de satisfaction.

— Où est le jeune Jeremy ? demanda-t-elle.

— Il est dans l'arrière-boutique en train de ciseler des bijoux.

— Qui aurait pu penser que ce garçon aurait un tel talent pour dessiner des bijoux ?

— Certainement pas moi, répondit Christine. Le talent artistique ne s'est guère manifesté dans la famille.

La porte s'ouvrit et un homme entra. Il portait un imperméable en cuir et un parapluie noir. Christine fit la grimace en le voyant secouer vigoureusement le parapluie, aspergeant le tapis gris pâle et un fauteuil recouvert de soie bleu hyacinthe. Il allait avancer dans le magasin lorsque Wilma Archer lui dit sèchement :

— Ames Prince, il est vrai que cette bijouterie vous appartient mais vous devriez montrer pour elle un peu plus de respect. Essuyez vos chaussures sur le paillasson, mettez votre parapluie dans le porte-parapluies et suspendez votre imperméable trempé dans la penderie.

Christine essaya d'étouffer un sourire en voyant la surprise marquer chaque ride de l'aristocratique visage d'Ames. Il fit exactement ce que Wilma lui demandait et, quand il eut fini, il la regarda avec une certaine animosité et lui demanda :

— Est-ce que c'est mieux comme cela ?

— Je suis sûre que Christine apprécie. Elle s'est donné tant de mal l'année dernière pour redécorer ce magasin et elle a fait un bon travail. Je ne te laisserai pas le gâcher par ton je-m'en-foutisme.

— Bien, madame, dit Ames humblement, ses lèvres minces tordues par une de ses rares moues d'amusement.

Peu nombreux sont ceux qui auraient pu se permettre de parler ainsi au digne Ames Prince mais lorsqu'il était encore un enfant, vivant entre un père qui ne faisait que passer et une mère en train de mourir, c'est Wilma Archer qui l'avait accueilli dans son chaleureux foyer et qui l'avait traité comme l'un de sa turbulente bande de quatre. Il avait passé plus de temps avec les Archer qu'avec son propre père, même après la mort de sa mère quand il avait dix ans.

— Wilma, que faites-vous dehors par un temps pareil ? demanda Ames.

— Cela fait quatre jours qu'il pleut et je me suis dit que si je ne sortais pas de la maison, j'allais me mettre à hurler. En plus, j'ai pensé qu'il serait dangereux de venir en ville demain.

— Vous avez raison, dit Ames. La rivière n'est guère à plus d'un mètre de sa cote d'alerte. Je pense que nous ne couperons pas à la corvée des sacs de sable.

Il regarda Christine et demanda :

— Est-ce que Jeremy va participer à cette opération ?

— Bien sûr, répondit Christine, regrettant une fois de plus qu'Ames ne comprenne pas que si le mental de son frère n'était pas toujours à la hauteur, sa vigueur physique était tout à fait remarquable.

— Il serait dangereux pour lui d'aller là-bas, insista Ames. Il pourrait tomber à l'eau et se noyer.

— Il est un excellent nageur.

— Oui mais le courant est trop fort et il risquerait de paniquer.

Wilma fit un clin d'œil à Christine. Ames avait tendance à surprotéger Jeremy, surtout depuis la mort de sa fille Dara, trois ans plus tôt. Le meurtre ou l'accident n'avait jamais été prouvé et, pour la plupart des gens, elle s'était tout simplement enfuie. Après tout, elle n'avait pas cessé de dire qu'un jour elle partirait sans prévenir et certains de ses habits et de ses affaires avaient disparu. Mais Christine savait que le spectre de la mort de sa fille continuait à hanter Ames.

Malgré le parapluie, la pluie était parvenue à mouiller ses cheveux. En le voyant ainsi, Christine réalisa à quel point il grisonnait vite. L'humidité soulignait de nouvelles rides autour de ses yeux gris et de ses lèvres minces. Ses pommettes tendaient une peau pâle. La disparition de Dara avait laissé en lui des traces visibles mais il n'y faisait jamais allusion.

— On dirait que les affaires ne vont pas fort aujourd'hui, dit-il à Christine.

— Il est quatre heures et Wilma est ma première cliente.

Ames fronça les sourcils.

— Cela ne valait guère la peine d'ouvrir le magasin.

— Je ne sais comment je dois prendre cela, s'exclama Wilma, comme si elle se sentait outragée. Veux-tu dire qu'il ne valait pas la peine d'ouvrir le magasin pour moi ?

Ames sourit.

— Pardonnez mon impolitesse, madame. Je laisserais le magasin ouvert pour vous toute la journée mais je pense que nous devrions rentrer de bonne heure ce soir et que, demain matin, nous ne devrions pas ouvrir avant dix heures.

— Bonne idée, dit Christine. Cela me donnera le temps d'aller faire un peu de gym. Je n'y suis pas allée depuis une semaine.

— Comme si vous autres, dit Wilma, si jeunes et si minces, vous aviez besoin de faire de l'exercice. Je pense que vous, Christine, vous pourriez prendre au moins cinq kilos et toi, Ames, une bonne dizaine. Vous êtes vraiment trop maigres.

— Je crains, Wilma, dit Ames pour changer le sujet qui lui déplaisait, que vous n'ayez du mal à rentrer chez vous. La pluie redouble et la crue n'est pas loin.

— Je suis une bonne conductrice et je connais ces routes depuis mon enfance, répondit Wilma avec une certaine aigreur.

— Voulez-vous dire que vous allez conduire toute seule sous ce déluge ? intervint Ginger Tate, une rouquine de vingt ans que Christine avait engagée deux mois plus tôt.

Depuis une heure, elle s'occupait, pour passer le temps, à polir un service à thé en argent.

— Je ne pense pas que ce soit une bonne idée, madame Archer, reprit-elle. Et si vous creviez un pneu ?

— Jeune fille, je sais changer un pneu crevé.

— Oui mais vous serez aveuglée par la pluie. Vous ne verrez plus rien et les autres conducteurs non plus, qui risqueront de vous écraser. Splash ! Alors, vous vous sentirez comment ?

— Probablement pas trop bien, répondit Wilma avec une pointe de gravité.

— De plus, reprit Ginger en continuant à polir son service, le conducteur ne se sentira pas trop heureux d'avoir écrasé une vieille dame. Il en restera culpabilisé jusqu'à la fin de ses jours.

Ginger put constater que Christine et Ames étaient sur le point d'éclater de rire.

Le ton de Wilma se fit grave.

— J'avoue, dit-elle, que je suis d'un égoïsme consternant. Je n'avais pas pensé une seconde à une telle possibilité. Ginger, vous êtes une jeune fille très avisée.

— Oui, mon père dit que j'analyse trop mais je ne peux m'en empêcher. C'est dans ma nature.

— C'est parfois une bonne chose, reprit Wilma. Tu vois, Ames, Ginger m'a convaincue que j'allais prendre des risques inutiles. Mais avant de rentrer, je dois passer à l'église pour y déposer des couvertures, des boîtes de conserve et des habits pour des familles dont les maisons ont déjà été inondées. Si tu le veux bien, après cela, tu peux me suivre jusque chez moi. Ainsi, je ne causerai pas de catastrophe.

— Ce sera avec grand plaisir mais nous devrions partir maintenant. Il est plus difficile de conduire sous la pluie quand il fait nuit et cela ne va pas tarder.

Christine tendit à Wilma l'écrin contenant le bracelet et Ames était en train de s'engoncer dans son imperméable encore trempé lorsque la porte s'ouvrit. Un homme grand et maigre entra dans le magasin et jeta autour de lui un rapide regard. Il ne portait pas de parapluie et des gouttes de pluie brillaient sur ses cheveux bruns, épais et courts. Il portait un imperméable jaune et un pantalon d'uniforme trempé avec les traditionnelles bandes noires sur le côté.

— Essuyez vos pieds, grogna Wilma.

L'homme jeta un regard sur ses chaussures noires bien cirées et dit :

— Je viens juste d'enlever mes caoutchoucs. Je les ai laissés à la porte.

Wilma loucha vers le chapeau à larges bords.

— J'ai fait votre connaissance l'année dernière à la régate des bateaux à roue. Vous êtes le shérif adjoint Michael Winter, n'est-ce pas ? Moi je suis Wilma Archer et voici Ames Prince et Christine Ireland.

Le nouveau venu lança à Christine un regard rapide et perçant à la suite duquel, elle en fut persuadée, il serait capable de décrire exactement ses courts cheveux blonds, ses yeux aigue-marine, son nez droit constellé de taches de rousseur, sa taille au-dessus de la moyenne et son pull-over blanc en soie tricotée. Il se tourna vers Wilma.

— Oui, madame, nous nous sommes rencontrés aux régates, dit-il d'une voix douce et profonde. Il y faisait meilleur qu'aujourd'hui.

— C'était merveilleux et quel spectacle ! J'aime tellement ces vieux bateaux.

Wilma parut soudain plus jeune et un peu troublée. Christine se souvint qu'elle lui avait déjà présenté le jeune shérif adjoint alors qu'il venait d'arriver en ville et qu'elle avait sûrement déjà en tête une idée de mariage. N'avait-elle pas insisté, avec une pointe d'excitation dans la voix, pour lui faire savoir qu'il était jeune, divorcé, beau et qu'il venait de Los Angeles où il avait été policier ? Pourvu, pensa-t-elle, qu'elle ne lui dise pas que je suis célibataire. L'insistance que Wilma mettait à la marier l'avait gênée plus d'une fois en présence de jeunes hommes. Mais elle comprit qu'elle ne risquait rien lorsque l'adjoint se mit à parler d'un ton net et précis qui excluait tout bavardage.

— Je dois vous parler, monsieur Prince, dit-il avec une certaine solennité. On m'a dit à votre bureau que vous seriez sans doute ici.

— Vous voyez que c'est le cas, répondit Ames.

Il semblait calme, indifférent, mais Christine sentit qu'il était étreint par un sentiment de peur, sans doute à cause de la gêne qu'il y avait dans le regard de Winter et de la raideur de son expression.

— Que puis-je faire pour vous ? ajouta-t-il.

— Il serait peut-être mieux que nous puissions parler seuls.

— Allez-vous donc m'arrêter pour un crime épouvantable ?

La voix d'Ames s'était subitement tendue et il ajouta :

— Ou est-ce que vous essayez de m'épargner l'humiliation d'être mis en état d'arrestation devant des témoins ?

— Certainement pas mais je vous apporte des nouvelles qui devraient peut-être vous être données en privé.

Christine vit le visage d'Ames pâlir brusquement et elle eut soudain la certitude que ces nouvelles concernaient Dara. Elle se dit qu'Ames en était persuadé lui aussi et qu'il n'avait sans doute pas le courage de les recevoir seul, même s'il ne voulait pas l'admettre.

— Je n'ai pas, dit-il avec raideur, de secrets pour Mlle Ireland ou Mme Archer.

Il ignora complètement Ginger qui s'arrêta de polir son service à thé.

— S'il vous plaît, ne me faites pas attendre plus longtemps.

Le mince visage de Michael Winter se ferma. Ses yeux noirs se posèrent sans ciller sur Ames et Christine vit ses poings se serrer, puis se rouvrir. Il déglutit et dit avec douceur :

— Monsieur Prince, il y a une heure, un paquet a été rejeté par la crue à deux kilomètres environ au sud de la ville. Il était étroitement ficelé dans une bâche en plastique.

Il fit une pause tandis que Wilma prenait une profonde respiration.

— Malheureusement, dit-il, je n'étais pas là quand on l'a trouvé et, par conséquent, je n'ai pas pu empêcher les hommes de l'ouvrir.

— Probablement une vache, un chien ou une chèvre, interrompit Wilma d'une voix incertaine, les yeux fixés sur Ames qui se mit à vaciller imperceptiblement.

— Ce n'est pas un animal, madame, mais le corps d'une femme adulte, répondit doucement le shérif Winter. Le corps était dans l'eau depuis longtemps, continua Winter d'une voix embarrassée. Peut-être depuis des années et, malgré son enveloppe de plastique, il est dans un état de décomposition avancée. J'ai le regret de vous le dire, monsieur Prince, mais nous pensons qu'il pourrait s'agir des restes de votre fille Dara.

CHAPITRE 2

1

Dix secondes passèrent. Wilma Archer s'était raidie et Ginger avait le souffle coupé. Christine eut l'étrange sentiment de tomber dans le vide, comme si tout son sang était d'un coup descendu dans ses pieds mais Ames se contenta de fixer le shérif adjoint avec un sourire lointain.

— Je m'excuse de m'être montré un peu rude, lui dit-il. J'apprécie le fait que vous soyez venu pour m'avertir personnellement mais cette malheureuse personne ne peut en aucun cas être ma fille. J'ai reçu une lettre d'elle il n'y a pas une semaine. Elle est en Arizona, à Phoenix, pour être précis.

Encore cette histoire de lettres, pensa Christine, désemparée. Il en arrive trois ou quatre par an et cela a commencé un mois après la disparition de Dara. Elles sont toujours postées d'un endroit différent et sont tapées à la machine. Ames pense qu'elles sont vraiment de Dara mais moi je n'y crois guère.

Winter fixa Ames avec fermeté. Sa voix resta douce.

— Monsieur, j'ai entendu dire qu'il y avait des

doutes à propos de ces lettres, qu'elles n'étaient peut-être pas de votre fille.

— C'est ridicule ! s'exclama Ames avec force. Qui d'autre les aurait envoyées ? Qui a pu vous dire qu'elles n'étaient pas de ma fille ?

— Je suppose que vous n'avez pas fait vérifier les empreintes digitales.

— Non, cria Ames avec violence, ce serait une perte de temps. Je connais l'écriture de ma fille, son style, sa signature. D'ailleurs, en partant, elle a laissé un petit mot d'adieu dans sa chambre.

L'adjoint prit une profonde respiration.

— Bien, je ne sais pas grand-chose de ces lettres et de ce petit mot. Ce que je sais, c'est que les restes que nous avons retrouvés semblent ceux d'une femme d'environ un mètre cinquante-cinq, ce qui est, je crois, la taille de votre fille et que, comme elle, elle a de longs cheveux noirs.

— Des cheveux noirs, soupira Wilma.

— Il y a des douzaines de femmes qui ont de longs cheveux noirs, affirma Ames d'une voix sèche, métallique. Des centaines de femmes. Et qui pourrait dire la couleur exacte d'une chevelure quand elle a séjourné longtemps dans l'eau. Peut-être ses cheveux étaient-ils bruns. Peut-être sont-ils simplement sales.

Christine se sentit défaillir, sachant à quel point Ames devait être désespéré pour recourir à de tels arguments. Elle se risqua à demander :

— Avait-elle des bijoux ? Portait-elle un rubis en forme de cœur entouré de diamants ?

L'adjoint Winter tourna vers elle son regard.

— Je ne peux pas vous décrire ce qu'elle portait mais M. Prince devra identifier aussi bien ses vêtements que ses bijoux s'il y en a.

— Mon Dieu ! gémit Wilma. Peut-être devrions-nous aller jusqu'à la rivière pour voir cette *chose*.

— Non, madame, répondit Winter. Selon la procédure, les corps doivent être envoyés directement au laboratoire d'État de Charleston. C'est là-bas que M. Prince devra aller.

— À Charleston ! s'écria Wilma d'une voix perçante. Et pourquoi pas à la morgue locale ? Pourquoi aller jusqu'à Charleston ?

— C'est la procédure, madame.

— Cela ne fait rien, Wilma, dit Ames calmement. Je vais aller à Charleston ce soir pour voir ce corps et confirmer qu'il ne s'agit pas de Dara. Cela n'ira pas plus loin. Il ne faut qu'une heure pour aller à Charleston et je serai de retour à neuf heures. Ce n'est pas le bout du monde.

Mais ce sera la fin pour lui, pensa Christine, saisie de pitié. Elle savait dans son cœur que c'était bien Dara qui avait été enfin trouvée et elle savait aussi que ce soir, quand il lui faudrait regarder ses restes, il serait confronté à l'horrible réalité qu'il refusait de voir depuis trois ans.

— Je déteste vous dire cela, dit Winter tristement, mais j'ai déjà mentionné le fait que le corps est dans un état d'extrême décomposition. Il est tout à fait possible que vous ne puissiez l'identifier. Il nous faudra probablement faire des tests ADN. Pour cela, nous aurions besoin de quelque chose ayant appartenu à Dara, des cheveux par exemple.

— Excellente idée ! s'exclama Ames. Sa chambre est fermée depuis sa disparition. Elle a emporté beaucoup de choses avec elle, des habits, des objets personnels mais elle a laissé sa brosse à cheveux sur sa table de toilette, une très belle brosse en argent que mon père lui avait donnée. Il y a encore des cheveux dessus, dit-il et sa voix s'altéra. Nous pourrons passer chez moi en allant à Charleston et ainsi vous aurez tout ce dont vous aurez besoin pour les tests.

— Selon la procédure, mieux vaudrait que je passe prendre les cheveux et que je les envoie demain.

— Au diable la procédure ! cria Ames qui sembla d'un coup pris d'un étourdissement. Pourquoi attendre jusqu'à demain ? Le plus tôt sera le mieux parce que les tests à l'ADN prouveront définitivement que ce corps n'est pas celui de ma fille. Le problème sera résolu. Combien de temps faudra-t-il pour avoir les résultats ?

— L'État de Virginie-Occidentale ne fait pas de tests ADN, dit Winter prudemment, ne sachant pas quelle réaction il allait susciter. Nous envoyons la plupart de nos échantillons à Pittsburgh et il nous faudra au moins six semaines pour obtenir un résultat.

— C'est un sacré délai ! Pourquoi ne pouvons-nous pas faire nous-mêmes nos propres tests ?

Une nouvelle idée sembla surgir dans sa tête :

— On irait plus vite en comparant les empreintes dentaires.

— Malheureusement les dents ont été fracassées.

— Fracassées !

Ames donna l'impression de chanceler, puis il s'accrocha à une autre idée :

— C'est peut-être le corps d'une vieille femme qui n'avait plus de dents.

— Non, monsieur. Elles ont été fracassées sans doute pour éviter toute identification. Les bouts des doigts ont été coupés pour la même raison.

Christine tressaillit. Les dents fracassées ? Les doigts coupés ? pensa-t-elle. Il faut espérer que la personne était morte avant qu'on ne lui inflige ces atrocités.

— Mais voyons ! s'écria Ames. Vous dites que le

corps est dans un état avancé de décomposition. Alors, comment pouvez-vous dire qu'il s'agit d'une femme ?

Winter prit une profonde respiration.

— À cause de la longueur des cheveux, de la taille et de la forme du bassin.

— Il y a plein de garçons aujourd'hui qui ont des cheveux longs. Quant au bassin, vous n'êtes pas médecin. Que savez-vous de la différence entre les garçons et les filles ?

— Pas grand-chose, monsieur, et c'est pourquoi il va falloir procéder à une autopsie.

Ames regarda l'adjoint comme si tout était de sa faute.

— Monsieur Prince, je crois que nous ne faisons rien d'autre ici que de terrifier ces trois femmes. Si seulement vous acceptiez d'aller à Charleston.

— D'accord, d'accord, tempêta Ames.

Puis il ferma les yeux, respira profondément comme s'il comptait jusqu'à dix, plaça la main sur l'épaule de Wilma en lui disant :

— Ma chère, je ne vais pas pouvoir vous accompagner jusque chez vous.

— Je peux rentrer seule, protesta Wilma avec un tremblement dans la voix. Mais je ne veux pas que tu conduises jusqu'à Charleston sous cette pluie et dans cet état.

— Tout ira bien, très bien, ne vous en faites pas. Dans très peu de temps, j'aurai mis fin à cette terrible méprise.

— Je peux aller avec toi, proposa Christine tout en espérant un refus.

— Non, tu dois t'occuper de Jeremy. D'ailleurs, je n'ai pas besoin d'une nounou. Wilma semble en bien plus mauvais état que moi.

— Je vais vous conduire jusque chez vous, dit Ginger à laquelle personne ne pensait plus.

Wilma parut surprise.

— Non, mignonne, ce n'est pas nécessaire.

— Si, je vais vous suivre pour être sûre que tout se passe bien. Comme cela, vous n'aurez pas besoin d'écouter mon bavardage. Mon père dit que je pourrais emplir les oreilles d'un éléphant, de sacrées grandes oreilles.

Elle fit un clin d'œil à Wilma qui parvint à lui répondre par un faible sourire. Christine aurait pu embrasser Ginger, laquelle n'était pas toujours si attentive aux besoins des autres. Grâce au ciel nous arrivons au bout de cette soirée, pensa-t-elle en voyant Ginger prendre le bras d'une Wilma qui semblait sur le point de s'évanouir. Ames les suivit en disant d'une voix trop haut perchée :

— Wilma, ne vous laissez pas aller. Cette personne n'est pas Dara. Cela ne peut pas être. Je le saurais si ma fille était morte. Non, ce n'est pas Dara.

2

Après leur départ, Christine resta assise derrière le comptoir. L'adjoint Winter ne faisait pas mine de s'en aller. Elle essaya de lui sourire mais sans vraiment y parvenir et rejeta ses courts cheveux en arrière pour la troisième fois, un geste qui dénotait chez elle une certaine nervosité. Elle se sentait frigorifiée jusqu'aux os malgré son pull-over et la douce température qui régnait dans le magasin. Ses doigts étaient glacés.

— Que savez-vous des lettres que M. Prince a reçues ? lui demanda enfin l'adjoint au shérif.

— Je sais tout, répondit Christine.

Il la regarda d'un air surpris et elle réalisa qu'il ne connaissait rien de ses relations avec Ames.

— Je m'appelle Christine Ireland, ajouta-t-elle. M. Prince était un ami intime de mes parents et il nous a recueillis, mon jeune frère et moi, lorsque ceux-ci ont été tués il y a sept ans. C'est ainsi qu'il est devenu notre tuteur légal.

— Il ne vous a pas adoptés ?

— Non mais Jeremy, mon frère, qui a vingt ans maintenant, vit toujours chez lui et chez sa femme Patricia.

— Patricia Prince, murmura-t-il pensivement. Je crois l'avoir rencontrée. Elle ne peut pas être la mère de Dara.

— Elle est beaucoup trop jeune. La mère de Dara, Eve, est morte d'un cancer alors que celle-ci n'avait que douze ans. Eve a insisté pour rester à la maison les dernières semaines avant sa mort et Patricia était son infirmière. Elle a épousé M. Prince moins d'un an après la mort d'Eve.

— Est-ce que Dara et Patricia s'entendaient bien ?

— Elles se toléraient l'une l'autre, dit Christine d'un ton posé en voyant dans les yeux de Winter une lueur de doute. En réalité, Patricia et Dara ne pouvaient pas se sentir. Elles passaient leur temps à se disputer.

— Mais vous, mademoiselle Ireland, vous ne vivez plus chez les Prince ?

— Non, j'ai une maison chemin Cardinal.

— Un quartier agréable où il n'y a pas beaucoup de maisons, dit le policier en se balançant d'un pied sur l'autre.

Christine ne savait pas si elle devait lui demander de s'asseoir ou lui proposer une tasse de café. Après tout, ce n'était pas une visite de courtoisie mais il semblait si fatigué.

— Je viens de faire du café, dit-elle, et vous semblez avoir froid. En voulez-vous une tasse ?

Il hésita et dit enfin avec un sourire rèconnaissant :

— J'aimerais bien si ce n'était pas trop de dérangement. Je le prends noir.

Christine se dirigea vers le petit placard qu'elle appelait la cuisine et où il y avait un évier, un four à micro-ondes, une cafetière électrique et un minuscule réfrigérateur. Elle revint peu après, fit asseoir son hôte à la table où Ginger avait poli le service à thé.

— Je suis désolée, dit-elle. Nous avons toujours quelques gâteaux venus de la pâtisserie voisine mais nous nous sommes tellement ennuyés cette après-midi que nous les avons tous mangés. Heureusement que ce n'est pas tous les jours comme cela, sinon nous deviendrions vite l'équipe la plus grassouillette de la ville.

Winter la récompensa d'un franc sourire, le premier de la soirée. Il prit une gorgée de café, murmura :

— Il est bon, et demanda : Pouvez-vous m'en dire plus sur ces lettres ?

— Elles sont très courtes et ne nous apprennent pas grand-chose, elles sont écrites sur un papier banal, avec des fleurs ou des petits cupidons tendant leurs arcs, tout à fait le genre de papier que Dara aurait pu choisir. Elles sont toujours tapées à la machine avec un D très orné écrit à la main.

— Est-ce que Dara avait l'habitude de taper ses lettres ?

— Non, elle détestait cela. Et elle aimait son prénom que sa mère avait choisi parce qu'il y avait en lui quelque chose de décidé, d'audacieux. De toute façon, je n'ai jamais vu Dara signer avec cette seule initiale.

— M. Prince dit que la dernière lettre vient de Phoenix.

— Les lettres viennent toutes d'endroits différents, toujours d'une grande ville où il serait difficile de la retrouver.

— Que disent-elles ?

Christine ferma les yeux, essayant de se souvenir. Cela faisait plus d'un an qu'Ames ne lui en avait pas montré une.

— Elles disent des choses comme cela : tout va bien. Ne vous faites pas de souci. Je suis heureuse. Il ne s'agit en fait que de notes très concises alors que Dara a toujours été un moulin à paroles. Je sais bien que les gens n'écrivent pas comme ils parlent.

— Elle ne demande jamais d'argent ?

— Pas que je sache.

— Elle ne parle jamais d'un travail, ou d'un petit ami ?

— Non, et elle ne donne jamais aucune explication sur les lieux où elle habite, s'il s'agit de maisons, d'hôtels ou d'appartements.

— Est-ce qu'elle avait des cartes de crédit ?

— Non, mais elle n'avait que dix-neuf ans lors de sa disparition. Elle avait un bon compte en banque qui avait été alimenté par des bons du Trésor et des cadeaux de sa famille ou de ses amis. Elle avait retiré dix mille dollars deux jours avant sa disparition. Elle n'en avait laissé que deux ou trois cents, sans doute pour laisser son compte ouvert.

— J'ai du mal à m'imaginer à dix-neuf ans avec dix mille dollars en poche.

— Moi aussi.

Les parents de Christine avaient laissé en fidéicommis huit cent mille dollars pour elle et Jeremy ainsi que cent mille dollars d'assurance vie mais le testament de son père ne lui permettait pas de toucher sa part avant sa vingt-deuxième année et, en ce qui concernait l'argent, Ames lui avait toujours tenu la bride courte. Jusqu'à son premier salaire, à dix-neuf ans, elle avait été comme une enfant avec un peu d'argent de poche. Il n'en avait pas été de même pour Dara et, en apprenant qu'elle avait retiré une grosse somme d'argent de son compte, Ames avait été tout naturellement persuadé qu'elle avait fait une fugue.

— Tout de même, murmura Winter, on peut faire un bout de chemin avec dix mille dollars.

— Oui mais pas pendant trois ans.

— Peut-être a-t-elle trouvé un travail, peut-être gagne-t-elle assez d'argent pour ne pas avoir à en demander à son père.

— Peut-être mais cela n'explique pas pourquoi ses lettres viennent toujours de villes différentes. De plus, elle n'avait vraiment pas les capacités suffisantes pour trouver un boulot bien payé. Et si elle s'était mariée avec un homme aisé, elle n'aurait pas pu s'empêcher de s'en vanter.

— Peut-être a-t-elle un amant ?

— Vous voulez dire un vieux protecteur. Je crois qu'elle s'en vanterait tout de même rien que pour faire enrager son père. Vraiment, pour moi ces lettres restent des énigmes.

— Donc vous êtes persuadée qu'elle ne les a pas envoyées. Est-ce que M. Prince croit vraiment qu'elles sont de sa fille ?

Michael Winter lança à Christine un regard appuyé. Il avait une voix grave, sincère, et qui donnait un sentiment d'intimité. Christine n'avait rien à cacher mais, après tout, elle ne connaissait pas cet homme. Qu'y avait-il de vrai derrière ce que semblaient révéler son regard et sa voix ? Elle se dit qu'elle devait faire attention à ce qu'elle disait, ne serait-ce que dans l'intérêt de la famille.

— Ames, dit-elle, veut certainement se persuader que ces lettres sont de Dara.

— Mais le croit-il vraiment ?

— Je ne peux pas lire dans ses pensées.

— Vous le connaissez depuis tant d'années que vous devez tout de même avoir une petite idée.

Christine soupira. Ames Prince n'était pas un homme facile à connaître et, malgré toutes ces années, elle avait encore le sentiment qu'il la tenait à distance tout comme Jeremy. Il les aimait bien, il avait pris sérieusement ses responsabilités vis-à-vis d'eux, il s'était toujours intéressé à ce qu'ils faisaient, il avait toujours été patient et bienveillant avec Jeremy, il aimait sa compagnie, surtout depuis la disparition de Dara. Mais il n'avait jamais vraiment agi comme un père, au moins comme leur père à eux qui était si chaleureux. Elle savait au fond d'elle-même qu'Ames ne les aimait pas, peut-être parce que Dara s'était montrée tellement jalouse de son affection. Christine n'était pas davantage sûre de l'amour que lui portait Jeremy en dehors de sa gratitude et, par moments, d'une espèce d'amitié. Mais toutes ces réflexions qu'elle se faisait, elle ne savait même pas, vingt minutes plus tôt, qu'elles étaient en elle.

— Ames, reprit-elle, veut tellement croire désespérément que ces lettres sont de Dara qu'il a fini par s'en persuader.

— Peut-être pas tout à fait.

Elle secoua la tête.

— Il est trop intelligent pour ne pas sentir qu'il y a quelque chose qui ne va pas.

— Je le crois aussi. Parlez-moi du petit mot d'adieu qu'elle a laissé la nuit de sa disparition.

— Cette nuit-là, Ames s'est contenté de jeter un regard dans la chambre de sa fille et nous avons fait de même, si bien que nous n'avons trouvé cette note que le lendemain. Elle était posée sur son bureau et elle disait : « Le temps est venu pour le petit oiseau de prendre son envol. »

— Et la signature ?

— Juste un D.

— Donc vous ne croyez pas qu'elle a écrit cette note ?

Christine fronça les sourcils.

— C'était son écriture, même si elle semblait nerveuse et pressée mais j'ai été surprise par son laconisme. Si Dara avait vraiment pris la fuite, la connaissant, je pense qu'elle aurait trouvé quelque chose de plus mélodramatique que « le temps est venu pour le petit oiseau de prendre son envol ».

— Avez-vous envisagé un kidnapping ?

— Oui, Ames et la police y ont pensé mais il n'y avait pas le moindre signe de lutte dans sa chambre ou dans la maison. De plus, il n'y a pas eu de demande de rançon.

— Malgré tout, vous ne croyez pas qu'elle se soit tout simplement enfuie ?

— C'est peu vraisemblable, à mon avis. Elle menaçait de le faire. Elle aimait dramatiser, comme une enfant, mais en réalité, se sauver aurait signifié pour elle être abandonnée à elle-même dans un monde hostile avec dix mille dollars. Dix mille dollars, pour nous, cela aurait été une grosse somme mais elle, elle dépensait l'argent comme de l'eau… mais je m'égare. La découverte de ce corps me bouleverse. Je verrai plus clair quand je serai un peu calmée. Je vous en prie, ne dites pas à Ames que nous avons parlé des lettres et du billet d'adieu. Il serait furieux. Il considère que ce sont des affaires de famille.

— Il ne le saura pas par moi.

Michael Winter lui sourit. Ses yeux sombres, jusqu'ici durs et inquisiteurs, se firent soudain compréhensifs tandis que s'adoucissait son visage finement ciselé. Ses dents étaient blanches et régulières et de petites rides entouraient sa bouche et ses yeux de part et d'autre. Christine remarqua qu'il avait sous l'œil gauche un grain de beauté qui brillait comme une larme. Elle avait vraiment envie de lui faire confiance, de s'appuyer sur lui dans cette épreuve mais elle n'osait pas encore.

— Voulez-vous encore un peu de café ? demanda-t-elle pour changer la conversation.

— Non, il faut que je m'en aille. Je suis sur cette affaire depuis ce matin et ce n'est pas fini.

Christine regarda à travers la vitrine du magasin. La pluie continuait à tomber et le ciel était toujours aussi désespérément gris. Les arbres qui bordaient la Grand-Rue montraient des feuilles toutes neuves qui dégoulinaient et les enseignes des magasins se balançaient dans le vent glacial, les voitures éclaboussaient les trottoirs d'une eau sale. Soudain, l'image de Dara belle et rieuse fit irruption dans l'esprit de Christine. Son estomac se serra en imaginant ce qu'un séjour de trois années dans la rivière avait pu faire de ce corps si charmant. C'était violemment macabre.

— Que se passe-t-il ? demanda Winter. Vous êtes devenue livide.

— J'ai pensé à Dara dans la rivière (Christine croisa les bras comme pour se protéger). Si c'est vraiment le corps de Dara qui a été trouvé aujourd'hui, comment se fait-il qu'il soit resté dans l'eau si longtemps ? Il aurait dû remonter à la surface bien avant.

— Peut-être la bâche en plastique a-t-elle été accrochée par quelque chose, peut-être par des racines. Nous n'avons pas eu de crue depuis trois ans. L'accélération du courant a pu dégager le corps. Il y a une déchirure dans le plastique. Il est possible aussi que le corps ait été lesté par une grosse pierre ou un bloc de ciment. Dans ce cas, le paquet — je ne trouve pas de meilleur mot — aurait pu entrer en contact avec un objet coupant qui aurait déchiré la bâche. Alors, le corps serait remonté d'un seul coup.

Épouvantée, Christine avala sa salive. Elle et Dara n'avaient jamais été de grandes amies mais à la pensée de ce si joli corps qui s'était décomposé pendant trois ans dans l'eau sale, entouré dans un morceau de plastique, elle se sentit prise de nausées. Mais après tout, se dit-elle, ce n'est peut-être pas Dara. Peut-être Ames a-t-il raison en dépit de tout. Peut-être Dara est-elle encore vivante.

— Qu'est-ce qui se passe ? J'ai cru entendre parler de Dara.

Jeremy Ireland s'encadrait dans la porte de l'arrière-boutique. Il était encore plus grand que l'adjoint Winter, ses cheveux étaient légèrement moins blonds que ceux de Christine mais il avait les mêmes yeux aigue-marine. Son beau visage aux mâchoires un peu carrées était tout pâle et sa bouche était entrouverte, marquant la surprise et le désarroi.

— Adjoint Winter, dit Christine vivement, voici mon frère Jeremy.

Elle s'avança, posa la main sur le bras de son frère et dit :

— Jeremy, l'inondation a fait remonter un corps à la surface. Il se pourrait que ce soit Dara mais la police n'en est pas sûre. Personne n'en est sûr.

— Mais ce pourrait être elle, s'écria Jeremy. Dara pourrait être morte !

Christine lui serra le bras.

— Nous n'en savons rien. Alors, calme-toi et essaie d'avoir des pensées positives. Ce n'est sans doute pas Dara.

Elle regarda Winter qui étudiait le visage de Jeremy, les sourcils légèrement froncés. Manifestement, il avait remarqué la façon légèrement enfantine de parler de Jeremy, une façon de parler qui n'était pas celle d'un homme de vingt ans. Elle se demanda si quelqu'un avait dit au policier que son frère était un peu retardé, qu'il avait l'intelligence d'un enfant de douze ans, bien qu'il soit un peu arbitraire de lui donner un âge.

— Je veux tout savoir à propos de ce corps, exigea Jeremy.

— Je t'en prie, n'en parlons plus pour le moment. Attendons d'être à l'aise à la maison.

— Je ne suis plus un petit garçon, annonça Jeremy avec une certaine solennité. Je veux savoir *maintenant*.

Christine soupira. Il est vrai que Jeremy n'avait pas vraiment le niveau intellectuel d'un enfant de douze ans mais il n'avait pas non plus celui d'un adulte.

Winter s'avança et tendit la main.

— Je suis l'adjoint au shérif Winter. Heureux de vous rencontrer, Jeremy.

— Heureux de vous rencontrer, dit Jeremy en tendant la main à son tour. Dara était comme ma sœur mais elle ne l'était pas vraiment. Son père était notre tuteur.

— Votre sœur m'a mis au courant.

— Alors, que se passe-t-il ? demanda Jeremy d'un air agacé.

— Eh bien, Jeremy, j'ai peur que la rivière ne nous ait amené quelque chose de désagréable (Winter parlait sans la moindre trace de condescendance). Il s'agit du corps d'une femme enveloppé dans du plastique. Il est resté longtemps dans l'eau. Nous ne pouvons rien dire sinon qu'il a la taille et les cheveux de Dara. Mais nous ne savons rien d'autre.

— Il suffit de regarder le corps pour savoir si c'est celui de Dara.

— Ce n'est pas si simple parce qu'il est dans l'eau depuis longtemps et donc en voie de décomposition. Il a été endommagé malgré le plastique qui l'entourait. L'eau a…

— … pourri le corps, dit Jeremy brutalement. Vous voulez dire qu'elle est pourrie jusqu'à l'os.

— Pas tout à fait.

Des larmes jaillirent des yeux de Jeremy.

— Christy, cria-t-il, je me sens mal !

— Va dans la salle de bains et asperge-toi le visage d'eau froide.

— Comment veux-tu que l'eau froide me fasse du bien si Dara est pourrie ?

Winter l'interrompit :

— N'oubliez pas que le corps n'a pas été identifié. Ce n'est peut-être pas celui de Dara.

— Mais vous avez parlé de cheveux noirs.

— Ce n'est pas une preuve : il y a plein de filles qui ont des cheveux noirs. Allez, faites ce que vous dit votre sœur : allez vous mouiller le visage et essayez d'avoir des pensées positives.

— Des pensées positives ?

— Ne pensez pas qu'il s'agit de Dara aussi longtemps que nous n'en sommes pas certains. Soyez fort. Dans votre famille, tout le monde a besoin que vous soyez fort.

Christine regarda Winter d'un regard perçant. Ne se moquait-il pas de Jeremy en lui affirmant que toute la famille avait besoin de lui ? Ou bien essayait-il de le protéger ? Il semblait sincère. Ou il était un excellent acteur ou il essayait seulement de donner force et encouragement au jeune homme.

Jeremy l'approuva :

— Je promets d'être fort.

Il se tourna et marcha avec détermination vers l'arrière-boutique. Quand il ferma la porte derrière lui, Winter dit :

— Je suis désolé, mademoiselle Ireland, d'avoir dû tout lui dire mais il n'y avait pas d'autre solution. Je reste en contact avec votre famille et je vous tiendrai au courant. En attendant, je vais essayer de garder autant que possible le secret pour épargner M. Prince. Mais bien sûr, il sera difficile de laisser une telle nouvelle sous le boisseau.

— Je sais et Ames le sait aussi mais nous apprécierons vos efforts, adjoint Winter.

Le policier se leva, saisit son imperméable, son chapeau et se dirigea vers la sortie. Christine le vit marcher la tête baissée sous la pluie battante. Elle se dit que cette soirée n'allait pas se terminer ainsi.

— Qu'est-ce qui ne va pas ?

Cette question de Reynaldo Cimino la fit sursauter. Elle ne l'avait pas entendu arriver. Avec ses cheveux très noirs, ses hautes pommettes, son sourire parfait, il ressemblait plus à un acteur de cinéma qu'à l'honnête artisan qui créait de si beaux bijoux pour le magasin Prince. Il avait passé les quinze premières années de sa vie à Florence, en Italie. À vingt-huit ans, il n'avait pas encore totalement perdu l'accent de son pays d'origine, ce qui intriguait tellement les femmes de Winston.

— Christine, Jeremy est dans la salle de bains en train de s'asperger le visage en répétant qu'il doit être fort et toi, tu es aussi pâle qu'un fantôme. Que se passe-t-il ?

Christine eut du mal à donner l'explication qui convenait à cet homme qui avait été passionnément amoureux de Dara trois ans plus tôt, lorsqu'elle avait disparu. Pendant plusieurs semaines, il avait été comme un fou puis il s'était enfoncé dans un silence qui avait duré des mois. Ce n'est qu'au bout de six mois qu'il avait commencé à fréquenter Tess Brown et qu'ils s'étaient presque aussitôt mariés. Beaucoup avaient pensé qu'il s'était marié sans amour, juste pour essayer d'oublier Dara. Jamais il ne l'oubliera, avait-on longtemps répété en ville.

Christine finit par retrouver sa voix :

— Rey, on a trouvé un corps apporté par l'inondation. Un adjoint au shérif est venu. Il dit que ce pourrait être Dara.

Je n'ai pas pu faire mieux, se dit Christine. Je n'ai pas été capable de mieux contrôler mes mots et j'ai parlé d'une voix qui ne semblait pas la mienne. Rey la fixa et sa peau olivâtre se fit encore plus jaune, son corps se raidit comme s'il s'était transformé en pierre. Finalement, il prit une longue respiration et murmura :

— Le policier a dit que c'était vraiment le corps de Dara ?

— Il a dit que ce pourrait l'être mais il n'y a encore eu aucune identification officielle. Le corps a été emmené à la morgue de Charleston et Ames est allé là-bas pour essayer de reconnaître les… restes.

— Les restes ? demanda Reynaldo avec brutalité. Quels restes peut-il y avoir après un séjour de trois années dans l'eau ?

— Je ne le sais pas. Je ne t'ai pas dit que le corps était enveloppé dans du plastique ? C'est horrible.

Christine se tut alors que Jeremy rentrait dans la boutique. Son visage était tout rouge d'avoir été trempé dans l'eau glacée tandis que le devant de sa chemise, son col et ses cheveux étaient trempés.

Rey ne sembla pas l'apercevoir.

— Enveloppée dans du plastique ! murmura-t-il. Il fit un signe de croix.

— Sainte Mère de Dieu !

— Ne pleure pas. Peut-être n'est-ce pas Dara, dit Jeremy en lui posant la main sur l'épaule.

— Je n'avais pas l'intention de pleurer ! gronda Rey.

— On aurait dit que tu allais le faire, dit Jeremy avec innocence. Ou peut-être avais-tu seulement peur.

— De quoi aurais-je peur ? demanda Reynaldo, soudain hostile.

— Que ce soit Dara. Quoi d'autre ?

Rey était devenu pâle comme la mort et un petit muscle n'arrêtait pas de bouger sur sa paupière droite.

— Je retourne au travail, annonça-t-il, les dents serrées.

— À quoi bon ? demanda Christine. Il est quatre heures et demie, il pleut à torrents, nous n'aurons pas d'autres clients aujourd'hui. Nous pouvons fermer.

— Dieu soit béni !

Rey était figé mais ses mains se mirent à trembler.

— Oui, je crois que c'est mieux ainsi, dit Christine. De toute façon, nous ne pourrions pas nous concentrer sur notre travail.

— Qu'est-ce que ça peut te faire ? grogna Reynaldo. Tu ne l'as jamais aimée !

Christine ouvrit des yeux stupéfaits.

— Que dis-tu ?

— Que tu n'as jamais aimé Dara. Cela t'est bien égal qu'elle soit morte.

— Rey, ce n'est pas une chose à dire, s'exclama Jeremy avec violence. Pourquoi cherches-tu à faire de la peine à Christy ? Elle ne t'a rien fait.

— Rey, dit Christine, il est vrai que je ne m'entendais pas très bien avec Dara mais peux-tu vraiment croire que je voulais sa mort ?

Rey évita de la regarder et elle insista :

— Peux-tu le dire ?

Il fixa son regard sur le sol.

— Non, je suis désolé. C'est juste que… Je ne sais diable plus où j'en suis.

Elle fit un effort pour retrouver son sang-froid et finit par dire :

— Tu es choqué, comme nous tous.

— Oui, c'est cela. C'est le choc.

Elle voulait désespérément lui dire quelque chose de réconfortant mais elle ne pouvait rien trouver. Oui, Rey avait adoré Dara mais il s'était marié avec sa meilleure amie. Le sujet était trop délicat. Elle dit enfin :

— Pourquoi ne vas-tu pas à côté et ne suggères-tu pas à Tess de fermer de bonne heure ?

La femme de Rey possédait une librairie qui touchait la bijouterie. Elle l'avait appelée Calliope, du nom de la Muse de la poésie et de l'éloquence, et elle n'exposait dans la vitrine qu'une lyre antique.

— Emmène-la dîner à la Rose Tudor, suggéra Christine.

— J'y suis allé pour mon anniversaire, insista Jeremy. Il y avait moi, Christine, Ames et Patricia. Le repas était vraiment excellent et, quand il a été terminé, les serveurs et les serveuses m'ont apporté un gâteau et ils m'ont tous chanté « Joyeux anniversaire ».

Rey se dressa, furieux :

— Je ne peux pas y croire !

Jeremy se mit à trembler.

— Qu'est-ce que nous avons fait de mal ?

— Le corps de Dara vient d'être trouvé dans la rivière et vous voudriez que je sorte prendre du bon temps, manger, boire, être joyeux !

— Ne le prends pas mal, dit Christine, nous n'avons pas voulu t'offenser. Nous voulions seulement que tu te changes les idées jusqu'à ce qu'on sache enfin quelque chose de sûr. Après tout, nous ne savons pas s'il s'agit du corps de Dara. Je croyais que tu comprendrais.

— Je comprends, mais tout de même… Un peu de respect…

Rey passa la main sur son front, alla jusqu'au portemanteau et enfila son imperméable.

— Je m'en vais, dit-il.

— Ne laisse pas Tess voir à quel point tu es désemparé.

— Aussi longtemps que je suis dans ce magasin, mademoiselle Ireland, jeta Rey, j'obéis à vos ordres mais, dehors, je suis mon propre maître.

Christine et Jeremy le virent partir en claquant la porte.

— Il doit être vraiment furieux, dit celui-ci, pour t'appeler mademoiselle Ireland.

— Oui, tu peux le dire.

— Cette journée a été réellement moche.

— Il n'y a pas de doute là-dessus et j'ai vraiment envie de fermer le magasin.

— Je n'ai guère envie de travailler, moi non plus. Tu sais, Christy, je ne crois pas que Rey aime autant Tess qu'il a aimé Dara.

— Malheureusement, je pense que Dara ne l'aimait pas, dit Christine en mettant son manteau gris argent et en serrant sa ceinture. Il est vrai qu'elle était tellement jeune.

— Ouais, dit Jeremy. Mais même si elle n'aimait pas Reynaldo, elle aurait pu au moins m'aimer. Cela me rendait fou, parfois.

— Vraiment ? dit Christine, aussi naturellement que possible même si elle ressentait en elle comme une alarme. Vraiment fou ?

— Cela arrivait mais il arrivait aussi qu'elle soit très gentille avec moi et alors je ne sentais même plus le besoin d'être son petit ami. Être son ami me suffisait alors.

— Oui, il vaut souvent mieux être un véritable ami.

Tandis qu'elle parlait, Christine surprenait une note de fausseté dans sa voix.

— Comme Sloane et moi, continua-t-elle. Nous avons été fiancés et je n'en étais pas si heureuse que ça. Plus tard, j'ai rompu, nous ne nous sommes pas mariés. Maintenant, nous sommes de bons amis et j'en suis heureuse. Plus heureuse que si j'étais sa petite amie.

Jeremy secoua la tête.

— Quelquefois, je n'y comprends vraiment rien dans ces histoires d'amour. L'amour qu'il y a entre un homme et une femme n'a rien à voir avec celui que j'ai pour toi et Rhiannon.

— Rhiannon *et* moi, plaisanta Christine avec un sourire, tout en lui tendant son manteau. Qui est-ce que tu aimes le plus, la chatte ou moi ?

— Je vous aime pareil, dit Jeremy avec une grande gentillesse.

Puis son visage se troubla et il demanda avec gravité :

— Crois-tu que mes rêves vont cesser maintenant ?

— Tes rêves ?

Jeremy se glissa dans son manteau de cuir. Il était aussi grand que l'avait été leur père Édouard et il était au moins aussi beau mais les deux jeunes gens avaient, comme leur mère, Liv, un teint de Scandinave.

— Je t'ai déjà parlé de mes rêves il y a longtemps, reprit Jeremy. Tu m'as dit de ne pas m'en soucier mais, maintenant, je me demande…

— Rappelle-les-moi, j'ai oublié les détails.

— Tu n'es pas comme moi, tu ne fais pas toujours attention à ce que je te dis, lui reprocha-t-il.

— Je suis désolée, tu as raison. Répète-moi tes rêves pendant que nous fermerons les portes. Je te promets de faire très attention.

Jeremy se tut le temps de rassembler ses idées, puis il dit finalement :

— OK. Depuis le départ de Dara, je n'arrête pas de faire des rêves où il y a de l'eau.

Sa voix se fit anxieuse :

— De l'eau noire et glaciale dans laquelle je n'arrive pas à respirer. Et puis il y a quelque chose qui m'empêche de bouger, qui m'enveloppe et me serre. Pourtant je suis vivant dans le rêve. Je sais que je vais mourir et je suis mort de trouille mais je suis encore vivant.

Un nuage d'épouvante envahit le bleu de ses yeux.

— J'ai toujours cru que c'était à propos de moi que je rêvais mais, maintenant, j'ai le sentiment que c'est à propos de Dara. Alors, explique-moi : comment puis-je savoir qu'elle était dans l'eau et qu'elle était enveloppée dans un plastique ? Comment puis-je le savoir ?

CHAPITRE 3

1

Christine se raidit.

— Je t'en prie, Jeremy, ne parle jamais à personne de ces rêves.

Il parut déconcerté.

— Mais pourquoi ?

Comment lui expliquer avec délicatesse les conclusions que certaines personnes pourraient en tirer ? Il y a des gens persuadés qu'une personne qui a un léger retard mental est capable de tout. D'aussi loin qu'elle pouvait se souvenir, Christine avait tout fait pour protéger son frère de telles gens. Et voici qu'il venait lui raconter des rêves qui feraient certainement croire aux malveillants qu'il avait tué Dara, qu'il avait jeté son corps et qu'il n'avait même pas assez de bon sens pour éviter d'en parler.

— Les hommes ne comprennent pas toujours, dit Christine aussi légèrement que possible. Ils peuvent ne pas croire que tu parles de rêves. Ils peuvent…

— Croire que j'ai fait du mal à Dara, l'interrompit Jeremy. Il y a des gens qui sont vraiment salauds.

— Oui et il y en a aussi qui ne sont pas très intelligents.

— Comme moi.

— Non, pas comme toi. Toi, tu es intelligent pour ce qui est important. D'autres ne le sont pas.

Ils traversèrent le magasin, l'arrière-boutique et arrivèrent devant la porte de derrière.

— Ces gens-là, continua-t-elle, ils tournent tout sens dessus dessous, ils croient qu'ils savent des tas de choses sur des tas de sujets alors qu'ils ne savent pas grand-chose.

— Crois-tu que l'adjoint Winter soit comme eux ?

— Je ne le connais pas, je viens juste de le rencontrer.

— Il a l'air d'un brave type.

— Oui mais, comme je te l'ai dit, je ne le connais pas. C'est pourquoi je te demande tout spécialement de ne pas lui parler de tes rêves.

— Parce qu'il est de la police ?

— Parce que nous ne le connaissons pas, je te le répète. Bien sûr parce qu'il est de la police.

Trois ans plus tôt, le shérif Buck Teague s'était dit convaincu que Jeremy avait quelque chose à voir dans la disparition de Dara. Il le croyait sans doute encore. Dieu seul sait ce que pensait son adjoint Winter. Elle voyait bien qu'il était plus intelligent que Teague. D'ailleurs il avait été policier à Los Angeles avant de venir à Winston. Pourquoi avait-il quitté Los Angeles ? C'était un mystère. Il n'en restait pas moins qu'il représentait une menace pour Jeremy au cas où le corps découvert serait celui de Dara. Après tout, elle ne savait pas si Winter n'avait pas la même opinion sur les retardés mentaux que son supérieur.

— Tu as l'air inquiète, lui dit Jeremy alors qu'ils allaient se diriger vers le parking. C'est à cause de mes rêves ?

Christine ouvrit son parapluie et ferma la porte de derrière.

— Nous venons de vivre une dure journée. La pluie, l'inondation, ce corps… Je dois être un peu déprimée.

— Je ne me sens pas trop heureux non plus.

Ils coururent vers la voiture. Jeremy parvint à glisser son grand corps sur le siège baquet. Elle ouvrit sa portière, ferma son parapluie, le jeta sur le siège arrière et, en s'installant, elle rencontra le regard de Jeremy. Elle y vit un appel enfantin.

— Je voudrais vraiment, lui dit-il, que tu achètes une voiture comme celle de Reynaldo.

— Tu sais bien que c'est une Thunderbird modèle 1957 et qu'il lui a fallu trois ans pour la remettre en état. Je ne suis pas capable d'en faire autant. De plus, c'est très cher et je viens d'acheter une maison plutôt grande.

— Cela ne te ferait pas plaisir de voir sur ton parking une grande bagnole comme ça ? s'obstina Jeremy en se faisant charmeur. Surtout si elle était rouge, ma couleur préférée.

— Je suis d'accord, c'est une belle voiture, admit Christine, se souvenant à quel point Dara avait aimé s'y pavaner au temps où elle donnait des rendez-vous à Reynaldo. Malheureusement, si banale soit-elle, ma petite voiture devra durer encore un moment.

— Peut-être un jour en aurons-nous une comme celle de Rey, dit Jeremy avec une pointe de regret. Christy, j'ai honte de penser à manger alors que Dara est peut-être morte mais, tu sais, je n'y peux rien. Je meurs vraiment de faim et je sais qu'il n'y a personne à la maison.

— Personne. Comment sais-tu que Patricia n'y est pas ?

— Ce matin, quand elle m'a conduit au travail, elle

m'a dit qu'elle sortait ce soir et que je devrais me contenter d'un sandwich.

— Où sortait-elle ? Pour dîner ?

— Je ne sais pas, répondit Jeremy en haussant les épaules. Elle ne me dit rien et je n'ai jamais entendu Ames lui demander pourquoi elle sortait si souvent.

— Elle sort si souvent ?

— Oui et ces derniers temps plus encore que d'habitude. De toute façon, je meurs de faim.

— Moi aussi, mentit Christine.

En réalité, elle n'avait pas envie de déposer Jeremy dans une maison vide où il ne pourrait que mâchonner un mauvais sandwich tout en pensant à Dara.

— Pourquoi n'irions-nous pas au grill de Gus ? proposa-t-elle.

— Pourquoi pas ? Je vais prendre un cheeseburger et un banana split.

Une demi-heure plus tard, ils étaient assis dans une sorte de box intime et vert foncé dans le grill de Gus à la décoration éclectique puisqu'elle présentait un mélange d'éléments mexicains, chinois et français, les trois pays dont le restaurant avait servi la cuisine au cours des quinze dernières années. Christine aimait tout spécialement les murs qui représentaient une femme en kimono en train de servir des spaghettis et des boulettes de viande. Ils durent crier leur commande pour la faire entendre malgré les haut-parleurs qui hurlaient le thème d'*Exodus*.

— Je vais lui dire de baisser la musique, dit la serveuse à Christine après que celle-ci eut répété trois fois sa commande.

— Ne lui faites pas de peine, lui répondit Christine. Je sais que c'est sa chanson préférée.

La serveuse roula les yeux.

— Ne vous inquiétez pas pour lui, dit-elle. Gus a des sentiments en acier. Même si vous le vouliez, vous ne pourriez pas lui faire de peine. Et moi, si je dois continuer à entendre cette chanson je ne sais combien de fois par jour, je finirai par le frapper sur la tête avec une poêle à frire.

Jeremy éclata de rire et la serveuse sourit à Christine. Chaque fois qu'il venait dans son restaurant, la serveuse essayait de lui arracher un sourire.

Quelques minutes plus tard, une fois que la serveuse leur eut apporté leurs boissons et que la musique eut baissé d'un ton, Christine demanda à Jeremy où Patricia pouvait bien aller lors de ses fréquentes absences.

— Je n'en sais rien, répondit-il en sirotant son Coke à travers une paille. Personne ne me dit jamais rien et il m'arrive souvent de m'ennuyer ferme et de me trouver bien seul à la maison. Je ne reste que parce qu'Ames est content de m'avoir près de lui. Et encore, pas toujours. Il y a des moments où j'ai l'impression d'être invisible.

Ce n'est pas bon pour Jeremy, pensa Christine. Elle savait que son frère avait besoin d'être sans cesse stimulé, de se voir proposer un but. Elle détestait le savoir seul. Depuis qu'elle avait acheté sa maison, l'été dernier, elle avait fait le projet de le prendre chez elle. Elle avait un grand sous-sol, bien éclairé de nombreuses fenêtres qui donnaient une lumière comme on n'en voit pas souvent dans un sous-sol. Il y avait aussi une entrée particulière. Christine l'avait aménagé comme un grand *loft* de façon à donner à Jeremy, lorsqu'il vivrait avec elle, un sentiment de liberté et d'intimité.

Avant les fêtes de Noël, elle avait dit à Ames qu'elle souhaiterait prendre son frère chez elle mais il l'avait suppliée d'attendre encore un peu, au moins jusqu'à Pâques.

— Il me manquerait trop, pendant les soirées d'hiver, lui avait-il dit.

Mais aujourd'hui, il n'en allait plus de même. Même si le corps de la noyée n'était pas celui de Dara, il était à peu près certain que l'émotion qu'il venait d'éprouver allait plonger Ames dans une dépression et qu'il ne pourrait plus s'occuper de Jeremy. Patricia, elle, ne s'en occupait guère. Tandis que Christine s'efforçait d'avaler son cheeseburger, elle se persuadait que le temps était venu de prendre son frère chez elle.

— Tu ne manges rien, s'étonna Jeremy alors que, d'habitude, tu es plus vorace que moi.

— Ce n'est pas vrai, protesta Christine.

Jeremy lui fit une grimace et elle comprit qu'il était en train d'essayer de la faire sourire. Elle obéit.

— Il se trouve que j'essaye de surveiller mon poids, petit malin. Je ne fais pas autant de gymnastique que je devrais en faire.

— Mais tu n'es pas grosse. Juste grande.

Mesurant un mètre soixante-douze, Christine avait toujours eu le sentiment d'être une géante à côté de la petite Dara. Aussi faisait-elle très attention à son poids. Danny Torrance, son prof de gym, lui affirmait qu'elle était parfaitement proportionnée, même si elle avait besoin de travailler davantage pour entretenir sa musculature. Mais Danny était depuis toujours un ami de la famille, ce qui lui permettait de se montrer exigeant.

Une fois sa dernière gorgée de glace avalée, et après avoir léché le verre, Jeremy regarda Christine et fronça les sourcils.

— Je n'ai vraiment pas envie, dit-il, d'aller dormir chez Ames ce soir. Si tu veux bien, je préférerais aller chez toi.

Plusieurs mois après la disparition de Dara, après que Christine eut terminé ses études et acheté sa maison, elle avait pris avec elle Rhiannon, la chatte noire de Dara, parce que Patricia la détestait. Tout comme la détestait l'insupportable petit chien, Pom Pom, qui ne lui avait jamais laissé un moment de tranquillité.

— J'ai tellement envie de voir Rhiannon, lança Jeremy avec enthousiasme. Et puis je vais pouvoir regarder *Buffy contre les vampires*.

— Bien sûr, je le regarderai avec toi. Mais il faut d'abord appeler pour prévenir que tu es avec moi. Et s'il n'y a personne…

— Je laisserai un message sur le répondeur. Ce n'est pas la peine de me répéter les choses des millions de fois.

— Désolée, je ne te savais pas si susceptible.

— Cela me casse les pieds quand tu me répètes sans arrêt les mêmes choses.

Il semblait irrité et Christine n'avait pas envie d'avoir une dispute ce soir-là.

— Je te promets que je ne me répéterai plus.

— Bien, dit Jeremy en s'essuyant les lèvres et en s'extrayant de son siège.

— Où vas-tu ?

— Téléphoner à la cabine.

— Et ton portable ?

Jeremy rougit.

— Je l'ai laissé au magasin.

— Jeremy, tu dois absolument garder ton portable sur toi. C'est très important (Christine s'arrêta net. Elle lui avait répété cela des centaines de fois). À moi aussi, il m'arrive d'oublier le mien, dit-elle pour se rattraper. Est-ce que tu as…

— … des pièces pour payer le téléphone. Ouais.

À peine arrivait-il devant le téléphone qu'il s'écria :

— Au nom du ciel ! Christy !

Christine sourit. Elle était ennuyée lorsque les autres traitaient Jeremy comme un enfant mais cela lui arrivait à elle aussi de temps en temps. Et même souvent. Il s'en irritait parfois et il avait raison. Après tout, il avait vingt ans. Il était temps d'arrêter de le couver.

— On dirait que c'est l'endroit où il faut être ce soir.

Christine sursauta et vit Sloane Caldwell devant elle. Sloane était l'associé d'Ames et, quelques années plus tôt, il avait été son fiancé. Elle n'avait rompu ses fiançailles que quelques semaines avant le mariage mais ils étaient restés amis, même s'ils ne se voyaient pas souvent.

— Ce restaurant fait des affaires aujourd'hui, dit-il. Le temps est si triste que les gens n'ont pas envie de rentrer chez eux. Je vois que Jeremy est allé téléphoner. Il a encore oublié son portable ?

— Oui, dit Christine.

Sloane avait toujours été très gentil avec Jeremy et, au temps où ils étaient fiancés, il semblait envisager sans déplaisir l'idée de le voir vivre près d'eux. Ils ne sont pas nombreux, les hommes prêts à accepter de vivre avec le frère diminué mental de leur épouse.

— Il a décidé, dit-elle, de passer la nuit chez moi et il veut prévenir Ames.

Sloane s'assit. C'était un homme grand, d'aspect rugueux avec de larges épaules et une voix profonde qui faisait grand effet au prétoire. Il avait des cheveux bouclés auburn, un large sourire et une bonne douzaine de petites rides jaillissaient autour de ses yeux couleur noisette, comme s'il était en train de regarder le soleil. Son nez arborait une bosse, comme s'il avait été cassé depuis longtemps et une fine cicatrice zébrait son menton, ces deux imperfections étant le résultat d'une partie de foot à l'école. En dépit de ses costumes bien coupés et de ses manières impeccables, Christine avait toujours eu l'impression qu'il était fait pour chasser dans les montagnes au lieu de rester assis toute la journée dans un cabinet d'avocats. Après la rupture de leurs fiançailles, il ne s'était jamais marié.

— Tu es toujours aussi belle, Chris, lui dit-il tendrement, mais je sens que tu as un problème. Est-ce que tu as envie d'en parler ?

— Tu l'apprendras toujours assez tôt si tu ne le sais pas déjà. Un corps entouré dans une bâche en plastique a été rejeté par la rivière et la police pense que ce pourrait être Dara.

Sloane entrouvrit les lèvres tandis que ses yeux reflétaient un violent choc.

— Une secrétaire m'a dit qu'un policier était venu chercher Ames au bureau. C'est sans doute pour cela.

— Oui et il l'a trouvé au magasin. Ames lui a demandé de tout dire devant nous en insistant sur le fait que ce corps ne pouvait être celui de Dara. Il était tout de même bouleversé et j'étais contente que Wilma Archer soit parmi nous. Tu sais sans doute qu'elle a été pour lui comme une mère.

— Je sais, dit Sloane, comme s'il pensait à autre chose, mais est-ce que le policier a affirmé qu'il s'agissait vraiment du corps de Dara ?

— C'était Michael Winter, le type qui est venu de Los Angeles et il n'a pas dit qu'il en était certain. Il a seulement dit que ce corps avait la taille et les longs cheveux noirs de Dara mais qu'il était décomposé malgré le plastique qui l'entourait. Après tout, s'il s'agit de Dara, cela fait trois ans qu'elle est dans l'eau.

— Si elle était enveloppée dans du plastique, cela veut dire qu'elle n'est pas morte par accident. Elle a été bel et bien assassinée. Mais peut-être l'a-t-elle été plus tard, des semaines ou des mois après sa disparition.

— Je n'avais pas pensé à cela. Cela voudrait dire

qu'elle aurait pu faire une fugue et revenir plus tard sans que personne ne la voie.

— En tout cas, celui qui l'aurait vue ne se serait pas fait connaître.

— Tu as raison. Tu as toujours eu un don extraordinaire pour envisager les problèmes sous tous les angles.

— Cela fait partie du métier et ce peut être très utile pour la défense des clients.

— J'en suis sûre, dit Christine en se passant la main sur le front. De toute façon, le corps a été envoyé directement à l'institut médico-légal de Charleston. Ames est là-bas en ce moment pour l'identifier et je pense qu'il est vraiment cruel de l'obliger à contempler cet horrible spectacle.

— On ne peut pas en vouloir à la police. C'est la procédure.

— La procédure a bon dos mais ce n'en est pas moins épouvantable, dit Christine.

Elle avait l'impression qu'un vent glacial lui soufflait à travers le corps.

Sloane hocha la tête.

— Je pense que quelqu'un aurait dû aller avec Ames.

— Moi, j'aurais dû y aller mais il fallait que je m'occupe de Jeremy.

— Je ne pensais pas à toi, Chris. C'est moi qui aurais dû y aller.

C'est vrai, pensa Christine. Sloane est incroyablement fort, un de ces êtres sur qui on peut s'appuyer en toute sécurité. Il est capable de faire face à n'importe quelle situation. Elle en savait quelque chose et c'est en partie à cause de cela qu'elle avait rompu ses fiançailles. Elle ne voulait pas être prise en charge à ce point.

— Je suis sûre, dit-elle, qu'Ames s'en tirera, surtout s'il est persuadé qu'il ne s'agit pas de Dara. Et puis il ne sera pas seul en rentrant, il trouvera Patricia.

Sloane fit la grimace.

— Oui, la dévouée et si sensible Patricia qui ne pouvait sentir Dara. Tu parles d'un réconfort !

— Jeremy dit qu'elle est presque toujours absente.

— Elle est sans doute déjà fatiguée de la belle vie.

— Peut-être mais, tu sais, elle est beaucoup plus jeune qu'Ames et on ne peut pas dire qu'elle ait l'occasion d'éclater de rire tous les jours depuis la disparition de Dara.

— Non, d'ailleurs Ames n'a jamais été très marrant. Il est simplement passé de sérieux à sinistre. Je n'ose imaginer ce qu'il va devenir s'il s'agit vraiment du corps de Dara.

Jeremy revint s'asseoir à la table.

— Salut, Sloane.

— Salut. Il y a longtemps que je ne t'ai pas vu.

— Je suis très occupé au magasin. On a dû te dire que je travaille maintenant, pas comme magasinier mais comme créateur de bijoux.

— Bien sûr que je l'ai entendu dire. Ames est vraiment fier de toi.

— Est-ce que Christy t'a parlé de Dara ?

— Elle m'a dit qu'un corps avait été trouvé mais que personne ne savait s'il s'agissait ou non de Dara. Ne pense pas tout de suite au pire, Jeremy (Sloane se leva et Christine fut heureuse de voir finir cette conversation). Je m'en vais, dit-il, car j'ai des tonnes de boulot à faire cette nuit. Conduis prudemment ce soir, les routes sont dangereuses.

— Oh, ne t'inquiète pas, dit Jeremy, Christy conduit vraiment très doucement. Il nous faut un temps fou pour aller n'importe où.

— Cela vaut mieux que d'avoir un accident et de ne pas arriver du tout. Bonne nuit, les amis !

Jeremy se glissa près de Christine.

— Bien sûr, il n'y avait personne, alors j'ai laissé un message.

Christine savait qu'Ames était à Charleston mais où était Patricia ? Bien sûr, elle aurait dû aller avec lui pour le soutenir dans cette terrible épreuve mais, en réalité, personne ne savait où elle était. Peut-être n'avait-elle même pas entendu parler de la macabre découverte.

— Tu as l'air si triste, murmura Jeremy.

— Trop de pluie, trop de ciel gris pour une journée.

— Et trop de mauvaises nouvelles. Ce corps dans la rivière, cela donne la chair de poule.

Il regarda un moment à travers la fenêtre et, avec sa façon de changer de sujet sans transition, il s'écria :

— Partons, j'ai envie de voir Rhiannon.

— Moi aussi mais ne lui dis pas que tu as mangé un banana split, sinon elle va faire la gueule toute la soirée.

Jeremy éclata d'un rire qui illumina son visage. Il ressemblait, à ce moment-là, à une version masculine de leur mère et Christine se sentait souvent mal à l'aise lorsque des filles paraissaient séduites par sa beauté de jeune mâle pour s'apercevoir ensuite qu'elles parlaient à un adolescent. Lui, il ne semblait pas en souffrir. Il était parfaitement bien adapté à sa vie.

Christine paya et ils se mirent en route. La pluie s'était transformée en crachin mais elle n'en conduisait pas moins doucement tandis que Jeremy écoutait la radio, marquant de la tête avec enthousiasme le rythme de sa chanson préférée, *Fly Away* de Lenny Kravitz. Il aimait le rock et il avait une plutôt belle voix. Malheureusement Ames détestait la musique, si bien qu'il devait se contenter du baladeur et de l'appareil à karaoké que Christine lui avait offerts pour Noël, et encore à condition qu'il ne les écoute que dans une petite pièce isolée du sous-sol.

Au moment où ils entraient dans la maison, une maison moderne de pierre blonde et de bois, la chatte sauta d'un fauteuil jusqu'aux pieds de Jeremy et se roula sur le dos, les pattes en l'air. Jeremy la prit dans ses bras en criant :

— Rhiannon, comme tu m'as manqué !

La chatte frotta sa tête contre son menton pour sentir son odeur.

— Tout le monde, lui dit-il, pense que Dara t'a appelée Rhiannon à cause de la chanson qu'elle aimait tant mais je sais que Rhiannon était une sorcière.

Christine fut étonnée qu'il se souvienne de la légende celtique que lui avait racontée Dara mais il est vrai qu'il se souvenait souvent de choses inattendues.

— Tu peux dire que Rhiannon est heureuse de te voir, dit-elle tandis que la chatte se blottissait dans ses bras.

— Je m'ennuie tellement d'elle. J'aimerais ne jamais la quitter mais Patricia ne peut la supporter. Elle n'aime que son Pom Pom.

Christine aimait tous les chiens qu'elle rencontrait mais elle faisait une exception pour Pom Pom. Ce chien, c'étaient quatre kilos de dents agressives, des aboiements aigus qui fracassaient les oreilles, des poils emmêlés moitié blancs et moitié gris, une mauvaise haleine et un mauvais caractère. Christine ne pouvait imaginer quel mélange de races canines avait pu créer cette monstruosité dont le seul plaisir était de vous mordre les mollets. C'était à n'y rien comprendre car

Patricia adorait ce chien que personne d'autre ne pouvait supporter.

— Est-ce que tu as des habits propres pour moi demain ? demanda Jeremy.

— Les vieilles choses habituelles mais, il y a trois jours, je t'ai acheté deux chemises et deux pantalons.

Le visage de Jeremy s'éclaira.

— Tu as fait ça ? Est-ce que tu les as mis dans ma chambre en bas ?

— Oui et j'ai fini de la décorer. Va voir et dis-moi ce que tu en penses.

Jeremy se précipita, sans pour autant lâcher la chatte.

Christine entra dans la cuisine et fut emportée par une vague de plaisir à la vue de tous les ustensiles chromés et des murs peints dont les couleurs joyeuses allaient du vert pistache au jaune citron. Ames, avec son goût inflexible de la tradition, n'aimait pas l'aspect moderne de sa maison. Il avait même eu un moment de recul à la vue de cette pièce vibrante et joyeuse. Et Christine avait eu du mal à dissimuler son amusement. Il avait vraiment dû faire un grand effort pour ne pas lui faire remarquer qu'elle avait dépensé beaucoup d'argent pour créer un terrifiant mélange d'angles bizarres et de couleurs violentes.

Tandis qu'elle arrosait une grande fougère accrochée devant la fenêtre, elle regardait le jardin où elle espérait voir, l'été prochain, une profusion de fleurs éclatantes. C'était difficile à imaginer en cette soirée sinistre. Le rideau d'arbustes à feuillage persistant qui bordait le fond de la pelouse s'égouttait sur le fond gris métallique du ciel. Un moineau mélancolique picorait dans le nourrisseur et la pluie avait abattu les têtes des six jonquilles qui avaient fleuri avant l'heure, trompées par quelques jours de douceur. Les dalles du chemin qui menait à l'entrée privée de Jeremy étaient inondées d'eau, de même que le patio dans lequel elle espérait, l'été prochain, installer un barbecue.

Christine remplit la cafetière et, quelques minutes plus tard, l'odeur du café au parfum chocolat-framboise que Jeremy aimait tant envahit la cuisine. Elle prit dans le placard son mug préféré et sa propre tasse en faïence qu'elle préférait à la porcelaine.

— Cet endroit est tellement formidable, s'exclama Jeremy en remontant du sous-sol. Tu ne m'avais pas dit que tu m'avais installé une table de ping-pong.

— C'est pour ton prochain anniversaire, lui dit Christine tandis qu'il la serrait dans ses bras. Comme ça, tu pourras jouer avec tes amis.

— Avec Danny, par exemple. Depuis qu'il n'habite plus à côté d'Ames, je ne le vois presque jamais. Et tu te rends compte : j'ai une entrée particulière. Les gens n'ont pas besoin de passer chez *toi* pour arriver chez *moi*.

— Je suis contente pour toi.

— C'est super ! Eh ! J'espère que ce café ne va pas m'empêcher de dormir parce que je dois aller travailler tôt demain matin.

— Nous n'ouvrirons pas avant dix heures.

— Je dois y aller plus tôt.

— Pourquoi ?

— C'est un secret. Allons regarder la télé.

Christine faisait semblant de s'intéresser aux programmes qui passionnaient son frère mais, en réalité, elle n'y prêtait qu'une attention distraite. Ce soir surtout, elle ne pouvait penser qu'à Ames en train de contempler à Charleston un corps à demi décomposé qui était peut-être celui de sa fille. À dix heures, elle se sentait sur le point de se mettre à hurler tant la tension se faisait forte en elle. C'est alors que le téléphone sonna. Elle sauta de son fauteuil et saisit l'appareil :

— Allô !

Une voix rocailleuse parvint à émettre quelques sons inarticulés.

— Ames, dit Christine, je t'entends à peine.

— Le corps... c'est... celui de Dara.

Elle était sûre, depuis sa première conversation avec l'adjoint au shérif, qu'il en était bien ainsi mais son esprit se refusait encore à l'admettre.

— Tu ne peux en être certain, parvint-elle à dire, le cœur tordu par la voix lamentable d'Ames. Pas avant les tests ADN.

— Mais la bague...

— Quelle bague ?

— Ils ont trouvé une bague dans l'enveloppe en plastique. Celle en rubis et en diamant que je lui ai offerte lorsqu'elle a été reçue à son examen.

On avait l'impression qu'il était en train d'étouffer. Il parvint enfin à ajouter :

— Il y avait ses initiales à l'intérieur, DMP, Dara Marie Prince, et la date de l'examen. Mon Dieu, Christine !

— Est-ce que tu es encore sur la route ?

— Non, je suis à la maison.

— Patricia est avec toi ?

— Quoi ? Je n'en sais rien.

— Si elle n'est pas là-bas, j'arrive tout de suite. Tu ne dois absolument pas rester seul.

Elle lança un regard vers Jeremy qui avait l'air terrifié.

— Non, ne viens pas.

— J'insiste.

— Ne viens pas, Christine !

La voix de Patricia, cassante et froide, avait remplacé celle d'Ames.

— Je suis ici et tout à fait capable de m'occuper de mon mari. Toi, prends soin de Jeremy. Nous n'avons pas besoin de lui par-dessus le marché.

Elle raccrocha.

Ainsi, l'espoir auquel Ames s'accrochait avec tant d'acharnement avait été anéanti, un jour froid et pluvieux de mars, le jour même où l'Ohio avait rejeté les pitoyables restes de celle qui avait été sa fille si belle et tant aimée. Le fleuve ne lui avait plus laissé, sur la rive boueuse, qu'une grotesque offrande.

Christine fut engloutie par la souffrance. Elle posa la tête sur la poitrine de Jeremy et se mit à pleurer.

2

Une heure plus tard, ils se traînèrent jusqu'à leurs lits. Christine était enfin parvenue à contrôler ses pleurs et Jeremy s'était enfermé dans le silence. Il emmena Rhiannon en bas avec lui. Christine savait qu'il trouverait un vrai réconfort dans la petite chatte de Dara qui aimait dormir roulée en boule contre lui.

Tandis qu'elle enfilait sa robe de chambre et lavait son visage, elle était persuadée qu'il lui faudrait des heures pour trouver le sommeil. Elle était tellement troublée, choquée mais le roman policier qu'elle essaya de lire lui tomba presque aussitôt des mains.

Elle rêva qu'elle se disputait avec Dara à propos de Sloane Caldwell. En fait, c'était un souvenir de l'époque où elle était fiancée et où, lors d'une party, Dara avait flirté outrageusement avec Sloane, s'était assise sur ses genoux, lui avait caressé le visage, avait frotté ses seins contre sa poitrine et lui avait léché l'oreille. Christine avait été furieuse au point de traiter Dara de putain. Celle-ci s'était moquée d'elle et lui avait dit :

— Ce n'est pas de ma faute si tu n'es pas capable de garder Sloane.

Elle l'avait même narguée en lui disant :

— C'est moi qu'il préfère et tu le sais bien.

Sloane avait semblé horriblement embarrassé mais il n'avait rien dit.

Christine était sortie en claquant la porte, refusant l'offre de Sloane qui voulait la raccompagner chez elle et faisant appel à un autre garçon. Le lendemain, elle avait rompu ses fiançailles. C'était moins d'une semaine avant la disparition de Dara.

Le téléphone réveilla Christine en sursaut tandis qu'elle voyait encore devant elle le visage moqueur de Dara. Elle saisit l'appareil.

— Est-ce que je te réveille ?

— Non, dit Christine, sans doute parce qu'elle avait honte de s'être endormie en de telles circonstances. Qui est-ce ?

— Tu dormais, sinon tu reconnaîtrais ma voix. Je suis Streak Archer, le fils de Wilma (Christine regarda son réveil : il était une heure moins le quart). Chris, reprit Streak, je suis ici avec Jeremy.

— Mais Jeremy dort dans sa chambre.

— Non, il n'y est pas. Maintenant, réveille-toi et fais bien attention. Il est sur le pont qui traverse la rivière Crescent, avec la chatte. Je l'ai trouvé en faisant mon jogging.

— À la rivière. Mais qu'est-ce qu'il fait là-bas ?

— Ne pose pas de questions. Viens vite. Ton frère est beaucoup plus bouleversé que tu ne le crois. Il a besoin de toi *maintenant*.

CHAPITRE 4

1

Christine sauta de son lit, enfila des jeans, une chemise, une veste et se précipita vers sa voiture. La pluie avait enfin stoppé mais elle ne s'en apercevait pas. Les rues étaient presque désertes et la brume formait des halos autour des lampadaires. La maison des Prince n'était guère qu'à huit cents mètres de la sienne. Elle passa devant sa longue façade en briques et vit que deux lampes étaient allumées, l'une dans le bureau d'Ames et l'autre dans la chambre de Patricia. Sans doute celle-ci s'était-elle retirée, laissant Ames seul avec sa douleur. Ou peut-être était-ce lui qui l'avait renvoyée. Ames ne voulait pas être vu autrement que fort et maître de lui-même.

Christine tourna dans la rue Crescent, un étroit chemin asphalté qui longeait la propriété d'Ames. Après trois maisons, l'asphalte faisait place à du gravier. Sa petite voiture, une Dodge Neon bleue, rebondissait sur le chemin défoncé par les dernières pluies et par le rude hiver. Des arbres surgissaient dans les phares, la plupart du temps de maigres acacias. Elle prit un dernier virage et descendit vers la rivière. La végétation se fit plus dense, brillante d'humidité. Elle arrêta la voiture, tira son frein à main et descendit sur une langue de boue et de gravier. Elle aperçut aussitôt, appuyé à un arbre, le vélo à dix vitesses que Jeremy gardait à la maison.

— Christine !

C'était Streak Archer dans sa tenue de jogging. À cinquante-trois ans, il paraissait au moins dix ans de plus avec ses épais cheveux argentés et des rides qui descendaient de son front jusque sur ses joues. Son nom véritable était Robert mais tout le monde avait pris l'habitude de l'appeler Streak depuis qu'à son école, il s'était révélé comme le plus rapide de tous les coureurs.

— Où est Jeremy ? demanda-t-elle, anxieuse. Est-ce qu'il va bien ?

Streak s'avança vers elle et plaça sa main sur ses épaules, la regardant de ses yeux tristes.

— Il n'a aucun mal et il se calme doucement. Heureusement que j'avais mon portable avec moi. Je déteste ces choses mais ma mère exige toujours que je le prenne au cas où j'aurais un accident dans un lieu isolé.

Il fit un sourire qui était plutôt une grimace et ajouta :

— Finalement, elle a raison. La preuve.

Streak était le fils de Wilma Archer, celle même qui était venue au magasin ce jour-là. Ames et lui étaient des amis d'enfance depuis l'époque où le jeune et charmant Ames avait trouvé du réconfort au sein de la famille Archer, chaleureuse, bruyante et où tout le monde s'aimait. C'était tellement mieux que d'être avec un père austère et une mère invalide. Wilma avait été comme une mère pour lui et Streak considérait Ames comme son frère.

— Jeremy est bouleversé à cause de Dara, n'est-ce pas ? demanda Christine, les nerfs à vif.

— Bien sûr. Mère m'a appelé et m'a dit qu'on avait découvert un corps et qu'Ames l'avait identifié comme étant celui de Dara.

— Oui et il est vrai que mon frère a été très impressionné quand il a appris la nouvelle au magasin mais j'avais le sentiment qu'il s'était apaisé dans la soirée. Et puis Ames a appelé et Jeremy a reçu un choc mais il est resté calme. Peut-être trop. J'aurais dû comprendre que ce n'était pas bon signe.

— Quand je l'ai trouvé, il sanglotait et jetait dans la rivière les pétales d'une fleur en soie en disant qu'il était désolé et en parlant d'un rêve où il était question d'eau et d'une impression de suffocation.

La peur s'empara de Christine.

— Apparemment, il s'agit d'un cauchemar qui revient souvent. Il m'en a parlé plusieurs fois depuis la disparition de Dara mais il ne semblait pas en détresse et je dois avouer que je n'y ai pas prêté une grande attention. Aujourd'hui, il m'a donné plus de détails. C'est épouvantable.

Elle soupira.

— Streak, il est souvent difficile de savoir ce qui le préoccupe. Il peut être obsédé par quelque chose de peu important et ne pas dire un mot de ce qui le trouble vraiment, comme ce rêve. Il doit l'avoir eu de nouveau cette nuit et cela a tout déclenché.

— Tu as sans doute raison.

— Je veux le voir.

— Bien sûr.

Streak passa le bras autour de sa taille et dit :

— Fais attention ! Ce gravier dans la boue est glissant.

— Je suis surprise que tu fasses ton jogging cette nuit.

— Je le fais toutes les nuits sauf quand il neige ou

que la pluie tombe à verse. Cela m'aide à oublier mes cauchemars à moi.

Des cauchemars du Vietnam, Christine ne l'ignorait pas. Streak n'avait que dix-neuf ans quand la nouvelle était parvenue d'un lieu exotique nommé Qui Nhon qu'une balle s'était logée dans son cerveau. Il était encore vivant en arrivant à l'hôpital de Saigon mais les docteurs avaient affirmé qu'il y avait bien peu d'espoir de le sauver. Ames avait raconté à Christine qu'en attendant des nouvelles, Wilma, toujours très croyante, avait passé tout son temps à l'église tandis que son mari travaillait dix-neuf heures par jour à la ferme. Mais Streak avait tenu le coup, alors que les médecins pronostiquaient que, s'il s'en tirait, son cerveau resterait endommagé au point qu'il ne serait plus guère qu'un cadavre ambulant.

Streak fut plus tard envoyé à Hawaii où il continua à stupéfier les médecins en se remettant peu à peu, réapprenant à marcher, à se nourrir lui-même et à parler. Quatorze mois plus tard, il était revenu à Winston avec pour seules séquelles apparentes deux cicatrices sur le front et des cheveux qui étaient devenus blancs. À le voir comme cela, on ne pouvait pas comprendre qu'il n'était plus le même. En réalité, il avait des trous de mémoire et il était torturé par une tenace insomnie et par de torturantes migraines. Plus spectaculaire, lui qui était bon vivant, il était devenu taciturne. Il avait des crises de panique lorsqu'il se trouvait avec des gens qu'il aimait autrefois. Lors de son retour, ses amis avaient voulu organiser une fête en son honneur mais il s'était mis à transpirer, à trembler et il avait fini la soirée roulé dans un coin en poussant des petits cris plaintifs. Maintenant, les gens disaient qu'il était bizarre, qu'il leur faisait un peu peur et ils le laissaient seul.

C'était il y a longtemps mais il n'avait jamais perdu

cet amour de la solitude. Il ne fréquentait plus que sa famille, Ames et, épisodiquement, Jeremy et Christine. Il passait ses journées à la maison, créant de brillants programmes informatiques, ce qui lui assurait des revenus confortables. S'il faisait du jogging la nuit, c'était pour tenir éloignés les cauchemars et les souvenirs de ses terribles blessures et du long processus de sa guérison.

Christine et Streak commencèrent à descendre vers le pont. Ils n'avaient encore fait que quelques mètres lorsque Jeremy se précipita vers sa sœur avec cette étrange démarche mal assurée qu'il ne prenait que dans ses moments de détresse.

— Christy ! s'écria-t-il en la serrant dans ses bras puissants, Dara est morte !

— Je sais, lui dit-elle en lui caressant le dos, mais Dara est partie depuis longtemps déjà et nous savions qu'elle était peut-être morte.

— Mais Ames recevait des lettres et c'est pour ça que j'ai pensé que, peut-être, elle était vivante. Si ce n'est pas elle, qui envoyait ces lettres, alors qui ?

— Tout le monde voudrait bien le savoir.

— Tu sais, il lui arrivait d'être gentille avec moi. Elle me parlait de magie et, parfois, elle chantait avec moi sur mon appareil.

— Sur ton karaoké ?

— Oui.

— Tu ne me l'as jamais dit.

— Elle chantait vraiment bien, tu sais, mais elle ne pouvait s'empêcher de rire.

Ses yeux se remplirent de larmes. Christine lui prit la main et lui demanda :

— Pourquoi es-tu venu ici avec Rhiannon en plein milieu de la nuit ?

Jeremy sursauta, lui lança un regard intense et ses yeux se troublèrent.

— Parce que, dit-il, c'est l'endroit où Dara a disparu. Elle avait amené son baladeur, elle l'a écouté et, ensuite, elle n'était plus là.

2

Le cœur de Christine sauta dans sa poitrine tandis que Streak lui jetait un regard étrange par-dessus l'épaule de Jeremy.

— Mais, Jeremy, tu ne sais pas si c'est ici. Personne ne sait où Dara a disparu.

— Moi je sais.

— Comment le sais-tu ?

Jeremy fronça les sourcils.

— Parce que Dara était vraiment mal dans sa peau, et cela depuis plusieurs jours. Et le soir de son départ, elle était encore plus mal.

Christine scruta son visage.

— Jeremy, je ne me souviens pas qu'elle était particulièrement mal.

— Tu ne l'as peut-être pas vue mais moi je l'ai vue quand elle a quitté la maison avec son baladeur et Rhiannon. Elle prenait toujours son baladeur lorsqu'elle descendait à la rivière.

L'angoisse s'empara de Christine.

— Tu as dit à tout le monde que tu ne l'avais pas vue cette nuit-là.

— J'ai dit que je ne lui avais pas parlé mais je n'ai pas dit que je ne l'avais pas vue. En fait, je savais où elle allait parce qu'elle avait pris son baladeur. Et puis c'était la lune noire. J'ai dit qu'elle était peut-être descendue à la rivière. Souviens-toi : nous sommes même descendus voir.

Jeremy baissa la tête et son expression se fit encore plus troublée.

— Plus tard, quand nous avons vu qu'elle ne revenait pas, j'ai pensé que j'aurais dû dire qu'elle n'était pas bien mais il était trop tard. Les gens auraient pensé que je l'inventais mais je suis revenu ici et j'ai regardé partout au moins une centaine de fois.

— Jeremy, ce n'est pas parce que Dara est descendue à la rivière cette nuit-là que c'est d'ici qu'elle a disparu.

Christine essayait désespérément de conserver son calme.

— Si, c'est d'ici qu'elle est partie, insista Jeremy.

— Pourquoi en es-tu si sûr ?

— Je ne sais pas, Christy, dit Jeremy, paniqué. Je le crois, c'est tout, mais je ne peux vraiment pas expliquer pourquoi.

Mon Dieu ! pensa Christine, désespérée, alors que ses mains devenaient glacées. Peut-être que Jeremy ressentait seulement un vague sentiment de culpabilité parce qu'il n'avait pas tout dit au moment de la disparition de Dara ? Mais peut-être aussi sentait-il remonter en lui le noir souvenir de ce qui était arrivé cette nuit-là.

3

— Jeremy, tu ne *sais* pas si Dara a vraiment disparu ici, répéta Christine lentement et avec insistance, appuyant sur le mot *disparu* pour éviter de le bouleverser encore davantage en employant le mot *assassinée*. Tu ne dois dire à personne que tu sais qu'elle a disparu ici.

— Pourquoi ?

— Parce que cela pourrait induire les gens en erreur, dit-elle très vite en sentant sur elle le regard de Streak.

Jeremy fronça les sourcils.

— Je ne comprends pas.

— Écoute, Jeremy, elle est peut-être descendue ici avec son baladeur, juste avant que tu n'ailles dans la maison voisine jouer au ping-pong avec ton ami Danny Torrance.

— Oui, c'est à ce moment-là qu'elle est partie.

— OK, laisse-moi terminer. Disons qu'elle est descendue ici mais il s'est mis à pleuvoir et elle est rentrée à la maison. Peut-être était-elle alors mal dans sa peau comme tu dis et peut-être a-t-elle décidé de faire une fugue. Tu sais qu'elle menaçait toujours de le faire — comme une gamine de neuf ans, pensa Christine, et non comme une fille de dix-neuf. Donc elle est rentrée et il n'y avait personne à la maison. Alors elle a pris quelques habits, tu sais qu'il en manquait dans sa chambre, justement des choses qu'elle aurait prises si elle avait voulu s'en aller. Elle a laissé la petite note d'adieu que tu as vue et peut-être quelqu'un est-il venu la chercher en voiture. Elle a très bien pu partir de la maison et non d'ici.

— Personne n'est jamais venu dire qu'il l'avait emmenée en voiture.

— Peut-être lui avait-elle fait jurer de garder le secret. Souviens-toi, elle aimait beaucoup faire des pactes secrets.

— Ouais, dit Jeremy, peu convaincu. Mais à cette époque nous étions des gamins. Les grandes personnes ne jouent pas à faire des pactes secrets. Et puis tout le monde sait à quel point Ames était terrifié à l'idée qu'elle puisse être morte. Je ne vois pas quelqu'un venir lui dire qu'il l'avait emmenée en voiture.

Il secoua la tête avec force.

— Personne n'a aidé Dara à s'enfuir et je suis sûr que c'est d'ici qu'elle est partie !

Christine sentit la panique monter en elle. Il y a trois ans, le shérif Buck Teague et plusieurs citoyens de Winston avaient soupçonné Jeremy. Les gens savaient qu'il avait un béguin pour Dara. Il était grand, fort et, disaient-ils, retardé. Qui sait ce que peut faire un garçon comme lui s'il se sent rejeté, blessé, rendu furieux ? Ames avait calmé les esprits en révélant que Dara parlait toujours de quitter la maison et en insistant sur le fait qu'elle avait emmené une partie de ses habits. Par la suite, il avait parlé de la première lettre qu'il avait reçue de Miami en Floride. Wilma Archer, de son côté, avait répandu la nouvelle chez ses nombreux amis mais tout le monde n'avait pas été convaincu que Jeremy Ireland n'était pas le coupable. Et voici, que maintenant, il insistait pour dire qu'il savait que Dara était venue au bord de la rivière la nuit de sa disparition. Il n'en faudrait pas plus pour faire renaître les vieux soupçons. De dangereux soupçons.

La peur qu'elle ressentait pour son frère frappa tellement Christine qu'elle fut un moment incapable de dire un mot. Elle le regardait, interdite, tandis que l'indignation commençait à se lire dans ses yeux si bleus. Elle eut envie d'embrasser Streak quand elle l'entendit dire :

— Jeremy, pourquoi ne resterions-nous pas encore un moment pour parler au bord de la rivière ? Il ne pleut plus, les étoiles font leur apparition et tu as Rhiannon avec toi. Faisons de cela une aventure de minuit.

Jeremy fit non de la tête.

— Je n'ai pas envie de m'amuser.

— Oh, allons ! Je sais que tu aimes les aventures (Streak lui prit le bras et l'emmena vers la rivière). Ce n'est pas si mal, ne penses-tu pas, de regarder une rivière en crue à minuit au clair de lune ?

— Peut-être, dit Jeremy, indifférent, comme s'il était devenu incapable d'éprouver la moindre émotion.

— Tu ne trouves pas ça chouette, Christine ? hasarda Streak.

— Oh oui, répondit-elle en descendant jusqu'à la rive, c'est plutôt amusant et Jeremy aime ce qui est amusant.

— C'est comme la télé, dit Jeremy avec un peu plus d'enthousiasme.

— Oui, comme la télé. J'aime vivre des expériences aussi excitantes que celles que je vois à la télé.

Streak savait qu'il fallait de la patience et de l'insistance pour sortir Jeremy de ses humeurs noires.

— Est-ce que tu ne te sens pas triste que Dara soit peut-être morte ? lui demanda Jeremy.

— Maintenant, je ne pense pas à Dara. Je m'amuse.

— J'ai entendu des gens dire que tu étais un peu bizarre et que tu ne savais pas t'amuser.

C'est bien Jeremy, pensa Christine, avec sa naïveté et son manque de tact. Pourvu que Streak n'en soit pas vexé.

Mais il éclata de rire.

— Jeremy, il y a des gens qui disent des tas de choses qui ne sont pas vraies. Ceux qui prétendent que je ne sais pas m'amuser ne m'ont sans doute jamais rencontré.

— Il y en a qui disent la même chose de moi. Et en plus que je suis stupide.

— Ces gens-là, nous n'avons pas à nous en occuper. Nous nous moquons pas mal de ce qu'ils peuvent dire. Regarde plutôt la rivière, comme elle est haute.

— Et comme elle est tranquille, ajouta Christine. On s'attend toujours à ce qu'une rivière en crue soit également furieuse.

— C'est que les petites rivières se précipitent dans

les grandes jusqu'à ce que celles-ci soient pleines, ensuite elles refluent.

Ce qui signifie, pensa Christine, que Dara peut très bien avoir été tuée ici même, puis jetée dans la Crescent. Elle y est restée coincée jusqu'au moment où l'inondation l'a projetée dans l'Ohio. Jeremy pourrait bien avoir raison : Dara pourrait être morte ici. Ou plutôt y avoir été assassinée.

Christine frissonna et tenta de rejeter de son esprit ces pensées sinistres. La lune se reflétait sur l'eau noire qu'elle n'avait jamais vue si haute. Il est vrai qu'elle n'était pas venue ici souvent. Elle avait toujours évité ce lieu. Il y avait là quelque chose qui la rendait nerveuse, peut-être parce qu'elle avait le sentiment de profaner un endroit sacré. Cela venait probablement de tout ce que Dara lui avait raconté à propos des Indiens constructeurs de tumulus qui avaient vécu de l'autre côté de la rivière Crescent.

Elle n'avait jamais traversé le pont que deux fois pour voir les tumulus et, chaque fois, elle avait connu un instant d'appréhension qu'elle avait soigneusement caché à Dara. Celle-ci se serait moquée d'elle et elle aurait eu raison. Les fantômes des anciens constructeurs de tumulus ne hantaient certainement pas ces lieux funéraires et cependant Christine haïssait la rivière et la péninsule qui s'étendait de l'autre côté. Malheureusement, Jeremy avait toujours été attiré ici à la suite de Dara. Et voici que, maintenant, il affirmait avec véhémence qu'il savait que cet endroit sinistre avait été le dernier endroit que Dara avait vu vivante. Elle se mit à trembler.

— Qu'est-ce que tu as ? lui demanda son frère.

— J'ai un peu froid.

Jeremy se renfrogna.

— Mais tu es bien couverte, tu as une chemise, une

veste et je ne trouve pas qu'il fait froid. Qu'en penses-tu, Streak ?

— Mais je n'ai pas froid le moins du monde, mentit Christine sachant bien que ce n'était pas la température mais plutôt sa conscience qui gantait ses mains et son cou de glace.

Depuis trois années, Christine avait tout fait pour ne pas penser à cette période qui s'était écoulée avant la disparition de Dara. Elle lui en voulait alors, elle la considérait comme une gamine trop gâtée et elle ne lui pardonnait pas d'avoir outrageusement flirté avec son fiancé, Sloane Caldwell. Et, bien sûr, elle était d'autant plus ulcérée que celui-ci n'avait pas fait mine de résister. À cette époque, elle avait traité Dara avec froideur et dédain. C'était à cause d'elle, pensait-elle, qu'elle avait dû rompre ses fiançailles mais si elle allait plus profond en elle, elle se rendait bien compte que ce n'était pas vrai et que, depuis quelque temps déjà, elle n'aimait plus Sloane. En réalité, Dara lui avait donné une bonne raison de rompre avec cet homme généreux et intelligent qui aurait pu lui donner une vie bien assise et confortable mais qui était à ses yeux trop dominateur et qui, à la longue, l'aurait étouffée.

Lors de la fameuse scène de la surprise-partie, voyant que Sloane avait laissé Dara faire sans rien dire, elle avait sauté sur l'occasion de rompre. Finalement, Dara lui avait rendu service et tout le monde l'avait blâmée à l'exception du seul Jeremy. Christine avait eu un peu honte d'avoir profité ainsi de la situation. Mais elle aurait refusé d'en convenir pendant encore longtemps si Dara n'avait pas disparu peu après. Maintenant, elle se sentait submergée par la culpabilité comme la campagne était envahie par l'eau sale de la rivière. Elle savait au fond d'elle-même qu'elle avait fait du tort à Dara et qu'elle n'aurait pas vraiment la paix de l'esprit aussi longtemps qu'elle ne trouverait pas le moyen de réparer d'une façon ou d'une autre. Mais comment faire lorsque celle à qui vous avez fait du tort est morte ?

— Est-ce que tu veux venir, toi aussi ?

Christine réalisa soudain que Jeremy lui parlait.

— Quoi ?

— Je savais bien que tu ne m'écoutais pas, lui dit son frère d'un ton maussade. Je déteste quand tu n'écoutes pas.

Christine se secoua. Si elle était venue ici, c'était pour aider Jeremy et non pour s'appesantir sur son sentiment de culpabilité.

— Je ne me sens pas à l'aise en ce lieu, dit-elle, et ma tête est ailleurs. Pardonne-moi.

Jeremy fit mine de peser le pour et le contre et finit par dire :

— OK.

— Merci. Tu m'as demandé si je voulais venir mais où ?

— L'été dernier, pendant la sécheresse, Streak a dit que nous pourrions aller voir les tumulus.

— Je sais que cela te ferait plaisir mais, crois-moi, je ne me sentirais pas à l'aise si nous devions aller dans la péninsule cette nuit.

— Cela n'a pas besoin d'être cette nuit, dit Streak.

— Tu veux dire que nous pourrions y aller le jour ? demanda Christine, surprise.

— Tu sais, je ne suis pas un vampire, répondit Streak d'un ton moqueur. Je ne vais pas m'enflammer si un rayon de soleil me touche.

Jeremy qui adorait par-dessus tout les histoires de vampires à la télé éclata de rire et Christine se sentit soulagée. Quand son frère riait, cela voulait dire qu'il surmontait enfin son anxiété.

— Bien sûr que je peux aller dans la péninsule le jour, ajouta Streak. Je préfère la nuit mais je promets d'aller avec vous voir les tumulus un jour de beau temps.

— Cela fait des années que je n'y suis pas allée, dit Christine. Et je suppose que ça me fera du bien d'aller avec vous deux mais aucun pouvoir au monde ne pourrait m'obliger à y aller la nuit.

— Tu es un peu trouillarde, se moqua Jeremy. Eh bien, d'accord, nous irons le jour. Peut-être même pourrions-nous emporter un pique-nique.

C'était bien le dernier endroit où Christine aurait eu envie de pique-niquer mais elle était prête à le faire pour son frère.

— Nous irons voir les tombes, suggéra son frère.

— Ne m'en demande pas trop. Je refuse d'allcr sur les tombes.

— Mais je ne te demande pas de toucher les os. Remarque bien qu'il n'y a aucune raison d'en avoir peur. Dara m'a dit qu'elle les avait vus et que cela ne lui avait rien fait.

— Peut-être qu'ils ne lui ont pas fait peur à elle, mais moi, je ne pourrais pas les voir, murmura Christine, incapable de ne pas lier l'idée des squelettes à celle de Dara et de son corps à demi décomposé.

Quelques minutes plus tard, la brume se leva, noyant la végétation et plongeant les environs dans une atmosphère spongieuse et inquiétante. Christine eut le sentiment que la brume était en train d'essayer de s'emparer d'elle et de l'attirer vers la terre et vers son odeur de feuilles mortes et d'eau stagnante. Elle sentit dans tout son corps comme un picotement, elle eut le sentiment qu'un regard malveillant la parcourait tout entière. Elle regarda autour d'elle, anxieuse. C'était comme une présence. Une présence ? Son imagination s'affolait. Certes, elle n'avait jamais aimé ce lieu mais elle savait bien qu'il n'y avait pas ici d'autres présences que celles des animaux, des écureuils, des opossums, peut-être même un renard. Mais un renard n'attaquerait jamais un humain, à moins d'avoir la rage. Elle était ridicule et pourtant elle ne pouvait se débarrasser de l'idée que quelqu'un l'observait. Ses cheveux se hérissaient sur sa nuque.

— Jeremy, ta sœur est fatiguée, dit Streak.

Il avait dit cela d'une façon tout à fait naturelle mais Christine eut l'impression qu'elle était plus que fatiguée et qu'il s'en apercevait, qu'il la sentait nerveuse et profondément inquiète.

— Oui, je crois que je dois rentrer, dit-elle. J'ai sommeil (c'était un autre mensonge). Jeremy, est-ce que tu veux venir ?

— Oui, je suppose, répondit-il à contrecœur, mais tu m'avais promis que nous allions vivre une aventure. Tu sais, rester debout un moment sur le pont, ce n'est pas vraiment une aventure.

— Nous en vivrons une lors du pique-nique, promit Christine. Si je fais un gros effort, peut-être même irai-je visiter les tombes avec toi. Qu'en dis-tu ?

Jeremy sourit.

— Ce serait formidable !

— Oui, nous pourrions passer du bon temps, murmura Christine.

Elle regarda autour d'elle et demanda soudain :

— Mais où est Rhiannon ?

— Elle se cache probablement. Je vais la chercher.

Streak regarda Jeremy marcher à travers les broussailles et il constata que sa démarche, si heurtée un peu plus tôt, était redevenue normale. Il dit à Christine :

— Dara amenait toujours sa chatte ici la nuit. Souvent, lorsque je faisais mon jogging, il m'arrivait de m'arrêter pour parler un moment avec elle.

— Cela m'étonne. Je ne savais pas que vous étiez tellement amis.

— Se dire quelques mots au bord de la rivière, je ne sais pas si c'est être vraiment des amis.

— Est-ce que tu en parlais à Ames ?

— Non, parce qu'il lui avait défendu de venir ici. Je ne voulais pas la trahir et déclencher une dispute entre eux. D'un autre côté, je comprenais son inquiétude. Ce n'est pas un endroit pour une fille la nuit. C'est un peu pourquoi j'y passais souvent et je faisais tout pour que cela lui paraisse aussi naturel que possible. Elle n'aurait pas aimé l'idée que je veille sur elle. Je voulais lui donner l'impression que je m'arrêtais juste un moment pour souffler un peu. Elle paraissait un peu mélancolique. Nous avons eu quelques bonnes conversations.

— À propos de quoi ?

— Oh, rien d'important. Des choses que je savais de sa mère ou comment était Ames quand il était jeune.

— Et vous ne parliez pas de Jeremy ? Ou de moi ? N'essaie pas de me faire croire qu'elle ne disait pas de mal de nous.

Streak sourit.

— Votre nom est peut-être venu dans la conversation une ou deux fois. Elle prétendait ne pas t'aimer mais j'ai le sentiment qu'au fond d'elle-même, elle t'admirait pour ta maturité et ton intelligence.

— Je ne suis pas obligée de te croire. Est-ce que tu l'as vue la nuit de sa disparition ?

— Non, cette nuit-là, je n'ai pas couru. J'étais en train de travailler à la mise au point d'un logiciel et j'avais du mal pour trouver une réponse logique aux problèmes qu'il me posait. J'ai décidé d'en finir et de laisser tomber le jogging. Tu ne peux pas savoir à quel point j'ai regretté d'avoir été si studieux cette nuit-là.

— On dirait que, comme Jeremy, tu es persuadé que c'est d'ici qu'elle est partie.

— Pas forcément mais, si je l'avais rencontrée cette nuit-là, j'aurais parlé avec elle, j'aurais vu de quelle humeur elle était, si elle avait peur, si elle se sentait révoltée et décidée à quitter la maison. Et si c'est ici que quelque chose lui est arrivé, j'aurais peut-être pu l'empêcher.

— Oui, je vois ce que tu veux dire, dit Christine doucement, mais n'aurais-tu pas dû dire à la police que tu la rencontrais souvent ici ?

— Je l'ai dit à la police mais je n'en ai pas parlé à Ames. Il m'en aurait voulu de ne pas lui avoir dit qu'elle venait encore ici. Mais si je le lui avais dit, cela n'aurait servi qu'à créer encore plus de problèmes entre sa fille et lui. Souviens-toi : à cette époque, leurs relations étaient plutôt tendues.

— Si je me souviens ! dit Christine sèchement. Je n'ai jamais compris pourquoi elle n'allait pas s'installer dans un petit appartement.

— Si elle avait été chez elle, elle aurait dû faire la cuisine et le ménage.

— Je préfère faire la cuisine et le ménage plutôt que de me bagarrer sans arrêt.

— Mais tu n'es pas Dara. Il y avait un peu en elle le syndrome de la princesse.

— Plus qu'un peu. D'ailleurs cela indisposait tout le monde à l'exception d'Ames et de Jeremy (elle fronça les sourcils). J'espère que Jeremy ne va pas aller dire à la ronde qu'il sait que c'est ici que Dara a disparu. Le shérif Teague a toujours été convaincu qu'il avait quelque chose à voir là-dedans. Toute la famille Torrance a eu beau lui dire que, ce soir-là, il était en train de jouer au ping-pong avec tout un groupe de jeunes et qu'il n'était rentré à la maison qu'après le retour d'Ames et de Patricia, malgré tout, il n'a pas été convaincu. Il a même dit que, profitant de l'agitation qui régnait, Jeremy aurait bien pu s'en aller un moment sans que ce soit remarqué.

— Je me souviens de l'interrogatoire auquel il a soumis ton frère. Et cela aurait été bien pire si Ames n'avait pas volé à son secours.

— Et maintenant il y a ce nouveau type, Winter, qui semble vraiment s'intéresser à l'affaire.

— Winter ?

— Michael Winter. Il est l'adjoint de Teague. C'est lui qui est venu annoncer à Ames la découverte du corps. Il vient de Los Angeles et je suis sûre qu'il y a une histoire là-dessous. Il a l'air d'un type bien mais tenace. Je n'ai pas une bonne impression…

— Chris, tu ne penses tout de même pas que Jeremy a pu faire du mal à Dara, n'est-ce pas ?

— Non. Bien sûr que non !

— Si quelqu'un te pose cette question, essaie de ne pas répondre avec une telle véhémence.

Christine le regarda dans les yeux et prit une longue inspiration, se demandant jusqu'à quelle profondeur s'enracinaient en elle les doutes concernant l'innocence de son frère. Streak reprit :

— Je comprends que tu sois désemparée et je pense, moi aussi, que Jeremy devrait cesser de tant parler de Dara. Il faut que tu le tiennes occupé au magasin, que tu le laisses dormir chez toi le plus souvent possible. Il peut aussi venir chez moi. Il adore les ordinateurs.

Christine lui lança un regard reconnaissant. Elle savait à quel point il était attaché à ses habitudes et à son intimité.

— Cela lui ferait beaucoup de bien d'aller chez toi, dit-elle en plongeant ses mains dans ses poches. Pour l'instant, j'aimerais partir d'ici. Ce brouillard me donne la chair de poule.

— Je croyais que les femmes aimaient le brouillard sur la lande. Je l'ai lu dans *Les Hauts de Hurlevent*.

— Tu peux garder tes brouillards et tes landes. Moi je préfère le soleil de l'été.

Ils se retournèrent d'un bloc en voyant Jeremy arriver en piétinant les broussailles.

— Rhiannon se cache vraiment bien ce soir, haleta-t-il. Je n'ai pas pu la trouver.

— Je me demande comment tu fais pour l'amener ici.

— C'est facile, je la mets dans le panier sur mon porte-bagages. Je l'enveloppe dans la petite couverture qui est dans sa corbeille en lui laissant la tête dehors. Elle adore faire du vélo avec moi.

— Elle adore aussi grimper aux arbres, dit Streak. Regardez-la, elle poursuit un écureuil sur ce vieux cerisier.

— Il ne manquait plus que ça, protesta Christine. Nous ne l'attraperons jamais.

— Si, tu vas voir, dit Jeremy. Je grimpe très bien aux arbres, tu le sais.

— Pas sur celui-ci, il est vieux et fragile, couvert de chèvrefeuille.

— Mais il n'est pas en fleur, insista Jeremy qui se tenait au pied de l'arbre, tu vas voir, ça va aller.

— Non, ça n'ira pas. Jeremy ! Streak, arrête-le.

Streak se précipita mais Jeremy était déjà à deux mètres au-dessus du sol. Pour le faire descendre, il aurait fallu le saisir par la cheville et le faire tomber.

— Si l'arbre commence à craquer, laisse-toi tomber immédiatement. Je te recevrai dans mes bras.

— Je suis trop lourd. Je t'écrabouillerais, Streak Archer. Ne t'inquiète pas, je sais ce que je fais.

Christine ferma les yeux. Elle voyait déjà l'arbre et Jeremy tomber dans la rivière. Elle savait qu'il était un excellent nageur mais le cerisier pouvait tomber sur lui et l'assommer.

— L'écureuil s'est glissé dans un trou et Rhi essaie de le suivre. Viens ici, toi, petite chatte sorcière. Tu n'entreras pas dans ce trou.

Christine entendit un miaulement furieux et, aussitôt après, Jeremy qui criait :

— Ça y est ! Je la tiens ! Ah ! Il y a quelque chose d'autre !

— Laisse ce quelque chose d'autre et descends tout de suite, lui dit Streak. Ce pourrait être un serpent.

— Ce n'est ni un serpent ni un animal.

La chatte miaulait furieusement, l'arbre craquait, Christine retenait son souffle.

— C'est quelque chose en plastique, cria Jeremy.

— En plastique ?

Christine ne put s'empêcher de penser à la bâche en plastique qui avait entouré le corps dans la rivière.

— Jeremy, descends immédiatement, ordonna-t-elle. Laisse la chatte et cette chose en plastique.

— Tu crois toujours que je vais me faire du mal, dit Jeremy en commençant sa descente, mais je suis bien. Je sais grimper aux arbres.

Au moment où il approchait du sol, Rhiannon s'échappa de ses bras, poussa un miaulement enragé vers Christine et Streak qui essayaient de la saisir, alla s'asseoir au bord de la route et commença à gronder. Jeremy se laissa tomber dans le sol spongieux, entraînant avec lui une poignée de chèvrefeuille.

Furieuse, Christine lança d'une voix perçante :

— J'espère que ça valait la peine parce que tu es dans un état pas possible. Tu te rends compte, tu aurais pu tomber dans la rivière ! Tu t'es sans doute fait une entorse !

— Mais enfin, Christy, arrête un peu, dit Jeremy en se débarrassant du chèvrefeuille qui s'accrochait à lui. Regarde plutôt cette chose en plastique.

— Je ne veux pas la voir ! C'est sale ! Jette-la !

— Regarde, on dirait un livre.

— Un livre ?

Christine s'avança, curieuse malgré elle.

— C'est un de ces sacs en plastique qu'on met dans les congélateurs, dit Jeremy en l'essuyant de la main. Amène ta lampe de poche que je puisse mieux voir.

— Je n'ai pas envie de mieux voir, protesta Christine, tirant malgré tout sa petite lampe de sa poche. Tout ce que je veux, c'est rentrer à la maison, m'assurer que tu es bien et que tu vas bien dormir. Il va faire bientôt jour et je suis tellement fatiguée.

— Mais le jour est encore loin, protesta Jeremy en saisissant la lampe. On croirait entendre Patricia. Râle, râle, râle !

Il dirigea le jet de lumière sur un petit carnet marine portant des lettres dorées. D'une voix hésitante et sourde, il lut :

— *Journal de Dara Marie Prince.*

CHAPITRE 5

1

— Quoi ! s'écria Streak, choqué, le journal de Dara. Tu as trouvé le journal de Dara ?

— Je me souviens de ce petit carnet, dit Christine. Patricia l'a offert à Dara pour Noël. Je ne l'ai pas revu après sa disparition. J'ai pensé qu'elle l'avait emmené avec elle en quittant Winston.

Streak fronça les sourcils.

— Parfois, quand je la trouvais ici, elle était en train d'y écrire mais elle refermait aussitôt la couverture.

— Moi aussi, je m'en souviens, intervint Jeremy. C'était pour elle comme un objet sacré et elle m'a dit que je ne devrais jamais lire ce qu'elle y écrivait. Je ne l'ai jamais fait.

— Et vous croyez que ce petit carnet a pu rester ici pendant trois ans sans être découvert ?

— La police a fouillé tout le coin, dit Streak, mais sans trop d'enthousiasme. L'eau était haute et il y avait de la boue partout. De toute façon, qui aurait eu l'idée d'explorer ce vieil arbre couvert de chèvrefeuille ? Elle a dû le garder ici tout le temps enveloppé dans ce sac en plastique. Elle devait craindre que Patricia ne le lise.

Christine lui lança un regard en dessous.

— Tu veux dire que Patricia lui a offert ce carnet pour pouvoir lire les secrets de son cœur ?

Streak approuva.

— J'étais là, continua-t-elle, lorsque Dara a ouvert le paquet cadeau et je me suis dit que ce carnet conviendrait mieux à une enfant qu'à une fille de dix-neuf ans. J'ai même pensé qu'en l'absence de Patricia Dara se moquerait de ce cadeau. Je me trompais car elle a commencé aussitôt à se confier à ce journal. J'en ai déduit que Patricia la connaissait mieux que moi.

— Elle ne la connaissait pas si bien que cela, protesta Streak, si elle pensait qu'elle laisserait traîner son journal pour qu'elle puisse le lire.

En voyant ce carnet entre les mains de Jeremy, Christine se sentit soudain envahie par la peur.

— Il va nous falloir le donner à Ames. Pour le moment, il doit dormir et je n'ai pas envie de le réveiller.

Streak dit pensivement :

— Peut-être devrions-nous tout simplement laisser les choses comme elles sont. N'est-ce pas ce qu'aurait souhaité Dara ?

— Tu veux dire remettre ce carnet dans son arbre et l'y oublier ? Mais te rends-tu compte de ce que cela signifierait pour Ames ?

— Je ne dis pas de le remettre dans l'arbre, bien entendu, mais je pourrais le prendre et le donner à Ames plus tard, quand son chagrin sera un peu adouci. Ce serait trop cruel de le lui donner maintenant.

Christine hésitait. Bien sûr, ce journal était confidentiel et cela devait être respecté mais elle pensait au shérif Teague et à sa conviction que Jeremy était coupable. Il en serait encore plus persuadé s'il se révélait que le corps était celui de Dara parce qu'il serait alors prouvé qu'elle avait été assassinée. À cela il fallait encore ajouter le fait que, malgré toutes ses mises en garde, Jeremy ne pourrait sans doute s'empêcher de dire qu'il savait que Dara avait disparu près du pont sur la Crescent. La situation pourrait vite devenir désastreuse pour son frère. Peut-être trouverait-on dans le journal des éléments permettant d'identifier le meurtrier et, dans ce cas, Jeremy serait définitivement innocenté. Sa liberté et sa vie pouvaient dépendre de ce qu'elle allait décider maintenant.

— Tu sais, Streak, dit-elle, il y a peut-être des indices importants dans ce journal.

— Des indices de quoi ?

— Sur les gens qu'elle voyait les derniers temps, ce qu'elle avait derrière la tête, peut-être même sur qui aurait eu des raisons de la tuer.

Streak tressauta en entendant ce mot *tuer*.

— Chris, là tu vas un peu loin.

— Non, crois-moi. C'est possible.

— Crois-tu donc que si Dara avait été persuadée que quelqu'un voulait la tuer, elle l'aurait confié à son journal et qu'elle ne l'aurait dit à personne ? C'est fou, non ?

— Je ne vais pas si loin. Je dis seulement que, peut-être, en lisant ce journal, nous pourrions apprendre qui elle voyait... Je ne sais pas... Nous pourrions trouver un indice, apprendre que quelqu'un lui voulait du mal, même si elle ne le savait pas elle-même.

Streak sembla troublé et finit par dire :

— D'accord. S'il en est ainsi, que faisons-nous de ce carnet ?

— Je crois qu'il faut le donner à la police.

— La police ! cria-t-il si fort que sa voix déchira le silence de la nuit. Mais il s'agit d'un document confidentiel. Tu ne peux laisser la police lire les pensées les plus intimes de Dara !

— Vous ne pouvez pas lire ce journal, intervint Jeremy d'une voix stridente. Dara m'a dit qu'elle ne le voulait pas et elle m'a fait promettre de ne pas le lire. Si vous le lisez, elle reviendra de chez les morts pour se venger.

— Jeremy, lui dit Christine avec tendresse, tu devrais récupérer la chatte pour que nous puissions partir.

— Tu essaies de te débarrasser de moi.

— Non, je suis fatiguée et je veux rentrer à la maison mais nous ne pouvons partir sans Rhiannon. Tu ne veux tout de même pas qu'elle passe toute la nuit ici dans le noir, le vent, la pluie et le froid.

Christine avait dit tout cela pour apitoyer Jeremy sur le sort de la chatte mais il n'était pas convaincu.

— Je suppose, dit-il, qu'elle aurait peur si nous la laissions seule ici. Mais nous pouvons l'attendre.

— Moi, je ne peux pas attendre. Je suis fatiguée et je m'en vais même si Rhiannon reste ici.

— Je trouve que tu es mesquine, s'écria Jeremy, furieux.

— Peut-être mais je suis épuisée.

— D'accord, dit Jeremy, fâché. Je vais aller à sa recherche.

— Merci, dit-elle et elle tendit la main. Je vais garder le journal de Dara.

— Ne l'ouvre pas, l'avertit son frère. N'oublie pas ce que je t'ai dit : Dara reviendrait d'entre les morts. D'autant plus que ce lieu est hanté. Elle reviendrait à la seconde si tu lisais un mot de son journal.

— Je te crois mais je t'en prie, va vite chercher la chatte.

— Tu es vraiment grincheuse ce soir, murmura Jeremy en s'éloignant.

Streak se rapprocha de Christine et lui dit à mi-voix :

— Sais-tu qu'il pourrait y avoir dans ce journal des choses qui mettraient Ames au supplice ? Des choses aussi que Dara n'aurait pas souhaité révéler à quiconque. C'est d'autant plus grave qu'elle n'est pas là pour se défendre. Je trouve qu'Ames en a assez bavé comme ça.

— Tout de même, Dara a été assassinée et il peut y avoir dans ce document des informations qui peuvent mener à son meurtrier. C'est pour cela qu'il faut le confier à la police.

Christine était de plus en plus persuadée qu'elle avait raison de parler ainsi.

— Je comprends ce que tu veux dire et il est vrai que c'est important mais il y a de grandes chances pour que ce journal soit plein de niaiseries. Bien sûr, Dara avait dix-neuf ans mais, en réalité, elle était beaucoup plus jeune que son âge.

— C'est vrai et je me suis même demandé parfois si elle avait un cerveau, ne put s'empêcher de lancer Christine. Mais d'un autre côté, elle était plutôt sophistiquée. Ce n'était pas une mauvaise fille mais elle ne s'intéressait qu'à elle-même et ne se préoccupait guère des conséquences de ses actes. Elle était aussi extrêmement velléitaire.

— Tu la haïssais vraiment, murmura Streak.

— Ce n'est pas vrai ! répliqua Christine, furieuse. J'en ai plus qu'assez d'entendre dire que je haïssais Dara. J'ai essayé d'être son amie lorsque nous sommes arrivés dans son foyer mais elle m'a vite fait comprendre qu'elle ne voulait rien avoir à faire avec moi. Et elle n'a cessé d'insister là-dessus. Elle s'est moquée de moi, elle m'a évitée, elle a tout fait pour me faire sentir qu'elle était belle, populaire et que son père était fou d'elle. Elle m'a fait souffrir, elle m'a rendue jalouse, furieuse. Il est vrai que je ne l'aimais pas mais je ne la haïssais pas.

Streak leva la main comme pour mettre fin à cette tirade.

— Je n'aurais pas dû dire cela. Je l'ai vue t'aiguillonner au cours des années. Tu avais tout à fait le droit de ne pas l'aimer et j'ai eu tort de dire que tu la haïssais. Je suis désolé.

— D'accord. Excuse acceptée. Mais mis à part mes préjugés, tu sais bien que cela l'excitait beaucoup de prendre des risques et je suis prête à parier qu'elle s'était lancée dans des aventures où elle n'aurait pas dû aller.

— Tu veux dire des aventures qui l'ont menée à la mort ?

— Peut-être.

— Donc tu envisages d'aller voir le shérif Teague avec ce journal.

— Absolument pas. Buck Teague est un imbécile. De plus, ce journal peut être plein de choses qui ne concernent absolument pas le shérif.

— Alors, quelle est ta solution ?

— Nous devrions d'abord lire ce journal, dit Christine fermement. Nous ne souhaitons pas que tout le commissariat de police prenne connaissance des querelles familiales qui n'ont rien à faire avec la mort de Dara. S'il n'y a que cela dans le journal, il n'est pas nécessaire de le confier à la police.

— Mais s'il y a quelque chose de suspect…

— Alors, nous n'aurons plus le choix, même si la famille doit en souffrir quelque embarras.

Streak fit la grimace.

— Je n'aime pas cela, Chris, dit-il, cela me semble sournois. Ames pourrait être humilié.

— Qu'est-ce qu'une petite humiliation si, à ce prix, nous pouvons découvrir qui a tué Dara, qui l'a enveloppée dans du plastique et jetée dans la rivière ?

La force brutale des mots employés par Christine sembla geler d'un coup toutes les objections de Streak. Bien sûr, Ames aimait sa fille et ne voudrait pas voir sa réputation salie d'une façon ou d'une autre, même par quelque chose de banal, mais il voudrait par-dessus tout découvrir et punir son meurtrier.

Elle sentait bien le conflit qui s'élevait dans l'esprit de Streak.

— Streak, insista-t-elle, je souhaiterais que nous lisions d'abord ce journal. Tu dois venir à la maison. Toi et moi nous lirons ce texte et ensuite, seulement, nous saurons que faire.

Elle imaginait bien que Streak devait trouver cette demande indiscrète. Après tout, il ne la connaissait pas tellement bien. Il ne se trouvait à l'aise qu'en deux endroits, chez lui et pendant ses randonnées nocturnes. Il n'allait guère que chez sa mère et chez Ames et, même là, ses visites n'étaient jamais longues.

En voyant à quel point il était gêné, elle fut sur le point de retirer sa demande mais elle s'obligea à insister. Elle avait trop besoin d'aide.

— S'il te plaît, Streak, supplia-t-elle, je sais que tu n'aimes pas cela mais je ne peux pas décider par moi-même si je dois ou non porter ce journal à la police. Tu es plus proche encore que moi d'Ames. Je ne peux compter sur personne d'autre pour prendre la bonne décision.

Streak finit par dire avec un sourire contraint :

— Je me demande si tu n'essaies pas de rejeter la responsabilité sur moi.

— Imagine que nous allions à la police et qu'Ames fasse une crise.

— De toute façon, il en fera sûrement une, Chris.

— Je sais mais, dans ce cas, je prendrai l'entière responsabilité de cette décision. Il ne saura même pas que tu as eu quelque chose à voir dans cette affaire. Je te le promets.

— Je n'étais pas sérieux, Chris, je ne veux pas faire de peine à Ames mais je n'ai pas peur de lui et je ne suis pas homme à me décharger sur toi de ma part de responsabilité.

— D'accord mais à une condition, c'est que nous donnerons ce journal à Michael Winter et non au shérif Teague.

— Winter ? Je croyais que tu ne lui faisais pas confiance.

— Ce que j'ai dit, c'est qu'il me semblait tenace mais, après le bref entretien que j'ai eu avec lui, j'ai beaucoup plus confiance en lui qu'en Teague, d'autant plus que ce dernier en veut à mon frère.

— C'est vrai. Eh bien, d'accord, si le journal va à la police, il ira chez Winter. Mais es-tu sûre que tu veux commencer à le lire dès cette nuit ?

— De toute façon, je suis bien incapable de dormir. Et puis je pense aussi que s'il contient des renseignements importants sur ce qui est arrivé à Dara, nous ne devrions pas le garder trop longtemps.

Streak approuva et, juste à ce moment, Jeremy fit son apparition, tenant dans ses bras Rhiannon qui regardait la lune de ses grands yeux dorés.

— Ta sœur, lui dit-il, m'a demandé d'aller avec vous jusque chez elle. Je vais prendre ton vélo tandis que tu rentreras en voiture avec Rhi sur tes genoux.

— Pourquoi viendrais-tu chez nous ? demanda Jeremy soupçonneux. Tu n'y es encore jamais venu.

— Cela fait partie de notre aventure.

— Chic !

Les soupçons de Jeremy disparurent comme par enchantement. Il était vraiment heureux.

— Mais peut-être ne sais-tu pas où est la maison de Christy. Rentre en voiture et je prendrai mon vélo.

— Je sais où est la maison et j'ai vraiment envie d'essayer ton vélo. Il est tellement extraordinaire.

Christine savait bien que Streak n'avait pas grande envie de monter sur le vélo de son frère mais qu'après toutes ces émotions, il voulait être sûr que son retour se passerait sans problème.

— Mais prendre ton vélo, cela fait partie de mon aventure, s'écria-t-il avec enthousiasme.

— Je te comprends, approuva Jeremy, mais est-ce que tu sais seulement monter en vélo ?

— Ce dix-vitesses est sans doute un peu plus compliqué qu'un autre mais je crois que tout ira bien. À tout à l'heure à la maison.

À peine eurent-ils quitté le bord de la rivière que la vitalité de Jeremy sembla s'effondrer. Christine comprit qu'il venait de faire une énorme dépense d'adrénaline et qu'il lui fallait maintenant en payer le prix. En arrivant à la maison, il bâillait à se décrocher la mâchoire. Il tomba presque de la voiture, toujours avec la chatte dans ses bras et, à peine entré, il dit :

— Je suis désolé de gâcher l'aventure de Streak mais j'ai trop sommeil. Crois-tu qu'il m'en voudrait si j'allais tout de suite me coucher ?

— Bien sûr qu'il ne t'en voudra pas. Il y aura bien d'autres occasions d'aventures.

Christine se sentait soulagée.

Elle craignait une dispute avec son frère à propos du journal. Le fait qu'il aille se coucher arrangeait tout.

— Ferme bien ta porte, celle qui donne sur l'extérieur, cria-t-elle à Jeremy alors qu'il était déjà dans l'escalier.

En attendant Streak, elle commença à préparer du café.

— Heureusement que la pluie s'est arrêtée, dit-il en entrant et en s'asseyant à table après avoir laissé le vélo dans le garage. Sans cela, j'aurais fait une course désagréable.

— Au moins, s'il ne pleut plus, l'inondation va s'arrêter.

— Pas nécessairement. La pluie s'est déplacée vers le nord, si bien que la rivière peut encore monter. Nous n'avons pas fini.

Il plongea les lèvres dans la tasse que Christine avait placée devant lui.

— Malheureusement, puisque nous n'avons pas de digue comme les villes qui sont en aval, le corps des ingénieurs de l'armée va donner des ordres pour la corvée des sacs de sable.

— Et Jeremy va devoir y aller.

— Ne te fais pas de soucis, il est fort et capable. Tu ne peux plus passer ton temps à le protéger, dit Streak en souriant. Même Streak Archer, l'ermite bien connu, va apporter sa contribution.

— Cela va faire parler beaucoup de gens.

— Tant mieux, on parlera moins du cadavre.

— De cela, je ne suis pas persuadée, soupira Christine en s'asseyant devant sa tasse de café. Est-ce que tu peux imaginer ce qu'Ames doit ressentir ce soir ?

— Pas vraiment mais Ames a toujours bien su fermer les yeux sur ce qu'il ne voulait pas voir. Il n'a même pas pleuré quand sa mère est morte et pourtant il l'adorait.

— Et quand Eve est morte ?

— À peu près la même chose. Il a déclaré qu'il ne devait pas céder à son chagrin parce qu'il devait être fort pour Dara mais je suis sûr que, pour lui, se laisser aller à l'émotion aurait équivalu à admettre qu'elle était morte. Et comme il ne pouvait pas faire cela, il s'est tourné vers Patricia, son infirmière, voyant en elle un lien avec Eve.

— Un lien jeune et agréable à regarder.

— Et que Dara aimait jusqu'au moment où Ames l'a épousée.

Streak hocha la tête.

— Elle venait d'une famille très pauvre, elle détestait être infirmière même si elle était tout à fait capable et elle appréciait le fait de vivre dans une maison agréable avec un homme peut-être plus âgé mais riche.

— La maison n'a pas été très agréable tant que Dara y a vécu. Il s'est rarement passé une journée sans dispute. Nous étions tellement tourmentés, Jeremy et moi, lorsque nous nous sommes installés chez les Prince. J'avais peur qu'Ames ne nous rende responsables de tous ces problèmes. Chez mes parents, nous n'avions connu que la paix et l'amour et voici que nous nous trouvions plongés dans une atmosphère d'extrême tension.

— Dara a dû parler de cette tension dans son journal, dit Streak en prenant le carnet et en l'ouvrant avec soin. Tu ne crois pas que nous devrions commencer ?

Christine approuva et il lui tendit le carnet en s'installant confortablement dans son fauteuil.

— Tu commences et je te reprendrai.

Christine tourna la couverture. La première page était couverte par l'écriture familière de Dara, haute et pleine de boucles, à l'encre rouge. Christine lut à haute voix :

« J'ai reçu ce journal le 25 décembre, encore un *joyeux Noël* épouvantable dans la maison des Prince. Une fois de plus, nous nous comportons comme une famille aimante alors qu'en réalité, nous nous haïssons les uns les autres. Mais cela n'est pas nouveau. Ce qui est nouveau, c'est ce que je ressens. »

Le regard de Christine se posa sur les lignes suivantes et elle devint livide. Streak se dressa sur son fauteuil et demanda :

— Que dit-elle ?

Christine prit une longue inspiration et lut :

« Je sens que quelqu'un veut ma mort. »

2

Michael Winter était allongé et regardait le plafond. Il avait commencé sa journée à cinq heures du matin, il était maintenant passé minuit et il ne pouvait toujours pas dormir. Il avait le sentiment d'avoir du gravier dans les yeux, ses jambes lui faisaient mal d'avoir tellement marché et il était plus fatigué qu'il ne l'avait été depuis un an. Mais ses pensées bouillonnaient dans sa tête et il ne pouvait dormir.

— C'est infernal ! murmura-t-il en repoussant son drap et ses couvertures.

Il se leva et se mit à marcher nu-pieds vers la cuisine. Il sortit une bouteille de bière du réfrigérateur, l'ouvrit et se mit à boire goulûment. Cette fraîcheur lui faisait du bien. Michael buvait rarement mais il réalisa qu'il avait envie d'une bière depuis son retour à la maison, trois heures plus tôt.

Il erra un moment dans le salon et appuya enfin sur le zappeur de la télévision. Aussitôt, il vit surgir sur son écran une femme avec des seins nus gros comme des pamplemousses. Elle portait un bonnet d'infirmière et elle était en train de grimper dans le lit d'hôpital d'un patient âgé et ravi en roucoulant :

— Je peux te faire beaucoup plus de bien que tous ces vieux docteurs.

Michael appuya de nouveau sur la télécommande et, soudain, des voitures de police firent irruption sur son écran, lancées dans une course folle, tournoyant sur elles-mêmes aux carrefours. Les flics avaient des mâchoires carrées et semblaient terrifiants. Sur une autre chaîne, des adolescents bien habillés hurlaient en descendant une allée, poursuivis par une créature rugissante précédée de monstrueux tentacules.

— J'essaye encore une fois, murmura Michael.

Et, cette fois-ci, il vit apparaître une jeune femme dansant sur une prairie et secouant ses longs cheveux châtains aux reflets cuivrés. Comme si la lessive adoucissante qu'elle venait d'employer l'avait plongée dans une merveilleuse extase. Lorsqu'elle se tourna, elle fit étinceler son sourire et battre ses longs cils sur ses bouleversants yeux verts. Michael entrouvrit les lèvres et s'écria :

— Mon Dieu, mais c'est Lisa.

Il avait reconnu son ex-femme qui rayonnait sur le monde.

Cela faisait presque deux ans qu'ils étaient divorcés et pourtant il eut un choc en la voyant lui sourire ainsi dans la nuit, comme s'il sentait un vide se creuser en lui. Elle lui avait écrit pour lui annoncer qu'elle allait paraître dans cette pub mais il avait oublié. Ou plutôt, il avait fait en sorte d'oublier qu'il pouvait la voir à la télévision. Elle lui semblait tellement jeune. Trop jeune pour avoir été la mère d'une petite fille de deux ans qui s'était noyée. Cette femme qu'il voyait sur la télévision semblait n'avoir pas connu dans sa vie un moment de tristesse et encore moins cette souffrance épouvantable qui avait déchiré leur vie.

La pub avait disparu pour faire place à un docteur qui criait à des gens tout proches :

— Trois cents joules ! Écartez-vous, écartez-vous !

Mais Michael ne le voyait pas. Il conservait sur sa

rétine l'image de Lisa en train de gambader sur la prairie et il la revoyait telle qu'elle était lorsqu'il l'avait rencontrée cinq ans plus tôt à Los Angeles. Elle avait embouti sa voiture à un feu rouge. Il s'était précipité, bien décidé à crier ce qu'il pensait à cette imbécile qui n'aurait jamais dû obtenir son permis de conduire. Et voici qu'il s'était trouvé devant ses longs cheveux, ses yeux magnifiques, son regard contrit, devant cette femme si belle qui semblait avoir peur de lui. Il lui avait souri et lui avait dit :

— On dirait que nous avons eu un petit accident.

Il se sentait un peu ridicule mais elle avait souri et son cœur avait fondu. Trois mois plus tard, ils étaient mariés. Au bout d'un an, ils étaient les parents d'une merveilleuse petite fille qui s'appelait Stacy.

La douleur submergea Michael, comme si Stacy était morte non pas deux ans mais deux jours plus tôt. Des gens bien intentionnés lui avaient dit que le temps finit par calmer toutes les blessures. Ils avaient tort, pensa-t-il en finissant sa bière et en se dirigeant vers le réfrigérateur pour en prendre une autre.

— N'oublie pas, Winter, que ta limite, c'est deux, se dit-il en revenant dans le salon sa bouteille à la main.

Il avait eu une rude et longue journée et celle du lendemain allait bien vite commencer. Il devait être en pleine forme.

Il éteignit la télévision. Il ne voulait pas risquer de revoir l'image de Lisa. Il lui fallait se concentrer immédiatement sur quelque chose et non remuer son douloureux passé. Qu'est-ce qui était le plus important pour lui ce soir-là ? La réponse était évidente : la découverte du corps dans la rivière.

Lorsqu'il était flic à Los Angeles, Michael avait vu plus que sa part de cadavres. Il avait vu des corps qui avaient été étranglés, poignardés, tués à coups de feu.

Il pouvait voir avec un froid professionnalisme les blessures les plus terribles que l'homme est capable d'infliger à l'homme. Il avait vu des médecins légistes plonger leurs bras jusqu'aux coudes pour prélever des organes dans des corps éventrés. Il les avait vus mesurer et peser ces organes. Mais rien, jamais, ne l'avait autant horrifié que cette atrocité puante qu'il avait vue cette après-midi, enveloppée dans sa hideuse bâche en plastique. Bien sûr, on n'aurait jamais dû l'ouvrir ainsi sur place mais les volontaires qui s'étaient trouvés là ne connaissaient rien aux procédures policières. Ils avaient délié les liens et ils avaient reculé sous le coup de l'horreur et de l'écœurement. Michael n'était arrivé que quelques minutes après la découverte mais, déjà, deux des volontaires étaient en train de vomir tandis que le troisième, pâle comme un mort, tenait à peine debout.

Il s'agissait maintenant de savoir qui avait jeté cette hideuse offrande dans l'Ohio.

Malgré le haut-le-cœur qui s'était levé en lui lorsqu'il avait vu le corps, Michael avait été capable de prendre de la distance et de rester observateur. Il avait pu constater que le corps mesurait entre un mètre cinquante et un mètre soixante. À l'une des extrémités, il avait observé les longs cheveux noirs et il avait constaté que la chair avait commencé à se séparer des os. L'un des hommes qui se tenaient à ses côtés avait dit d'une voix rauque :

— Je suis prêt à parier ma vie que c'est la fille d'Ames Prince. Je savais bien qu'elle n'avait pas fait une fugue.

Avant de quitter le commissariat, ce jour-là, Michael avait sorti le dossier de Dara Prince. Il le prit sur la table, but une gorgée de bière, s'installa dans son fauteuil et l'ouvrit.

Il vit d'abord sa photo. Sa tête était légèrement

penchée, ses lèvres humides et luisantes et on aurait dit qu'elle plongeait dans les siens, avec une lueur de défi, ses yeux incroyablement violets. Elle semblait insouciante, provocante et, en même temps, sa bouche révélait qu'elle était vulnérable. Elle avait été étudiante à l'université de Winston et ses notes s'étageaient de moyennes à médiocres. Si l'on en croyait son père, sa vie au sein de la famille avait été faite de douceur et d'harmonie, d'excellentes relations avec tous les membres de la famille. Les commentaires des gens de la ville donnaient un son de cloche différent. Certains affirmaient que Dara haïssait sa belle-mère Patricia et faisait preuve de ressentiment envers Christine et Jeremy Ireland, que son père avait pris en tutelle. Dara avait peu d'amies et certaines allaient jusqu'à la qualifier de « flirteuse éhontée ». Michael sourit faiblement et se dit que ce jugement ne venait certainement pas d'une personne de moins de soixante ans.

Pendant un an, Dara était sortie avec un dessinateur de bijoux employé de la joaillerie Prince, un nommé Reynaldo Cimino. Certaines sources affirmaient que Cimino l'aimait vraiment mais qu'elle ne semblait pas lui rendre la pareille. La plupart des gens étaient incapables de désigner un garçon auquel elle aurait donné la préférence à l'exception de Sloane Caldwell, qui était alors fiancé à Christine Ireland. Michael prit encore une gorgée de bière. Voilà au moins, pensa-t-il, une information intéressante, même si elle était limitée. Mais à quel point exactement Dara s'était-elle engagée envers cet homme ?

Michael continua sa lecture. Dara avait dix-neuf ans lorsqu'elle avait disparu par une nuit agitée de mars. Son père et sa belle-mère étaient allés au cinéma. Jeremy Ireland était dans la maison voisine avec des amis. Christine se trouvait à la bibliothèque de l'université.

Aux petites heures du matin, Ames Prince avait signalé la disparition de sa fille. On avait découvert que des habits, une valise et des produits de toilette manquaient. On avait aussi trouvé un petit mot d'adieu. Sa belle-mère, Patricia, avait révélé que Dara menaçait souvent de quitter Winston. Cependant Christine Ireland, vingt et un ans à l'époque, avait insisté sur le fait qu'il restait dans la chambre et la salle de bains des objets que Dara aurait certainement pris avec elle si elle s'était sauvée.

Michael aurait bien aimé savoir quels étaient ces objets mais cela n'était pas mentionné dans le rapport. Il but encore une gorgée de bière en pensant que Christine Ireland s'en souviendrait certainement. Il revoyait le regard clair et ouvert de Christine. Elle était horriblement choquée de ce qu'elle venait d'apprendre mais elle avait conservé son contrôle sur elle-même. Elle semblait raisonnable et intelligente.

Elle était la sœur de Jeremy Ireland à propos duquel Michael avait eu dans l'après-midi une brève conversation avec Buck Teague. Le shérif croyait que Jeremy avait tué Dara.

— Vous savez bien comment sont ces retardés mentaux, avait-il grondé, son gros visage encore plus rouge que d'habitude. Celui-ci est impétueux, incontrôlable. Il a probablement essayé de l'embrasser ou de la violer, elle s'est mise à crier et il a perdu le petit peu d'esprit qu'il a. Souvenez-vous de ce que je vous dis, Winter : si le corps est celui de Dara Prince, nous trouverons le meurtrier dans la propre maison d'Ames Prince. Et souvenez-vous aussi que sa sœur est au courant de ce qu'il a fait.

Michael décida d'avoir une conversation avec Christine dans les prochaines heures. À ses yeux, le scénario de Teague ne tenait pas debout. Si Christine savait que son frère avait tué Dara, aussi longtemps que le corps n'avait pas été retrouvé, elle devait se réjouir de voir que tant de gens pensaient qu'elle avait fait une fugue. Elle n'avait aucun intérêt à insister sur le fait qu'il y avait chez Dara des objets que celle-ci aurait certainement emportés si elle s'était sauvée de chez elle.

Il savait déjà qu'Ames avait identifié le corps comme étant celui de Dara. Bien entendu, cette identification ne pouvait pas être considérée comme officielle étant donné qu'elle n'était basée que sur la présence d'une bague ayant appartenu à la jeune fille. Il fallait des éléments plus convaincants tirés du corps lui-même comme par exemple une broche dans un os brisé. Même l'étude de sa dentition ne pouvait rien donner puisque ses dents avaient été fracassées. Malgré tout, Michael sentait au fond de lui-même que c'était bien le corps de Dara qui avait été trouvé et il voulait à tout prix savoir qui avait tué et jeté dans la rivière cette si jolie fille avec son regard de défi et sa bouche si vulnérable.

CHAPITRE 6

1

— Quoi ! s'exclama Streak.

Le cœur de Christine s'affolait mais elle garda son calme et relut :

« Je sens que quelqu'un veut ma mort. »

Elle lança un regard à Streak et dit :

— C'est la fin de ce passage.

— Que veut-elle dire ?

— S'il te plaît, parle moins fort, sinon tu vas réveiller Jeremy. Je n'ai aucune idée de ce qu'elle veut dire mais n'est-ce pas quelque chose comme cela que nous recherchions ?

— Si, murmura Streak, mais c'est tout de même un choc de le découvrir comme ça. Elle craignait pour sa vie et elle n'en a rien dit à personne. Je ne peux pas le croire. Je suis sûr qu'elle a exagéré.

— En général les gens exagèrent quand ils veulent impressionner une autre personne mais Dara tenait à garder son journal secret.

— Peut-être a-t-elle voulu dire que quelqu'un la détestait au point de ne pas avoir de peine si elle mourait. Patricia par exemple. Ou toi.

— Mais je ne la détestais pas à ce point, je te l'ai

déjà expliqué, et ce n'est pas la peine d'y revenir. Je suis sûre que Dara savait très bien que je ne souhaitais pas sa mort.

— Continue à lire, dit Streak impassible.

Christine tourna la page. Il s'agissait de la soirée du nouvel an qu'elle avait vécue avec Reynaldo Cimino.

« Il est tellement possessif. Tout le temps que nous dansions, je sentais qu'il pensait que je fréquentais quelqu'un d'autre. Je l'ai apaisé parce qu'au fond, il veut croire tout ce que je lui dis. J'en ai un peu marre de lui mais il est un tel Adonis. C'est ainsi que je l'appelle et il adore. Oh ! et après tout, il est un grand garçon. Il peut prendre soin de lui-même et moi aussi. »

— Elle ne semble pas avoir eu peur de Rey, dit Christine. Pour le moment, elle n'a peur de personne.

— C'est peut-être une sorte de bravade, dit Streak en se levant pour remplir les tasses de café.

— Quand elle donnait l'impression d'avoir peur, tu pensais qu'elle exagérait et, maintenant qu'elle semble n'avoir rien à craindre, tu parles de bravade.

— D'accord. Je l'avoue : je ne sais que penser.

Streak déposa les tasses de café sur la table et demanda :

— Et toi, qu'en penses-tu ?

— Je ne sais pas non plus. Dara passait par des humeurs bizarres. Je l'avais un peu oublié mais je pense que son journal reflète ses sautes d'humeur.

Les quatre passages suivants la montraient irascible. Dara parlait de Patricia qu'elle appelait « Affreuse Belle-mère » et, le plus souvent, pour abréger, « A. B. ». Elle disait qu'A.B. était une chercheuse d'or, qu'elle n'arrêtait pas de courir après l'argent de « Papa », le dépensant pour des habits, des bijoux et de nombreux voyages suspects pour aller soi-disant rendre visite à sa mère en Floride. Elle aurait bien voulu engager un détective privé pour en savoir un peu plus sur ces voyages mais, malheureusement, cela aurait coûté trop cher.

Christine fit la grimace.

— Il est vrai, dit-elle, que Patricia allait souvent voir sa mère avant la disparition de Dara. Elle disait qu'elle était malade, qu'elle souffrait du cœur. Maintenant, elle n'y va presque plus bien que sa mère soit toujours vivante.

— Tu sembles croire, intervint Streak, qu'il se passait alors quelque chose de louche et que Patricia n'allait pas vraiment en Floride ?

Christine secoua la tête.

— Je ne crois pas que Patricia aurait pris le risque de dire à Ames qu'elle allait voir sa mère si elle n'y était pas allée. Il lui arrivait de lui téléphoner là-bas. Je me demande seulement pourquoi elle reste maintenant davantage à la maison.

Elle tourna la page et lut :

« Les choses deviennent difficiles avec le Cerveau. Je commence à me demander si c'était une bonne idée après tout, bien qu'avec lui, le sexe vaille vraiment la peine. »

Streak sembla stupéfait :

— Qui est le Cerveau ?

— Je n'en ai pas la moindre idée. Elle appelait Reynaldo Adonis et je ne vois pas pourquoi il serait soudain devenu le Cerveau.

Elle lança un regard à Streak qui contemplait le brouillard à travers les fenêtres coulissantes.

— Lorsque tu parlais avec elle au bord de la rivière, demanda-t-elle, est-ce qu'elle ne t'a jamais parlé d'un garçon ?

— Non. Crois-tu donc qu'elle m'aurait raconté sa vie amoureuse ?

La voix de Streak s'était faite tranchante et Christine se demanda s'il ne pensait pas qu'elle l'accusait en son for intérieur de ne pas tout lui dire.

— Dara ne me parlait pas non plus de ses mecs, ajouta-t-elle, feignant l'indifférence. Nous vivions dans la même maison mais je n'ai jamais fait très attention à ses allées et venues. J'étais déjà en train de terminer mes études quand elle rédigeait son journal. J'avais de très bonnes notes, j'étais très absorbée par mon travail et par la préparation d'un mariage qui n'a jamais eu lieu.

— Tu étais trop jeune, dit Streak, et je suis content que tu aies rompu.

— Oui, je crois que tout est pour le mieux, dit Christine sans insister.

Elle n'avait pas envie de parler, cette nuit-là, de sa rupture avec Sloane et du fait qu'elle en avait tellement voulu à Dara. Elle tourna la page.

— Les passages suivants sont plutôt insignifiants. Elle dit qu'elle déteste l'école, qu'elle déteste Patricia et qu'elle ne peut supporter l'Amazone. L'Amazone, ce doit être moi.

— À entendre cela, on dirait qu'elle était vraiment grincheuse.

— Elle n'était pas aussi agréable qu'une journée à la plage, dit Christine sèchement.

— Au moins n'était-elle pas de ces gamines ternes qui ne sentent rien. Elle était passionnée.

— Peut-être trop. Écoute ce passage du 5 février : « Un jour dangereux et céleste avec S.C. Est-ce que je suis folle ? Folle d'amour ? »

— Le sexe était merveilleux avec le Cerveau, murmura Streak agacé, et la voici maintenant amoureuse folle de S.C. Mais qui est donc S.C. ?

— Ce ne peut être que Sloane Caldwell, répondit Christine sans sourciller.

— Je ne crois pas : il était alors ton fiancé.

— Connais-tu quelqu'un d'autre au monde dont les initiales soient S.C. ?

— Mais, Chris, je ne connaissais pas son monde et je crois que tu ne le connaissais pas davantage.

Christine se remémora cet hiver trois ans plus tôt. Elle avait vingt et un ans et le sentiment de marcher sur des œufs depuis qu'elle et Jeremy s'étaient installés dans la maison des Prince. Ames Prince, elle ne le connaissait qu'à peine. En fait, avant les obsèques de ses parents, elle ne l'avait que rarement rencontré. En moins d'une semaine, son frère et elle s'étaient retrouvés orphelins, arrachés de leur maison si heureuse et si tranquille de la Caroline du Nord et jetés dans un foyer turbulent où ni Patricia ni Dara ne les voulaient. Christine avait dû sans cesse veiller à ce que Jeremy ne se rende pas déplaisant et, de son côté, elle s'était donné beaucoup de mal pour faire des études aussi brillantes que possible.

Malgré tout, elle n'avait cessé de se demander si Ames, désireux d'apaiser la tension qui régnait, n'allait pas un jour lui demander de partir en emmenant Jeremy. Son père leur avait laissé une grosse somme d'argent mais il était bien entendu qu'elle ne toucherait le premier sou qu'au lendemain de son vingt-deuxième anniversaire. Elle pourrait alors, avait-il pensé, se marier avec un homme raisonnable qui s'occuperait d'elle. Elle aimait beaucoup son père mais il la rendait folle dès qu'il abordait le sujet de l'indépendance des femmes. De plus, elle se demandait comment elle pourrait obtenir son diplôme tout en s'occupant de Jeremy et de ses problèmes scolaires. N'importe quelle assistante sociale se serait posé la question et aurait été tentée de placer Jeremy dans un service spécialisé. Il suffisait de voir à quel point il avait pris du retard après la mort de ses parents pour comprendre que, du point de vue de son handicap mental, tout irait de mal en pis si on le séparait de sa sœur.

Elle était noyée dans ces soucis lorsque Sloane était arrivé avec sa patience, sa gentillesse, son équilibre et sa façon toute naturelle d'accepter Jeremy. Il était vraiment l'homme que son père aurait souhaité pour elle. Elle s'était dit qu'une véritable affection était une base suffisante pour un mariage heureux et qu'elle apprendrait à l'aimer profondément. C'est pourquoi elle avait accepté de se fiancer avec lui. C'était en septembre mais, dès le mois de février, elle était presque certaine que ce mariage ne se ferait pas. Elle n'aimait pas Sloane et bien que sa mère, si douce, lui ait souvent répété qu'une femme avait besoin de s'appuyer sur un homme fort, elle ne se sentait pas capable de s'engager pour la vie avec un homme qu'elle n'aimait pas d'amour. Elle en était arrivée à se persuader qu'elle était forte et capable de s'occuper d'elle-même et de Jeremy sans l'aide de personne. Le seul problème, c'est qu'elle ne savait comment rompre sans faire de peine à Sloane. Il semblait tellement la vouloir et il est vrai qu'il avait été merveilleux aussi bien pour elle que pour Jeremy. Chaque jour à cette époque avait été pour elle un jour de conflit. Elle était trop absorbée par ses problèmes pour penser à Dara.

— Christine, est-ce que tu es encore avec moi ? Elle ferma les yeux un instant.

— Oui, j'étais juste en train d'essayer de me souvenir de cette époque. Tu as raison, je ne connaissais pas les amis de Dara mais, tout de même, ces initiales S.C. et l'attitude qu'elle a eue envers Sloane… Il y a de quoi se poser la question.

— Je me demande si Dara n'agissait pas un peu de la même façon avec tous les hommes.

Cette affirmation pouvait passer pour une question. Christine comprit qu'il aurait aimé en savoir davantage sur l'attitude de Dara envers les garçons.

— Elle était plutôt effrontée mais, avec Sloane, il y avait eu quelque chose de spécial. Elle s'était montrée encore plus dévergondée et Sloane ne l'avait pas découragée.

— Ne l'a-t-il pas plutôt encouragée ?

— Pas vraiment, dit-elle après un moment de réflexion. Mais Sloane n'est pas un homme passif et ce n'est pas son genre de refuser quelque chose d'agréable. D'ailleurs il n'a pas eu le cœur brisé quand j'ai rompu nos fiançailles.

— Je ne l'ai rencontré qu'une ou deux fois mais il m'a fait l'impression d'être un homme fier, en tout cas pas un homme à te supplier de l'épouser, même s'il l'avait désiré avec passion. Et remarque bien qu'il ne s'est pas marié depuis.

— J'espère qu'il trouvera la femme qu'il lui faut, dit Christine pour clore la conversation.

Elle n'avait pas envie de s'attarder sur Sloane en ce moment.

— Reprenons le journal, proposa-t-elle.

— Je vais te remplacer, lui dit Streak.

Il tourna quelques pages et lut :

« Mesdames et messieurs, je vous présente Dara Prince, jongleuse extraordinaire ! Comment est-ce possible ? Comment une fille si petite et si belle a-t-elle pu jongler avec trois amoureux le jour de la Saint-Valentin ? J'ai agi avec beaucoup d'habileté et je suis à peu près sûre d'avoir réussi. Oui, j'en suis sûre ! »

— Trois amoureux, murmura Christine. Il y avait certainement Rey et S.C. Le troisième était sans doute le Cerveau.

Streak semblait choqué.

— Ames aurait eu une crise cardiaque s'il avait su ce que sa petite fille était capable de faire.

— Je crois bien que chacun des trois amoureux aurait eu une crise s'il avait su qu'il y en avait deux autres. Elle dit bien qu'il lui a fallu jongler avec eux mais, à mon avis, elle n'était pas tout à fait certaine d'avoir si bien réussi.

Streak hocha la tête.

— Tu sais, je ne sais plus où j'en suis. Je croyais connaître Dara mais elle était trop rusée pour moi. Elle endormait ma méfiance et je n'ai jamais compris ce qui se passait.

— Pourquoi aurait-elle dû endormir ta méfiance parce qu'elle avait trois amoureux en même temps ?

— Je m'exprime mal. Je veux dire qu'elle ne m'a jamais rien dit que j'aurais pu me croire obligé de répéter à Ames.

Il reprit le carnet et lut :

« Un horrible cauchemar la nuit dernière. Quelqu'un me suivait, me surveillait et me détestait un peu plus chaque jour. Je savais que j'aurais dû appeler à l'aide et essayer de fuir mais j'étais incapable d'imaginer un lieu sûr. La personne restait dans l'ombre. Lui ou elle voulait me tuer et je ne pouvais rien faire. Je me suis réveillée en sueur et il m'a été impossible de me rendormir. Toute la journée, j'ai eu la chair de poule et je n'ai pas arrêté de regarder derrière moi. Est-ce que je suis en train de devenir folle ? Au fond, je préférerais cela car il s'agirait alors d'un jeu de l'imagination et non d'une prévision du futur. »

— Ainsi donc, Dara avait des cauchemars, dit Christine. Elle doit avoir été vraiment inquiète et pourtant elle n'était pas du genre à s'inquiéter pour rien. C'était tout le contraire. Elle avait plutôt tendance à ne rien prendre au sérieux.

— Je dirais qu'elle était plus qu'inquiète. Elle était terrifiée.

Les pages suivantes étaient sans grand intérêt. Jusqu'au 5 mars :

« Je suis allée à la bibliothèque aujourd'hui et quelqu'un m'a suivie dans les rayons. J'étais au sixième étage, au milieu de tous ces périodiques reliés qui sentent le moisi et il n'y avait personne d'autre en vue. J'ai senti que des yeux me regardaient, des yeux dans lesquels il y avait de la haine. J'ai eu tellement peur que je me suis précipitée vers l'ascenseur. J'ai entendu comme un frôlement derrière moi et comme quelqu'un qui prenait une profonde inspiration et qui marmonnait des mots incompréhensibles. J'ai regardé autour de moi et j'ai vu comme un éclair bleu, un bleu pervenche. J'ai pensé que j'allais m'évanouir. Cet horrible murmure se rapprochait et je suis presque tombée dans l'ascenseur. Arrivée au rez-de-chaussée, j'ai rencontré une amie dont je n'arrivais pas à me débarrasser. Au bout d'un moment, j'ai vu Christine sortir de l'ascenseur et se diriger vers la porte. Elle portait un pull-over bleu pervenche ! »

Christine en resta bouche bée.

— Ainsi, Dara croyait que je la traquais.

— On le dirait, au moins ce jour-là. Te souviens-tu d'être allée à la bibliothèque avec un pull-over bleu ?

— Le bleu est ma couleur préférée. Une fois, pour Noël, quand j'étais encore à l'université, j'ai reçu en cadeau trois pulls bleus. Et il est vrai que j'allais souvent à la bibliothèque parce que j'y travaillais mieux qu'à la maison.

— Et tu allais souvent au sixième étage ?

— J'y suis allée une bonne douzaine de fois.

Christine se hérissa.

— Streak, tu me fais subir un interrogatoire !

— Ce n'est pas mon intention. J'essaie de comprendre si Dara a pu te voir et mal interpréter ta présence ou si elle a simplement imaginé des choses.

— Si elle m'a vue au sixième étage, je n'étais sûrement pas en train de me cacher derrière elle en marmonnant des mots incompréhensibles. C'est absurde.

— Alors, tu crois qu'elle a tout inventé ?

Christine réfléchit avant de répondre :

— Non, pas complètement. Sa peur semble trop vraie. Peut-être quelqu'un l'a-t-il suivie dans la bibliothèque. Ou plus probablement, elle s'est tellement mélangé les pédales dans ses histoires invraisemblables qu'elle a pensé que quelqu'un lui voulait du mal.

— En marmonnant des mots incompréhensibles...

— C'est extravagant. Ce ne peut être que de l'imagination.

— Bien sûr, nous ne pouvons pas savoir exactement ce qui est arrivé et quelle est la part de l'exagération.

Streak reprit sa lecture.

« 10 mars. Je sens que les choses m'échappent, que je ne peux plus rien contrôler. Peut-être ai-je eu les yeux plus gros que le ventre. Peut-être ai-je été trop brutale avec quelqu'un. Je n'arrive plus à dormir. »

— Je me souviens qu'à cette époque elle semblait fatiguée et nerveuse, dit Christine. Patricia le lui a fait remarquer un soir au dîner. Cela l'a rendue furieuse. Il est vrai qu'elles étaient toujours en train de se disputer. J'ai rappelé cela à Ames après sa disparition mais il a affirmé qu'il n'avait rien remarqué et que tout allait bien.

— S'il avait remarqué quelque chose, il aurait refusé d'y prêter attention. Il est champion pour cacher sa tête sous le sable. Écoute plutôt cela :

« Aujourd'hui, Rey m'a proposé le mariage. Je n'y ai pas cru et j'ai éclaté de rire. Le regard qu'il m'a lancé ! Je ne saurais le décrire mais j'ai soudain eu peur. Je lui ai dit que j'étais trop jeune, que nous pouvions attendre mais j'ai bien compris qu'il prenait cela pour un refus. Toute la journée je me suis sentie bizarre. »

Streak remarqua :

— Ce 10 mars, son écriture se met à trembler. Elle écrit :

« Je crois que je perds la tête. J'ai le sentiment que quelqu'un me surveille. J'ai monté un peu de vodka dans ma chambre et ma peur s'est évanouie après quelques gorgées. »

— Dara était incapable de s'en tenir au même scénario pendant plusieurs jours, intervint Christine. Je ne pense pas qu'elle était mélodramatique. Je crois plutôt qu'elle était vraiment persuadée que quelqu'un la suivait.

— Moi aussi, mais qui ? Un de ses amants ?

— Je le suppose. Ce qui ne l'empêchait pas de croire que je la traquais dans la bibliothèque.

Christine se frotta les yeux irrités par le manque de sommeil.

— Et les jours suivants, y a-t-il quelque chose d'important ?

— Elle s'est acheté une robe pour une soirée.

— Sans doute pour la soirée de Tess.

— Tess ?

— La femme de Reynaldo. Elle l'aimait déjà à l'époque mais, lui, il n'avait d'yeux que pour Dara.

— Dommage que Dara n'ait pas eu d'yeux que pour lui. Peut-être serait-elle encore ici aujourd'hui. Pourquoi lui fallait-il tant d'hommes à la fois ?

Christine sourit.

— Dara était avide de tout et tout spécialement des émotions des autres. Je ne sais pas si elle était capable d'amour véritable mais je suis sûre qu'elle ne pouvait jamais se sentir assez aimée. J'ai toujours pensé que c'était pour cela qu'elle acceptait si bien Jeremy. Il l'adorait et cela la comblait.

— Je ne saurai jamais pourquoi elle vivait dans une telle insécurité (Streak alluma une autre cigarette). Eve et Ames l'aimaient au-delà de toute raison.

— Mais Ames était tellement peu démonstratif. Et Eve, l'était-elle aussi ?

— Non. On savait toujours exactement ce qu'Eve sentait. Avant sa maladie, elle était follement active. Elle faisait partie d'une douzaine de clubs. Elle travaillait toujours sur un projet ou un autre, elle était sans cesse en train d'apprendre — le jardinage, la danse, l'art, la musique et, vers la fin, la magie. Quoi qu'elle fît, elle le faisait toujours avec une extraordinaire détermination et je pense que, peut-être, cela ne lui laissait pas assez de temps pour s'occuper de Dara.

Streak reprit le journal et lut :

« Mon Dieu ! Ce soir, nous l'avons échappé belle ! J'étais en train de faire l'amour avec S.C. lorsque le Cerveau est arrivé. Il a frappé et frappé à la porte et j'ai cru que mon cœur allait s'arrêter. S.C. n'a pas semblé trop ému mais, moi, j'ai éprouvé le besoin de partir le plus vite possible. J'avais le sentiment que le Cerveau savait. Ce serait vraiment une catastrophe. »

— Pas étonnant qu'elle ait été anxieuse, dit Christine sèchement. Je me demande où elle était lorsqu'elle faisait l'amour avec S.C. et que le Cerveau est arrivé. Chez S.C. ?

Elle se représentait la maison de Sloane, à l'autre bout de la ville. Est-ce qu'elle passait ses soirées là tandis que Christine était à la bibliothèque ? Est-ce que cela pouvait expliquer son flirt éhonté avec Sloane et le fait que celui-ci la laissait faire ? Christine revint au présent lorsque Streak recommença à lire :

« Je sais que je suis allée trop loin à la soirée de Tess. J'avais bu avant de partir parce que je me sentais nerveuse et, une fois là-bas, j'ai encore beaucoup bu. Tess roucoulait avec Rey et je voyais Christine en adoration devant son fiancé. Je me suis vraiment donnée en spectacle, j'ai dansé seule, j'ai chanté des chansons peu convenables, je me suis assise sur les genoux de Sloane, je l'ai embrassé et je l'ai câliné. Amazone et Rey étaient hors d'eux-mêmes. Amazone a rompu ses fiançailles. Tess a raconté sa soirée partout et je pense que toute la ville est au courant. Rey est furieux, S.C. est furieux et, pis encore, le Cerveau est furieux. Et moi, j'ai peur. »

— Oh, cette soirée ! gémit Christine. C'était épouvantable !

Streak fit tomber la cendre de sa cigarette.

— Si épouvantable que ça ?

— Oui, Dara a été horrible et on n'aurait pas dit qu'elle était saoule. Juste… folle. J'ai pensé cela jusqu'à aujourd'hui mais, en réalité, son comportement n'était pas seulement indigne, il était tout simplement frénétique. Sloane a dû réaliser que quelque chose n'allait pas et c'est sans doute pourquoi il n'a pas voulu se montrer désagréable avec elle.

— Il ne s'en est jamais expliqué ?

— Si, il a tenté de s'excuser mais j'étais trop furieuse pour l'entendre.

J'avais vraiment besoin de trouver une raison pour ne pas l'épouser, pensa Christine avec une sensation de honte.

— Mais Dara dit ici que S.C. était furieux. S'il l'était, il ne l'a certainement pas montré. Elle semble d'ailleurs beaucoup plus préoccupée par la réaction du Cerveau.

Elle soupira.

— Je commence à avoir mal à la tête.

— Ce n'est pas étonnant mais il ne reste plus qu'un passage. Finissons-en. Il est daté du 24 mars.

— La nuit qui a précédé sa disparition, soupira à nouveau Christine, submergée par un soudain pressentiment.

Streak lut :

« Je suis tellement fatiguée. J'ai des cauchemars, j'ai l'impression que des gens me suivent et je me demande ce qu'ils vont me faire. Je suis parfois si tendue par le manque de sommeil que j'en ai des hallucinations. Les regards que me jette Amazone ! Ce serait drôle si je n'étais pas si malheureuse. Je ne puis supporter qu'on soit furieux contre moi. Même papa. Il m'a dit un jour qu'après tout j'étais comme maman. Qu'est-ce que ça veut dire ? Et voilà maintenant que je découvre cela ! Qu'est-ce qui s'est passé ? Je n'ai pas dû prendre les pilules comme il faut. Sans doute à cause de la vodka. Je l'ai dit à papa. Je ne sais pas à quoi je m'attendais. On ne doit pas être heureux d'être père dans notre famille. Il m'a dit qu'il fallait que je m'en débarrasse mais j'ai peur de mourir. Et je ne sais pas comment faire. Je suis toujours désarmée devant les problèmes pratiques, devant ces choses sales que la vie vous oblige à faire. Mais il est tellement furieux. Et si quelqu'un d'autre le savait !

« Si seulement maman pouvait être là. Sans elle, je suis perdue. Je sens que tout va aller de travers et je suis sûre que, quoi que je fasse, je serai morte à cette même date l'année prochaine. »

Streak referma le carnet avec lenteur, le regard noyé de tristesse.

— En effet, dit-il, elle n'a pas été là l'année suivante. Ou même la semaine suivante. Cette fille si fière et si exaspérante !

Christine sentit la pitié monter en elle. Dara n'avait pas été seulement terrifiée à l'idée que quelqu'un la suivait et voulait sa mort. Elle avait aussi découvert qu'elle était enceinte, qu'elle n'avait pas pris la pilule correctement. Elle l'avait dit à son père qui, manifestement, n'avait pas montré d'enthousiasme. Et quand elle avait écrit ce passage dans son journal, elle n'était plus qu'une petite fille terrorisée, persuadée que seule sa mère aurait pu l'aider.

Dara avait été égoïste, avide et incroyablement peu soucieuse de sa vie et de celle des autres mais Christine avait pu constater que ses parents lui avaient toujours laissé penser qu'elle pouvait avoir tout ce qu'elle désirait. Son père ne lui disait presque jamais non et sa mère non plus, sans doute. Elle était belle, adorée et tellement cajolée qu'elle n'avait jamais pu grandir, qu'elle était restée une petite fille gâtée. Au point qu'elle était même incapable de comprendre le concept de responsabilité. Malgré tout, en dépit de ses erreurs et de la façon dont elle avait été élevée, l'état dans lequel elle se trouvait en écrivant ce passage était tragique. Les larmes qui perlaient aux yeux de Christine n'étaient pas seulement des larmes de pitié. Elle se sentait coupable aussi, comme si, sans savoir comment, elle était indirectement responsable de ce qui était arrivé à Dara.

— Jamais je n'aurais pu penser qu'elle était enceinte, dit-elle, et manifestement terrifiée à l'idée d'un avortement. Et toi, Streak ?

Streak se leva, la fumée de sa cigarette formait comme une auréole autour de sa tête.

— Comment aurais-je pu le savoir ?

— J'ai pensé que peut-être, lorsque tu la rencontrais au bord de la rivière, elle aurait pu dire quelque chose qui t'aurait mis la puce à l'oreille.

— Non, je t'ai dit qu'elle ne parlait jamais de sa vie amoureuse.

— D'accord, dit Christine doucement. À ton avis, pourquoi Ames lui a-t-il dit que, finalement, elle était comme Eve ?

— Comme Eve ? Eh bien, Eve était extravertie. J'avoue que j'ai été choqué à mort quand il l'a épousée. Il était tellement sérieux. Bon, gentil, digne de confiance mais sérieux. Eve était juste le contraire. Après quelques années, la différence de leurs tempéraments a fini par peser sur leur mariage. D'extravertie, Eve est devenue flamboyante, un peu tapageuse et — comment dire — un peu trop familière avec les hommes.

— Familière ?

— Oui, elle avait un peu tendance à flirter. Elle semblait plus vivante lorsqu'elle avait des hommes autour d'elle et elle agissait avec eux un peu comme si elle les connaissait intimement. Ames ne pouvait pas ne pas s'en rendre compte mais je suis persuadé que jamais il ne lui a fait de scène à ce propos. Je sais qu'il n'approuvait pas sa façon d'agir mais je suis sûr qu'il n'a jamais cessé de l'aimer. Je ne dirais pas la même chose d'Eve, en tout cas après les premières années. Je crois qu'elle s'ennuyait avec lui. Et puis elle a eu son cancer. Pendant près de deux ans, elle n'a cessé de décliner jusqu'au moment où il ne restait plus grand-chose de l'ancienne Eve.

— Est-ce que tu crois qu'elle a eu des aventures avant de tomber malade ?

— Non, dit Streak, tendu, mais je dois bien reconnaître que je ne connais pas grand-chose aux femmes.

Il semblait un peu amer, comme s'il avait été blessé. La plupart des femmes n'auraient pas l'idée de fréquenter un homme aussi retiré du monde et lui, de son côté, il n'allait guère dans les lieux où on peut en rencontrer. Mais qu'en était-il d'Eve ? Il la voyait souvent. Après tout, il était bel homme. Et brillant. Et il avait ce côté blessé de guerre romantique. Frustrée par un mari plutôt lointain, Eve aurait très bien pu se tourner vers lui.

— Il y a quelque chose qui ne va pas ? demanda Streak sèchement.

— Non mais j'ai juste du mal pour intégrer tout ça.

— Il y a de quoi mais nous voulions savoir ce qu'il y avait dans ce journal. Je souhaiterais presque que nous ne l'ayons pas lu.

— Moi aussi mais nous savons maintenant que ce n'est pas à Ames que ce journal doit être confié mais à la police. Ne serait-ce que parce qu'il nous apprend que Dara avait trois amants, Ames ne le montrerait jamais à la police.

— Certainement pas.

— Nous ne pouvons même pas lui en parler et encore moins lui faire confiance. Je ne me sentirai vraiment bien que lorsque je m'en serai débarrassée. Au moins, je l'espère.

— Je l'espère aussi.

Streak se leva et s'étira.

— Il est deux heures et demie et tu es assez fatiguée pour t'écrouler sur le tapis. Il est temps que je rentre à la maison.

— Je vais te reconduire en voiture.

— Pas la peine. Il n'y a guère qu'un kilomètre et demi et je n'ai pas fini mon jogging.

— Streak, tu penses vraiment que la bonne chose à faire est de confier ce carnet à la police, n'est-ce pas ?

Il fronça les sourcils.

— Est-ce que, soudain, tu aurais un doute ?

— Oui car Ames va y voir un acte de traîtrise.

— J'ai bien peur que oui mais la police doit avoir

connaissance de ce document. Nous en sommes tous deux persuadés.

Christine approuva :

— Entendu, une fois pour toutes. Es-tu sûr de ne pas être trop fatigué pour marcher jusque chez toi ?

— Non et je vais même courir. Le vieil homme a encore de la ressource. Bonne nuit, Christine, essaie de dormir un peu.

Christine ferma soigneusement la porte. Elle put entendre la course bien rythmée de Streak sur son chemin sans la moindre trace de fatigue. Quand elle ne l'entendit plus, elle se rendit à la cuisine en ramassant les tasses de café. Comme elle n'avait pas tiré les rideaux sur les fenêtres coulissantes donnant accès sur la terrasse, elle constata que le brouillard s'était encore épaissi, noyant les lampadaires dans une sorte de mousse.

Quelque chose scintillait au milieu du brouillard et elle s'arrêta net, essayant de percer la nuit. Ce pouvait être quelqu'un en train de chercher son chien avec une lampe électrique. Les gens qui vivaient deux maisons plus loin avaient un cocker qui s'égarait parfois jusque sur le terrain de Christine. Elle entrouvrit une fenêtre et écouta mais personne n'appelait son chien. Elle cria « Buddy ! » à deux reprises mais le vieux cocker ne vint pas vers elle comme il le faisait d'habitude.

Christine ouvrit la porte et se tint debout, essayant de comprendre ce qu'était cette lumière. Elle n'entendit rien. Bien sûr, si quelqu'un marchait dans le petit bois derrière sa maison, elle entendrait forcément le froissement des feuilles mortes, des aiguilles de pin et de l'herbe morte.

Elle se dit d'abord que ce n'était rien mais, avec une soudaineté qui la stupéfia, elle se sentit nue, totalement exposée à un univers qui l'espionnait et lui voulait du mal. Elle eut la sensation que quelqu'un lui touchait légèrement le cou, comme pour s'amuser. Elle eut de nouveau la sensation d'être surveillée, cette même sensation qu'elle avait éprouvée dans la brume au bord de la rivière.

Rhiannon miaula derrière elle et elle dut se retenir pour ne pas crier. Elle se retourna brusquement pour voir le chat assis sur la table, ses yeux dorés fixés sur le brouillard de l'autre côté de la porte, sa queue dressée comme s'il avait peur.

Christine repoussa violemment la porte coulissante, bloqua la serrure et le verrou de sûreté. La chatte poussa un grondement, suivi d'un miaulement à donner le frisson qui déclencha chez elle une peur irraisonnée. Danger. La chatte le sentait, Christine le sentait. La chatte miaula à nouveau, montrant ses crocs acérés tandis que son poil si noir se dressait sur son dos. Puis elle sauta de la table et sortit de la pièce.

Christine tira sur le cordon pour baisser le store. Du verre, du tissu, du plastique, pensa-t-elle, de bien faibles protections contre la nuit et les menaces qui se cachent au-delà des lumières de la ville, lumières qu'elle avait toujours trouvées trop vives et qui lui semblaient maintenant ridiculement faibles. Quoi que ce soit ou qui que ce soit qui se trouvait dehors ne souhaitait pas apparaître en pleine lumière. Qui que ce soit ? Christine croisa ses bras sur sa poitrine et s'éloigna des portes tout en se disant qu'elle était ridicule. Qui que ce soit était probablement un écureuil.

C'était impossible. Rhiannon n'aurait pas réagi avec une telle violence contre un écureuil, une souris ou même un opossum. Cette présence au-dehors était une présence humaine et elle était encore là en train de la surveiller avec des yeux hostiles.

Mon Dieu ! pensa Christine glacée jusqu'aux os, c'est ce que Dara a dû ressentir pendant les dernières semaines de sa vie.

2

Reynaldo fut réveillé en sursaut par un petit coup frappé sur la portière de sa voiture. Il cligna des paupières, se frotta les yeux et aperçut à l'extérieur un vieux visage ridé qui le regardait avec un mélange d'agacement et d'inquiétude. Il descendit la vitre et dit sèchement :

— Oui ?

— Vous vous êtes enfermé à l'extérieur de votre chambre ?

Rey fronça les sourcils et jeta un regard sur l'enseigne fatiguée du Riverside Inn.

— Non.

— Alors, que faites-vous ici ?

Le vieil homme s'approcha encore et s'exclama :

— Mais je vous reconnais ! Vous veniez ici souvent.

— Oui.

— C'est surtout votre voiture que je reconnais. Quelle merveille ! N'est-ce pas une Thunderbird 1956 ?

— 1957.

— C'est bien ce que je pensais. On donnerait un bras ou une jambe pour en avoir une pareille. Mais que faites-vous ici après si longtemps ? On vous voyait ici au moins tous les quinze jours. Vous ne restiez jamais pour la nuit. Seulement une ou deux heures.

Le vieil homme se frappa le front.

— Vous voyez : ma mémoire n'est pas encore partie.

— En effet.

— Vous vous appelez Oman, n'est-ce pas ? Je me souviens aussi de cela.

— Oui.

C'était en effet le faux nom que Rey avait coutume de donner.

— Et je me souviens aussi de la jolie fille que vous ameniez. Vous l'appeliez Farah, comme Farah Fawcett, celle qui jouait dans *Drôles de dames*. J'aimais beaucoup ce spectacle mais ma femme ne me laissait jamais le regarder.

Rey se souvint du jour où Dara s'était attardée dans le bureau pendant qu'il rédigeait la fiche de police. Il s'était trompé et avait donné son vrai nom.

— Oui, c'était ça, dit-il au vieil homme, elle s'appelait Farah.

— Pourquoi êtes-vous resté si longtemps sans venir ? Est-ce que vous vous êtes marié ?

— Non. Pas avec Farah.

L'homme cligna de l'œil d'un air complice.

— Moi, je n'aurais pas laissé partir une telle merveille. Mais vous n'avez peut-être pas eu le choix. C'est ce qui arrive de nos jours. Quand j'étais jeune, j'ai eu une vraie beauté mais elle est partie avec un type beaucoup moins bien que moi mais qui avait plus de fric. Plus tard, il l'a laissée tomber quand elle a commencé à être moins belle. J'aurais dû m'en ficher mais je n'ai pas pu. Je n'en ai jamais parlé à ma femme, elle aurait été jalouse.

— Je suis désolé, au moins pour la beauté.

— C'est la vie !

Le vieil homme fit la grimace.

— Vous allez dire que je suis un vieil emmerdeur, dit-il, mais ma femme n'aime pas vous voir parqué ici et elle me fait la vie dure si je ne fais pas ce qu'elle dit. Bien que nous soyons loin d'être complets, je dois vous demander de partir si vous n'avez pas l'intention de prendre une chambre. Je suppose que vous êtes juste en train de vous rappeler vos souvenirs. Il n'y a pas de mal à ça mais elle, elle ne veut rien savoir.

— C'est vrai, je me souvenais.

— Oui, cela se voit sur votre figure et je suis d'autant plus désolé de vous demander de partir. Ma femme peut rendre la vie impossible à qui ne fait pas comme elle dit. Vous savez comment elles sont. Ou peut-être ne le savez-vous pas.

— Malheureusement, je le sais.

Le vieil homme eut un petit rire sec.

— Cela ne m'étonne pas que vous pensiez au bon temps d'autrefois. Cela m'arrive aussi, même si la fille dont je vous parlais n'était pas aussi belle que Farah. Bien sûr, je n'étais pas comme vous, je ne ressemblais pas à un acteur de cinéma, bien que vous soyez bien pâle ce matin. Vous n'avez pas reçu de mauvaises nouvelles, au moins ?

— Si, dit Rey en tournant la clé de contact.

Le moteur fit entendre un ronronnement tout à fait satisfaisant.

— Oui, j'ai reçu de très mauvaises nouvelles du passé.

Le vieil homme hocha la tête.

— C'est bien le problème. Vous pensez que le pire est passé depuis longtemps et voilà qu'il revient et vous frappe en plein visage. Oui, monsieur, en plein visage.

Tess Cimino s'éveilla en sursaut. Elle étendit aussitôt le bras pour toucher son mari, Rey. Il était parti. Elle réalisa que c'était un bruit venu de la cuisine qui l'avait réveillée. Elle regarda le réveil sur sa table de nuit. Cinq heures trente-cinq.

Elle jeta sur ses épaules une vieille robe de chambre bleue en flanelle et se dirigea vers la cuisine qui était plongée dans l'obscurité. Elle alluma la lumière du plafond.

— Éteins cette lumière ! lui cria Rey en cachant ses yeux derrière ses mains. Elle est éblouissante.

— Pas plus que d'habitude et il n'y a pas d'autre lumière.

Rey loucha vers elle. Ses yeux étaient injectés de sang et cernés de mauve. Il ne s'était pas rasé depuis la veille et son teint était brouillé.

— Tu as bu.

— Un peu.

— Plus que cela.

— Je ne suis pas ivre.

— Je ne dis pas que tu es ivre mais tu devais l'être il y a trois heures. Maintenant tu te dégrises mais, manifestement, tu as une terrible gueule de bois. Je vais te faire du café.

— Si tu veux.

— Où es-tu allé ? demanda Tess en versant de la poudre dans la cafetière.

— Je te l'ai dit, je suis allé boire un verre.

— Depuis dix heures la nuit dernière ? Les bars sont fermés depuis longtemps.

— J'ai acheté une bouteille.

— Et tu as bu en conduisant. Tu aurais pu te faire arrêter.

— Je suis allé dans un lieu privé.

— Où ?

— Je connais des endroits. Si je te disais où, ils ne seraient plus privés.

— Tu fais bien des mystères. Tu crois que si tu me disais où tu vas, je pourrais te poursuivre jusque là-bas ?

— Un homme peut avoir besoin d'être seul. Et toi, tu es toujours en train de me chercher.

— Tu me ferais passer pour une chienne de chasse

(il haussa les épaules). Et tu as pris la Thunderbird. Tu ne la prends guère que trois ou quatre fois par an.

— Je veux qu'elle ait l'air neuve. Est-ce que le café est bientôt prêt ?

— Encore deux minutes. Ensuite il faudra que tu prennes une douche et que tu changes de vêtements.

— Je te remercie de me dire tout ce que je dois faire.

Tess le regardait tandis qu'elle versait du lait dans son café. Même dans cet état, il était encore le plus bel homme qu'elle ait jamais vu. Elle était tombée amoureuse au premier regard. On aurait dit qu'il sortait des pages d'un magazine de mode. Et ce jour-là, il avait Dara à son bras, plus jeune et plus belle que jamais.

— Rey, ne crois-tu pas que cette tristesse à propos de Dara est un peu vexante pour moi ?

— Vexante ?

— Oui, vexante pour mes sentiments. Après tout, je suis ta femme maintenant. Et tu sembles ne penser qu'à une autre femme.

Les yeux noirs de Rey étincelèrent.

— Une femme qui a été assassinée.

— Il y a trois ans. Et ne me dis pas qu'il ne t'est pas venu à l'idée qu'elle pouvait être morte. Je ne vois personne d'autre s'enivrer à cause d'elle.

— Combien de personnes as-tu vues depuis que tu as appris la nouvelle de sa mort ?

— Personne (elle versa le café et plaça la tasse devant lui). Tu m'as ramenée à la maison dès que tu as su, tu as marché de long en large jusqu'à dix heures et tu es parti sans un mot. Je me suis fait tellement de souci mais je suis prête à parier que tu n'as pas pensé à moi une seconde. Je savais que tu allais boire.

— Pourquoi ? Je ne bois presque jamais.

— Je l'ai vu dans ton regard.

— Oh, dit Rey, sarcastique, ce fameux regard.

— J'ai été sur le point d'appeler la police mais je ne l'ai pas fait pour ne pas t'embarrasser.

— Au moins, tu as fait preuve de bon sens.

Tess s'assit en face de lui et plongea son regard dans le sien.

— Rey, je t'aime mais je ne peux pas accepter ta conduite de cette nuit. Tu as agi comme un malade mental.

Rey leva une main qui tremblait.

— Ne me dis jamais ça.

— Pourquoi ? Parce que ton père n'était pas un bon exemple de stabilité mentale ?

— Ne me parle pas de lui.

— Mais je ne te compare pas à lui. La maladie mentale n'est pas héréditaire.

— Je ne veux pas parler de mon père !

Rey se leva. Tout son corps tremblait.

— Jésus ! Tess, est-ce que tu crois que c'est le moment de parler de ça ? Après ce qui vient de se passer.

— Tu veux dire : après qu'on a trouvé le corps ? Au nom de Dieu, Rey, tu ne sais même pas s'il s'agit de Dara.

— Bien sûr que si.

— Dara, cria Tess en lui lançant un regard glacé, toujours Dara, j'en ai plus qu'assez de Dara Prince.

— Pourquoi ? Je ne parle jamais d'elle.

— Non, mais tu ne penses qu'à elle. Je le vois bien. Elle est toujours là, toujours entre nous, même au lit. J'ai le sentiment que c'est à elle que tu fais l'amour et pas à moi.

Tess prit une profonde inspiration.

— Dara était une petite garce, Rey, une garce égoïste, gâtée, immorale et sans aucun principe. Elle a passé son temps à se moquer de toi.

La gifle que lui lança Rey l'envoya à deux pas de là, non pas tant à cause de sa force mais de la surprise. Elle porta la main à sa joue et des larmes inondèrent son visage. Rey la fixait, les yeux brillants, le visage méprisant.

— Tu… tu ne m'as jamais frappée, dit Tess, la voix tremblante. Jamais. Tu n'es pas ce genre d'homme, Rey. Tu n'es pas violent, tu n'es pas cruel. Tu n'es pas… tu n'es pas… ton père.

— Tu crois ? Peut-être bien que si après tout, gronda Rey avant de se précipiter hors de la cuisine. Peut-être ne sais-tu pas grand-chose sur ton propre mari.

CHAPITRE 7

1

Christine somnola plus ou moins jusqu'à l'aube et ne plongea dans un profond sommeil qu'au moment où les oiseaux se mirent à chanter. Une heure plus tard, Jeremy se tenait près de son lit.

— Christy, dit-il en lui secouant l'épaule, il est temps de se lever.

— Non, grommela-t-elle. Mon réveil n'a pas encore sonné. Il y a quelque chose qui ne va pas ?

— Rien, mais j'ai envie d'aller au magasin.

— Mais aujourd'hui, nous n'ouvrons qu'à dix heures.

— S'il te plaît, Christy, je veux récupérer mon portable.

— Cela peut attendre.

— Oui mais j'ai un travail à faire. J'aurais dû le terminer hier. Je veux faire une surprise à Rey et je veux avoir terminé avant son arrivée.

Christine grogna et plaça l'oreiller sur sa tête.

— Est-ce que tu as besoin d'être aussi consciencieux ?

— Je ne comprends pas un mot de ce que tu dis sous cet oreiller.

— J'ai dit…

— Je veux aller au magasin.

— Cela peut attendre deux heures.

— Tu n'as pas besoin de m'emmener, je peux prendre mon vélo. Il ne pleut pas.

Christine savait qu'il était inutile de discuter. Lorsque Jeremy avait décidé de faire quelque chose, son insistance pouvait vite devenir exaspérante. Elle enleva l'oreiller de dessus sa tête et dit :

— Tu ne peux pas aller au magasin à vélo. C'est trop loin.

— Mais je dois y aller, Christy. J'ai…

— Quelque chose d'important à faire, oui, je sais. Elle le regarda intensément pour voir si les troubles de la veille étaient la cause de son brûlant désir d'aller au magasin ce matin. Mais non, il semblait serein. Et déterminé. Elle dit, résignée :

— D'accord mais je dois prendre mon café avant de partir. Et toi ton petit déjeuner.

— Je peux le faire. Tu veux une omelette ?

— Écoute, Jeremy, tu as beaucoup de talents mais pas celui de faire la cuisine.

Il sourit.

— Si tu veux, ajouta-t-elle, ouvre une boîte de nourriture pour Rhiannon. Je descends dans deux minutes.

— Je vais quand même faire le café.

— Non, je t'en prie…

Il était déjà parti et elle savait que, dix minutes plus tard, il lui faudrait boire un café assez fort pour décaper une couche de vernis sur une planche.

— Oh ! la barbe, murmura-t-elle. Quel début de journée !

Elle se leva avec peine et retomba sur le lit alors que le souvenir des événements de la nuit précédente la frappait avec la force d'un coup de poing. Ainsi,

Dara avait été retrouvée et son père avait dû contempler son cadavre qui était resté immergé pendant trois ans dans la rivière.

— Oh ! Ames, gémit-elle, sachant l'enfer qu'il avait enduré la nuit dernière.

Voudrait-il même ouvrir le magasin aujourd'hui ? Il était encore trop tôt pour l'appeler. Peut-être pourrait-elle passer chez lui vers neuf heures pour voir comment il allait.

Mais aussitôt, elle sentit que ce n'était pas la chose à faire. Sans doute ne s'était-il endormi que très tard et en ce cas mieux valait ne pas le déranger. Par-dessus le marché, elle n'avait aucune envie de rencontrer Patricia. Et puis, en vérité, elle ne souhaitait pas non plus rencontrer Ames avant d'avoir remis le journal de Dara à la police. Le simple fait de le voir risquerait d'affaiblir sa résolution à faire ce qui était absolument nécessaire à ses yeux, et même si cela devait lui faire de la peine. Non, le mieux était de conduire Jeremy au magasin, d'y revenir à dix heures lorsque Ginger et Rey y seraient arrivés et alors d'appeler Ames. Elle ne le verrait que plus tard dans la journée, après avoir remis le journal à la police.

Elle se leva enfin et, d'une démarche raide, se dirigea vers la salle de bains. Elle se regarda dans le miroir et se trouva horrible. Elle avait dû dormir sur le ventre et sur le visage, si bien que les plis de l'oreiller avaient laissé des marques sur ses joues. Ses yeux étaient légèrement rouges, cernés, sa peau était livide et ses lèvres avaient perdu toute couleur.

Elle allait prendre une douche lorsqu'elle se dit qu'elle la prendrait plus tard dans le centre de gym où elle n'était pas allée depuis longtemps. Cela lui ferait du bien, lui permettrait d'oublier pour un temps Dara et son journal. Surtout, elle avait absolument besoin d'une remise en forme.

Elle lava son visage, se brossa les dents, mit un peu de rouge sur ses lèvres, passa un peigne humide dans ses cheveux en essayant d'aplatir ses boucles rebelles et se glissa dans un survêtement. Elle reviendrait après la gym et se préparerait pour la journée.

En arrivant en bas, elle vit que Jeremy avait ouvert les rideaux devant les portes vitrées. Elle regarda avec une espèce de crainte mais le jardin avait repris son aspect familier. Il semblait sans joie et mal entretenu mais pas du tout menaçant. Elle eut un peu honte de la terreur qu'elle avait ressentie dans la nuit à l'idée que quelqu'un s'y trouvait dissimulé dans le brouillard.

Mais il y avait quelqu'un, elle le savait.

— Que dis-tu ? lui demanda Jeremy.

Elle se rendit compte qu'elle avait dû parler à haute voix.

— J'ai dit que je n'avais pas beaucoup dormi la nuit dernière.

— Ce n'est pas ce que tu as dit. J'ai entendu le mot brouillard.

— Après t'avoir conduit au magasin, l'interrompit-elle, je vais aller à la gym.

Il n'était pas question qu'elle dise à son frère un seul mot qui pourrait lui faire peur.

— Mon Dieu, Jeremy, ce toast est vraiment brûlé.

— C'est l'appareil qui fonctionne mal. Il faut en acheter un autre.

— Il faut plutôt le régler, pousser le bouton de sombre à clair. Laisse-moi faire.

— Non, c'est moi qui fais les toasts ce matin. Place le bouton au bon endroit. Je n'ai pas pu trouver la confiture de tante Wilma.

— Elle est donc parvenue à te persuader de l'appeler tante Wilma. Cela fait un moment qu'elle essaye. Pour moi aussi d'ailleurs mais je n'y arrive pas.

— Après tout, elle est comme une tante pour nous. Autant que Peony, la grand-tante de maman.

— Celle qui prétend que les enfants sont mauvais et qu'elle aurait préféré prendre deux loups chez elle plutôt que nous lorsque maman et papa sont morts. Elle qui portait autour du cou des sachets d'herbes gluantes pour éloigner les germes et qui ne prenait qu'un bain par mois parce qu'elle avait peur de prendre froid et d'en mourir. Tu crois qu'elle mérite le nom de tante ?

— Oh, je suppose que non, répondit Jeremy en repensant à la vieille mégère. En tout cas, il n'y a plus de confitures.

— Nous les avons toutes mangées et il va nous falloir attendre l'été pour que Wilma en fasse d'autres. Pour le moment, tu vas devoir te contenter d'une gelée industrielle.

Cinq minutes plus tard, après lui avoir essuyé la gelée qui restait sur son menton, elle tira de son sac les clés du magasin et les lui tendit.

— J'espère que tu vas faire très attention à ces clés. Si tu les perds…

— Oui, je sais, quelqu'un pourrait dévaliser le magasin, grogna Jeremy. Tu me dis ça chaque fois. C'est tout juste si tu me laisses les regarder, ces clés.

Elle soupira.

— Tu vois ce qui arrive quand on se lève trop tôt. On est de mauvaise humeur (il lui lança un demi-sourire). Tu vas faire, ajouta-t-elle, ton important travail au magasin et moi je vais aller à la gym. Dans deux heures, nous serons en pleine forme.

En marchant vers la voiture, Christine remarqua qu'il n'avait pas plu de la nuit mais que l'air était frais et chargé d'humidité. Le ciel était plombé, bas et triste. Un corbeau solitaire était perché sur un poteau de téléphone et lançait dans le ciel sinistre un croassement éraillé.

— Il est ici en sentinelle, commenta Jeremy. Je me demande où sont ses compagnons.

— Dans un arbre en train de se préparer pour une action méritoire, répondit Christine.

Le corbeau inclina la tête, regarda Christine de ses yeux ronds et croassa fortement.

— Je ne t'aime pas non plus ! lui cria-t-elle et Jeremy éclata de rire.

Comme elle aimait l'entendre rire ! Surtout après la tragédie de la nuit précédente ! Depuis son réveil, il n'avait pas prononcé le nom de Dara et elle ne voulait absolument pas revenir sur ce sujet.

— Vivement l'été, se contenta-t-elle de dire.

— On dirait que cet hiver dure depuis un an, dit Jeremy en installant son grand corps dans la petite voiture et en attachant sa ceinture. J'ai l'impression qu'il ne fera plus jamais chaud.

— Tu ne diras pas ça en août quand il fera plus de quarante degrés.

Une rafale de vent projeta des feuilles mouillées sur le pare-brise. Christine resserra son blouson et lança ses affaires de gym sur le siège arrière.

— Et en plus de tout, voici que nous avons une inondation. C'est mauvais pour la ville et mauvais pour les affaires.

— Je croyais t'avoir entendue dire que nous avions fait de très bonnes affaires pour Noël.

— De bonnes affaires surtout à cause de la neige qui a duré longtemps et qui a empêché les gens d'aller faire leurs courses à Charleston, si bien que notre comptabilité ne reflète pas la crise. Cela m'arrange car je tiens à prouver à Ames que je suis une bonne gestionnaire.

— Il le sait, Christy, dit Jeremy avec un sourire

encourageant. Je l'ai entendu le dire à Patricia l'autre soir.

— Vraiment, et qu'a-t-elle répondu ? demanda Christine en faisant marche arrière dans la tranquille rue Cardinal.

— Je ne m'en souviens plus.

Cela signifiait que Jeremy ne voulait pas le répéter. Oh ! tant pis, l'opinion de Patricia n'avait pas beaucoup d'importance.

Les rues étaient encore désertes lorsque Christine s'arrêta sur la Troisième Avenue devant la porte de service de la bijouterie. Elle tendit à Jeremy son porte-clés doré.

— Fais bien attention…

— De ne pas le perdre, dit-il, en le lui arrachant, je vais le garder au prix de ma vie. Je vais peut-être même l'avaler après avoir ouvert la porte.

— Pas la peine d'en faire tant. Ne travaille pas trop dur.

— Je ne t'embrasse pas ici devant tout le monde.

Christine regarda autour d'elle.

— Je ne vois personne mais je comprends que tu dois sauvegarder ta dignité. À plus tard.

Elle se dirigea vers le nord. Sur le parking du centre de remise en forme de Winston, il n'y avait que deux voitures rangées près d'un petit bosquet d'arbrisseaux ravagés par l'hiver. Elles appartenaient sans aucun doute à Danny Torrance, le directeur, ancien voisin des Prince, et à Marti, la monitrice. Christine soupçonnait qu'ils étaient amants et qu'ils dormaient dans le petit appartement à l'arrière du long bâtiment qui avait été construit cinq ans plus tôt. Le propriétaire n'y voyait pas d'inconvénient car leur présence décourageait les rôdeurs et ceux qui auraient sans doute défiguré par des graffitis la façade crème.

Christine rangea sa voiture contre le bâtiment de

façon à ce qu'elle ne soit pas recouverte par les feuilles trempées arrachées par le vent. En entrant dans le centre, elle fut accueillie par Danny assis derrière le comptoir en demi-lune.

— Ah ! Christine, c'est un peu tôt pour toi, dit-il avec un large sourire montrant ses dents parfaites.

— Ames a décidé d'ouvrir tard, ce qui me donne un peu de temps, répondit-elle en se demandant comment il faisait pour être si éveillé et si joyeux si tôt le matin.

Il se fit sérieux.

— J'ai entendu parler du corps qui a été retrouvé dans la rivière. Il s'agit de Dara, n'est-ce pas ?

Christine le regarda. À la plupart des gens, elle aurait répondu par une réponse évasive qui aurait mis fin à la conversation. Mais Danny avait grandi à côté des Prince et il avait connu Dara toute sa vie.

— Ames est allé à Charleston la nuit dernière et il a constaté qu'il s'agissait bien de Dara.

Danny ferma les yeux et hocha la tête.

— Diable ! Je ne peux pas le croire. Ou plutôt si, car l'idée qu'elle aurait pu s'enfuir et rester absente pendant trois ans n'avait aucun sens. J'espérais quand même…

— Nous espérions tous.

— Elle a donc été assassinée ? S'il s'agissait d'un accident, elle n'aurait pas été roulée dans un plastique.

— Non, mais nous ne savons pas ce qui est vraiment arrivé. Si elle a été tuée d'un coup de feu ou d'un coup de couteau ou si elle a été étranglée…

Christine prit une longue respiration. Elle se sentait mal à l'aise.

— Mais ne parlons plus de Dara, dit Danny avec énergie. Va faire tes exercices. Tes joues ont besoin de retrouver un peu de couleur.

— Aujourd'hui j'ai besoin de plus que cela, j'ai besoin d'être refaite à neuf.

Elle signa le registre en remarquant que son nom était le premier.

— On dirait que je vais avoir tout le centre pour moi toute seule.

— Les affaires n'ont pas été très bonnes ces derniers jours mais je comprends que les gens aient autre chose à faire qu'à s'occuper de leur forme. Ils doivent lutter contre l'inondation. Si le bureau des ingénieurs donne l'ordre de placer les sacs de sable, il me faudra laisser le centre à Marti pour faire mon devoir civique. J'espère que nous n'en arriverons pas là.

— Tu ne voudrais tout de même pas échapper à cet exercice. Travailler dans les tranchées sera meilleur pour toi que de travailler ici au sein du luxe.

— Tu es sadique.

— J'essaie mais, en toute honnêteté, je ne suis pas tranquille. Si on en arrive là, Jeremy sera au cœur de l'action. Il est fort, il sera volontaire et il sera d'une grande aide. Je n'essaierai pas de l'en empêcher mais j'aimerais que tu gardes un œil sur lui.

— Il sera sûrement capable de manipuler deux fois plus de sacs que moi tout en trouvant cela amusant. Tu devrais plutôt lui demander de garder un œil sur moi. Mais bien entendu, je travaillerai à ses côtés même s'il me couvre de ridicule.

— Tu es un brave type, Danny Torrance.

Christine posa son stylo, prit son sac de gym et dit, avec un sourire forcé :

— Je pars au combat !

— Est-ce que tu vas te contenter de ta routine habituelle ou veux-tu quelque chose de nouveau ?

— Rien de nouveau aujourd'hui. Je n'ai pas assez d'enthousiasme.

— D'accord. Amuse-toi bien. Marti et moi, nous allons prendre un jus d'orange et des petits pains au son dans l'arrière-salle. Si tu as besoin de quelque chose, n'hésite pas à crier.

Christine traversa la salle d'exercice pour entrer au vestiaire où elle déposa son sac de gym. Ce matin, pensa-t-elle, je n'ai pas besoin de mettre mes affaires dans une armoire. Il y a si peu de monde.

Elle plaça une bande élastique autour du poignet qu'elle avait brisé quand elle avait neuf ans en tombant de la maison qu'elle avait construite dans un arbre. À son grand regret, elle n'avait jamais retrouvé toute la force de ce poignet.

Elle monta sur la bascule. Avec son mètre soixante-quinze, elle s'était sentie comme une géante maladroite face à la minuscule Dara avec ses petits os. La bascule montra soixante-sept kilos et demi. Selon les experts, c'était un poids tout à fait correct. Pourtant elle n'avait jamais pu se débarrasser de son désir de jeune fille d'être à la fois plus petite et plus mince.

Elle avait été stupéfaite quand Sam Parks lui avait demandé d'être sa cavalière pour le bal de première année. Sam Parks, ce garçon si charmant avec son corps si lisse et ses cheveux noirs si bouclés. À quinze ans elle avait déjà atteint toute sa taille alors qu'il ne dépassait pas un mètre soixante-sept. Sa mère lui avait acheté une robe exquise parfaitement adaptée à la couleur de ses yeux. En entrant dans la salle de bal, elle s'était sentie comme une princesse. Plus tard, elle avait entendu un groupe de garçons qui se moquaient de Sam. Ils lui demandaient :

— Mais que fais-tu avec elle ?

Rouge de confusion, Sam avait répondu :

— Nos mères sont amies. La mienne m'a dit que si je ne sortais pas « l'incroyable Figure de proue », je serais privé de sortie pendant un mois.

Christine n'avait jamais raconté cela à personne mais les semaines suivantes, humiliée, blessée, elle avait pleuré dans son lit.

C'était il y a longtemps, pensa-t-elle. Depuis, elle avait eu la satisfaction de revoir Sam Parks. Il avait vingt-deux ans, il mesurait toujours un mètre soixante-sept mais il avait quinze kilos supplémentaires autour de la taille et ses merveilleux cheveux bouclés étaient déjà en train de s'éclaircir.

— Il y a vraiment une justice en ce monde, murmura-t-elle avant de pénétrer dans la salle d'exercices sur ses chaussures de sport aux semelles épaisses.

Elle aperçut son reflet dans un miroir et fit la grimace. Certaines femmes venaient à la salle de gym comme si elles étaient prêtes à tourner une vidéo de charme avec des cheveux et un maquillage impeccables et un survêtement en Lycra très bien ajusté et d'une très seyante couleur. Christine préférait un pantalon de survêtement et une chemise. Elle venait là pour travailler et non pour jouer les enchanteresses et elle travaillait mieux dans des vêtements confortables. Pourtant un jour comme aujourd'hui, alors qu'elle se sentait grise et terne, elle devait reconnaître que ses vêtements n'arrangeaient rien. Elle espérait qu'elle serait seule jusqu'à la fin.

Danny avait mis de la musique. Il croyait fermement qu'elle aidait à mieux travailler, surtout s'il s'agissait de chansons des années quatre-vingt. La chanson de Wang Chung: *Everybody Have Fun Tonight* fit irruption dans la grande salle. Christine qui venait de commencer son échauffement de yoga sentit en dépit d'elle-même qu'elle allait se laisser entraîner par le rythme de la musique alors qu'elle devait rester strictement immobile. Elle laissa donc tomber le yoga pour se livrer à des activités plus dynamiques.

Elle grimpa sur un vélo fixe et se mit à pédaler avec énergie au rythme de *Addicted to Love* de Robert Palmer. Elle regarda dehors sur le parking et vit qu'un vent d'orage emportait dans un tourbillon des feuilles mortes un carton vide de nourriture pour chiens et une tasse en plastique jaune et rouge. De l'autre côté de la rue, se trouvait un petit parc désert constellé de flaques d'eau. Sur un portique, une balançoire rouillée allait et venait comme si elle avait été mue par des enfants fantômes. Des arbres tendaient leurs branches squelettiques vers un ciel qui s'obscurcissait. Une tempête s'annonçait.

Quand elle eut attrapé une bonne suée sur le vélo, Christine se dirigea vers le tapis roulant. Tandis qu'elle marchait avec énergie sur le caoutchouc elle repensa au sentiment d'avoir été observée qu'elle avait éprouvé la nuit dernière. La question était de savoir si elle avait été victime d'un voyeur de passage ou d'un observateur venu là pour une raison précise. Depuis quelques mois, les habitants de Winston se plaignaient d'une bande d'adolescents qui jouaient à les espionner dans leurs maisons et à leur faire des farces. Peut-être avait-elle été victime d'une de ces bandes qui n'avaient rien de mieux à faire.

Mais peut-être aussi quelqu'un l'avait-il surveillée pendant quelque temps en train de lire avec Streak le journal de Dara. Surveiller deux personnes en train de lire, cela ne devait certes pas être passionnant, pensa-t-elle. À moins que cette personne n'ait été tout particulièrement intéressée par ce qu'ils lisaient. En ce cas, cela signifiait que Streak et Jeremy avaient été sous surveillance non seulement à la maison mais aussi au bord de la rivière Crescent, là où elle avait d'ailleurs eu le sentiment d'être observée. Ou encore que le voyeur était déjà là avant l'arrivée de Christine et de Streak. Quelqu'un avait peut-être vu Jeremy pleurer et jeter dans les eaux en crue ses pitoyables fleurs en soie, peut-être l'avait-il même entendu dire que c'était là que Dara avait disparu. À cette idée, les mains de Christine se mirent à trembler tandis que son cœur s'emballait.

Elle descendit du tapis roulant, s'assit, fit quelques respirations profondes pour se calmer et se dirigea vers les poids tandis que la salle était baignée par *Relax* de Frankie goes to Hollywood. Elle plaça dix kilos de poids de chaque côté de la machine et commença à travailler. Vers le haut, vers le bas, abaissé, levé… Elle continua régulièrement et commença à ressentir une légère tension dans les avant-bras. Cela ne va pas du tout, pensa-t-elle, et elle se souvint de sa grand-tante Helga dont la peau pendait d'au moins cinq centimètres sous ses triceps. Non, cela ne lui arriverait jamais, se promit-elle. Elle ajouta encore deux poids, s'allongea de nouveau. Cette fois-ci, à chaque traction, elle soulevait un total de trente kilos.

Danny aurait été furieux s'il l'avait vue, pensa-t-elle. Ce n'était sûrement pas une bonne idée de faire ce qu'elle faisait sans avoir quelqu'un à côté d'elle. Il y avait toujours le risque de laisser tomber la machine et de recevoir les trente kilos sur la poitrine. Mais il n'y avait personne dans la salle et elle ne voulait pas déranger Danny ou Marti. De toute façon, elle n'avait pas envie de parler à qui que ce soit et elle n'avait pas l'intention de poursuivre longtemps cet exercice.

Elle en était à sa quatrième traction lorsqu'elle ressentit un léger frisson courir le long de son corps. Elle n'était pas seule dans la salle. Elle prit une inspiration profonde et se donna l'ordre de se calmer.

Après tout, c'était une salle publique et quelqu'un venait sans doute d'arriver.

Cinquième traction, sixième traction… Soudain son cœur sauta dans sa poitrine. Il y avait quelqu'un tout près. Trop près. Elle entendit une respiration, sentit un regard la parcourir. Elle se relevait pour remettre les poids sur leur support lorsqu'elle sentit quelque chose de lourd et de mouillé tomber sur son nez et ses yeux.

— Quoi !… parvint-elle à crier avant qu'un tissu de velours ne s'enfonçât dans sa bouche, l'étouffant à demi.

Elle essaya de hurler mais sans parvenir à sortir d'autres sons que des grognements inarticulés. Aveugle et sourde, elle savait qu'elle était trop désorientée pour replacer les poids sur leurs supports. Elle inclina ses bras vers la droite, pour qu'en tombant les poids ne lui écrasent pas la tête mais des mains puissantes lui saisirent les coudes et les ramenèrent vers le centre, juste au-dessus de sa poitrine. Elle tenta de se redresser mais quelqu'un s'assit lourdement sur ses cuisses, juste au-dessus du pelvis. Elle se tortilla, presque incapable de bouger. Son assaillant la maintenait fermement contre le banc recouvert de vinyle, la forçant à garder les trente kilos directement au-dessus de sa poitrine.

La salive s'échappait de sa bouche aussitôt absorbée par le tissu. Elle secoua la tête, essaya de la déplacer vers le côté. La lourde masse de métal bougea légèrement mais sans vraiment s'éloigner. La musique avait envahi la pièce, les pulsations de la basse semblaient secouer le sol. « Relax, ne le fais pas, disait le chanteur en cadence. Relax, relax. »

Christine savait qu'avec les poids, le moment le plus difficile était quand on les soulevait ou les abaissait. Avec les bras tendus, on était en position de force. Elle savait que, dans des conditions normales, elle pouvait tenir cette position une bonne dizaine de minutes, peut-être plus. Mais ses mains transpiraient abondamment. Si elles allaient glisser…

La musique cognait dur, elle s'arrêta et un gargouillement d'eau emplit la pièce d'un bruit de tonnerre, le chanteur poussa un cri avant de reprendre.

Mon Dieu ! se dit-elle. Est-ce que Danny ne va pas venir ?

Elle sentit la respiration de son assaillant tout le long de son bras trempé de sueur, puis jusqu'à sa gorge. C'était un chatouillement, presque une caresse qui la remplit d'horreur. Ses bras tremblaient de plus en plus et elle savait qu'ils ne pourraient soutenir encore longtemps cette si lourde charge qu'elle avait elle-même choisi de porter. Elle ne parvenait pas à bouger d'un centimètre le poids de son agresseur qui pesait douloureusement sur ses cuisses.

— Je vous en prie, arrêtez ! supplia-t-elle mais, derrière son bâillon, elle ne parvint qu'à sortir un grognement incompréhensible.

Et quelqu'un, sur elle, laissait entendre un profond soupir de satisfaction.

Si je laisse tomber ces poids, pensa Christine, affolée, ils vont me briser les côtes et celles-ci me crèveront les poumons. Mon Dieu ! Danny, où es-tu ?

À cause du poids et sans doute de la peur, ses bras étaient maintenant incontrôlables. Elle eut un haut-le-cœur, sentit qu'elle allait vomir. Si cela arrivait, elle allait étouffer. Elle se dit qu'elle était sans défense, qu'elle allait être violée. Des larmes jaillirent de ses yeux fermés. Elle n'avait jamais été aussi terrifiée de sa vie.

C'est alors que l'incroyable arriva. Son assaillant souleva les poids et les plaça sur leurs supports. D'une main mal assurée, Christine tenta d'arracher le linge qui lui couvrait le visage tandis que, de l'autre, elle essayait de frapper le corps qui l'écrasait. Un violent coup à la tempe la plongea dans le néant.

2

— Mon Dieu, Christine.

Les mots lui semblaient venir de très loin.

Danny est enfin venu pour me sauver, pensa-t-elle.

— Marti ! criait-il, appelle du secours ! Christine, réveille-toi. C'est Danny.

Des lèvres couvrirent les siennes et elle céda à la panique. Donnant des coups de tête d'une violence inouïe, écrasant son front contre celui qui était au-dessus d'elle.

— Ouille ! Chris !

Lentement, elle vit le jeune visage grimaçant de Danny sortir du néant. Elle prit une grande inspiration et s'effondra sur le dos.

— Désolée, ânonna-t-elle, je pensais que c'était lui.

Danny frotta la tache rouge qui commençait à apparaître sur son front lisse.

— Je ne voulais pas te faire peur, j'étais seulement en train d'essayer de te faire du bouche-à-bouche. Qu'est-il arrivé ?

— Quelqu'un a essayé de m'écraser avec les poids.

Ses idées étaient floues, faites de lambeaux décousus.

— Il s'est assis sur moi. Il m'a frappée.

— Qui ?

— Je n'en sais rien.

Elle essaya de lever la tête mais Danny la maintint sur le tapis.

— Il a jeté quelque chose sur mon visage.

— Un tissu mouillé.

— Il a enfoncé quelque chose dans ma bouche.

— Un gant de toilette. As-tu vu au moins ne serait-ce qu'un petit bout de lui ?

— Rien. Tout est arrivé si vite.

Ses idées commençaient à se remettre en place, à redevenir cohérentes. Elle se toucha la tempe et gémit :

— Danny, j'ai un terrifiant mal de tête.

— Ce n'est pas étonnant. Il y a près de toi un poids couvert de sang.

— Il m'a frappée. Je saigne ?

— Il y a du sang partout. Mais tu sais que le cuir chevelu saigne abondamment. Ce n'est peut-être pas aussi dangereux qu'il y paraît. Tu n'es pas belle à voir.

— Tu as une drôle de façon de me mettre du baume au cœur.

Danny n'avait pas envie de sourire mais son visage toujours si bien bronzé perdit un peu de son anxiété.

— Tu trouves toujours au moins le moyen de rester sarcastique.

— Je sais, Danny, mais j'aurais besoin de deux aspirines.

— Tu en auras quand tu arriveras à l'hôpital.

— Je serai peut-être morte d'ici là.

— Non, tu es une dure à cuire.

— Encore ta langue de velours.

Christine continuait de parler car elle craignait de s'évanouir si elle s'arrêtait.

— Demain, je ne vais pas être belle à voir.

Marti arriva en courant et jeta sur elle une couverture blanche.

— L'ambulance sera ici dans quelques minutes.

Son charmant petit visage de lutin était blême, si bien que ses taches de rousseur avaient pris la couleur du chocolat.

— Chris, si vous saviez comme je suis désolée, mais je n'arrive pas à comprendre comment c'est arrivé. Lorsque la porte s'ouvre, une sonnerie retentit dans l'arrière-salle et nous n'avons rien entendu. Et les deux portes de derrière étaient fermées à clé.

— Fermées ? s'exclama Danny. Ce n'est pas possible.

— Elles le sont.

— En es-tu si sûre ?

— Bien sûr que j'en suis sûre, répliqua Marti sur la défensive. Je suis quand même capable de voir si une porte est ouverte ou fermée.

— Peut-être une fenêtre est-elle restée ouverte mais je suis certain d'avoir tout vérifié (Danny se leva). L'homme est peut-être encore caché ici. Je vais aller voir.

— Tu ne feras rien de tel ! s'écria Marti. Il pourrait te tuer, ou pire.

Christine se demanda ce qui pourrait être pire.

— J'ai appelé la police. Ils seront ici dans quelques minutes. Laisse-les se charger des recherches.

Christine eut vaguement conscience que quelqu'un venait d'entrer dans la salle d'exercices, quelqu'un qui, au bout d'un moment, cria :

— Mais que se passe-t-il ici ?

C'était Tess Cimino, la femme de Reynaldo. Christine aurait reconnu n'importe où sa voix forte et légèrement voilée.

— Ce n'est que moi, dit-elle. Il m'est arrivé un léger désagrément.

Tess se précipita à ses côtés, la regardant de ses yeux bleus où brillait une lueur de panique.

— Chris, tu saignes !

— C'est ce qu'on me dit.

— Est-ce que quelque chose est tombé sur toi ?

— Oui, un grand costaud, et je pense qu'il voulait me violer.

— Quoi ? explosa Tess.

— S'il vous plaît, madame Cimino, dit Danny calmement, le visage défait. Nous ne savons pas exactement ce qui est arrivé mais Christine semble tenir le coup. L'ambulance est en route. Moins il y aura d'agitation autour d'elle et mieux ce sera.

— Mais je ne lui fais rien de mal !

— Si, dit Christine, avec ce qu'elle espérait être un gentil sourire. Essaie au moins de parler un peu moins fort. Ma tête est en train d'exploser.

— Oh, je suis désolée, dit Tess qui se mit à murmurer.

Elle caressa les cheveux de Christine. Ses mains étaient longues et fraîches.

— Est-ce que tu veux un verre d'eau ?

— Oui.

— Non, dit fermement Danny. Rien sans la permission des médecins.

— Je veux me lever, dit Christine en se soulevant sur un coude. Je me sens ridicule d'être couchée comme ça avec tout ce monde autour de moi.

Danny la repoussa doucement.

— Non. Pas encore.

— Tu es un vrai tyran, murmura-t-elle.

En réalité, le simple fait de s'être soulevée de quelques centimètres avait suffi pour lui donner une nausée, même si elle ne voulait pas l'admettre.

— Est-ce que j'ai perdu le sens du temps ou est-ce que l'ambulance met longtemps à venir ?

— Elle arrive sur le parking, dit Marti qui était près de la fenêtre.

— Tout va bien aller maintenant, murmura Tess.

Elle avait rejeté ses cheveux en queue-de-cheval et, comme Christine, elle portait un pantalon de survêtement. Sans maquillage, elle paraissait épuisée et même sonnée. Christine remarqua que de fines rides qu'elle n'avait encore jamais vues entouraient ses yeux et que son visage était gonflé. À trente-cinq ans, elle avait sept ans de plus que son séduisant mari et cette différence d'âge la préoccupait jusqu'à l'obsession. Elle était persuadée qu'il passait son temps à admirer des femmes plus jeunes et plus belles.

— Ce n'est pas vrai, murmura Christine tandis qu'elle avait la sensation de s'enfoncer dans le brouillard.

— Qu'est-ce qui n'est pas vrai ? demanda Danny.

— Rey t'aime.

Danny fronça les sourcils.

— J'en suis charmé, Chris, mais je pense que tu es encore en train de tomber dans les pommes.

Et c'est bien ce qui était en train d'arriver.

CHAPITRE 8

Christine ne conserva aucun souvenir de son transport à l'hôpital. Elle ne reprit conscience que dans le hall d'entrée. Elle était sur son chariot et elle avait le sentiment que des centaines de visages la regardaient. Elle ferma les yeux. Elle n'était pas venue dans un hôpital depuis la mort de ses parents mais ce n'était pas pour elle qu'elle se faisait des soucis. Elle pensait qu'on allait annoncer à son frère ce qui était arrivé et qu'il allait se précipiter pour la voir. Ce ne serait vraiment pas indiqué pour lui.

— Mon frère, parvint-elle à murmurer. Ne pas le dire à mon frère.

— Nous allons prévenir votre frère aussitôt que possible, lui dit une infirmière au visage attendri, dites-nous seulement votre nom.

— Non. Je ne veux pas qu'il vienne. Où est Tess ? Est-ce qu'elle n'est pas venue ?

— Je suis là, dit Tess. Ils veulent me forcer à rester dans la salle d'attente mais je ne veux pas te quitter.

La gentille infirmière sembla contrariée et ordonna :

— Mademoiselle, vous devez rester dans la salle d'attente.

— Je suis madame Cimino et je ne ferai rien de tel.

Cette patiente s'appelle Christine Ireland. J'ai son sac avec ses papiers d'identité et de Sécurité sociale.

— Alors, portez-les au bureau et soyez assez aimable pour appeler son frère.

— Vous n'avez pas d'ordres à me donner, dit Tess en lançant un regard furieux à la jeune infirmière.

Elle se tourna vers Christine.

— Ne t'en fais pas, Christine, je m'occupe de tout. Veux-tu que je prévienne Ames ?

— Non, il a assez de soucis comme ça. Appelle plutôt Reynaldo. Dis-lui d'aller au magasin. Jeremy y est. Qu'il trouve une excuse pour lui expliquer que je ne peux pas venir et…

Elle se sentit partir de nouveau et oublia du même coup le bruit et l'agitation de la salle de réanimation. Elle eut l'impression que quelques secondes seulement s'étaient écoulées lorsqu'elle reprit conscience. Elle était en face d'un monsieur âgé avec des petits yeux inquisiteurs et un visage rouge et luisant.

— Vous souffrez d'un traumatisme crânien, lui dit-il sévèrement, comme si c'était sa faute.

— C'est ce que j'ai pensé.

— Vous avez de la chance que ce ne soit pas pire.

— Est-ce que cela aura des conséquences ?

— D'après la radio, le cerveau n'est pas atteint mais on ne sait jamais. Seul le temps pourra nous dire ce qu'il en est.

— C'est rassurant. Que se passe-t-il pour mon frère ?

— Je ne sais rien de votre frère. A-t-il été blessé lui aussi ?

— Non, je me fais juste du souci pour lui.

— S'il n'a pas été blessé, je n'avais aucune raison de le voir. Votre famille vous donnera de ses nouvelles.

— Quand pourrai-je le voir ?

— Plus tard. Bien sûr, vous allez passer la nuit à l'hôpital. Il constata qu'elle ne portait pas d'alliance et ajouta :

— À moins que vous ne viviez avec quelqu'un.

— Je pourrais aller chez mon tuteur.

— Votre tuteur ?

— Ames Prince. Mais ce n'est guère le moment de lui ajouter de nouveaux soucis.

— Ames Prince est votre tuteur ! s'exclama le médecin dont l'expression s'adoucit aussitôt. M. Prince. Je l'ai aperçu dans la salle d'attente. Un homme bien, ce M. Prince. Je ne pensais pas qu'il se serait déplacé aujourd'hui pour vous voir.

— Vous croyez donc que je ne suis pas digne de prendre le temps d'un homme bien ? demanda Christine avec une pointe d'aigreur.

Sa tête lui faisait mal. Le docteur lui jeta cette sorte de regard indulgent qu'on jette à une enfant de cinq ans.

— Puis-je voir M. Prince maintenant ?

— Très peu de temps. Ensuite, il vous faudra voir la police, mademoiselle…

— Ireland. C'est marqué sur ma fiche.

Le regard du docteur se fit sévère.

— Cinq minutes avec M. Prince, et ensuite la police.

Ames entra dans la chambre à pas comptés. Son visage était soucieux et hagard. Ses yeux gris semblaient hantés.

— Christine, est-ce que ça va ?

— Je tiens le coup.

— Dieu merci.

— Il faut plutôt remercier mon agresseur. Il ne connaît rien à mon anatomie. Il a frappé ce qu'il y a de plus dur en moi : ma tête (elle parvint à esquisser un léger sourire). Je suis désolée que tu aies été obligé de te traîner à l'hôpital aujourd'hui.

— Je ne suis tout de même pas un invalide, ma chérie, et je voulais m'assurer que tu n'allais pas trop mal. Je me demande bien ce que je deviendrais s'il t'arrivait malheur à toi aussi.

Christine lui prit la main. Sa peau froide semblait fine comme du papier.

— Ne te fais pas de soucis. Je vais rester ici cette nuit et je vais être entourée de médecins et d'infirmières prêts à intervenir au premier appel. Tu sembles beaucoup impressionner mon docteur.

— Ah ! le docteur Holt. (Ames baissa la voix.) Je me suis occupé d'une affaire où son fils était impliqué. Je ne peux pas entrer dans les détails mais je l'ai tiré d'affaire avec une simple mise à l'épreuve. Je ne suis d'ailleurs pas certain que ce soit dans le meilleur intérêt de la société.

— Puisque ce docteur est si reconnaissant, peut-être pourrais-tu obtenir de lui qu'on me donne un délicieux dessert à la place de l'insipide gelée industrielle.

— Je ne pense pas que mon influence aille aussi loin, ma chérie. Pourquoi la gelée ne serait-elle pas bonne pour toi ?

— C'est de la gélatine et la gélatine est faite de corne de sabots de cheval écrasée.

— Mon Dieu ! (Ames fit la grimace.) Je ne savais pas cela.

— C'est un secret bien gardé mais c'est vrai.

— Eh bien ! dit-il avec un sourire et un clignement d'yeux, tu es un vrai puits de science mais j'aurais préféré ne rien savoir sur la gélatine. Je n'en mangerai plus jamais.

Christine se sentit soudain mal à l'aise lorsque Michael Winter entra dans la chambre. Elle ne s'était pas regardée dans un miroir mais elle savait que son visage était meurtri, que ses cheveux étaient collés par le sang. Puis elle pensa que Winter n'était pas là pour admirer sa beauté et elle se reprocha sa frivolité.

— Bonjour, monsieur Prince, dit-il.

— Bonjour, shérif adjoint.

Winter regarda Christine.

— Je suis désolé de ce qui vous est arrivé, dit-il simplement.

Elle fut frappée par la minceur et la beauté de son visage, par ses mâchoires énergiques et ses yeux couleur d'ébène. Il semblait fatigué mais un peu moins que la veille au magasin.

— Le docteur m'a dit que tout allait bien se passer.

— J'espère qu'il a raison mais, pour le moment, j'ai l'impression que ma tête n'ira jamais bien.

— Salut, je peux entrer ?

Sans attendre la réponse, Tess s'approcha du lit. Winter sembla un peu ennuyé. Christine savait qu'il voulait l'interroger. Tess fit la grimace.

— Oh ! Christine, tu es à faire peur ! Bonjour, monsieur Prince, ajouta-t-elle.

Christine sentit son embarras : elle se demandait si elle devait parler de Dara mais Ames la tira de ce mauvais pas.

— Je vous remercie d'être venue à l'hôpital avec Christine et de m'avoir appelé aussitôt, dit-il d'un ton un peu guindé.

La pensée de son frère traversa soudain l'esprit de Christine.

— Ames, dit-elle, Jeremy est allé au magasin de bonne heure ce matin. Il va se demander pourquoi je n'y suis pas. Je ne veux pas qu'il sache ce qui m'est arrivé.

— Ne t'inquiète pas. Tess m'a dit qu'il était au

magasin. J'ai décidé de fermer pour la journée et j'ai demandé à Patricia d'aller le chercher. Elle doit lui dire que je t'ai envoyée à Charleston pour une affaire importante.

— J'espère qu'elle ne va pas se tromper et qu'elle ne dira rien de ce qui m'est arrivé.

— Patricia sait garder un secret quand elle le veut bien, dit Ames avec une pointe d'aigreur.

Un mélange de curiosité et de crainte s'empara de Christine. Est-ce que le couple était en crise ? Jeremy affirmait que Patricia était souvent absente.

— Rey aurait très bien pu ramener Jeremy à la maison, dit Tess, puisqu'il était au magasin.

— J'ai peur que non, dit Ames en hochant la tête. Juste avant que vous ne m'appeliez de l'hôpital, j'ai reçu un appel de lui me disant de prévenir Christine qu'il ne se sentait pas bien et qu'il n'irait pas travailler aujourd'hui.

— Rey a quitté la maison en même temps que moi, protesta Tess. Il aurait dû être au magasin dès sept heures et demie.

— Il savait que nous n'ouvririons pas avant dix heures, dit Ames avec un sourire conciliant. Peut-être avait-il une course à faire et s'est-il rendu compte alors qu'il ne se sentait pas bien.

— Quelles courses aurait-il pu faire à sept heures et demie ? demanda Tess. Rien n'est ouvert à cette heure.

— Certains magasins sont ouverts pour les objets de première nécessité, intervint Christine.

— Mais il ne va jamais dans ces magasins-là.

— Peut-être a-t-il fait le plein d'essence avant de rentrer à la maison.

— Je suis certaine qu'il n'est pas à la maison, insista Tess. Comme je n'ai pas pu l'avoir au magasin, je l'ai appelé il y a une vingtaine de minutes pour le mettre au courant de ce qui t'est arrivé. Où a-t-il bien pu aller ?

Ames sembla légèrement déconcerté par cette avalanche de questions. Christine, de son côté, était habituée à la jalousie de Tess et à sa manie de vouloir connaître toutes les allées et venues de son mari. Elle savait qu'elle était toujours en train de le soupçonner. Elle n'en fut pas moins un peu inquiète de voir une interrogation jaillir dans le regard de Winter. Manifestement, il était en train de se demander où était Rey Cimino à l'heure où elle avait été attaquée.

— Tess, dit-elle, je suis sûre qu'il y a une explication au fait que Rey n'était pas là quand tu as appelé. Rey ne se sentait pas bien et il est sans doute allé à la pharmacie pour y acheter du Pepto-Bismol, de l'Alka-Seltzer ou du sirop pour la toux.

— Nous avons tout cela à la maison, gronda Tess.

Christine en voulait à Tess de faire une scène en un tel moment et l'adjoint du shérif regardait sans indulgence cette femme si agitée. Ames s'avança, s'éclaircit la gorge et dit à la hâte :

— Christine, l'assistant du shérif attend pour te parler et tu as l'air si fatiguée. Nous allons partir pour qu'il puisse te poser ses questions.

Il se tourna vers Tess, lui saisit le bras avec douceur et fermeté.

— Puis-je vous accompagner, madame Cimino ? Cela fait si longtemps que je ne vous ai pas vue. Je ne vais pas à votre librairie aussi souvent que je le devrais. Au fait, est-ce que vous avez reçu la nouvelle biographie de Churchill par Renson ? J'ai l'intention de l'offrir à Patricia pour son anniversaire.

Cela va lui faire une belle jambe, pensa Christine. En tout cas, il avait trouvé le moyen de faire quitter la chambre à Tess qui devenait vraiment encombrante.

La tête de Christine n'aurait pas pu supporter plus longtemps cette crise de jalousie.

— Est-ce qu'elle est toujours comme ça ? demanda Winter après qu'Ames eut fermé la porte.

— Oui, elle aime son mari et elle est jalouse au-delà de toute imagination.

— Elle a peut-être des raisons d'être jalouse ?

— Pas le moins du monde, répondit-elle avec chaleur.

Un peu trop de chaleur même, pensa-t-elle en voyant la même petite lueur que tout à l'heure se rallumer dans le regard de Winter. Elle aurait voulu se reprendre mais elle ne savait pas comment.

— Je suppose que vous n'avez pas encore arrêté celui qui m'a mise dans cet état, plaisanta-t-elle pour détourner son attention.

— J'ai bien peur que non. Nous n'avons pas de chance car il y avait peu de monde dans les rues à cause de la nouvelle tempête qui s'est levée. Les conducteurs n'avaient d'yeux que pour la route et vous étiez seule dans la salle de gym.

— C'est bien ma veine. J'ai tout de même eu de la chance, ajouta-t-elle au bout d'un instant. Ce coup sur la tête aurait pu me tuer.

— Oui. Nous sommes tous contents qu'il n'y soit pas parvenu.

Il lui lança un sourire fatigué, ouvrit un carnet de notes et prit un stylo.

— Je sais que vous êtes mal en point et que ce n'est pas le meilleur moment mais il faut tout de même que vous me disiez tout ce dont vous vous souvenez.

Christine raconta l'agression en essayant de ne pas oublier le moindre détail, même ceux qui pouvaient l'embarrasser comme le fait que l'assaillant se soit assis sur ses cuisses et lui ait malaxé les hanches.

— Il n'a pas dit un mot, ajouta-t-elle. Il n'a même pas laissé échapper un grognement entre ses dents, si bien que je ne peux rien vous dire à propos de sa voix.

— De toute façon, la plupart des gens dans votre situation ne prêtent aucune attention aux voix. Dommage tout de même que ce salaud n'ait pas dit un mot.

Ses sourcils se rejoignirent, creusant deux plis au-dessus de son nez.

— Avez-vous senti une odeur ?

Christine savait que l'odorat était le plus puissant des cinq sens et que c'est des odeurs qu'on se souvient le mieux mais elle était incapable de répondre à cette question. Elle fit un effort, tenta de se remettre dans l'état d'esprit où elle était lors de l'agression.

— Peut-être une odeur de boue moisie, dit-elle enfin. Et aussi de levure.

Elle ouvrit les yeux et se rendit compte qu'elle avait parlé à mi-voix et que, pour l'entendre, Winter avait dû se pencher sur le lit.

— Qu'entendez-vous par boue moisie ? demanda-t-il.

— Une boue qui n'aurait jamais été au soleil. Un peu comme l'odeur des buissons qu'il y a derrière ma maison, une boue mélangée de mousse avec une légère odeur de sapin.

Winter approuva.

— Et la levure ?

— Ce n'était pas de la levure fraîche comme celle qu'on sent lorsque quelqu'un est en train de faire de la pâtisserie. C'était plutôt comme si elle était rassise, éventée. Je pense aussi à de la bière. Peut-être en avait-il bu mais depuis un moment déjà. On aurait dit qu'elle transpirait par tous les pores de sa peau.

— Vous vous débrouillez vraiment bien.

— Si Ames ferme son magasin, vous pourriez peut-être m'employer comme chienne de police.

Winter fit un large sourire tout en continuant à écrire sur son carnet.

Une pensée frappa Christine.

— À la salle de gym, Marti a dit qu'une sonnerie retentit chaque fois que quelqu'un franchit la porte et que, cette fois, cela ne s'est pas produit. Elle a affirmé aussi que les autres portes étaient fermées à clé. Alors, comment l'homme est-il entré ?

— Il a coupé le verre d'une fenêtre de derrière et il l'a ouverte.

— Coupé le verre ?

— À l'aide d'un instrument capable de faire un trou circulaire et d'une ventouse pour retenir le verre. Ainsi, il n'a pas fait le moindre bruit. Après, il lui a suffi de tourner la poignée.

— Il n'y a donc pas de système d'alarme ?

— M. Torrance l'a coupé à six heures en ouvrant la salle.

— Bien sûr. Il faut bien le couper dans la journée.

Winter la regarda profondément.

— Pensez-vous que quelqu'un puisse vous vouloir du mal ?

— Non. Pas vraiment.

Elle hésita, puis elle lui donna, avec une sorte de culpabilité, une version très modifiée de la découverte du journal de Dara. Elle lui dit qu'elle était descendue à la rivière avec Jeremy pour juger de l'importance de la crue et qu'ils y avaient rencontré Streak Archer qui venait souvent la nuit pour y faire son jogging. Elle raconta l'épisode de la chatte dans l'arbre, de la poursuite de Jeremy et de la découverte du journal dans le trou.

— Avouez que c'est une drôle de coïncidence que

vous vous soyez retrouvés tous les trois cette nuit-là à cet endroit.

Winter avait parlé d'un ton tout à fait neutre.

— Je l'ignorais mais Streak fait son jogging de ce côté presque toutes les nuits.

Christine regarda Winter bien dans les yeux de peur de lui sembler mentir et, en même temps, elle se demandait si un regard trop appuyé n'était pas justement un signe de culpabilité. Peut-être en faisait-elle trop. Elle essaya un sourire candide.

— C'est vrai, dit-elle, que nous formions un groupe étrange. Surtout avec Rhiannon.

— Et puis la chatte s'est précipitée sur l'arbre, et Jeremy a trouvé le journal ?

Le doute était écrit sur le visage de Winter et Christine se dit qu'il n'était pas sage de trop finasser avec un tel homme. Il était trop fin, trop sensible.

— Oui, le journal, dit-elle. J'ai d'abord voulu le donner à Ames mais j'ai pensé ensuite qu'il contenait peut-être des éléments intéressants pour la police. J'ai suggéré à Streak de le lire d'abord.

— Pourquoi le faire lire à Streak ?

— Parce qu'il connaît Ames depuis toujours. Ils sont comme deux frères. Et je ne voulais pas prendre seule la responsabilité de donner ou non ce document à la police.

— Vous pensiez qu'il y aurait dedans des choses embarrassantes pour la famille ?

— Embarrassantes peut-être mais pas forcément utiles pour l'enquête. Dans ce cas, je l'aurais donné à Ames. J'avais besoin de l'opinion de Streak. Il y a des gens en ville qui le trouvent un peu bizarre mais c'est vraiment une personne équilibrée. J'ai confiance en son jugement.

— Donc vous avez trouvé ce journal. Et alors ?

— Nous sommes allés chez moi et nous l'avons lu.

Nous y avons trouvé des choses qui… (Elle hésita.) Enfin, nous avons pensé que la police devrait les lire mais surtout pas Ames. Il voudrait certainement protéger la réputation de sa fille alors que le journal y porte gravement atteinte. C'est pourquoi nous avons décidé de vous le donner dès aujourd'hui. Streak est parti et alors…

Michael Winter fronça les sourcils et Christine se sentit rougir. Elle ne voulait surtout pas se ridiculiser devant cet homme.

— Après le départ de Streak, j'ai eu le sentiment que quelqu'un me surveillait à travers les portes coulissantes qui se trouvent juste en face de la table où j'étais assise. Je n'avais pas baissé les stores. De toute façon, c'était un sentiment étrange mais je l'ai mis sur le compte de l'imagination ou de la fatigue. Ensuite, la chatte a sauté sur la table, elle a regardé dehors et s'est mise à miauler sauvagement, ce qu'elle ne fait que lorsqu'elle sent un danger ou lorsqu'elle est poursuivie par Pom Pom, le chien de Patricia Prince. Ils se haïssent.

Christine sentit qu'elle était en train de divaguer et elle se contrôla.

— De toute façon, je suis sûre qu'il y avait quelqu'un dehors en train de nous épier pendant que nous lisions le journal de Dara.

Pour la première fois le visage de Winter perdit son impassibilité.

— Mademoiselle Ireland, vous affirmez que ce document doit être remis à la police. Accuse-t-il quelqu'un qui aurait quelque chose à voir avec le meurtre de Dara ?

Elle prit une respiration profonde, rassembla son courage, demanda en esprit pardon à Ames en lui affirmant que c'était la seule chose à faire et dit enfin :

— Oui. Il y a en effet des passages qui semblent

accuser plusieurs personnes. Dara avait des liaisons avec au moins trois hommes et chacun d'entre eux se croyait le seul. Au début, elle a trouvé cela amusant et, ensuite, elle a commencé à avoir peur. Elle a eu l'impression d'être suivie, d'avoir été trop loin. Le jour de Noël, elle a écrit qu'elle serait morte l'année suivante.

Les yeux noirs de Winter s'allumèrent.

— Pensez-vous qu'elle exagérait ?

— Oui. Dara pouvait donner dans le mélodrame mais à la lumière de ce qui est arrivé…

Une étincelle dans le regard du policier fit comprendre à Christine qu'il comprenait l'importance de cette déclaration.

— Qui étaient ces trois hommes ?

— Je ne sais pas. Dara avait pris l'habitude d'utiliser des surnoms ou des initiales. Elle sortait ouvertement avec Reynaldo Cimino. Il dessine des bijoux pour notre magasin et il a beaucoup de talent. Il est très beau aussi. Elle le surnommait Adonis. Moi-même, je l'ai entendue l'appeler ainsi. Il était fou d'elle et il a été anéanti lors de sa disparition. Il est maintenant marié à Tess Brown qui possède la librairie Calliope, juste à côté de notre magasin. C'est elle qui était ici il y a encore un moment.

— Lorsqu'il l'a épousée, il y avait combien de temps que Dara avait disparu ?

— Six ou sept mois. Certains disent qu'il l'a épousée par compensation. Je ne veux pas y croire. Tess est l'une de mes meilleures amies.

— Qui sont les autres hommes ?

— Je vous l'ai dit, elle ne les nomme jamais. Elle appelle l'un le Cerveau et elle désigne toujours l'autre par les initiales S.C.

Winter consulta son carnet de notes.

— Avez-vous une idée de qui peut-être ce S.C. ?

— Aucune. Je ne l'ai jamais entendue utiliser ce surnom.

— Connaissez-vous quelqu'un qui ait ces initiales ?

— Ce sont sûrement celles de beaucoup de gens. Elles ne sont pas rares.

— Mademoiselle Ireland, vous feriez aussi bien de me dire à qui vous pensez.

C'est rudement difficile de dissimuler la vérité à cet homme, pensa-t-elle.

— Bon, je pense à Sloane Caldwell.

— L'avocat ?

— Vous le connaissez ?

— Je l'ai rencontré.

— Oh ! je peux aussi bien vous le dire : il a été mon fiancé.

Michael Winter la fixait, attendant la suite, et même si elle l'avait voulu, elle n'aurait pas pu s'arrêter maintenant.

— J'avais vingt et un ans et lui vingt-six. Nous avons été fiancés pendant sept mois et c'est moi qui ai rompu. C'était une semaine avant la disparition de Dara.

Elle se serait mordu la langue pour avoir dit cela. Elle se sentait coupable de la scène qu'elle avait faite lors de la soirée à propos de Sloane et Dara. C'est cette culpabilité qui l'avait amenée à faire cette confession et, manifestement, Winter en était tout à fait conscient. Il demanda :

— Est-ce que votre rupture avait quelque chose à voir avec Dara ?

— Pas directement. Je sentais déjà que j'étais trop jeune et que je faisais une erreur. Et Dara s'était jetée à la tête de Sloane.

Jetée à la tête, elle devait vraiment être bouleversée pour avoir dit cela. Comme si elle se prenait pour un personnage du temps de la reine Victoria. Elle n'en continua pas moins :

— Sloane ne la repoussait jamais et certaines personnes ont pu penser que nous nous étions séparés à cause d'elle.

Winter lui lança un regard interrogatif et elle finit par avouer :

— OK. C'est un fait qu'elle a été la cause de notre dernière dispute.

Maintenant, pensa-t-elle avec crainte, il va me demander tous les détails sur cette dernière dispute mais il la surprit.

— Est-ce que M. Caldwell a eu une affaire sérieuse avec une femme depuis la disparition de Dara ?

— Sérieuse ? Pas que je sache. Mais, bien sûr, il est sorti avec plusieurs. Et même avec pas mal de filles.

— Ainsi vous continuez à vous intéresser à sa vie sentimentale ?

Le visage de Christine s'enflamma.

— Certainement pas ! dit-elle avec chaleur. Mais nous sommes restés amis et, dans une petite ville, les médisances vont bon train. Sans oublier le fait qu'il travaille dans la société de mon tuteur.

— Je n'ai jamais considéré Ames Prince comme un homme médisant.

— Moi non plus !

La voix de Christine se fit véhémente tandis que Winter conservait un calme absolu.

— Mais j'ai entendu parler une secrétaire. Et une avocate dans un autre cabinet. Croyez-moi, je ne pose pas de questions. C'est juste par hasard. Je ne fouille pas dans la vie de Sloane Caldwell. Elle ne m'intéresse pas. Cela ne m'empêche pas de souhaiter qu'il soit heureux.

— Vous n'avez pas besoin de monter sur vos

grands chevaux ! dit Winter tandis qu'un sourire presque imperceptible apparaissait sur ses lèvres.

— Je ne monte pas sur mes grands chevaux mais vous agissez comme si je m'intéressais à Sloane Caldwell beaucoup plus que je ne le fais en réalité. C'est tout.

— D'accord. Je ne voulais pas vous offenser.

Calmement, il consulta son carnet de notes sous le regard irrité de Christine. Elle était furieuse. Avec quelques mots sans importance et quelques regards incisifs, il était parvenu à la troubler. Cet homme semblait capable de voir à travers vous et elle n'aimait pas cela du tout.

— Vous me posez des dizaines de questions sur des choses qui appartiennent au passé, lui lança-t-elle, décidant que le mieux était de passer à l'offensive. Parlez-moi plutôt de ce qui m'est arrivé ce matin. Est-ce que cela vous intéresse seulement ?

— Cela m'intéresse beaucoup, répondit-il calmement. C'est bien pour cela que je pose tant de questions à propos du journal de Dara. Est-ce que vous l'aviez avec vous à la salle de gym ?

— Non, il est à la maison. Pourquoi ?

— Parce que votre sac de gym a été éventré comme si quelqu'un y avait cherché quelque chose. Je ne sais pas quoi mais ce pourrait être le journal. Il y a aussi votre voiture…

— Que se passe-t-il avec ma voiture ?

— Vous deviez l'avoir fermée à clé parce que quelqu'un a utilisé le même système pour y pénétrer que pour entrer dans le centre de gym : un objet coupant et une ventouse. Le contenu de votre boîte à gants a été éparpillé et le tapis a été arraché par endroits. La malle a été forcée et là aussi le tapis arraché.

— Oh non ! gémit Christine. Alors, il va falloir que je contacte ma compagnie d'assurances et que je loue une autre voiture le temps que la mienne soit réparée.

— M. Prince a déjà appelé votre compagnie et il a fait remorquer votre voiture dans un garage. Elle sera prête dans un ou deux jours.

Elle sourit.

— Je peux vraiment remercier Ames. Il est toujours là quand on a besoin de lui. Sauf hier.

— Il faudrait être surhumain pour conserver la tête froide dans une situation comme celle d'hier, dit Winter avec gentillesse. Mais revenons au journal. Où est-il ?

— Chez moi.

— Vous dites que vous avez décidé de le donner dès aujourd'hui à la police mais votre docteur vient de me dire qu'il allait vous garder ici jusqu'à demain. Voulez-vous me donner la permission d'entrer chez vous et de le prendre ?

— Certainement.

— Puis-je vous emprunter votre clé ?

— Bien sûr. Ils ont mis mon sac au fond du tiroir de cette petite commode.

Michael Winter prit le sac et le lui tendit. Elle prit le trousseau de clés, en détacha celle de sa maison et la lui donna.

— Je vous la rendrai cette après-midi.

— Pas la peine. Laissez-la sur le buffet de la cuisine. Mon amie Tess viendra certainement me chercher demain matin. Elle a une clé.

Elle sourit en fermant son sac. Elle avait le sentiment qu'elle agissait bien en livrant cet important document à la police et que, dans toute cette affaire, elle s'était débrouillée comme une professionnelle.

Le policier lui lança un regard interrogatif et, la voyant sourire, il demanda :

— Où se trouve le journal, mademoiselle Ireland ?

Elle se demanda soudain si elle était si professionnelle que cela.

— Eh bien ! dit-elle, il ne sera peut-être pas facile à trouver. La nuit dernière, quand j'ai eu la sensation d'être épiée, je l'ai caché. Dans la buanderie, il n'y a pas de fenêtre. Il y a une grande boîte de lessive. J'y ai placé le journal sous à peu près cinq centimètres de poudre.

Elle se sentait tout à fait folle. Cacher le journal dans une boîte de détergent, cela lui semblait soudain grotesque. Paranoïaque. Une idée d'adolescente. Winter la regarda fixement.

— Mademoiselle Ireland, vous auriez dû être une espionne.

— Je dois trop regarder la télévision, dit-elle d'un air penaud. J'ai pensé que si quelqu'un pénétrait chez moi pour s'emparer de ce journal, il n'aurait jamais l'idée de le chercher dans une boîte de lessive.

— C'est très intelligent. D'autant plus que si vous l'aviez emmené avec vous à la gym, vous ne l'auriez plus. Nous n'avons pas encore vérifié si le malfaiteur est entré chez vous mais, si oui, il a dû fouiller surtout les tiroirs. Mais êtes-vous tout à fait certaine que quelqu'un vous regardait pendant que vous lisiez le journal avec M. Archer ?

— Oui mais seulement parce que j'avais déjà eu la sensation d'être espionnée lorsque nous avons trouvé ce journal près de la rivière. C'est peut-être une coïncidence. Nous parlions à haute voix et la personne nous a peut-être vus partir. Si elle était intéressée par ce document, il n'est pas étonnant qu'elle nous ait suivis.

Winter approuva et prit quelques notes. Christine lui demanda :

— Savez-vous quand le corps de Dara nous sera rendu ?

— J'ai bien peur que ce ne soit encore long.

— Pourquoi, puisque Ames l'a identifié ?

— Il l'a identifié grâce à une bague trouvée dans le plastique. Cette bague peut très bien avoir été placée là pour égarer les recherches. Il nous faut d'autres preuves et, puisque les dents ont été brisées, il nous faut maintenant attendre les tests ADN.

Christine eut un frisson et remonta jusqu'à la gorge la vilaine couverture de l'hôpital.

— J'ai du mal à croire que quelqu'un soit capable de tuer, de mutiler un corps et de vivre ensuite comme s'il n'était rien arrivé.

— C'est pourtant comme ça.

Winter referma son carnet et regarda Christine avec un beau sourire.

— Est-ce que votre frère ou M. Archer savent où vous avez caché le journal ?

— Non. Streak était déjà parti et Jeremy dormait. Mon frère ne sait même pas encore que nous l'avons lu.

— Bon. Laissons Jeremy de côté pour l'instant mais je dois avoir une conversation sérieuse avec M. Archer. Pensez-vous qu'il voudra coopérer ?

Christine se sentit soudain sur la défensive.

— Monsieur l'adjoint, dit-elle, quoi que vous ayez entendu dire de Streak, sachez qu'il n'est pas fou. Sa personnalité a quelque peu changé après sa blessure à la tête pendant la guerre. Il n'aime pas se trouver au milieu d'une foule mais il est parfaitement normal. Il est même très brillant.

— Assez brillant pour que Dara Prince l'ait surnommé le Cerveau ? demanda Winter avec une pointe de défi dans la voix.

CHAPITRE 9

1

Christine regardait son second feuilleton de l'après-midi. Elle se disait qu'elle ferait mieux de rechercher une chaîne d'informations mais elle ne parvenait pas à s'arracher à cet homme et à cette femme plus beaux que nature et qui étaient en train de discuter de la meilleure manière de ruiner le père de la femme.

— Cela fait des années que cela lui pend au nez, disait l'héroïne, les lèvres brillantes et les cheveux outrageusement laqués. Je n'ai pas un brin de sympathie pour lui. Il va récolter ce qu'il a semé.

— Serena Santarios serait-elle encore en train de comploter contre son père ?

Christine tourna son regard vers la porte et vit Bethany Burke qui se tenait près d'un chariot plein de livres et de magazines.

— As-tu donc décidé de devenir docteur ? demanda-t-elle.

Bethany sourit et des fossettes se creusèrent dans ses joues.

— Oui et je commence mon entraînement en poussant ce chariot. Je me mettrai à quelque chose de plus difficile quand j'aurai davantage confiance en moi.

Elle entra dans la chambre, jeta un coup d'œil à la télévision et demanda :

— Est-ce que je t'interromps ?

— Au contraire, tu me sauves (Christine éteignit la télévision). Encore une heure et je serais devenue si accro que j'aurais quitté mon boulot pour regarder ça toutes les après-midi.

— Mais tu peux programmer ton magnétoscope, dit Bethany sérieusement. C'est ce que je fais car je ne veux absolument pas manquer Serena Santarios. Elle est si intelligente et si forte.

Les longs cheveux châtains de Bethany tombaient sur ses épaules et elle avait de grands yeux bruns aussi doux que ceux d'une petite fille. Elle semblait beaucoup plus jeune que ses vingt-six ans.

— L'hôpital est tout bourdonnant de la nouvelle de ton agression.

— Je crois que j'ai eu plus de peur que de mal, bien que je ne sois pas belle à voir. J'ai un traumatisme crânien et quelques agrafes dans le cuir chevelu. Je dois rester ici cette nuit.

— Je n'arrive pas à croire que quelqu'un ait pu faire ça à la salle de gym, dit Bethany en frissonnant. J'y suis allée hier. Est-ce que tu as vu le type ?

Christine commençait à décrire l'agression quand, soudain, elle eut l'impression que quelque chose disparaissait de sa mémoire. C'était terriblement désagréable. Comme si des scènes jaillissaient dans sa tête avec la vitesse de l'éclair, puis s'évanouissaient.

— Je n'ai rien vu du tout, parvint-elle à dire.

Bethany sembla stupéfaite et Christine réalisa qu'elle avait dû être très brutale.

— Je suis désolée, dit-elle. J'ai déjà tout raconté à la police.

— Oh ! je comprends. Je ne voulais pas te bouleverser.

— Non, tu ne me bouleverses pas. Cela fait presque un mois que je ne t'ai pas vue. C'est sans doute à cause de ton nouveau travail.

— Bien sûr, dit Bethany en faisant la grimace. C'est un boulot stressant qui fait de moi une ruine.

Avec un soupir, elle s'assit sur le fauteuil couvert de vinyle.

— Je n'aime pas du tout faire cela mais papa appartient au conseil d'administration de l'hôpital.

Le « papa » de Bethany appartenait à peu près à tous les conseils d'administration de la ville et Christine se demanda soudain si ce n'était pas pour cela que son amie se passionnait tellement pour Serena Santarios, cette fille de son feuilleton qui voulait ruiner son tout-puissant père. Bien sûr, elle serait terrifiée à l'idée de s'opposer à celui-ci.

— Papa, continua-t-elle, a pensé que ce serait bon pour moi de faire un peu de bénévolat pour l'hôpital. Je lui ai dit que Jan avait besoin de moi mais il m'a fait remarquer qu'elle était à la maternelle et que je pouvais très bien la chercher en rentrant à la maison. Il a toujours une longueur d'avance sur moi. Mais je vais arrêter cet été quand Jan sera à la maison toute la journée.

— Tu boiras, tu feras la fête et tu ne la verras jamais.

— Tu crois que je suis sotte à ce point ?

— Je crois que tu es une mère très attachée à une très belle petite fille. Jeremy est fou d'elle. Il m'a dit que les anges devaient être comme elle.

Le visage de Bethany s'illumina.

— Elle aussi, elle pense qu'il est merveilleux. Il est si patient avec elle. Il joue avec elle, il fait semblant de prendre le thé. J'espère que vous allez venir tous les deux pour son anniversaire.

— Je t'ai dit que nous ne manquerions cela pour rien au monde. C'est tellement gentil à toi de nous avoir invités.

— Jeremy s'entend si bien avec les enfants et toi, tu pourras me donner un coup de main.

— Moi, t'aider ? (Christine fit une grimace horrifiée.) Est-ce donc pour cela que tu m'as invitée et pas seulement pour manger un gâteau et des glaces ?

— Après m'avoir aidée, tu pourras manger tous les gâteaux et toutes les glaces que tu voudras. Dans ces occasions-là, Travis ne sert pas à grand-chose.

— Qu'est-ce que tu racontes ? À l'université de Winston, il est l'un des professeurs favoris parce qu'il sait si bien s'y prendre avec les jeunes. Il peut faire d'un cours de biologie une partie de plaisir.

Le visage en forme de cœur de Bethany fit une moue désenchantée.

— Tu n'as pas besoin de me le dire, j'ai été une de ses élèves. Il est merveilleux avec les jeunes au-dessus de quinze ans, mais en dessous, ils ne l'intéressent pas et il ne le cache même pas.

Christine avait rencontré Bethany dans un cours d'histoire de l'art que celle-ci avait dû abandonner lorsqu'elle avait attendu Jan et que sa grossesse s'était révélée difficile. Elles étaient restées amies et, au fil des années, Christine avait pu se rendre compte que, même lorsque tout allait pour le mieux, Bethany trouvait toujours le moyen de voir le mauvais côté des choses.

— Écoute, Bethany, dit-elle, j'ai vu Travis avec Jan. Il l'adore et il s'occupe très bien d'elle.

— Quand il est seul avec elle, cela va encore mais avec une bande d'enfants…

Elle hocha la tête.

— Je me demande comment je peux t'ennuyer avec de si petits problèmes alors que tu viens de vivre une telle épreuve.

— Une épreuve dont toute la ville parle, Chris.

Christine et Bethany tournèrent ensemble la tête pour voir entrer Patricia Prince. Ses lèvres parfaites dessinaient un demi-sourire. Elle était impeccablement vêtue et ses cheveux châtains descendaient sur ses épaules avec un reflet doré, faisant d'elle l'exacte reproduction d'une star de cinéma des années cinquante.

— Mais je dois dire que je m'attendais à te voir deux fois pire.

Patricia pénétra dans la chambre avec cet air de propriétaire que Christine avait toujours tellement détesté. Quant à Bethany, intimidée, elle se leva aussitôt et dit :

— J'allais partir, Patricia. Vous savez que je suis bénévole maintenant et que mon travail consiste à distribuer de la lecture. Je dois dire que je n'ai pas beaucoup de succès. Ce n'est pas étonnant : ce que j'ai à offrir est tellement vieux.

— Vous aimez ce travail ?

— Oh ! ça peut aller. Enfin, c'est plutôt ennuyeux.

— Mais c'est ridicule ! Vous savez faire de si beaux bouquets. Je suis sûre qu'ils auraient besoin de vous dans la boutique de fleuriste qui est à l'entrée de l'hôpital.

— Je vais peut-être le leur suggérer.

— Ne suggérez pas, Bethany, dit Patricia avec impatience. Montrez un peu de caractère. Exigez. La fille de Hugh Zane devrait pourtant avoir un peu de poids ici.

— J'en parlerai à quelqu'un, dit Bethany avec un sourire gêné. Maintenant, il faut que je m'en aille. Porte-toi mieux, Chris. Au revoir, Patricia.

Elle dut s'y reprendre à plusieurs reprises pour faire passer son chariot à travers la porte.

— Pourquoi es-tu toujours comme ça avec elle ? demanda Christine.

Patricia sembla vraiment surprise :

— Comme ça ? Que veux-tu dire ?

— Autoritaire. Agacée.

— J'essaie seulement de l'aider à tenir sur ses jambes.

— Mais son père n'arrête pas de lui donner des ordres et maintenant tu t'y mets toi aussi.

— Mon Dieu ! dit Patricia en secouant la tête. Je ne veux pas lui donner des ordres mais je dois admettre que ses manières de biche effarouchée me rendent folle. Qui pourrait penser qu'elle est la fille de Hugh Zane ? Lui qui sait si bien commander.

— C'est un vrai tyran.

— Oui, je suppose, dit Patricia en éclatant de rire. Mais on a bien le droit d'être tyrannique lorsqu'on est plein de fric. Disons qu'il a confiance en lui.

— Ces derniers temps, Bethany a essayé de devenir ton amie, elle t'a même aidée à arranger ton jardin, alors cela ne te tuerait pas d'être un peu plus gentille avec elle.

— Je suppose que tu es désagréable avec moi parce que tu es une malade maussade mais, si cela peut te mettre de bonne humeur, je te promets d'être plus gentille avec Bethany.

Patricia s'assit sur le fauteuil que Bethany venait de laisser, alluma une cigarette, et sourit à Christine.

— De toute façon, je suis sûre que notre petite Bethany n'est pas aussi douce avec tout le monde. Avec Travis par exemple.

— Qu'est-ce qui te fait dire cela ?

— Je connais le genre de Bethany : douce avec les autres et une vraie peste pour son mari.

— Je ne crois pas que Bethany puisse être une peste. Et je te fais remarquer que tu n'as pas le droit de fumer ici.

— Je sais mais je vais essayer de tenir le plus longtemps possible.

Christine remarqua que ses doigts longs et bien soignés tremblaient légèrement. Patricia saisit ce regard et dit d'un ton acerbe :

— Cela fait des heures que je n'ai pas eu une cigarette. Je suis en manque. Mais toi, comment te sens-tu ?

— C'est gentil de le demander. Très mal.

Patricia émit le rire éraillé de ceux qui fument beaucoup.

— Je suis heureuse que tu ne joues pas les martyres et je suis sûre que tu ne vas pas le croire mais je me fais des soucis pour toi.

— Merci, dit Christine un peu déconcertée, mais tu viens peut-être aussi par curiosité.

— Bien sûr que je suis curieuse mais Ames m'a donné l'ordre de ne pas te poser de questions. D'ailleurs je suis certaine que tu n'as pas envie d'entrer dans les détails de ce qui t'est arrivé.

— Je peux tout de même te donner quelques détails. J'ai été agressée par un homme qui m'a couvert les yeux avec un tissu mouillé et qui m'a enfoncé un gant de toilette dans la bouche. Il s'est assis sur mes cuisses, m'a malaxé les hanches avec des gestes obscènes et m'a maintenu en l'air les mains chargées de poids jusqu'à ce qu'elles deviennent glissantes à force de transpirer et jusqu'à ce que mes bras commencent à trembler. Ensuite, il m'a laissée baisser les bras puis m'a frappée d'abord avec le poing puis avec un poids. Résultat, un traumatisme crânien, cette coupure et ces contusions.

— Mon Dieu ! Christine… (Patricia parut choquée.) Je ne pensais pas que c'était aussi affreux.

— Affreux ? Il aurait pu me tuer.

— C'est carrément une tentative de meurtre et, à tout prendre, je préfère encore cela à une tentative de viol.

Elle frissonna.

— S'il te plaît, Patricia, ne parle à personne de ce que je t'ai dit à propos des gestes obscènes. Je n'aurais pas dû en parler. Tu sais bien que les commères de la ville se nourrissent de tels détails.

Patricia devint blême.

— Je te promets de ne rien dire à personne.

Elle se rendit compte que son expression et sa voix s'étaient faites étrangement sincères et elle plaqua aussitôt un sourire sur son visage et reprit le ton acerbe qui lui était habituel.

— De toute façon, je n'ai pas dans cette ville d'amies que je pourrais titiller avec de tels détails. Bien sûr, certains de nos voisins vont dans les heures à venir se forcer à être amicaux pour essayer de me tirer les vers du nez mais je ne leur donnerai pas satisfaction.

— J'apprécierai ton silence, sourit Christine, quelles qu'en soient les raisons.

Patricia fronça les sourcils.

— Un merci de la part de Christine ? Je crois que mon cœur va s'arrêter de battre. Et pour te montrer que j'ai un cœur, sache que ma principale raison pour me taire est le sentiment que ce qui arrive dans ta vie n'est en rien l'affaire des commères de la ville. Dieu sait que j'en ai plus qu'assez de leur curiosité malsaine. Et maintenant les vautours tournent au-dessus de nos têtes à cause de Dara. C'est un cauchemar.

— Comment va Ames ? Il ne me dira rien de lui-même, j'en suis certaine.

— À moi non plus, j'en ai peur. La nuit dernière a été épouvantable. Il était anéanti. Mais il semble bien que la police ne puisse se contenter du fait qu'il a identifié le corps comme étant celui de Dara. La bague n'est pas une preuve suffisante. Ce matin, il s'est accroché à ce fait comme un homme qui se noie à une bouée de sauvetage. Il était presque optimiste, convaincu qu'il ne s'agissait pas du corps de Dara.

— Oh non ! s'écria Christine en secouant la tête. Tu sais bien que le corps est probablement celui de Dara et qu'il va connaître une terrible déception.

— Je sais mais il n'y a pas moyen de discuter avec lui. Et parfois un faux espoir peut être mieux que pas d'espoir du tout. Malheureusement, son humeur ne s'est pas améliorée quand, au déjeuner, Jeremy a laissé échapper que vous aviez trouvé le journal de Dara. Est-ce vrai ?

— Oh ! mon Dieu, gémit Christine, Jeremy ne sait pas tenir sa langue. Oui, nous avons trouvé son journal dans un tronc d'arbre au bord de la rivière.

— Dans un arbre ? Que c'est étrange ! Qu'est-ce qui vous a donné l'idée de le chercher là ?

— Rhiannon. Elle a sauté sur l'arbre, Jeremy l'a suivie, il a mis sa main dans le trou et voilà.

— On dirait que c'est tiré d'un roman de Nancy Drew.

— Je sais mais, chez Nancy Drew, cela aurait été plus amusant. En vérité, il est étrange de trouver ce journal après si longtemps.

— Oui, j'imagine, mais Jeremy nous a dit que vous l'aviez lu et que vous alliez le donner à la police.

— Il a dit cela à Ames ?

— Oui et Ames l'a regardé, interloqué, a quitté la table et est allé s'enfermer dans son bureau en claquant la porte.

Christine sentit la détresse monter en elle. Elle se

souvint que quand Jeremy était descendu se coucher, il avait emmené Rhiannon et fermé la porte du sous-sol. Plus tard, quand elle réalisa que quelqu'un, dehors, la surveillait, Rhiannon était tranquillement assise sur la table de la salle à manger. Donc, à un moment quelconque, Jeremy était remonté sans faire de bruit, avait ouvert la porte, entendu Streak et elle lire le journal et dire qu'il fallait le livrer à la police. Il n'avait certainement pas voulu faire du mal à Christine en prévenant Ames mais il possédait une conscience exigeante même si elle était parfois mal inspirée. Il s'était souvenu que Dara avait insisté sur le fait que personne ne devait lire son journal. Il l'avait répété à sa sœur. Il s'était donc senti trahi et il avait considéré que son devoir était de prévenir Ames que non seulement Christine et Streak avaient lu le journal mais aussi qu'ils allaient le donner à la police.

— Jeremy n'aurait pas dû parler du journal, dit Christine. S'il l'a fait, c'est probablement qu'il était fâché contre moi. Il dit que Dara ne voulait pas que qui que ce soit le lise.

— Mais tu l'as lu.

— Oui.

— Toi et Streak ?

— Oui.

— Que dit-il ?

— Pas grand-chose.

Christine cherchait à se défiler, gênée par le regard perçant de Patricia et par la tension qui montait. Patricia savait qu'elle mentait et elle avait du mal à le supporter. Peut-être même avait-elle peur.

— Tu ferais mieux de ne pas donner ce journal à la police. Donne-le plutôt à Ames.

— Trop tard. Il est entre les mains de l'adjoint Winter.

— Quoi ! s'écria Patricia fermant les yeux un instant. Te rends-tu compte que tu as déchaîné l'enfer ? Ames va devenir fou.

— Je ne peux pas croire qu'Ames se conduise comme un fou, dit Christine faiblement, craignant déjà la colère de son tuteur.

— Tu ne peux pas croire… Mon Dieu, Chris, tu ne le connais pas du tout.

— Je savais qu'il serait furieux mais je sais aussi qu'il finira par se calmer.

— Jamais ! N'oublie pas que nous parlons de Dara, de sa petite chérie, de son ange…

Patricia s'interrompit et regarda le plafond.

— Je ne vais pas lui dire que tu as déjà remis le journal à la police. Je ne suis pas assez folle pour cela mais, honnêtement, Chris, comment as-tu été assez stupide pour donner ce maudit journal aux flics ?

— Je ne suis pas stupide et, si je l'ai donné, c'est que c'était absolument nécessaire.

— Mais tu viens de me dire qu'il n'y avait pas grand-chose dedans.

Les yeux de Patricia se firent soupçonneux et Christine se sentit comme une souris survolée par un aigle.

— Ce n'est pas vrai, n'est-ce pas ? demanda Patricia. S'il n'y avait pas quelque chose d'important dans ce journal, tu ne l'aurais pas donné à Winter.

Par bonheur, Christine n'eut pas à répondre car une infirmière venait d'entrer, l'œil furieux.

— Il est interdit de fumer, cria-t-elle à Patricia. C'est contre le règlement. Absolument. Nada. Verboten.

— D'accord, j'ai compris, répondit Patricia, pincée, tout en tirant sur sa cigarette avec aplomb.

— Vous n'avez pas besoin de crier.

— Vous savez bien que nous, les accros, nous sommes un peu fous.

— Vous devriez vous en aller. Vous mettez ma patiente dans tous ses états.

Patricia se leva avec grâce, regarda Christine et lui dit :

— Crois-tu donc que tu vas pouvoir supporter de passer la journée et la nuit dans ce lieu horrible en compagnie d'une personne aussi charmante que ton infirmière ?

— Tout ira bien, dit Christine faiblement, encore sous le coup de l'esclandre de Patricia.

— Si tu ne le peux pas, je viendrai allumer un feu avec une de mes cigarettes pour faire diversion pendant que je te tirerai de là.

L'infirmière jeta un regard acerbe à Patricia qui demanda :

— Veux-tu que je vienne te chercher demain matin ?

— Tess doit venir.

— Ah ! Tess la charmante. Si j'avais un mari de sept ans plus jeune que moi et beau comme est le sien, tu peux être sûre que je m'occuperais un peu mieux de ma personne. Elle a dû prendre au moins dix kilos ces derniers mois.

— Peut-être Rey l'aime-t-il pour autre chose que son apparence. En plus, elle est ma meilleure amie.

— Me voici remise à ma place une fois de plus, dit Patricia en ajustant ses cheveux avec une lueur de défi dans le regard. Bon, courage, ma fille. Tu n'es pas belle aujourd'hui mais ça devrait s'améliorer dans un ou deux jours. Disons plutôt trois. Mais, ma chère, après cette histoire de journal, tu ne dois pas compter sur la sympathie d'Ames. J'ai bien peur que ton élan de bonne conscience ne te mette pour longtemps en mauvais termes avec lui.

— Allez-vous enfin éteindre cette cigarette ! s'écria l'infirmière.

Patricia soutint son regard, laissa tomber son mégot sur le sol et l'écrasa lentement avec la pointe de sa chaussure en alligator. Elle passa ensuite devant l'infirmière en laissant derrière elle une bouffée de Chanel N° 5 qui se mélangea à l'odeur de tabac.

— Cette femme est épouvantable, murmura l'infirmière. Il ne faudrait pas la perdre une seconde du regard. J'ai même l'impression qu'elle pourrait être dangereuse.

— Espérons que non, dit Christine en se laissant tomber sur ses oreillers et en fermant les yeux, souhaitant désespérément s'endormir pour oublier cette horrible journée.

2

Patricia quitta la chambre de Christine profondément frustrée. Elle était venue parce qu'elle se faisait sincèrement du souci pour elle et elle repartait après avoir eu avec elle des mots désagréables. Bien entendu, se dit-elle, c'était parce qu'elle avait pu se rendre compte que Jeremy n'avait pas dit n'importe quoi en parlant de ce maudit journal. Que Christine ait donné ce document à la police peut avoir pour moi de terribles conséquences, pensa-t-elle. Dieu seul sait ce que cette maudite fille a pu confier à son journal.

— Patricia Prince, comme vous êtes élégante aujourd'hui !

Elle s'arrêta et se trouva face à un homme de la même taille qu'elle, avec des cheveux blancs clairsemés, des yeux bleu pâle protubérants, un nez rougi par la couperose.

— Merci, docteur Holt, dit-elle. Il est difficile de savoir quoi porter en ce moment. Un jour il fait froid et le lendemain un beau soleil réchauffe l'atmosphère.

— Avec le poil de chameau, on est toujours bien quel que soit le temps, sauf bien sûr au cœur de l'été.

Il émit un petit rire sec pour souligner cette mauvaise plaisanterie.

— Est-ce que vous rendez visite à un patient dans le cadre de vos actions charitables ?

Patricia lui lança un regard perçant. Elle ne s'adonnait pas aux actions charitables et elle se demandait s'il ne se moquait pas d'elle mais non, il semblait naturellement aimable.

— Je suis venue pour voir Mlle Ireland.

— Mlle Ireland, dit-il comme s'il s'interrogeait.

Puis la lumière se fit dans ses yeux bleu pâle et il dit :

— Oh ! Votre pupille.

— L'ex-pupille de mon mari.

— Oui. Elle a reçu un bien mauvais coup sur la tête. Savez-vous ce qui lui est arrivé ?

Patricia fronça les sourcils.

— Elle ne vous l'a pas dit ?

— Elle n'est pas entrée dans les détails. Je suis sûr qu'elle le fera quand elle sera un peu mieux. Bien entendu, je ne lui ai rien demandé. J'étais surtout préoccupé par son état.

Tu parles ! pensa Patricia. Le docteur Holt avait la réputation d'aimer les ragots. Il était toujours en train de pêcher ici ou là des informations et plus elles étaient salées, mieux il les aimait.

— Il y a un policier qui est venu, dit-il d'un ton confidentiel. Non pas le shérif Teague mais un pied-plat d'adjoint.

— Je suis certaine que Christine lui a dit tout ce qu'il y avait à dire.

— Christine ? Ah ! Mlle Ireland.

Il avança la main et tâta la manche de son tailleur.

— Quelle coupe élégante. Vous l'avez acheté à New York ?

— Je l'ai acheté en ville.

Patricia essaya de s'éloigner de lui. Il était amical, elle le savait, parce que Ames avait sauvé son fils d'une peine de prison qu'il avait sans doute méritée. Il se prenait pour le chéri de ces dames et elle se demandait pourquoi il entretenait cette illusion qu'un simple regard dans une glace aurait dû détruire. Il lui donnait la chair de poule.

Elle aperçut Sloane Caldwell qui traversait le hall. Elle pensa qu'il allait s'arrêter pour parler et venir à son secours mais il se contenta de sourire et de faire un signe de tête avant de se diriger vers la chambre de Christine. Patricia se rendit compte que le docteur Holt la fixait intensément. Quelques années plus tôt, avant son mariage avec Ames, la rumeur l'avait presque fiancée avec ce petit homme fielleux et elle en avait été horrifiée.

— Comment va Mme Holt ? demanda-t-elle.

— Bien, comme d'habitude.

— Et vos fils ?

— Bien aussi. Ils ont de bons résultats dans leurs collèges respectifs.

— C'est merveilleux, dit Patricia avec douceur.

Elle ne pouvait pas sentir Holt mais elle n'avait pas besoin d'un ennemi supplémentaire dans la ville. Après la mort d'Eve Prince, d'une overdose de somnifères, les gens avaient dit qu'elle s'était conduite comme une infirmière négligente en la laissant faire des réserves de pilules. Ils avaient dit encore bien pire lorsqu'elle avait épousé Ames six mois plus tard. Contre Ames, ils n'avaient rien trouvé. À leurs yeux, il s'était marié pour soulager un insupportable chagrin.

C'était vrai mais ce qu'ils ne savaient pas, c'est que Patricia avait découvert la réserve de pilules d'Eve et qu'elle les lui avait enlevées deux jours avant sa mort. Mais Ames avait récupéré les somnifères et les avait rendus à Eve, lui permettant ainsi de mettre fin aux insupportables souffrances provoquées par son cancer du pancréas. Si cela n'était pas arrivé le jour de congé de Patricia, les commères de la ville l'auraient probablement accusée de meurtre. Heureusement, Ames avait fait savoir à tout le monde que Patricia n'était pas à la maison ce jour-là. Plus tard, il lui avait avoué ce qu'il avait fait. Elle avait conservé le secret et, bien qu'elle ne l'aimât pas et qu'elle ne l'ait épousé que pour la sécurité qu'il lui offrait, elle n'avait jamais trahi sa confiance.

— J'ai le sentiment, dit le docteur Holt, que votre relation avec cette Kathleen est bien meilleure que celle que vous aviez avec Dara.

— C'est vrai mais elle s'appelle Christine.

Sans doute exagérait-elle. Il est vrai qu'elle ne se disputait jamais avec Christine comme elle le faisait avec Dara mais il est vrai aussi qu'elle avait ressenti son arrivée et celle de Jeremy dans la maison comme une intrusion. Les relations qui étaient déjà tendues en avaient été aggravées.

Maintenant, Patricia souhaitait être plus amie avec Christine. Elle avait besoin d'une confidente. Elle avait le sentiment qu'il y avait en elle une certaine sagesse qui aurait pu l'aider à sortir de la situation où elle s'était mise ces temps derniers. Peut-être parce que Chris avait toujours été plus raisonnable que son âge. Peut-être parce qu'elle agissait toujours avec un grand sens de ses responsabilités. Ou peut-être tout simplement parce que Patricia était vraiment désespérée. Mais n'était-il pas trop tard pour arranger les choses ?

— Christine n'a pas un tempérament aussi nerveux que l'avait Dara, dit Patricia. Et je ne suis pas sa belle-mère. Dara n'a jamais accepté le remariage de son père.

— C'était très égoïste de sa part, dit-il en la dévisageant. J'ai entendu dire que son corps avait été retrouvé. C'est tellement tragique. Avez-vous une idée de qui est responsable de sa mort ?

— Non et mon mari m'a demandé de ne pas parler de cette tragédie.

— Je le comprends mais cette situation doit être difficile pour vous.

Il lui lança un regard caressant.

— Très difficile.

Elle avait envie de crier à cet homme de cesser de la regarder avec ses yeux lascifs mais elle s'obligea à lui faire un sourire agréable.

— Vous êtes tellement gentil. Vous l'avez toujours été. Elle regarda sa montre et s'écria :

— Mon Dieu ! Il est tard ! Je suis en retard comme d'habitude. J'ai été très heureuse de vous rencontrer.

— Moi aussi, ma chère. Peut-être pourrions-nous prendre un café un jour. Ou mieux encore, un verre dans un endroit tranquille.

— Ce serait merveilleux, dit-elle en s'éloignant de lui, dites bonjour à votre charmante femme et à vos grands et beaux enfants.

Elle ne vit pas qu'il la suivait des yeux dans le hall, d'un air renfrogné.

3

— Mon Dieu, Chris, tu n'es pas belle à voir !

Christine fit la grimace.

— Sloane, si les gens n'arrêtent pas de me dire à

quel point je suis moche, je vais finir par faire un complexe.

— Désolé, ma douce.

Il l'appelait encore ma douce malgré ce qui s'était passé entre eux. Depuis leur rupture, ils étaient restés en bons termes même s'ils ne se voyaient pas souvent.

— Tu sais bien que je ne ferais pas exprès de te faire de la peine.

— Je t'en remercie même si tu viens tout juste de me dire que j'étais à faire peur. Et ces fleurs sont pour moi ?

— Ouais ! Je les ai vues dans la salle des infirmières et je les ai piquées.

— Et tout à fait par hasard, ce sont des roses jaunes, mes préférées.

Il rit et lui tendit le bouquet. Elle le sentit et soupira d'aise.

— Merci, Sloane. Et il y en a douze. Elles ont dû te coûter un maximum.

— Ce n'est qu'un modeste gage de mon estime et du bonheur que j'éprouve en voyant que tu vas bien.

Il reprit le bouquet, le posa sur la table de nuit et se rapprocha du lit.

— Mon seigneur et maître, Ames Prince, m'a demandé de ne pas te poser de questions sur ce qui t'est arrivé. Je dois dire que tout Winston croit que tu es aux portes de la mort.

— J'en suis loin, même si j'ai l'air d'une moribonde mais j'espère que Jeremy n'entendra parler de rien.

— Je pense qu'il peut être tenu à l'écart, au moins jusqu'à demain. Ensuite, tu rentres à la maison, non ?

— C'est ce qu'on me dit et je l'espère de tout cœur. Je déteste les hôpitaux.

— Je m'en souviens. Je ne les aime pas trop moi-même.

Il lui caressa doucement les cheveux.

— Ma pauvre petite, quelle horrible chose tu as vécue.

Il n'y avait rien de romantique dans sa caresse, simplement de la sympathie, mais Christine se sentit soudain gênée. Dans son journal, Dara avait baptisé S.C. un de ses amants et elle était convaincue qu'il s'agissait de Sloane. Elle ne pouvait s'empêcher de les voir tous les deux dans une étreinte lascive. Elle se sentit rougir et elle ne savait pas si c'était de colère ou d'embarras.

— Chris, tu me sembles un peu bizarre. Veux-tu que j'appelle une infirmière ?

— Tu me dis d'abord que je ne suis pas belle, maintenant tu me dis que je suis bizarre, dit-elle avec une légèreté affectée. Décidément, ta visite me fait beaucoup de bien.

— Je suis désolé. Tu as toujours dit que je n'avais pas l'âme d'un poète.

— Je n'ai jamais dit ça.

— Si, tu l'as dit, une nuit que tu avais trop bu et que tu insistais pour me lire des vers de quelqu'un qui s'appelait William Wadsworth.

— Wordsworth. Mon poète favori. J'ai dû t'ennuyer à mort. Je crois même que tu as somnolé.

— Je ne somnole jamais. Je suis toujours le boute-en-train dans les soirées, toujours prêt à raconter des histoires sans queue ni tête. Je suis même capable de me mettre un abat-jour sur la tête en dansant le jitterbug.

— Toi un boute-en-train !

Christine éclata de rire.

— Tu as bien trop besoin de faire bonne impression.

— Tu essaies de me faire passer pour un colossal bon à rien.

— Non pas comme un bon à rien mais comme un

homme tout à fait correct. Un vrai personnage tiré d'un roman de Henry James.

Sloane sourit.

— Le fait que tu te moques de moi prouve que tu ne vas pas si mal que ça.

Il se pencha et l'embrassa légèrement sur le front.

— Je suis si heureux que tu ne sois pas gravement blessée. Quand je pense à ce qui aurait pu t'arriver.

Il se leva.

— Essaie de passer une bonne nuit. Je t'appelle demain.

4

La nuit lui sembla interminable. Elle avait mal à la tête, les draps rêches lui grattaient les jambes et sa chemise de nuit d'hôpital n'arrêtait pas de s'enrouler autour de sa taille. Les infirmières ne semblaient pas se rendre compte que les patients avaient besoin de sommeil. Elles parlaient et riaient entre elles avec des voix qui semblaient plus fortes que la normale. Quand elles ne parlaient pas, elles se glissaient dans sa chambre pour s'assurer qu'elle dormait, leurs semelles en caoutchouc grinçant sur le carrelage. À une heure du matin, Christine sentait qu'elle allait se mettre à crier.

Il me faut encore attendre huit heures pour rentrer à la maison, pensa-t-elle, désespérée. Je serais si bien dans ma merveilleuse maison, avec de la musique et ma chatte à la douce fourrure qui me suit partout. Je ferais réchauffer des petits pains à la cannelle pour le café de mon petit déjeuner. Je me demande quel goût je vais choisir : Stockholm, Kenya, noix de vanille ?

Une demi-heure plus tard, le tourbillon des idées commença à s'apaiser en elle à cause de la fatigue de ces deux derniers jours. Son esprit passait d'une pensée inachevée à une autre lorsqu'elle entendit soudain un terrible grondement. Encore un orage, se dit-elle tristement. Encore de l'eau glaciale et des jours sinistres.

La violente sonnerie du téléphone la tira brusquement de cette crainte. Tandis qu'elle essayait d'ouvrir les yeux, elle priait pour que ce ne soit pas Jeremy. Il devait savoir maintenant qu'elle était à l'hôpital.

Elle saisit le combiné et murmura :

— Christine Ireland.

Elle n'entendit que le silence, mais pas un silence absolu. On aurait dit une roue tournant à toute vitesse. Un bruit mécanique. Un sixième sens l'alerta aussitôt.

— Ici la chambre de Christine Ireland, murmura-t-elle.

Soudain, la voix d'une jeune femme emplit ses oreilles. Une voix familière. Ses cheveux se dressèrent sur sa nuque et elle eut le sentiment qu'elle était en train de se noyer dans une eau glacée tandis qu'elle entendait, comme hypnotisée, Dara Prince lui chanter, d'une voix faible, cette chanson :

Partout où je vais,
Des yeux noirs me regardent.
J'aimerais qu'ils soient des yeux d'amour,
Mais je sais qu'ils me veulent du mal.
Je voudrais une vie longue et pleine
Mais malheureusement, je suis certaine que
Bien avant l'heure, la mort m'attend.

CHAPITRE 10

1

— Mademoiselle Ireland, vous ne pouvez partir sans l'autorisation écrite du docteur, répéta pour la troisième fois l'infirmière, catégorique. Si vous partez sans autorisation, votre compagnie d'assurances pourra refuser de payer vos frais.

— Alors, je les paierai. Je veux m'en aller et vous me dites qu'il ne sera pas ici avant au moins une heure. Je ne peux pas rester ici une heure de plus.

— Je crois que vous devriez respirer profondément et cesser de marcher de long en large. Vous vous sentiriez plus calme. Je vous signale que votre chemise de nuit est ouverte dans le dos.

Christine se tourna pour constater qu'en effet, son dos était nu. Quelle idée aussi de faire porter aux malades des chemises de nuit aussi inconfortables, attachées par des cordons qui se détachaient à chaque instant. Ne s'agissait-il pas d'une forme de torture ? Elle se laissa tomber dans son fauteuil.

— Voilà qui est mieux, dit l'infirmière avec la voix apaisante qu'on emploie pour parler à des tout petits. Comment vous sentez-vous ?

— Douce comme une peau de pêche.

L'infirmière choisit d'ignorer ce sarcasme.

— Et maintenant, dit-elle, nous allons avoir un merveilleux petit déjeuner. Quand le petit ventre sera plein, nous nous sentirons encore mieux.

— Vous peut-être mais moi pas.

— Allons, allons.

— Allons, allons vous-même, grogna Christine.

L'infirmière soupira.

— Comment une si jolie jeune fille peut-elle être un tel poison ? Je suis sûre que votre maman aurait honte de votre conduite. Buvez au moins un peu de café. S'il vous plaît.

Christine la regarda de travers mais la pensée de sa mère, la si douce et si bien élevée Liv, traversa son esprit. Liv penserait certainement que sa fille était une vraie garce. Après tout, ce n'était pas la faute de l'infirmière si Christine avait connu la nuit dernière la peur de sa vie.

À la suite du coup de téléphone, elle était restée tout le reste de la nuit tendue et malade d'angoisse. Elle avait besoin d'aide mais pourquoi ? Il s'agissait simplement d'un coup de téléphone anonyme au cours duquel quelqu'un avait diffusé de la musique. Oui mais pas juste de la musique. Il y avait aussi la voix de Dara qui craignait sa mort prochaine. En se rappelant ces paroles, elle sentait des frissons de peur courir le long de son dos. Mais comment expliquer cela à cette infirmière si terre à terre ? Comment lui dire qu'une jeune fille assassinée lui avait téléphoné la nuit dernière ? Cette femme penserait qu'elle était non seulement une garce mais une folle. Et avec la chance qu'elle avait ces temps derniers, elle risquerait de finir dans un asile psychiatrique.

— D'accord, je prendrai un peu de café, dit-elle. Je suis désolée de m'être montrée si désagréable mais il serait bon que quelqu'un pense à mettre de nouveaux matelas dans ces lits.

— Voulez-vous dire que nos lits ne sont pas aussi *comfy doudou* que chez vous ? demanda l'infirmière tandis qu'elle enlevait le couvercle en plastique de la tasse de café.

Comfy doudou ? Est-ce que cette femme parlait toujours comme cela ?

— J'ai un problème de dos, expliqua-t-elle, et j'ai besoin d'un bon matelas.

— C'est important d'avoir un bon matelas mais pour une nuit, s'il est un peu moins luxueux, ce n'est pas la fin du monde.

— Mon matelas n'est pas luxueux. Il est tout juste confortable.

— Pensez plutôt à tous ces gens qui n'ont pas de matelas du tout.

Elle garda la suite pour elle mais Christine savait ce qu'elle pensait : … vous devriez avoir honte de vous plaindre. Avec un sourire forcé, elle tendit la tasse à Christine et dit :

— Il y a aussi un jus d'orange sur le plateau. Cela vous donnera de l'énergie.

C'est tout ce dont j'ai besoin, pensa Christine avec aigreur. Comme ça, je pourrai me faire des soucis avec plus d'énergie.

— Vous pouvez boire mon jus d'orange, dit-elle. Je n'en veux pas.

— Les infirmières n'ont pas le droit de prendre ce qui se trouve sur les plateaux des malades.

— Je ne sais pas comment vous pouvez résister, dit Christine en essayant d'avaler une gorgée de café tiède.

— Je ne suis pas capricieuse pour la nourriture, dit l'infirmière en enlevant la taie et en battant l'oreiller à coups de poing, et je ne suis pas très patiente avec les capricieux. Je pense à tous ces gens…

— … qui n'ont rien à manger, termina Christine.

L'infirmière lui lança un regard horrifié qui signifiait : comment peut-on être si ingrat ? Christine demanda :

— Est-ce que mon amie Tess a appelé pour dire à quelle heure elle allait venir me chercher ?

— Votre amie aurait appelé dans votre chambre et non chez les infirmières. Nous ne sommes pas des standardistes.

Christine eut une idée soudaine.

— À propos de coups de téléphone, savez-vous si le standard prend note de ceux qui sont donnés dans les chambres ?

— Pas que je sache. Pourquoi ?

— Parce que j'ai reçu un appel anonyme, dit Christine en essayant de rester calme mais sans parvenir à arrêter le flot de paroles qui se précipitaient. Je voudrais bien savoir qui m'appelait.

— Je ne saurais vous dire.

— C'était aux environs d'une heure et quart.

Tout en arrachant les draps du lit, l'infirmière la regarda.

— C'est tout à fait impossible, affirma-t-elle.

— Bien sûr que non puisque je l'ai reçu cet appel.

— Vous avez sûrement rêvé. Après sept heures, on ne passe plus les appels dans les chambres des patients.

Christine s'étouffa presque en avalant son café.

— Mais je ne dormais pas.

— Vous pensez seulement que vous ne dormiez pas.

— Je suis tout de même capable de savoir si je dors ou si je suis éveillée, se hérissa Christine. Il était une heure et quart quand on m'a appelée.

— Si vous le dites, ma chère. Cela ne vaut pas la peine de vous mettre dans tous vos états.

Mais elle était dans tous ses états et bien décidée à savoir qui avait été capable de lui faire passer, en dépit du règlement, un appel destiné à la terrifier en plein milieu de la nuit.

2

— Grâce à Dieu, tu es là. J'ai pensé devenir folle en t'attendant, dit Christine à Tess au moment où celle-ci pénétrait dans sa chambre.

Il était huit heures vingt.

— Mon Dieu, Christine, est-ce que tu as vu l'heure ?

Tess portait un pull-over gris sans forme et des jeans qui avaient été lavés si souvent qu'ils étaient blancs aux coutures et aux genoux. Des mèches blondes se mêlaient à ses cheveux châtains aux reflets cuivrés. Elle avait bien pris une dizaine de kilos au cours de l'année dernière et des bourrelets noirs et gonflés cernaient ses yeux, comme si elle n'avait pas dormi de la nuit. Tess n'avait jamais été une beauté mais au moins était-elle soignée et élégante. Maintenant, elle semblait négligée et défaite.

Christine se demandait comment Rey avait réagi en apprenant la découverte d'un corps qui était peut-être celui de Dara. Si l'homme que Tess adorait se montrait anéanti par la mort d'un amour passé, la jalousie suffisait pour expliquer l'apparence accablée de son amie.

— Je me suis arrêtée chez toi, lui dit-elle, et j'ai pris des sous-vêtements, des jeans, un haut et des chaussures. Heureusement que j'avais une clé.

— Je me retrouve à la porte au moins deux fois par an. Il faut bien que quelqu'un ait une clé pour me dépanner. Ce ne peut pas être Patricia qui serait trop contente d'aller fouiller dans mes affaires. Je n'ai confiance qu'en toi et en Bethany.

— Bethany a une clé elle aussi ?

— Oui, au cas où tu ne serais pas chez toi.

— C'est bien pensé. Mais dis-moi : pourquoi es-tu si pressée de t'en aller d'ici ? Est-ce que tu as eu une mauvaise nuit ?

— Oui mais pas pour la raison que tu crois. Je te la dirai lorsque nous serons à la maison.

— Mon Dieu, que de mystères ! Il me semble que tu n'es pas très bien vue ici. Ton infirmière m'a arrêtée dans le couloir et m'a dit, d'un ton vexé, que tu refusais d'attendre le permis de sortie du docteur. Elle a même ajouté que tu étais une jeune femme très entêtée.

— Il est vrai que je suis entêtée mais je suis sûre qu'elle a employé un mot plus cru. Nous n'avons pas vraiment sympathisé.

Christine entra dans la salle de bains pour se changer. Tess avait oublié de prendre un soutien-gorge mais elle pouvait très bien s'en passer. De toute façon, elle ne pouvait pas remettre celui de la veille qui était plein de sang séché. Tess avait aussi oublié des socquettes pour aller avec sa vieille paire de chaussures de sport. Je devrais en avoir honte, se dit-elle. Avec ses blessures et ses habits minables, elle ressemblait à une clocharde. Elle était bien décidée à traverser le hall d'entrée le plus vite possible.

— Je ne veux pas attendre le docteur, dit-elle, parce que je ne peux plus supporter cet endroit et aussi parce que je sais que tu dois ouvrir ta librairie.

— Pas aujourd'hui. Tous les magasins du quartier des affaires sont fermés sur ordre des ingénieurs de l'armée. Tous les hommes valides doivent se retrouver au bord de la rivière pour transporter des sacs de sable.

— Rey y est aussi ?

— Depuis l'aube.

— Et Jeremy ?

— S'il y est, Rey gardera un œil sur lui. Il serait temps que tu cesses de te faire des soucis pour lui vingt-quatre heures sur vingt-quatre et sept jours sur sept. Cela t'use.

Et toi, pensa Christine, est-ce que tu ne te fais pas de soucis pour Rey vingt-quatre heures sur vingt-quatre ? Mais elle avait trop de soucis à se faire pour elle-même pour penser à ceux des autres. N'avait-elle pas été agressée dans la salle de gym ? N'avait-elle pas entendu Dara chanter au téléphone en plein milieu de la nuit ?

— Qu'est-ce que tu bougonnes à propos de Dara et de chant ? demanda Tess en fronçant les sourcils.

— C'est ce dont je dois te parler tout à l'heure.

— Mon Dieu, je ne peux plus attendre. Ce secret me tue.

— Alors, essaie de ne pas mourir avant notre arrivée à la maison. Si je dois rester encore dix minutes ici, je vais me mettre à hurler.

Tess sourit.

— Si tu faisais cela, l'infirmière en aurait des choses à dire au docteur. De quoi l'occuper toute la semaine, peut-être même toute l'année.

— Je ne veux pas lui donner cette satisfaction. Partons.

Une demi-heure plus tard, après avoir dû subir les remontrances de l'infirmière pour ce départ sans autorisation, les deux amies étaient en route. Le temps était sec mais le ciel avait la couleur de l'étain. Les rues étaient couvertes de débris qui s'accumulaient plus vite que ne pouvaient les enlever les employés de la voirie.

En stoppant devant la maison de Christine, elles

virent Bethany qui déposait sous le porche un grand sac d'épicerie et posait un pot de violettes sur le banc en bois de séquoia. Elle leur fit un grand signe et s'avança vers elles tandis qu'elles sortaient de la voiture.

— Chris, je ne t'attendais pas si tôt.

— Elle n'a pas apprécié son séjour à l'hôpital, murmura Tess. Elle a pour cela des raisons profondes et obscures mais elle ne nous en dira rien avant d'avoir pris une bonne tasse de café.

Christine pensa que Bethany était encore plus belle que d'habitude. Ses épais cheveux châtains tombaient en vagues sur ses épaules, et ils étaient retenus sur la gauche par une barrette en perles. Elle portait des jeans mais ils étaient neufs et bien repassés, soulignés par des chaussettes de marin et d'élégants mocassins bateau. Son chandail en cachemire, couleur de corail, rendait son teint encore plus éclatant. À côté d'elle, Christine se sentait comme un vieux sac et elle était sûre que Tess avait la même impression.

— J'allais faire irruption chez toi, dit Bethany, en la débarrassant de son sac. J'espère que tu n'en es pas fâchée. Je me suis arrêtée à l'épicerie pour que tu aies quelque chose en arrivant. Je sais que, lorsque tu n'attends pas Jeremy, tu n'as jamais grand-chose.

— C'est vraiment délicat de ta part, dit Christine tandis que Bethany sortait de sa poche un mignon petit mouchoir et s'essuyait le nez.

Elle était la seule personne que Christine connaissait à avoir dans sa poche des mouchoirs en tissu et non en papier.

— Est-ce que tu as un rhume ?

— Très léger. C'est Jan qui me l'a passé. Elle l'a attrapé à la maternelle.

Christine hocha la tête.

— Hier, à l'hôpital, j'ai eu l'impression que ta voix

était un peu plus grave que d'habitude. Voilà que tu ne te sens pas bien et que, par-dessus le marché, je fiche en l'air ton emploi du temps.

— Tout va bien. Je me sens seulement un peu drôle. Et tu n'as pas dérangé mon emploi du temps. Jan va aller à l'école une heure plus tard à cause de l'opération sacs de sable.

— Ne me dis pas qu'ils emploient aussi les enfants de quatre ans, dit Tess.

— Tu veux rire, gloussa Bethany, mais je connais beaucoup d'enfants de quatre ans qui seraient ravis de cette occasion de jouer dans la boue. Ce qui se passe, c'est que beaucoup de rues sont bloquées. Je me demande bien pourquoi ils n'ont pas fermé les écoles carrément pour la journée. En plus, la voiture de Travis est en panne et je dois le conduire à l'université mais ce ne sera pas avant onze heures. Alors, tu vois, tu ne me déranges pas du tout. Ah ! voilà enfin ta clé. Pas étonnant que j'aie eu du mal à la trouver : pour être sûre de ne pas la perdre, je l'avais mise dans la poche à fermeture Éclair de mon sac. Travis prétend que si je faisais comme tout le monde, si je laissais traîner mes affaires n'importe où, je ne passerais pas mon temps à les chercher.

— Les hommes ont toujours réponse à tout, dit Tess. Rey n'arrête pas de se plaindre parce que, justement, je laisse tout traîner. Il est l'homme le mieux organisé que je connaisse. Il me rend folle.

Bethany ouvrit la porte et la tint ouverte tandis que Christine prenait les violettes.

— Elles sont magnifiques ! dit-elle. Je n'en ai jamais vu d'aussi luxuriantes.

— C'est une espèce spéciale qui s'appelle Optimara. Dans les années quatre-vingt, vingt-cinq mille graines ont été envoyées dans l'espace. Elles sont restées six ans dans une station orbitale. Quand elles sont revenues sur terre, elles avaient subi un certain nombre de mutations et, en particulier, elles étaient devenues multiflores. Cela veut dire qu'elles ont beaucoup plus de fleurs, au moins cinq fois plus que des violettes normales. Et à l'inverse des violettes africaines, elles n'arrêtent jamais de fleurir.

Voyant que Tess et Christine la regardaient, stupéfaites, elle rougit.

— Voilà que je vous fais une conférence maintenant. C'est seulement parce que, la semaine dernière, j'ai fait un rapport sur ces violettes à mon club de jardinage.

— Bonté divine ! dit Tess, j'ai eu peur que tu ne sois devenue une sorte d'intellectuelle.

— Je laisse ça à mon mari. C'est lui le professeur dans la famille.

— Donc ce sont des violettes de l'espace, dit Christine en souriant et en admirant ces petites fleurs qui semblaient faites de velours pourpre. Jeremy sera si heureux de les voir. Il est passionné par tout ce qui a quelque chose à voir avec l'espace. Je crois que nous avons regardé tous les épisodes de *Star Trek* au moins vingt fois. Quand Jeremy était plus jeune, nous avions imaginé un mot de passe : si l'un d'entre nous était en danger, il n'avait qu'à dire « Klingon ».

— Au nom du ciel, qu'est-ce que cela signifie ? demanda Tess.

Bethany et Christine échangèrent un regard et Bethany finit par dire :

— Les Klingons étaient les ennemis mortels des Terriens. Comment se fait-il que tu ne le saches pas ?

— Et comment se fait-il que tu le saches ?

— Bien sûr que je le sais. J'ai épousé un scientifique, ne l'oubliez pas. Notre première conversation, à Travis et à moi, a été à propos de *Star Trek*. J'étais trop timide à cette époque pour penser à autre chose.

— Pas même aux serpents ? demanda Tess en plaçant le sac sur le buffet de la cuisine.

Betty frissonna.

— Je ne suis pas prête à revoir un serpent de sitôt. J'espérais que Travis finirait par se débarrasser de cette horrible fascination qu'il éprouve pour eux ou au moins qu'il tiendrait compte de ma répugnance et abandonnerait son élevage mais non !

Elle plaça soigneusement les violettes au centre de la table, là où elles recevraient la lumière indirecte du soleil et elle ajouta :

— Je crois qu'il divorcerait plutôt que de se débarrasser d'une seule de ces abominables créatures.

Lorsqu'elles étaient entrées dans la maison, Rhiannon n'était pas venue les accueillir. Elle était timide envers les étrangers mais elle connaissait bien Bethany et Tess. Christine demanda à cette dernière :

— Puisque nous parlons de créatures, as-tu vu Rhiannon lorsque tu es venue chercher mes vêtements ?

— Je l'ai aperçue. Elle était assise en haut de l'escalier. Ensuite, elle est allée se cacher sous le lit.

Tess fronça les sourcils.

— On aurait dit qu'elle avait peur. Elle ne m'a jamais fait cela.

— Peut-être est-ce mon absence qui l'a déstabilisée. Je ne la quitte jamais.

— Un jour, tu devrais prendre des vacances, suggéra Bethany. L'été prochain, nous allons à San Francisco et à Carmel. Travis voudrait que ce soit pour nous une seconde lune de miel mais je n'ai pas le courage de me séparer de Jan.

— Ce n'est pas moi qui refuserais une seconde lune de miel avec mon mari, dit Tess. Oh ! Christine, arrête de t'agiter à tout vérifier dans cette cuisine. Je t'assure que je n'ai pas volé l'argenterie.

— Il y a quelque chose qui ne me semble pas normal, dit Christine en manipulant nerveusement une boîte de café. Tout semble en place et j'ai pourtant l'impression que quelque chose ne l'est pas.

— C'est cette mauvaise nuit à l'hôpital qui te rend un peu bizarre, dit Tess. Va plutôt au salon, allonge-toi sur le divan et je te préparerai du thé.

— Je déteste le thé.

— Du café ?

— Je viens d'en prendre un à l'hôpital et il était tellement mauvais que je ne vais pas avoir envie d'en reprendre pendant au moins trois heures.

— Bien, mademoiselle « je suis de bonne humeur », y a-t-il quelque chose qui pourrait te plaire ?

— Un chocolat chaud avec de tout petits marshmallows. Il y en a une boîte dans le placard au-dessus du four à micro-ondes.

— D'accord, je prendrai la même chose. Bethany, est-ce que tu as le temps pour une tasse ?

— Vite fait, alors. Christine, s'il te plaît, allonge-toi. On dirait que tu vas t'effondrer. Je t'ai amené du lait frais, du pain complet et du fromage de cheddar pour les sandwichs grillés que tu aimes. J'ai aussi apporté une tête de laitue, des tomates, des poivrons et des concombres pour faire une salade. Je vais tout mettre dans le réfrigérateur pendant que Tess fera le chocolat. Oh, j'ai aussi rapporté des beignets tout frais de la boulangerie. Je sais que tu les aimes.

— Bethany, tu es trop bonne pour être vraie.

Sa tête battait comme un tambour, ses bras lui faisaient encore mal d'avoir soulevé les poids si longtemps. Elle se sentait maussade et le manque de sommeil lui donnait la sensation d'avoir des graviers dans les yeux. Et pour tout arranger, son adorable chatte n'avait même pas daigné se montrer pour lui faire son habituel accueil amoureux. Se sentant fatiguée, grognon, nerveuse, vaincue, Christine saisit la télécommande pour trouver les nouvelles du matin. Apparemment, le monde entier était en plein désordre et la Bourse s'effondrait alors même qu'elle venait d'y placer plusieurs milliers de dollars. Elle se laissa tomber sur le divan en gémissant.

C'est alors que, dans la cuisine, Bethany poussa un cri strident. Christine se précipita tandis que Tess restait figée au milieu de la pièce, tenant à la main un carton de lait. La main droite devant sa bouche, Bethany fixait le réfrigérateur en reculant.

— Qu'y a-t-il ? hurla Christine en essayant de couvrir les cris de Bethany. Qu'est-ce qui ne va pas ?

Bethany leva sa main gauche et la pointa sur le réfrigérateur grand ouvert. Christine s'avança, sentit un courant de fraîcheur lui caresser le visage mais ne vit rien d'extraordinaire sur les rayons presque vides. Alors, elle jeta les yeux sur le tiroir du bas.

Sur le métal blanc et glacé, elle vit un rat aux longs poils bruns, hideux, répugnant et mort, un rat d'égout qui mesurait au moins quarante centimètres.

3

— Mange tes flocons d'avoine.

— Mais tu n'y as pas mis de raisin, protesta Jan Burke. Ou de cannolle. Je n'aime les flocons qu'avec des raisins et de la cannolle.

— On dit la cannelle et non pas la cannolle.

Travis fouilla dans les tiroirs de la cuisine et finit par trouver les raisins et la cannelle qu'il répandit sur le bol fumant de sa petite fille de quatre ans.

— Et maintenant, demanda-t-il, c'est mieux ?

— Ce n'est pas encore ça. Il faut cuire les raisins avec les flocons d'avoine. Sinon, ils ne sont pas bons.

— Mélange-les bien avec les flocons et ils gonfleront.

— C'est pas comme ça qu'il faut faire.

Travis ferma les yeux, compta jusqu'à dix et dit d'une voix tranquille :

— Mademoiselle, s'il vous plaît, mangez ces flocons d'avoine que papa a préparés pour vous. Je me suis donné beaucoup de mal et je serais très vexé si vous ne les mangiez pas. D'accord ?

Jan se calma un peu, sans doute parce qu'elle avait été appelée *mademoiselle*. Elle savait que c'était un joli nom dans une jolie langue qu'elle apprendrait un jour. Et puis, elle ne voulait pas faire de peine à son père.

— D'accord, dit-elle, magnanime, je vais les manger. Mais elle murmura dans son bol :

— Même si ce n'est pas comme ça qu'il faut les faire.

Travis Burke aimait sa fille comme il n'aurait jamais cru pouvoir aimer un être humain mais il se demanda comment Bethany faisait pour la traiter avec une patience qui ne se démentait jamais. Jan était une fillette agréable à vivre pour son âge. Tout le monde le lui disait. Mais même les meilleurs des enfants de quatre ans peuvent être difficiles parfois. Malheureusement, Travis n'avait jamais été d'humeur égale avec les êtres humains. Avec les serpents, c'était une autre affaire.

— Je vais aller jeter un coup d'œil aux serpents avant l'arrivée de maman, dit-il à Jan.

— Peut-être qu'ils pourraient manger mes flocons d'avoine.

— Ils préfèrent des proies plus vivantes.

— Quoi, par exemple ?

— Ne t'occupe pas de ça.

— Tu veux dire qu'ils mangent des souris. Vivantes.

Jan tordit son joli petit visage.

— Tu ferais bien de te dépêcher. Maman ne sera pas contente si elle doit t'attendre.

— Elle ne devrait pas être si sévère.

— Quoi !

— Ne t'inquiète pas, je serai de retour dans dix minutes. Et tu ferais bien de manger tes flocons jusqu'à la dernière bouchée.

Lorsque Travis avait épousé Bethany, son père avait voulu lui offrir une grande maison de style méditerranéen dans le quartier chic de Winston, tout près de chez lui, mais Travis avait refusé. Il avait préféré une maison deux fois plus petite qui ressemblait à un ranch. Il avait deux raisons pour cela en dehors du fait qu'il ne voulait pas vivre sous le regard trop attentif de Hugh Zane. La première était qu'il n'avait pas envie de se sentir reconnaissant pour un cadeau de plus de quatre cent mille dollars. La seconde était qu'il voulait vivre dans la banlieue, sans proches voisins, là où personne ne se plaindrait du voisinage de ses serpents qui étaient sa passion depuis qu'il avait quatorze ans.

Aujourd'hui, leur plus proche voisin habitait à plus de huit cents mètres. C'était un veuf retraité qui s'intéressait un peu à l'herpétologie et qui venait une ou deux fois par mois jeter un coup d'œil sur les « petits amis ». Près de deux kilomètres les séparaient des autres voisins qui, jusqu'à maintenant, n'avaient pas déposé de plainte à propos des serpents. Sans doute pensaient-ils que cet étrange professeur d'université ne collectionnait que des espèces inoffensives.

À la surprise de Travis, ni Bethany ni Hugh n'avaient exigé qu'il se sépare de ses serpents, même si, avant les noces, ils s'étaient montrés horrifiés par son étrange passion. Sans doute pensaient-ils qu'avec le temps et un peu de harcèlement, ils finiraient par user son obstination comme l'eau finit par user le rocher. Ils s'étaient trompés et Travis était à la fois étonné et malheureux de la ténacité de sa femme par ailleurs si influençable. Peut-être, se dit-il plus tard, ressemblait-elle à son père plus qu'il n'y semblait.

Le reptilium mesurait environ dix mètres sur douze. Il était fait de blocs de ciment peints en blanc avec des fenêtres en Lexan, un polycarbonate aussi transparent que le verre mais incassable. Travis sortit un trousseau de clés de sa poche. Il ouvrit d'abord un cadenas, tira un verrou et ouvrit enfin une serrure ordinaire logée dans la poignée de la porte. Il entra, referma la porte en métal derrière lui et la verrouilla. Il alluma les lumières ultraviolettes. Les rayons ultraviolets étaient en effet très bénéfiques aux serpents d'eau et aux espèces insectivores. Il contempla son domaine, si bien isolé et où la température était maintenue en permanence au degré le plus favorable pour les serpents.

— Bonjour, mesdames et messieurs, dit-il.

Un concert de sifflements et de crépitements répondit à ces aimables paroles. La plupart des gens auraient tremblé de peur en entendant ces bruits. Travis, lui, les aimait.

Depuis qu'il avait épousé une femme riche et qu'il n'avait plus besoin de surveiller son budget, il avait dépensé une grande partie de ses économies dans cette maison aux serpents. Il avait même pu aménager des cages luxueuses, plus dans le style européen que dans le style américain beaucoup plus sobre. Des feuilles ou du sable ou quelquefois les deux couvraient les sols. Certaines contenaient des petites branches qu'il avait ramassées dans les bois et il avait même placé de plus grosses branches en diagonale pour les espèces arboricoles. Cette façon de procéder ne facilitait pas l'entretien mais Travis pensait que ses protégés le méritaient bien.

Il commença par regarder un boa arboricole rouge et orange, un animal très prisé des connaisseurs bien qu'il fût querelleur et n'aimât point être manipulé.

— J'espère bien que tu vas me donner au moins dix petits cette année, lui dit-il. Tu ne vas pas me laisser tomber, au moins ?

Le boa s'enroula davantage encore autour de la branche et détourna la tête.

— Garce ! murmura Travis en souriant.

Il se tourna ensuite vers un lampropeltis, appelé aussi serpent royal, noir avec des cercles blancs, un serpent qu'on trouve en abondance dans les Appalaches. Travis savait que beaucoup de gens n'en avaient pas peur. Ils ignoraient que, s'ils n'étaient pas dressés, ils pouvaient s'enrouler autour d'un bras et le mordre avec un plaisir sadique. Les cicatrices que Travis portait sur le bras droit en étaient les vivantes démonstrations. C'était un grand serpent, engourdi, une de ses premières acquisitions, bien que leur premier contact ait été loin d'être amical. Son mâle était dans une cage séparée à cause de son penchant bien connu pour le cannibalisme.

Un autre serpent couleur de rouille était presque invisible au milieu des feuillages. C'était un serpent des pins que Travis avait trouvé dans le Kentucky, le plus agressif qu'il ait jamais connu. La cage suivante contenait un énorme python. À cause de sa couleur dorée, il lui avait coûté plus de trois mille dollars. Cette espèce a une durée de vie de vingt à quarante-sept ans.

— Tu me survivras sans doute, mon bébé, lui dit-il.

Mais les serpents qui le fascinaient le plus étaient les vipères. Sans doute parce qu'elles étaient les plus meurtrières. Leur venin est particulièrement dangereux pour l'homme parce qu'elles sont attirées par les proies à sang chaud. L'une de ses favorites était la vipère du Gabon, avec ses dessins géométriques pourpre et rose. De toutes les espèces, c'est celle qui a les plus longs crochets à venin. Il les avait mesurés, ils faisaient plus d'un centimètre et demi. Cette vipère avait la curieuse habitude de rester d'abord immobile lorsqu'elle était en colère, puis de se gonfler et d'attaquer avec un sifflement si fort que certains experts l'avaient comparé au sifflement d'un pneu qui se dégonfle.

Son serpent à sonnettes occidental à dos de diamant lui jeta un regard venimeux.

— On dirait que tu n'es pas de bonne humeur ce matin, Hugh, lui dit-il en passant.

Bethany aurait été horrifiée si elle avait su qu'il avait donné le prénom de son père à ce reptile connu pour son mauvais caractère et pour l'agressivité de son venin. Travis passa ensuite devant une vipère qui avait une tête triangulaire, devant le serpent-tigre, massif, qui avait tendance, quand il avait peur, à gonfler sa nuque. Vint ensuite la vipère cornue qui, lorsqu'on la menaçait, frottait ses écailles les unes contre les autres, produisant un son de râpe.

Un coup violent frappé contre la porte d'acier fit sursauter Travis et lui rappela qu'il était resté trop longtemps avec ses serpents. Il se précipita, ouvrit la porte métallique et se trouva nez à nez avec Bethany.

— Il est temps de partir, lui dit-elle. Plus que temps.

— Désolé, ma chérie. Est-ce que tu ne veux pas entrer pour voir le python vert ? Il est magnifique et sa couleur me semble plus belle encore aujourd'hui. Peut-être à cause de la lumière…

— Aucun serpent ne peut être beau à mes yeux,

quelle que soit sa couleur. Et nous sommes en retard. Jan a déjà manqué le premier quart d'heure.

— Oh non ! s'écria Travis sur un ton mélodramatique. Voilà qu'elle va prendre du retard dans ses études. J'espère qu'elle pourra tout de même entrer dans une bonne université.

— Ne sois pas sarcastique, la maternelle a plus d'importance que tu ne le crois.

— Ce que je sais, c'est que j'ai obtenu mon doctorat sans être allé un seul jour à la maternelle. Et pas davantage au jardin d'enfants.

— Ne revenons pas sur cette discussion, dit Bethany, furieuse. Ferme ta maison des horreurs et partons avant qu'il ne soit trop tard.

Dans la voiture, Bethany attacha Jan sur le siège arrière, si serrée que Travis se demanda si l'enfant n'allait pas étouffer. Elle lui proposa de prendre le volant. Il refusa bien qu'il lui arrivât souvent d'avoir la chair de poule car sa conduite était à la fois trop prudente et peu assurée. Elle adorait conduire et il espérait que le fait d'avoir à se concentrer calmerait sa mauvaise humeur.

Ils sortirent lentement de l'allée car Bethany regardait sans cesse dans ses trois rétroviseurs et passait sa tête à travers la portière pour être sûre qu'il n'y avait pas d'obstacles. Une fois sur la route, elle se mit à rouler à quatre-vingts kilomètres à l'heure.

— Comment va Christine ? demanda Travis, bien décidé à être aimable même si sa femme continuait à bouillir de colère.

— Elle ne va pas bien. Il est encore arrivé quelque chose ce matin…

Elle jeta un regard à Jan.

— Je t'en parlerai plus tard mais je me fais des soucis pour elle. J'espère qu'elle pourra venir avec

Jeremy pour l'anniversaire de Jan la semaine prochaine.

— Espérons-le, dit Travis sèchement.

Elle se tourna vers lui.

— Pourquoi ce ton ? Je croyais que tu aimais Christine.

— J'aime assez Christine mais son frère m'ennuie.

— Pourquoi ? Il est mignon et gentil.

— Mais tu le connais à peine, Beth. On ne peut jamais savoir avec ce genre de garçon. Un grand type comme ça qui est retardé mental, je n'aime guère le voir avec des petites filles.

— Travis ! sursauta Bethany.

— Moi j'adore Jeremy, protesta Jan. On peut jouer avec lui comme avec un enfant.

— Oui, comme avec un énorme enfant. Non, décidément, je ne veux pas de lui à cet anniversaire.

— Moi je le veux, papa, dit Jan avec violence. C'est mon anniversaire et, sans lui, ce ne sera pas amusant.

— Et puis ne pas l'inviter ferait de la peine à Christine. Elle pourrait même se sentir insultée, ajouta Bethany, furieuse. Je ne comprends même pas que tu puisses avoir une telle idée.

— Mon Dieu ! quelle levée de boucliers, murmura Travis. Je crois, Beth, que ton rhume est en train de s'aggraver.

— Ce qui veut dire ?

— Que ta mauvaise humeur est ridicule.

— Je suis de mauvaise humeur parce que nous sommes en retard.

— Alors, va plus vite. Tout le monde nous double.

Furieuse et sans prononcer une parole, Bethany pressa l'accélérateur. Voilà maintenant que nous allons trop vite, pensa Travis en grinçant des dents. Pour calmer sa peur, il baissa le pare-soleil et se regarda dans le miroir. Ses cheveux brun clair laissaient déjà apparaître des fils blancs autour des tempes. Et son front commençait à se dégarnir, ce qui ne lui faisait pas plaisir du tout. Il se promit d'acheter une lotion dans l'après-midi et même, pourquoi pas, un de ces produits qui rendent aux cheveux leur couleur naturelle. Il était pâle, ses joues étaient un peu creusées et ses yeux gris étaient légèrement rougis. Il est vrai qu'il avait mal dormi la nuit dernière.

— Ne t'inquiète pas, tu as l'air en forme, lui dit Bethany, bien que tu te sois coupé en te rasant. Tu as deux points rouges, l'un sur ton menton et l'autre sur ta gorge.

— Je déteste me raser, dit-il en mouillant son doigt et en enlevant le sang séché. Je vais peut-être me laisser pousser la barbe.

— Garde-t'en bien. Je déteste les barbes. Ça vieillit.

Elle lui jeta un regard acerbe.

— Si tu couvrais ton beau visage d'une barbe grisonnante, tu n'aurais plus autant de succès avec les filles de dix-neuf ans que tu aimes tant.

— Les filles de dix-neuf ans ne m'intéressent pas.

— J'avais dix-neuf ans quand tu as commencé à me regarder.

Travis repoussa le pare-soleil au moment même où Bethany freinait brusquement pour éviter une grande feuille brune qu'elle avait manifestement prise pour un écureuil. Une fois la feuille passée de l'autre côté de la voiture, elle accéléra avec une embardée et dit :

— Dara Prince, elle aussi, avait dix-neuf ans, n'est-ce pas ?

— Je n'ai aucune idée de l'âge qu'avait Dara Prince, répondit Travis.

— Qui est Dara Prince ? demanda Jan. Est-ce une princesse ?

— Non, mademoiselle, dit Travis. C'était seulement une de mes étudiantes et une mauvaise étudiante.

— Tu prétends que tu ne t'intéressais pas à Dara Prince ? persista Bethany.

— Absolument pas.

— Ah vraiment.

Elle le regarda avec un de ses sourires faussement gentils qui pouvaient être si dangereux.

— Alors, pourquoi, demanda-t-elle, as-tu prononcé son nom deux fois la nuit dernière ?

CHAPITRE 11

1

Après la découverte du rat, Christine se demanda si elle ne devait pas gifler Bethany pour arrêter ses cris.

— Mon Dieu, Beth, ce n'est qu'un rat, s'était écriée Tess en hurlant elle aussi pour dominer le tumulte.

— Mais un gros rat. Mort. Et dans le réfrigérateur.

— Oui, il est mort. Il ne fera de mal à personne. Il est juste énorme et il pue.

— Je crois que je vais vomir, annonça Bethany. Christine se sentait calme, presque amusée par tout ce vacarme à propos d'un simple rat, même s'il était dégoûtant.

— Beth, Tess, dit-elle, vous devriez rentrer chez vous. Moi, je vais appeler la police.

— Tu veux que nous te laissions avec ça? demanda Bethany horrifiée en montrant le rat du doigt.

— Je ne crois pas qu'il soit dangereux. Et n'oublie pas que tu dois conduire Jan et Travis à l'école. La police n'arrivera peut-être que dans une heure ou deux. En attendant, je vais prendre une douche et essayer de ne pas me montrer hystérique quand les flics arriveront. Je veux que vous partiez maintenant et me laissiez m'occuper de mes affaires. Je ne suis ni une infirme ni une enfant.

— Mais tu en as déjà tellement bavé, protesta Bethanie.

— Si Chris dit qu'elle veut rester seule, c'est qu'elle veut rester seule, dit gentiment Tess. Elle est la femme la plus têtue que je connaisse et il ne sert à rien de discuter avec elle. Mais avant de partir, nous allons fouiller la maison. Après tout, ce rat n'est pas venu ici tout seul.

— Tu crois qu'il y a d'autres rats ? demanda Bethany terrifiée.

Christine vit que Tess essayait de dissimuler un sourire.

— Non, je ne crois pas que celui-ci ait été amené par ses amis. Je pense plutôt que la personne qui l'a apporté est peut-être encore cachée dans la maison.

— Juste ciel ! je suis vraiment stupide, s'exclama Bethany. Habituellement, Chris, je ne suis pas si sotte. C'est juste que…

— Que tu es nerveuse. Je le suis aussi et je pense que l'idée de Tess est une bonne idée.

Toutes les trois, elles firent le tour de toute la maison et elles ne trouvèrent même pas une fenêtre ouverte. Tess demanda :

— Mais comment cette personne a-t-elle fait pour laisser ce rat ?

— Je ne sais pas, répondit Christine, mais la police saura mieux le découvrir que nous. Au moins sommes-nous sûres qu'il n'y a personne ici. Maintenant, vous deux, disparaissez.

Après leur départ, Christine monta au premier étage et ouvrit la douche. Elle était en train d'enlever ses chaussures de jogging et ses jeans lorsque Rhiannon fit son apparition.

— Enfin, s'écria-t-elle, je croyais que tu étais retournée chez les Prince pour partager la vie de Pom Pom.

La chatte la regarda de ses yeux dorés puis elle se frotta contre ses jambes.

— Pourquoi, demanda-t-elle, as-tu laissé quelqu'un entrer dans cette maison avec un rat ? Je crois que tu as préféré lui céder le terrain parce qu'il était presque aussi gros que toi.

En réalité, Christine était soulagée. Elle s'était demandé si sa chatte n'avait pas été terrifiée au point de se sauver ou, pire, si elle n'avait pas été tuée et enterrée par celui ou celle qui s'était introduit dans sa maison. Elle n'avait pas fait part de ses craintes à Tess et à Bethany car Bethany aurait sans doute éclaté en sanglots tandis que Tess n'aurait pas cessé d'appeler la chatte de sa voix si éraillée, ce qui aurait eu pour effet de la faire disparaître au moins pour le reste de la journée.

Tandis que Rhiannon était fidèlement assise devant la porte, Christine prit une douche deux fois plus longue que d'habitude. L'eau chaude soulagea les muscles de ses bras qui avaient tant souffert la veille et un savon doux calma les contusions de ses cuisses provoquées par son agresseur. Le souvenir la fit frissonner.

Elle fit deux shampooings à la suite en faisant attention de ne pas toucher les agrafes et en se demandant si elle ne devrait pas laisser pousser ses cheveux. Mais elle pensa que les cheveux courts étaient plus faciles à entretenir. Un petit gel, un coup de sèche-cheveux et c'était terminé. Elle avait un très beau teint, comme le disait souvent Tess, et elle ne mettait qu'un peu de poudre, un peu de rouge à lèvres et de mascara. En dehors de sa montre, elle ne portait jamais de bijoux. Elle en voyait trop dans la journée. Sa seule vraie préoccupation était ses ongles. Il fallait qu'ils soient impeccables puisqu'elle passait son temps à montrer à ses clientes des bagues et des bracelets. Elle avait parfois le sentiment qu'elle passait beaucoup trop de temps à appliquer du rouge sur ses ongles.

Quand elle sortit de la salle de bains, enveloppée dans une robe de chambre molletonnée, Rhiannon était assise calmement sur son lit, en train de se lécher, ce qui était sa façon à elle de prendre un bain.

— Est-ce que tu te fais belle pour les visiteurs ? lui demanda-t-elle. Tu as toujours été un peu vaniteuse. Moi aussi d'ailleurs.

En fait, elle ne se préoccupait pas tellement de son aspect. Ce qui était important à ses yeux, c'était d'être propre. Si elle était restée si longtemps sous la douche, c'est qu'elle avait besoin de rassembler ses idées avant d'appeler la police. Il lui fallait non seulement discuter aussi calmement que possible de l'apparition du rat mais parler également du coup de téléphone qu'elle avait reçu la nuit dernière à l'hôpital.

La douche lui avait fait du bien. Elle respirait à son aise et elle se sentait un peu plus présentable. Elle se glissa dans des jeans en velours noir et dans un pull de couleur cuivre pour aviver son teint. Parce qu'elle se trouvait encore pâle, elle ajouta une touche de rouge sur les deux joues et une ombre de pêche sur ses paupières. C'est mieux, se dit-elle en se regardant dans le miroir. Bien sûr, sa tempe arborait encore des contusions d'une glorieuse couleur pourpre.

Courage ! se dit-elle en contemplant son image. Dans deux jours, cette tempe sera d'une séduisante couleur jaune et verte.

Elle glissa ses pieds dans d'élégantes babouches en daim et descendit.

Avant d'appeler la police, elle se prépara un café et s'assit pour se reposer, ce qui ne lui était pas arrivé, pensa-t-elle, depuis des heures. Elle n'arrivait pas à croire que, deux jours plus tôt, elle travaillait encore au magasin, et s'ennuyait de ne pas avoir plus de clients. Le corps qui était peut-être celui de Dara n'avait pas encore été rejeté par la rivière, elle n'avait pas encore été agressée dans la salle de gym, elle n'avait pas encore reçu d'appel anonyme à l'hôpital. J'ai bien mérité un peu de répit, se dit-elle. Au moins une après-midi, le temps que ma tête cesse de me torturer. Cela lui rappela qu'en quittant l'hôpital sans avoir vu le médecin, elle n'avait pas reçu d'ordonnance pour apaiser ses douleurs. Cela lui apprendrait à ne pas respecter les règlements.

Son café prêt, elle en but trois gorgées et elle appela le commissariat, demandant à parler directement à l'adjoint du shérif, Michael Winter. On lui dit qu'on allait lui passer le policier de garde mais elle ne voulut rien savoir. Elle savait ce qu'elle voulait, même si elle ne se considérait pas comme une personne agressive.

— D'accord, finit par dire le standardiste, mais il est sur le point de partir… Winter, l'entendit-elle dire, il y a une femme qui te demande au téléphone et qui ne veut parler qu'à toi. Elle a peut-être un faible pour toi.

— Adjoint Winter, dit-il.

— Je suis Christine Ireland et je désire vous parler en particulier parce que vous êtes déjà au courant de bien des choses.

Elle se sentait embarrassée par la réflexion de l'autre policier.

— Quand je suis rentrée de l'hôpital aujourd'hui, j'ai trouvé un rat crevé dans mon réfrigérateur.

— Un quoi ?

— Un rat. Pas une souris mais un gros rat d'égout. Dieu merci, il était mort.

— Un beau cadeau de bienvenue. Est-ce que vous l'avez jeté ?

— Non. Je n'ai pas voulu risquer de gêner une enquête de police.

Elle se dit que cela pouvait sembler quelque peu mélodramatique.

— Mais vous savez, ajouta-t-elle, j'ai l'impression que ce n'est pas une plaisanterie. Peut-être même est-ce un délit que de faire une chose comme ça.

— C'en est un. Souhaitez-vous que je vienne pour voir cela de plus près ?

— J'en serais très heureuse.

— J'arrive le plus vite possible.

Dix minutes plus tard, la voiture de police avec l'étoile d'or à six branches peinte sur la portière entrait dans son allée. Ça devait être la seconde fois en deux jours, car il était venu récupérer le journal de Dara la veille. Christine ouvrit la porte et essaya de prendre un ton enjoué :

— Comme je suis heureuse de vous revoir.

Il sourit, enleva son chapeau et répliqua sur le même ton :

— C'est d'autant plus un plaisir que nous nous rencontrons de nouveau dans des circonstances agréables. Ainsi donc, vous avez un casse-croûte pour moi dans votre frigo ?

— Je vous garantis qu'aucune hôtesse ne vous en a servi un comme celui-là.

Christine se demanda pourquoi elle avait senti un tel soulagement en le voyant arriver. Elle était toujours incapable de dire qui l'avait attaquée, qui lui avait téléphoné et qui avait violé son domicile mais le sentiment de terreur qui vibrait sous sa peau depuis des heures s'était comme apaisé avec l'arrivée de Michael Winter.

Elle jeta un regard sur la maison qui était en face

de la sienne et elle vit que la vieille Mme Flint était en train de guetter par sa porte entrouverte. Sans doute essayait-elle d'entendre le plus possible de la conversation. Christine éleva encore la voix et dit :

— J'ai fait un excellent café.

— Il n'y a rien de mieux qu'un bon café et un rat d'égout pour se mettre en train le matin.

Disant cela, il tourna la tête vers Mme Flint qui claqua aussitôt sa porte.

— Comment saviez-vous qu'elle était là ? demanda Christine.

— J'ai des yeux derrière la tête. C'est la profession qui veut ça. Maintenant, elle va aller à une fenêtre et regarder à travers une fente de ses rideaux.

Christine regarda et vit en effet un rideau bouger.

— Je pense que vous avez un don de double vue, monsieur l'adjoint Winter.

— Non, j'ai juste un peu d'expérience.

Christine avait l'habitude de regarder la plupart des hommes dans les yeux mais elle dut lever les siens de plusieurs centimètres pour être à son niveau.

— Je sens une bonne odeur de café, dit-il.

— Mieux vaut un bon café qu'un rat. Il est enfermé dans le tiroir du bas de mon réfrigérateur.

— Je vais commencer par le regarder. Ensuite, nous boirons plus tranquilles.

Rhiannon se trouvait alors en haut de l'escalier. Elle regardait cet étranger avec curiosité mais sans faire mine d'aller se réfugier dans la chambre.

— Je vous présente Rhiannon, dit Christine. C'était la chatte de Dara. Elle n'a pas pu s'entendre avec Pom Pom le chien de Patricia. C'est pourquoi je l'ai adoptée lorsque j'ai quitté la maison d'Ames.

— Est-ce que Dara était très attachée à sa chatte ?

— Très.

— Et le père de Dara peut croire qu'elle s'est sauvée en laissant sur place la chatte qu'elle aimait ?

— Il m'a donné plusieurs explications mais il n'a pas pu me dire pourquoi Dara, dans ses lettres, ne mentionne jamais Rhiannon.

— Ces lettres, murmura Winter, je ne pense pas que M. Prince peut les garder encore longtemps pour lui tout seul. Il va bien falloir qu'il les remette au labo de la police.

— Si vous avez l'intention de les lui enlever, je vous souhaite bien du courage.

Christine conduisit Winter dans la cuisine et ouvrit le réfrigérateur.

— Ricky le Rat, dit-elle, est dans le tiroir du bas mais je n'ai pas du tout envie de le revoir. J'aurais sans doute trop mal au cœur ensuite pour prendre mon café et mes beignets.

— Vous ne m'aviez pas dit qu'il y avait des beignets.

— C'est mon amie Bethany qui les a achetés. Je vous attends dans le salon.

Elle entendit l'adjoint ouvrir le tiroir et murmurer :

— Tu es diablement gros et puant.

Il lui cria :

— Je n'en ai jamais vu d'aussi gros. Quelqu'un s'est donné beaucoup de mal pour vous trouver un champion.

— Je suis flattée au-delà de toute expression, dit Christine. Il est probablement infesté de puces qui transmettent la peste.

— Ne commencez pas à vous faire des soucis de ce genre. Le labo nous dira tout sur son état de santé.

— Vous allez envoyer cette chose au laboratoire ?

Winter prit un air grave et dit :

— Mais, mademoiselle, nous devons être sûrs que ce rat n'a pas été assassiné.

Christine sourit. Ainsi, Winter était en train d'essayer de calmer ses nerfs et, finalement, ça marchait. Enfin, un peu.

— Je vais placer notre ami dans un sac en plastique, dit Winter, et je vais devoir traverser le salon pour aller jusqu'à ma voiture. Fermez les yeux ou tournez le dos mais, s'il vous plaît, évitez de crier ou de vous évanouir.

— Si je criais, vous verriez Mme Flint arriver à l'instant même. Elle ne saurait se priver d'un tel plaisir.

— Je ne serais pas surpris de la voir arriver même si vous ne criez pas. Pas forcément par curiosité mais pour s'assurer que tout va bien pour vous.

Il traversa le salon en tenant le sac sur le côté.

— Je reviens tout de suite pour essayer de voir comment l'intrus a pu entrer chez vous.

À peine était-il passé que Christine alla à la cuisine, retira le tiroir du réfrigérateur, l'inonda de désinfectant et le brossa énergiquement avant de le remettre à sa place. Peut-être ferais-je bien de changer de frigo, se dit-elle. Cela me ferait du bien d'avoir un frigo qui n'a pas été profané par un rat. Mais celui-ci n'a pas encore un an. Ce serait de la folie.

Une minute plus tard, Winter était de retour.

— Je suppose, dit-il, que vous avez cherché à savoir par où votre agresseur est entré.

— Oui, après la découverte du rat, j'ai fait le tour de la maison avec mes amies Bethany et Tess.

— Est-ce que cela vous ennuierait de recommencer avec moi ? J'aimerais regarder partout et je me sentirais mieux si vous étiez avec moi.

— Pour vous protéger au cas où nous rencontrerions un rat vivant ?

— Bien sûr, lui dit-il d'un ton faussement moqueur, mais aussi pour que vous vous assuriez que je ne vous vole rien ou que je ne vais pas fouiller dans votre armoire à sous-vêtements.

Christine éclata de rire.

— Mais je n'ai jamais pensé que vous étiez un pervers capable de faire de telles choses.

— Cela vous étonnerait de savoir combien de femmes se font de telles idées quand je dois perquisitionner dans leur chambre.

— Peut-être est-ce ce qu'elles espèrent.

À peine eut-elle dit cela qu'elle se mit à rougir violemment, réalisant que ce n'était pas la chose à dire. Michael Winter leva les yeux vers elle et elle se reprit :

— Je n'aurais pas dû dire cela.

— Je pourrais en être flatté, dit-il, mais cela ne doit pas nous empêcher de faire ce que nous avons à faire. Commençons par le haut.

— Il y a trois chambres en haut, dit Christine, dont une que j'ai transformée en une sorte de bureau. Rhiannon s'y croit chez elle et, si vous y pénétrez, elle va probablement vous jeter un regard assassin. Elle est très jalouse de son territoire.

— Ma fille avait un chat, dit Winter.

Un voile sembla soudain tomber sur son visage. Christine savait qu'il était divorcé. Sans doute sa fille vivait-elle avec son ex-femme mais quelque chose lui dit de ne pas poser de questions à propos de cette enfant.

— Les animaux favoris peuvent apprendre aux enfants le sens des responsabilités, dit-elle. Quand nous étions enfants, Jeremy et moi, nous en avions toujours, généralement des chiens.

Ils arrivaient en haut de l'escalier lorsque Rhiannon se précipita dans la chambre de Christine et se cacha sous le lit.

— Il ne faut guère compter sur les chats pour nous protéger, constata-t-elle.

— Cela arrive parfois. J'ai connu un couple qui a été réveillé par son chat en plein milieu de la nuit. Il avait grimpé sur leur lit et il miaulait à s'arracher la tête. Ils se sont levés pour constater que leur fille avait une crise de nerfs dans la chambre voisine.

— Juste ciel !

Christine était sincèrement surprise.

— Je pensais que seuls les chiens étaient capables d'agir ainsi.

— Ne dites pas de telles choses devant Rhiannon. Commençons par cette chambre.

Dix minutes plus tard, ils se trouvaient au sous-sol, dans l'appartement de Jeremy.

— Cet endroit est merveilleux ! s'exclama Winter.

— Vous trouvez ? (Christine était flattée.) Pourtant, quand je dis que mon frère vit dans le sous-sol, il y a des gens que ça choque. Mais je voulais qu'il jouisse d'une réelle intimité.

— C'est un sous-sol comme je n'en ai pas vu beaucoup.

— C'est à cause de lui que j'ai décidé d'acheter cette maison. Derrière, le terrain est en pente mais la porte s'ouvre sur cette étendue plate et sur le patio. Jeremy peut aller et venir sans avoir à passer par le haut. Il peut se sentir indépendant.

— Et puis il y a beaucoup de lumière qui passe à travers les fenêtres coulissantes, même un jour sombre comme aujourd'hui. Je suis sûr qu'il se sent bien ici.

— Je crois que oui. Il aurait pu s'y installer depuis quelques mois mais Ames lui a demandé de rester chez lui jusqu'à la fin des vacances. Je ne vois vraiment pas pourquoi. Lui ne s'en occupe pas beaucoup et Patricia n'est pas du tout heureuse de l'avoir. Avec tout ce qui se passe, je vais maintenant insister pour qu'il vienne ici le plus tôt possible. L'atmosphère qui règne chez Ames n'est pas bonne pour lui.

— Je suis d'accord avec vous et Jeremy a été gentil

de rester si longtemps chez les Prince. Je suis sûr qu'il préfère être avec vous.

Winter fit quelques pas sur le tapis et eut un sifflement d'admiration en voyant le couvre-lit ouatiné, couleur argent, et, près du lit, une grande maquette du navire de guerre *Enterprise*. Il y avait aussi sur le mur des portraits encadrés du capitaine Kirk et de M. Spock.

— Mon frère est un fanatique de *Star Trek*, lui expliqua Christine.

— Je m'en doutais. Mais où avez-vous trouvé ce dessus-de-lit ?

— C'est Wilma Archer qui le lui a fait. Elle a découvert le tissu grâce à Internet. Ou plutôt, je crois que c'est son fils qui le lui a trouvé.

— Streak Archer ?

— Oui.

— Le génie de l'informatique ?

Christine se raidit. Elle le savait, Winter pensait que Streak pouvait être le Cerveau dont Dara parlait dans son journal.

— Streak a toujours été très gentil et très patient avec Jeremy, dit-elle. Il le laisse même jouer avec ses ordinateurs. C'est un homme bon.

— D'une certaine façon, il doit avoir des points communs avec Jeremy.

— Que voulez-vous dire ?

— Je veux dire qu'il y a des gens qui les voient à la fois comme différents et pas si différents que cela, d'une autre façon.

— Vous avez entendu dire du mal de mon frère ?

— Les choses habituelles, dit-il vaguement.

On voyait qu'il avait envie de changer de sujet.

— Et vous avez aussi entendu dire du mal de Streak, poursuivit Christine.

Winter lui lança un regard sombre et gentil à la fois.

— Mademoiselle Ireland, Streak est un homme retiré du monde qui devient hystérique lorsqu'il se trouve dans des lieux publics. Que pensez-vous donc que les gens peuvent dire de lui ?

— Des choses affreuses, bien entendu, et cela d'autant plus qu'il était parfaitement normal lorsqu'il est parti pour servir son pays.

— Oui mais pour une guerre impopulaire. Je ne veux pas vous faire de peine ni à lui mais je dois vous dire ce que vous savez déjà : les gens le trouvent bizarre.

Il est vrai qu'il peut sembler bizarre, admit Christine en silence. Elle ne connaissait pas tellement Streak et elle n'avait aucune raison de le protéger à ce point. D'autant plus que cette façon de le défendre lui faisait probablement plus de mal que de bien.

— J'aime beaucoup ce dessus-de-lit, dit Winter pour essayer de retrouver le ton léger qu'ils avaient auparavant, sans trop savoir comment s'y prendre.

— Je peux demander à Wilma où elle a trouvé ce tissu. Mais il vous faudra sans doute le piquer vous-même.

— Pourquoi pas ? C'est sur la liste des choses que je veux apprendre à faire. Je voudrais également savoir confectionner mon propre savon pour la lessive.

Winter sourit et Christine sentit qu'elle se détendait.

— Je suppose, dit-elle, que nous en avons fini avec le tour de la maison.

— Oui et nous n'avons pas trouvé une seule fenêtre cassée ou ouverte.

— Je ne suis revenue ici que depuis quelques heures. Je n'ai pas touché à mes fenêtres ni pour les ouvrir ni pour les fermer. Et la serrure des baies vitrées est intacte. Les autres portes étaient fermées lorsque je suis arrivée à la maison. Je suppose que qui que ce soit qui ait mis le rat dans le frigo l'a fait la nuit. Autrement, Mme Flint n'aurait pas manqué de constater qu'il se passait quelque chose d'étrange.

— Comment savez-vous qu'elle ne l'a pas fait ?

— Dans ce cas, vous pouvez être sûr qu'elle aurait fait savoir à la police qu'il y avait des rôdeurs autour de ma maison. Elle rêve de participer à un spectacle télévisé comme *Les Mystères non résolus*. Donc elle se serait précipitée au commissariat si elle avait vu quoi que ce soit de louche.

Winter sourit.

— Il arrive que de telles personnes nous soient utiles. Parfois aussi, elles ne nous apportent que des ennuis. C'est un peu comme l'histoire des gens qui crient au loup. On a tendance à ne pas les croire même lorsqu'ils ont raison. Si elle a l'habitude d'aller au commissariat pour un rien, on ne la prendra sans doute pas au sérieux. Je crois que je devrais avoir une conversation avec elle mais, pour le moment, je vais jeter un regard dehors. Inutile de venir avec moi : il commence à tomber du crachin.

— Il ne manquait plus que ça. Je préfère une bonne vieille pluie bien régulière à ce crachin. Mais si vous trouvez un indice, s'il vous plaît, appelez-moi.

— Certainement, dit Winter d'un ton décidé. Mais ce n'est pas comme dans les polars. Les vrais criminels laissent rarement derrière eux des empreintes bien visibles, une boîte d'allumettes ou, mieux encore, une photo d'eux. Ils sont beaucoup moins complaisants que cela dans la vie réelle. Ils ne nous donnent jamais, à nous autres policiers, une chance de nous mettre en valeur.

— Espérons que nous avons cette fois-ci affaire à un amateur qui touche tout sans mettre de gants et qui laisse tomber ses cartes de visite.

— Ce serait une bénédiction. À mon retour, je serai d'accord pour une tasse de café.

— Je vais en faire.

Dehors, tandis qu'il cherchait des traces de l'intrus, Michael repensa à ses précédentes conversations avec Christine. La plupart avaient été sérieuses mais il leur était arrivé de plaisanter. Il ne plaisantait presque jamais dans l'exercice de ses fonctions surtout avec de jeunes et jolies femmes. Elles le prenaient parfois mal, avaient l'impression qu'on voulait flirter avec elles et avaient vite fait de parler de harcèlement sexuel. Cela ne lui était jamais arrivé mais certains de ses collègues de Los Angeles s'étaient laissé prendre. Cependant, avec Christine Ireland, il ne se faisait aucun souci. Elle n'était pas le genre de personne susceptible d'exagérer, de faire quelque chose de rien, de transformer en propos machiavéliques des phrases innocentes.

Mais qu'est-ce qui te fait penser que tu la connais si bien ? se demanda-t-il en écartant les haies pour essayer de trouver des traces dans l'humus en décomposition. Tu viens de la rencontrer et tu traites un peu légèrement ce qui lui est arrivé. Elle est morte de peur, elle a raison de l'être, et tu plaisantes à propos d'un rat ou d'un couvre-lit…

Soudain, il aperçut une petite pièce de métal tombée dans la boue. Il sortit de sa poche un gant de latex et la saisit avec soin. Il souffla dessus pour faire tomber la terre et constata qu'il s'agissait d'une pièce ronde avec des caractères gravés. J'ai trouvé ! pensa-t-il. Il lut :

RHIANNON
442 CHEMIN CARDINAL
WINSTON. WV
304-555-5095

— Oh, bon sang, murmura-t-il. Une trouvaille miraculeuse ! La plaque d'identification de la chatte.

Il continua à chercher tout en pensant à Christine. Il se dit qu'il était trop familier avec elle, au point qu'elle avait peut-être le sentiment qu'il ne prenait pas son affaire au sérieux. Il pensa avec une pointe de culpabilité qu'il n'avait pas agi ainsi avec une femme depuis la mort de sa fille et son divorce avec Lisa moins d'un an plus tard. Stacy était morte et le souvenir de sa femme lui était encore douloureux. Il n'avait pas le droit d'envisager un autre bonheur, surtout avec une femme qui, comme Christine Ireland, était en train de vivre de telles épreuves. Qu'est-ce donc qui n'allait pas avec lui ? Était-il en train de devenir fou ? Il se préoccupait plus d'apaiser Christine que de résoudre son problème. Peut-être pas davantage mais au moins autant.

Il est temps de se reprendre, décida-t-il sévèrement. Aujourd'hui, il devait être plus grave, plus sérieux, il ne plaisanterait plus, il ne sourirait plus jusqu'à son départ.

Lorsqu'il rentra, Christine le regarda, interrogative.

— C'est bien ce que je pensais, dit-il. Pas la moindre marque de quelqu'un qui aurait essayé de forcer les fenêtres, pas la moindre éraflure sur les serrures.

— Il s'agit donc d'un fantôme, dit-elle, sardonique.

Il la regarda et elle lui retourna son regard avec une complète bonne foi. Il y avait dans ses yeux comme une lueur qui dansait tandis qu'un sourire remontait le coin droit de sa lèvre. Elle dit en souriant :

— Vous m'avez inquiétée pendant une minute. J'ai eu l'impression que votre visage était devenu un bloc de granit. N'avez-vous donc rien trouvé ?

Il lui tendit la plaque de Rhiannon.

— Elle l'a perdue il y a à peu près un mois.

Elle sourit.

— Mme Flint vous a surveillé tout le temps que vous avez été dehors. J'ai pensé qu'elle allait passer à travers sa fenêtre quand elle vous a vu ramasser quelque chose. Elle a dû penser que c'était terriblement important. Elle serait vraiment déçue si elle savait que ce n'est que la plaque d'identification de Rhiannon. À moins qu'elle n'ait vu par elle-même de quoi il s'agissait.

— Comment aurait-elle pu voir quelque chose de si petit ?

— Avec des jumelles.

— Vous plaisantez ?

— Non. Elle a peut-être été girl-scout.

Winter dit en riant :

— Il faut décidément que je lui pose quelques questions pour savoir si elle a vu quelqu'un errer autour de la maison hier. Elle semble une très bonne observatrice.

— C'est le moins que l'on puisse dire. Alors, êtes-vous prêt pour le café maintenant que vous avez fait le sale boulot ?

Winter la suivit dans la cuisine où elle avait déjà installé les tasses. Elle allait chercher la crème et le sucre mais elle se souvint que, comme elle, il prenait son café noir et sans sucre. Elle plaça les beignets sur une soucoupe en porcelaine.

— Je ne m'attendais pas à prendre un petit déjeuner maintenant, lui dit-il.

— Vous n'êtes pas obligé de manger. J'ai pensé que peut-être vous auriez faim.

— Vous n'avez pas tort, dit-il.

Il alla devant l'évier et se lava les mains avec du savon.

— Je serais un drôle de flic si je refusais des beignets.

— Moi, je suis une inconditionnelle des beignets. Mon amie Bethany les a achetés ce matin à la boulangerie. Elle m'attendait ici lorsque je suis rentrée de l'hôpital.

— Ici, dans la maison ?

— Non, elle n'était pas encore entrée mais elle a une clé.

— Qui d'autre en a une ?

— Mon amie Tess. Vous l'avez rencontrée hier à l'hôpital.

— C'est vrai, vous me l'avez dit hier. Elle est la femme de ce type qui travaille pour vous, dit-il en se séchant les mains avec une serviette en papier.

— Reynaldo Cimino. Il dessine des bijoux. J'ai rencontré Tess la première semaine de mon arrivée à Winston, lorsque je suis entrée dans sa librairie, Calliope.

— Je suppose qu'Ames Prince a une clé, lui aussi.

— Non ! dit Christine à contrecœur. S'il avait une clé, cela permettrait à sa femme d'entrer chez moi et je n'aimerais pas savoir que Patricia fouille dans mes affaires sous quelque prétexte que ce soit.

— Vous croyez qu'elle le ferait ?

— Je ne sais vraiment pas ce qu'elle ferait. J'ai vécu dans sa maison pendant des années mais j'ai le sentiment de ne pas la connaître très bien.

— Vous la connaissez assez pour vous méfier d'elle.

— Pour être juste, je ne suis pas sûre que cette méfiance soit justifiée. Patricia et moi, nous n'avons jamais été sur la même longueur d'ondes, si bien que je peux très bien la suspecter de faire des choses qu'elle ne ferait jamais. Mais j'ai une confiance absolue en Beth et Tess.

Winter approuva et dit :

— Je pense que vous devriez changer vos serrures. Ce serait plus sûr.

— Mais je vous ai dit que Beth et Tess sont les seules à avoir la clé.

— Avez-vous changé les serrures quand vous êtes arrivée ici ?

— Non.

— Donc vous ne savez pas si le précédent propriétaire n'en a pas gardé une. Vous ne savez même pas combien il y a de clés qui se promènent ici ou là.

— C'est vrai, j'aurais dû y penser en achetant la maison mais cela ne m'est pas venu à l'esprit.

— Beaucoup de gens font comme vous mais je trouve que le moment est venu de corriger cet oubli.

— Je suis tout à fait d'accord. Je n'ai pas envie qu'on vienne de nouveau déposer du gibier dans mon réfrigérateur.

Elle prit la cafetière.

— Vous le prenez noir, n'est-ce pas ?

— Comment le savez-vous ?

— Je suis voyante. En réalité, je vous ai déjà servi du café hier au magasin.

Il ferma les yeux.

— Mon Dieu ! J'étais tellement fatigué que j'ai tout oublié à propos du café alors que je l'ai sûrement apprécié. Mais revenons à votre problème de clés. Est-ce que votre frère en a une ?

— Non. Malheureusement Jeremy a la fâcheuse habitude de perdre les clés. Il essaie de s'en corriger mais il faudrait les lui attacher autour du cou avec une chaîne, ce qui lui donnerait le sentiment d'être vraiment bête…

Elle se tut, ne se sentant pas à l'aise de devoir reconnaître qu'elle ne pouvait pas faire confiance à son frère, même pour une clé.

Winter sourit et dit :

— Je comprends.

— La plupart des gens ne comprennent pas. Ils

pensent qu'il est stupide. Il est vrai que son QI est plutôt bas, autour de soixante-dix, mais il est agréable et a de vrais talents dans d'autres domaines, dans le dessin des bijoux, par exemple.

— Mademoiselle Ireland, dit Winter avec douceur, vous n'avez pas besoin de m'expliquer. J'ai un cousin qui est tout à fait comme Jeremy. Nous sommes du même âge, nous avons grandi ensemble et nous sommes les meilleurs amis du monde.

— Un cousin comme Jeremy ? Et il est votre meilleur ami ?

Il approuva et elle se sentit étrangement soulagée. Depuis son arrivée à Winston, elle n'avait jamais rencontré quelqu'un qui comprenne réellement Jeremy, ses bons côtés et ses faiblesses. Certains l'évitaient et d'autres prenaient des airs supérieurs. Elle demanda :

— Êtes-vous toujours proche de votre cousin ?

— Aussi proche que possible étant donné qu'il est à Los Angeles et moi en Virginie-Occidentale. Il s'est marié l'année dernière.

— Marié ?

— Oui, à une fille charmante qu'il a rencontrée dans une école spécialisée. Ils travaillent tous les deux dans une garderie d'enfants. Ils aiment les fleurs, les arbustes, toutes ces choses qui meurent lorsque je les regarde alors qu'eux, ils les font fleurir. Ils vivent tout près de ses parents à lui et ceux-ci les aident mais, dans l'ensemble, ils se suffisent à eux-mêmes.

— Je suis stupéfaite.

— Je le vois bien. On dirait que vous avez besoin d'un beignet pour calmer vos nerfs.

— Je suis désolée, je ne vous en ai même pas offert un.

Tous deux tendirent la main vers un gâteau qui était couvert de chocolat.

— Prenez-le, dit-il. Le chocolat me rend nerveux.

Christine mordit dans le gâteau qui était léger et très sucré et qui lui sembla aussi divin qu'une nourriture puisse l'être. Elle ne s'était pas rendu compte à quel point elle avait faim.

— Je suppose que je n'avais jamais pensé que Jeremy puisse se marier, dit-elle. Ce n'est pas qu'il ne s'intéresse pas aux filles. Ce n'est certes pas une obsession mais il est comme tout jeune homme de son âge. Il n'y a rien d'anormal dans l'intérêt qu'il porte aux femmes.

— Mademoiselle Ireland, vous recommencez. Vous essayez de lui trouver des excuses. Je vous ai déjà dit que je comprenais.

— Peut-être que je ne lui rends pas service en essayant de trop expliquer.

Elle sourit et ajouta :

— Avec tout ce que nous venons de vivre, le rat et tout, je pense que vous devriez m'appeler Christine.

— Je vous appellerai donc Christine en l'honneur du rat. Mais en public, vous resterez mademoiselle Ireland, sinon la ville en fera toute une affaire. Moi, je suis Michael.

— Quand nous serons seuls…

Cela pouvait laisser croire qu'elle avait l'intention de passer beaucoup de temps en privé avec Michael Winter. Embarrassée, elle prit une énorme bouchée de beignet et elle sentit le chocolat fondre entre ses lèvres. Elle pensa qu'elle était en train d'agir comme une fille de treize ans.

— Revenons à notre histoire de clés, dit Winter qui sembla ne pas s'apercevoir qu'elle essuyait furtivement ses lèvres. Vous dites que Tess Cimino et votre amie Bethany en ont une.

— Bethany Burke. Son mari, Travis, est professeur de biologie à l'université.

— Ce sont donc quatre personnes qui ont eu accès à votre maison pendant que vous étiez à l'hôpital.

— Quatre ? Vous incluez Rey et Travis ? Pourquoi, au nom du ciel, viendraient-ils ici ? Tess est venue très tôt prendre des habits pour moi afin que je puisse quitter l'hôpital. Et je suppose que si nous étions arrivées un peu plus tard, Bethany serait entrée pour déposer les courses qu'elle venait d'acheter. Mais aucune d'elles n'aurait mis un rat dans mon frigo. Cette idée est absurde. J'ai cru qu'en le voyant, Bethany allait avoir une crise cardiaque. Vous auriez dû l'entendre hurler.

— Je suis sûr que vous, vous n'avez pas crié.

— Non, en effet, mais qu'est-ce qui vous fait dire ça ?

— C'est que vous semblez avoir des nerfs d'acier (il prit un second gâteau). La plupart des gens seraient des épaves s'ils avaient vécu ce que vous avez vécu. Mais vous, vous êtes assise ici, aussi calme qu'une maîtresse de maison dans la haute société.

— Dois-je comprendre que vous en avez beaucoup fréquenté ?

— Non car ce n'est pas un milieu que j'affectionne. Mais j'en ai entendu parler.

— Je le suppose.

— Comment pouvez-vous rester aussi calme ? C'est stupéfiant.

— Je ne suis pas calme du tout.

— Alors, comment faites-vous pour ne pas le montrer ?

— Je ne peux pas, c'est tout.

— Vous ne pouvez pas ou vous ne voulez pas ?

— D'accord. Pendant des années, j'ai fait semblant d'être forte pour le bien de Jeremy. Je ne vais pas envoyer promener maintenant toute cette gymnastique mentale. Mais j'ai peur.

Elle reprit son souffle.

— Et encore, vous ne savez pas tout. La nuit dernière à l'hôpital, j'ai reçu un coup de téléphone. Personne ne m'a parlé mais j'ai entendu Dara chanter.

Michael la regarda. Son visage était sans expression.

— Dara vous a appelée et a chanté pour vous ?

— Bien sûr que Dara ne m'a pas appelée. Vous pensez peut-être que je rêvais ?

— Eh bien…

— Non, je ne rêvais pas. Quelqu'un m'a appelée et a passé ce qui était, bien évidemment, un enregistrement de Dara en train de chanter.

— Et que chantait-elle ?

— Je ne sais pas. Une chanson que je n'avais jamais entendue. J'ai essayé d'écrire par la suite tous les mots dont je me souvenais. Le papier est dans mon sac.

Elle fouilla dans son sac et tendit le papier. Michael l'étudia avec soin et dit :

— Moi non plus, je ne reconnais pas ces paroles.

— L'appel est arrivé vers une heure et quart. Personne n'a rien dit. Une fois la chanson terminée, on a raccroché. Ce matin, une infirmière m'a expliqué que le standard cessait de passer les appels dans les chambres à partir de onze heures du soir. Pourtant, quelqu'un est parvenu à passer cet appel. Avant de partir, ce matin, j'ai appelé la standardiste et elle a été catégorique : elle ne m'a transmis aucune communication pendant la nuit.

— Elle était de garde à une heure et quart ?

— Oui. Elle travaille de minuit à huit heures du matin. Après huit heures, elle est remplacée par deux standardistes.

— Donc la femme à qui vous avez parlé a menti,

dit Michael d'une voix calme. Peut-être a-t-elle été payée pour passer cet appel.

— Je ne sais rien d'elle. Je ne sais même pas depuis combien de temps elle est là ni où elle travaillait avant. J'ai écrit son nom sur ce morceau de papier. Elle semblait très jeune et pas du tout nerveuse comme si elle mentait.

— Il y a des gens qui savent très bien faire cela, Christine. Je vais essayer d'en savoir plus sur elle. Mais le plus important est de savoir qui a pensé que vous aviez besoin d'une belle panique en plein milieu de la nuit. Et de savoir aussi qui peut bien posséder un enregistrement de Dara en train de chanter. Saviez-vous qu'elle chantait ?

— Oh oui. Et elle se prenait pour une grande chanteuse.

— Ne l'était-elle pas ?

— J'ai entendu quelqu'un lui dire un jour qu'elle avait « une gentille petite voix ». Elle était furieuse mais cette phrase décrivait assez bien sa façon de chanter. Elle avait une voix agréable mais sans grande force, sans timbre et sans émotion. Il est vrai qu'elle aimait chanter.

Michael fronça les sourcils.

— Cela me rappelle un passage de son journal, celui où elle écrit que, lors de la soirée de votre amie Tess, elle avait trop bu, qu'elle s'était assise sur les genoux de Caldwell et qu'elle avait chanté.

— Oh, Seigneur, gémit Christine. Le fait de n'avoir jamais reçu d'encouragements de la part des professeurs de chant n'avait certes pas ébréché son ego. Cette nuit-là, elle a chanté, je crois, cinq chansons. Les deux premières n'ont dérangé personne. Ensuite elle s'est mise à chanter plus fort et d'une façon tapageuse. Elle est même montée sur la table pour chanter encore alors que personne ne le lui demandait. Il s'agissait de chansons qu'elle avait composées. Ce n'était pas bon du tout mais il a fallu qu'elle aille jusqu'au bout. J'ai même cru un moment qu'elle allait nous faire un strip-tease. Elle était complètement déjantée cette nuit-là.

— Combien étiez-vous à cette soirée ?

— Vingt ou vingt-cinq.

— Donc tous ceux qui étaient là savaient à quel point elle était obsédée par le désir de chanter ?

— Tous ceux qui la connaissaient savaient qu'elle aimait chanter. Quand j'étais en voiture avec elle et que nous mettions la radio, c'était épouvantable. Chaque fois que passait un chanteur que j'aimais, elle noyait sa voix en chantant plus fort que lui. La seule personne qui appréciait vraiment sa façon de chanter était Jeremy. Bien sûr, pour lui, tout ce qui venait d'elle était merveilleux mais il était persuadé qu'elle était une chanteuse fabuleuse. Elle se nourrissait de cette admiration et, parfois, elle lui faisait l'honneur de le laisser chanter avec elle. Mais voilà que j'ai été une vraie garce ce matin à l'hôpital et que je recommence maintenant. Je ne voudrais pas sembler sarcastique mais ce que je dis est vrai.

— Elle vous agaçait vraiment.

— C'est vrai.

— Et vous n'étiez pas heureuse de voir que votre frère l'aimait à ce point.

Christine se rétracta :

— Je ne suis pas sûre de comprendre ce que vous voulez dire.

— Vous aviez le sentiment qu'elle se servait de lui. Elle avait besoin qu'il la vénère mais, en dehors de cela, il ne l'intéressait pas.

— Oui, dit Christine en se détendant légèrement. C'est exactement ce que je ressentais. Peut-être devriez-vous devenir psychothérapeute.

— Non, je n'ai aucun talent pour cela mais il m'est arrivé de voir un couple agir de la même façon avec mon cousin. Personne ne respectait ces gens-là mais, lui, il avait besoin de les aimer et d'être aimé d'eux. Il se laissait facilement impressionner. Alors, ils se sont servis de lui pour nourrir leur ego. Peut-être Dara n'était-elle pas aussi sûre d'elle que vous le pensez. Peut-être avait-elle besoin à cette époque de ce genre d'assistance.

— Mais peut-être pas. Une fois de plus, vous parlez comme un psychologue.

— Merci. Je le prends pour un compliment mais je ne suis qu'un simple flic.

Il fit une pause.

— Un flic qui aimerait bien un autre beignet mais qui est gêné d'en avaler trois.

— S'il vous plaît, servez-vous. Ceux que vous mangerez, au moins je ne les mangerai pas. Croyez-moi, je les aurais tous avalés si vous n'étiez pas venu.

Michael prit un gâteau saupoudré de chocolat tandis que Christine remplissait sa tasse de café. Il croqua une bouchée, puis une seconde et dit :

— L'autre jour, lorsque je suis passé voir M. Prince au magasin pour lui parler de ce corps qui avait été retrouvé, vous m'avez dit que vous étiez persuadée que Dara n'avait pas fait de fugue. J'ai lu qu'au moment de sa disparition, vous aviez affirmé que les choses qu'elle aurait certainement prises avec elle se trouvaient encore dans sa chambre. De quelles choses s'agissait-il ?

Christine pianota un moment sur la nappe, jeta un regard sur la grande fougère de l'autre côté de la fenêtre et finit par dire :

— Le plus important à mon avis, c'est qu'elle ait laissé une bague qui avait appartenu à sa mère. Elle était en hématite, un métal bon marché, en réalité de l'oxyde ferrique. On l'appelle aussi la sanguine. Ce métal est important aux yeux des gens qui pratiquent le Métier parce qu'il est considéré comme étant proche de la Terre.

— Le Métier ?

— La magie.

Le visage de Michael se fit soudain méfiant.

— On dirait que vous allez prendre la fuite, dit Christine en riant.

— Non. C'est juste un souvenir de mes terreurs d'enfant à propos des sorcières.

— Vous savez que la mère de Dara, Eve, est morte avant que Jeremy et moi n'arrivions chez les Prince. Eve s'intéressait un peu à la magie. Elle s'intéressait d'ailleurs à beaucoup de choses, si bien que je ne sais pas à quel point c'était sérieux. Ames n'approuvait pas du tout mais, d'après ce que j'ai entendu dire, Eve faisait toujours ce qu'elle voulait. Il semble que son intérêt pour la magie soit devenu plus intense pendant sa maladie. Cela se comprend : elle espérait se guérir elle-même.

— Est-ce que je peux vous interrompre une seconde ? Pratiquez-vous la magie ?

Christine sourit.

— Non mais je crois que c'est intéressant. Vous devez savoir que nous parlons de magie blanche, celle qui enseigne l'harmonie avec la nature. Elle insiste aussi sur le fait que nous ne devons pas faire de mal aux autres, ne serait-ce que parce que le mal que nous faisons nous revient comme un boomerang. Ce que vous envoyez aux autres vous revient en trois fois pire.

— D'accord. Je vais donc essayer de me débarrasser de l'image de la méchante sorcière du *Magicien d'Oz*. Revenons à la bague en hématite.

— Eve avait de fortes mains et elle portait cette

bague au majeur. Bien entendu, elle l'a laissée à Dara. Celle-ci avait des petites mains mais elle n'a jamais voulu rétrécir la bague parce que, pensait-elle, cela lui aurait enlevé de son pouvoir. Elle portait donc cette bague sur une chaîne autour de son cou. Je l'ai trouvée dans sa commode après sa soi-disant fugue. Je suis sûre qu'elle ne l'aurait pas laissée.

— À moins qu'elle n'ait été très pressée ou qu'elle ne l'ait oubliée. Ou encore qu'elle ne l'ait laissée tomber.

— Tomber de son cou ? demanda Christine en fronçant les sourcils. Le fermoir de la chaîne était intact. Elle ne l'aurait certainement pas enlevée, placée dans la commode et laissée sur place.

— Je comprends ce que vous voulez dire. Quoi d'autre ?

— Sur sa commode, Dara avait mis une grande photo d'Eve avec elle. Cette photo avait été prise quelques mois avant la maladie d'Eve et celle-ci y était magnifique. Dara chérissait cette photo et elle l'avait placée dans un beau cadre en argent. Elle ne l'aurait pas laissée.

— Peut-être ce cadre était-il trop lourd et trop encombrant si elle voulait voyager léger.

— Dans ce cas, elle aurait enlevé la photo pour l'emporter. De plus, Dara avait des vêtements qu'elle portait toujours ensemble. Elle insistait beaucoup là-dessus. Par exemple un pantalon en laine noire qu'elle portait toujours avec un pull gris en cachemire et à col roulé. Le pantalon était parti mais le pull était toujours dans son armoire. Elle avait aussi une veste en daim qu'elle adorait. Il faisait froid mais nous avons trouvé la veste sur le dos d'une chaise dans sa chambre. Elle a laissé d'autres objets qu'elle aurait certainement emportés si elle avait fait elle-même ses bagages : son rouge à lèvres favori, des boucles d'oreilles et différentes petites choses. Ce ne sont que des exemples.

Michel regarda dans le vide, frottant un doigt sur son menton pendant qu'il réfléchissait. Il finit par dire :

— Je vous accorde qu'il est étrange qu'elle ait laissé ces choses derrière elle mais ce n'est pas impossible, surtout si elle était pressée.

— Peut-être mais il y a une autre chose qui m'a toujours sidérée. La mère de Dara avait une boule de cristal. Du vrai cristal. Elle était à peu près de la grosseur d'un gros pamplemousse et devait bien peser une dizaine de kilos. Elle a disparu. Alors, je me demande pourquoi elle n'a pas pris la bague et la photo si elle a pris la boule de cristal.

— Êtes-vous sûre qu'elle ne l'a pas tout simplement perdue ?

— Perdue ? Vous auriez cru que c'était à ses yeux le plus prestigieux des diamants.

— Peut-être la gardait-elle au bord de la rivière, comme son journal.

— Impossible. Elle aurait pu se briser. Elle la gardait toujours dans sa chambre, dans un sac en velours. La veille de sa disparition, je l'ai vue couchée sur son lit et elle s'amusait à regarder la lumière à travers le cristal.

— Cette fois-ci, c'est vraiment une énigme, dit Michael pensif. Savez-vous que cette boule de cristal aurait été idéale pour lester le corps avant de le jeter dans la rivière ? Mais nous ne l'avons pas trouvée.

— Le plastique a été déchiré et elle est peut-être tombée au fond. Il y a autre chose qui me préoccupe : le tueur lui a cassé les dents et coupé les bouts de ses doigts, bien évidemment pour qu'on ne puisse pas l'identifier. Mais pourquoi, au nom du ciel, s'est-il donné le mal de placer sa bague en rubis dans le plastique ? Une bague qui avait été faite spécialement pour elle et qui portait ses initiales.

— J'avoue ne pas comprendre. Étant donné l'état dans lequel le corps a été retrouvé, les empreintes digitales ne nous auraient été d'aucune aide. Les dents auraient pu nous donner des indications mais le tueur a fait ce qu'il fallait. Alors, pourquoi a-t-il placé la bague dans le plastique ? Cela me déconcerte.

— À moins que le corps ne soit pas celui de Dara et que le tueur ait voulu lancer la police sur une fausse piste.

— Dans ce cas, celui qui a fait cela ne connaît pas grand-chose des méthodes d'identification modernes. Un corps ne peut être identifié que par lui-même et pas par un bouton, un bijou ou quoi que ce soit trouvé avec lui.

— Peut-être le tueur ne connaissait-il rien des méthodes de la police.

— Ou alors il a été très négligent. Je vote pour la négligence.

Christine le regarda intensément.

— Vous êtes bien certain qu'il s'agit du corps de Dara, n'est-ce pas ?

Michael hésita, hocha la tête et dit :

— Oui, je le suis mais, s'il vous plaît, ne le dites à personne. Je n'ai le droit de dire quoi que ce soit aussi longtemps que l'identification officielle n'a pas été faite.

— Je ne dirai rien à personne, vous pouvez en être sûr, dit Christine. Dara n'aurait pas disparu comme cela pendant trois ans. Elle était trop dorlotée, trop dépendante de l'argent et de l'influence de son père. Elle était peut-être furieuse, il y avait peut-être quelque chose qui la rendait malheureuse mais elle n'était pas du tout du genre à affronter pendant trois ans un monde hostile et mauvais. Elle ne l'aurait pas supporté.

— Et quand on se suicide, dit Michael, on n'enroule pas autour de soi une bâche en plastique avant de se jeter dans la rivière. Il s'agit bien d'un meurtre et le meurtrier est encore parmi nous. Maintenant, vous êtes dans son collimateur à cause du journal. Il vous a déjà attaquée une fois et nous ne savons pas quand il va recommencer. Pire que tout, nous n'avons pas un seul indice sur son identité.

2

Reynaldo Cimino enfourna une grande pelletée de sable dans un sac en plastique. À ses côtés, un homme aux cheveux grisonnants le regardait en souriant. Il lui dit :

— Je suis assez vieux pour être votre père, Cimino, mais je peux encore pelleter deux fois plus vite que vous.

— C'est peut-être parce que je suis ici depuis cinq heures du matin alors que vous êtes arrivé il y a une demi-heure.

— Quarante-cinq minutes mais à quoi bon discuter ? Pourquoi ne prenez-vous pas quelques instants de repos ?

— Je n'en ai pas besoin, dit Rey.

Ses cheveux noirs étaient pourtant mouillés de sueur et ses bras commençaient à trembler après toutes ces heures passées à pelleter le sable.

— Je peux tenir encore une bonne heure.

Le vieil homme leva les yeux et dit :

— Votre femme n'est sans doute pas de votre avis. La voici qui vient.

Rey laissa retomber sa pelle et se retourna. Tess

marchait dans la boue et les débris d'un air résolu, les yeux fixés sur lui. Son regard disait qu'il était la seule personne au monde et cela lui donnait envie de se faire tout petit. Tess était une femme merveilleuse, intelligente, drôle, désintéressée mais elle était aussi férocement possessive dans son amour pour lui. Parfois, il avait le sentiment que cet amour était en train de l'étouffer à mort. D'autres fois, comme maintenant, il se sentait traqué, comme s'il ne pouvait jouir de quelques heures de tranquillité sans qu'elle vienne rôder autour de lui, pour le consoler, le traiter comme un enfant, le quereller et, en général, lui faire honte à cause de son manque de soin.

— Chéri, s'écria-t-elle d'une voix forte. Cela fait plus d'une heure que je te cherche. Tu as l'air épuisé !

Elle plaça un bras sur ses épaules et planta sur sa joue sale un baiser retentissant. Elle ajouta :

— J'exige que tu rentres tout de suite à la maison.

Rey regarda son ami qui semblait soudain très absorbé par son travail et dit :

— Je veux travailler pendant encore au moins une heure.

— Pourquoi ? Il y a des tonnes de gens ici. Tu ne manqueras à personne.

— Merci, *cara mia*, c'est agréable de penser que mes efforts ont si peu d'importance.

— Oh ! tu sais bien ce que je veux dire.

Son regard aigu glissa vers la droite.

— N'est-ce pas Jeremy là-bas ?

— Si, il travaille ici depuis des heures et ne semble pas du tout fatigué.

— Et avec lui, n'est-ce pas Danny Torrance, le directeur du centre de remise en forme ?

Elle n'attendit même pas la réponse et demanda :

— Qui est cet autre type avec des cheveux blancs ?

— Je ne sais pas, dit Rey en plantant sa pelle dans le sable.

Son ami intervint et dit :

— C'est Streak Archer.

— Streak Archer ! tonitrua Tess.

Reynaldo frémit. Il se demanda si sa voix était devenue plus forte et plus stridente depuis leur mariage ou si elle l'indisposait davantage après ces deux années. Elle continua :

— Je croyais qu'il ne sortait jamais le jour.

— Je suppose qu'il a fait une exception à cause de l'urgence de la situation, dit l'homme aux cheveux gris. C'est un brave type, madame Cimino. Il est juste un peu bizarre.

— C'est ce que dit Christine Ireland mais, moi, j'ai mes doutes.

— Tu viens juste de l'annoncer à tout le monde dans un rayon de vingt-cinq mètres, grommela Rey.

— Ne sois pas bête. Personne ne fait attention à moi.

Si seulement c'était vrai, pensa Rey.

— Allez ! Viens à la maison, Rey. Tu n'étais pas bien hier et tu vas attraper un rhume. Je vais te faire du café et masser tes pauvres pieds.

Le visage de Rey s'enflamma.

— Masser mes pieds !

Son ami baissa la tête pour cacher une bouffée de rigolade.

— Tess, dit Rey, je n'ai pas besoin qu'on me masse les pieds. Mon Dieu !

— Qu'est-ce qui ne va pas ?

— Je suis fatigué.

— Alors, rentre à la maison. Tu n'as pas dormi pendant deux nuits et maintenant tu travailles jusqu'à l'épuisement.

Elle lui prit le bras et le tira en disant :

— Ne sois pas têtu.

Il libéra son bras d'une secousse tandis que sa colère qui commençait à bouillonner se transformait en une fureur dévastatrice.

— Tess, dit-il, avec un calme mortel, arrête et va-t'en !

Elle recula d'un pas, battit des paupières, se reprit et dit, mortifiée :

— Ce matin, je suis allée chercher Christine à l'hôpital et nous avons trouvé un rat dans son frigo.

— Un quoi ?

Le visage de Tess s'éclaira. Elle retenait enfin toute son attention.

— Un rat, continua-t-elle, un gros rat. Il était dans le tiroir du bas. Je n'en ai jamais vu de si gros. Il était mort depuis quelques jours et il puait tant qu'il pouvait malgré le froid.

Rey laissa tomber sa pelle.

— Il faut que j'aille la voir, dit-il.

— Voir Christine, dit Tess en fronçant les sourcils, mais pourquoi ?

— Pour m'assurer que tout va bien. Il y a peut-être encore quelqu'un chez elle.

— Bethany était avec nous. Nous avons regardé dans toutes les pièces et il n'y avait personne.

— Il faut tout de même que j'y aille.

Tess mit ses mains sur ses hanches.

— J'exige que tu arrêtes ce travail stupide, je te demande de rentrer à la maison avec moi et tu refuses mais, en apprenant que Christine a un petit problème, voilà que tu es prêt à voler à son secours.

— Le fait d'entrer dans une maison pour mettre un rat dans le frigo, je n'appelle pas cela un petit problème, d'autant plus que Christine a déjà été agressée hier.

— Mais elle va bien maintenant, je te l'ai dit. D'ailleurs elle allait appeler la police. Ils sont probablement venus et déjà repartis.

Elle lui lança un regard pénétrant.

— Pourquoi te fais-tu tant de soucis pour Christine ?

— Parce qu'elle est mon amie. Et la tienne.

Les yeux de Tess se rétrécirent.

— Pour l'amour du ciel, reprit Rey. Tu ne vas tout de même pas devenir jalouse de Christine. Est-ce que je ne peux pas avoir de l'amitié pour une femme sans te rendre folle ?

— Je ne suis pas en train de devenir folle.

Les mots lui venaient lentement, comme le glas d'une cloche lugubre.

— C'est juste que je ne comprends pas ton hystérie à propos de Christine.

— Hystérie ?

L'ami de Rey commença à s'éloigner, cherchant une activité qui le mette à l'abri de ce couple querelleur.

— C'est toi qui es sujette à l'hystérie, dit Rey, glacial.

Le portable de Tess sonna et elle le tira violemment de la poche de sa veste.

— Oui, qui est-ce ?

Son visage se ferma.

— Je ne suis guère en forme ce matin. Que veux-tu ?

Pendant qu'elle écoutait en tapant du pied et en se rongeant les ongles, Rey recommença à manier sa pelle.

— Pourquoi Tom ne t'aiderait-il pas ? demanda Tess en faisant référence à son frère et en continuant plus que jamais à se ronger les ongles. Oh ! d'accord, finit-elle par dire, j'arrive le plus vite possible. Et calme-toi. Bois un verre ou prends un calmant.

Elle ferma les yeux et reprit :

— Mais je plaisante, maman. J'arrive dans un quart d'heure.

Elle enfouit le portable dans sa poche et dit à Rey :

— Maman a une fuite dans sa cave. Elle a besoin de quelqu'un pour l'aider à monter des affaires au rez-de-chaussée et, bien entendu, Tom est occupé. Il dit qu'il travaille sur son sermon de dimanche. Il faut que tu viennes avec moi.

Rey soupira.

— Il faut que tu saches ce que tu veux. D'abord tu me reproches de m'être trop fatigué et tu exiges que je m'arrête et, maintenant, tu me demandes d'aller déménager la cave de ta mère. Même si j'avais assez d'énergie pour cela, tu sais bien qu'elle ne peut pas me supporter.

— Tu es catholique et elle n'a aucune confiance dans les catholiques. Elle pense qu'ils sont tous artistes ou homosexuels.

— Elle pense aussi que je ne t'ai épousée que pour dissimuler mon honteux secret. Tous les catholiques à ses yeux ne sont que des roublards. C'est comme cela qu'elle est, ta religieuse mère. Pour elle, je ne peux jamais rien faire de bien et, si j'y allais, vous auriez vite fait de vous disputer car elle n'arrêterait pas de m'agresser.

Il faisait son possible pour se calmer.

— Tess chérie, dit-il, je vais travailler encore un peu ici. Ensuite, je vais rentrer à la maison, prendre une douche et me reposer comme tu me l'as demandé. Appelle Tom. Toi, tu peux l'intimider facilement et insister pour qu'il vienne vous donner un coup de main.

Tess sourit comme si elle venait de recevoir un compliment.

Il insista :

— D'accord, *cara mia* ?

Elle sourit et posa la main sur son bras.

— D'accord mais promets-moi que tu ne vas pas rester longtemps. Une heure maximum.

— Je promets.

— J'appelle la maison dans une heure et demie pour être certaine que tu as tenu ta promesse.

— Je t'ai dit que j'allais essayer de dormir un peu. Si tu m'appelles, tu risques de me réveiller.

— D'accord, je suppose que je dois te faire confiance, dit-elle en fronçant les sourcils.

Reynaldo fut soulagé que son ami n'ait pas entendu cette dernière remarque. C'est ainsi, pensa-t-il, qu'on parle aux enfants de huit ans.

Elle l'attira à lui, l'embrassa sur les lèvres et s'éloigna en marchant péniblement dans la boue. Pour la première fois depuis longtemps, Rey eut envie de serrer dans ses bras sa vieille chipie de belle-mère. En éloignant Tess de lui, elle lui donnait quelques heures de tranquillité. Il allait pouvoir quitter le chantier et profiter de cette après-midi sans avoir sa femme derrière son dos. Il avait des projets.

3

Patricia brossa ses longs cheveux, souligna ses yeux d'un trait de couleur bisque et ses lèvres d'un rouge appelé Nude Blush. Son maquillage était si subtil qu'on aurait dit qu'elle n'en avait pas. En réalité il la rendait deux fois plus belle qu'elle ne l'était vraiment et, cette après-midi, il était très important pour elle qu'elle le soit.

Elle retira un morceau de papier de son soutien-gorge brodé et le lut pour la cinquième fois :

« Viens me retrouver dans la grange mardi à une heure. Une histoire d'amour au milieu des chevaux. »

Le papier était froissé, comme s'il l'avait gardé sur lui un ou deux jours avant d'avoir une opportunité de le placer sous la statue de Vénus dans le jardin magique d'Eve. Quand Patricia avait vu ce jardin pour la première fois, Eve était encore vivante et elle admirait beaucoup cette statue de Vénus. Sa compagne d'alors, l'arrogante Dara, l'avait informée, du haut de ses douze ans, qu'il s'agissait en fait de la statue de Perséphone. Son ton disait qu'elle prenait Patricia pour une complète idiote, tout à fait incapable de savoir quoi que ce soit sur la mythologie grecque. Patricia s'était bien gardée de lui demander qui était Perséphone mais elle l'avait trouvé dans un livre. Pendant des années, elle avait détesté cette statue qui lui rappelait le mépris de Dara. Jusqu'à cette nuit où il lui avait murmuré qu'il lui avait laissé une note sous la statue. Par la suite, c'était devenu un rite.

À travers la fenêtre de sa chambre, qui avait été celle d'Eve, Patricia contempla le jardin. Il semblait plutôt pathétique, ce jour-là, mais dans un mois, il serait magnifique. Après la mort d'Eve, Dara avait tenu à s'en occuper puis elle disparut et, pendant les six premiers mois, il était resté abandonné.

À sa grande surprise, Patricia avait décidé qu'elle ne pouvait pas laisser le jardin redevenir sauvage. Bethany, qu'elle avait rencontrée grâce à Christine, était venue à son secours. Patricia savait que Bethany ne l'aimait pas particulièrement mais qu'elle aussi, elle tenait à ce jardin. Elle dit à Patricia qu'elle allait l'aider, même si elle ne connaissait pas grand-chose aux herbes qu'Eve y faisait pousser pour ses rituels magiques. « Laissons mourir ces herbes, avait-elle dit. Rien que de penser à la magie, je me sens mal. » Patricia n'avait pas demandé mieux, d'abord parce qu'elle trouvait l'idée de magie ridicule mais surtout parce qu'en tuant ces plantes, elle avait le sentiment que ce jardin deviendrait davantage le sien que celui d'Eve.

L'été dernier, Bethany l'avait aidée à sélectionner deux cents bulbes. Ils allaient bientôt fleurir. Patricia espérait bien que le malicieux Pom Pom n'allait pas décider que ce jardin était l'endroit idéal pour y creuser des trous. Il avait onze ans lorsqu'il avait soudain commencé à faire des trous, à gratter, à enfouir son nez dans tous les endroits qu'il découvrait. Patricia aimait son petit chien au-delà de toute raison mais elle n'appréciait pas cette nouvelle manie, surtout après ce qui était arrivé deux semaines plus tôt.

À ce souvenir, ses mains se mirent à trembler. Elle repoussa cette image. Elle fit tomber ses épais cheveux sur ses épaules et se remit devant son miroir pour s'y contempler avec le plus grand soin.

Oui, pensa-t-elle, je pourrais facilement passer pour une femme de vingt-neuf ans. Est-ce que cela avait de l'importance pour lui qu'elle n'ait pas vraiment vingt-neuf ans ? Ils n'étaient pas si nombreux, les hommes qui étaient assez romantiques pour déposer des billets d'amour dans un jardin magique. Il était gai, intelligent et sexy et elle savait qu'il la trouvait gaie, intelligente et sexy. Et jeune. « Tu parais tellement plus jeune que tu ne l'es, lui disait-il souvent, admiratif. Je me demande comment un pruneau sec comme Ames Prince peut t'apprécier à ta propre valeur. » D'ailleurs il devait bien tenir à elle pour prendre tant de risques afin de la rencontrer. Après tout, il risquait gros.

Elle avait vraiment de la chance, murmura-t-elle, d'avoir tout ce temps libre. Il y avait une femme qui venait faire le ménage deux fois par semaine mais, le reste du temps, elle était libre de faire ce qu'elle voulait. Depuis un an que Jeremy travaillait à la bijouterie Prince, elle était grandement soulagée de ne plus l'avoir toujours sur le dos. Ce n'est pas qu'il était vraiment gênant. Il passait le plus clair de son temps dans la salle de jeu du sous-sol, regardant la télévision, jouant à la cagnotte dont il ne semblait pas comprendre les règles, écoutant de la musique et chantant à cœur perdu dans sa machine à karaoké. Cette dernière activité, il l'avait partagée avec Dara.

Patricia était un peu jalouse du plaisir qu'ils prenaient ensemble. Ils chantaient en passant des disques, ils s'enregistraient l'un l'autre et composaient des chansons. Celles de Jeremy, les plus simples, étaient toujours un peu les mêmes. C'est à ce moment-là que Patricia avait commencé à penser que la vie serait beaucoup plus simple si Dara mourait. Après sa disparition, Jeremy avait un jour demandé à Patricia de venir le rejoindre dans le sous-sol. Elle avait accepté parce qu'après avoir pris deux whiskies, elle se sentait généreuse et chaleureuse. Sa voix avait déraillé et s'était fêlée. Sa mère lui avait toujours dit qu'elle avait la voix d'un bébé corbeau mais Jeremy lui avait dit qu'elle avait une belle voix. Elle savait que ce n'était pas vrai et qu'il voulait lui faire plaisir mais elle en avait été touchée et elle l'avait rejoint plusieurs fois par la suite.

Non, la présence de Jeremy n'avait pas gêné Patricia autant qu'elle le prétendait. Mais elle avait besoin d'intimité. Dans les meilleures circonstances, les affaires extra-conjugales sont toujours des affaires délicates. Et cela d'autant plus que Jeremy était curieux, qu'il se baladait un peu partout et qu'il pouvait à chaque instant tomber sur quelque chose qu'il ne devait pas connaître, ce qui, pour elle, était redoutable.

Patricia vérifia sa tenue dans le grand miroir qui se trouvait de l'autre côté du lit. Un pull à col roulé en soie bleu, des pantalons kaki très serrés, des bottes en cuir à talons plats et, par-dessus tout cela, une veste en jean, cela pour bien montrer à un éventuel observateur inconnu qu'elle se rendait à la grange pour rendre visite à ses chevaux Sultan et Fatima.

Pom Pom était introuvable. Cela l'ennuyait parce qu'elle ne pouvait pas l'enfermer pour l'empêcher de la suivre. Peut-être dormait-il dans une cache secrète comme le faisait autrefois Rhiannon, la chatte de Dara. Patricia regarda sa montre et vit qu'elle était déjà en retard d'une minute ou deux.

Dehors il ne pleuvait pas mais l'air était lourd, humide et frisquet. Patricia haïssait ce temps-là. Certains disaient que toutes les saisons que Dieu faisait étaient belles. Elle ne le croyait pas. D'ailleurs elle ne croyait pas non plus en Dieu bien que sa mère l'ait longtemps obligée à aller régulièrement à l'église. Elle conservait un souvenir affreux des bruyantes sessions charismatiques auxquelles il lui avait fallu assister.

Le fait d'être une femme profondément religieuse n'avait pas aidé sa mère à retenir son mari qui s'était enfui avec une autre et toutes les économies de la famille. Cela n'avait pas empêché son jeune frère, le préféré de sa mère, de mourir de leucémie à dix ans. Ni sa jeune sœur de mourir à vingt ans d'une overdose d'héroïne. Quant à sa foi, elle ne lui avait donné ni la paix, ni la richesse, ni le bonheur. La mère de Patricia était une femme amère, déprimée et sans espoir, avec des problèmes cardiaques et de l'arthrite. Elle n'aimait pas sa dernière fille. Patricia ne lui rendait visite que lorsqu'elle était sérieusement malade et, même dans ces moments-là, elle se rendait compte que sa présence n'était ni souhaitée ni appréciée. Tout juste supportée à contrecœur.

Ames ne m'aime pas davantage, pensa-t-elle en traversant la pelouse. Cela faisait des années qu'il ne l'avait pas touchée et même leurs premiers rapports sexuels avaient été rapides et sans passion. Elle savait, en l'épousant, qu'il ne l'aimait pas mais elle espérait que sa longue abstinence à cause de la maladie d'Eve, en même temps que sa beauté à elle, réveilleraient ses ardeurs. Cela ne s'était pas produit et, après la disparition de Dara, il n'avait même plus fait semblant d'avoir pour elle la moindre attirance. La solitude et un ego qui se desséchait l'avaient amenée à prendre des amants.

Maintenant, elle n'en avait plus qu'un car elle avait trouvé l'amour. C'était merveilleux. Elle pensait sans cesse à son amant, rêvait souvent de lui et se réveillait baignée de sueur. Elle n'arrêtait pas de fantasmer sur ce qu'ils feraient s'ils vivaient ensemble et c'était bien ce qu'ils souhaitaient tous les deux. Ce ne serait pas facile. Il y aurait des problèmes, un scandale, des représailles mais cela arriverait un jour. Elle le savait.

Pour le moment, elle n'avait pas envie de se faire des soucis à propos de ce qui pouvait arriver. Elle ne voulait penser qu'à cette après-midi. Elle voulait surtout oublier la visite que ce beau shérif adjoint avait faite chez eux la nuit dernière. Ames l'avait renvoyée de son bureau comme si elle avait été une petite fille mais elle avait écouté à la porte. Ames avait été d'une fraîcheur automnale quand Winter lui avait demandé à voir les lettres qu'il avait soi-disant reçues de Dara et aussi quand il lui avait dit être en possession du journal de sa fille. Il le savait déjà par Jeremy et il avait exigé qu'on le lui rende. Winter avait refusé en disant que c'était une pièce importante pour l'enquête. Ames en était bien conscient mais il avait froidement refusé de se séparer des lettres de Dara. Il avait reconduit le policier jusqu'à la porte et l'avait claquée derrière lui après un « bonsoir » glacial.

Dans la demi-heure qui avait suivi, Ames avait bu deux verres de cognac et il était devenu un homme tout à fait différent. Il avait passé presque toute la nuit à marcher de long en large en se parlant à lui-même. Il prenait rarement plus qu'un verre de vin et ce cognac si fort avait eu sur lui un effet épouvantable. Il avait accusé Christine de trahison pour avoir livré le journal de Dara à la police, il avait hurlé après Pom Pom qui avait été terrifié. Il avait jeté dans la cheminée un coûteux cendrier en cristal. Patricia s'était réfugiée dans sa chambre en emmenant le tremblant Pom Pom, sachant qu'elle n'allait pas dormir de la nuit. Les hurlements d'Ames, les menaces qu'il proférait contre Christine et, par moments, ses sanglots avaient amené Patricia à craindre une crise de nerfs. Cela faisait dix ans qu'elle le connaissait et elle n'aurait jamais pensé qu'il puisse être si violent ou si rancunier. Pour la première fois, elle avait eu peur de lui.

Un cardinal rouge vif, assis sur un des poteaux de la clôture, attira son regard. Il lui lança une œillade et, soudain, elle oublia Ames. L'été prochain, les cardinaux se réuniraient en troupes autour des nourrisseurs disposés dans le jardin. Et aussi des petits passereaux de toutes les couleurs, de gentilles colombes, des geais bleus tapageurs, des fauvettes au chant mélodieux... Ce serait charmant et ce serait enfin le jardin de Patricia et non plus celui d'Eve.

Tout en marchant sur le long chemin menant à la grange, laquelle se trouvait à une centaine de mètres de la maison, à demi dissimulée par un rideau d'arbustes à feuilles persistantes, Patricia faisait bien attention à ne pas se retourner. Ames était parti depuis longtemps en annonçant qu'il ne rentrerait pas avant la nuit mais il y avait toujours le risque de le voir revenir plus tôt. Alors, à la voir marcher en regardant sans cesse derrière elle, il risquerait d'avoir des soupçons. Sans cela, jamais il n'aurait l'idée d'aller jusqu'à la grange. Il n'aimait pas les chevaux, il ne supportait pas leur odeur. Depuis quinze années que la grange était construite, il n'avait pas dû y aller plus de cinq ou six fois. Quant à Jeremy, il était trop occupé à remplir des sacs de sable. Il lui arrivait souvent de la suivre jusque-là comme un animal familier mais, aujourd'hui, elle n'avait rien à craindre. Elle n'avait rien d'autre à penser que de le voir. Cela ne lui était pas arrivé depuis quinze jours et elle avait désespérément envie de ses caresses. Plus encore que le sexe, elle rêvait de cette atmosphère romantique qui émanait de lui.

Peinte en rouge foncé, la grange se dressait maintenant devant elle. Elle détestait les symboles magiques qui décoraient ce bâtiment de style hollandais comme il y en avait beaucoup en Pennsylvanie. Elle trouvait cela de mauvais goût mais Eve l'avait voulu ainsi et, bien entendu, Ames n'avait rien voulu changer. Il y en avait un qui était sur le point de tomber et tant mieux, pensa-t-elle. Peut-être finiraient-ils tous par tomber dans les années à venir et jamais Ames ne les remplacerait. De toute façon, elle ne serait plus là, mais elle serait tout de même contente de savoir qu'ils étaient enfouis dans la boue.

Le soleil perça soudain à travers les nuages bas et le paysage apparut étrangement lumineux. Et riant. Patricia sourit. Il brille pour nous, pensa-t-elle. Cela pouvait sembler naïf et romantique mais elle n'en avait cure. Pour le moment, elle se sentait naïve et romantique. Et il lui paraissait tout à fait normal que le soleil se soit mis à briller juste pour eux deux.

Négligeant la grande porte à deux battants, elle entra par la petite qui s'ouvrait sur le côté. À l'inverse d'Ames, elle aimait l'odeur de la paille et des chevaux. Elle respira profondément. Le garçon qui s'occupait des chevaux tenait les box dans une propreté impeccable. Un système de ventilation sophistiqué empêchait que la paille n'ait l'odeur de moisi. C'était une grange de belles proportions avec un toit voûté et un sol en ciment. Il y faisait beaucoup plus frais qu'à l'extérieur et elle ferma sa veste en entrant.

Comme il n'y avait pas trace de son amant, elle s'arrêta pour admirer les chevaux qui l'accueillirent par les habituels hennissements de bienvenue. Elle se dirigea d'abord vers son cheval à elle. Il s'appelait Sultan, il était gris, mesurait un mètre cinquante de haut et pesait environ quatre cent cinquante kilos. Patricia aimait les chevaux arabes dont elle avait appris qu'ils appartenaient à la race la plus ancienne, descendant directement des chevaux d'Assyrie ou d'Égypte. On les trouvait déjà représentés mille ans avant Jésus-Christ. Patricia en était impressionnée mais ce qu'elle aimait par-dessus tout dans cette race, c'était son intelligence et son heureux naturel.

— Bonjour, mon Sultan, murmura-t-elle. Tu as dû t'ennuyer sans moi mais il faisait vraiment trop mauvais temps pour monter. Il faut attendre que la pluie cesse et que le sol soit un peu plus sec. Ensuite, nous volerons comme le vent.

Sultan la regarda de côté, gratta le sol de son box, toucha sa main de son museau, souffla et retroussa ses lèvres. Comme s'il attendait qu'elle sortît une pomme de sa poche.

— Il ne t'en faut pas trop, mon garçon, lui dit-elle, sinon tes dents vont s'abîmer.

Elle se tourna ensuite vers Fatima. À l'inverse de Sultan, la petite jument brune semblait nerveuse, regardant sans cesse autour d'elle.

— Qu'est-ce qui ne va pas, ma petite fille ? Est-ce le temps qui te rend nerveuse ?

Patricia se faisait un point d'honneur de monter Fatima autant que Sultan maintenant que Dara n'était plus là pour s'en occuper. Sans doute aurait-elle dû proposer à Christine de la monter mais elle ne l'avait pas fait, moins par mesquinerie que par commodité. Si elle l'avait fait, Christine aurait eu l'occasion de venir dans la journée et elle avait besoin d'intimité. Je l'inviterai peut-être une ou deux fois l'été prochain, pensa-t-elle, mais ce ne sera pas commode si nous nous donnons encore rendez-vous dans la grange. Elle espérait que, d'ici là, il aurait un lieu à lui pour la recevoir, un lieu qu'elle partagerait avec lui.

Fatima se mit à donner des coups de sabots sur les parois de son box.

— OK, dit Patricia. Je vois que ma présence ne suffit pas pour te calmer.

La jument s'ébroua, retroussa les lèvres et montra ses dents.

— Tu veux peut-être une pomme ? Eh bien, tu vas l'avoir, dit-elle en tirant une seconde pomme de sa poche.

Elle entendit un craquement au-dessus de sa tête et elle leva les yeux. Au-dessus de l'écurie, il y avait un grenier au bout duquel s'entassaient les bottes de foin. Le reste était vide, le lieu de rendez-vous idéal pour retrouver son amant. Découpée dans le plancher, il y avait une grande ouverture qui servait à faire descendre le foin dans les box. Une échelle rustique s'appuyait sur un de ses côtés.

— Chéri ? appela Patricia dont le cœur battait la chamade.

Il y eut un long silence, puis Sultan s'agita, retroussa ses lèvres et secoua la tête. Patricia le regarda et lui dit :

— Tu veux encore une pomme mais tu n'en auras pas.

Il s'ébroua et frappa les parois de son box.

— Chéri ? appela de nouveau Patricia.

Soudain, la musique envahit tout l'espace. C'était *Roméo et Juliette*, le ballet de Prokofiev. Patricia sentit monter en elle un frisson de plaisir. Elle aimait tellement cette musique ! Et elle aimait tellement cet homme qui pouvait donner tant de charme à un rendez-vous dans une écurie.

— Dieu, je te remercie de me l'avoir donné, murmura-t-elle, oubliant pour un instant qu'elle ne croyait pas en Dieu.

Elle se détourna aussitôt des chevaux et se dirigea vers l'échelle. Elle dut s'armer de courage car c'était le seul moment de leur rendez-vous qu'elle n'aimait pas. Elle avait facilement le vertige et il lui fallait prendre sur elle pour monter à l'échelle. Elle respira un bon coup et commença à grimper. Un barreau. Deux barreaux. Il avait sûrement apporté de l'alcool, pensa-t-elle. Il en apportait toujours. Et un petit quelque chose à manger. Quelquefois du caviar, d'autres fois des huîtres. Elle en conservait le goût longtemps et elle avait l'impression d'en sentir l'odeur pendant des jours.

— Chéri, qu'as-tu apporté aujourd'hui ? Du champagne pétillant, du xérès doré ? Ou bien as-tu décidé de nous plonger dans l'abîme du péché avec de l'absinthe ?

— Encore mieux que cela, répondit-il, sa voix à demi étouffée par la musique.

Un autre barreau de l'échelle, puis un autre encore. Ses mains serraient fortement les montants de l'échelle.

— Je sens une odeur délicieuse, dit-elle.

— Des bougies à la vanille.

— Et avec cela, grand fou ?

— Dépêche-toi.

— Mais je me dépêche. Il faudrait installer un ascenseur. Je me demande combien de barreaux peut avoir cette échelle.

— Trop.

Légèrement essoufflée de s'être élevée d'au moins sept mètres, Patricia eut le sentiment d'entrer dans l'obscurité en posant les pieds sur le plancher. La lumière venant des deux vasistas passait à travers des nuages de poussière. La lueur des bougies tremblotait à l'une des extrémités du grenier, loin des bottes de foin. La poussière flottant dans l'espace, la lueur des bougies contrastant avec l'éclat du soleil, ainsi que l'odeur de vanille et celle de la paille, tout cela baignait la scène dans une atmosphère irréelle. Patricia dut s'arrêter un moment pour s'y adapter.

— Eh bien, me voici, dit-elle. Où es-tu ?

— Ne bouge pas et ferme les yeux. J'ai une surprise pour toi.

— Fermer mes yeux ? Mais…

Patricia eut soudain le sentiment d'être devenue une vieille femme, chancelante au bord du trou par lequel elle venait de passer.

— Il faut que je ferme les yeux ? Mais… J'ai un peu le vertige.

— Fais-moi confiance.

— D'accord. Je ferais n'importe quoi pour toi.

Elle ferma les yeux. Elle entendit des pas légers qui venaient vers elle. Un cheval hennit. Elle sentit deux mains vigoureuses qui la saisissaient aux épaules…

La chute lui parut interminable. Un instant, une de ses bottes s'accrocha au rebord de la trappe, puis elle tomba, heurtant l'échelle une ou deux fois avec une violence qui provoqua en elle une atroce souffrance tandis qu'un de ses os se brisait avec un bruit sec. Elle s'écrasa enfin sur le sol en ciment, sa tête étrangement tournée vers la gauche et toute souffrance disparut. Elle vit une araignée aux longues pattes filer sa toile dans un fin rayon de soleil. Elle entendit un des chevaux frapper les parois de son box. Elle sentit une odeur de moisi qui montait du ciment. Mais elle ne souffrait plus. Plus du tout. Son esprit tourbillonnait dans un trou noir de choc et de panique.

Les barreaux de l'échelle craquèrent. Un cheval frappa du pied. Sultan hennit et elle sut que c'était lui. Un genou craqua et quelqu'un s'agenouilla près d'elle.

— Encore vivante ! Mon Dieu, quelle résistance !

Patricia essaya d'ouvrir la bouche mais c'était trop pour elle. Elle gisait dans son sang, respirant à peine tandis que sa vision s'obscurcissait.

— Tu sais, tu es toute bleue. Tu as brisé ton joli cou.

Un long soupir.

— J'espérais que la chute te tuerait sur le coup mais si tu veux le savoir, c'est encore mieux comme ça. Maintenant, je peux te voir mourir. Les bonnes choses arrivent à ceux qui savent attendre.

Elle sentit sur son front comme des ailes de papillon. C'était peut-être un baiser. Puis une voix murmura :

— Bonne nuit, chérie.

Patricia entendit encore Sultan hennir de terreur et une fantastique pensée jaillit dans son esprit qui s'en allait. Ce billet qui lui demandait de venir au rendez-vous, elle l'avait trouvé dans le jardin magique d'Eve, sous la statue de Perséphone. Perséphone, dans la mythologie grecque, avait été transportée aux Enfers par le dieu des Enfers.

CHAPITRE 12

1

Christine savait que Jeremy avait parlé à Ames de la découverte du journal de Dara et que Michael lui avait annoncé que ce journal était aux mains de la police. Elle savait aussi qu'Ames était fou de rage.

J'aurais dû m'en douter, pensa-t-elle. Je savais qu'il serait furieux si je donnais ce journal à la police mais, honnêtement, je pensais qu'en apprenant que j'avais été agressée, il ressentirait pour moi un élan de sympathie qui atténuerait sa fureur même s'il ne la faisait pas disparaître complètement. Elle comprenait maintenant qu'elle s'était fait des illusions. Ames l'aimait bien mais il avait adoré sa fille. Quiconque lui ferait du mal ou porterait atteinte à sa réputation, même après sa mort, encourrait nécessairement sa fureur à tout jamais.

Cette pensée lui faisait de la peine. Ames avait accepté de l'accueillir avec Jeremy. Son père et lui n'étaient plus aussi proches qu'autrefois lorsque ses parents étaient morts. Les cartes de Noël et un coup de téléphone occasionnel étaient tout ce qui restait de leur grande amitié du temps de l'université. Mais Ames avait été fidèle à la promesse de s'occuper d'eux en cas de malheur, promesse qu'il avait faite à son père après la naissance de Jeremy. Et même s'il n'avait pas été capable de leur manifester beaucoup d'amour, il leur avait offert un foyer et une attention qui ne s'était jamais démentie. Que lui avait-elle donné en retour ?

Après le départ de Michael, elle avait commencé à broyer du noir. Plus l'après-midi avançait et plus elle se sentait mal. Angoissée, elle avait essayé de regarder la télévision, puis de faire une sieste. Elle avait marché de long en large dans la maison et elle avait fini par écouter un peu de musique tout en avalant sans y penser le dernier beignet. Son esprit bouillonnait. Elle se dit qu'elle devait donner à Ames le temps de se calmer. Quelques jours, une semaine peut-être.

La patience n'avait jamais été une de ses vertus. Elle se leva de table, prit le téléphone et appela son bureau, sachant qu'il devait y être puisque c'était une après-midi de semaine. La standardiste lui dit que M. Prince était venu pendant une heure et était reparti en disant qu'il ne reviendrait plus de la journée. Christine eut alors l'idée de demander à Sloane quelques explications sur l'état d'esprit d'Ames. Mais il était sorti lui aussi pour recueillir un témoignage. Frustrée, Christine raccrocha et se demanda ce qu'elle devait faire. Ames avait déjà reçu un coup terrible en apprenant la découverte du corps et voilà qu'il venait d'en recevoir un second. Elle devait lui parler, lui expliquer pourquoi elle avait livré le journal à la police.

Peut-être est-il chez lui, pensa-t-elle, ou sinon, chez Streak. Elle appela d'abord la maison et tomba sur le répondeur, ce qui ne voulait pas dire qu'Ames était absent. Il lui arrivait souvent de filtrer ses appels. Elle sentit le besoin d'aller d'abord jusque chez lui et, si elle ne l'y trouvait pas, jusque chez Streak.

Le crachin s'était arrêté juste au moment du départ

de Michael. Un peu auparavant, deux hommes étaient arrivés dans deux véhicules séparés, une dépanneuse et une voiture. L'un des hommes lui dit que la voiture avait été louée dans le garage où sa Dodge Neon était en réparation. C'est Ames qui avait arrangé cela la veille. Il pense vraiment à tout, se dit-elle. Ses yeux se remplirent de larmes. Elle se sentait plus bas que terre.

Après le départ des deux hommes, un soleil éclatant avait bizarrement fait son apparition pour disparaître une demi-heure plus tard et faire place à un jour sombre et triste. Elle eut le sentiment douloureux qu'elle venait d'assister à la dernière apparition du soleil. Au moins ne serait-il plus jamais aussi lumineux qu'avant. Elle avait envie de pleurer. Elle ne s'était jamais rendu compte à quel point elle avait besoin d'avoir une bonne opinion d'elle-même.

La Mercedes gris métallisé d'Ames n'était pas devant la maison mais les portes du garage étaient fermées, ce qui voulait dire que sa voiture était peut-être déjà rentrée. Christine alla jusqu'à l'entrée et sonna. Pas de réponse. Bien sûr, Ames pouvait très bien regarder par une fenêtre et, en la voyant, décider de ne pas lui ouvrir. Elle ne savait pas non plus si Patricia était à la maison. Et même si elle l'était, elle n'était pas forcée de répondre non plus. Mais peut-être se faisait-elle des idées. Ames et Patricia pouvaient très bien être derrière la maison, dans le jardin d'Eve. Par un jour si triste, alors qu'il n'y avait pas d'autres fleurs que quelques crocus arrivés avant l'heure, ce n'était pas très vraisemblable mais cela valait la peine d'essayer.

Son intuition ne l'avait pas trompée. Bien qu'entretenu, le jardin paraissait triste et défraîchi. C'était grâce à Bethany. Non qu'elle désirât plaire à Patricia mais parce qu'elle ne pouvait supporter l'idée de voir un aussi beau jardin tomber à l'abandon. La statue de Perséphone semblait tout particulièrement sinistre aujourd'hui, pensa Christine. Selon le mythe grec, le dieu des Enfers l'avait traînée dans un gouffre sur un char tiré par quatre chevaux noirs. Dans sa douleur, sa mère Déméter, déesse des moissons, avait fait de la terre un désert, tuant toute végétation. Finalement, Zeus avait décidé que Perséphone pourrait revenir chez sa mère quatre mois par an pendant lesquels la terre pourrait porter ses fruits.

— Apparemment, tu es toujours aux Enfers, murmura Christine à la statue qui aurait eu bien besoin d'être nettoyée des moisissures et des taches de l'hiver. J'espère que tu vas revenir bientôt. Le jardin n'a jamais été aussi triste.

Elle sursauta parce qu'elle avait été piquée à la cheville. Un serpent à cette époque de l'année ? Christine jeta un regard vers le sol et eut la surprise de voir Pom Pom tout mouillé et couvert de boue qui dansait autour d'elle. Il tenta de la mordre à nouveau mais elle fit un pas en arrière.

— Mais que fais-tu là ? lui demanda-t-elle comme s'il pouvait lui répondre.

Patricia le tenait toujours en laisse lorsqu'elle le sortait. Et elle ne lui permettait jamais de se salir, bien qu'il eût toujours l'air d'un gueux, même en revenant du toilettage. Christine était persuadée que même le meilleur des spécialistes était incapable de donner à Pom Pom une allure décente.

Christine se pencha et posa la main sur la tête de Pom Pom. Ses poils étaient emmêlés et son joli collier de strass était de boue.

— Où est ta maîtresse, mon garçon ? lui demanda-t-elle.

Le chien glapit et commença à tourner autour d'elle, très excité.

— Où est Patricia ? Je ne t'ai jamais vu dehors sans elle. Comment es-tu parvenu à t'échapper ?

Pom Pom aboya trois fois et se remit à tourner. Christine le contempla. Il semblait aimer Patricia autant qu'elle l'aimait. Même s'il avait cassé sa laisse, ce qui ne lui était jamais arrivé, il ne serait jamais resté loin de sa maîtresse. Il aboyait très fort, il cherchait à mordre et y parvenait parfois mais il ne se montrait vraiment féroce que quand Patricia était là. Il n'était en sécurité qu'en sa présence. Il ne l'aurait jamais laissée loin derrière lui.

Christine se releva et regarda les portes-fenêtres à la française qui s'ouvraient derrière la maison. Elle ne s'en était pas aperçue plus tôt mais l'une d'entre elles était entrouverte. Peut-être Pom Pom était-il sorti et, étant donné qu'il n'était pas le plus intelligent de la gent canine, n'avait pas pu rentrer. Cela aurait été pourtant enfantin, même pour lui.

Christine marcha jusqu'à la maison, ouvrit la porte et appela :

— Patricia ? Ames ?

Personne ne répondit et elle entra. Elle avait vécu dans cette maison pendant des années mais elle ne l'avait jamais considérée comme sa maison et, depuis qu'elle avait déménagé, elle ne serait jamais entrée sans y être invitée. Pom Pom la suivit en respirant très fort. Ses pattes laissaient des traces de boue sur le tapis clair.

— Patricia ? C'est Christine. Est-ce que tu es là ?

Silence complet. Pom Pom se tenait près d'elle. Il ne partait pas à la recherche de sa maîtresse. Il n'avait jamais montré la moindre affection pour Christine. Elle était persuadée que s'il restait avec elle, ce n'était pas par dévotion. Le chien savait que Patricia n'était pas dans la maison. Et Ames non plus. Même s'il était furieux contre Christine, il ne l'aurait pas laissée à la porte. Il serait venu et l'aurait affrontée. Non, la maison était vide. Ce crétin de chien si chéri et si gâté, qui ne savait pas se protéger des voitures, était livré à lui-même. Quelque chose n'allait pas.

Ils ressortirent.

— OK, Pom Pom, dit Christine en fixant le petit chien haletant et frissonnant. Je sais que l'héroïsme n'est pas ton fort mais, maintenant, tout va bien aller. Je vais te suivre et tu vas m'emmener jusqu'à Patricia.

Pom Pom la regarda de côté avec ses yeux ronds semblables à ceux d'un corbeau.

— Viens, Pom Pom, agis comme un de ces chiens qu'on voit à la télévision et mène-moi à ta maîtresse. Je sais qu'elle n'est pas loin et je sais qu'il est arrivé quelque chose, sinon tu ne serais pas dans cet état. Alors, fais une de ces choses que font ces merveilleux chiens. Va et suis une personne à la piste. S'il te plaît.

Pom Pom sembla désorienté, puis il leva la patte pour arroser un crocus pourpre. Christine ferma les yeux, bien décidée à ne pas se mettre à crier contre lui. Elle prit deux respirations profondes et le fixa de nouveau. Cette fois-ci, il tourna deux fois autour d'elle, lança un aboiement strident, s'éloigna de la pelouse et se mit en marche dans le champ humide.

— C'est bien, dit Christine, mais ne pourrais-tu pas nous rendre les choses plus faciles ?

Elle se dit qu'elle devrait peut-être suivre le chien en voiture mais elle pensa que cette façon de faire augmenterait encore sa confusion. Alors elle le suivit, regrettant de ne pas avoir des bottes au lieu de ses plus beaux mocassins noirs. À mi-chemin entre la maison et la grange, Pom Pom s'arrêta, se mit à tourner sur lui-même, puis il se précipita sur Christine et lui donna un coup de dents à la cheville.

— Sacrebleu, Pom Pom ! explosa Christine. Nous

sommes en mission, non ? Patricia est allée quelque part, tu es parvenu à sortir de la maison et, maintenant, tu essaies de te rendre intéressant. Tout ce que tu as réussi à faire, c'est de me rendre furieuse en me mordant la cheville.

Elle se tut et regarda le petit chien habituellement si chouchouté et maintenant tremblant et couvert de boue. Il semblait deux fois plus laid que d'habitude et ce n'était pas peu dire. Elle le trouva soudain pathétique et lui demanda gentiment :

— As-tu donc peur au point de ne plus savoir ce que tu fais ?

Il sembla ruminer ces paroles dans sa petite tête, derrière ses yeux qui n'étaient pas ceux d'un chien, puis il se remit en marche et se mit à courir vers la grange, traversant sans se détourner les flaques d'eau du chemin. S'il se moque de moi, je le tue, pensa Christine en sentant l'eau pénétrer à travers les semelles de ses chaussures.

En approchant de la grange, elle crut entendre de la musique. Peut-être suis-je en train de revivre l'agression d'hier, pensa-t-elle tandis qu'un frisson la parcourait. Mais non, il ne s'agissait pas de *Relax*. Pom Pom s'arrêta net, revint vers elle en gémissant. Elle l'ignora et continua à avancer, attentive à la musique. C'était une musique classique qui se faisait de plus en plus forte au fur et à mesure qu'elle approchait. Et les chevaux frappaient leurs box. Violemment et sans arrêt.

Il faut que je retourne à la maison, pensa-t-elle, paniquée, et que je m'y enferme. Je ne veux pas voir ce qui se passe dans cette grange.

Elle se répéta cela plusieurs fois. Elle vit que la double porte était verrouillée. Va-t'en, pensa-t-elle, va-t'en. Elle était figée dans l'indécision. Pom Pom aboya de nouveau et frémit.

Va-t'en, criait son esprit tandis que son corps,

comme s'il était inconscient, continuait à avancer vers le coin de la grange, jusqu'à la petite porte qui était ouverte. Elle s'arrêta devant cette porte. Va-t'en ! Elle entra.

La musique s'enfla autour d'elle. La grange avait beau être loin de la maison, on ne pouvait pas ne pas l'entendre. Il y avait au moins cinq voitures qui passaient chaque jour à proximité de la grange. Et leurs conducteurs, à moins d'avoir leurs radios à fond, devaient nécessairement l'avoir entendue. C'est elle qui avait attiré Pom Pom jusqu'ici et qui rendait fous les chevaux.

Christine s'avança doucement dans la grange fraîche et obscure. Elle serrait sa main sur un stylo qui se trouvait au fond de la poche de sa veste. Consciemment, elle ne considérait pas cet objet comme une arme mais, sans y penser, elle enleva son capuchon pour dégager la pointe. Un stylo était certes une arme misérable mais, bien utilisé, il pouvait gêner un agresseur.

Une arme ? Gêner un agresseur ? Elle était folle. Il lui fallait revenir bien vite à la sécurité de la maison, loin de l'horrible découverte qui l'attendait, elle en était sûre maintenant, dans la grange. Mais elle ne pouvait pas s'arrêter.

Christine fit trois pas hésitants et regarda. La musique venait du grenier. Elle vit les chevaux qui frappaient le sol et roulaient des yeux affolés.

— Calmez-vous, vous deux, dit-elle doucement, plus pour se rassurer que pour les apaiser. Je suis là, tout va bien aller.

Elle jeta un regard craintif autour d'elle. Une lumière grise descendait du grenier, passait à travers l'obscurité ambiante et tombait sur un amas d'habits, au pied de l'échelle.

Christine était fascinée par cette lumière qui semblait devenir plus vive autour des vêtements. Mais il n'y avait pas là que des vêtements.

Patricia était là, repliée sur elle-même et fracassée sur le ciment, au pied de l'échelle. En la voyant, Christine comprit que cette image ne s'effacerait jamais de sa mémoire. Son visage était bleu, un filet de sang qui commençait à sécher sortait de sa bouche et ses yeux bleus, aveugles, regardaient fixement les chevaux.

Christine sentit que son cœur s'arrêtait de battre, que ses genoux faiblissaient, que sa tête se vidait de toute pensée. Elle ferma les yeux, luttant pour ne pas s'évanouir.

— Je vous ai menti, murmura-t-elle aux chevaux. Tout ne va pas bien maintenant.

2

Plus tard, c'est tout juste si Christine parviendrait à se souvenir de ces quelques minutes. Elle s'était agenouillée auprès de Patricia, avait cherché son pouls, avait tenté quelques gestes futiles de réanimation et avait constaté avec horreur que sa peau était encore tiède. Ensuite, elle avait couru comme une folle jusqu'à la maison, Pom Pom sur ses traces, abandonnant sa maîtresse qui l'avait tant aimé. Elle avait poussé les portes-fenêtres à la française, tellement essoufflée qu'elle se sentait sur le point de perdre conscience. Elle s'était reproché d'avoir laissé son portable dans sa voiture. Elle avait appelé le 911 et s'était assise dans un élégant fauteuil de style Reine Anne, la tête entre les genoux, respirant profondément tandis que le petit chien était couché à ses pieds, frissonnant, terrifié et en pleine confusion.

Pendant des années, Christine avait entendu des compliments sur sa manière de prendre en main des situations difficiles. Les gens disaient qu'elle était une femme de tête, qu'elle était forte, ils la voyaient plus grande que nature. Mais cette fois-ci, c'était vraiment trop. En deux jours, il y avait eu l'agression au gymnase, le coup de téléphone dans sa chambre d'hôpital, le rat et maintenant la mort de Patricia dans la grange.

Elle n'est pas tombée. Une voix venue de loin lui répétait qu'elle n'était pas tombée.

Christine redressa vivement la tête, comme si quelqu'un se dressait devant elle et lui parlait. Mais non, la pièce était vide. C'étaient ses pensées qui criaient dans ses oreilles : Patricia n'est pas tombée !

— Bien sûr qu'elle est tombée, dit-elle tout haut tandis que Pom Pom levait vers elle ses yeux ronds. Pourquoi est-ce que je me répète sans cesse qu'elle n'est pas tombée ? Elle est tout simplement allée à la grange et…

Elle fronça les sourcils. Et alors ? Alors, elle est montée au grenier, elle a mis la musique, elle est revenue vers la trappe, a fait un faux pas et a chuté de sept mètres de haut…

Oui, Patricia aimait les chevaux. Oui, elle allait les voir tous les jours, même quand elle ne les montait pas.

Mais pendant toutes les années que Christine avait vécues dans la maison, elle n'avait jamais vu Patricia gravir l'échelle menant au grenier. Il n'y avait rien d'autre que du foin là-haut et elle avait un lad qui s'occupait de nourrir les chevaux. Plus important encore, elle avait le vertige. Elle évitait de grimper où que ce soit à moins d'une urgente nécessité. Elle n'aurait sûrement pas choisi le grenier comme lieu de recueillement et, plus encore, elle n'y serait pas allée en portant un lecteur de disques.

Elle n'était donc pas seule, là-haut, Christine en était persuadée. Elle avait rejoint quelqu'un qui avait apporté l'appareil, quelqu'un avec qui elle désirait être même s'il lui fallait pour cela affronter sa peur du vertige.

Terrorisée, Christine se leva de son fauteuil et alla vers la porte d'entrée, Pom Pom sur ses talons. Pas de voiture de police et pas d'ambulance en vue. Elle savait que la circulation était difficile à cause de la crue mais elle avait l'impression d'avoir appelé le 911 depuis plus de vingt minutes. En réalité, il ne devait pas y en avoir plus de dix. Elle savait qu'elle ne devait pas le faire mais elle ne put s'empêcher d'appeler le portable de Tess. Elle ressentait le besoin désespéré d'entendre une voix familière mais elle n'eut pas de réponse. C'est aussi bien, pensa-t-elle. Tess aurait insisté pour venir aussitôt et elle aurait été une gêne plus qu'une aide. La subtilité n'était pas sa qualité maîtresse.

Elle entendit la sirène au moment où elle raccrochait. Pom Pom se dressa et se mit à aboyer furieusement. Il se précipita dans l'escalier et grimpa jusqu'au second étage. Christine était contente d'en être débarrassée. Personne n'avait besoin de Pom Pom. Alors que l'ambulance ralentissait devant la maison, Christine se précipita et cria au chauffeur :

— Prenez le chemin Crescent jusqu'à la grange. Il y a quelqu'un de blessé à l'intérieur. La porte est ouverte sur le côté.

L'ambulance accéléra en grimpant la colline. Sa sirène s'était tue mais son gyrophare continuait à tourner.

Christine aurait voulu fermer la porte, laisser les ambulanciers s'occuper de tout et rester dans la maison pour échapper aux choses horribles qui l'attendaient dans la grange mais elle savait que ce n'était pas possible. Elle n'était plus une enfant. Il y aurait des questions auxquelles elle était la seule à pouvoir répondre.

Elle monta dans sa voiture de location et conduisit lentement jusqu'à la grange. Un homme en uniforme et une femme se précipitaient vers la petite porte. Christine arrêta la voiture et resta quelques instants appuyée sur le volant. Elle baissa sa vitre. La musique s'était arrêtée. Dieu merci, pensa-t-elle, le CD est arrivé au bout. Mais les chevaux continuaient à frapper leurs box.

Elle vit dans son rétroviseur qu'une voiture de patrouille s'arrêtait derrière elle. Michael Winter en sortit au moment où elle sortait elle-même.

— J'ai reçu votre appel au 911, dit-il, et en arrivant, j'ai vu les lumières de l'ambulance.

— Patricia est dans la grange, dit-elle. Elle est morte.

— En êtes-vous sûre ? dit-il en levant sur elle ses yeux noirs.

— Son visage était tout bleu, elle ne respirait plus, elle n'avait plus de pouls.

— Avez-vous touché le corps ?

— Je lui ai seulement légèrement tourné la tête pour lui faire du bouche-à-bouche. Ses lèvres étaient encore chaudes.

Elle avala sa salive et ajouta :

— Je sais que je n'aurais pas dû la bouger.

Tout en elle refusait désespérément d'entrer dans la grange mais Michael la précédait tandis qu'elle traînait les pieds derrière lui. À l'intérieur, l'infirmière était agenouillée près de Patricia tandis que l'homme se tenait debout.

— Elle est morte, dit-il sans émotion. La nuque est brisée et je suis sûr qu'il y a encore bien d'autres choses qui ont été fracassées. On dirait qu'elle est tombée du grenier.

Tout le monde leva les yeux à la fois.

— Ce n'est pas une simple chute, reprit l'homme.

Je ne comprends pas comment elle peut avoir sur elle tout ce foin.

— Il y a du foin dans le grenier, dit Christine.

L'infirmier secoua la tête.

— Je ne suis pas un spécialiste des crimes mais c'est étrange, on dirait que le foin a été déposé sur elle avec soin. Comme une couverture.

Il haussa les épaules.

— J'avoue que cela ne tient pas debout.

Michael inspecta le corps avec soin.

— Vous avez raison, dit-il.

Il regarda Christine.

— Quand vous avez découvert le corps, est-ce que tout était dans cet état ?

— Je n'ai pas fait attention, dit-elle avec une toute petite voix. J'étais tellement choquée que je n'ai rien vu d'autre que son visage.

— Mais vous n'avez pas touché au foin ?

— Non, dit-elle en élevant la voix. Bien sûr que non.

— Peut-être sans le faire exprès.

— Non, adjoint Winter. Je n'ai pas touché son corps. Seulement sa tête.

Christine pensa au filet de sang à moitié sec qu'elle avait vu dans les merveilleux cheveux de Patricia. Ils venaient forcément d'une blessure à la tête. Elle vit que ses mains étaient rouges. Elle ne s'en était pas aperçue avant.

— Seulement la tête, répéta-t-elle.

Personne n'avait entendu la voiture arriver mais, soudain, Ames Prince fit son apparition dans la grange. Son corps était raide, ses yeux restèrent fixés sur Patricia pendant une dizaine de secondes puis il se tourna vers Christine, lui lança un regard glacé et lui dit d'une voix venimeuse :

— Dieu du ciel, qu'as-tu fait ?

CHAPITRE 13

1

Les événements de cette après-midi resteront toujours dans l'esprit de Christine non comme des événements réels mais comme un cauchemar, ne serait-ce que parce qu'elle n'avait pu supporter le regard glacial et la voix sifflante d'Ames. Elle était tellement choquée qu'elle resta quelques secondes sans comprendre ce qui se passait tandis que les infirmiers et Michael Winter la fixaient, stupéfaits.

C'est Michael qui rompit le silence en disant :

— Monsieur Prince, nous ne savons pas vraiment ce qui s'est passé ici.

— Ce qui s'est passé, c'est que Patricia est morte, dit Ames d'un ton cassant. Vous pouvez tous voir qu'elle est morte, qu'elle est morte subitement et violemment…

Il s'arrêta net, émit un son qui pouvait être un cri ou une mauvaise toux, fit demi-tour et s'élança hors de la grange.

Christine courut derrière lui.

— Ames… Attends-moi… S'il te plaît…

Il lui fit face.

— Je me demande bien ce que tu pourrais avoir à me dire.

— Que je suis désolée pour Patricia, que je ne comprends pas ce qui est arrivé.

— Que tu n'essaies pas de détruire ce qui reste de ma famille ? Que tu n'as pas donné à la police le journal intime de ma fille pour que tout le monde puisse le lire et en faire des gorges chaudes ? Que ma fille n'a pas disparu une semaine après que tu l'as accusée d'être responsable de la rupture de tes fiançailles ? Que je viens tout juste de voir ma femme, que tu détestais, couchée sur le sol en ciment d'une grange et toi debout à côté d'elle ? Que...

— Monsieur Prince, vous êtes bouleversé, l'interrompit Michael Winter fermement. Il serait plus sage de ne pas porter d'accusations que vous regretteriez plus tard, surtout envers Mlle Ireland.

— Je ne regrette rien de ce que je viens de dire. Et peut-être feriez-vous mieux de vous occuper du meurtre de ma femme plutôt que de jouer au chevalier blanc pour Mlle Ireland. Je vous assure qu'elle est tout à fait capable de s'occuper d'elle-même.

Ames fit demi-tour, monta dans sa Mercedes et démarra en faisant jaillir du gravier. Christine resta les bras ballants, détestant les larmes brûlantes qui coulaient sur ses joues.

— Croit-il que j'ai tué Patricia ? murmura-t-elle, incrédule.

Michael regardait la Mercedes arriver à la maison et s'engager sur le chemin du garage.

— Il est furieux que vous nous ayez donné le journal de Dara. Quant à Patricia, il dit ça pour vous blesser.

Elle le fixa droit dans les yeux.

— Peut-être. Mais vous, est-ce que vous ne pensez pas que je lui ai fait du mal ?

— Non… Je veux dire…

Il s'interrompit et elle eut le sentiment qu'il était en train de s'envelopper dans le manteau du professionnalisme.

— Nous ne savons pas encore ce qui est arrivé ici. Je dois appeler des spécialistes de l'identité judiciaire. Vous devriez attendre dans la maison.

— Dans la maison d'Ames ! Il ne me laisserait pas entrer.

— Vous avez sans doute raison. De toute façon, pour le moment, vous n'avez pas intérêt à vous trouver en face de lui. Il est trop furieux. Rentrez chez vous et restez-y. Dans un moment, j'irai vous poser des questions.

Il retourna vers la grange.

Elle le suivit.

— Adjoint Winter, je ne veux pas que Jeremy puisse venir ici. Il ne faut pas non plus qu'il voie Ames en ce moment. Il travaille aux sacs de sable mais il peut revenir d'une minute à l'autre. Puis-je aller le chercher ? Il ne faut pas qu'il apprenne par d'autres ce qui vient d'arriver. Je le ramènerai chez moi et j'y resterai jusqu'à votre arrivée.

Michael la regarda. Il semblait hésiter comme s'il se demandait si elle n'allait pas tout simplement quitter la ville pour échapper aux investigations de la police. L'idée qu'il doutait d'elle lui fit mal, sans qu'elle sache très bien pourquoi. Après tout, pensa-t-elle, il la connaissait à peine. Pourquoi lui ferait-il confiance ?

— D'accord, finit-il par dire. Allez chercher Jeremy. Vous avez raison, il ne doit pas être mêlé à cette histoire. J'irai chez vous plus tard.

Il repartit vers la grange sans lui dire au revoir, sans même l'esquisse d'un sourire mais, malgré tout, Christine se sentit mieux. Il venait clairement de lui montrer qu'il lui faisait confiance. Tout ce qui lui restait à faire était d'aller chercher Jeremy et de lui annoncer la nouvelle.

2

Ses mains étaient tellement tremblantes, tellement moites que Streak Archer laissa tomber sa clé deux fois avant de pouvoir ouvrir sa porte. Une fois entré, il fut sur le point de s'écrouler. Il claqua la porte et resta un moment appuyé contre elle, cherchant désespérément à retrouver sa respiration. Il avait le sentiment que ses poumons s'étaient rétrécis au point de ne plus laisser entrer assez d'air. Des filets de sueur coulaient sur son visage sale, sa chemise était trempée, collant à lui comme s'il sortait de l'eau.

Combien y avait-il de temps qu'il avait quitté le sanctuaire de sa maison ? Des jours, lui semblait-il. Pourtant la pendule disait qu'il n'était que deux heures de l'après-midi. Il avait pris un grand risque. Le risque de perdre le contrôle de lui-même, d'être comme une balle qui tourne et tourne dans le vide. Oui, cela aurait pu être le prix à payer. Mais ce risque, il l'avait pris. Il avait vaincu ses démons. De toute façon, il n'avait pas eu le choix.

Streak alla droit à la cuisine, fit couler un verre d'eau, fouilla dans un tiroir plein de médicaments et choisit un tube de Valium. Il avala un comprimé de dix milligrammes, remplit à nouveau le verre et prit un second comprimé. Il détestait être dépendant des antidépresseurs et des tranquillisants mais il savait que, sans eux, il ne pouvait pas fonctionner. Son psychiatre était d'accord. Et après tout, tout le monde se fichait qu'il soit accro. Il n'avait pas à servir de modèle aux jeunes.

Il s'assit devant sa table de cuisine chromée et regarda autour de lui. Vue de l'extérieur, sa maison ressemblait à une banale villa en pierre mais l'intérieur était étrangement futuriste. Sa mère haïssait tout ce blanc, ce noir et ce chrome. Quant à Ames, il ne disait rien mais son visage laissait voir une aversion profonde. Il n'y avait que Jeremy qui aimait cet endroit. Il disait que c'était comme un vaisseau spatial. Cela faisait sourire Streak. Il se disait que Jeremy avait raison. Cette maison était pour lui une évasion de la réalité terre à terre dans laquelle il avait tant de mal à exister. Ici, il avait créé une réalité virtuelle et il s'y sentait bien.

Streak avait d'autant plus besoin de se retrouver dans son repaire que, ces derniers temps, il avait eu trop de contacts avec l'extérieur. Cela ne lui avait pas fait de bien. Pas plus que cela ne lui avait fait de bien trois ans auparavant.

Quelqu'un frappa à la porte d'entrée et il se sentit pris d'un sauvage besoin de se cacher sous la table jusqu'à ce que la personne s'en aille. Mais il reconnaissait cette manière de frapper. C'était sa mère et elle allait continuer jusqu'à ce que ses doigts soient en sang.

Il ouvrit la porte et Wilma Archer le regarda comme s'il était un petit homme vert.

— Qu'est-ce qui ne va pas ? Es-tu malade ? Je vais t'emmener aux urgences.

— Non, maman, s'il te plaît, dit-il, suppliant, paniqué à l'idée d'avoir à ressortir aujourd'hui. Tout va bien. Entre. La lumière du dehors est aveuglante.

Wilma regarda le ciel gris et insista :

— Tu as la migraine. Je pense que nous devrions aller…

— Je ne veux aller nulle part, hurla-t-il.

Wilma recula d'un pas et il se reprit :

— Je suis désolé. Entre, s'il te plaît. J'ai juste besoin de m'allonger un peu. Dans une demi-heure, tout ira bien.

Wilma entra et ferma la porte derrière elle.

— Va t'allonger sur cette planche toute blanche que tu appelles un divan. Je vais te faire un jus d'orange.

— Je ne veux pas de jus d'orange.

— Alors, une boisson douce.

— Non, fais-moi du café.

Il n'avait pas envie de café mais il savait que sa mère ne le laisserait pas tranquille si elle ne faisait pas quelque chose pour lui. Wilma Archer avait au moins vingt kilos de trop parce qu'elle était persuadée qu'on pouvait guérir toutes les maladies avec de la nourriture et des boissons. Streak reprit :

— Je vais m'allonger. Tu fais le café, maman. Tu sais où sont les choses.

— Ton père et moi, nous étions mortellement inquiets pour toi, lui cria Wilma de la cuisine tandis qu'il s'allongeait sur sa « planche » sans même mettre un oreiller sous sa tête. Il y a une éternité que tu ne nous as pas appelés.

— Mais nous nous sommes parlé le jour où le corps a été découvert.

— C'est moi qui ai appelé. Pas toi.

— Je ne savais pas que tu tenais un registre pour savoir qui appelle qui.

— Je fais attention. Après tout, je suis ta mère.

— D'accord, je suis désolé mais tu sais bien que je n'aime pas le téléphone.

— Non, tout ce que tu veux, c'est jouer avec tes ordinateurs et avec Intestate.

— Internet, maman, bien que, pour le moment, ce ne soit pas une mauvaise idée de s'occuper du commerce entre les États. Peut-être vais-je m'y mettre quand ma tête ne me fera plus mal.

En réalité, Streak n'avait pas mal à la tête mais sa mère comprenait mieux ses migraines que ses crises d'anxiété.

— J'ai besoin de repos, de beaucoup de repos, ajouta-t-il.

Wilma entra dans le salon et regarda son fils, les mains sur les hanches.

— Je persiste à penser, dit-elle, que nous devrions aller aux urgences.

— Et attendre pendant au moins une heure dans une salle d'attente pleine de gens jusqu'à ce que quelqu'un arrive pour m'annoncer que je souffre d'une migraine et me donne des pilules qui ne me feront pas le moindre bien avant de me renvoyer à la maison avec une énorme facture.

— Tu as une mutuelle.

— Maman, je souffre et tu me rends plus malade encore. Pour l'amour de Dieu, assieds-toi, calme-toi et parle plus doucement. Cesse de me harceler.

Wilma soupira.

— Je vais voir si le café est prêt.

— S'il te plaît.

Streak adorait sa mère. Il pensait qu'elle avait probablement plus d'aptitude à aimer, à être gentille et généreuse que les trois quarts de l'humanité mais il n'acceptait pas qu'on pèse sur lui et Wilma Archer était vraiment très douée pour cela.

Tandis qu'elle était dans la cuisine, Streak écoutait béatement le ronronnement de ses ordinateurs. Il en avait dans chaque pièce de sa maison à l'exception de la salle de bains où il n'avait qu'un portable. Dans le salon, il y en avait trois, tous connectés à un serveur et il y en avait quatre dans la chambre du haut. À son arrivée, il y avait là deux chambres mais il avait abattu la cloison pour en faire une pièce immense.

Dans toute la maison, il y avait cinq télévisions, celle du salon avait un écran plat géant à haute définition fixé sur un mur. Il y avait aussi un système stéréo avec cinq gigantesques enceintes, ce qui avait fait croire à Christine, quand elle y était entrée, qu'elle pénétrait dans un temple dont les cinq piliers représentaient des dieux exotiques. Elle n'était d'ailleurs venue que deux fois. Ce n'est pas que Streak décourageât les visiteurs mais les gens respectaient son désir d'intimité. Enfin, la plupart.

Wilma entra à pas comptés dans le salon portant un énorme mug surmonté d'une paille.

— Pourquoi cette paille ? demanda Streak.

— Pour que tu ne te brûles pas la poitrine en renversant du café.

— Peut-être devrais-tu m'amener un bavoir ?

— Je veux bien ignorer cette observation parce que tu n'es pas bien mais je n'en tolérerai pas une seconde. Tu n'es pas encore trop grand pour…

— Pour quoi ? demanda Streak soudainement amusé. Pour que tu me couches sur tes genoux ?

— Ne soyez pas si sûr de vous, monsieur. Mes genoux sont solides. Maintenant, dis-moi ce qui s'est passé pour te mettre dans cet état.

Streak n'était plus du tout amusé.

— Il ne s'est rien passé, dit-il. Tu sais bien que j'ai des crises d'anxiété et des maux de tête qui viennent de nulle part.

— Non, plus maintenant. C'était vrai quand tu es revenu de la guerre et c'est resté vrai pendant des années. Mais ce n'est pas arrivé depuis longtemps. Il s'est passé quelque chose, alors dis-moi quoi et tu te sentiras mieux.

Streak regarda un de ses ordinateurs. L'écran de

veille montrait une maison la nuit. Des lumières passaient d'une fenêtre à l'autre, la lune brillait, un chat noir rampait sur une prairie, des chauves-souris volaient joyeusement dans le ciel noir. C'est une image de ma tête, pensa-t-il. C'est ce qu'il y a à l'intérieur de ma tête.

— Je suis descendu à la rivière, finit-il par dire, et j'ai porté des sacs de sable.

— Tu as fait quoi ?

— Tu n'as pas l'air de savoir qu'il y a une inondation. J'ai aidé à placer les sacs de sable. J'ai fait mon devoir civique.

Wilma semblait consternée.

— Mais tu n'as pas à faire ce genre de choses.

— Mon devoir civique ?

— Non, pas avec tous les hommes qu'il y a en ville. Tu ne dois même pas essayer de faire des choses comme ça.

— Maintenant je peux. Je pense que, peut-être, j'ai changé au cours de ces années, que je peux voir plus de quatre personnes à la fois sans que cela paraisse extraordinaire. J'ai tort sans doute.

— Eh bien, dit Wilma en tripotant son alliance, je veux dire, après tout, tu n'as pas…

— Non, je ne me suis pas donné en spectacle, je n'ai pas fait d'esclandre. Je suis descendu ce matin et j'ai aidé quelque temps. Ensuite je suis parti comme une personne normale. Au moins ai-je le sentiment que j'ai semblé normal.

— Ce matin ? Mais nous sommes l'après-midi. Combien de temps es-tu resté à la rivière ?

— Je ne sais pas. Deux ou trois heures.

— Trois heures ? Tu as peiné pendant trois heures ?

— Peut-être plus ou moins. Je n'ai pas compté. J'ai

travaillé un moment près de Jeremy et aussi avec d'autres types que je connaissais bien autrefois et...

Les mains de Streak recommencèrent à trembler. Il frissonna, posa le mug sur le sol et ferma les yeux.

— Maman, dit-il, je te remercie d'être venue et d'avoir fait du café mais je ne peux pas continuer à parler. Il faut que j'essaie de dormir pour faire partir ce mal de tête. Est-ce que ça t'ennuie ?

— Tu as froid, tu as besoin d'une couverture. Où est la couverture afghane que j'ai tricotée pour toi ?

Celle aux couleurs voyantes dont elle disait qu'elle était follement gaie, pensa-t-il.

— Elle est en haut quelque part, dit-il vaguement. Mais je ne veux pas de couverture. Je transpire. Tout ce que je veux, c'est dormir.

— Est-ce que je ne peux pas rester près de toi ? Je serai tranquille comme une souris.

— Ce serait bien la première fois, dit Streak sèchement.

Wilma rit doucement.

— Mon garçon, dit-elle, comme tu me connais bien !

Elle se pencha sur lui, l'embrassa sur la cicatrice de son front, là où la balle avait pénétré dans son crâne et, au figuré sinon réellement, avait pris sa vie trente ans plus tôt.

— Appelle-moi si tu as besoin de moi, et dors bien.

— Et ne laisse pas les punaises te mordre, murmura-t-il en fermant les yeux.

Wilma quitta la pièce sur la pointe des pieds et ferma la porte derrière elle.

Dès qu'il eut entendu démarrer la voiture, Streak se leva et alla jusqu'à sa chaîne stéréo. Il fouilla parmi les CD, en choisit un qu'il plaça dans le lecteur et se recoucha. Quelques instants plus tard, la musique de *Roméo et Juliette* faisait irruption dans la pièce. Il frissonna sans pouvoir se contrôler et se roula en boule pour se sentir protégé.

3

En partant à la recherche de Jeremy, Christine essayait désespérément de chasser de son esprit l'image de Patricia. À sa grande surprise, elle se rendit compte qu'elle avait encore plus de mal à oublier le regard qu'Ames lui avait lancé. Elle l'avait toujours considéré comme un homme beau mais sévère, intelligent, bienveillant mais un peu terne, un peu comme l'un de ces personnages compassés qu'on trouve dans les romans de l'époque victorienne. Cette après-midi, elle avait découvert qu'il n'était pas terne le moins du monde. Jusqu'à ces derniers jours, il avait toujours admirablement su maîtriser ses passions mais, maintenant qu'elles étaient lâchées, Christine se demandait s'il serait capable un jour de les reprendre en main.

En traversant la ville, Christine se rendit compte qu'elle n'avait pas la moindre idée de l'endroit où elle pouvait rejoindre Jeremy. La bijouterie Prince ne se trouvait qu'à deux rues de la rivière. Peut-être serait-il de ce côté. Elle gara sa voiture et commença à marcher dans cette zone qui ressemblait à une ruche d'abeilles en pleine activité, les gens n'arrêtant pas d'empiler des sacs de sable. Pour l'instant, ils semblaient en train de gagner leur bataille contre la crue. Certains la regardèrent d'un œil torve, comme s'ils lui reprochaient de ne pas leur venir en aide. En temps normal, elle l'aurait fait mais ce jour n'était pas vraiment un jour comme les autres.

Christine jeta un regard sur l'arrière du vieil hôtel Duvoy qui avait été le plus bel hôtel de la ville un siècle auparavant mais qui ressemblait maintenant à une cage à lapins, découpé qu'il était en magasins minables et en appartements bon marché. Les gens étaient en plein travail mais elle ne vit pas Jeremy. Elle avança à grandes enjambées jusqu'au grand magasin Halden. À l'arrière, sur le mur immense, quelqu'un avait peint un bâtiment de couleur crème avec, à l'extérieur, un escalier de fer forgé sur lequel étaient entrelacées des fleurs luxuriantes rouge et pourpre. Christine savait que le propriétaire du magasin avait laissé son petit-fils de dix-sept ans utiliser ce mur comme une toile géante. Certains traitaient cette œuvre de graffiti mais Christine se dit que c'était beau et que le garçon s'était probablement inspiré de ses récentes vacances en famille à La Nouvelle-Orléans.

Elle regarda la rivière qui était très haute, boueuse et qui charriait toutes sortes de débris. Un fauteuil de jardin en aluminium flottait paresseusement près de la rive et, tout près, on voyait passer des morceaux de bois, les restes d'un léger édifice disloqué par la puissance du courant. Au lendemain de l'inondation, la rive serait encombrée d'immondices, de déchets de toutes sortes et d'animaux crevés. N'allait-on pas trouver une autre fille enveloppée dans un plastique ? Christine frémit à la pensée de tous les horribles secrets que la rivière allait peut-être révéler.

Après une demi-heure de recherches, elle aperçut enfin Jeremy. Il travaillait aux côtés de Danny Torrance, le directeur du centre de remise en forme. Ils se trouvaient derrière le Starlight Theater qui avait été l'un des hauts lieux de la ville pendant soixante-dix ans mais qui semblait maintenant complètement délabré.

— Jeremy, cela fait vingt minutes que je te cherche, dit Christine. Salut, Danny.

— Comment ça va, Chris ? demanda Danny.

— Bien.

— Bien ? s'exclama Jeremy, soudain inquiet. Ton visage est tout meurtri. Qu'est-il arrivé ?

Danny semblait embarrassé. Il avait fait une gaffe. Elle lui avait dit qu'elle ne voulait pas que Jeremy sache ce qui lui était arrivé car il en serait terrorisé.

— Je suis tombée dans l'escalier de la cave.

Elle mentait rarement à son frère et, d'ailleurs, l'idée même de mentir la mettait mal à l'aise. De toute façon, il finissait toujours par découvrir la vérité. Mais cette vérité, il ne fallait pas qu'il la connaisse maintenant.

— J'ai marché sur Rhiannon, ajouta-t-elle.

— J'espère que tu n'es pas tombée sur elle, lui dit-il inquiet. Tu es assez lourde pour l'écraser.

— Merci, dit Christine sèchement, mais Rhi n'a rien, pas même une égratignure.

— Mais toi, tu n'as pas l'air bien du tout, insista Jeremy.

Le souvenir de Patricia étendue sur le sol et de ses yeux qui la fixaient fit irruption dans l'esprit de Christine.

— Je n'ai pas bien dormi la nuit dernière, dit-elle, mais je me sens très bien. Vraiment. Et maintenant, je veux te ramener à la maison. Je ne suis peut-être pas belle mais, toi, tu as l'air épuisé.

— C'est vrai, Jeremy, dit Danny, tu as l'air assez fatigué pour tomber dans l'eau. Va avec ta sœur.

Jeremy se cramponna à son sac de sable.

— Je ne suis pas fatigué mais j'ai une faim de loup. Est-ce que tu as apporté à manger, Christy ?

— Non et je veux que tu rentres à la maison. Quant à toi, Danny, tu sembles aussi fatigué que Jeremy. Si tu veux, je peux te laisser quelque part.

— Non, Marti doit venir me chercher d'un moment à l'autre.

Marti, sa jolie auxiliaire qui possédait une force extraordinaire pour une si petite femme. Christine se demanda pourquoi elle n'était pas en train de travailler près de lui.

— Tu as raison, Chris, j'ai atteint ma limite. Et Jeremy aussi, qu'il veuille ou non l'admettre.

Il poussa le garçon du coude.

— N'est-ce pas que j'ai raison ?

— Non, cria Jeremy avec une pointe de mauvaise humeur.

Seigneur, pensa Christine.

Elle se sentait incapable de rester ici vingt minutes pour essayer de persuader Jeremy.

— Je ne suis pas fatigué, annonça-t-il avec détermination.

— Mais tu as faim, lui dit Danny. J'ai entendu ton estomac gargouiller au moins trois fois. Vraiment fort et cela m'a fait peur. J'ai pensé que la rivière avait amené un lion directement de l'Afrique.

Les lèvres de Jeremy se crispèrent.

— Je suis prêt à parier que si tu vas avec Christine, cela va se terminer au McDonald's.

— C'est sûr, dit Christine. J'ai faim moi aussi. Aujourd'hui, je n'ai mangé que des beignets.

— Des beignets ? C'est bon, je les adore, dit Jeremy.

— Tu aimes tout. Avec ce que tu manges, tu devrais peser cent cinquante kilos. Écoute, petit frère, si tu ne viens pas avec moi, j'irai seule au McDonald's et tu seras privé de cette bonne nourriture. Imagine, les big mac frites.

Jeremy laissa tomber son sac de sable.

— Il faut que j'y aille, Danny. Est-ce que tu vas pouvoir te débrouiller sans moi ?

— Bien sûr. Cela a été un vrai plaisir de travailler avec toi.

— Pour moi aussi. Salut.

Une fois dans la voiture, Christine dit :

— Je préfère prendre de quoi manger et l'emmener chez moi, est-ce que tu es d'accord ?

— Tu veux dire chez nous (Christine approuva). Mais Ames et Patricia vont m'attendre. Nous devons leur téléphoner ou alors leur apporter de la nourriture et manger chez eux.

Oh oui, pensa Christine, Ames serait sûrement très heureux de dîner avec moi. Quant à Patricia, elle n'a plus à se préoccuper de sa ligne.

— Ils ont téléphoné, dit-elle, mentant pour la seconde fois en une demi-heure, pour dire qu'ils sortaient ce soir et me demander de te garder ici.

Le visage de Jeremy s'illumina.

— Tant mieux. C'est tellement triste là-bas. J'essaie de faire le moins de bruit possible pour ne pas leur porter sur les nerfs mais je ne peux pas me taire tout le temps.

— Chez nous, tu n'as pas besoin de te taire et Rhiannon va être tellement heureuse de te voir.

— Oui, elle me dira comment tu as fait pour tomber sur elle. Christy, est-ce que tu ne peux pas aller plus vite ? Je meurs de faim.

Un quart d'heure plus tard, la moitié de la ville semblait s'être rassemblée autour du Macdrive. Ils durent faire la queue pour commander. Jeremy demanda deux big mac, une double portion de frites et une glace recouverte de fruits, Christine choisit un cheeseburger et Jeremy insista pour avoir des nuggets pour Rhiannon. En faisant de nouveau la queue pour arriver jusqu'au comptoir, Jeremy se mit à chanter *Fly Away* a cappella parce que le CD de Lenny Kravitz était resté dans la voiture de Christine. Le garagiste lui avait dit qu'elle serait réparée le lendemain car il n'y avait pas de travail de carrosserie ou de peinture à faire, juste la vitre à remplacer et le tapis à remettre en place.

En arrivant à la maison, Christine insista pour que Jeremy prenne une douche rapide avant de manger.

— Je vais mettre ta glace dans le congélateur et, dès que tu seras prêt, je réchaufferai le repas dans le four à micro-ondes. Maintenant, file, tu es vraiment sale.

Elle n'eut pas à le dire deux fois. Plus vite il se doucherait et plus vite il mangerait. Tandis qu'elle plaçait la glace dans le congélateur, Christine ne put s'empêcher de revoir le rat dans le tiroir du bas. Elle plaça le sac du repas sur le buffet où Rhiannon avait la bonne idée de ne jamais monter.

En allant allumer la télévision pour faire plaisir à Jeremy, elle vit le signal rouge de son répondeur qui clignotait. Elle appuya sur le bouton et se figea en entendant une voix profonde, râpeuse, mécanique et blanche lui dire :

— Pauvre Patricia. Regarde ce qui arrive quand on en sait trop.

CHAPITRE 14

1

Christine resta devant le répondeur sans pouvoir faire un mouvement. Elle appuya de nouveau sur le bouton et entendit une seconde fois le message, froid, mécanique, terrifiant. L'appareil précisa que l'appel avait été enregistré à quinze heures quinze. C'était après que le corps avait été découvert et transporté à l'hôpital bien qu'il fût évident pour tous qu'il s'agissait d'un cadavre.

La douche s'arrêta de couler. Jeremy allait arriver dans une minute. Devait-elle effacer le message ? Non. Michael Winter voudrait certainement l'entendre. Peut-être pourrait-il découvrir d'où il venait. Elle débrancha le répondeur afin que le signal rouge n'attirât pas l'attention de Jeremy.

— J'arrive ! cria-t-il en grimpant quatre à quatre l'escalier venant du sous-sol.

Christine savait que Rhiannon montait en même temps que lui et qu'ils luttaient pour savoir lequel des deux arriverait le premier. Elle retourna dans la cuisine, sortit la nourriture de son sac, la mit sur des assiettes qu'elle plaça dans le four à micro-onde.

— Le big mac et les frites seront chauds dans une minute, annonça-t-elle.

— Je veux du ketchup pour mes frites.

— Il arrive.

Christine fit toute une cérémonie en étalant le ketchup, en ouvrant les sachets de sel, en mettant des pailles dans les verres et des croquettes dans l'assiette de Rhiannon. Elle savait qu'elle était en train de donner le change, de retarder le moment où il lui faudrait annoncer la mort de Patricia à Jeremy. Peut-être attendrait-elle qu'il ait fini de manger ou même qu'il ait regardé un peu la télévision. Elle n'avait pas l'intention de tout dire. Elle parlerait d'un accident et ne dirait rien de la musique dans le grenier ni du foin qui recouvrait le corps.

— Tu murmures quelque chose, dit soudain Jeremy tandis qu'elle était en train de mettre des croquettes dans l'assiette de la chatte. Qu'est-ce qui ne va pas ?

— Je chante.

— On n'aurait pas dit une chanson.

— Je n'ai pas une aussi belle voix que toi.

— Ma voix n'est pas mal mais pas si belle que ça. Est-ce que je t'ai dit que j'ai décidé d'apprendre les paroles de *Smooth* de Santana ?

— Tu deviens latino ?

— Qu'est-ce que ça veut dire ?

— Dans ce cas, il s'agit d'un style de musique. J'adore cette chanson. Peut-être pourrions-nous danser la salsa ensemble.

— Qu'est-ce que c'est, la salsa ?

— Une danse. Souviens-toi, nous avons regardé un concours de salsa l'année dernière à la télé. Les filles portaient toutes des robes étincelantes et on avait l'impression qu'elles avaient des articulations doubles.

— Doubles articulations, je ne sais pas ce que ça veut dire mais elles étaient bien. Je ne suis pas un très bon danseur.

— Moi non plus mais ce serait bien d'essayer.

— Je te marcherai sur les orteils.

— Je mettrai des chaussures à bouts métalliques avec ma belle robe du soir.

Jeremy fut pris d'un rire hystérique. Pendant ce temps, Rhiannon repoussait du nez la main de Christine, impatiente de s'approcher enfin de ses croquettes.

— Je suis désolée d'être si lambine, lui dit Christine. Je sais que tu es sur le point de t'évanouir de fringale.

Elle allait vers l'évier pour s'essuyer les mains lorsque Jeremy lui dit :

— Christy, je ne crois pas que tu t'es esquinté le visage en tombant sur Rhiannon. Je sais toujours quand tu me racontes des salades.

C'était vrai. Déjà quand il était enfant, il était capable de détecter les mensonges qu'elle lui faisait. Peut-être parce qu'il la connaissait si bien ou peut-être qu'au cours des années il avait développé un radar lui permettant de savoir quand on lui cachait quelque chose parce qu'on pensait qu'il ne serait pas capable de le supporter.

Christine s'assit devant la table et dit :

— Jeremy, te souviens-tu quand je suis allée à la gym ?

— Bien sûr, c'était avant-hier.

— Eh bien, quelqu'un a essayé de me faire du mal. Il m'a frappée sur la tête avec un des poids.

Jeremy ouvrit la bouche, devint tout rouge et serra ses énormes poings.

— Qui t'a fait ça ? Je vais lui casser la gueule ! Je…

— Calme-toi, Jeremy. Il a commencé par me couvrir le visage si bien que je n'ai pas pu le voir. Mais tout va bien maintenant et l'adjoint Winter le recherche. Tu as confiance en lui, n'est-ce pas ?

Jeremy fit oui de la tête.

— Alors, laisse-le faire.

— Peut-être que je peux l'aider.

— Je ne pense pas que les policiers aient besoin de civils pour venir à leur aide. Ils sont bien entraînés. Et l'adjoint Winter a le droit de l'arrêter. Pas toi. Tu n'as pas l'autorité nécessaire.

Jeremy jeta un regard sur ses frites qui nageaient dans le ketchup.

— D'accord, je le laisse faire. Mais je ne veux pas qu'on te fasse du mal, Christy. Même pas un petit peu. Je n'ai peut-être pas l'autorité d'arrêter qui que ce soit mais, si je suis là quand on veut te faire du mal, je ne le laisserai pas faire.

— Je sais et je t'en remercie. Tu as toujours été le meilleur frère qu'une fille puisse avoir.

Il lui sourit et demanda :

— Combien de temps ton visage va-t-il rester comme ça ?

— Je ne sais pas, peut-être deux jours, peut-être plus. Est-ce donc si vilain ?

— C'est bizarre mais pas épouvantable. Tu pourrais te maquiller un peu. Patricia met souvent un fond de teint, demande-lui de t'en prêter un peu.

— Je peux m'en acheter, dit Christine vaguement. Elle prit une petite bouchée de son cheeseburger et la mâcha lentement, se demandant si elle allait pouvoir l'avaler.

Jeremy la regardait en silence et il finit par dire :

— Je pense qu'il y a quelque chose d'autre qui ne va pas. Quelque chose en plus du fait que tu as été blessée.

Christine prit une respiration profonde.

— Tu me stupéfies, Jeremy. Je ne peux donc rien te cacher.

— Tu es ma sœur depuis si longtemps, dit-il solennellement. Je ne suis pas aussi intelligent que toi mais nous avons toujours été les meilleurs amis du monde. Et je ne suis plus un gamin. Je comprends plein de choses et je me sens mieux quand les gens me disent la vérité.

Christine le regarda profondément, pensant à quel point elle s'était si souvent trompée. Elle avait toujours su que Jeremy était perspicace. Dès que quelque chose n'allait pas, il le sentait et pourtant, souvent, aussi bien elle que la famille, ils avaient essayé de le protéger de ce qui pourrait lui faire du mal. Elle n'avait jamais pensé que le fait de lui mentir risquait de créer en lui plus d'angoisse que la simple vérité.

— Jeremy, quelque chose de terrible est arrivé aujourd'hui. Patricia... est morte.

— Morte, répéta Jeremy abasourdi. Mais elle n'était pas malade. Est-ce qu'elle a eu un accident, comme papa et maman ?

— Non, elle a fait une chute et c'est probablement un accident. Il semble qu'elle soit tombée du grenier dans la grange.

Christine ajouta des détails pour l'aider à mieux absorber cette nouvelle.

— Elle s'est brisé la nuque et elle est morte sur-le-champ. Elle n'a pas eu le temps de souffrir. Elle n'a eu ni peur ni souffrance.

— Elle était dans la grange ?

Christine fit oui de la tête.

— Elle est sûrement allée voir Sultan et Fatima...

Elle se tut.

— Mais pourquoi me regardes-tu comme ça ? Pourquoi secoues-tu la tête ?

— Tu dis qu'elle est tombée du grenier mais Patricia ne montait jamais dans le grenier quand elle rendait visite à Sultan et à Fatima.

— Elle a pu le faire une fois. Peut-être a-t-elle pensé qu'ils n'avaient plus assez de foin.

Jeremy agita la tête avec violence.

— Elle ne nourrissait jamais les chevaux. Et je ne crois pas que c'est pour leur rendre visite qu'elle a traversé la prairie trempée.

— Pourquoi alors ?

Jeremy la regarda un moment avant de répondre. Il était rouge.

— Je suppose, dit-il enfin, que je ne devrais pas parler de cela. Je ne devrais même pas le savoir mais c'est dans la grange que Patricia rencontrait son amoureux.

2

Sloane Caldwell entra chez lui, jeta son imperméable sur un fauteuil et se dirigea droit vers le bar qu'il avait installé dans son salon. Il se versa un double scotch sec et se laissa tomber avec un grognement sur son divan en cuir brun.

Il s'attendait à ce que cette journée soit difficile à vivre mais elle avait été une épreuve éreintante, même pour un homme doué d'une telle énergie mentale. Au moins avait-il été capable de travailler sept heures qui allaient rapporter gros pour le plus grand bonheur d'Ames Prince. Sept heures qui avaient été pour lui sept heures infernales.

La compagnie d'assurances d'Enoch Tate se faisait tirer l'oreille pour payer le traitement qu'il avait dû subir après son accident de voiture et il lui avait fallu plaider la cause du vieil homme. Tate avait quatre-vingt-cinq ans, il était à demi sourd, il souffrait de dyspepsie, il était bourru et commençait une maladie d'Alzheimer. Sloane était toujours pris d'un frisson glacé chaque fois qu'il voyait entrer ce client difficile et il venait au moins deux fois par semaine pour voir où en était son affaire et se répandre en lamentations sur l'état du monde.

Enoch Tate commençait toujours par réclamer un thé glacé avec la quantité exacte de sucre à laquelle il était habitué. Par la suite, il lui fallait un thé toutes les demi-heures et, chaque fois, la même cérémonie se répétait jusqu'à ce que la dose de sucre soit parfaite.

Pis encore, l'avocat de la compagnie d'assurances s'était montré pointilleux, posant chaque fois la même question sous des angles différents si bien que Sloane n'avait pu utiliser la procédure « question posée et répondue » qu'il utilisait habituellement pour gagner du temps. Furieux, Tate s'était trouvé réduit à l'impuissance face à cette manœuvre légale. Chaque fois qu'il devait répondre, il élevait la voix tandis que ses explications se faisaient plus prolixes. À la fin, il vociférait et, pendant la dernière demi-heure de la session, il avait eu sans arrêt des renvois, à cause sans doute de sa fureur mais aussi de l'indigestion due au repas qu'ils avaient pris à la pause de midi. Sloane ne pouvait croire qu'un petit homme si ratatiné puisse contenir une telle quantité de gaz.

Elle était enfin terminée, cette journée que Sloane avait tant redoutée pendant ces dernières semaines. Elle avait été agitée et il se sentait épuisé mais, finalement, il s'était bien débrouillé et il attendait maintenant sa récompense : une soirée avec Monique Lawson, l'une des associées de la firme. Ils ne se voyaient pas depuis longtemps car Sloane trouvait qu'elle avait une façon de parler un peu trop franche, que ses manières et sa façon d'être auraient besoin d'être un peu plus policées mais elle était belle, intelligente et il avait le sentiment que leur relation avait de l'avenir.

Il avalait sa seconde gorgée de scotch et il se demandait quel CD il allait placer sur le lecteur lorsqu'on sonna à la porte. Il attendait Monique mais c'était encore trop tôt. Il recevait rarement bien qu'il eût décoré sa maison avec grand soin et qu'une femme de ménage vînt deux fois par semaine. Malheureusement il n'était pas souvent chez lui. Il était bien décidé à occuper un jour la place d'Ames Prince et, s'il travaillait de si longues heures au bureau, c'était pour s'en rendre digne.

Il posa son verre sur le plateau qui se trouvait sur une table basse et se dirigea vers la porte. Il y avait dehors un grand gaillard mince, avec des yeux et des cheveux noirs. Son manteau ouvert laissait voir un uniforme de policier.

— Monsieur Caldwell, dit-il d'une voix agréable et profonde, je suis le shérif adjoint Michael Winter. Je suis désolé de vous déranger si tard mais j'ai cherché en vain à vous joindre toute la journée. Je me demande si vous pouvez me consacrer quelques minutes de votre temps.

Sloane pesta intérieurement. Il était fatigué. Ses nerfs avaient été si tendus qu'il avait mal à la nuque et il attendait Monique dans une heure. Il n'avait vraiment pas envie de parler avec un policier. Mais il valait mieux s'en débarrasser plutôt que d'organiser une rencontre pour le lendemain qui serait aussi une journée très chargée.

— Je veux bien parler avec vous, adjoint Winter, mais je n'ai qu'une heure, dit Sloane en ouvrant la porte toute grande.

— Oh ! je ne vous prendrai pas tant de temps.

Avant d'entrer Michael Winter s'essuya les pieds sur le paillasson sur lequel était écrit Welcome.

— Comme je vous l'ai dit, je ne me permettrais pas de vous déranger à cette heure si j'avais pu vous trouver plus tôt.

— Je n'entreprendrai pas de vous décrire l'ennuyeuse session à laquelle j'ai participé une partie de la matinée et toute l'après-midi. Il m'arrive de détester mon boulot et c'était le cas aujourd'hui.

Sloane sourit.

— Ne vous y trompez pas, je peux me mesurer avec les meilleurs. Laissez-moi prendre votre manteau et venez dans le salon. Nous y serons mieux et je pourrai surélever mes pieds.

Sloane pendit l'imperméable au portemanteau et conduisit Michael dans le vaste salon peint de couleurs crème, brunes et vertes. Des tapis indiens imprimés couvraient le sol et il y avait un peu partout sur les murs des tableaux représentant des cerfs, des ours et des élans. Sur le manteau de la cheminée et au bout d'une table il y avait des canards sculptés. Incapable de trouver des mots plus élogieux, Winter se contenta de dire :

— Voilà une pièce confortable.

— Je l'ai décorée moi-même, dit Sloane en fronçant les sourcils. J'y ai travaillé dur et on m'a dit plusieurs fois qu'on se croirait dans un pavillon de chasse. Ce n'était pas ce que j'avais vraiment souhaité. Je suppose que j'aurais dû me faire aider par un décorateur.

— L'important, c'est que vous l'aimiez et non ce qu'en pensent les gens.

— C'est tellement vrai, répondit Sloane mais Michael sentit comme un doute dans sa voix et sut immédiatement qu'il n'était pas si insensible que cela à l'opinion des autres. J'étais en train de prendre un scotch, un double, sourit Sloane. Je l'ai bien mérité aujourd'hui. Et vous, est-ce que vous voulez un peu d'alcool ou bien est-ce que vous êtes dans l'exercice de vos fonctions ?

— J'y suis pour une demi-heure encore mais j'accepterais volontiers quelque chose de plus doux.

Sloane alla derrière le bar et sortit une bouteille de Coca du frigo. Michael en profita pour mieux voir le salon. Les murs étaient lambrissés de pin plein de nœuds. Il y avait dans un coin un bonheur-du-jour sur lequel était posé ce qui ressemblait à des trophées sportifs.

— Vous avez fait du sport à l'université ? demanda-t-il.

— J'ai joué au football d'abord dans le secondaire à La Nouvelle-Orléans, puis à l'université du Massachusetts.

— Et comment êtes-vous arrivé à Winston ?

Sloane haussa les épaules et lui tendit un grand verre de Coke glacé.

— Je n'aimais pas les hivers du Nord. J'aime la chaleur mais je ne voulais pas retourner à La Nouvelle-Orléans. Mes parents et ma jeune sœur avaient été tués dans un accident de voiture alors que je commençais mes études à l'université. Je ne voulais pas rester là-bas. Trop de souvenirs.

— Je suis désolé pour votre famille et je sais ce que cela veut dire de quitter un endroit à cause de mauvais souvenirs, dit Michael en sentant la tristesse ramper dans sa voix. Parfois, quand vous avez subi une grande perte, changer de lieu est le seul moyen pour commencer à guérir.

Sloane l'étudia avec attention. Il était sur le point de lui demander quelle grande perte il avait subie mais il se reprit et dit :

— Je vous reçois bien mal. Asseyez-vous et dites-moi la raison de votre visite. Je suppose que cela a un rapport avec Dara Prince.

— Qu'est-ce qui vous fait penser cela ? demanda Michael en s'installant dans un profond fauteuil vert. On aurait dit un gros bloc informe mais il était si bien rembourré et Michael était si fatigué qu'il eut l'impression de s'asseoir sur un nuage.

— Ce qui me fait croire qu'il s'agit de Dara ?

Sloane plongea ses yeux dans ceux de Michael tandis qu'il s'asseyait sur son divan et avalait une gorgée de scotch.

— C'est à cause de tout ce vacarme qui a été provoqué par le journal que Christine vous a remis. Je n'ai jamais vu Ames Prince dans un tel état.

— Il vous en a parlé ?

— Ma foi non. C'est une affaire de famille mais je suis passé chez lui hier. Jeremy m'a fait entrer et j'ai entendu Ames en parler à Patricia avec violence. Jeremy m'a dit à l'oreille de quoi il s'agissait. Ce pauvre garçon semblait terrifié et coupable. Ames menaçait de traîner Christine devant les tribunaux. Patricia essayait bien de le calmer mais elle n'y parvenait guère. La seule personne qui ait eu un peu d'influence sur Ames était Dara. Et aussi, d'après ce que j'ai entendu, sa première femme, Eve. J'ai entendu Ames dire que, dans son journal, Dara parlait d'un de ses petits amis. Il aurait mieux fait de dire d'un de ses amants. Il disait que ses initiales étaient S. C. et que Christine et Streak étaient persuadés qu'il s'agissait de moi. Il demandait à Patricia si elle savait quelque chose à ce sujet et, bien entendu, elle ne savait rien puisque ce n'était pas vrai.

— Est-ce que M. Prince vous a demandé si vous étiez S.C. ?

Sloane secoua la tête et dit :

— J'ai cru qu'il allait me poser la question mais la

raison était revenue dans son cerveau survolté. Il sait que je ne suis pas stupide et que faire la cour à une jeune fille de dix-neuf ans alors que je venais d'arriver aurait été extrêmement stupide.

— Vous croyez qu'il vous aurait viré ?

— Vous pouvez en être sûr et certain.

— Il était pourtant d'accord pour Reynaldo Cimino ?

— Pas du tout mais je pense qu'il ne prenait pas leur relation au sérieux. Il pensait que cela n'irait pas loin. Ames voulait pour elle un homme riche, influent, peut-être même un politicien. Il la voyait bien femme de sénateur ou de gouverneur, peut-être mieux encore, une moderne Jacky Kennedy.

— D'après ce que j'ai entendu, elle n'avait pas l'envergure de Jacky Kennedy.

— Je suis d'accord avec vous, dit Sloane en riant, mais souvent, les parents ne voient pas leurs enfants tels qu'ils sont. De toute façon, même si je suis un homme de loi et si mes parents m'ont laissé du bien, je ne suis pas riche et je n'ai pas d'aspirations politiques si bien qu'Ames ne pouvait absolument pas penser à moi. De plus, en dehors du fait que je venais de rejoindre le cabinet et qu'il aurait été de ma part très maladroit de faire des avances à sa fille, j'étais alors fiancé à Christine Ireland.

— Elle n'avait pas plus de vingt ans lorsque vous l'avez demandée en mariage ?

— Elle avait presque vingt et un ans, sourit Sloane. Vous pouvez avoir l'impression que je m'intéressais à des gamines mais vous ne connaissez pas Christine. Elle est plus mûre que son âge. Elle est belle, elle est intelligente, elle est installée dans la vie, ce que Dara n'était pas. À cette époque, elle me semblait la femme idéale pour un avocat en pleine ascension.

— Même avec un frère retardé mental ?

— Mais Jeremy est merveilleux. Pour quelqu'un handicapé comme il l'est, il a fait des choses extraordinaires sans parler du fait qu'on peut lui faire confiance. J'aurais été très heureux d'avoir un tel beau-frère.

— Alors, qu'est-il donc arrivé à vos fiançailles ?

Sloane fronça les sourcils.

— Si l'on en croit Christine, tout est de la faute de Dara. Elle a flirté avec moi, je ne sais pas pourquoi. Peut-être parce qu'elle flirtait avec tous les hommes. Peut-être aussi parce qu'elle voulait rendre Christine furieuse. Dara n'était pas du tout heureuse que son père ait recueilli Christine et Jeremy.

— Mais selon Mlle Ireland, vous n'avez rien fait pour décourager Dara.

Sloane l'examina attentivement.

— Alors, vous avez parlé de cela avec Mlle Ireland ?

— C'est elle qui a amené le sujet, dit Michael fermement, bien qu'il ne se souvînt pas vraiment si c'était vrai ou pas.

— Je vois. De toute façon, c'est une vieille histoire. Au moins pour moi (il secoua la tête en souriant). Les femmes ont des ego incroyables. Je suppose que Christine n'a pas encore pardonné à Dara de s'être ainsi attaquée à moi.

Elle m'a donné l'impression de s'en ficher complètement, pensa Michael, indigné sans savoir pourquoi. Il la connaissait à peine. Qu'est-ce que cela pouvait bien lui faire ? Il dut pourtant faire un effort pour ne pas devenir sarcastique et conserver son calme.

Sloane finit son scotch, agita les glaçons au fond de son verre et dit :

— Christine et moi, nous avons eu des problèmes mais cela ne nous empêche pas de rester bons amis.

J'ai été horrifié en apprenant qu'elle avait été attaquée au gymnase. Avez-vous des indices ?

— J'ai bien peur que non. Le shérif Teague a fait la liste des suspects habituels comme il les appelle mais aucun d'entre eux ne me semble assez intelligent pour concevoir une telle attaque.

— Intelligent ? Il ne faut pas beaucoup d'intelligence pour frapper une femme sur la tête avec un poids.

— La personne qui est venue au gymnase avait tout prévu. Elle avait un diamant pour faire un trou dans une fenêtre, une ventouse pour empêcher la vitre de tomber et de faire du bruit. Ses gestes ont été très bien coordonnés, à la fois assez adroits et assez vigoureux pour aveugler, réduire Mlle Ireland au silence et la maintenir impuissante…

Sloane sembla soudain mal à l'aise.

— Mon Dieu ! dit-il, je ne savais pas cela. Elle aurait pu être tuée.

— Oui, monsieur.

— J'aimerais étrangler le salaud qui a fait cela.

— Si nous le trouvons, je ne vous conseille pas de le faire car vous finiriez en prison vous aussi.

— Cela vaudrait presque la peine.

Michael inclina la tête.

— Vous semblez avoir encore beaucoup d'attachement pour Mlle Ireland.

— Il serait difficile de ne pas en avoir. C'est une femme bien.

— Donc vous ne lui en voulez pas d'avoir rompu vos fiançailles ?

— Je crois, adjoint, que votre inquisition n'est pas très subtile et qu'elle n'est pas nécessaire. Ce n'est pas moi qui ai attaqué Mlle Ireland.

Il sourit.

— Cependant, je ne demande pas mieux que de

parler d'elle. Quand je pense à l'époque où nous voulions nous marier, je réalise que nous avions beaucoup d'estime l'un pour l'autre mais que nous ne nous aimions pas vraiment. Elle voulait à tout prix quitter la maison des Prince mais elle n'avait pas assez confiance en elle pour s'occuper seule de Jeremy. Moi je pensais que ce mariage était une bonne affaire. Je peux vous sembler intéressé mais j'étais plus jeune alors. Un peu plus égoïste. J'espère que ces trois années ont développé ma sensibilité. De toute façon, mieux vaut pour nous deux que ce mariage n'ait pas eu lieu.

— À cause de Dara ?

— Certainement pas. Christine a utilisé Dara comme une excuse. Je le savais à l'époque mais je ne le lui ai pas dit. Je l'ai laissée prendre le contrôle de la situation et tout briser. Laisser agir la femme, cela m'a semblé plus correct.

— Et plus habile aussi puisqu'elle était la pupille de votre patron.

Sloane sourit.

— Là, vous m'avez eu. Mais si Chris n'avait pas rompu, je l'aurais fait. Je ne sentais pas ce mariage et nous n'aurions pas été heureux. Après quelques mauvaises années, cela aurait fini par un divorce et nous nous serions détestés. Et puis cela aurait fait souffrir Jeremy, je veux dire émotionnellement. Non, notre mariage n'aurait pas été une réussite.

— Et qu'y avait-il entre Dara et vous ?

Sloane commençait à s'impatienter.

— Rien, monsieur l'adjoint. Au cours des semaines qui ont précédé sa mort ou son assassinat, elle s'est montrée tout à fait fantasque. Plus encore que d'habitude. Il y avait en elle quelque chose qui n'allait pas mais je n'avais aucun moyen de savoir quoi. Je la connaissais à peine.

— Pourtant, vous venez d'admettre qu'elle flirtait avec vous.

— Oui, je vous ai dit que son attitude était étrange mais flirter avec des hommes était pour elle une seconde nature. Disons que j'ai eu un moment sa préférence. Peut-être voulait-elle simplement agacer Christine.

— Mais si j'en crois Mlle Ireland, vous ne l'avez pas découragée.

Sloane regarda sa montre et dit :

— Écoutez, j'attends quelqu'un et je ne puis plus vous accorder que quelques minutes. Mais vous devez comprendre que Dara était la fille d'Ames Prince, sa fille adolescente. Je n'étais chez Prince que depuis un an. Pensez-vous qu'il aurait été sage d'offenser une enfant qui faisait tout ce qu'elle voulait de mon patron ? Si elle s'était plainte de moi, j'aurais été viré en un clin d'œil. Je la supportais parce que je ne pouvais pas faire autrement.

Il agita les glaçons au fond de son verre.

— En fait, j'étais vraiment furieux contre Dara parce qu'elle me mettait entre le marteau et l'enclume, mettant ainsi en danger à la fois mon boulot et ma relation avec Christine. Elle se moquait bien de me mettre dans l'embarras. Cela l'amusait.

— Finalement, vous ne l'aimiez pas beaucoup.

— D'après ce que je savais d'elle, je ne l'aimais pas du tout. Elle était belle, c'est vrai, mais elle ne s'intéressait qu'à elle et ne pouvait m'attirer que des ennuis. Voilà pourquoi elle flirtait avec moi : pour m'attirer des ennuis. Mais ne vous y trompez pas, je ne la détestais pas assez pour la tuer.

— La tuer parce qu'elle flirtait avec vous, cela aurait été un peu exagéré, dit Michael avec gravité.

Sloane le fixa un moment puis éclata d'un rire si fort

qu'il sembla se répercuter sur les murs de cette grande pièce si mal décorée.

— Vous êtes un drôle de type, Winter, laissa-t-il tomber.

Michael sourit.

— Je constate que vous la croyez morte.

Sloane le regarda, surpris.

— Bien entendu, dit-il. Je sais que les flics ne considèrent pas comme une preuve suffisante le fait qu'Ames l'ait identifiée mais c'est bien elle. Même taille, mêmes cheveux et, par-dessus le marché, la présence de la bague, croyez-vous qu'il puisse y avoir le moindre doute ?

— Non, monsieur, je ne le crois pas mais je ne vous conseille pas de répéter cela à M. Prince.

— Croyez-moi, j'évite de parler de Dara à M. Prince. S'il préfère croire que ce n'est pas son corps qui a été retrouvé, qu'elle est en train de prendre du bon temps quelque part et qu'elle écrit une lettre de temps en temps, cela ne me dérange pas. Cela le rend heureux et ainsi tout est pour le mieux dans sa famille et dans la société.

Il regarda de nouveau sa montre et dit :

— Je ne voudrais pas être désagréable…

— Encore une question : savez-vous qui Dara avait surnommé le Cerveau ?

— Le Cerveau ? Je ne sais pas. Peut-être s'agissait-il de Christine. Elle a toujours été une brillante étudiante et cela ne faisait pas plaisir à Dara même si elle proclamait qu'elle n'accordait pas la moindre importance aux études.

— Il s'agissait d'un homme dont elle parlait dans son journal. Pensez-vous qu'il puisse s'agir de Streak Archer ?

Sloane Caldwell sembla médusé.

— Streak Archer ? Mon Dieu, mais ce type est un ermite !

— Et un génie.

— Peut-être. Au moins avec les ordinateurs mais c'est aussi un homme déséquilibré.

— Un beau garçon.

Sloane fronça les sourcils.

— Vous croyez ? N'étant pas attiré par les hommes, je ne peux pas savoir.

Michael fit comme s'il n'avait pas senti le sous-entendu.

— Vous devez réaliser que Streak Archer peut séduire les femmes. Le beau héros blessé. D'ailleurs Dara parle de lui dans son journal. Elle dit qu'elle a de l'affection pour lui. Beaucoup.

— Eh bien !

Sloane semblait à la fois étonné et amusé.

— Je ne peux croire que Dara et Streak Archer aient été des amis. C'est une vraie surprise.

— Elle dit qu'elle avait une aventure avec le Cerveau.

— Sincèrement, je ne pense pas que ça puisse être Archer. À ma connaissance il ne s'est jamais intéressé aux femmes. Aux hommes non plus d'ailleurs… Je ne sais pas… C'est étrange. Croyez-vous qu'une femme puisse vouloir d'un homme qui fait une crise de nerfs chaque fois qu'il se trouve en public ?

— Est-il donc ainsi ?

— D'après ce que j'ai entendu, oui. Je suis désolé pour lui mais allons donc… Streak avoir une histoire d'amour ? Et avec Dara ?

— Je reconnais que c'est aller un peu loin de penser que le Cerveau puisse être Streak Archer, dit Michael aimablement.

— Je dirais… — Sloane regarda sa montre pour la troisième fois — que je ne peux vous être d'aucun secours. Je connaissais très peu Dara et, franchement, je ne me soucie guère de ses histoires d'amour. Je préfère m'intéresser aux miennes et j'ai une dame qui va arriver ici dans une demi-heure. Nous devons dîner avec Travis Burke et sa femme Bethany. J'ai tout juste le temps de prendre une douche.

— Vous êtes ami avec les Burke ?

— Avec Travis mais je ne connais pas très bien sa femme.

Le sourire de Sloane était tendu.

— Je ne peux vraiment rien vous dire d'autre sur Dara et je dois me préparer.

Michael se leva.

— Je suis désolé d'avoir pris tant de votre temps, monsieur Caldwell. Je suis comme un chien qui cherche un os. Je tente d'identifier tous les surnoms qui se trouvent dans le journal de Dara et il y a de quoi me rendre fou.

— Mais ce peut être aussi fascinant, marmonna Sloane d'un ton qui voulait dire que ce serait fascinant si on n'avait pas mille autres choses à faire. Excusez-moi de vous presser, Winter, mais comme je vous ai dit…

— Oui, vous attendez une femme, je comprends.

Soudain et sans aucune raison, Michael se sentit furieux de la fausse cordialité de cet homme, de sa manière d'affirmer qu'il n'avait pas vraiment aimé Christine Ireland, de la suffisance qu'il manifestait en disant que celle-ci continuait à broyer du noir en pensant à la façon d'agir de Dara à son égard. Ce type a un gros ego. Et alors ? En vérité, Michael décida qu'il n'aimait pas Sloane Caldwell. Mais alors pas du tout. Méchamment, il s'attarda et dit :

— Je suis moi-même divorcé. Mon ex-femme, Lisa, vit à Los Angeles.

— Vraiment ?

Sloane commença à pousser Michael vers la porte.

— S'est-elle remariée ?

— Non. Elle est actrice. En ce moment, elle fait des publicités pour une compagnie qui fabrique des adoucisseurs pour le linge. Vous l'avez peut-être vue à la télé. Elle a de grands yeux verts et de magnifiques cheveux châtains avec des reflets cuivrés qui lui descendent jusqu'au bas du dos. Ils la font courir dans une prairie en brandissant leur produit adoucissant.

— Des cheveux châtains courant dans une prairie… Hum, cela doit être merveilleux. J'y penserai mais je ne regarde pas souvent la télévision.

Sloane bouscula presque Michael en essayant de le pousser jusqu'à la porte. Michael entendit une portière claquer. La dame arrivait plus tôt que prévu et Sloane ne souhaitait pas qu'un policier gâche la soirée par des considérations sur les amants d'une fille morte. Cela jetterait certainement un froid, pensa Michael avec un léger sourire. Caldwell l'aurait volontiers envoyé au diable. Et sans attendre.

Trop tard. On sonnait à la porte. Sloane ouvrit et Michael passa devant lui et se trouva nez à nez avec une femme souriante, vêtue d'un très beau manteau en cachemire.

— Je suis en avance mais j'ai vu une voiture de police, dit-elle légèrement. J'ai pensé que vous aviez peut-être besoin d'un avocat.

— Je ne crois pas que les choses soient si désastreuses.

Il la fit entrer et fit les présentations :

— Monique Lawson et le shérif adjoint Winter… Je suis désolé, je ne me souviens pas de votre prénom.

— Michael, dit-il.

Il eut soudain l'impression qu'il allait avaler sa

langue tant Mlle Lawson ressemblait à son ex-femme. Elle aurait pu être sa sœur aînée. Il parvint à demander :

— Comment allez-vous, mademoiselle Lawson ?

— Je préfère madame.

Elle lui tendit la main, une main qui était étonnamment grande et forte. Son regard était direct au point d'être désagréablement inquisiteur.

— Michael Winter, demanda-t-elle. C'est vous qui êtes venu habiter la maison de vos grands-parents ?

— Oui, mon grand-père me l'a léguée à sa mort, l'année dernière.

— Et vous avez décidé de quitter Los Angeles pour Winston. Pourquoi ?

Sloane semblait mal à l'aise.

— Monique, dit-il, je crois vraiment que cela ne nous regarde pas.

— Je suis curieuse, c'est tout.

— Je voulais changer de décor, dit Michael, laconique.

L'indiscrétion de cette femme lui avait immédiatement déplu.

Elle lui lança un regard pénétrant.

— J'espère, dit-elle, qu'il n'y a pas de problème ici.

— Non, pas du tout. Je voulais juste poser quelques questions à M. Caldwell.

— Vous avez terminé ?

— Oui.

— Bien, dit Monique d'un ton décidé. Nous avons rendez-vous avec des amis au restaurant Tudor. Est-ce que vous y êtes déjà allé, adjoint Winter ?

— Non.

— Vous devriez. C'est un des meilleurs restaurants de tout l'État.

Sloane lui lança un regard entendu.

— J'espère, lui dit-il, que j'ai pu vous aider, adjoint

Winter, mais il se fait tard. J'ai été très heureux de vous rencontrer. Bonsoir.

Son ton signifiait va te faire voir. Michael se hérissa d'être ainsi congédié. Il ne put s'empêcher d'ajouter :

— Oh ! monsieur Caldwell, je voulais encore vous dire quelque chose.

— De quoi s'agit-il ?

— Patricia Prince a été trouvée morte cette après-midi. Nous pensons qu'elle a été assassinée.

3

Pendant cinq secondes, Christine resta la bouche ouverte en fixant son frère. Elle parvint enfin à demander :

— Tu dis que Patricia voyait un amoureux dans la grange ?

— Oui, je ne devrais sans doute pas le dire mais je suppose que, maintenant, cela n'a plus d'importance. Mais toi, ne le dis à personne.

Christine s'enfonça dans son fauteuil.

— Et qu'est-ce qui te fait croire, demanda-t-elle, que Patricia voyait un amoureux dans la grange ?

— Une après-midi, je suis arrivé à la maison plus tôt que d'habitude. Tu te souviens, c'est le jour où j'avais mal à l'estomac. J'ai vu Patricia se diriger vers la grange. J'ai pensé qu'elle allait monter Sultan et je suis resté devant la fenêtre pour la voir passer mais elle n'est pas passée. Un bon moment après, un mec est sorti de la grange. Je ne pouvais pas vraiment voir son visage. On aurait dit qu'il se cachait. Il est sorti et s'est mis à marcher vers la rivière sans jamais regarder derrière lui. Un petit peu après, Patricia est sortie à son tour. En arrivant à la maison, elle m'a dit qu'elle était allée là-bas pour voir les chevaux mais elle était nerveuse, elle bégayait et elle avait l'air coupable.

— Mais cela ne veut pas dire que l'homme était son amoureux.

— Ses cheveux étaient défaits, son maquillage était brouillé et son corsage était mal boutonné.

— Et tu ne peux réellement pas dire à quoi ressemblait l'homme qui est sorti ?

— Non. Il avait une veste avec une capuche car il commençait à pleuvoir. De toute façon, un autre jour, un dimanche, Ames s'est absenté. Je devais aller avec lui mais, au dernier moment, je n'en ai plus eu envie. Patricia n'était pas dans la maison et je suis allé voir les chevaux. En arrivant, j'ai entendu de la musique qui venait du grenier. Et j'ai entendu de drôles de bruits.

Il rougit violemment.

— Des gémissements, des choses comme ça. Et j'ai entendu Patricia dire : je t'aime. Et puis une voix d'homme, une voix que j'avais déjà entendue mais que je ne parvenais pas à reconnaître parce que la musique était très forte. Je suppose que j'aurais dû leur crier que j'étais là mais j'étais trop embarrassé et je savais que Patricia m'en voudrait terriblement. Je suis reparti sans faire de bruit.

— Il y a combien de temps ?

Il se concentra en fronçant sauvagement les sourcils.

— Autour de la Saint-Valentin. Je m'en souviens parce que la petite sœur de Danny Torrance m'a envoyé une carte à cette occasion. Elle n'a que neuf ans mais elle dit qu'elle veut m'épouser. Elle est tellement drôle. C'est pour cela que je m'en souviens.

— Donc il y a presque deux mois.

— Je crois.

— Jeremy, es-tu tout à fait sûr que tu ne sais pas

quel était l'homme qui était dans la grange avec Patricia ?

— Je ne sais pas. Ouais peut-être mais je ne peux pas lui donner un nom. Tu sais, des fois on croit savoir quelque chose mais ça ne vient pas même si on fait des efforts.

— Oui, je sais ce que tu veux dire.

— Mais puisqu'elle rencontrait son amoureux dans la grange et qu'elle est morte dans la grange, il est sûrement important que je puisse arriver à faire revenir cet homme à ma mémoire.

Il se frotta le front de ses deux mains. Quand il était bouleversé, il attrapait mal à la tête et Christine savait que c'était en train d'arriver. Elle évita donc de le questionner plus longuement.

— Moi, dit-elle, quand je veux me souvenir de quelque chose, j'essaie de ne pas y penser et, souvent, ça revient au moment où je ne m'y attends pas.

— Vraiment ? Tu penses que je devrais essayer ?

— J'en suis sûre. Arrête de penser à Patricia.

— Je vais essayer.

Il soupira et reprit :

— Mais, Christy, je pense que Patricia savait que je savais et qu'elle voulait que je garde son secret parce qu'elle est devenue beaucoup plus gentille avec moi par la suite. Elle a même chanté avec moi dans ma machine à karaoké. Je le lui avais souvent demandé et, jusqu'ici, elle avait toujours dit non.

— Elle a chanté avec toi ?

— Ouais. Elle a essayé de chanter à la manière de Jewel. Elle était mauvaise mais je lui ai dit qu'elle était bonne.

— Moi aussi, tu me dis toujours que je suis bonne.

— Oui mais tu n'es pas aussi mauvaise que Patricia.

— Merci, gentil seigneur.

— Hé ! Je ne voulais pas te faire de peine. Ce n'est pas que tu ne sois pas bonne…

— Cela n'a pas d'importance, Jeremy. Je ne chante pas bien, je le sais. Beaucoup moins bien que Dara.

— Dara était excellente. J'ai même fait des cassettes avec elle.

— Des cassettes ? dit Christine en sentant un frisson lui parcourir le dos. Tu as fait des cassettes de Dara en train de chanter ?

— Bien sûr.

Jeremy sembla soudain inquiet.

— Il n'y a rien de mal à cela, j'espère ?

— Bien sûr que non.

— Elle aimait plus que tout chanter *Rhiannon*. Et d'autres chansons comme *These Dreams* et *Walking after Midnight*. Je ne sais plus de qui elles sont.

— Du groupe Hearty et Pasty Cline. Mais j'aimerais te parler d'une chanson en particulier.

— Laquelle ?

— Je ne sais pas. Je ne l'avais jamais entendue mais je connais certains mots.

Christine courut jusqu'à son bureau où elle avait mis le morceau de papier sur lequel elle avait écrit les mots qu'on lui avait chantés au téléphone la nuit où elle était à l'hôpital.

— Je vais te lire les mots et tu vas me dire si tu les reconnais.

Jeremy lui lança l'étrange regard qui signifiait qu'il avait peur d'avoir des ennuis mais il était très attentif.

— Je ne me souviens pas de la mélodie. Juste des mots.

— Tu l'as déjà dit. Tu me fiches la trouille.

Christine lut lentement :

Partout où je vais, des yeux noirs me regardent.
J'aimerais qu'ils soient des yeux d'amour,

Mais je sais qu'ils me veulent du mal.
Je voudrais une vie longue et pleine
Mais malheureusement je suis certaine que
Bien avant l'heure, la mort m'attend.

— Alors, dit Christine, est-ce que tu les reconnais ?

Jeremy pâlit et ses yeux s'agrandirent.

— Je crois que c'est la dernière chanson que Dara a chantée sur ma machine à karaoké. C'est elle qui l'a écrite. Elle est si triste, pas du tout comme ses autres chansons.

— Tu l'as enregistrée ?

— Oui. Je ne voulais pas parce que je la trouvais trop triste mais elle m'a obligé. Deux fois.

— Tu veux dire qu'elle n'a pas aimé la première version et qu'elle t'en a fait enregistrer une seconde sur la même cassette ?

— Non.

Jeremy semblait de plus en plus terrifié.

— Elle m'a demandé de faire deux cassettes. J'en ai gardé une et elle a emporté l'autre.

Il plissa le front.

— Est-ce que je vais avoir des ennuis ? Je ne voulais pas faire de mal.

Christine lui prit la main en souriant.

— Non, chéri. Tu n'as rien fait de mal. Je suis juste un peu nerveuse parce que c'est important. Que sont devenues ces cassettes ?

Jeremy avait l'air consterné.

— Je ne m'en souviens pas. Il y a si longtemps. Et Dara a disparu juste après avoir chanté cette chanson. Alors, tout a été de travers et les jours qui ont suivi n'ont plus été que des cauchemars.

— Mais les cassettes que tu fais, tu les gardes quelque part.

— Ouais, ouais mais je te l'ai dit, Dara en a pris une.

— Jeremy, je veux que tu trouves l'autre cassette.

Il éleva la voix :

— Pourquoi ? Je ne comprends pas pourquoi tu t'intéresses tellement à cette chanson.

— Je m'y intéresse, c'est tout mais, comprends-moi, pas parce que tu as fait quelque chose de mal. Juste parce que je veux entendre cette cassette encore une fois.

— Encore une fois ? Mais quand l'as-tu entendue ? Dara ne te laissait jamais écouter sa musique. Elle ne la jouait pas pour toi.

Christine regarda son frère. Il semblait si angoissé. Elle n'aurait pas voulu lui dire la vérité mais, elle le savait, quand elle lui mentait, il le devinait toujours. Au point où ils en étaient arrivés, un mensonge lui ferait plus de mal que la vérité.

— Quelqu'un m'a appelée en plein milieu de la nuit. Sans dire un mot, il s'est contenté de passer cette cassette chantée par Dara, puis il a raccroché.

La bouche de Jeremy s'affaissa.

— C'est vraiment vrai ? demanda-t-il. Ou bien est-ce que tu as rêvé ?

— Comment aurais-je pu rêver d'une chanson que je n'avais jamais entendue ?

— Mince alors ! s'écria Jeremy terrifié. On dirait que Dara est venue chanter pour toi dans la nuit. Christy, cela me donne la chair de poule.

— Je te comprends et c'est pourquoi j'ai besoin de savoir qui est en possession de cette cassette et qui me l'a passée pour me faire peur. Je veux que tu recherches cette cassette.

Il semblait de plus en plus malheureux.

— Je l'ai déjà cherchée, dit-il, après qu'ils ont découvert le corps et qu'Ames a confirmé qu'il s'agissait de Dara. Je voulais l'entendre chanter à nouveau.

— Et ?

— Et toutes les cassettes que je possédais d'elle ont disparu. Honnêtement, Christy, ce n'est pas moi qui les ai perdues. Je fais toujours très attention à mes cassettes mais elles ne sont plus là. Peut-être Dara les a-t-elle prises avant de s'en aller… mais je dis ça et, au fond, je suis persuadé qu'elle n'est pas partie d'elle-même. Alors, c'est que quelqu'un d'autre les a prises. Elles n'étaient pas cachées, Patricia les a plusieurs fois écoutées sur la machine à karaoké. Ames aussi et peut-être d'autres. Je ne me souviens pas de la dernière fois que je les ai vues. Je suis désolé, Christy.

Il semblait absolument sincère et mentir n'était pas son genre. Mais il pouvait oublier. Il avait fait ces cassettes il y avait trois ans et, même s'il y tenait beaucoup, il était tout à fait capable d'oublier où il les avait mises. Elle préférait penser cela car c'était moins terrifiant. Jeremy la regardait avec comme un soupçon dans le regard et elle se hâta de dire :

— Ne t'inquiète pas, Jeremy, ces cassettes n'ont pas tellement d'importance.

Il se tordit les doigts et son trouble se lisait dans ses beaux yeux bleus.

— Hey ! Christy, s'écria-t-il.

— Oui ?

— Je pense qu'au contraire cette cassette est très importante. La personne qui te l'a passée au téléphone peut très bien l'avoir prise sur Dara après l'avoir tuée.

— C'est possible, dit-elle à contrecœur.

— Mais pourquoi te la faire écouter au téléphone au milieu de la nuit ?

— Peut-être pour me faire une blague.

— Quelle drôle de blague ! Ce n'est pas du tout rigolo.

Jeremy se tut un moment puis reprit :

— Peut-être le type a-t-il voulu te faire peur mais pourquoi voudrait-on te faire peur ?

Pour m'empêcher de me poser des questions sur la mort de Dara, pensa Christine. Pour que j'arrête de rechercher le meurtrier et que la plus grande partie de cette ville continue à penser, mon cher petit frère, que c'est toi qui as tué Dara.

CHAPITRE 15

1

Christine eut le sentiment qu'elle luttait pour remonter à la surface de l'eau. La pression. Le froid. L'obscurité. Puis son univers se fit de plus en plus léger jusqu'au moment où elle ouvrit les yeux et s'aperçut qu'elle était dans son lit et qu'il faisait jour. Il était neuf heures et demie et il y avait des mois qu'elle ne s'était pas réveillée si tard.

Elle resta étendue pendant quelques minutes, regardant le plafond. Elle pensait à Patricia. Hier à cette même heure, elle était vivante et sans doute très excitée à l'idée de sa rencontre avec l'homme qu'elle aimait. Maintenant, elle reposait, froide et raide, à la morgue. Christine se souvint du message qu'elle avait trouvé sur son répondeur, de cette voix sans expression qui disait : « Pauvre Patricia. Regarde ce qui arrive quand on en sait trop. »

Qu'est-ce donc que Patricia avait découvert ? Peut-être qui avait tué Dara ? Exactement ce qu'elle essayait de découvrir elle-même et, si elle y arrivait, connaîtrait-elle le même sort que Patricia ?

Enfin le son de la télévision pénétra jusqu'à sa conscience et elle se souvint que Jeremy avait passé la nuit dans la maison. Elle lui avait dit la veille qu'à son avis, le temps était venu pour lui de s'installer chez elle. Il avait vaguement objecté que, peut-être, Ames aurait besoin de lui maintenant que Patricia n'était plus là mais Christine était certaine qu'il préférait habiter avec elle plutôt que de vivre avec un Ames encore plus sinistre dans sa grande et sombre maison.

En descendant, elle trouva Jeremy affalé sur le sol devant la télévision. Rhiannon était assise sur son dos et passait délicatement sa patte dans ses cheveux blonds.

— Qu'est-ce que tu regardes ? demanda-t-elle.

— Les nouvelles.

— Depuis quand regardes-tu les nouvelles le matin au lieu de dessins animés ?

— Depuis l'inondation. La météo dit que la crue a atteint son point maximum la nuit dernière. Maintenant, elle ne peut plus que descendre. Nous n'aurons plus besoin d'empiler des sacs de sable.

— Alléluia !

— Peut-être pourrions-nous ouvrir le magasin maintenant ?

— Pas avant les funérailles de Patricia. Cela ne serait pas convenable.

Jeremy parut soudain anxieux et Christine se demanda si c'était à cause de Patricia ou parce que le magasin devait rester fermé encore quelques jours. Il demanda :

— Est-ce que nous avons perdu beaucoup d'argent au magasin ? Est-ce que nous ne risquons pas de nous retrouver à l'hospice ?

— Crois-moi, il faudrait beaucoup plus que quelques jours de fermeture pour acculer à la faillite la bijouterie Prince.

Jeremy fronça les sourcils comme s'il ne comprenait pas et Christine reprit :

— Qui t'a mis cette idée d'hospice dans la tête ?

— C'est Wilma. Elle est toujours en train de dire au frère de Streak : « Arrête de dépenser tout ton argent. L'hospice est au coin de la rue, monsieur le gros bonnet. » Il est furieux quand elle lui dit cela. De toute façon, je suis content que la bijouterie n'ait pas perdu trop d'argent car je ne veux pas perdre mon boulot. J'aime mon boulot.

Il sourit.

— J'ai fait du café ! proclama-t-il.

— Je sais.

L'odeur du café lui brûlait les narines, alors qu'elle pénétrait dans la cuisine. Une seule tasse préparée par Jeremy pouvait vous donner des palpitations pendant plus de deux heures. Ne voulant pas le vexer en vidant la cafetière pour en faire une nouvelle, elle la remplit à moitié de lait, comme pour faire un espresso mais le goût n'était pas celui d'un espresso. Elle frissonna en s'obligeant à boire une seconde gorgée. Au moins ce mélange eut-il le mérite de la réveiller tout à fait.

En entrant dans la cuisine, Jeremy dit :

— Peut-être devrais-je dire à Ames que je vais venir vivre avec toi dès maintenant ?

— C'est à moi de le faire, répondit aussitôt Christine.

Elle ne voulait pas que l'amertume d'Ames puisse atteindre Jeremy. Elle craignait aussi, même s'il y avait peu de chances, qu'Ames demande à Jeremy de rester chez lui pour ne pas être seul ou pour la blesser. Deux jours plus tôt, elle n'aurait pas cru Ames capable d'une aussi mesquine cruauté mais, maintenant, elle s'attendait à tout de sa part.

— Si c'est toi qui le lui demandes, ajouta-t-elle, il

pourrait croire que tu n'es pas heureux de vivre avec lui.

— Mais c'est vrai que je ne suis pas heureux de vivre avec lui, dit Jeremy avec douceur.

— Je sais mais je ne veux pas lui faire de peine. Je lui ferai croire que c'est mon idée et j'insisterai pour que tu viennes dès maintenant. Après tout, tu es mon frère et j'ai installé une chambre pour Rhiannon et toi. Il sait à quel point tu aimes Rhiannon.

— Tout ça est très bien, et c'est vrai.

— Oui, je n'aurai pas à mentir. Je ne sais pas ce qui va se passer aujourd'hui à la maison à cause de la mort de Patricia mais je crois tout de même que c'est à moi de lui parler de ton départ et pas plus tard que cette après-midi. Tu peux rester ici un moment avec Rhi.

— Christy, je préfère aller au magasin.

— Mais il est fermé aujourd'hui.

— Je sais mais j'ai un travail à faire.

— Jeremy, tu recommences comme l'autre matin. Tu travailles sur quelque chose de secret, n'est-ce pas ?

Il détourna le regard.

— OK, dit-il, c'est un secret mais ce n'est rien de mal.

— Je ne pensais pas que c'était mal.

— C'est quelque chose de spécial que je veux faire moi-même, sans l'aide de Rey. Alors, est-ce que tu veux bien me laisser aller seul, comme l'autre jour ? Je te promets que je ne perdrai pas la clé. Je veillerai sur elle comme sur ma propre vie.

— D'accord. Prends ton petit déjeuner, habille-toi et je te laisse au magasin en allant chez Ames.

Elle essaya de prendre un air malheureux et s'exclama :

— Mon Dieu, nous avons bu tout le café. Je vais en faire d'autre.

— Je sais que tu en as jeté la moitié dans l'évier mais je ne t'en veux pas. Il était vraiment trop fort.

— Alors, tu vas avoir du café frais et des pancakes.

Une heure plus tard, après que Jeremy eut avalé plus de pancakes qu'un type normal, pensait-elle, était capable d'en avaler, ils montèrent dans la voiture de location.

— Regarde le ciel ! s'exclama Jeremy.

Christine avait tellement l'habitude de voir le ciel gris qu'elle ne s'était pas donné la peine de le regarder ce matin. Un premier regard à travers le pare-brise lui montra qu'il était d'un bleu tendre rayé de rouge et de jaune. Peut-être était-ce un bon présage, pensa-t-elle. Peut-être était-ce le choc de ce qu'il venait de vivre qui avait amené Ames à être aussi agressif. Peut-être s'était-il calmé pendant la nuit, peut-être avait-il réalisé ce que son attitude avait de brutal et d'injuste, peut-être avait-il enfin compris qu'elle n'avait rien à voir avec la mort de Patricia.

Cet espoir fut vite déçu. Après avoir laissé Jeremy au magasin en lui recommandant de ne pas perdre la clé, elle était allée chez Ames. La voiture de Wilma Archer se trouvait devant la porte et cela la rassura. Si Ames était toujours dans les mêmes dispositions, Wilma saurait jouer les arbitres. Personne n'était plus capable qu'elle de l'apaiser.

Elle sonna. Wilma ouvrit la porte et la serra dans ses bras.

— Ah ! chérie, dit-elle, je suis si heureuse que vous veniez. Il ne pouvait rien arriver de pire. Patricia semblait bâtie pour vivre cent ans. Je ne peux pas croire qu'elle soit partie. Certains prétendent qu'il ne s'agit pas d'un accident. Je me demande comment ce pauvre Ames peut supporter cela.

Pendant qu'elle parlait, Wilma lui tapait le dos avec une telle force que Christine était certaine qu'elle aurait un bleu le lendemain. Elle recula et regarda Wilma. Ses yeux étaient secs et pas du tout gonflés. Même elle, elle n'était pas parvenue à trouver des larmes pour Patricia, et pourtant, Christine le savait, elle regrettait amèrement la mort de la seconde femme d'Ames. Une seconde femme, une seconde mort. Et cela trois ans seulement après la disparition ou plutôt le meurtre de sa fille unique. Wilma avait raison : c'était trop pour un seul homme.

Avant qu'elle ait pu dire quelque chose, Ames était sorti de son bureau. Il s'arrêta net et lança à Christine un regard venimeux.

— Ames, lui dit-elle avec gentillesse en laissant Wilma pour s'avancer vers lui, je voulais te dire à quel point je suis désolée…

Il la repoussa à bout de bras, la paume en l'air comme pour lui dire « Stop ! ».

— Ne t'approche pas davantage, lui dit-il, et ne m'impose pas ta fausse sympathie pour Patricia. Tu as récompensé par la trahison ma gentillesse envers toi et ton frère. Je ne pardonne jamais ce genre de chose. Jamais. Tu n'es plus la bienvenue dans cette maison. Ni au magasin. Je ne veux plus jamais te voir.

— Ames ! s'écria Wilma, le souffle coupé. Tu ne sais pas ce que tu dis. Il s'agit de Christine.

— Je sais exactement ce que je dis et à qui. Sors de ma maison, Christine. Maintenant.

Il se détourna, entra dans son bureau et claqua la porte.

2

Michael Winter s'avança jusqu'à la porte d'entrée de la maison Prince et sonna. Une petite femme bien en chair et agitée lui ouvrit. En voyant l'uniforme, ses yeux s'ouvrirent tout grands et elle murmura en gémissant presque :

— Mon Dieu ! Qu'y a-t-il encore ?

C'est vraiment triste, pensa Michael, d'être accueilli la moitié du temps de cette façon. Il est vrai que les gens n'ont guère de raisons de se réjouir en voyant un flic sonner à leur porte.

— Je suis l'adjoint Michael Winter, dit-il, et je voudrais parler à M. Prince.

— Il est trop bouleversé. Revenez plus tard.

Elle commença à pousser la porte mais Michael s'avança résolument. Il se souvenait d'avoir vu cette femme à la bijouterie.

— Vous êtes madame Archer, n'est-ce pas ?

Elle approuva.

— Madame, je sais que M. Prince est bouleversé et je suis désolé de le déranger en un tel moment mais j'ai quelques questions à lui poser.

Il lui lança son sourire mi-engageant mi-pathétique.

— Si je ne lui pose pas les questions maintenant, le shérif me renverra jusqu'à ce que j'aie obtenu les réponses. Ou peut-être viendra-t-il lui-même.

Winter avait entendu dire qu'Ames ne pouvait souffrir le shérif Teague. Il ajouta :

— Je ne voudrais pas importuner M. Prince en un tel moment. Alors, s'il vous plaît, demandez-lui de me recevoir quelques minutes. Je vous promets de le libérer aussitôt que possible.

Elle hésita, ferma les yeux, secoua la tête et finit par dire :

— Oh ! D'accord. Je suppose qu'il n'y a rien d'autre à faire. Entrez, je vous prie.

— Merci, madame. Soyez sûre que j'apprécie.

En pénétrant dans l'entrée, Michael aperçut Christine Ireland. Elle se tenait debout, comme si elle essayait de contrôler un tremblement et elle était pâle comme une feuille de papier.

— Bonjour, mademoiselle Ireland, lui dit-il.

— Monsieur l'adjoint, lui répondit-elle d'une voix tremblante, j'étais sur le point de partir mais, si vous le voulez bien, je dois absolument vous parler aujourd'hui.

— Bien sûr que je le veux.

Wilma demanda :

— Est-ce que cela a quelque chose à voir avec la mort de Patricia ?

— Je pense que Mlle Ireland préfère ne pas entrer dans les détails maintenant, intervint Michael, bien qu'il se sentît pris d'une dévorante curiosité.

Christine semblait mal en point et il était à peu près certain qu'elle ne souhaitait pas parler dans cette maison.

— Je passerai chez vous dans l'après-midi, dit-il. D'accord ?

— D'accord. Je vous appelle bientôt, dit-elle à Wilma Archer.

— Chérie, vous ne devriez pas vous en aller comme cela. Ames est juste un peu énervé, il sera bien vite calmé et vous êtes trop bouleversée pour conduire. Prenez au moins une tasse de thé à la cuisine avant de partir.

— Il me faut plus qu'une tasse de thé pour me calmer. De plus, le maître de la maison m'a demandé de partir. Ne vous en faites pas, tout va bien aller.

Elle regarda Michael et lui dit :

— À tout à l'heure, adjoint Winter.

— Entendu, dit-il en portant la main à son chapeau.

Elle partit en toute hâte et il dit à Wilma :

— On dirait que quelque chose ne tourne pas rond.

— C'est Ames qui ne va pas. Il est…

Elle cafouilla un peu et finit par dire :

— Il se conduit vraiment comme un âne.

Michael fut sur le point d'éclater de rire tant cette remarque était inattendue et elle reprit :

— Je suis désolée pour lui et en même temps j'ai envie de le gifler. C'est un homme difficile. Tout comme mes fils. Robert, celui que tout le monde appelle Streak, n'est certes pas facile mais il a connu des temps si difficiles, la guerre et tout. Quant à son frère, il se prend pour Rockefeller. Au moins le croirait-on en le voyant jeter son argent par les fenêtres. Mais ne faites pas attention, je bavarde, je bavarde, c'est toujours comme ça quand je suis énervée.

— Je crois que nous sommes tous un peu comme ça.

— Vous êtes un homme bien élevé. Je ne peux pas en dire autant d'une certaine personne qui habite dans cette maison.

Elle contempla la porte fermée.

— Je vais dire à Ames que vous êtes ici mais n'attendez de lui aucune cordialité.

— Je n'attends rien, madame. Je lui serai juste reconnaissant de me recevoir.

— Oh ! il vous recevra, dit Wilma avec détermination, ou il aura affaire à moi. Chagrin ou pas chagrin, cela fait assez d'absurdités pour aujourd'hui.

Tandis que Michael attendait, Wilma entra et ferma la porte derrière elle. Quelques instants plus tard, il entendit des voix qui s'échauffaient. Prince faisait de la résistance. S'il refusait de le voir, il lui faudrait revenir et cela ne lui souriait pas. Ou peut-être valait-il mieux le convoquer au commissariat. Ce type devait comprendre qu'il ne s'en sortirait pas si facilement mais il pouvait donner du fil à retordre.

Michael était encore en train de se demander ce

qu'il allait faire lorsque Wilma sortit. Elle lui dit sèchement :

— M. Prince va vous recevoir.

Elle était rouge et ses yeux lançaient des éclairs. Michael étouffa un sourire, comprenant qu'Ames Prince avait été sévèrement remis à sa place par cette femme de tête.

Prince était assis derrière un bureau massif. Il était aussi raide qu'une statue. Son visage décharné était livide, ses yeux injectés de sang et il serrait ses mains l'une contre l'autre, sans doute pour les empêcher de trembler. Il lança à Michael un regard de défi.

— Bonjour, monsieur Prince, lui dit celui-ci calmement. Vous êtes parti sans prévenir hier alors que, vous le saviez, nous avions des questions à vous poser.

— Pourquoi ? Je n'étais pas là quand ma femme est morte.

— Ne jouons pas au plus malin, dit Michael en s'asseyant sans y avoir été invité dans un fauteuil de cuir juste en face d'Ames. Je n'ai pas besoin de vous dire que la police a des questions à vous poser.

— J'étais bouleversé, c'est naturel, et je suis allé faire un tour en voiture.

— Je vois, dit Michael en sortant son calepin de sa poche. Où étiez-vous lorsque votre femme est morte ?

— Je ne connais pas l'heure précise de sa mort.

Michael lui lança un regard sévère.

— Je vous ai déjà demandé de ne pas jouer au plus malin. Vous êtes avocat et vous savez que ce n'est pas dans votre intérêt. Selon l'hôtesse d'accueil, vous êtes passé à votre bureau vers dix heures du matin, vous avez regardé votre courrier et vous êtes reparti un quart d'heure plus tard pour ne plus revenir. Vous étiez ici un peu avant deux heures de l'après-midi. Qu'avez-vous fait entre les deux ?

Ames le regarda quelques instants d'un air menaçant, puis soupira :

— Qu'est-ce que cela peut bien vous faire ? J'ai rendu visite à ma belle-mère.

Michael le regarda sévèrement et dit :

— Mais la mère de Patricia vit en Floride.

— Je veux parler de la mère d'Eve, ma première femme. Elle habite Charleston. J'ai pensé qu'elle serait bouleversée en apprenant qu'un corps avait été tiré de la rivière et qu'elle en conclurait qu'il s'agit du corps de Dara. J'ai voulu la calmer, la rassurer, lui expliquer que j'ai toutes les raisons de croire que Dara est encore vivante.

— Mais, monsieur, ce corps a été trouvé il y a déjà plusieurs jours. Pourquoi avez-vous attendu si longtemps pour rendre visite à la grand-mère de Dara ?

— Franchement, je n'y ai pas pensé plus tôt. De plus, cette femme est infirme, elle ne regarde pas beaucoup la télévision et ne lit pas les journaux. Mais bien sûr elle aurait fini par apprendre la mauvaise nouvelle un jour ou l'autre par une de ses amies ou par la femme qui vit avec elle et prend soin d'elle. C'est pourquoi j'ai décidé d'aller la voir.

— Vous auriez pu lui téléphoner.

— J'ai pensé qu'une visite serait plus appropriée. Après tout, elle est la grand-mère de Dara et non une relation éloignée.

— Je vois.

Michael consulta le calepin qu'il sortait toujours de sa poche, qu'il ait ou non l'intention de prendre des notes.

— Il faut une heure pour aller à Charleston, dit-il, et une heure pour revenir. Cela fait deux heures.

Vous n'êtes donc resté qu'une heure avec votre belle-mère ?

— Oui, elle est très malade et se fatigue facilement. Je n'ai pas voulu abuser de ses forces.

— Je voudrais son nom et son adresse.

— Je n'ai pas l'intention de vous laisser l'importuner.

— Et moi je n'ai pas l'intention de l'importuner. Je dois seulement, vous devez le comprendre, m'assurer que vous lui avez bien rendu visite. Cela ne prendra pas plus de cinq minutes.

Ames Prince poussa un gros soupir. Il semblait maintenant plus petit, presque rabougri derrière son énorme bureau. Il donna le nom, l'adresse et le numéro de téléphone de sa belle-mère.

— Maintenant, dit-il, j'espère que vous allez me laisser tranquille.

— Croyez-moi, monsieur, j'aimerais m'arrêter là mais ce n'est pas possible. Il faut encore que je vous demande les lettres soi-disant envoyées par votre fille.

— Quoi ! explosa Ames.

— Pour les empreintes digitales. Je sais que vous ne les avez pas données à vérifier.

— C'est encore l'œuvre de Christine, j'en suis sûr. Elle ne peut s'empêcher de bavarder avec vous, n'est-ce pas, monsieur l'adjoint, dites-moi, est-ce qu'elle vous a entraîné dans une relation romantique ?

La porte s'ouvrit avec violence et Wilma Archer entra, rouge de fureur.

— Ames Prince, arrête immédiatement ces insinuations. Christine est une fille merveilleuse. Je n'accepterai pas que tu continues à la couvrir de boue.

— Wilma, cela ne vous regarde pas.

— Tais-toi, Ames.

Stupéfait, Michael vit Ames fermer à demi les yeux et se taire.

— Si la police a besoin de ces lettres, continua Wilma, tu dois les leur donner. Au nom du ciel, cet homme essaie de t'aider.

— Il n'essaie pas de m'aider, il essaie de prouver que ma fille est morte depuis trois ans.

— Peut-être a-t-il raison.

Le visage de Wilma sembla se ratatiner.

— Et si elle est morte, continua-t-elle, mieux vaut le savoir.

Ames regarda ses mains crispées sur le bureau.

— Non, Wilma, dit-il, ce n'est pas mieux.

— Donne-lui les lettres.

— Je ne les ai pas.

Michael voyait que Wilma était à la fois épuisée et terrassée par le chagrin. Il vint aussitôt à son secours.

— Monsieur Prince, dit-il, ces lettres sont très importantes. Si nous y trouvons les empreintes de votre fille, nous saurons que c'est elle qui vous les a envoyées.

— Qui d'autre a pu les envoyer ?

— Quelqu'un qui a intérêt à vous faire croire qu'elle a fait une fugue et qui espère ainsi court-circuiter l'enquête de police.

— Ces lettres n'existent plus.

La voix d'Ames était nette et dénuée de toute émotion.

— Maintenant, dit-il, je crois que nous en avons fini à moins que vous n'ayez l'intention d'entamer une action contre moi. Dans ce cas, j'ai le droit de faire appel à un avocat. C'est bien compris ?

— Vous verrez cela avec le shérif Teague, dit Michael froidement, mais il voudra savoir ce que sont devenues ces lettres. Vous dites qu'elles n'existent plus mais, si vous les avez détruites récemment pour les dissimuler à la police, il s'agit alors d'entrave à la justice.

— Jeune homme, je n'ai pas besoin que vous me fassiez une leçon de droit.

— Mais je suis sûr que le shérif sera aussi curieux que moi et qu'il voudra savoir pourquoi vous avez fait tant de difficultés pour nous dire ce que vous avez fait après la mort de votre femme et aussi pourquoi vous avez disparu pendant des heures après la découverte du corps. Un coupable n'agirait pas autrement.

— Et votre acharnement contre moi, monsieur l'adjoint, fait de vous un être maladroit et stupide.

Ames lança un regard sur une liasse de papiers qui encombrait son bureau et dit :

— Nous n'avons plus rien à nous dire. Je suis sûr que vous saurez retrouver votre chemin.

— Oui, monsieur. Je ne suis pas assez maladroit ou stupide pour ne pas trouver la porte.

Il se leva et ajouta d'un air détaché :

— Au fait, je suis désolé pour la perte que vous venez de subir. Je mesure votre détresse au fait que vous ne m'avez pas posé une seule question sur le déroulement de l'enquête.

Ames lui lança un regard assassin et Michael ajouta avec une certaine solennité :

— Au revoir, monsieur Prince, au moins pour l'instant.

CHAPITRE 16

1

Christine Ireland ouvrit la porte, un verre de vin à la main.

— Entrez, monsieur l'adjoint Winter. Je regarde un film en buvant un verre. C'est le meilleur moyen de me détendre après cette matinée éprouvante.

— Je pensais être Michael et non monsieur l'adjoint, dit-il en la regardant avec attention.

Ou bien elle n'en était pas à son premier verre de vin ou bien elle avait pleuré. Les deux peut-être.

— Oui, je me souviens, dit-elle, quand personne ne nous surveille, vous êtes Michael. Savez-vous que vous avez un prénom hébreu. Il veut dire : « Qui est comme Dieu. »

— Alors, on a eu tort de me donner ce prénom. Je suis loin d'être comme Dieu. En fait, ma mère m'a appelé ainsi d'après Michael Corleone, le héros du *Parrain*.

— Un mafioso ?

— Oui. Elle a pensé, j'imagine, que sa beauté rachetait le personnage de toutes ses mauvaises actions.

— Un policier nommé d'après un parrain de la mafia.

Michel haussa les épaules.

— Qu'est-ce qu'un nom, après tout ? Puis-je entrer ?

Elle s'inclina devant lui et dit : « Entrez. » Il s'avança et elle le salua de son verre.

— Je sais que vous êtes en service et que vous ne pouvez pas boire un verre avec moi. Mais pourquoi pas un café, ou un chocolat chaud ? J'adore le chocolat chaud.

— Peut-être devrions-nous prendre un café tous les deux ?

— Non, pas de caféine pour moi. Mais je peux vous en faire.

— Un verre d'eau glacée me suffira et je vais me le servir moi-même. Je vois que vous regardez un film. Lequel ?

— *Le Patient anglais*.

Christine s'installa sur le divan et dit d'une voix tremblante :

— J'adore ce film. Est-ce que vous l'avez vu ?

— En partie.

En réalité, il l'avait regardé trois fois, fasciné, mais il ne voulait pas qu'elle le prenne pour un romantique.

— Il y a de très beaux paysages.

— C'est beau, tout simplement beau, dit-elle avec un trémolo dans la voix. C'est fantastiquement beau.

Oh ! là, là ! pensa Michael, en versant dans son verre de l'eau minérale et de la glace, voici que mademoiselle je ne perds jamais la tête, mademoiselle je suis capable de gérer n'importe quelle situation, Christine Ireland n'a pas seulement le cœur brisé mais qu'elle est toute retournée. Il revint au salon. Le film était un DVD et le son au maximum. Christine ne faisait pas mine de le baisser et il n'osait pas le lui demander tellement elle semblait captivée par le film.

— Êtes-vous sûr que vous ne voulez que de l'eau glacée ? lui demanda-t-elle. J'ai aussi des petits gâteaux que j'ai achetés car je ne suis pas une grande pâtissière.

— De toute façon je n'ai pas faim.

— Ne me dites pas qu'Ames vous a servi un délicieux repas.

— Il m'a traité de maladroit et de stupide, dit-il en riant.

— Ciel ! Généralement, il n'est pas si brutal. Il a eu tort de dire cela de vous.

— Merci.

Les fauteuils du salon étaient encombrés de livres.

— J'ai eu l'idée de mettre de l'ordre dans ma bibliothèque mais j'en ai eu vite assez, dit Christine. Vous pouvez vous asseoir sur le divan avec Rhi et moi.

La chatte était sur les genoux de Christine et elle le regardait de ses grands yeux dorés tandis que sa maîtresse la caressait de ses longs doigts effilés. En s'asseyant, il crut qu'elle allait se sauver mais elle n'en fit rien, comme si elle voulait protéger sa maîtresse. Christine la caressa doucement sous son menton triangulaire.

— Voulez-vous me dire ce qui s'est passé chez Ames ? demanda Michael.

— Il m'a appelée traîtresse et il m'a virée.

— Virée ! Du magasin ?

— D'où voulez-vous que ce soit ?

— Il a raison, je suis vraiment stupide, dit-il en avalant une gorgée d'eau. Christine, il est dans un état épouvantable. Il ne sait plus ce qu'il dit.

— Je ne sais pas s'il sait ce qu'il dit, dit-elle sans quitter la télévision des yeux, et je me fiche qu'il soit capable ou non de raisonner. Mon premier souci est que je me retrouve au chômage.

Michael posa la question suivante d'un air faussement désinvolte :

— Je sais que vous avez acheté cette maison il n'y a pas longtemps. Est-ce que… cela ne me regarde pas mais est-ce que cela pose un problème financier ?

— Non, tout va bien. Mes parents m'ont laissé de quoi vivre et nous pouvons tenir un bon moment. Je ne me fais pas de souci pour mon travail et, d'ailleurs, travailler pour le compte de quelqu'un d'autre ne m'enthousiasme pas vraiment. Mais là où je me fais des soucis, c'est pour Jeremy. Je ne sais pas si Ames va le renvoyer lui aussi mais, ce que je sais, c'est que mon frère n'acceptera pas de rester sans moi au magasin. Il en fera une affaire d'honneur parce qu'il est très loyal envers moi, même s'il lui arrive de répéter des choses qu'il ferait mieux de garder pour lui. Il risque d'être anéanti, au moins émotionnellement. Vous n'imaginez pas ce que le fait de travailler à la bijouterie Prince représente pour lui. Il semble tellement plus heureux, il a tellement plus confiance en lui que l'année dernière.

Ses beaux yeux bleus s'emplirent de larmes.

— Et moi, j'ai tout fichu en l'air.

La vague de tendresse que Michael sentit soudain pour Christine était si forte qu'il se pencha sur elle et, sans même s'en rendre compte, lui caressa la joue. Il sentit au bout de son doigt une larme toute chaude tandis qu'il plongeait ses yeux dans les siens. Leurs visages se rapprochèrent lentement, et leurs lèvres se rencontrèrent.

Ce ne fut certes pas une étreinte frénétique. La musique du film emplissait la pièce et leur baiser fut d'une grande douceur, pas trop appuyé, un peu ce que la grand-mère de Michael appelait des baisers en ailes de papillon, quand les cils caressent les joues comme les ailes vibrantes d'un papillon, juste assez pour que l'un et l'autre ressentent le léger fourmillement de ce fragile contact.

Michael eut le sentiment que le temps s'arrêtait ou, au moins, ralentissait d'une manière sensible. La musique s'adoucit assez pour qu'il puisse entendre par la fenêtre ouverte le son de la cloche agitée par le vent, un son obsédant et parfaitement accordé.

Ils se séparèrent, se regardèrent. Michael savait qu'il aurait dû être gêné mais il ne l'était pas. Quant à Christine, elle ne se sentait ni mal à l'aise ni coupable. Leur baiser leur paraissait naturel, inévitable. Et apaisant, pensa Michael. Pour la première fois depuis des années, son univers retrouvait des couleurs en chassant de son esprit les événements dramatiques qui s'étaient déroulés à Los Angeles.

Il regarda Christine avec gravité.

— J'aurais dû demander l'autorisation, dit-il.

Elle posa son index sur ses lèvres.

— Non. Vous saviez que c'était cela que je voulais.

— C'est aussi ce que je voulais. Peut-être depuis que je suis entré pour la première fois dans la bijouterie Prince. Derrière le comptoir, vous sembliez si forte, si sûre de vous-même. Mais lorsque vous m'avez servi un café et que vous vous êtes assise près de moi en me parlant de Dara, j'ai lu la vulnérabilité dans vos yeux. La force et la vulnérabilité, quel magnifique mélange. Quel homme pourrait y résister ?

Christine sourit, baissa un peu la tête et dit :

— Vous devez me voir sous une autre lumière que la plupart des hommes. En général, ceux-ci me trouvent trop grande et trop autoritaire.

— Vous les intimidez.

Il plaça son bras autour de ses épaules, sans même

se demander si c'était la chose à faire. Il pensait que Rhiannon allait se sauver mais elle n'en fit rien. Elle se contenta de changer sa position et d'enfoncer son nez dans le giron de sa maîtresse. Christine soupira et se serra contre Michael.

— Je n'avais pas réalisé, dit-elle, à quel point j'étais fatiguée.

— La fatigue nerveuse peut être plus éprouvante.

— J'en suis sûre.

Sa tête se posa sur son épaule, ses cheveux luisaient doucement au soleil mais elle continuait à regarder la télévision.

— Je suis désolée du spectacle que je vous ai donné, dit-elle. D'habitude je ne suis pas si pleurnicheuse. Et je ne suis pas non plus ivre à deux heures de l'après-midi.

— Vous n'avez pas été pleurnicheuse le moins du monde. Si vous l'aviez été, je vous aurais tapé sur les doigts pour vous ramener les pieds sur terre.

— Vous êtes un maître sévère.

— Quant à la boisson…

Elle le regarda avec intensité.

— Vous êtes vraiment très mignonne quand vous abaissez votre garde.

— C'est vrai que ma garde est basse en ce moment, dit-elle avec un triste sourire. En dépit du vin, j'ai l'impression que quelqu'un m'a rouée de coups.

— Ames s'est conduit avec vous comme un sale type. Vous ne méritiez pas un tel traitement.

— J'aimerais en être sûre mais je sais à quel point je lui ai fait mal en vous livrant le journal.

— Mais vous ne me l'avez pas livré pour lui faire du mal. Il ne s'agit pas de lui mais de ce qui lui passe par la tête. Il s'agit de Dara et nous essayons de l'aider à savoir qui l'a tuée.

Elle approuva silencieusement, sans pour autant être délivrée d'un sentiment de culpabilité. Bien sûr, elle voulait savoir qui avait tué Dara mais elle voulait surtout innocenter Jeremy de toute suspicion.

— Michael, dit-elle, je ne vous en ai pas encore parlé mais si vous avez lu le journal, vous savez que Dara était enceinte.

— Oui.

— A-t-on trouvé un fœtus à l'autopsie ?

— C'est une de ces choses que je ne suis pas autorisé à révéler, dit Michael en hésitant.

— Vous esquivez la question, ce qui veut dire qu'il y a vraiment un fœtus, dit Christine d'une voix terne. Pauvre Dara ! Je me demande ce qu'elle avait décidé de faire. Elle avait une peur bleue de l'avortement. Une de ses amies était morte d'une hémorragie après avoir eu affaire à un amateur. Jusqu'au bout, elle avait refusé d'aller à l'hôpital. En temps ordinaire, Dara ne montrait pas beaucoup d'émotion ou de compassion mais, tout comme elle, son amie avait quatorze ans à l'époque et sa mort l'avait traumatisée. Je sais qu'elle avait peur de l'avortement, alors je me demande ce qu'elle avait décidé de faire : épouser le père et avoir l'enfant ou avoir l'enfant sans épouser le père.

— Cela dépend sûrement du père et, dans son journal, je n'ai pas trouvé le moindre indice à ce sujet. Nous ne savons même pas ce que celui-ci pensait, s'il acceptait l'enfant ou s'il exigeait un avortement. C'est peut-être à cause de cela qu'elle est morte, dit Michael. Son amant a pu lui demander de se débarrasser de l'enfant et, si elle a refusé, il avait peut-être trop à perdre au cas où la vérité serait connue.

— Peut-être a-t-elle dit à l'homme qui l'aimait qu'elle était enceinte d'un autre homme.

— Nous pouvons spéculer pendant des heures mais, en réalité, nous ne savons rien.

Michael caressa ses cheveux et dit :

— Maintenant, je veux que vous chassiez toutes ces idées de votre tête, je veux que vous vous détendiez, que vous ayez des pensées heureuses. Pour commencer, regardez ce film. C'est une belle et tragique histoire d'amour. Le genre que les femmes aiment.

S'adressant à Rhiannon, Christine dit :

— Tu entends, monsieur l'homme des cavernes pense que seules les femmes aiment les belles et tragiques histoires d'amour.

— Oh ! Bien sûr, pas seulement les femmes…

— C'est un peu tard mais je ne vous en veux pas. Elle lui donna sur la joue un baiser rapide et un peu timide.

— Retournez maintenant attraper vos mauvais garçons.

Michael s'arrêta un moment à la porte. Elle était passionnée par le film. Le comte Almasy était en train de recouvrir d'un parachute le corps de Katherine Clifton, la femme qu'il aimait. Il la portait jusqu'à un petit avion à demi rouillé qui était depuis longtemps enfoui dans le sable, l'installait à l'arrière et commençait le funeste voyage qui devait ramener Katherine en Angleterre pour son repos éternel.

Michael vit les yeux de Christine s'emplir de larmes au moment où le minuscule avion décollait et survolait le désert sans fin tandis que les cheveux dorés de Katherine, son bras si mince et la toile du parachute s'agitaient au vent, se découpant sur l'immuable tranquillité d'un ciel turquoise.

2

Une heure plus tard, on frappa à la porte de Christine. Après le film, elle avait séché ses yeux, pris deux tasses de café et elle essayait de se concentrer sur un livre qu'elle lisait depuis une quinzaine de jours et dont elle n'avait pas pu dépasser le troisième chapitre. Elle posa le livre, bien décidée cette fois-ci à ne plus le reprendre. Elle ouvrit la porte et se trouva face à Rey Cimino.

— Salut, dit-il en souriant. Alors, tu as décidé de ne plus répondre au téléphone ?

— Mais pas du tout.

— Jeremy a appelé et j'ai appelé.

— Qu'est-ce qui ne va pas avec Jeremy ? demanda-t-elle, aussitôt anxieuse. Il est au magasin.

— Je le sais. Il m'a appelé. Il veut que nous allions le voir là-bas.

Christine courut vers le téléphone et le décrocha. Pas de tonalité. Elle s'aperçut alors que le fil avait été débranché. Elle se tourna vers Rhiannon.

— Tu as encore joué avec ce fil !

La chatte se sauva et quitta la pièce.

— Ainsi, tu avoues ta culpabilité. Je regardais la télévision et cela m'a empêchée d'entendre la sonnerie du haut. Pourquoi ne m'as-tu pas appelée sur mon portable ?

— Je l'ai fait mais en vain. En arrivant ici, j'ai vu que tu l'avais laissé dans ta voiture.

Christine ferma les yeux. Elle était si bouleversée en quittant Ames après qu'il l'eut renvoyée qu'elle n'avait pas fermé son sac après y avoir pris ses clés de voiture. Le portable était tombé et elle ne s'en était même pas aperçue.

— Mon Dieu, n'importe quoi aurait pu arriver à Jeremy et je ne l'aurais pas su.

— Détends-toi, Chris, il va bien mais il est très excité. Il veut que nous allions le voir au magasin parce qu'il a une surprise pour nous. Quelque chose sur quoi il travaille depuis déjà un moment.

Christine leva les sourcils.

— Ce mystérieux quelque chose qui l'obligeait à aller au magasin de bonne heure, quand tu ne pouvais pas le surveiller.

— Je suppose. Prends tes affaires. Nous partons pour une véritable mission.

En arrivant au magasin, Christine était encore en train de se reprocher son étourderie à propos de son portable et de se demander comment elle pourrait empêcher Rhiannon de jouer avec le fil du téléphone.

Ginger se trouvait dans le magasin avec Jeremy.

— Je passais par là pour constater les dégâts de l'inondation lorsque j'ai vu ce personnage, dit-elle en donnant un coup de coude à Jeremy. J'espère que vous ne m'en voulez pas d'avoir envahi le magasin.

— J'ai l'impression que vous n'avez pas fait beaucoup de dégâts, répondit Christine, essayant de plaisanter.

Elle n'était plus la directrice de ce magasin et ce qui s'y passait ne la concernait plus mais elle ne pouvait se décider à le dire à tout le monde. De toute façon, elle voulait d'abord le dire à Jeremy.

— Alors, petit frère, lui dit-elle, de quoi s'agit-il ?

— Je voulais vous montrer à tous ce sur quoi j'ai travaillé, dit Jeremy très excité. J'espérais que Tess serait parmi nous.

— Elle devait aller chez Chris, dit Rey, mais elle a sans doute changé d'avis. Ne l'attendons pas. Montre-nous, Jeremy.

— Eh bien, avant, je dessinais des bijoux mais je ne les réalisais pas. C'était le travail de Rey. Mais je me suis arrangé pour venir au magasin quand il n'y était pas afin de travailler seul. Maintenant, je veux lui montrer ce que j'ai fait avant de le montrer à Ames. Et à toi aussi, Christy.

Il sortit un écrin noir dans lequel était nichée une

magnifique broche. Le centre était fait d'un bouton de rose sculpté dans le corail alors que, tout autour, il y avait des feuilles en argent.

— Je l'ai appelée la broche de Dara, dit Jeremy avec solennité. Tout a une signification pour elle. Par exemple, elle pensait que, peut-être, les anciens Indiens qu'on appelait les Incas avaient vécu au bord de la rivière Crescent et y avaient construit des tumulus. Rey m'a affirmé que les Incas disaient que l'argent était les larmes de la lune. Dara aurait aimé cela. J'ai lu dans un de mes livres de joaillerie que le corail éloigne le mauvais œil. Elle aurait aussi aimé cela. Et j'ai sculpté une rose dans le corail, semblable à celles qui poussent l'été dans le jardin de sa mère.

Il se tut un moment et regarda Christine, plein d'espoir.

— Est-ce que tu aimes ?

Tout le temps qu'il parlait, Christine sentait sa gorge se serrer. Quel effort herculéen il lui avait fallu pour créer cette broche. Il avait dû se souvenir de ce que lui avaient dit Dara et Rey, piocher dans ses livres pour trouver une pierre ayant une signification particulière pour Dara et penser à une rose qui lui plairait parce qu'elle l'associerait à sa mère. Et il voulait l'avis de Christine avant de montrer sa broche à Ames auquel il espérait tellement plaire. Par-dessus tout, il avait voulu plaire à Dara, Dara qu'elle savait morte mais qui, il voulait désespérément le croire, allait peut-être un jour revenir à la maison.

— Je pense que c'est très beau, dit Christine d'une voix mal assurée.

S'il te plaît, pensa-t-elle, ne me fais pas pleurer devant tout le monde. Elle en était sûre, Ginger et Reynaldo comprendraient qu'elle ne pleurait pas seulement à cause de la beauté de la broche mais parce que quelque chose n'allait pas. Elle ne pouvait pas leur parler maintenant de son renvoi. Pas avant qu'elle n'en ait informé Jeremy.

— Tu as tellement travaillé, ajouta-t-elle.

— Oh ! Cela a été surtout un plaisir, dit Jeremy fièrement. Et si je n'avais pas réussi, cela n'aurait pas été grave car je n'ai rien employé de coûteux. Je n'ai pas utilisé d'or ou des rubis ou quelque chose comme ça.

— Je pense que c'en est encore plus beau, répondit Christine. Dans le jardin d'Eve, il y a un rosier dont les roses sont exactement de la couleur du corail.

— C'était le favori de Dara, s'exclama Jeremy.

Il fit un large sourire lorsque Ginger et Rey s'approchèrent pour voir la broche de plus près. Ginger poussa un cri d'émerveillement et Rey regarda le bijou avec la plus grande attention.

— Tu as fait un travail extraordinaire, dit-il enfin. Je n'aurais pas pu faire aussi bien. Je suis sûr que Dara aimerait vraiment. Et Ames aimera lui aussi.

Mon Dieu, pensa Christine, faut-il laisser Jeremy montrer cette broche à Ames ? Il était tellement bizarre en ce moment qu'il était tout à fait capable de la jeter par terre et de la piétiner. Elle ne devait pas laisser la colère qu'il éprouvait contre elle s'étendre à Jeremy. Il fallait réfléchir, peut-être essayer de trouver une solution avec Streak et Wilma.

Rey posa un bras sur son épaule et la regarda dans les yeux.

— Qu'y a-t-il, Christine ? On dirait que tu vas pleurer.

— Je suis tellement émue par ce que Jeremy a créé. Je n'aurais jamais pensé qu'il arriverait à faire un tel chef-d'œuvre.

— Franchement, moi non plus, dit Rey. Jeremy, est-ce que tu t'es caché de moi parce que tu avais peur que je sois jaloux ? Parce que j'allais penser que tu étais en train de me voler mon boulot ?

— Je ne ferais jamais une chose pareille, l'assura Jeremy sincèrement. C'est juste un bijou et j'y ai mis tout mon cœur.

— Cela valait la peine, dit Ginger avec enthousiasme. J'aimerais bien avoir une telle broche.

— Je pense que c'est une pièce unique, lui dit Rey. N'est-ce pas, Jeremy ?

— Oui. Elle est pour Dara. Mais, Ginger, je peux vous faire autre chose pour Noël.

— Ce serait bien, dit Ginger.

Sur son visage de lutin, même les taches de rousseur semblaient sourire.

— Une pièce originale de Jeremy Ireland.

— Eh bien ! Vous n'avez pas l'air de vous ennuyer !

Tous les regards se tournèrent vers la porte où Tess venait de faire son entrée. Son regard était fixé sur Rey et Christine. Il enleva aussitôt le bras qu'il avait posé sur son épaule mais l'accusation brillait dans le regard de Tess.

— Est-ce que j'interromps une réunion privée ? demanda-t-elle.

— Ne sois pas bête, lui dit Christine. Viens voir ce que Jeremy a fait.

Tess regarda la broche et Christine comprit qu'il lui fallait faire un gros effort pour s'arracher un sourire afin de ne pas décevoir Jeremy.

— Mais c'est merveilleux, s'écria-t-elle. Tu as fait cela tout seul ?

— Oui, dit-il, les yeux brillants. J'ai fait cette broche pour Dara. Elle pourra la porter quand elle rentrera.

Il se tut, puis reprit :

— Sans doute devrais-je dire si elle revient.

Christine l'interrompit.

— Regarde, dit-elle à Tess, est-ce que cette ciselure n'est pas exquise ? J'étais loin de penser que Jeremy avait acquis une telle maîtrise.

— C'est vrai que c'est exquis, acquiesça Tess.

Elle regarda Rey et lui demanda :

— Tu es sûr de ne pas l'avoir un peu aidé ?

— Mais pas du tout, dit Rey fermement. Je ne savais rien du tout et cela a été une surprise pour nous tous. Une merveilleuse surprise, Jeremy.

— Alors, je peux montrer cette broche à Ames ? demanda Jeremy.

— C'est un peu tard maintenant, dit Christine, et Ames doit être en train de préparer les obsèques de Patricia. Je ne crois pas que le moment soit bien choisi.

— Mon Dieu ! j'ai oublié Patricia. Je devrais avoir honte.

— C'est simplement que tu es tout excité par cette broche. Tu la lui montreras dans quelques jours.

Christine regarda sa montre.

— Nous devrions rentrer maintenant mais je n'ai pas ma voiture. C'est Rey qui m'a conduite.

— C'est Rey qui t'a amenée ? demanda Tess d'un ton sévère.

— Oui. Il n'a pas pu me joindre au téléphone parce que Rhiannon avait joué avec le fil. Et pour tout arranger, mon portable était resté dans ma voiture, si bien qu'il a dû venir me chercher. Rey, est-ce que tu veux bien nous reconduire à la maison ?

— Je m'en occupe, dit Tess, inflexible. Rey, je te retrouve à la maison.

Pour la première fois, Christine ressentit qu'aux yeux de Tess, elle pouvait être une rivale. Elle s'en attrista non seulement parce que leur relation risquait d'en souffrir mais surtout parce que la jalousie de Tess tournait à la paranoïa.

À moins qu'il n'en ait toujours été ainsi.

3

Rey semblait fasciné par la télévision. Le procureur James McCloy se leva brusquement et, de sa voix sonore, lança une objection devant le tribunal. Le juge la rejeta et il s'assit tandis que la frustration marquait son beau visage un peu rocailleux.

Tess entra dans la pièce, dans sa vieille robe de chambre en flanelle, une serviette encore plus vieille et plus décolorée jetée sur ses épaules. Ses cheveux étaient lisses et recouverts d'une crème noire qui sentait fort. Rey fronça le nez.

— Qu'as-tu mis sur tes cheveux ? demanda-t-il.

— Du miel aux amandes numéro trente-cinq, dit-elle en caressant ses cheveux avec une main gantée de plastique. Tu m'as dit que tu détestais mes mèches blondes.

— Parce qu'elles étaient d'une couleur que je n'ai jamais vue dans la nature, dit-il en étirant le cou pour voir l'écran devant lequel elle s'était placée.

James McCloy venait de lancer une nouvelle objection.

— Tu veux dire que mes cheveux ne ressemblent pas à ceux de Christine.

— Je veux dire que tes cheveux sont plus beaux quand ils ont leur couleur naturelle.

Tess soupira :

— Combien de fois as-tu donc regardé ce film *La Loi et l'ordre* ?

— Cinquante-deux fois, cinquante-deux et trois quarts en comptant aujourd'hui. S'il te plaît, déplace-toi un peu. Tu m'empêches de voir.

— Tu dois pouvoir réciter le dialogue par cœur.

— Oui mais McCloy s'exprime mieux que moi. Et il n'a pas d'accent.

— J'aime ton accent.

— Merci, mais bouge.

Tess soupira de nouveau et s'assit sur le divan, près du fauteuil de son mari. Sur l'écran, une femme en larmes parlait du drame qu'elle avait vécu lorsque son fils avait été assassiné.

— Je me demande, dit Tess, pourquoi tu t'intéresses tellement à ces histoires de meurtres. Ce n'est pas naturel.

— J'aime le mystère et, si j'en juge par le succès de ce film, je ne dois pas être si anormal.

— Et moi je pense qu'il n'est pas normal de regarder sans cesse le même film.

— Tu es de mauvaise humeur, Tess, et cela depuis que tu es entrée aujourd'hui dans la bijouterie Prince.

— Et depuis que je t'y ai trouvé en train de serrer Christine dans tes bras.

Rey la regarda, incrédule.

— J'avais un bras sur son épaule. Elle semblait si bouleversée. Quelque chose ne va pas et je ne sais pas quoi. Il me semble que tu devrais te faire un peu de souci pour elle après ce qu'elle a vécu ces jours derniers.

— Je me fais du souci mais je ne vois pas la nécessité de l'étreindre comme tu l'as fait devant les autres. Tu devrais comprendre à quel point c'est embarrassant pour moi, ta femme.

— L'étreindre ? Poser mon bras sur son épaule, tu appelles cela l'étreindre !

Il secoua la tête et revint à la télévision.

— Je pense que la teinture que tu mets sur tes cheveux a dû pénétrer dans ton cerveau.

— Et maintenant, tu m'insultes !

Rey ne répondit pas et elle sentit monter en elle une véritable tornade. Elle lui parlait, il aurait dû au moins la regarder et il n'était même pas capable de quitter des yeux un film qu'il avait vu des dizaines de fois.

— Si tu aimes tellement les histoires de meurtres, dit-elle d'une voix acerbe qu'elle ne pouvait pas contrôler, alors pourquoi n'essaies-tu pas de découvrir qui a tué et jeté dans la rivière ta précieuse Dara ?

Les yeux sombres de Rey la cinglèrent. Elle vit ses mains, ses mains d'artiste si belles et si fortes, se crisper sur les bras du fauteuil.

— Ne commence pas, Tess. Ne parle pas de Dara.

— Pourquoi ? Parce que tu ne peux résoudre le mystère de sa mort ou parce que tu ne supportes même pas de penser à ton amour perdu ? À ton seul amour ?

— Tess !

— À cette si belle fille que tu adorais. Celle que tu avais montée sur un piédestal. Celle à laquelle tu es resté fidèle dans ton cœur même après m'avoir épousée. Alors, laisse-moi te dire une bonne chose, Reynaldo : ta précieuse Dara était enceinte quand elle est morte.

Maintenant, elle possédait toute son attention. Il la fixait intensément.

— C'est impossible, finit-il par dire d'une voix calme et meurtrière.

— Pourquoi ? Parce que tu utilisais toujours des préservatifs quand tu faisais l'amour avec elle ? Était-ce pour la protéger ? Pour protéger ta petite chérie d'une grossesse non désirée ? Tu me l'as dit une fois avant notre mariage, un jour que tu avais beaucoup bu. Tu m'as dit à quel point tu as toujours fait très attention.

— Je ne peux pas croire, cria Rey, que je t'ai dit une chose pareille, même en étant ivre. Mais il est vrai que j'ai toujours fait attention. Toujours.

— Eh bien, mon chéri, quelqu'un d'autre a été moins prudent que toi car Dara a écrit dans son journal qu'elle était enceinte. Aujourd'hui, comme convenu, je suis passée voir Christine, ton nouvel amour, mais elle était avec son policier préféré. La fenêtre était ouverte et j'ai entendu qu'ils parlaient de Dara et de son journal où elle avait écrit qu'elle était enceinte. Et il n'y a pas d'erreur possible car il y a un fœtus dans le corps de Dara. Un enfant qui n'est pas de toi.

Rey sauta de son fauteuil. Il se précipita vers elle et elle eut la certitude qu'il allait la frapper. Jamais elle n'avait vu une telle violence dans ses yeux. Elle ne l'en aurait même pas cru capable. Tout son corps tremblait. Il prononça une phrase incompréhensible dans laquelle elle reconnut des mots italiens puis il sortit en claquant la porte derrière lui.

Mon Dieu, pensa Tess en tremblant de tous ses membres, qu'ai-je fait ?

4

— Tu sais, j'ai l'impression que Tess n'est pas bien, dit Jeremy après qu'elle les eut reconduits à la maison à une vitesse folle, qu'elle eut refusé d'entrer et qu'elle eut à peine dit au revoir avant de repartir toujours aussi vite. Peut-être n'a-t-elle pas aimé ma broche ?

— Cela n'est pas possible, je suis sûre au contraire qu'elle l'a trouvée magnifique mais tu sais que Rey a été amoureux de Dara. Peut-être s'est elle sentie un peu jalouse.

— Je n'avais pas pensé à cela. Il est vrai que Rey a vraiment aimé Dara. Peut-être n'aurais-je pas dû montrer cette broche à Tess.

— Tu n'as pas eu le choix, dit Christine en cherchant dans son sac la clé de la maison. Elle est entrée dans le magasin comme une bombe.

— Et elle avait l'air furieuse, soupira Jeremy. Est-ce que nous pourrions avoir une pizza pour dîner ? J'en ai eu envie toute la journée.

— D'accord, dit Christine, mais nous allons la faire livrer. Je n'ai pas du tout envie de dîner dans une pizzeria bruyante.

Une heure plus tard, une énorme pizza trônait sur la table. Ils se la partagèrent en regardant la télévision. Christine était assise sur le divan tandis que Jeremy était installé sur le sol avec Rhiannon près de lui qui prenait avec grâce et déchirait de ses dents acérées des petits morceaux de poivron. La télévision passait un film d'horreur que Christine n'était pas en humeur de voir mais qui fascinait Jeremy au point qu'il avait absolument voulu l'enregistrer sur le magnétoscope.

— Es-tu sûr que tu n'aimerais pas voir quelque chose de plus léger ? lui demanda-t-elle alors qu'un être étrange rampait dans un hall obscur en brandissant une hache.

— Non. D'ailleurs quand on mange une pizza, on doit toujours voir un film d'horreur.

— Où as-tu trouvé cela ?

— C'est Danny Torrance qui me l'a dit. Quand il vivait à côté de chez Ames, il m'invitait souvent dans son sous-sol pour voir des films d'horreur et il commandait toujours une pizza. Il disait que c'était comme un rituel sacré.

— Je ne savais pas que Danny était un homme si sage, dit Christine sèchement. Quel âge avait-il quand il a inventé ce rituel sacré ?

— Il ne l'a pas inventé, Christy. C'est la vérité.

— Oh ! Pardonne-moi mon manque d'éducation.

Elle finit sa seconde part de pizza et vida son verre

et, comme celui de Jeremy était vide lui aussi, elle proposa :

— Encore un peu de Coke ?

— Oh oui, s'il te plaît mais est-ce que je peux avoir un Cherry Coke. C'est mon préféré.

— Comme tu veux.

Christine emporta les deux verres à la cuisine, mit quatre cubes de glace dans chacun d'eux et versa un Coke dans le sien. Elle était juste en train de verser un Cherry Coke dans celui de Jeremy lorsqu'elle l'entendit pousser un cri perçant. Laissant le verre sur le buffet, elle se précipita dans le salon. Jeremy était assis sur le sol, rigide, regardant la télévision avec des yeux terrifiés.

— C'est mon rêve, disait-il d'une voix glacée, presque désincarnée. Mon rêve, mon rêve, mon rêve, mon rêve, mon…

Christine lui prit la tête dans ses mains.

— Arrête, Jeremy !

— Mon rêve, mon rêve…

Elle le gifla puis se recula brusquement. Il battit des paupières et fixa sur elle son regard en criant : « Aïe ! »

— Je suis désolée, dit-elle en plaçant son visage dans ses mains. Que s'est-il passé ? Jeremy. Qu'est-ce qui t'a fait peur ?

Il la regarda dans les yeux, puis il regarda Rhiannon qui, alarmée, arquait le dos. Il pointa le doigt sur la télévision.

— Le film ! dit-il, c'est mon rêve, Christy. Le rêve dans lequel j'ai été jeté dans l'eau sans être capable de voir ou de respirer.

Il prit la télécommande, fit revenir le film en arrière et fit repasser le passage qui l'avait terrifié. Au bord d'une rivière, un homme portait sur son dos le corps flasque d'une jeune fille aux longs cheveux noirs. Elle avait une balafre sanglante à la tempe. Il la déposa sur un tapis qu'il enroula soigneusement autour d'elle jusqu'à ce qu'elle soit complètement enfermée dans l'épais tissu.

— Au revoir, Juliette, dit-il doucement, ses yeux étranges brûlant dans son visage zébré de sang. Repose en paix.

Il la laissa tomber dans la rivière.

La caméra suivit le corps qui tombait au ralenti. Elle fit un gros plan sur le corps de Juliette, puis sur son visage et, soudain, ses yeux s'ouvrirent. Elle lutta pour dégager ses bras emprisonnés dans le tapis, elle ouvrit la bouche mais ne parvint à émettre que des sons inarticulés. Elle s'enfonça peu à peu jusqu'au fond de la rivière, impuissante, comme une momie vivante.

— Elle était vivante, s'écria Jeremy. Il l'a jetée dans la rivière alors qu'elle était encore vivante !

— Jeremy, c'est seulement un film, lui dit Christine pour l'apaiser tandis qu'il enfouissait sa tête dans son épaule en sanglotant. Je te l'avais dit que nous n'aurions pas dû regarder ce film. Il est terrifiant. D'habitude, tu n'es pas aussi bouleversé par les films d'horreur.

— C'est seulement parce que j'ai déjà vu ce film, dit Jeremy en reniflant. Je l'avais oublié. Je l'ai vu quand Danny a donné sa soirée, la nuit même où Dara a disparu.

Il s'écarta d'elle et la regarda sérieusement.

— Ce qui est arrivé à Dara, c'est exactement ce qui est arrivé à cette fille dans le film. J'en suis sûr.

Il fallut plus de deux heures à Jeremy pour se calmer. Avec l'aide de Christine, il parvint enfin à reprendre le contrôle de ses nerfs. Soudain, il sembla se dégonfler, comme un pneu qui aurait roulé sur un clou.

— Christy, annonça-t-il à neuf heures, j'ai terriblement sommeil. Je sais que ce n'est pas mon heure habituelle mais je crois que je vais te dire bonne nuit.

— Tu as besoin d'une bonne nuit de sommeil. Prends Rhiannon avec toi et laisse-la se pelotonner contre toi. Elle te fait toujours du bien et, demain matin, tu seras un homme nouveau.

— Qui serai-je ? Je me le demande, dit-il en essayant de plaisanter.

— Zorro. Cette nuit, je vais te fabriquer une grande cape noire.

— Il me faudra aussi un sabre, dit-il tandis que Christine l'embrassait sur une joue. Et aussi un masque.

— Je vais m'y mettre tout de suite. Dormez bien tous les deux.

Après son départ, elle s'assit sur le divan et se sentit soudain épuisée par la tension et la peur. Elle n'avait jamais vu Jeremy réagir si violemment à un film, que ce soit au cinéma ou à la télévision. Mais ce film avait pour lui une signification spéciale : il l'avait vu la nuit où Dara avait disparu. Et il savait que, cette nuit-là, elle allait au bord de la rivière Crescent.

— C'est pour cela, se dit-elle tout haut, qu'il était si sûr qu'elle avait disparu à cet endroit et qu'il a eu tous ces cauchemars où il la voyait prise au piège dans l'eau. Il mélangeait le film avec sa disparition.

C'était au moins un mystère résolu, pensa-t-elle. Et c'était très important. Pendant des jours, elle s'était fait du souci à propos de ce rêve de Jeremy et du fait qu'il avait été persuadé que Dara avait été jetée vivante dans la rivière. C'était devenu pis encore après que le corps de Dara enveloppé dans un plastique fut remonté à la surface. Jeremy ne savait pas vraiment qu'elle avait disparu dans la rivière mais il l'imaginait à cause de la coïncidence entre le film qu'il avait vu cette nuit-là et le départ de Dara. Pour

Christine, cela était tout à fait évident mais qu'en penseraient les autres, et tout spécialement le shérif Teague ? Non, ce n'était pas assez. L'innocence de son frère n'était pas encore clairement prouvée.

Elle ne sut pas pendant combien de temps elle était restée assise sur le divan avant de se souvenir qu'elle n'avait pas ramassé son courrier. Elle alluma la lumière de l'entrée, enleva la chaîne de la porte et regarda dehors sa boîte aux lettres qui débordait.

— Seigneur, se dit-elle à haute voix, faites que ce ne soient pas que des factures.

Elle prit le courrier et rentra. Il y avait *People Magazine*, un catalogue de vêtements féminins, une publicité d'Avon, les factures d'électricité, du câble, d'une carte de crédit, du téléphone. Il y avait aussi une carte dans une enveloppe rose. En touchant l'enveloppe, elle sentit des picotements dans ses doigts. Instinctivement, elle sut que cette enveloppe n'était pas aussi inoffensive que le reste du courrier.

Elle se rassit sur le divan en la contemplant avec circonspection. Son nom et son adresse étaient tapés à la machine mais il n'y avait pas l'adresse de l'envoyeur. Elle l'ouvrit lentement et en sortit une carte représentant une très belle petite fille avec des cheveux qui ressemblaient aux siens.

Trois photos tombèrent sur ses genoux et elle eut un mouvement de surprise. L'une était un Polaroïd de Dara. Elle portait des jeans et la veste en daim qu'elle aimait par-dessus tout. Ses longs cheveux noirs flottaient dans le vent et elle semblait soucieuse tout en marchant sur une allée de briques que Christine reconnut comme située à l'université de Winston. Il était évident qu'elle ne savait pas qu'on la photographiait.

La deuxième photo représentait Patricia. Elle aussi, elle portait des jeans et une veste de cuir, celle-là même qu'elle portait quand Christine avait découvert son corps. Ses cheveux bruns étaient attachés avec un ruban jaune vif et elle souriait tandis qu'elle tournait la poignée de la petite porte de la grange.

Christine était sur la troisième photo. C'était la nuit et elle s'agenouillait pour attraper Rhiannon qui était couchée sous un fauteuil de jardin. Elle sut, en regardant ses vêtements, que la photo avait été prise le jour où elle était revenue de l'hôpital, le lendemain même du jour où elle avait été attaquée dans la salle de gym.

Les mains tremblantes, elle ouvrit la carte. Un morceau de papier était collé sur le texte d'origine. Et, sur ce morceau de papier, on avait tapé ces deux lignes :

« Une rangée de jolies filles.

» À quand le tour de la prochaine ? »

CHAPITRE 17

1

L'autopsie révéla que Patricia était morte d'une fracture des vertèbres du cou. Les contusions et les blessures sur son corps pouvaient toutes s'expliquer par sa chute. Le shérif Teague se serait bien contenté de la thèse de l'accident mais, si l'on en croyait Michael Winter, il avait été incapable d'expliquer pourquoi le corps avait été soigneusement recouvert de foin. On avait également trouvé dans le grenier un lecteur de disques CD et des bougies encore allumées. De plus, les familiers de Patricia affirmaient qu'elle souffrait du vertige et qu'en aucun cas elle n'aurait choisi le grenier pour se retirer dans la solitude. L'enquête continuait donc, même si les obsèques avaient eu lieu soixante-douze heures après la découverte du corps par Christine.

C'était une journée magnifique et, tandis qu'elle roulait vers l'église avec Jeremy, Christine pensait qu'il était triste que Patricia n'ait pas vu la fin de cette si longue période de temps gris et pluvieux. Elle ne verrait pas ce soleil jaune citron dans le ciel, ce beau soleil qui réchauffait l'air et séchait le sol détrempé, obligeant les fleurs du printemps à s'ouvrir et à révéler leurs couleurs magiques. Elle manquerait tout cela.

Christine était parvenue à convaincre Jeremy que ce n'était pas un bon jour pour montrer sa broche à Ames.

— Il est déjà assez triste à propos de Patricia, lui dit-elle, ce n'est vraiment pas la peine de lui rappeler Dara. Attends encore un peu. En fait, aujourd'hui, nous devrions nous tenir à l'écart de lui.

— Nous tenir à l'écart, avait répété Jeremy qui était incroyablement beau dans son complet gris anthracite. Tu crois qu'il n'aura pas besoin de nous aujourd'hui ?

— Je crois qu'il a davantage besoin de Wilma. Nous risquerions de le mettre dans tous ses états.

— Je ne comprends pas.

Bien sûr qu'il ne peut pas comprendre, pensa Christine. Elle ne lui avait pas encore parlé de son renvoi et de l'hostilité qui régnait entre elle et Ames et risquait de se retourner contre son frère. Il en serait dérouté et blessé. Le seul moyen d'éviter cela était de le tenir éloigné d'Ames.

— Je t'en prie, Jeremy, dit-elle, accepte ce que je te dis sans me demander plus d'explications. Juste cette fois, d'accord ?

Il acquiesça et dit :

— Je ne comprends pas pourquoi tu ne veux pas que je parle à Ames mais je ferai ce que tu veux. Je suis d'accord pour rester à l'écart, pour ne pas le serrer dans mes bras mais je peux tout de même lui dire bonjour, non ?

— Bien sûr mais il a tant de choses à penser aujourd'hui. Ne te vexe pas s'il ne te répond pas.

En arrivant à l'église, dans cette paroisse qui avait été celle de Patricia mais où elle ne venait que rarement, Christine fut stupéfaite de voir le nombre de voitures qui étaient alignées des deux côtés de la rue. Patricia n'avait pas été spécialement aimée à Winston mais Ames était hautement respecté. Et Wilma avait une bonne centaine d'amis qui connaissaient tous l'amitié qu'elle avait pour Ames. Ils n'étaient peut-être qu'une poignée à venir pour Patricia. Et ce n'était même pas certain. Christine se demandait si Patricia y aurait attaché la moindre importance.

L'intérieur de l'église était sombre, presque funèbre. Christine ne l'avait jamais aimée et elle savait que Patricia n'avait rejoint cette paroisse que parce que c'était celle des bonnes familles de Winston. Sa première impulsion avait été de se glisser sans se faire remarquer sur l'un des bancs du fond mais elle savait que les gens le remarqueraient et commenteraient longuement son attitude à la fin des obsèques. Après tout, Jeremy et elle avaient été les pupilles d'Ames. Ils faisaient presque partie de la famille. Leur place était devant, là où elle voyait Ames déjà assis près de Wilma, grand et raide. Elle s'avança donc jusqu'au banc qui était directement derrière lui. Ames aperçut Jeremy et lui fit la grâce d'un signe de tête mais il ignora complètement Christine.

Christine eut l'impression que le pasteur débitait ses prières d'un ton monotone et qu'il n'en finissait pas. Elle mit cela sur le compte de sa nervosité mais elle vit que Wilma s'agitait comme si elle n'était pas à son aise. Après tout, pensa-t-elle, ce pasteur est peut-être ennuyeux. Ou bien il est tellement content de voir son église si pleine qu'il ne peut pas s'arracher à sa chaire. Si ça continue, il va se mettre à faire des plaisanteries et peut-être même à chanter une ballade.

Arrête de penser comme quelqu'un qui est au bord d'une dépression nerveuse, se dit-elle sévèrement. Il lui fallait aller jusqu'au bout de cette éprouvante situation mais elle se sentait tout étourdie par la peur et par le fait qu'elle n'avait pas pu dormir après avoir reçu les photos qu'elle avait évidemment remises à Michael Winter. Même si elle était agitée, elle devait garder le contrôle d'elle-même, ne serait-ce que pour Jeremy. Elle devait l'éloigner d'Ames et sûrement ce pasteur, qui ne connaissait sans doute même pas Patricia, n'allait pas trouver encore beaucoup de choses à dire sur elle.

Finalement, tout le monde se leva et un murmure de soulagement courut sur les bancs. Le service était enfin terminé. Ames se tourna et avança dans l'allée sans lui jeter un regard. Wilma marchait derrière lui et elle leur adressa un chaleureux sourire. Derrière elle marchait son mari, un petit homme tranquille qui semblait ratatiné comme un vieux morceau de cuir. Ensuite venaient Streak, transpirant et tendu, puis d'autres membres de la famille Archer. La mère de Patricia avait annoncé à Wilma qu'elle était trop malade pour se rendre à l'enterrement. Wilma n'y croyait pas.

— Elle n'a même pas eu l'air bouleversée quand je lui ai parlé peu après Ames, avait-elle dit, offusquée. J'avais pensé que, peut-être, j'aurais pu lui remettre la cervelle à l'endroit. Après tout, Patricia était sa seule enfant survivante. Mais non. Cette femme est froide comme la glace. C'est sans doute pour cela que Patricia était si dure à l'intérieur.

Christine et Jeremy suivirent les Archer à la sortie de l'église. Christine conduisit aussitôt son frère jusqu'à sa Dodge Neon que le garagiste venait de lui ramener. Elle ne voulait en aucun cas qu'il puisse rencontrer Ames.

— Tu agis d'une façon étrange, se plaignit-il. J'aimerais que tu me dises enfin ce qui ne va pas.

— Je te le dirai plus tard mais, pour le moment, suis-moi.

— Je ne comprends toujours pas.

— Reste près de moi et n'essaie pas de parler à Ames.

Jeremy poussa un long soupir.

— Tu m'as déjà dit de ne pas parler à Ames parce qu'il est trop bouleversé. Je ne vois pas en quoi le fait de me parler le bouleverserait davantage. Je continue à croire que tu es bizarre.

— D'accord, je suis bizarre mais je suis ta grande sœur, alors fais ce que je te dis.

La concession de la famille Prince se trouvait dans un cimetière à moins de deux kilomètres de l'église. Après avoir rangé sa voiture et marché sur le sentier herbeux, Christine eut la surprise de constater que la tombe qui avait été creusée pour Patricia se trouvait à deux rangées de celles qu'Ames s'était réservées pour lui et pour Eve. Les gens n'allaient pas manquer de considérer cela comme une claque envers Patricia, comme un affront aussi grave que le fait de ne pas avoir organisé une visite au corps à la veille des obsèques ou une réception au retour de l'enterrement. Ils voudraient savoir pourquoi Ames avait décidé d'humilier ainsi sa seconde femme à l'heure de sa mort. Christine était certaine que Wilma avait tout fait pour le ramener aux convenances. Visiblement, elle avait échoué.

Christine vit avec inquiétude que le pasteur bavard avait cru bon de venir jusqu'au cimetière. Elle espérait qu'il serait bref bien qu'il lui semblât d'une inquiétante énergie. Les gens se rassemblaient autour de la tombe en avançant sur la pointe des pieds pour ne pas marcher sur les tombes. Christine se demanda si les morts pouvaient sentir qu'on marchait sur eux. Elle en doutait. Elle préférait penser qu'ils évoluaient sur des plans de conscience différents et qu'ils ne sentaient plus les aspérités de la vie. Elle le souhaitait très fort pour ses parents.

Le pasteur commença avec brio et Christine se sentit emportée par une telle vague d'ennui qu'elle en poussa presque un grognement. Elle essaya de se distraire en regardant autour d'elle. Juste en face, il y avait Tess et Reynaldo. Ils n'avaient pas vraiment aimé Patricia mais Rey était l'employé d'Ames et il n'avait pu se dispenser de venir. Il semblait distant, comme si son esprit était ailleurs. Tess lui serrait le bras comme pour bien montrer qu'il était à elle. Elle avait fait disparaître les mèches blondes de ses cheveux qui étaient revenus à leur couleur naturelle, souples et d'un beau brun. Sa robe bleu marine l'avantageait et son maquillage soulignait harmonieusement les contours de son visage. Malgré ses yeux qui semblaient fatigués, cela faisait des mois qu'elle n'avait pas été aussi belle. Mais Rey ne semblait pas faire attention à elle et Christine se demanda avec tristesse s'il s'était jamais vraiment intéressé à elle.

Ginger se tenait près de Rey et Tess. En voyant Christine, elle commença à lui faire un grand geste du bras mais elle se contint. Christine lui lança un léger sourire et se hâta de regarder ailleurs pour ne pas provoquer d'autres manifestations trop visibles. Streak était entre Ames et Wilma. Christine ne le voyait que de dos mais c'était assez pour voir que son cou était couvert de sueur. Ses cheveux argentés étaient eux aussi humides et l'on voyait que son dos était agité de mouvements incontrôlés. Quelle épreuve ce doit être pour lui, pensa Christine. Elle espérait qu'Ames lui en serait reconnaissant.

À quelques mètres d'eux, elle vit Sloane Caldwell. Comme toujours, il était impeccablement vêtu. Il était grand et fort mais avait de légères poches sous les yeux, comme s'il était fatigué. Il était vraiment beau bien que son visage soit un peu taillé à coups de serpe. Christine se rendit compte avec une extrême surprise qu'elle préférait le visage plus mince de Michael Winter avec ses pommettes hautes. Longtemps elle avait cru que Sloane était le plus bel homme qu'elle ait connu. Maintenant il lui semblait impossible de l'aimer, de partager avec lui ses secrets, de vivre avec lui un mariage et un avenir. Elle eut le sentiment qu'il n'avait toujours été pour elle qu'un ami très cher.

Près de Sloane se tenait une femme d'une beauté spectaculaire. Christine reconnut en elle la nouvelle collaboratrice d'Ames, Monique Lawson. Elle se demanda si sa relation avec Sloane était sérieuse. Elle n'en savait rien mais son intuition lui disait que Monique était une femme possessive. Elle pensait que Sloane était surtout attiré par le milieu dont elle venait, par la magnifique demeure que ses parents possédaient sur River Road à l'extérieur de La Nouvelle-Orléans, par ses études dans de prestigieuses universités, par ses relations avec des gens comme John Kennedy Jr. Mais je suis en train de juger Sloane, pensa-t-elle. Il a beaucoup plus à offrir que tout cela.

Elle sentit dans son cou la respiration de Jeremy et elle l'entendit lui murmurer, assez fort pour être entendu des voisins :

— Est-ce que ce pasteur ne va pas bientôt s'arrêter de parler ?

Elle pencha la tête pour dissimuler un sourire. Jeremy avait tout simplement dit ce que tout le monde pensait probablement mais il fallait l'arrêter avant qu'il ne se mette à parler de plus en plus fort.

— Il aura fini dans une minute, lui répondit-elle à voix basse, mais nous devons rester tranquilles et nous taire, sinon Ames sera très fâché.

Jeremy poussa un gros soupir. Sloane avait remarqué leur manège et fit un clin d'œil à Christine qui le lui rendit et regarda ailleurs.

Son regard rencontra celui de Bethany. Elle était très belle dans son tailleur vert. Elle avait rassemblé en chignon ses cheveux châtains et Christine vit briller ses boucles d'oreilles en diamant, cerclées d'or. Travis les avait achetées pour elle cette année même à la bijouterie à l'occasion de Noël. Christine pensa que Bethany devait être l'une des rares personnes qui se trouvaient là en l'honneur de Patricia. Elle avait toujours été intimidée par elle mais elle l'aimait à sa façon. En tout cas elle ne la détestait pas, sinon elle ne l'aurait pas aidée à redonner vie au jardin d'Eve, ce jardin qu'elle ne verrait pas fleurir.

À côté de Bethany, Travis semblait raide et un peu terne. Bethany l'avait rencontré sept ans plus tôt lorsqu'elle s'était inscrite au cours de biologie à l'université de Winston. Elle craignait un peu ce cours parce qu'elle ne s'intéressait guère à la biologie et surtout parce qu'elle savait que, lors des travaux pratiques en laboratoire, il lui faudrait disséquer des grenouilles ou des yeux de mouton. Mais, très vite, elle avait été subjuguée par l'enthousiasme de Travis, par sa beauté et par son charisme. Et elle s'était mise à étudier non plus seulement pour obtenir son diplôme mais pour que son professeur ait une bonne opinion d'elle.

Christine ne s'était pas entichée de Travis Burke mais elle savait que de nombreuses étudiantes se sentaient attirées par lui. Il n'avait pas la beauté classique de Rey Cimino mais son regard assuré et son air désinvolte semblaient irrésistibles à de nombreuses filles. Des filles comme Dara. Dara, elle aussi, n'avait accepté la biologie qu'à contrecœur mais, au bout de quelques semaines, elle avait demandé à Christine ce qu'elle savait de Travis. Celle-ci, qui était devenue l'amie de Bethany, avait répondu qu'il était intelligent, beau et marié. Dara n'en avait plus reparlé, sinon une fois pour dire que c'était un charmeur.

Charmeur.

Ce mot fit surgir à l'esprit de Christine une scène du passé qui lui sembla remonter d'une mare profonde et sombre. Elle était alors dans sa dernière année d'université et elle était pressée car elle avait un rendez-vous avec un professeur. En traversant le hall Hardley sur lequel donnaient tous les bureaux, elle rencontra Dara qui sortait de celui de Travis Burke. Elle avait le visage en feu et elle était encore plus belle que d'habitude. Elle avait placé la main sur le bras de Christine, un geste d'amitié qu'elle ne faisait pas souvent, et elle avait dit :

— Je viens de voir le charmeur de serpents.

— Charmeur de serpents ? avait répété Christine.

— C'est ainsi que nous l'appelons, mes copines et moi. Il a tous ces horribles serpents mais ils ne le mordent pas parce qu'il possède un charme, le même que celui qu'il utilise avec les femmes. Mon Dieu ! Il est vraiment passionné, le charmeur de serpents.

L'esprit de Christine revint brusquement au cimetière puis reprit son envolée. Ce jour-là, elle se faisait du souci pour son rendez-vous avec son professeur, craignant, pour la première fois, d'avoir une mauvaise note. Elle avait écarté Dara de sa pensée, si bien qu'elle avait oublié cette rencontre. Après tout, Dara était passionnée par tous les hommes ou, en tout cas, par une bonne douzaine chaque année et ce qu'elle avait dit du mari de Bethany n'était pas particulièrement important.

Ou plutôt cela n'avait pas semblé important à ce moment-là. Mais Christine réalisait maintenant que

Dara n'avait pas seulement manifesté l'excitation d'une petite fille. Elle avait semblé réellement excitée, comme si elle venait d'avoir une rencontre sexuelle. Et elle avait appelé Travis « Charmeur de serpents[1] ».

Était-ce donc le S.C. dont elle parlait dans son journal ? Christine cherchait désespérément à se souvenir du moment où elle avait vu Dara sortir du bureau de Travis. Elle revit distinctement une guirlande sur la porte. Une guirlande de fête qui avait été placée par Bethany. Oui, elle avait vu Dara sortir de là juste avant les vacances de Noël. Et trois mois plus tard, elle avait disparu.

2

Michael savait que Christine ne l'avait pas vu aux funérailles de Patricia. Il avait fait exprès de ne pas se montrer, faisant ce qui ne servait probablement pas à grand-chose : observer les gens qui assistaient à l'enterrement pour voir s'il y avait parmi eux des suspects. Il n'avait jamais bien pu définir ce qu'il entendait par suspects mais certains psychologues du comportement affirment que les meurtriers aiment venir aux funérailles de leurs victimes pour jouir du mal qu'ils ont fait.

Donc il avait assisté à l'interminable service à l'église, il était resté debout pendant la non moins interminable cérémonie au cimetière et deux personnes seulement lui avaient semblé suspectes : Streak Archer et, malheureusement, Christine. Streak Archer était pour lui une énigme. Christine ne l'était pas. Elle semblait gênée et nerveuse parce qu'elle se

1. *Snake Charmer* (S.C.), dans l'original.

sentait très mal à l'aise, se demandant quelle allait être l'attitude d'Ames Prince envers elle et Jeremy. Michael savait que c'était son problème. Le shérif Teague lui avait recommandé de la surveiller tout particulièrement. Et aussi, avait-il ajouté, « son demi-idiot de frère ».

— En principe, il assistait à une soirée chez Danny Torrance mais il lui aurait été très facile de s'absenter pour un moment. Vous ne m'enlèverez jamais de l'esprit qu'il a tué Dara Prince. Je n'ai jamais fait confiance à ce genre de type et sa sœur fera tout pour le protéger. Arrêtez de me regarder comme ça. Je ne veux rien entendre de vos théories à moitié bâclées qui prétendent qu'un gros et stupide lourdaud comme lui est incapable de faire du mal à qui que ce soit. Vous ne savez pas une foutue chose de lui.

Jeremy un demi-idiot et mes théories à demi bâclées, pensa Michael, amusé, tout en continuant à observer la foule et en faisant bien attention de ne pas fixer quelqu'un en particulier. Teague nous a tous analysés comme des moitiés de personne. Il se considère probablement comme la seule personne entière. Si cela est vrai, les citoyens de Winston forment un beau gâchis.

Michael regarda Christine juste au moment où Jeremy se penchait sur elle pour lui murmurer quelque chose à l'oreille. Il la vit sourire mais d'autres aussi, autour d'elle, souriaient. Apparemment, Jeremy avait murmuré un petit peu fort. Pendant un moment, Christine avait semblé flotter sur un nuage puis elle était revenue brusquement sur le sol. Ses épaules s'étaient redressées, ses yeux ouverts tout grands et ses lèvres s'étaient entrouvertes. Michael la surveillait tandis que son regard, si intense, se fixait sur ceux qui se trouvaient en face d'elle, en l'occurrence Bethany ou Travis Burke. Elle semblait choquée.

On dirait qu'elle s'est souvenue de quelque chose, pensa-t-il. Puis il se traita d'idiot. Pour qui se prenait-il ? Pour un liseur de pensées ou pour un psychiatre amateur de théories à moitié bâclées ?

Lorsque le service fut enfin terminé, il vit Sloane Caldwell s'approcher de Christine et de Jeremy. Il s'attarda, étudiant les autres personnes présentes et en particulier Streak Archer qui semblait sur le point de s'évanouir. Sa mère partageait son attention entre Ames et lui. Bethany et Travis Burke avançaient aussi vers Ames. D'autres personnes allaient à leur voiture. Michael avait l'intention de continuer sa surveillance mais il fut interrompu par Christine qui lui saisit le bras et lui dit d'un ton urgent :

— J'ai quelque chose à vous dire.

Il regarda Sloane Caldwell qui parlait à Jeremy tout en fixant Christine.

— Qu'est-il arrivé ? lui demanda-t-il, ému par ses yeux pleins de trouble. Est-ce que vous avez eu un autre coup de téléphone ? Ou quelque chose au courrier ?

— Il n'est rien arrivé mais je me suis souvenue de quelque chose, dit-elle très vite. Je me souviens d'avoir vu Dara sortir du bureau de Travis Burke et cela m'a rappelé qu'elle et ses amies l'avaient surnommé le Charmeur de serpents. S.C. dans le journal, expliqua-t-elle, ce n'est peut-être pas Sloane Caldwell. Ce peut être Travis Burke. Si vous aviez vu l'état dans lequel se trouvait Dara…

Elle secoua la tête.

— J'ai honte de vous dire cela parce que Bethany est mon amie mais je crois que Dara a peut-être eu une aventure avec Travis, non avec Sloane.

Elle semblait très troublée, pensa-t-il, d'avoir peut-être lancé Michael sur la fausse piste de Sloane Caldwell. Peut-être avait-elle encore pour celui-ci un romantique attachement et cherchait-elle à le protéger. Puis il se dit que c'était peut-être un peu fou et non professionnel de ne pas prendre en considération ce qu'elle venait de lui dire sur Burke simplement parce qu'il craignait qu'elle ne soit encore attachée à Caldwell. Rien de cela ne devait le toucher personnellement.

Mais touché, il l'était bel et bien.

— Avez-vous jamais entendu quelqu'un d'autre appeler Travis Burke Charmeur de serpents ? demanda-t-il.

— Charmeur de serpents, s'écria Jeremy. C'est ainsi que Dara appelait Travis. Il ne m'aime pas mais il aimait vraiment Dara.

Christine pâlit.

— Jeremy, siffla-t-elle, tais-toi, les gens vont t'entendre.

— Mais je n'ai rien dit de mal, dit-il tout confus. J'ai seulement dit la vérité. Dara parlait souvent de Travis et elle l'appelait le Charmeur de serpents. Moi je trouve terrifiant qu'il garde chez lui tous ces serpents mais elle, elle trouvait ça bien. Elle m'a dit qu'il les lui avait montrés.

— Je trouve que c'était une très belle cérémonie, dit Michael à haute voix mais il était trop tard.

Bethany Burke avait déjà fait un pas en arrière, pâle, ses yeux lançant des éclairs à Travis Burke rouge de confusion.

3

Une heure plus tard, Michael se demandait si Christine était encore furieuse contre son frère. Il sentait bien qu'elle détestait être en colère contre lui mais il aurait été inhumain qu'elle ne fût pas mal à l'aise en entendant Jeremy traiter Travis Burke de charmeur de serpents si fort qu'il avait attiré l'attention de Bethany. Travis ne pouvait pourtant pas en vouloir à Jeremy ou à Bethany de l'interrogatoire que Michael allait lui imposer. Il était prévu depuis la veille au soir.

Michael s'était senti soulagé de voir que c'était Travis qui répondait à son coup de sonnette.

— Je dois vous poser quelques questions, lui dit-il. Ce sont des questions auxquelles, peut-être, vous n'avez pas envie de répondre à la maison. Si vous préférez que nous nous rencontrions autre part…

— Des questions à propos de quoi ? demanda Travis, nerveux.

— À propos d'un lecteur de CD.

— D'un lecteur de CD ? Je ne comprends pas.

— Vous comprendrez quand nous en parlerons, car nous allons en parler et vous feriez aussi bien d'en finir vite.

— D'accord. Ma femme est allée voir son père et je suis resté pour garder notre fille. Donc nous devons rester ici.

Michael n'avait pas réalisé à quel point les Burke habitaient en dehors de la ville. En s'arrêtant devant la maison, il avait vu un grand bâtiment en ciment qui se trouvait derrière une maison très simple. C'est dans ce bâtiment sans doute que Burke devait abriter ses serpents, pensa Michael. Il savait que de plus en plus de gens s'intéressaient à l'herpétologie mais il n'en faisait pas partie.

Travis ouvrit grand la porte et dit :

— Je ne sais vraiment pas de quoi il s'agit. Je ne comprends pas pourquoi vous voulez me poser des questions.

— Entrons d'abord. Vous êtes d'accord pour me laisser entrer, monsieur Burke ?

— Oui, bien sûr. Ne croyez pas que je veuille vous fermer ma porte, dit Travis un peu hors d'haleine. Voulez-vous du café ? Je viens d'en faire.

— Non, merci. Je viens tout juste de finir mon déjeuner. Occupons-nous de nos affaires.

— Oui, certainement, nous allons nous asseoir au salon. Mais ma femme va rentrer d'ici une heure et cela ne lui ferait certainement pas plaisir d'arriver et de trouver une voiture de police devant la porte. Elle se fait tellement de soucis à propos de Jan. C'est notre petite fille. Elle a quatre ans et elle est en train de faire la sieste. Bethany l'aurait certainement emmenée chez son père mais il a un rhume. Ils passent leur temps, tous deux, à avoir peur qu'elle n'attrape quelque chose. Elle est la plus couvée des petites filles de la ville.

— Les petits enfants ont sans cesse besoin de protection et d'attention, dit Michael d'un ton sec. Je comprends les soucis que se fait votre femme.

— Moi aussi, bien entendu. Ne croyez pas que je la critique.

Ils étaient arrivés dans un salon de taille moyenne et décoré avec goût. Ce n'était pas le genre de pièce réservé aux seules réceptions. Les magazines et les journaux répandus autour d'un grand fauteuil en cuir prouvaient qu'il était utilisé tous les jours.

— Avez-vous des enfants, adjoint Winter ? demanda Travis.

Michael dut faire un effort pour ne pas montrer son émotion.

— J'ai eu une petite fille, dit-il, mais… elle est morte.

— Oh mon Dieu ! Je suis désolé.

— Je l'ai été aussi.

Étrange façon d'affirmer une évidence, pensa Michael, mais il voyait bien que Travis se faisait trop de soucis à propos de ce qui l'attendait pour s'occuper vraiment de ce que lui disait Michael.

Travis s'installa dans un fauteuil comme on s'installe sur un radeau en plein milieu de l'océan. Michael s'assit sur un divan recouvert d'un tissu imprimé jaune et rouge. Il y avait près de lui un cahier de coloriage avec un unique crayon vert. Il les prit et les posa sur une table à café en acajou.

Travis regarda le crayon et sourit.

— Jan est dans sa période verte. Tout ce qu'elle colorie est vert.

— Les petites filles sont vraiment mignonnes, dit Michael avec dans la voix une touche de tristesse. La mienne me manque beaucoup.

Il s'éclaircit la gorge.

— Je sais que vous voulez me voir parti avant l'arrivée de votre femme, monsieur Burke, alors je vais tout de suite en venir au fait.

Il sortit son carnet et le contempla, même s'il n'en avait pas vraiment besoin. Il voulait voir si Travis Burke se sentait nerveux. Il demanda :

— Vous connaissiez Patricia Prince, n'est-ce pas ?

— Patricia ?

Travis semblait stupéfait, comme s'il s'agissait vraiment d'une question inattendue.

— Je la connaissais assez peu. Ma femme et elle étaient amies. Enfin, pas vraiment des amies mais Bethany l'avait aidée à mettre un jardin en valeur. Beth est une bonne amie de Christine Ireland et c'est elle qui l'avait présentée à Patricia. Moi personnellement, j'ai très peu vu Patricia.

Michael inclina la tête.

— Vous savez que les circonstances de sa mort font l'objet d'une enquête ?

— Non, je ne le savais pas. Tout ce que j'ai entendu dire, c'est qu'elle est tombée du grenier de sa grange.

— Est-elle tombée ou a-t-elle été poussée ?

— Poussée ? Personne ne m'a dit cela. Comment le savez-vous ?

— Je ne peux entrer dans les détails car la police doit être discrète.

Il sourit. Travis essaya sans y parvenir de faire de même.

— Vous possédez un lecteur de CD, n'est-ce pas, monsieur Burke. Un baladeur ?

Il consulta son carnet.

— Un lecteur RCA et une radio digitale modèle RCD 122 ? Travis resta bouche bée puis son visage se fit méfiant.

— C'est vrai, dit-il, j'en possédais un il y a encore une quinzaine de jours mais il m'a été volé dans ma voiture.

— Vous n'avez pas fait de déposition à la police ?

— J'avais laissé la portière ouverte. J'ai donc pensé que c'était de ma faute. La voiture était intacte, rien d'autre n'avait été pris et, franchement, je n'avais pas l'intention de faire toute une affaire pour ce lecteur de CD, de remplir tout un tas de paperasses au commissariat. Mais comment savez-vous cela ?

— Il y a quelques années, la police de Winston a proposé de placer des bandes d'identification sur les appareils électroniques de façon à pouvoir les suivre en cas de vol.

— Oh !

Michael lut sur le visage de Travis que cela lui rappelait quelque chose.

— J'avais complètement oublié cela, dit-il. C'est Bethany qui s'en est occupée.

— Je vois. Alors, votre appareil a refait surface.

Travis sembla se détendre.

— Alors, c'est ce dont il s'agit ? Mon lecteur de CD ? Je serai content de le retrouver car j'étais sur le point d'en acheter un autre.

Soudain, il sembla pris d'inquiétude et demanda :

— Mais qu'est-ce que mon lecteur de CD peut bien avoir à faire avec Patricia Prince ?

— Il a été trouvé dans le grenier d'où elle est tombée, dit Michael doucement. Pouvez-vous me dire comment il y est arrivé ?

Travis devint si blanc que Michael crut qu'il allait s'évanouir. Il avala sa salive et dit avec force.

— Non, comment le pourrais-je ?

Il avala de nouveau sa salive :

— Vous voulez dire que quelqu'un me l'a volé pour aller le cacher dans le grenier des Prince ?

— Il n'était pas caché. Lorsque Christine Ireland a découvert le corps de Patricia, il y avait de la musique et, plus tard, nous avons trouvé votre lecteur bien en vue et entouré de bougies allumées.

Travis le regarda, la bouche ouverte, puis il la ferma et leva les mains. Michael lui demanda :

— Affirmez-vous toujours que vous ne savez pas comment votre lecteur de CD est arrivé là ?

— Oui, bien sûr. Je n'en ai pas la moindre idée. Comment en serait-il autrement ?

— L'une de nos sources affirme que Patricia Prince avait un amant et qu'elle avait coutume de le rencontrer dans ce grenier.

Travis se dressa, agressif.

— Qui m'accuse ? Ce n'est pas moi ! Quelle est votre source ?

— Cela, je ne peux le révéler.

Michael se demanda comment Travis aurait réagi s'il lui avait dit que la source était Jeremy Ireland.

Ou plutôt, il le savait. Travis aurait été rassuré, bien persuadé que personne ne pouvait prendre Jeremy au sérieux. Christine lui avait dit qu'elle avait l'impression que Travis n'aimait pas Jeremy, même s'il faisait tout ce qu'il pouvait pour le cacher.

— Je me demandais, monsieur Burke, si vous savez quelque chose de cette aventure de Mme Prince.

— Bien sûr que non !

— C'était votre appareil qui était dans le grenier. Et qui jouait de la musique entouré de bougies allumées.

— Je vous ai dit qu'il m'a été volé.

— Mais vous n'en avez pas parlé à la police. Et rien d'autre ne vous a été volé dans votre voiture ?

— Seulement le lecteur de CD et rien d'autre. D'ailleurs il n'y avait rien d'autre à voler.

— Et vous n'avez pas voulu ennuyer la police avec cette affaire ?

— C'est juste.

Travis releva légèrement le menton.

— Est-ce tout ce que vous aviez à me demander ?

— Non. Seriez-vous assez bon pour me dire où vous étiez vers une heure de l'après-midi le jour où Patricia Prince est morte ?

— Cela ne me dérange aucunement. J'étais à l'université, dans mon bureau, et je suis sûr que des douzaines de personnes m'ont vu. Au moins quelques-unes.

— Bien.

— Oui. Elles peuvent me donner autant d'alibis que je le souhaite.

— C'est bien, monsieur.

— Maintenant écoutez-moi bien, monsieur l'adjoint. Je ne peux absolument pas vous aider dans cette affaire de Patricia Prince. Et maintenant que mon appareil a été retrouvé, je n'en ai pas besoin. Je ne le veux plus.

— Je ne vous l'ai pas offert parce que c'est maintenant un élément de l'enquête. Nous verrons ce qu'en dira le shérif Teague.

— Je vous dis que je m'en fiche complètement.

— D'accord, monsieur Burke, dit Michael calmement.

— C'est tout ? En avons-nous fini ?

— Voyons voir. (Michael consulta son calepin.) Oh ! Encore une chose : Dara Prince vous appelait-elle le Charmeur de serpents ?

Et voilà ! C'était bien à cela que Travis s'attendait. Il savait qu'on allait lui poser cette question et, malgré tout, il n'y était pas préparé. Il restait là, fermant à demi les yeux tandis qu'il essayait de retrouver ses esprits.

— Dara Prince, finit-il par dire, mais je la connaissais à peine.

— Ou Patricia Prince.

— Oui, ce sont deux femmes que j'ai rencontrées mais que je connaissais à peine. Est-ce que c'est un crime ?

— Non, je ne vous ai pas accusé d'un crime. Je me posais juste la question à propos de ce surnom de Charmeur de serpents.

— J'ai entendu dire que certaines étudiantes m'ont appelé ainsi quelque temps mais je pense que c'est maintenant fini.

— Donc ce n'est pas un surnom très employé ?

— J'ai dit que certaines étudiantes m'ont appelé ainsi mais savez-vous combien il y a d'étudiants à l'université de Winston ?

— Environ treize mille.

— Oui, alors vous voyez...

— Mais vous dites que ce surnom n'est plus employé.

— Autant que je le sache. Peut-être y en a-t-il encore quelques-unes qui m'appellent comme cela. Ou plus encore.

Il se tut et reprit :

— Mais quel intérêt ?

— Dara Prince avait une liaison avec quelqu'un qu'elle surnommait ainsi.

Tout ce que Michael savait en réalité était que Dara avait été en relation avec quelqu'un qu'elle mentionnait comme S.C. Mais Christine semblait se souvenir que Dara avait au moins été attirée par Travis et qu'elle était sortie de son bureau dans une attitude qui n'était pas celle d'une simple étudiante. Michael avait assez confiance en l'intuition de Christine pour se permettre d'étirer un peu la vérité afin de se rendre compte de la réaction de Travis.

Et cela valait la peine. Travis avait d'abord semblé sur le point de bredouiller un démenti indigné qui aurait pu être considéré comme un aveu de culpabilité. Mais il était parvenu à se reprendre. Une lueur d'impatience s'était allumée dans son regard.

— Depuis trois ans qu'elle a disparu, dit-il, je n'ai rien entendu de pareil. Qui vous a donné une telle information ?

— Je n'ai pas le droit de vous le dire.

— Mais vous avez le droit de proférer des accusations.

— Je ne vous accuse pas, je me contente de poser des questions.

— Des questions qui ressemblent à des accusations.

Michael surprit Travis en éclatant de rire.

— Écoutez, monsieur, je vais perdre les pédales si vous vous mettez à parler de la différence qu'il y a entre questions et accusations. Ce sont des mots pour des avocats et, moi, je ne suis qu'un simple flic venu vous poser quelques questions.

Les yeux de Travis se rétrécirent.

— Un simple flic, mon cul ! Vous savez beaucoup de choses et vous ne me dites pas tout.

— Beaucoup de choses à propos de quoi ?

— Au moins à propos de ce que les gens disent de moi.

— Monsieur Burke, je crains que ce ne soit de la paranoïa.

— Dois-je appeler un avocat ? Sloane Caldwell est un de mes bons amis et je peux l'obtenir comme ça, dit Travis en claquant des doigts.

Michael sourit.

— Vous pouvez l'appeler si vous voulez mais je n'ai plus qu'une question à vous poser. Si nous devons l'attendre, votre femme sera peut-être arrivée avant lui.

— D'accord, alors une seule question. Une.

— Avez-vous éprouvé un sentiment… disons romantique envers Patricia ou Dara Prince ?

— Non, pour l'amour du ciel et je suis offensé…

— Très bien, monsieur, vous pouvez rester ici et être offensé quand je serai parti. J'avais juste besoin de quelques réponses.

Michael se leva.

— J'ai été désolé de vous tourmenter, dit-il gentiment comme s'il venait de faire une visite d'amitié. Prenez bien soin de votre petite fille. Ne m'avez-vous pas dit qu'elle s'appelle Jan ?

— Oui, Jan mais…

— Je suis sûr qu'elle est très mignonne. Bonne journée, monsieur Burke.

En marchant vers sa voiture, Michael jeta un regard

sur Travis Burke. Il se tenait dans l'encadrement de la porte et il semblait terriblement mal à l'aise, presque malade.

4

Les minutes qui suivirent l'éclat de Jeremy aux obsèques avaient été très éprouvantes pour Travis. Bethany l'avait précédé à la voiture. Travis lui avait demandé si elle voulait conduire et elle avait refusé, ce qui était un très mauvais signe. Après avoir conduit plus d'un kilomètre, Travis avait baissé la musique et demandé :

— Bethany, laisse-moi te parler de ce qui vient d'arriver.

Elle avait répondu en relevant le niveau sonore au point que la musique New Age de John Tesh, que Travis détestait, avait envahi la voiture. Jusqu'à l'arrivée à la maison, les vitres avaient vibré à la fois de ce fracas musical et de la fureur de Bethany.

Après qu'ils eurent payé la baby-sitter, il avait fait un second effort pour faire la paix.

— Beth, avait-il dit, laisse-moi t'expliquer.

— Je crois que tu as assez parlé pour aujourd'hui, avait-elle répondu d'un ton cassant après avoir installé Jan sur son lit à baldaquin avec un verre de jus de pomme, son cahier de coloriage et son crayon vert favori.

Puis elle s'était enfermée dans leur chambre à coucher.

Travis l'y avait suivie.

— Qu'est-ce que tu racontes ? avait-il dit. Je n'ai pas dit un mot ? C'est Jeremy Ireland qui a parlé.

— Oui et il a dit beaucoup de choses en peu de mots.

— Bien sûr. Jeremy Ireland est un témoin impeccable, dit-il, méprisant.

— Il a dit que Dara t'avait surnommé le Charmeur de serpents.

— Et après ? Elle et d'autres étudiantes. Et ce n'est pas encore fini.

— Il a dit que Dara t'aimait beaucoup.

— Jeremy est certainement un grand connaisseur des sentiments. Nous sommes de si bons amis, des bons copains, dit-il d'un ton dédaigneux. Mais, Beth, c'est un retardé mental. Que peut-il bien savoir ?

— Il est un peu retardé mais il n'est pas un légume. Je crois qu'il est capable de comprendre les gens, d'autant plus que Dara lui a probablement dit beaucoup de choses.

— Dara Prince, un parangon de toutes les vertus, une analyste très fine des émotions humaines. Tu la vois discuter de ces choses-là avec Jeremy Ireland, ce garçon si intelligent et si sensible. Une telle conversation ne devrait-elle pas intimider même les dieux ?

Bethany lui lança un regard irrité et il insista :

— Écoute, Beth, même si Dara a pu penser que je l'aimais bien, ce n'était pas vrai. Tu sais parfaitement qu'elle avait un ego énorme.

— Non, et je ne savais pas que tu la connaissais à ce point.

— Christine nous a parlé d'elle. Elle nous a dit que Dara pensait que la moitié des hommes de la ville en pinçaient pour elle.

— Inutile de te fatiguer. Au temps où elle était ton élève, j'avais senti qu'il y avait quelque chose entre vous.

Bethany dit cela en enlevant le tailleur qu'elle portait aux obsèques.

— Et après qu'on a découvert son corps dans la rivière, tu as prononcé son nom dans ton sommeil.

— J'ai dit Dara ? J'ai dû bredouiller comme on le fait dans les rêves. Es-tu sûre que j'ai dit Dara distinctement ?

— Oui, tu l'as fait.

— Je ne te crois pas.

— J'aurais dû avoir un magnétophone.

— Je suis étonné que tu n'en aies pas eu. Tu es toujours si jalouse de moi quand il s'agit de mes étudiantes.

— Peut-être ai-je des raisons de l'être.

Bethany avait rangé son tailleur avec des gestes précis qui indiquaient une fureur réprimée.

— Je me souviens comme tu m'as poursuivie quand j'étais ton étudiante.

— Mais sapristi ! je n'étais pas marié !

— Pas si fort. Jan est dans la chambre voisine.

— Tu parles aussi fort que moi.

— Ce n'est pas vrai. Et je ne veux pas discuter plus longtemps. Je vais chez mon père.

— Tu déménages ?

Bethany se tourna vers lui avec violence.

— Tu aimerais cela, n'est-ce pas ? Tu serais libre de te laisser aller à tes petites intrigues. De qui s'agit-il maintenant ? D'une autre jeune fille de dix-neuf ans ?

— Je n'ai d'intrigue avec personne, Beth, et tu le sais. Ne va pas chez ton père maintenant.

Pour rendre les choses pires encore, la sonnerie de la porte retentit. Bethany lui lança un regard assassin comme si c'était Dara elle-même qui arrivait.

— Qui cela peut-il être ? demanda Travis. As-tu invité quelqu'un après l'enterrement ?

— Pas spécialement mais j'ai dit à quelques personnes qu'Ames aurait dû faire une réception à la fin du service. Peut-être est-ce Chris et Jeremy.

— Merveilleux ! Jeremy, l'homme que j'ai le plus envie de voir.

Il fut surpris et soulagé de voir qu'il s'agissait de Tess et Reynaldo Cimino.

— J'espère que nous ne vous dérangeons pas, dit Tess. Je n'ai tout simplement pas envie de rentrer à la maison.

Bethany se sentit d'abord embarrassée mais elle se reprit aussitôt.

— Nous sommes heureux de vous voir, dit-elle, n'est-ce pas, Travis ?

Travis acquiesça bien qu'il ne fût pas ravi de cette visite. Rey ne l'était pas non plus si l'on en croyait son regard. Travis avait noté que ce fameux regard de *celui-qui-se-fichait-de-tout* semblait éteint ce jour-là. Sa peau était un peu grise et ses yeux rougis par le manque de sommeil. Même le sourire qu'il offrit à Bethany était tendu et forcé.

— J'ai envie d'un Baileys, dit-elle légèrement.

Ses hôtes n'auraient pu se douter qu'un quart d'heure plus tôt elle était en pleine furie.

— Est-ce que vous voulez vous joindre à moi ?

Tout le monde fut d'accord. Tandis que les femmes s'occupaient du service, Travis et Rey s'étaient assis dans le salon. Ils n'étaient pas de très bons amis mais ils avaient des relations amicales. Ils dînaient ensemble plusieurs fois dans l'année et les Cimino assistaient toujours à la soirée de Noël de Bethany. Rey avait même visité la maison des serpents et il avait semblé très intéressé. Il n'avait pas eu peur et n'avait ressenti aucune répulsion, à l'inverse de tant d'autres. C'est alors que Travis avait commencé à avoir de l'amitié pour lui, même s'il était un peu envieux de sa beauté. Mais, aujourd'hui, il ne se sentait pas à l'aise avec lui en attendant les boissons. Il espérait que Rey n'avait pas entendu

Jeremy affirmer que Dara le traitait de Charmeur de serpents, qu'il ne l'avait pas entendu non plus dire qu'il aimait tout particulièrement la jeune fille. Après tout, Cimino était amoureux de Dara au moment de sa disparition. Le regard dur de Rey, ses réponses par monosyllabes à ses essais de conversation persuadaient Travis qu'il avait parfaitement entendu Jeremy.

— Je n'ai jamais assisté à un enterrement aussi sinistre, commença-t-il lorsque tout le monde fut assis. Et puis il y a le fait qu'il n'y ait pas eu de réception après la cérémonie. Et aussi que la tombe de Patricia soit si loin de celle d'Ames. Tout cela est étrange.

— Je crois, dit Bethany, qu'Ames savait que Patricia avait une liaison.

— Une liaison ? répondit Tess. Je n'ai jamais entendu parler de cela.

Son visage s'était durci et elle parlait d'une voix haut perchée et fausse. Travis lui jeta un regard perçant et réalisa qu'elle était au courant et cela depuis un bon moment. Mais pourquoi agissait-elle d'une manière si étrange ? Peut-être pensait-elle que cette aventure, Patricia l'avait eue avec Rey.

La conversation traînait. Travis souhaitait désespérément que les Cimino s'en aillent après le premier verre. Lorsque Tess en accepta un second, Rey donna l'impression qu'il aurait volontiers saisi le lourd cendrier d'albâtre qui se trouvait sur la table pour l'écraser sur la tête de sa femme. Après cela, la conversation languit tout à fait. Heureusement, Jan fit son entrée en portant son nounours et son cahier de coloriage.

— Nous avons de la compagnie, dit-elle de sa petite voix avec des inflexions d'adulte. Personne ne m'a dit que nous avions de la compagnie. Comment allez-vous ?

Il y eut de l'attendrissement, des compliments, des roucoulades de la part de Bethany et de Tess et cette question de Rey :

— Que veux-tu faire quand tu seras grande ?

— Une artiste, répondit Jan fermement. Et je vendrai mes tableaux à New York. On les pendra dans un musée et les gens viendront pour les voir et les acheter. Je vais faire des tonnes d'argent et je vais pouvoir acheter beaucoup de chiots et de chatons. Et aussi des boucles d'oreilles en diamant.

Tout le monde rit, ce qui remplit de confusion l'adorable enfant. Elle n'avait pas l'impression d'avoir dit quelque chose de drôle. Au grand soulagement de Travis, elle se mit à bâiller très fort.

— Nous devons partir, dit Tess, Jan a besoin de faire un petit somme.

— Si vous le voulez bien, dit Rey, je vais d'abord aller aux toilettes. Je reviens dans une minute.

Dix minutes plus tard, il n'était pas encore revenu.

— Je ne sais pas pourquoi il met si longtemps, s'agita Tess. Il n'a pas été bien ces temps derniers. Peut-être devrais-je aller voir.

Le pauvre type, pensa Travis, il ne peut même pas aller tranquillement aux toilettes. Il était anxieux. Il voulait que ces deux s'en aillent. Il y avait quelque chose qui n'allait pas. Cette visite avait sans doute une raison d'être mais il ne voyait pas laquelle. Avait-elle quelque chose à voir avec ce que Jeremy avait dit au cimetière ? Mon Dieu ! Il espérait bien que non.

Quand Rey refit son apparition, il croisa son regard et il fut bouleversé d'y lire une haine froide. Il rougit. Il était maintenant certain que Cimino savait qu'il avait eu une aventure avec Dara au moment de sa disparition. Savait-il qu'elle était enceinte ?

Travis se sentit soudain inondé de sueur. Il regarda Tess et vit qu'elle les observait très attentivement, Rey et lui. Sa bouche s'étira en un sourire qui n'en était pas vraiment un et elle dit :

— Bien, je pense qu'il est temps de partir.

Elle se leva et regarda l'enfant.

— Jan est une vraie poupée, dit-elle. Et toi, Beth, viens me voir à la librairie la semaine prochaine. Je vais recevoir plein de livres que tu vas sûrement aimer. Allons-y, Rey. Veux-tu que je conduise ?

— Tu as bu plus que moi, dit-il. Laisse-moi le volant.

À peine les Cimino avaient-ils disparu que Bethany prit son sac et dit :

— Maintenant, je vais chez papa. Il doit se demander ce que je deviens.

Travis avait envie d'être seul mais il savait qu'une visite de Bethany à Hugh pouvait rendre les choses encore plus difficiles.

— Bethany, dit-il, je souhaite vraiment que tu restes ici. Tu es déjà furieuse contre moi et ton père te rendra plus furieuse encore.

— Ne rends pas papa responsable de nos problèmes. Il a toujours soutenu notre mariage.

— J'espère que tu plaisantes, dit Travis sèchement.

Elle lui lança son regard en coin des mauvais jours.

— Je vais juste le voir cette après-midi comme je le lui ai promis, dit-elle en cherchant ses clés de voiture dans son sac. Tu vas devoir garder Jan. Je ne l'emmène pas car papa est trop enrhumé.

Elle le regarda d'un air de défi et ajouta :

— J'espère que cela ne t'enlèvera pas tes moyens.

— Pour l'amour de Dieu, gronda Travis, précipite-toi chez ton papa s'il le faut. Donne libre cours à tes soucis, à tes soupçons paranoïaques, à tes histoires d'infidélités imaginaires. Excite bien le vieil homme, comme cela il me détestera encore plus. Peut-être te sentiras-tu enfin justifiée et heureuse et seras-tu un peu plus supportable quand tu rentreras à la maison.

— Tu es blessant, Travis Burke, et, en mon absence, prends bien garde de ne pas emmener Jan dans la maison des serpents.

— Je ne l'y ai jamais emmenée et j'attendrai qu'elle soit plus grande.

— J'espère bien que tu ne l'y emmèneras jamais.

— Beth, elle est aussi ma fille.

— Alors, essaie d'agir comme un père.

— Quand est-ce que je n'ai pas agi comme un père ? Dis-moi quand je n'ai pas agi comme un père bon et dévoué.

Bethany l'ignora et alla vers Jan qui était assise sur le divan en train de colorier avec beaucoup de sérieux.

— Maman, lui dit-elle dans ce langage enfantin qui agaçait tellement Travis, va aller rendre visite à Grandpa qui est trop malade pour recevoir un Bébé-Waddy comme toi. Mammy va revenir aussi vite qu'un bébé lapin. Jusqu'à son retour, tu vas faire tout ce que te dira Daddy-Waddy excepté d'aller dans la maison aux serpents où d'horribles vieilles bêtes risqueraient de te dévorer avec leurs énormes crochets ruisselant de venin.

Après cette recommandation, elle embrassa Jan sur le front en lui disant :

— Bye bye, ma petite cane en sucre.

— Cane en sucre, grogna Travis, on dirait le surnom d'une strip-teaseuse.

Bethany lui lança un regard féroce et lui dit :

— Tu connais sûrement beaucoup mieux que moi les surnoms qu'on donne aux strip-teaseuses.

— Oh ! Mais…

— Prends bien soin d'elle, Travis.

— Bien sûr que… Beth, elle est ma…

La porte avait déjà claqué derrière Bethany. Il

regarda Jan qui haussa les épaules comme une adulte sophistiquée et se remit à colorier.

Il fit du café et s'assit dans un fauteuil, surveillant Jan qui, avec beaucoup de bonheur, coloriait un clown tout vert, un clown martien, pensa-t-il. Il n'aimait pas les clowns. Au moins devraient-ils tous ressembler à celui de Jan.

Le téléphone sonna et il eut l'espoir absurde que c'était Bethany qui téléphonait pour s'excuser. Mais c'était l'adjoint Michael Winter qui demandait à lui parler. Il voulait, dit-il, poser quelques questions auxquelles Travis préférerait peut-être répondre en dehors de la maison. Celui-ci sentit un frisson d'angoisse monter le long de sa colonne vertébrale. Winter devait savoir quelque chose, pensa-t-il, mais comment ? Travis avait toujours été tellement prudent.

Il revint au salon et trouva Jan allongée sur une pile de coussins. Il avait toujours été stupéfait de la rapidité avec laquelle les enfants étaient capables de s'endormir. Il la porta tendrement dans son lit, la couvrit, ferma la porte et il marcha de long en large dans le salon en attendant l'arrivée de la voiture de police.

Après le départ de Winter, Travis s'était écroulé sur le divan comme quelqu'un qui a reçu un choc. Les questions du policier l'avaient bouleversé. Il s'attendait à quelque chose de désagréable mais pas à ce point. Que soit maudite cette bande d'identification qu'il avait oubliée sur son lecteur de CD. Si ce n'était pas pour cela…

Mais ce n'était pas seulement cela, pensa-t-il en sentant monter en lui une poussée d'adrénaline. Il y avait cette histoire de charmeur de serpents. Maudite soit Dara Prince qui, la première, lui avait donné ce surnom ! Qui a raconté cela à Winter ? Sûrement Christine Ireland. Il se souvint qu'à la fin de l'enterrement, Sloane Caldwell s'était approché d'elle et de Jeremy mais elle s'en était détournée pour se tourner vers l'adjoint Winter avec lequel elle avait parlé à voix basse comme s'il s'agissait de quelque chose d'urgent. C'est à ce moment-là que Jeremy avait dit, presque à voix haute, que Dara l'avait surnommé le Charmeur de serpents. Et pour faire bonne mesure, il avait ajouté que Travis ne l'aimait pas, lui, mais qu'il aimait sûrement Dara.

Ce type devrait être dans un asile, avait pensé Travis en se versant un verre de bourbon et en l'avalant d'un seul coup. Il lui importait peu que ses idées sur la manière dont on devrait traiter les diminués mentaux ne soient pas à la mode. Il ne pouvait tout simplement pas les supporter. Ils lui donnaient la chair de poule. Surtout un type comme Jeremy qui semblait si normal, qui était même vraiment beau mais qui était si en retard intellectuellement et émotionnellement. Sans doute était-il aussi un pervers sexuel. Dans ce moment de furie, il venait de décider que jamais il ne laisserait Jeremy s'approcher de Jan. Quoi que dise ou quoi que fasse Bethany. Non, jamais Jeremy Ireland ne s'approcherait d'elle quelles qu'en soient les conséquences.

Il se versa un autre verre de bourbon et se traîna jusqu'à son bureau, respirant fort en pensant à ce maudit Jeremy. Et aussi à Christine. Qu'est-ce que Dara avait bien pu lui dire à propos de lui ? En réalité, ce ne devait pas être grand-chose puisqu'en trois ans elle n'avait pas jugé bon d'en parler.

Mais on ne sait jamais. Il ne détestait pas Christine mais il ne lui faisait pas confiance non plus. Elle n'avait jamais été sensible à son charme et cela le blessait. D'autre part, elle était trop attachée à son frère. Ce n'était pas normal. Christine et Jeremy, quel couple ! Dire que c'étaient eux qui avaient trouvé le journal de Dara !

Quand Travis avait appris que ce journal avait été découvert, il avait été terrifié. Il se demandait ce qu'il y avait dedans. Il aurait tout fait pour empêcher Christine de le livrer à la police mais il n'avait rien pu faire. Tout en buvant son second bourbon après la visite de Winter, il se demandait, paniqué, quelle conséquence aurait pour lui la découverte de ce maudit journal. Tout son univers n'allait-il pas s'écrouler ? Allait-il perdre Jan et Bethany et la sécurité d'être marié à une femme riche ?

Il s'assit tristement derrière son bureau. Il avait du travail à faire, des copies à corriger mais il était incapable de se concentrer. Il se sentait même incapable de lire ou de regarder la télévision. Toute sa journée était perdue. La seule chose qui pouvait lui faire du bien, c'était d'aller voir ses serpents. Il ouvrit le tiroir où il conservait les clés de la maison aux serpents et il s'aperçut qu'il était mal fermé. Jan, pensa-t-il, soudain inquiet. Peut-être est-elle entrée dans son bureau, peut-être a-t-elle joué avec les clés…

Heureusement les deux trousseaux étaient à leur place habituelle. Sans doute avait-il mal fermé le tiroir la dernière fois qu'il y avait pris les clés. Il lui faudrait être plus attentif. Vraiment, maintenant que Jan a grandi, il serait plus sûr de fermer le tiroir à clé pour qu'elle ne puisse pas jouer avec.

Bien qu'il n'ait jamais été aussi déprimé dans sa vie, Travis prit un trousseau, regarda sa petite fille qui dormait paisiblement et se dirigea vers la maison aux serpents. Il ouvrit le cadenas, le verrou, la serrure et entra dans ce qu'il appelait le vestibule. C'est ici qu'il conservait les insectes et les rongeurs dont il nourrissait ses serpents. Et aussi les médicaments, la vaseline et l'alcool pour les tiques, les insecticides pour les acariens. Les sulfamides pour les infections de la bouche, l'ivermectin et le praziquantel pour les parasites internes. La pénicilline et la tétracycline pour les problèmes respiratoires. Après tout, ces créatures n'avaient qu'un seul poumon. Il n'y avait pas un vétérinaire à Winston capable de soigner des serpents venimeux. C'est pourquoi il lui avait fallu tout apprendre et il se disait qu'il faisait d'excellents diagnostics.

Il marcha dans la grande salle. Pourquoi s'arrêta-t-il ? Il ne le savait pas. Apparemment, tout semblait normal mais il avait le sentiment que quelque chose n'allait pas. Mais alors pas du tout. Il resta sur place, tous les sens en éveil. Il entendit sur sa droite comme un murmure. Il regarda. L'une des cages était ouverte. Celle du serpent à sonnettes à dos de diamant.

Depuis vingt ans qu'il s'occupait de serpents, il n'avait pas une seule fois laissé une porte ouverte par négligence. Son père, qui lui avait transmis son amour des serpents, lui avait aussi transmis la façon de s'en occuper et de les manier. Il avait bien appris sa leçon. Vigilance. Ce mot était gravé dans son cerveau. Il savait qu'il n'avait pas laissé une seule cage ouverte.

Pour le moment, se dit-il, l'important n'est pas que la porte soit ouverte ou fermée mais de remettre le serpent dans sa cage. Les lumières fluorescentes étaient très violentes et il s'agissait d'un énorme serpent.

— Hey ! Hugh, appela-t-il.

Il avait appelé ce reptile mauvais coucheur et très venimeux du nom de son beau-père.

— Pourquoi ne fais-tu pas un peu de bruit pour m'indiquer où tu es ?

Rien.

Le cœur de Travis s'emballe. Il regarde autour de lui et se fige. La vipère à tête triangulaire n'est pas non plus dans sa cage. Mais que se passe-t-il ? Son regard passe de cage en cage. Pas de serpent-tigre, pas de vipère du désert à cornes…

Peut-être quelqu'un est-il entré ici et a-t-il volé les serpents. Si tel était le cas, il serait furieux. Peut-être ne les retrouverait-il jamais mais cela vaudrait mieux que…

Il entend derrière lui un sifflement si fort qu'on dirait un pneu qui se vide de son air. Il pousse un petit cri et fait un bond au moment où il réalise que c'est la vipère du Gabon qui est près de lui, l'espèce aux plus longs crochets à venin de toutes les espèces venimeuses. Et soudain il a le sentiment qu'un fer rouge pénètre sa cheville. Il regarde et voit le serpent en train de le mordre.

Il doit s'en aller d'ici. Il n'a pas une seconde à perdre avec tous ces serpents en liberté. Il secoue son agresseur, lui fait lâcher prise et court vers l'entrée, vers la porte. Déjà la douleur est montée de la cheville au genou mais il n'a pas le temps de s'arrêter pour faire sortir le venin.

Il arrive à la porte, ouvre la serrure. La poignée tourne facilement. Dans cinq secondes, pense-t-il, dans cinq secondes je serai en sûreté.

Mais la porte refuse de s'ouvrir.

Il tourne la poignée encore et encore. Elle fonctionne normalement. Il pousse la porte mais elle ne cède pas. Et il comprend soudain. Quelqu'un a fermé le cadenas. Jan ? Jan ne s'est jamais même approchée de la maison aux serpents.

Non, non, le cadenas ne peut pas s'être refermé. Travis secoue la porte de toutes ses forces. Non ! non ! hurle son esprit. Mon Dieu, non !

Finalement, il entend le bruit caractéristique du serpent à sonnettes au dos de diamant. Il s'éloigne de la porte et se précipite vers la longue table métallique au milieu de la pièce, celle même sur laquelle il soigne ses serpents. S'il pouvait grimper dessus.

Il se précipite mais il s'étale de tout son long. Il vient de marcher sur l'un des lacets de sa chaussure. Peut-on être stupide à ce point !

Il ressent une douleur fulgurante à la main, puis au poignet. Le tigre noir vient de frapper, la tête haute et le cou étendu comme lorsqu'il a peur. Il est au même niveau que lui et il lui semble gigantesque. Il ne semble pas seulement terrifiant. Il l'est.

Deux morsures. Je peux guérir de deux morsures, pense Travis. Il sait qu'il ne faut pas les sucer parce que cela risque de faire couler le venin dans son système digestif. Les hôpitaux locaux ne savent pas traiter les morsures de serpents exotiques mais ils peuvent contacter un centre spécialisé. Il sait quoi faire en attendant : prendre des antibiotiques et faire une piqûre de sérum contre le tétanos. Il lui faut aussi de l'anti-venin. Mais avant de l'administrer, il faut faire un dosage d'anti-histaminique pour éviter l'effet de choc. Il a tout ce qu'il faut dans le réfrigérateur mais il lui faut d'abord échapper à tous ces serpents en liberté.

— Bethany, crie-t-il en espérant qu'elle est rentrée de chez son père. Beth, aide-moi !

Mais même si elle est à la maison, peut-elle l'entendre ? Et comment ouvrira-t-elle ce cadenas ? Il lui faut aller chercher le second trousseau de clés. Ou peut-être peut-elle le casser. Il y a de grosses pierres dehors. Alors, il serait libre. Il lui faut maintenant grimper sur la table afin d'être à l'abri, au moins pour un temps.

Mon Dieu ! s'écrie-t-il. Quelle douleur ! La vipère a frappé, s'est retirée et a frappé de nouveau. Alors que sa jambe flambait déjà après la morsure de la vipère du Gabon. Il fait un effort, il agite la jambe pour se débarrasser de celle-ci. Il ne regarde pas pour voir s'il y est parvenu. Tout ce qu'il veut, c'est grimper sur la table. Il saisit l'un des pieds mais la table semble trop haute. Il sait qu'il n'y arrivera jamais. Jamais.

Tout son corps brûle. Il se sent faible, il est pris d'étourdissements mais son cerveau fonctionne encore. Horrifié, il sait ce qui se passe en lui en ce moment même. Il connaît les effets des différents venins. Certains provoquent de petites hémorragies, d'autres tuent les tissus sains, d'autres encore atteignent le cœur. Et il y en a qui bloquent le système nerveux. Si on ne vient pas l'aider, il va mourir paralysé. Son cœur va s'arrêter.

Il sait déjà qu'il a reçu trop de morsures et que trop de temps s'est écoulé pour qu'il puisse guérir. Alors, la panique le quitte, remplacée par une mélancolie profonde. Sans doute ne sentira-t-il plus jamais l'air frais du dehors. Il ne sentira plus la caresse si soyeuse d'une femme lui faisant l'amour. Il ne serrera plus jamais dans ses bras, il n'embrassera plus jamais l'amour de sa vie, sa chère petite Jan. Des larmes chaudes emplissent ses yeux.

— Aidez-moi ! marmonne-t-il faiblement, allongé de tout son long sur le sol, ayant abandonné l'espoir de monter sur la table.

C'est trop tard.

— Oh ! Dieu, s'il te plaît, aide-moi !

Son regard brumeux est attiré vers la lumière qui passe à travers l'une des fenêtres incassables. Il ne sait pas si c'est vrai ou si c'est un rêve mais il a l'impression de voir le visage de Bethany. Elle le regarde avec ses grands yeux bruns.

— Je suis désolé, murmure-t-il en rendant l'âme. Désolé pour tout.

CHAPITRE 18

1

Selon les examens de laboratoire, il n'y a aucun doute : la mort de Travis Burke a bien été causée par le venin. Aucun autre signe de blessure n'a été trouvé sur le corps affreusement enflé de celui qui avait été un si beau et si charmant professeur.

Il est certain que Travis Burke s'occupait de serpents depuis son adolescence, cela faisait presque vingt années. Tout le monde, même sa femme, Bethany, qui haïssait sa passion, avait dit à Winter qu'il prenait toujours toutes les précautions nécessaires. Il est certain aussi que Travis était devenu suspect du meurtre de Patricia. Les coïncidences troublaient toujours Michael et cet accident bizarre était une sacrée coïncidence.

Le shérif Teague était hors de lui. Il aimait que tout soit tranquille dans sa ville. Il allait lui falloir faire quelque chose mais, pour le moment, il se contentait de déléguer son autorité. Son premier mouvement avait été de confier l'enquête à Michael Winter. Après tout, c'est lui qui avait interrogé Burke, le jour même de sa mort, à propos du lecteur de cassettes trouvé dans le grenier des Prince. Moins de vingt-quatre heures après la mort de Travis, Michael se trouvait de nouveau dans la maison des Burke.

C'est Bethany Burke qui lui ouvrit la porte. Ses longs cheveux pendaient autour de son visage et des cercles noirs entouraient ses grands yeux bruns. Son visage semblait encore plus mince qu'à l'enterrement de Patricia, si toutefois il était possible à un visage de mincir en une seule journée. Elle lui lança un regard triste et fatigué et l'invita à entrer.

Michael avait vu la voiture de Christine Ireland devant l'entrée. Elle et Jeremy étaient assis sur le divan qu'il avait occupé la veille. Christine l'accueillit d'un air déprimé. Quant à Jeremy, il l'accueillit comme un petit chien prêt à se précipiter vers lui et à le lécher. Michael vit Christine pâlir et placer une main sur la cuisse de son frère après qu'il eut crié :

— Salut, l'adjoint : sais-tu déjà qui est le meurtrier ?

— Non, Jeremy, je ne sais pas, dit Michael doucement.

Il se tourna vers Bethany.

— Est-ce que je peux vous voir seule quelques minutes ? J'ai des questions à vous poser.

Christine se leva et dit :

— Jeremy et moi, nous allons partir.

— S'il te plaît, non. Je veux que tu restes.

Bethany s'adressa ensuite à Michael :

— Nous sommes allés chez mon père tout de suite après…

Elle avala sa salive.

— Il le fallait parce que plusieurs serpents s'étaient échappés quand les secours sont entrés. Mais le rhume de papa s'était transformé en une redoutable influenza et j'avais peur pour ma fille. Alors, nous sommes revenues seules. Tess ne peut pas venir maintenant et moi, je ne veux pas être seule.

— Christine et moi, proposa Jeremy, nous pouvons aller dans la cuisine prendre un café avec des gâteaux. Vous ne pouvez pas savoir tout ce que les gens ont apporté.

— C'est toujours comme cela quand un membre de la famille meurt, dit Bethany doucement. Vous êtes inondé de nourriture au moment où vous en avez le moins besoin.

Michael approuva.

— D'accord, je ne veux chasser personne.

— Allons à la cuisine pour un moment, Jeremy, dit Christine. Tu pourras avoir un autre morceau de gâteau à la carotte.

— Merveilleux ! J'adore le gâteau à la carotte. Je sais qu'il y a aussi beaucoup de gelée mais je n'en veux pas.

Ils disparurent tandis que Jeremy expliquait encore ce qu'il pensait de la gelée. Bethany sourit à Winter :

— Merci de les laisser rester. Ils viennent d'arriver.

— Je comprends que vous ne vouliez pas être seule en ce moment.

— Voulez-vous boire quelque chose ?

— Non merci, madame Burke. Je ne veux pas prendre plus de votre temps qu'il ne le faut. Et je veux vous exprimer mes condoléances.

— Merci.

Elle lui montra le divan et s'assit sur le fauteuil que son mari avait occupé la veille.

— Travis était tellement fort, dit-elle. Il m'a toujours semblé indestructible. Comme mon père. Je ne peux pas croire à ce qui est arrivé.

— Je suis vraiment désolé, dit Michael.

On l'avait appelé la veille mais il n'avait pas pu poser ses questions à Bethany. Elle était trop hystérique et il avait d'abord fallu la calmer. Mais il avait vu Travis et c'est tout juste s'il avait pu le reconnaître tant il était enflé et décoloré.

— Madame Burke, dit-il, quand je suis arrivé, la porte de la maison aux serpents était fermée et le cadenas l'était aussi.

Elle tressaillit.

— Oui. Je rentrais tout juste de chez mon père lorsque j'ai entendu Travis crier. J'ai tout de suite compris que c'était grave, qu'au moins un de ces horribles serpents s'était échappé. J'ai regardé à travers la fenêtre de la maison aux serpents. Il se tordait sur le sol avec tous les reptiles autour de lui.

Elle frissonna.

— J'ai frappé sur la fenêtre comme si cela pouvait servir à quelque chose. Il m'a regardée. J'ai saisi son regard… le regard d'un mourant. Il était déjà ailleurs mais il remuait encore, il se tordait.

Sa bouche se mit à trembler.

— Je me suis précipitée sur la porte mais je n'ai pas pu l'ouvrir. Le cadenas était fermé et je n'avais pas la clé. J'ai dû rester là à hurler comme une bête pendant que mon mari mourait.

— Vous ne pouviez rien faire d'autre.

— J'aurais pu briser le cadenas mais j'étais comme paralysée. Je n'ai rien fait !

— Madame Burke, c'est cruel à entendre mais, avec tous ces serpents hors de leur cage, mieux vaut que vous n'ayez pas pu ouvrir la porte. Si vous y étiez parvenue, votre fille aurait perdu aujourd'hui ses deux parents.

— Je le crois mais pourtant…

Ses yeux s'emplirent de larmes.

— Jamais je n'oublierai que je n'ai rien fait. Comme d'habitude. Bethany l'incapable. Il m'a fallu plusieurs minutes pour me décider à courir vers la maison et à appeler le 911. Le temps m'a semblé… je ne sais pas… suspendu.

— Même si vous aviez appelé immédiatement, cela aurait été quand même trop tard, madame Burke. Le laboratoire a confirmé qu'il y avait une quantité énorme de venin dans le sang de votre mari. Il n'aurait pu survivre même si les secours étaient arrivés en même temps que vous. De toute façon, lorsqu'ils sont arrivés, ils n'ont pas pu entrer tout de suite. Il leur a fallu attendre que les hommes du département spécialisé aient capturé les serpents. Vous n'avez absolument rien à vous reprocher.

— J'ai toujours détesté ces serpents, s'écria Bethany avec violence en essuyant ses yeux avec ses poings à la manière des enfants. Je ne supportais pas de les voir. Ils me faisaient une peur ! Je n'ai jamais mis les pieds dans la maison aux serpents et j'ai supplié Travis de s'en débarrasser. Je savais qu'il les avait depuis des années, bien avant notre mariage, mais j'ai pensé qu'il les laisserait si je l'en suppliais avec force. Surtout après la naissance de notre fille. Comment peut-on être aussi obstiné ! Il n'a jamais voulu m'écouter. Pour l'amour du ciel, je ne comprends pas qu'on puisse être à ce point sous le charme de ces affreux serpents. Ils sont tellement horribles !

— Je suppose qu'ils n'étaient pas horribles à ses yeux.

— Oh non ! Il les trouvait beaux.

Elle eut un petit rire nerveux.

— Je suppose qu'il n'y a pas de laides amours.

— Hier, vous avez dit plusieurs fois que votre mari était toujours très prudent avec les serpents. Pourtant lorsque les agents sont entrés dans la maison aux serpents, ils ont trouvé presque toutes les cages ouvertes. Comment expliquez-vous cela ?

— Je ne sais pas. Travis tenait toujours toutes les portes rigoureusement fermées. Lorsqu'il entrait, il fermait derrière lui la porte extérieure pour que personne ne puisse entrer derrière lui tandis qu'il s'occupait d'un serpent. Les fenêtres étaient incassables.

Elle haussa les épaules.

— Je ne sais pas. À moins que quelqu'un n'ait brisé les serrures pour entrer mais Travis s'en serait aperçu.

— La police a dû briser les serrures pour entrer mais ils les ont examinées auparavant. Elles étaient intactes. Donc si quelqu'un est entré, il devait avoir les clés.

Bethany porta la main entre ses sourcils comme si elle avait mal à la tête.

— Il y avait trois clés, l'une pour la serrure, l'autre pour le verrou et la troisième pour le cadenas. Travis les conservait dans un tiroir de son bureau.

— Il n'y avait qu'un trousseau ?

— Non, il y en avait un de rechange qui était dans le même tiroir. Il y est encore. J'ai vérifié quand nous sommes rentrés vers midi.

— Votre mari avait un trousseau dans sa poche, il y a celui-là. Êtes-vous sûre qu'il n'y avait pas un troisième trousseau ?

— S'il y en avait un je n'en ai jamais entendu parler. Mais il n'en avait pas besoin. Il prenait toujours un trousseau avec lui et laissait l'autre dans son bureau.

— Peut-être en laissait-il un dans la maison aux serpents au cas où il aurait été enfermé ?

Bethany sembla surprise et dit :

— Non. Il s'est fait faire le second trousseau au cas où il perdrait le premier mais je ne vois pas comment cela aurait pu arriver. Il n'emportait jamais ses clés.

— Mais le cadenas extérieur était fermé. Cela

signifie que quelqu'un l'a fermé après l'entrée de votre mari.

Bethany approuva.

— Je sais. Mais qui ? Il n'y a pas d'enfants dans les environs.

— Est-ce que M. Burke a jamais pensé que quelque chose comme ça pourrait arriver ? Pourquoi n'a-t-il pas enlevé le cadenas pendant qu'il était à l'intérieur ?

Bethany fronça les sourcils.

— Je pense qu'il le faisait habituellement. De plus, il prenait toujours son téléphone portable de façon à pouvoir m'appeler au cas où il serait enfermé. Dans ce cas-là, je serais allée chercher le second trousseau.

— Mais cette fois-ci, vous n'étiez pas là. Et il avait oublié son téléphone. Et il avait laissé le cadenas sur la porte extérieure. Cela fait beaucoup de malheureuses coïncidences.

— En effet, dit Bethany, l'esprit ailleurs.

— Pensez-vous que votre fille, Jan, aurait pu fermer le cadenas ?

Le regard de Bethany devint subitement dur.

— Non, elle ne l'a pas fait. Je ne veux pas qu'on puisse soupçonner ma petite fille d'une telle chose.

— C'était une question innocente mais raisonnable, madame Burke. Je ne voulais pas vous offenser.

— C'est une accusation qui peut suivre une enfant toute sa vie, qui peut gâcher sa vie.

— Je n'ai pas proféré d'accusation. J'ai juste posé une question. N'en parlons plus pour l'instant.

— N'en parlons plus jamais.

— D'accord. S'il vous plaît, calmez-vous.

Elle semblait hostile mais trop furieuse pour rester sur ses gardes.

— Que savez-vous à propos du lecteur de CD de votre mari qui a été volé ?

Sa voix grimpa d'un cran.

— Son lecteur de CD ? Il a été volé ?

Michael pensa qu'elle avait rougi mais il n'en était pas certain. On voyait en tout cas qu'elle était tendue.

— Il ne vous en a pas parlé ?

Elle le fixa sans répondre.

— Sans doute pas. Il n'en a pas parlé non plus à la police. Il m'a dit que cet appareil lui avait été dérobé dans sa voiture il y a une quinzaine de jours alors qu'elle n'était pas fermée. Il a dit aussi que rien d'autre n'avait été pris ou endommagé, si bien qu'il n'avait pas voulu en faire toute une affaire.

— Oh !

Il pensa qu'elle allait lui demander pourquoi il lui parlait de ce lecteur de CD maintenant mais, non, elle continuait à le fixer. Elle finit par dire :

— C'est moi qui lui ai donné ce lecteur de CD.

— Celui qui a été volé ?

— Oui. Il n'en avait pas d'autre.

— Mais il ne vous a pas dit qu'il avait été volé ?

Elle secoua la tête.

— Peut-être avait-il peur de vous faire de la peine ?

— Peut-être.

Michael attendit quelques secondes. Il avait l'impression que Bethany était en train de s'enrouler sur elle-même, comme l'un des serpents de son mari.

— Je suis venu ici hier, pendant que vous étiez chez votre père, pour annoncer à M. Burke que son lecteur de CD avait été retrouvé.

— Oh ! tant mieux.

— Dans le grenier de Patricia. Il fonctionnait au moment où le corps de Patricia a été retrouvé.

Bethany sembla soudain enfler, son visage devint rouge, sa gorge se serra et sa poitrine se gonfla tandis qu'elle forçait l'air dans ses poumons. Il la regardait, fasciné, ne sachant plus que faire ni que dire. Elle finit par murmurer :

— N'est-ce pas étrange ?

Michael eut l'impression qu'elle allait tomber du divan. Mais qu'attendait-il donc ? Qu'elle se lève et déclare : « Oui, je sais que mon mari avait une aventure avec Patricia Prince et c'est pour le punir que j'ai ouvert les cages. »

En réalité, il attendait peut-être quelque chose de moins spectaculaire, qu'elle lui laisse entendre qu'elle était au courant de cette intrigue car il était certain qu'il y avait eu une affaire entre Travis et Patricia. Et presque certain que Bethany était au courant.

Mais elle restait assise sans dire un mot, comme si elle le défiait de lui poser la question. Il n'obtiendrait rien ainsi, pensa-t-il, désappointé. Au moins, pas maintenant.

Il posa alors sa question avec sincérité :

— Madame Burke, savez-vous si quelqu'un voulait du mal à votre mari ?

— Lui vouloir du mal ? Le tuer ? Vous pensez qu'il a été assassiné ?

— Je suis sûr que votre mari n'a pas ouvert toutes ces cages, n'a pas libéré en une seule fois tous ces serpents venimeux. Mais quelqu'un les a libérés.

— Les militants des droits des animaux, peut-être ?

Il la regarda intensément. Voulait-elle paraître stupide ? Ou était-elle seulement obsédée par cette question d'assassinat ?

— Je ne peux croire, dit-il, que des militants des droits des animaux aient pu libérer tous ces serpents hautement venimeux juste pour tuer votre mari. Je sais qu'il y a parmi eux de dangereux fanatiques mais je n'ai jamais entendu dire qu'il y en avait par ici.

— Tant mieux, dit-elle toujours aussi vague. Il

serait affreux de penser que des gens comme ça soient parmi nous.

— En effet. Madame Burke, votre mari a-t-il eu dernièrement un conflit avec quelqu'un ?

— Un conflit ? Quelle sorte de conflit ?

— Une dispute. Même avec un étranger. Avec un de ces automobilistes qui sont capables de toutes les violences ou quelque chose comme ça ?

— Pas que je sache, dit Bethany doucement. Bien sûr, il ne me disait pas tout.

Elle se mordit les lèvres. Elle aurait voulu ne pas avoir prononcé ces mots. Elle sembla à nouveau se replier sur elle-même.

— Mais s'il avait eu un problème de ce genre, il m'en aurait sûrement parlé. Nous nous aimions tellement et nous nous connaissions si bien.

Michael était sur le point de mettre fin à cet entretien mais il eut le sentiment que la jeune femme essayait de lui donner le change par ses paroles sucrées accompagnées d'un sourire d'une fausse douceur. Il décida donc de continuer.

— Madame Burke, dit-il, au cimetière, Jeremy Ireland a dit à voix haute que Dara Prince avait surnommé votre mari le Charmeur de serpents. Il a ajouté que votre mari aimait certainement Dara. Vous avez bien évidemment entendu et vous avez été sur le point de pleurer.

Bethany hésita, puis dit fermement :

— Qui a dit que j'étais sur le point de pleurer ? C'est ridicule.

— Je vous ai regardée à ce moment-là, madame Burke, et j'ai constaté que vous étiez sur le point de pleurer.

— Vous vous êtes trompé.

— Je ne le pense pas.

— Si, vous vous êtes trompé !

— D'accord. Mais saviez-vous que Dara Prince avait surnommé votre mari le Charmeur de serpents ?

— Comme beaucoup d'étudiants. Et alors ?

— Connaissiez-vous Dara Prince ?

— Très peu. Surtout par Christine.

— Que pensiez-vous d'elle ?

— Je ne l'aimais pas. C'était une enfant gâtée, arrogante, très désagréable envers Christine.

— Est-ce que votre mari connaissait Dara ?

— Je crois savoir qu'elle a été son étudiante.

— Est-ce qu'il l'aimait ? Jeremy a affirmé qu'il l'aimait beaucoup.

Bethany rougit.

— Il arrive à Jeremy d'aller trop loin. Il savait probablement que Dara était une étudiante de Travis.

— Il a dit que Travis avait montré ses serpents à Dara.

— Il ne sait pas ce qu'il dit. Ou peut-être Dara lui a-t-elle dit cela pour l'épater mais Travis n'aurait jamais emmené une étudiante dans la maison aux serpents.

— Il n'avait pas d'étudiants qui s'intéressaient à l'herpétologie ?

— Bien sûr que si. Peut-être aurait-il montré ses serpents à des étudiants sérieux. Des garçons.

— Il n'a donc jamais eu d'étudiante sérieuse.

Bethany serra les lèvres et dit :

— Monsieur l'adjoint, je crois que vous vous moquez de moi.

— Pas du tout.

— Si. En fait, je sais que vous vous moquez de moi.

Elle se leva.

— Je ne veux pas continuer cette conversation. Je suis fatiguée, j'ai tant de peine et je…

Jeremy fit irruption dans la pièce.

— Bethany, je ne voulais pas en manger tant mais il ne reste plus qu'un tout petit morceau de gâteau à la carotte. Est-ce que tu le veux. Ou l'adjoint Winter ?

Christine apparut derrière lui.

— Jeremy, lui dit-elle. Vraiment, je tourne le dos une seconde et te voilà parti. Nous devons rester dans la cuisine.

— Mais je voulais juste demander…

Un hurlement aigu venu de l'extérieur mit fin à son explication. Bethany pâlit comme si son sang s'était retiré jusqu'à la dernière goutte de son visage. Ses yeux s'ouvrirent tout grands et elle porta la main à sa gorge.

— C'est Jan, dit-elle en s'étranglant. Elle était en train de regarder des dessins animés dans son repaire mais on dirait qu'elle est dehors.

Bethany se retourna pour regarder à travers la fenêtre de derrière qui était entrouverte. Winter était juste derrière elle. Dehors, Jan Burke, quatre ans, était assise, recroquevillée, sur un vieux fauteuil de jardin.

— Maman ! C'est la vipère de Gabby de papa.

— La vipère de Gabby ? demanda Winter.

— La vipère du Gabon, dit Bethany d'une voix étranglée. Oh ! Mon Dieu !

À ce moment-là, ils virent la vipère qui levait la tête, mesurant la distance qui la séparait du fauteuil. Les yeux de Jan la fixaient, terrorisés, son corps était ramené sur lui-même.

— Ne bouge surtout pas, Jan, cria Michael en sortant son revolver de son étui. Ne bouge pas, même un tout petit peu.

Jeremy se précipita, vif comme l'éclair. Il sortait déjà du salon alors que Michael se détournait tout juste de la fenêtre, hanté par la crainte de manquer le serpent et d'atteindre l'enfant. Une petite fille… Elle avait tout juste l'âge qu'aurait eu sa petite fille à lui si…

Il sentit avec horreur que sa main tremblait. On ne peut tirer sur un serpent d'une main mal assurée, pensa-t-il, furieux contre lui-même. Il fit une enjambée, vaguement conscient que Christine et Bethany le suivaient de près. Une fois dehors, ils virent que le serpent se trouvait entre eux et la petite fille. Il fallait tirer.

Un autre cri aigu :

— Maman, maman, il s'approche !

Un autre tremblement de la main. Il ne pouvait pas tirer. Il risquait de tuer Jan, il le savait.

— J'ai besoin d'une binette. Ou d'une hache !

— Pourquoi ? demanda Bethany. Je ne sais pas… Je…

— Il lui faut une arme, cria Christine. Beth. S'il te plaît !

— Je ne sais pas…

— Maman !

Bethany poussa Michael et se précipita vers Jan. Il la retint.

— Laissez-moi passer ! cria-t-elle.

— Mais le serpent vous mordrait.

— Je dois y aller !

Michael voyait le serpent qui dressait la tête. Il n'était plus qu'à quelques centimètres de la petite fille qui tremblait, attirant ainsi son attention. C'est alors qu'il vit Jeremy. Il avançait avec la gracieuse démarche d'une panthère. Il arrivait derrière l'enfant.

Bethany se libéra de Michael, se précipita vers le porche et s'empara d'une pelle. Elle marcha droit au serpent.

— Beth ! Non ! s'écria Christine.

Immobile, le serpent se préparait à frapper. Le coup sera fatal, sur une si petite fille, pensa Michael. Il leva son arme, sa main ne tremblait plus. Juste à ce moment, Bethany vint se placer entre le serpent et lui.

— Mon Dieu, gémit Christine. Oh non !

Jan émit un léger murmure. Tourné vers elle, le serpent allait frapper lorsque Jeremy fondit sur la petite fille avec une rapidité folle et la prit dans ses bras.

Le serpent frappa le fauteuil vide tandis que Bethany se précipitait sur lui, la pelle en avant. Elle essaya de le frapper, le manqua, le manqua encore. Il se tourna vers elle, se dressa. Elle le manqua encore. Cette fois-ci, il allait frapper.

Jeremy fit trois pas en arrière et cria à Michael :

— Tuez-le !

Michael visa. La bête était tout près de Bethany. Mortellement près. Il leva son arme, tira.

Bethany poussa un hurlement en entendant le coup. Elle tomba en arrière, si bien que Michael pensa l'avoir blessée. Il s'apprêtait à tirer une seconde fois, avant que le serpent ne pût atteindre la jeune femme mais celle-ci se redressait tandis que Jeremy s'écriait :

— Vous l'avez eu, vous l'avez tué, monsieur l'adjoint.

Appuyée contre sa poitrine, Jan commença à gémir. Michael se précipita vers Bethany qui peinait à se relever et s'éloigner du corps puissant du serpent qui se tordait encore dans son agonie. Michael tira à nouveau. Le corps du serpent tressauta, fouettant l'air et retomba, sans mouvement. Mort enfin, pensa Michael. Il passa sa main sous le dos et les genoux de la jeune femme, la portant à l'écart du serpent. Elle lutta pour s'échapper de ses bras et courut vers Jeremy et Jan.

La petite fille était dans les bras de Jeremy, flasque, livide, les yeux fous de terreur.

— Mon Dieu ! gémit Bethany, il l'a mordue !

— Non ! cria Jeremy.

L'enfant s'accrochait à lui tandis que Bethany et Christine se penchaient sur elle.

— Non, répéta Jeremy. Il ne l'a pas mordue. Vraiment.

Michael s'approcha à son tour. Il toucha le bras de Jan qui commença à se tortiller et à pousser des cris stridents, émergeant enfin de la terreur qui l'avait paralysée.

— Elle est juste terrifiée, madame Burke.

— Appelez-moi Bethany, dit-elle en éclatant en sanglots. Je ne veux plus qu'on m'appelle madame Burke. Ce puant fils de chienne et ses maudits serpents ! Si elle avait été tuée, cela aurait été de sa faute ! Même mort, il nous fait encore du mal. Il a sacrifié notre bonheur, notre sécurité pour son plaisir. J'espère qu'il est en enfer !

Toute la haine qu'elle avait renfermée en elle sortait maintenant comme un torrent de larmes, de malédictions et d'horreur. Jeremy lui tendit Jan et elle l'embrassa, la serra en pleurant. Puis elle se tourna rageusement vers Michael :

— Et vous, vous affirmiez qu'il n'y avait plus de serpents !

— Ce n'est pas la police qui les a enlevés mais le département des ressources naturelles. Vous leur avez dit qu'il y avait vingt-deux serpents. Il devait y en avoir un de plus.

— La vipère du Gabon, s'exclama Bethany. L'un des pires.

— Comment Jan la connaissait-elle ? Travis ne l'emmenait pas dans la maison aux serpents, n'est-ce pas ?

— Croyez-vous que je l'aurais permis ? dit Bethany, furieuse. Il lui montrait des photos dans ses livres. Et il prenait des Polaroïds de ses serpents et les lui montrait. Il lui apprenait leurs noms.

— Vous avez un appareil Polaroïd ?

— Oui, dit Bethany, serrant sa petite fille dans ses bras et lui murmurant à l'oreille : Ma chérie, ma bien-aimée, ma douce.

— Madame… Bethany, vous et votre fille, je dois vous conduire à l'hôpital. Avec la peur qu'elle a eue, elle pourrait être en état de choc. Et vous aussi.

— Mon Dieu ! dit Bethany en serrant Jan encore plus fort. Moi, je vais bien mais elle, elle est en train de devenir hystérique.

— Christine, dit Michael. Voulez-vous conduire Bethany et Jan à l'hôpital ? Moi je vais appeler le département des ressources naturelles et leur demander de revenir et de s'assurer qu'il n'y a pas un autre serpent en liberté. Bethany, vous ne devriez pas revenir tout de suite.

— En sortant de l'hôpital, nous irons à l'hôtel, annonça-t-elle. Nous ne reviendrons jamais dans cette maison. Je vais faire raser la maison aux serpents et ensuite je vendrai. Je ne pourrais plus vivre ici.

Michael la regarda. Alors qu'elle se dirigeait vers la maison avec Jan dans ses bras, suivie de Christine et de Jeremy, on sentait qu'elle était pleine de résolution et de fureur.

Elle n'est plus une petite souris, pensa Michael. Peut-être d'ailleurs ne l'a-t-elle jamais été. Elle lui avait dit qu'elle était terrifiée par les serpents et pourtant il la revoyait s'attaquant avec une violence acharnée au plus féroce d'entre eux.

2

Quatre heures plus tard, Michael arrivait à la maison de Christine. Jeremy et elle semblèrent heureux de le voir, même si sa visite était inattendue. Il entra dans cette belle maison qui sentait le café et les biscuits à la cannelle que Christine venait de préparer. Michael sentit monter en lui une douce chaleur, une chaleur que, d'ailleurs, il redoutait un peu. Ces êtres, pensa-t-il, commençaient à avoir une trop grande importance à ses yeux. Peut-être devrait-il prendre du recul, se méfier de ses émotions et continuer à vivre dans la solitude pendant au moins un an. C'est cela qu'il faut faire, se dit-il à lui-même mais ce n'était pas cela qu'il avait envie de faire.

Quelques minutes plus tard, ils étaient assis tous les trois autour de la table en train de boire du café et de manger les biscuits. Rhiannon se tenait tel un sphinx sur le buffet, ses pattes ramenées en arrière et comme perdue dans son merveilleux regard doré.

Tout en prenant un biscuit encore chaud, Jeremy demanda :

— Alors, le docteur a dit que Jan allait bien, n'est-ce pas, Christy ?

— Oui. Elle a eu très peur mais c'est une petite fille solide. Lorsque je l'ai conduite à l'hôtel avec sa mère, elle ne pleurait déjà plus et elle commençait nettement à se détendre. Tess est venue la voir à l'hôpital. Elle était passée avant chez Beth et y avait trouvé Michael ainsi que les gens du département des ressources naturelles. C'est ainsi qu'elle a tout appris.

Michael prit une gorgée de café et approuva.

— Elle est partie comme une fusée quand je lui ai dit que Jan avait failli être mordue. J'aurais pu lui donner une contravention rien qu'en la voyant quitter la maison. Elle a fait hurler ses pneus.

— Vraiment, dit Jeremy, tout excité. C'est chouette. Christy conduit comme un escargot. Elle ne fait jamais hurler ses pneus.

— Je ne conduis pas comme un escargot, dit Christine avec indignation. Je suis tout simplement prudente.

— Tu es une lambine. Tu conduis plus doucement que Bethany.

— Mais, chéri, personne ne conduit plus doucement que Bethany, dit Christine en riant.

Ils mangèrent et parlèrent ainsi de choses et d'autres, détendus, presque insouciants après l'excitation de la journée. Michael avait le sentiment d'être un membre de la famille et ce sentiment lui faisait un peu peur. Cette impression de bonheur était si fragile et pouvait si facilement disparaître. Et cependant, il ne pouvait pas se décider à partir.

Il s'enfonçait dans ce sentiment de bien-être, dans cette belle maison avec Christine et Jeremy lorsque celui-ci annonça soudainement :

— Je crois que quelqu'un a libéré les serpents de Travis dans le but de le tuer.

Michael savait que Christine n'avait pas parlé à Jeremy de cette hypothèse du meurtre.

— Qui aurait voulu le tuer ? demanda-t-il d'un air détaché.

— Quelqu'un qui ne l'aimait pas. Ou quelqu'un qui était jaloux.

Il avala un autre biscuit et ajouta :

— Peut-être était-il le petit ami de Patricia.

Christine sembla choquée.

— Qu'est-ce qui te fait dire cela ? demanda-t-elle.

— Eh bien, je t'ai dit qu'un jour je l'avais entendue avec quelqu'un dans la grange. J'ai eu l'impression de connaître la voix du type mais sans pouvoir lui donner un nom.

— Et tu penses qu'il s'agissait de Travis ? demanda Michael sans pouvoir dissimuler son excitation.

— Je n'en suis pas encore sûr mais cela pourrait bien être.

Michael n'avait pas encore dit à Christine que le lecteur de CD avait été identifié comme celui de Travis. Il se dit donc qu'elle n'avait pas pensé que l'amant de Patricia puisse être Travis, même si elle avait appris par Jeremy que celle-ci avait une liaison. Il demanda :

— Réfléchis encore, peut-être pourras-tu être sûr.

— Je ne sais pas, je vais faire tout mon possible. Mais qui donc aurait pu vouloir la mort de Travis ?

Bethany, pensa Michael, si elle était au courant. Ou Ames Prince, s'il était au courant. Pour le moment, il désirait détourner Jeremy du sujet avant que ne lui viennent à l'esprit ces troublantes éventualités.

— Mais, Jeremy, dit-il, c'est peut-être un accident. Le pathologiste…

Jeremy fronça les sourcils.

— Le docteur qui a examiné le corps de Travis affirme qu'il y avait beaucoup d'alcool dans son sang. Cela l'a peut-être rendu imprudent.

— J'essaie vraiment de ne pas être imprudent et je n'y arrive pas toujours, dit Jeremy avec beaucoup de sérieux, mais je ne pense pas que quelqu'un comme Travis puisse être imprudent. Surtout pas avec des serpents.

Il frissonna.

— Je hais les serpents.

— Il y en a qui sont inoffensifs, dit Michael, mais mieux vaut faire attention.

Il regarda son assiette vide et dit :

— Je ne peux pas croire que j'ai mangé tous ces

biscuits à la cannelle. Ils sont vraiment excellents, Christine.

— Merci. Mais je me suis contentée de sortir la pâte d'une boîte et de placer la cannelle dessus. Voilà pourquoi je suis épuisée.

Jeremy éclata de rire.

— Christy fait parfois des plats excellents mais pas ce genre de choses. Si elle fait des gâteaux elle-même, ils sont tout de travers et durs comme des cailloux.

— Je n'ai jamais prétendu être une bonne cuisinière. Notre mère en était une merveilleuse. Je pense qu'être un bon chef est un don, comme d'être un musicien ou un peintre.

— Je ne saurais pas dire, dit Michael. J'ai plutôt tendance à ouvrir des boîtes et à manger sur le pouce.

— J'adore cela mais Christine ne veut pas me laisser faire, s'exclama Jeremy.

Michael éclata de rire tout en réalisant qu'il se sentait heureux, trop heureux pour être prudent. Il aurait voulu que cette soirée ne s'arrêtât jamais, même s'il était ridicule de penser ainsi. Mais cela lui était égal d'être ridicule.

Le beau temps n'avait pas duré. Il ne pleuvait pas mais la journée était triste. La nuit tomberait tôt ce soir.

Jeremy se retira dans sa chambre avec Rhiannon, affirmant vaguement qu'il avait « quelque chose à faire ». Quand il fut parti, Christine dit :

— Il regarde un programme de télévision tous les soirs à cette heure mais il n'a pas voulu être impoli.

— Je ne demande pas mieux que d'être abandonné pour un spectacle télévisé, dit Michael. Chacun d'entre nous a ses priorités.

— La télévision est l'une des priorités de Jeremy

et j'en suis heureuse. Il regarde une grande variété de programmes malgré son QI et il apprend beaucoup de choses bien que je ne puisse pas souvent l'amener à regarder des programmes culturels.

— Un peu de culturel, c'est bien mais on a aussi besoin d'action, d'aventures et de fantaisie.

Christine vida le reste de la cafetière dans la tasse de Michael et dit pensivement :

— Malgré toute l'excitation que nous avons vécue, j'ai tout de même remarqué que vous avez demandé à Bethany si elle avait un appareil Polaroïd. Vous pensiez aux photos que j'ai reçues. Vous ne croyez pourtant pas que Bethany aurait envoyé de telles photos ?

— J'essaie de ne rien laisser de côté. Et n'oubliez pas que l'appareil appartenait également à Travis.

— Quelle raison aurait-il eue de m'envoyer ces photos ?

— La même raison que quelqu'un a eue de vous attaquer au gymnase ou de vous téléphoner à l'hôpital. Le besoin de vous faire peur, de vous amener à vous refermer sur vous-même, à cesser d'essayer de savoir qui a tué Dara Prince. Et je suis à peu près sûr que le S.C. de son journal se réfère à Travis.

— Vous pensez qu'il a été l'un de ses amants ?

— Oui et je pense aussi que Bethany le soupçonnait. Et aussi ses autres infidélités.

— Cela me fait de la peine pour elle.

— À moi aussi. Pourquoi risquer de détruire son mariage en courant de-ci de-là ? Surtout quand on a un enfant.

Il secoua la tête.

— Mais revenons aux photos. J'ai fait une petite enquête dont je n'ai pas encore eu le temps de vous parler. La carte que vous avez reçue a été fabriquée par une compagnie nommée Wonderland. Il y a en ville une seule librairie qui vende ce genre de cartes. Elle s'appelle Ned's News. J'ai montré cette carte au personnel mais nul n'a pu me dire qui l'a achetée. Le propriétaire m'a affirmé qu'ils vendaient chaque mois plus de trente cartes Wonderland. Je suis donc arrivé dans un cul-de-sac.

— Bien sûr, il n'y avait pas d'empreintes digitales.

— Non, l'expéditeur a fait très attention.

— Je suis sûre que vous n'en auriez pas trouvé davantage sur les lettres de Dara si Ames vous avait laissé les consulter.

— J'en suis persuadé, moi aussi. Je suis même persuadé que ces lettres ont été envoyées par le meurtrier afin d'arrêter l'enquête en faisant croire qu'elle était toujours vivante.

— Elle ne l'est pas, dit Christine d'un ton catégorique.

— Je sais que le corps qui a été trouvé est le sien. Sa bague, sa grossesse…

Elle secoua la tête.

— J'ai vraiment de la peine pour Ames, en dépit de la manière dont il me traite. Il n'y a pas de plus grande douleur que de perdre un enfant.

— Non, il n'y en a pas, dit Michael doucement.

— Vous parlez comme si vous en aviez fait l'expérience.

Il fit oui de la tête et dit :

— Ma petite fille, Stacy.

Christine se tut un moment avant de dire :

— J'ai pensé qu'après votre divorce sa mère en avait obtenu la garde. Vous voulez dire qu'elle…

— Elle est morte. Elle avait deux ans.

— Oh ! Michael, je n'imaginais pas…

Elle lui prit la main.

— Je suis tellement désolée. Comment est-ce arrivé ? Non, oubliez ma question. Cela ne me regarde pas et ce doit être terrible pour vous d'en parler.

— C'est vrai mais je ressens le besoin d'en parler si cela ne vous ennuie pas.

— Bien sûr que cela ne m'ennuie pas, Michael. Parlez si vous en ressentez le besoin.

Il lui prit la main à son tour et la serra très fort.

— Stacy était une si jolie petite fille. Elle ressemblait à sa mère, des cheveux châtains et des yeux verts. Lisa est une actrice. Enfin, elle veut être une actrice. Tout ce qu'elle a pu faire jusqu'ici, ce sont des spots publicitaires. Mais elle est bien décidée à réussir.

Michael respira profondément et continua :

— Un jour, elle donnait un bain à Stacy. Le téléphone a sonné. Nous avions un répondeur qui sélectionnait les appels et, en temps normal, Lisa n'aurait pas répondu pendant que la petite était dans son bain mais c'était son agent. Elle a donc répondu, laissant Stacy dans la baignoire et elle a tout oublié car il s'agissait de signer un contrat pour un rôle dans une comédie. C'était un portable, et Lisa aurait pu rester près de Stacy tout en parlant mais elle ne l'a pas fait. Il semble que Stacy ait essayé de sortir de la baignoire par elle-même. Elle est tombée, s'est cogné la tête, s'est évanouie, a glissé et s'est noyée.

— Oh ! Michael. C'est terrible !

— Pendant plus d'une quinzaine de jours, Lisa ne m'a pas dit la vérité. Elle m'a affirmé qu'elle ne s'était absentée que le temps d'aller chercher une serviette et qu'ainsi Stacy n'était pas restée seule plus d'une minute. Et puis un jour son agent a appelé et c'est moi qui ai répondu. C'était une femme et elle était terriblement désolée. Elle a affirmé que si elle n'avait pas appelé exactement à ce moment-là, que si elle n'avait pas tellement passionné Lisa, l'accident ne serait sans doute pas arrivé. J'ai répété cela à Lisa et elle s'est effondrée.

Michael ferma les yeux.

— Elle aurait pu être poursuivie pour homicide par imprudence mais j'avais de nombreux amis dans la police et ils ont étouffé l'affaire. Ils savaient à quel point j'aimais Lisa et ils ont pensé que j'avais assez souffert. Mais cela a été la fin de mon mariage.

Christine serra sa main dans la sienne et dit :

— Vous devez avoir connu l'enfer ces deux dernières années.

— C'est pour cela que j'ai quitté Los Angeles. Mon grand-père a vécu à Winston toute sa vie. Quand il est mort, il m'a laissé sa maison. Il n'aimait pas me savoir à Los Angeles. Il pensait que je serais plus en sécurité ici. Peut-être l'avez-vous connu : Corbin Winter.

— Corbin Winter était votre grand-père ! s'exclama Christine. C'est lui qui tenait ce bazar un peu vieillot et qui jouait le Père Noël lors de la parade de Noël.

— Lui-même.

— Je l'ai connu juste après notre arrivée. Jeremy adorait aller dans son magasin.

— C'est incroyable, dit Michael. Il m'a parlé dans une lettre d'un garçon et de sa sœur qui venaient juste d'arriver en ville. Il m'a dit que le garçon me ressemblait comme s'il était mon cousin. Il ne m'a pas dit vos noms mais c'est sûrement de vous deux qu'il parlait.

— Oui, dit Christine en riant de bon cœur. Et nous nous rencontrons maintenant.

— Est-ce le destin ou la chance ?

— Je n'en sais rien, sourit Christine. Jeremy aimait tellement le vieux M. Winter.

— Mon grand-père l'aimait aussi. Sa femme était

morte avant lui et il m'a donc laissé sa maison. Je l'avais mise en vente depuis environ un an lorsque Stacy est morte. J'ai quitté Los Angeles un mois plus tard et je suis venu ici. Lorsque j'étais enfant, j'ai passé beaucoup de temps avec mes grands-parents. J'aimais cet endroit et c'est ici que j'ai décidé de prendre un nouveau départ.

— Est-ce que le fait de déménager vous a aidé ?

— Un peu mais le souvenir, la tristesse sont encore là.

— Ils ne partiront jamais tout à fait, Michael, dit Christine doucement. Jeremy et moi, nous adorions nos parents et je peux vous dire que si la souffrance s'est adoucie, elle n'a pas complètement disparu. Cela ne veut cependant pas dire que vous ne devez pas reconstruire votre vie. Vous laisser aller serait trahir Stacy.

Il la regarda et vit qu'elle était au bord des larmes.

— Vous le pensez vraiment ?

— Je sais qu'il en est ainsi. Les personnes qui nous ont aimés souhaitent nous voir continuer, même sans elles.

— J'aimerais pouvoir le croire.

— Cela va peut-être vous sembler trop facile, un peu bête, juste un faux-fuyant, mais souvenez-vous de Stacy et de l'amour qu'elle avait pour vous. Alors, vous croirez ce que je vous dis. Elle ne veut pas que son papa se laisse aller et refuse d'être heureux.

Michael ferma les yeux. Il prit la main de Christine, la porta à ses lèvres et donna un léger baiser sur la paume.

— Merci, dit-il, de me communiquer ces pensées. C'est une grande aide.

Christine ressentit comme un fourmillement dans la main. Quand il la regarda, ses yeux acajou étaient d'une grande douceur, pénétrants. Elle sentit qu'il la regardait jusqu'à l'âme. Jamais elle n'avait éprouvé un tel sentiment. Avec personne.

Ils entendirent Jeremy qui grimpait les escaliers, venant de son sous-sol. Il arriva dans le salon hors d'haleine, le visage tout rouge.

— Christy, il y a quelqu'un dehors. Il essaie de regarder chez nous.

— Tu as vu quelqu'un ? demanda Michael.

— Ouais. Enfin c'est Rhi qui l'a vu la première. Elle était assise devant la fenêtre et elle a grogné comme font les chats. J'ai regardé, le type était derrière les arbres, je ne crois pas qu'il soit parti.

Il désigna la porte coulissante.

— Il regardait à travers cette vitre.

— J'aurais dû fermer les rideaux, s'exclama Christine, surtout après ce qui est arrivé la nuit où Streak est venu. N'importe qui peut voir ce qui se passe dans la cuisine et le salon.

— Restez ici, dit Michael en se levant. Je vais voir.

— N'y allez pas, dit Christine avec de la peur dans la voix. Il pourrait être armé.

— Je le suis aussi. Jeremy, veille sur ta sœur.

— Bien, monsieur.

— Michael, s'il te plaît… Christine, tout va bien aller. Ne me suivez pas, ni l'un ni l'autre. Je vais sortir par la porte d'entrée et faire le tour de la maison. Ne restez pas devant la fenêtre, il est peut-être armé.

Il lui donna un baiser sur la joue avant de se diriger vers la porte. Christine était trop surprise pour protester encore. Elle toucha sa joue tandis que Jeremy la prenait par la main et l'entraînait dans le salon.

— Je devrais aller l'aider, dit-il quelques minutes plus tard. Il n'aurait pas dû sortir comme ça dans la nuit.

— Si tu sors, il ne saura pas que c'est toi. Il risque de te tirer dessus, dit Christine en lui saisissant le bras. Tu dois rester ici avec moi. J'ai besoin de toi.

Jeremy plaça autour de ses épaules un bras protecteur. Ils s'assirent sur le sol, hors de vue. Christine commençait tout juste à se trouver ridicule de se cacher ainsi lorsqu'elle entendit Michael crier :

— Arrêtez-vous ! Police !

Il y eut un coup de feu.

Pour la première fois de sa vie, Christine sut ce que cela voulait dire de sentir son cœur s'arrêter. Une brusque douleur dans la poitrine, la respiration qui se bloque et le choc du cœur qui repart et bat très fort dans la poitrine, juste sous les côtes. Jeremy sursauta et la serra plus fort.

Une minute plus tard, quelqu'un frappa à la porte coulissante. Ils se figèrent tous deux jusqu'au moment où ils entendirent Michael crier :

— C'est moi. Ouvrez la porte !

Jeremy se précipita, tourna la poignée et fit glisser la porte. Michael entra en trébuchant, respirant avec peine.

— Je ne l'ai pas eu, dit-il, mais lui, il m'a eu.

C'est alors que Christine remarqua que le côté droit de son uniforme était couvert de sang.

CHAPITRE 19

1

— J'appelle le 911, dit Christine d'une voix stridente.

— Ce sera plus vite fait si vous me conduisez directement à l'hôpital, dit Michael. Donnez-moi seulement une serviette ou quelque chose d'autre que je puisse placer sur la blessure et tout ira bien. Sapristi ! J'ai mis du sang sur votre tapis.

— Ce n'est vraiment pas le moment de s'inquiéter de cela, dit Christine qui semblait terrifiée. Je pense tout de même que nous devrions appeler le 911. Ils sauront que faire. Vous risquez une hémorragie avant d'arriver à l'hôpital.

Jeremy avait déjà trouvé une serviette. Il poussa Michael dans un fauteuil et pressa la serviette contre son épaule.

— Tais-toi, Christy, et allons-y, dit-il.

Il regarda Michael et ajouta :

— Elle agit toujours comme une folle quand elle a peur.

Michael la regarda et dit :

— Tout va bien, Christine. Je dois seulement arriver à l'hôpital avant de m'évanouir.

— Vous évanouir ! s'écria Christine. Oh ! Mon Dieu !

— Christy, congèle-toi, dit Jeremy, employant une expression qu'il avait apprise de Ginger. Je vais porter l'adjoint Winter jusqu'à la voiture.

— Je n'ai pas besoin qu'on me porte, protesta Michael alors que Jeremy le soulevait déjà. Laisse-moi juste m'appuyer sur toi.

Une demi-heure plus tard, Christine et Jeremy étaient assis dans la salle d'attente de l'hôpital. Jeremy était déjà allé trois fois jusqu'au distributeur de bonbons et Christine buvait à petites gorgées une tasse d'un café amer.

— Leur nourriture n'est pas fameuse, grogna Jeremy.

— Les hôpitaux ne sont pas réputés pour leur cuisine délicate.

— Qu'entends-tu par cuisine ? demanda Jeremy. La nourriture ?

— Exactement.

Deux policiers firent leur apparition au moment où Jeremy se demandait s'il allait aller chercher une autre barre de chocolat.

— Bonsoir, mademoiselle Ireland, dit le plus jeune. Il paraît que vous avez eu des problèmes chez vous ce soir ?

— C'est le moins qu'on puisse dire. Comment le savez-vous ?

— Une voisine a appelé.

Christine sut immédiatement qu'il s'agissait de la toujours vigilante Mme Flint. Le plus jeune policier, un beau garçon, lui sourit.

— Je m'appelle Lasky et voici Anders. Mme Flint nous a dit qu'il y avait un policier chez vous, quelqu'un qui venait souvent vous voir ces derniers temps.

Christine se sentit rougir bien que la voix du policier fût neutre et même amicale. Il demanda :

— S'agit-il de Winter ?

— Oui, l'adjoint Winter est venu pour me tenir au courant de son enquête à propos des photos Polaroïd de Dara et Patricia Prince.

— Nous sommes au courant des photos et de la carte, dit Lasky.

— Alors, vous savez qu'il n'a pas pu en apprendre davantage mais il savait que je me faisais du souci et il voulait me montrer que la police n'abandonnait pas l'affaire.

Ce n'est pas vraiment un mensonge, se dit Christine vertueusement. Ils avaient parlé des photos bien que Michael ne soit pas venu seulement pour cela.

— Mon frère a vu quelqu'un marcher sur la pelouse et regarder par les fenêtres en se cachant derrière les arbres. L'adjoint Winter a pensé qu'il ne s'agissait pas seulement d'un passant. Il nous a mis à l'abri, Jeremy et moi, et il est allé voir. Nous l'avons entendu crier : Stop ! Police ! ou quelque chose comme ça. Puis nous avons entendu un coup de feu. Nous avons pensé que l'adjoint Winter avait tiré sur quelqu'un mais, quand il est revenu vers la maison, nous avons constaté qu'il était blessé.

Un docteur sortit enfin de la salle d'examen pour leur parler.

— L'adjoint Winter m'a demandé de vous donner de ses nouvelles. Heureusement, la balle n'a pas fracturé d'os ou atteint d'artère. Il aura du mal à se servir de son bras pendant quelques jours mais il guérira complètement. Nous allons le garder ici cette nuit.

Quand le docteur autorisa les visites, Michael demanda à parler en priorité à Christine et Jeremy. Il était souriant mais extrêmement pâle.

— Êtes-vous sûr d'être bien ? lui demanda-t-elle, de ne pas jouer les gros costauds ?

— Mais il est un grand costaud, corrigea Jeremy. Le plus costaud que je connaisse !

— Merci pour ce vote de confiance, Jeremy, mais pour être honnête, je ne me sens pas très costaud ce soir. J'ai eu de la chance : la police a retrouvé la douille et c'est un calibre vingt-deux.

— Un vingt-deux ? s'étonna Christine. N'est-ce pas considéré comme une arme de femme ?

Michael sourit.

— Vous ne diriez pas cela si une balle de ce calibre vous avait touchée à l'épaule.

— Je suis désolée. Je ne voulais pas minimiser votre blessure.

— Ce n'est rien. Vous avez raison, ce sont généralement les femmes qui utilisent le calibre vingt-deux. Ou la Mafia quand ils veulent atteindre quelqu'un à bout portant dans la tête. La balle rebondit dans le crâne et fait de gros dégâts dans le cerveau.

— Comme c'est intéressant, dit Christine, essayant de sourire pour cacher la détresse que lui inspirait l'état de Michael.

— Le shérif Teague a appelé. Il a insisté auprès des médecins pour qu'ils me le passent même pendant qu'ils me soignaient. Il a une théorie brillante : il pense que j'ai été blessé par des chasseurs.

— Des chasseurs ! dit Christine, déconcertée. Dans un quartier résidentiel ? Mais que chassaient-ils ? Des moineaux ?

— Peut-être des putois, dit Jeremy avec sérieux. J'en ai vu une fois derrière la maison.

— Je ne crois pas que les putois fassent partie des proies préférées des chasseurs, dit Michael en bâillant.

Christine se leva.

— Je crois, dit-elle, que nous devons partir. D'ailleurs il y a dehors deux policiers qui veulent vous parler.

— Qui sont-ils ?

— Lasky et Anders.

— Ce sont de braves types.

— Est-ce que je peux faire quelque chose pour vous ?

— Oui. Vous savez où habitait mon grand-père, là où j'habite maintenant. Prenez les clés dans la poche de mon pantalon, allez là-bas et trouvez-moi des vêtements. Pour demain matin. Mon uniforme est plein de sang. Un jean et un tee-shirt suffiront. Vous pouvez les déposer ici dans la matinée.

— Est-ce qu'il vous demande déjà de faire ses commissions ?

Christine leva les yeux et se trouva face à une jeune femme grande et mince avec de longs cheveux châtains et les plus magnétiques yeux verts qu'elle ait jamais vus. Elle portait des pantalons noirs très collants, une veste en cuir noir sur un chemisier doré. Elle portait aussi de grandes boucles d'oreilles en or. Christine eut le sentiment de contempler la plus belle et la plus étonnante de toutes les créatures.

— Salut ! dit la femme en révélant des dents parfaites et en tendant la main à Jeremy avec un merveilleux sourire.

Il en fut ébloui au point d'être privé de tous ses moyens.

— J'ai peur, dit-elle en s'adressant à Christine, de ne pas avoir retenu votre nom.

— Je m'appelle Chr… Christine Ireland, dit-elle en regrettant d'avoir bafouillé et voici…

— Jeremy Bartholomé Ireland, annonça Jeremy fièrement tandis que Christine le regardait, stupéfaite. Je suis le frère de Christy.

— Je suis si heureuse de vous rencontrer, vous Christine et vous Jeremy Bartholomé.

Sa voix sembla chanter autour de la pièce, jeune et insouciante comme une voix d'enfant. Elle se tourna vers Michael et dit :

— Je suis allée chez toi et j'ai trouvé un flic devant la porte. Imagine mon horreur quand il m'a dit que tu venais d'être blessé.

Depuis son entrée, Michael n'avait pas prononcé une parole. Il la regardait la bouche légèrement ouverte, abasourdi.

Elle s'approcha de lui, lui passa la main dans les cheveux et fit courir ses doigts sur sa joue et jusqu'à ses lèvres. Ce fut un geste si intime, si possessif que Christine se sentit rougir.

La jeune femme lui sourit longuement, puis se tourna vers Christine.

— Eh bien, dit-elle, puisque Michael semble avoir oublié les bonnes manières, je me présente. Christine, Jeremy, je suis Lisa Winter, la femme de Michael.

2

— Je croyais que l'adjoint Winter n'était plus marié, dit Jeremy une fois qu'ils furent dans la voiture.

— Il ne l'est pas, il est divorcé.

— Alors, que faisait-elle là ? demanda-t-il avec brutalité.

— Je suppose qu'elle est venue lui rendre visite. C'est permis même quand on est divorcés.

— Cela ne devrait pas l'être. En tout cas je n'ai jamais entendu rien de pareil, balbutia-t-il, comme s'il connaissait toutes les règles du savoir-vivre entre gens divorcés. Elle ne devrait pas être là. Elle vient tout déranger.

— Que vient-elle donc déranger ?

— Votre relation à toi et à l'adjoint Winter.

— Qu'est-ce qui te fait penser qu'il y a entre nous une relation spéciale ?

Jeremy roula les yeux.

— Oh ! Christy ! allons ! Je sais bien que vous en pincez l'un pour l'autre. Cela se voit comme le nez dans la figure et je suis sûr que vous êtes faits l'un pour l'autre. Et j'aimerais bien avoir un beau-frère policier. Cette sale bonne femme vient tout foutre en l'air.

Jeremy ne décoléra pas jusqu'à leur arrivée à la maison mais Christine l'entendait à peine. Elle était surprise de se sentir si misérable. Cette femme ! Elle était splendide. Elle était à peu près de la même taille que Christine et cela lui allait très bien. Et jamais elle n'avait vu des cheveux châtains avec une teinte aussi superbe. Ils n'étaient peut-être pas naturels mais ils étaient beaux, longs et luxuriants. Inconsciemment, Christine toucha ses propres cheveux blonds. Même si elle les laissait pousser, ils ne seraient jamais aussi épais et ondulés que ceux de Lisa. Et ses yeux ! On aurait dit des émeraudes.

— Moi je ne l'ai pas trouvée belle du tout, dit Jeremy comme s'il lisait ses pensées.

— Si, tu l'as trouvée belle.

— Non, Christy. On dirait la photo d'une star dans *People*. Ce n'est pas comme toi.

— Ah bon ! Mon Dieu, je détesterais ressembler à une star de cinéma.

— Tu es beaucoup plus belle que n'importe quelle star de cinéma. Ton visage et tes yeux sont d'une grande douceur, comme si tu t'attendrissais sur les enfants perdus et les animaux blessés.

— Jeremy, s'il te plaît, veux-tu cesser de vanter mon apparence. Tu rends les choses encore pires.

— Qu'est-ce que ça veut dire vanter ?

— Faire des éloges, complimenter.

— Qu'y a-t-il de mal à complimenter ?

— Rien, mais ce genre de compliments…

Elle s'arrêta net et soupira :

— Parlons d'autre chose.

La nuit était complètement tombée lorsqu'ils arrivèrent à la maison. On ne voyait pas d'étoiles et la lune n'était qu'un très mince croissant. Les lumières de la ville étaient éteintes. Il faudrait appeler la compagnie d'électricité dès demain matin.

Christine savait que la police avait passé les environs au peigne fin et qu'elle avait laissé un agent en faction. Celui qui avait tiré sur Michael n'aurait certainement pas le toupet de revenir et pourtant elle se sentait mal à l'aise, comme si elle était traquée. Elle poussa tous les rideaux de la maison et s'assit pour regarder la télévision avec Jeremy.

Pendant un message publicitaire, il leva les yeux sur elle et sourit.

— Tu te sens mal mais tu te sentiras mieux demain. Je parie que la femme de l'adjoint est juste venue pour lui demander de l'argent ou quelque chose comme ça. Elle partira dès demain.

Mon Dieu, je le souhaite de tout mon cœur, pensa Christine. La veille encore, elle n'aurait jamais imaginé que le retour de l'ex-femme de Michael la déprimerait à ce point.

— Et demain, nous avons du travail, ajouta Jeremy. Je suis content que le magasin ouvre à nouveau.

Christine resta silencieuse un moment. Elle savait que Jeremy la surveillait intensément parce qu'il sentait que quelque chose allait de travers. Elle finit par demander :

— Jeremy, serais-tu terriblement triste si tu ne travaillais plus à la bijouterie Prince ?

Il la regarda comme si elle lui annonçait la fin du monde.

— Ne plus travailler au magasin ? Tu veux dire perdre mon boulot ? Est-ce que j'ai perdu mon travail ?

Mon Dieu ! pensa Christine. Je m'y attendais.

— Mais pourquoi ? continua Jeremy en élevant la voix. Qu'est-ce que j'ai fait de mal ?

Elle prit une respiration profonde.

— Tu n'as absolument rien fait de mal. Te souviens-tu lorsque nous avons trouvé le journal de Dara ?

— Bien sûr que je m'en souviens mais qu'est-ce que cela a à faire avec mon travail ?

— Laisse-moi t'expliquer. J'ai pensé que je devais donner le journal à la police. Ames l'a su et cela l'a rendu furieux.

Jeremy devint cramoisi.

— Je sais, continua Christine, que c'est toi le premier qui lui as appris que j'allais confier ce journal à la police.

— Je suis désolé, Christy, cela est sorti tout seul. Je me sentais coupable parce que je savais que Dara ne voulait pas qu'il soit lu par quiconque. Je savais que tu allais le donner à Michael et… (il était sur le point d'éclater en sanglots)… je suis vraiment désolé.

— Ce n'est rien. Ames l'aurait découvert de toute façon. Mais comme je te l'ai dit, il est devenu terriblement furieux et… il m'a licenciée.

Jeremy la regarda comme s'il ne la comprenait pas puis il s'exclama :

— Licenciée !

— Oui mais il n'a pas parlé de toi. Peut-être va-t-il te garder mais je n'en suis pas certaine.

— Eh bien… je suis… explosa Jeremy. S'il t'a mise à la porte, je ne travaillerai plus chez lui.

— Tu n'as pas à partir à cause de moi. Je sais à quel point tu aimes ce travail.

— Pas sans toi ! C'est vraiment minable de te renvoyer. Et si Ames est assez minable pour faire cela, je ne veux plus travailler pour lui.

— Mais il a été si bon pour nous et si longtemps…

— Oui mais cela ne lui donne pas le droit de te traiter ainsi. Non, je ne travaillerai plus jamais à la bijouterie Prince !

Christine alla vers son frère et caressa doucement ses cheveux dorés.

— Je crois, dit-elle, que tu devrais avoir une conversation avec Ames. Tu devrais lui dire que tu n'es pas responsable de ce que j'ai fait. Après tout, tu ne voulais pas que quelqu'un puisse lire le journal. Demande-lui si tu peux garder ton travail.

Jeremy secoua la tête avec véhémence.

— Pas sans toi, Christy. Ne t'en fais pas, nous trouverons d'autres boulots et meilleurs.

Christine souhaita être aussi confiante que son frère. Elle trouverait certainement un autre travail. Mais Jeremy ? Quand aurait-il une autre chance d'exercer son talent de créateur de bijoux ?

Elle savait que Jeremy était encore plus désolé qu'elle de perdre son travail. Créer des bijoux, cela était tout pour lui. Au moins, il avait trouvé un domaine dans lequel il excellait. Il n'aurait peut-être même pas la possibilité de montrer à Ames la merveilleuse broche qu'il avait faite en souvenir de Dara.

En quelques minutes son esprit avait glissé du problème du nouveau job à l'énigme Lisa Winter. Que venait-elle faire ici ? Espérait-elle une réconciliation ?

Elle était si belle. Michael lui avait dit à quel point il l'avait aimée. Ne devrait-elle pas être heureuse pour lui au lieu d'être assise là la peur au ventre ? Était-elle donc si égoïste ? Pour le moment, elle sentait qu'au pays des égoïstes, elle venait directement après Dara.

Plus tard, elle entendit Jeremy allumer sa télévision, le son poussé au maximum. Sans doute le capitaine Kirk était-il encore en train de combattre les Klingons. Christine avait souvent admiré cette capacité à chasser les problèmes de son esprit. Cette capacité, elle était loin de l'avoir.

Après avoir vérifié toutes les serrures et les ouvertures des fenêtres, Christine se réfugia dans sa chambre. Elle alluma trois bougies parfumées au pain d'épice, une odeur qui lui rappelait les gâteaux que confectionnait sa mère, des gâteaux à la cannelle et aux raisins. Longtemps, à cette époque, elle avait cru qu'elle vivrait toujours dans une douce sécurité. Heureusement, elle ne savait pas alors ce qui l'attendait.

Ces histoires de meurtres, par exemple. Dara avait été assassinée et son corps jeté dans la rivière et elle était sûre que Patricia avait, elle aussi, été assassinée. Il était certain que quelqu'un avait mis au point la sinistre mise en scène de la mort de Travis. Mais qui ? Qui avait pu haïr ces trois-là au point de prendre leurs vies ?

Et qui voulait prendre la sienne ? Un frisson la parcourut à la pensée de la carte qu'elle avait reçue représentant une belle blonde.

« Une rangée de jolies filles/À quand le tour de la prochaine ? »

Elle pensait alors qu'elle serait la prochaine cible et cela avait été non pas une jolie fille mais Travis Burke. Hélas ! la mort de Travis ne signifiait pas qu'elle était hors de danger.

Elle s'assit sur son lit, terrifiée par ses propres pensées. Avait-elle vraiment espéré que Travis avait pris sa place sur la liste de l'assassin ? Non, bien sûr, se dit-elle, elle ne pouvait souhaiter une telle chose. Travis avait une petite fille et une femme qui l'aimait.

Une femme qui le soupçonnait certainement d'être infidèle. Une femme qui affirmait être terrifiée par la vue d'un serpent au point d'en être paralysée mais qui s'était attaquée au plus dangereux d'entre eux, à la vipère du Gabon, sans hésiter et avec la bravoure d'une furie grecque.

Bethany. Bethany la douce. L'une des personnes les plus gentilles et les plus généreuses qu'elle ait jamais connues. Non, Bethany n'aurait pas été capable de tuer son mari. Pas plus d'ailleurs que ses maîtresses.

Les pensées de Christine tournaient en rond et elle ressentit soudain une douleur à la base du cou. Le début d'une migraine, ce dont elle n'avait absolument pas besoin en ce moment. Elle avait besoin d'une bonne nuit de repos afin d'avoir les idées claires le lendemain. Après tout, elle devrait se mettre en quête d'un nouveau travail. Il lui fallait gagner sa vie et celle de Jeremy.

Mais comment dormir tranquillement la nuit même où un individu avait espionné sa maison et avait eu l'audace de tirer sur un officier de police venu à son aide ? Comment dormir avec cette peur d'être la prochaine victime et de laisser Jeremy seul dans la vie ? Oui, comment dormir en étant malade de jalousie à cause de Lisa Winter, en sachant qu'elle allait peut-être passer la nuit avec Michael, un homme dont elle réalisait soudain qu'il était important à ses yeux. Plus important sans doute qu'aucun homme ne l'avait jamais été.

Elle poussa un gémissement, alluma sa lampe de chevet et resta allongée, les yeux fermés, respirant la douce odeur des trois bougies. Respire profondément, murmura-t-elle. Respire profondément et détends-toi. Pense aux pains d'épice de ton enfance, au foyer et à la famille dans lesquels tu as été aimée et protégée. Au temps où la vie était heureuse et simple.

Le téléphone sonna et elle eut l'absurde espoir que c'était Michael. Elle le prit dès la seconde sonnerie et entendit à l'arrière-plan une cacophonie faite de country music, de conversations, de chansons et de cris. Et soudain, elle se dressa, terrifiée lorsque, à la place de ce bruit, elle entendit la voix obsédante, ondoyante qui semblait venir de la frontière entre la vie et la mort et qui chantait :

Partout où je vais,
Des yeux noirs me regardent.
J'aimerais qu'ils soient des yeux d'amour,
Mais je sais qu'ils me veulent du mal.
Je voudrais une vie longue et pleine
Mais malheureusement je suis certaine que
Bien avant l'heure, la mort m'attend.

3

Christine reposa doucement l'appareil et se précipita en bas, vers le répondeur pour savoir qui l'avait appelée. C'était le numéro 555-9794. Elle souleva le récepteur. La musique avait cessé.

— Allô ! dit-elle sans s'attendre vraiment à une réponse.

Elle entendit que quelqu'un raccrochait.

Que faire maintenant ? se demanda-t-elle. En temps normal, elle aurait appelé Michael mais pas cette nuit. Pas avec Lisa à la maison. Il penserait sans doute que son coup de téléphone n'était qu'un prétexte. Elle attendit cinq minutes, puis appela le numéro qui était apparu sur son répondeur. Rien. Elle essaya de nouveau cinq minutes plus tard. Une voix d'homme rude cria :

— Ouais, avec en arrière-plan un raffut assourdissant.

— Allô ! dit-elle timidement. J'ai reçu il y a quelques minutes un appel venant de chez vous. Pouvez-vous me dire chez qui je suis ?

— Ma beauté, ce n'est pas une maison privée ici, hurla l'homme à la vitesse d'une mitrailleuse avec un féroce accent de la Virginie-Occidentale. Ici, c'est le complexe d'Ernie.

— Le complexe d'Ernie, répéta-t-elle en revoyant le grand établissement qui rassemblait un grill, un bar, une piscine et un dancing à l'extérieur de la ville. Elle savait qu'au moins chaque semaine on y arrêtait quelqu'un pour mauvaise conduite.

— Je viens de recevoir un appel de chez vous, répéta-t-elle en bredouillant.

— Votre petit ami a quitté la ville, dit l'homme en riant. Comment peut-il prendre du bon temps ailleurs en laissant à la maison une belle fille comme vous ?

— Comment savez-vous que je suis une belle fille ? répliqua Christine nerveusement.

— Ne soyez pas fâchée. Je veux seulement dire qu'en vous entendant, on sait que vous êtes belle. Et raffinée. Pas comme les filles qui fréquentent ici. Et si vous êtes belle, pourquoi ne venez-vous pas faire un tour ? Vous pourrez boire quelques verres et danser.

— C'est un bon programme, dit Christine doucement.

Rendre ce type furieux n'était pas le meilleur moyen d'obtenir des renseignements.

— Mais je suis sur le point de me mettre au lit.

— À cette heure ? Mais, chérie, on commence tout

juste à s'amuser ici. Mets des jeans bien collants, tes chaussures de danse et arrive immédiatement.

— J'ai peur de ne pas pouvoir, dit-elle.

Elle voulait le garder en ligne mais couper court à ce début de flirt.

— Je dois rester avec ma petite fille et mes deux jumeaux.

Savoir qu'elle était la mère de trois enfants fit disparaître son enthousiasme.

— Eh bien, c'est dommage, dit-il.

— Ils sont toujours dans mes jambes et ils n'arrêtent pas de pleurer.

— Oh !

Christine pouvait presque voir le geste de recul de l'homme.

— Bon, dit-il, je ne veux pas vous empêcher de vous occuper d'eux. Je vous dis au revoir.

— Attendez une minute ! Je me demande si vous avez une idée de qui m'a appelée il y a quelques minutes.

— Il y a des tas de gens au téléphone toute la nuit.

— Mais la personne en question devait tenir à la main un petit magnétophone qui m'a joué une chanson. Une chanson composée par une de mes amies.

— Ah bon !

Il semblait soudain méfiant, comme s'il parlait avec une malade mentale. Avec trois gamins en train de hurler.

— Vous n'avez vu personne rapprocher un magnétophone de l'écouteur ?

— Non, ma beauté. J'étais en train de prendre du bon temps. Écoutez, il faut que je m'en aille. J'ai été heureux de vous parler. J'espère que vous trouverez le type au magnétophone. Vaya con Dios.

Ainsi, elle savait d'où elle avait été appelée. Du complexe d'Ernie, un endroit douteux qui pouvait recevoir une centaine de personnes à la fois. Une centaine de voyous qui ne s'occupaient pas les uns des autres sinon pour préparer de mauvais coups. C'est normal, pensa Christine. Qui aurait l'idée de téléphoner de chez lui pour menacer, même si la menace se déguisait sous un air de musique ? Elle n'en savait pas plus qu'elle n'en savait après l'appel à l'hôpital.

Elle savait au moins que son bourreau n'avait pas lâché prise.

Elle récita à haute voix :

— Une rangée de jolies filles/À quand le tour de la prochaine ?

La prochaine, ce serait elle.

4

Christine sursauta lorsque le téléphone sonna vingt minutes plus tard. Aurait-elle le courage d'écouter à nouveau cette chanson — une chanson que Dara avait écrite et qu'elle avait chantée d'un ton si larmoyant alors même que la mort se penchait sur elle ? Il le faut, se dit Christine. Peut-être celui qui l'appelait allait-il faire une imprudence, peut-être l'appelait-il d'un domicile privé ?

Elle prit l'appareil et dit « Allô ! » d'un ton décidé pour cacher sa peur.

— Christine ? C'est vous ?

Michael Winter. L'air qui était emprisonné dans ses poumons s'échappa en un long gémissement.

— Michael. Comment allez-vous ?

— Je vais bien mais pas vous. Qu'est-il arrivé ?

Il est arrivé que votre merveilleuse femme est à Winston, eut-elle envie de dire mais elle ne voulait pas passer pour une harpie jalouse. De plus, elle n'avait jamais parlé d'amour avec Michael.

— J'ai reçu un autre appel, dit-elle en prenant sa voix de femme d'affaires. Mon tortionnaire a repassé la chanson de Dara, comme à l'hôpital, celle où Dara pensait que quelqu'un voulait sa mort. J'ai rappelé le numéro que j'ai trouvé sur mon répondeur. L'appel venait du complexe d'Ernie. Il y a un type qui m'a répondu mais, bien entendu, il ne savait rien. Il n'avait pas regardé du côté des cabines téléphoniques. J'imagine qu'il y en a plusieurs.

— Au moins six.

— De toute façon, l'endroit était en pleine effervescence. Il y avait beaucoup de monde et beaucoup de bruit. Personne sans doute n'a rien remarqué.

Michael restait silencieux et elle demanda :

— Qu'est-ce qui ne va pas ?

— Christine, est-ce que vous réalisez que vous avez peut-être parlé à celui qui vous a appelée ?

Elle fut si stupéfaite qu'elle resta un moment sans rien dire.

— Celui qui m'a appelée ? finit-elle par dire. Mais il avait un très fort accent et sa voix ne m'a rien dit.

Elle prit une longue respiration :

— Vous pensez qu'il a peut-être déguisé son accent et sa voix ? Mon Dieu ! mais je suis folle.

— Vous n'êtes pas folle du tout. Vous êtes terrifiée et, de plus, vous n'avez pas l'habitude de recevoir des appels anonymes.

— Si, je suis une folle !

— Taisez-vous ! La prochaine fois, vous saurez mieux que faire. Ne vous inquiétez pas si vous voyez une voiture de police devant chez vous. Je vais demander une surveillance de nuit.

— Je me sens déjà rassurée. Et vous, êtes-vous sûr de bien aller ?

— Je suis en pleine forme. Enfin pas tout à fait mais on m'a donné tellement de sédatifs que je vais bien dormir. La venue de Lisa a été une surprise.

— Vous pouvez le dire.

Ils se turent un moment et Christine finit par dire :

— Je suppose qu'elle aimerait revenir avec vous.

— Mais, Christine, je ne lui ai pas demandé de venir.

Christine aurait préféré l'entendre dire qu'il n'avait pas voulu qu'elle vienne et qu'il allait la renvoyer tout de suite à Los Angeles mais il ne dit rien de tel. Il garda un instant le silence puis il dit :

— Bonne nuit, Christine.

— Bonne nuit, monsieur l'adjoint Winter, répondit-elle mais il avait déjà raccroché.

CHAPITRE 20

1

La nuit fut longue et épouvantable pour Christine, allant d'un cauchemar à un autre. Elle savait que les mouvements rapides des yeux prouvaient que les rêves ne duraient que quelques secondes mais chacun d'entre eux lui sembla interminable.

Elle venait juste de sortir d'un rêve où elle avait vu Jeremy errer dans une ville, seul, sans but et vêtu comme un clochard lorsqu'elle décida qu'elle devait parler à Ames. Elle n'allait pas le supplier de lui rendre son travail mais elle plaiderait pour Jeremy. Après tout, il n'avait rien fait de mal.

Le jour se levait tout juste lorsqu'elle sauta de son lit et se drapa dans une longue robe de chambre. En faisant son café, en bas, elle regarda par la fenêtre et vit une voiture de police. C'était bien mais elle savait que le shérif Teague ne serait pas d'accord pour accaparer ainsi du personnel plus d'une journée.

En dépit de la voiture de police, elle n'ouvrit pas tout de suite les rideaux comme elle le faisait d'habitude pour voir les oiseaux voler autour des nourrisseurs. Comme il était étrange de penser que quelqu'un était peut-être tapi dans ce petit matin brumeux pour tirer sur elle. De telles choses ne devraient se passer que dans les romans. Elle ne pouvait pas croire que c'était en train de lui arriver à elle.

Tout en attendant que le café soit prêt, elle jeta un regard sur le journal qu'elle était allée chercher sous le porche. Les titres annonçaient que le niveau de la rivière était revenu à la normale mais les articles expliquaient que la crue avait fait beaucoup de dégâts. Il faudrait au moins quinze jours pour tout remettre en place et certains magasins, certaines maisons allaient être démolis parce qu'ils étaient en trop mauvais état. Les services météorologiques estimaient que cette inondation avait été pire que celle d'il y a trois ans. Christine savait que celle-ci, elle ne l'oublierait jamais.

Deux heures plus tard, Jeremy émergea de son sous-sol et murmura :

— Salut.

Il n'avait pas son énergie habituelle et il se dirigea droit vers la cafetière.

— Est-ce que tu as des beignets ou quelque chose d'autre ? demanda-t-il.

— Il faudra te contenter de toasts avec de la gelée. Il faut que j'aille faire des courses aujourd'hui.

— D'accord pour les toasts, dit-il mais il n'alla pas chercher le pain.

Il s'assit près de Christine et lui dit, le regard vague :

— Christy, j'ai fait de mauvais rêves.

— Ce n'est pas étonnant avec ce qui est arrivé hier, répondit-elle sans parler de ses propres cauchemars. Mais Michael va bien.

— J'en suis heureux parce que je l'aime mais c'est de Dara que j'ai rêvé et non de lui.

Oh ! Encore Dara, pensa Christine. J'aimerais tellement qu'il puisse se débarrasser du souvenir de cette fille si belle et si funeste.

— Peut-être as-tu rêvé d'elle parce que nous avons parlé hier de nos problèmes avec la bijouterie Prince. Tu espérais que Dara serait un jour très impressionnée par ton talent de créateur. Maintenant, tu te dis qu'elle ne le saura jamais.

— Ce n'est pas cela, Christy… C'est… Je sais où elle est.

Il hésita à continuer en voyant le regard gêné de Christine.

— Elle se trouve sur l'île.

C'est toujours ainsi qu'il appelait la péninsule entre la rivière Crescent et l'Ohio.

— Je pense que Dara se trouve là-bas avec les constructeurs de tumulus.

— Jeremy, comment peux-tu penser une chose pareille ?

— Mes rêves me l'ont dit. Elle aimait aller là-bas. Elle pensait que c'était un lieu magique.

Christine lui prit la main.

— Chéri, comment aurait-elle pu rester là-bas pendant trois ans ? De quoi aurait-elle vécu, sans nourriture, sans habits, sans un endroit pour se réchauffer ?

Jeremy lui lança un regard désappointé.

— Tu ne comprends pas. Je pense qu'elle est…

Il inspira profondément.

— Je pense qu'elle est morte et que son esprit est sur l'île. C'est possible parce que cette île est magique, Christy.

— Mais, Jeremy, elle n'est pas magique.

— Elle l'est, dit-il en élevant la voix. Tu dis cela parce que tu en as peur. Nous devrions y aller et partir à sa recherche.

— Non, nous n'irons pas sur l'île, surtout par ce temps.

— Eh bien, moi, j'y vais.

Il lui lança un regard de défi.

— Je vais trouver son esprit et je vais lui dire de ne pas avoir peur, que je serai toujours son ami et que tout le monde l'aime.

Il fit le geste de se lever mais Christine lui saisit la main et la serra très fort.

— Jeremy, Dara n'est pas sur l'île. La police a cherché partout il y a trois ans et n'a pas trouvé trace d'elle.

— Mais ils ne cherchaient pas son esprit.

— Mais toi tu es allé des douzaines de fois sur l'île depuis qu'elle a disparu. Crois-tu donc que tu n'aurais pas senti son esprit ?

Elle vit le doute s'installer dans les yeux de son frère.

— Ne le crois-tu pas ? Je n'ai jamais compris votre amour pour ce lieu, à Dara et à toi. Il est vrai que j'en avais peur. Toi tu le comprenais comme tu comprenais Dara. Tu étais plus proche d'elle que je ne l'ai jamais été. Et si son esprit se trouvait là-bas, tu l'aurais senti, n'est-ce pas ?

— Mais mes rêves ?

— Les rêves ne signifient pas forcément quelque chose. Ils ne sont parfois qu'un embrouillamini d'images. Tu penses beaucoup à Dara. Tu penses beaucoup à cette île. Tu essayais de t'y rendre la nuit où Streak et moi nous t'avons trouvé. Tout cela s'est mélangé dans ta tête mais, crois-moi, Jeremy, l'esprit de Dara ne hante pas l'île.

— Je n'ai pas dit qu'elle le hantait. Elle n'est pas un fantôme qui fait peur.

— Elle n'est pas un fantôme du tout.

Christine se rendait compte que l'anxiété rendait sa voix stridente.

— Je veux dire que si elle est morte, ce qui est

probable, son esprit est au ciel. Avec Dieu. Là-bas règnent la paix, et des musiques célestes. On peut s'asseoir sur les nuages.

Jeremy la regarda un moment, interloqué, et la colère disparut de ses yeux. Il dit :

— Le ciel doit être ennuyeux pour quelqu'un comme Dara.

Christine sourit, soulagée.

— Tu as raison. Pour Dara, le ciel devrait être une gigantesque surprise-partie avec de la musique rock et une multitude de machines à karaoké dans lesquelles elle pourrait chanter.

— Et Rhiannon, ajouta Jeremy en souriant.

— Oui mais Rhiannon est ici avec nous et non pas sur l'île. Cela prouve bien que Dara n'y est pas non plus.

— Peut-être as-tu raison, concéda-t-il.

— Qu'as-tu l'intention de faire aujourd'hui ? lui demanda-t-elle d'une voix enjouée, espérant l'empêcher ainsi de penser à Dara.

— Nous devrions aller travailler, répondit-il avec nonchalance.

— Pas aujourd'hui. Nous pouvons faire ce que nous voulons. Que dirais-tu d'une balade à vélo ? Il va faire beau.

— Non, je n'ai pas envie de faire du vélo. Je veux aller au magasin et commencer un bracelet pour accompagner la broche de Dara.

— Oublions le magasin aujourd'hui. Pourquoi n'irions-nous pas au centre de remise en forme ? Danny sera content de t'avoir avec lui et tu pourras aider les gens à soulever des poids.

Christine n'avait pas peur d'aller au centre car elle savait qu'il y aurait beaucoup de monde au milieu de la matinée. De plus, elle avait déjà annoncé sa venue à Danny vingt minutes auparavant. Elle fut heureuse de voir le visage de Jeremy s'éclairer.

— C'est une bonne idée, dit-il. Il y a longtemps que je n'y suis pas allé et j'aime bien aider Danny.

— Bien. Je vais prendre une douche et je t'emmène là-bas.

— Et toi, où vas-tu ?

— Je vais passer voir Tess. Peut-être déjeunerons-nous ensemble.

— C'est bien aussi. Ne mange pas trop au grill de Gus.

— Qu'est-ce qui te fait penser que nous allons là-bas ?

— C'est là que tu vas toujours avec Tess et vous prenez toujours la même chose.

— Eh bien, petit malin, aujourd'hui nous prendrons quelque chose d'autre, juste pour te montrer que nous ne sommes pas si prévisibles.

Jeremy se mit à rire et elle s'en réjouit. Au moins ne passerait-il pas sa première journée de chômage effondré devant la télévision, en pleine dépression. Passer le temps ainsi était mauvais pour tout le monde mais encore plus pour Jeremy.

Une heure plus tard, Christine le laissait au gymnase et prenait la direction du bureau d'Ames. Elle savait qu'il s'y trouvait, qu'il n'avait pas perdu une journée de travail depuis les obsèques de Patricia. Ames avait habituellement un grand sens des convenances et elle se demanda pourquoi il s'en affranchissait aussi ouvertement depuis la mort de sa seconde femme. Était-ce parce qu'il savait qu'elle avait un amant ? Ou le savait-il depuis longtemps et avait-il couvé son chagrin avant de passer à l'action ? Elle préférait ne pas y penser.

L'hôtesse d'accueil parut stupéfaite en la voyant entrer, si élégante dans son tailleur couleur rouille. Elle portait même de très hauts talons avec lesquels elle atteignait un mètre quatre-vingt-deux. Cela ne lui ferait pas de mal, avait-elle pensé en s'habillant, d'être un peu impressionnante même si, au fond d'elle-même, elle se sentait toute petite.

— M. Prince peut-il me recevoir ce matin ?

L'hôtesse fit semblant de consulter son carnet de rendez-vous.

— Je suis désolée, mademoiselle Ireland, dit-elle, mais il est avec quelqu'un et toute sa journée est prise. Peut-être plus tard dans la semaine…

— Ce que j'ai à lui dire ne prendra que quelques minutes. Je vais attendre que son client s'en aille.

Elle entra dans la salle d'attente, s'assit dans un fauteuil et saisit un magazine.

— J'ai peur que vous n'attendiez longtemps, mademoiselle Ireland, dit l'hôtesse mal à l'aise. Peut-être une heure ou plus. Laissez-moi plutôt vous donner un rendez-vous.

— Non, j'attendrai.

La voix de Christine était ferme et confiante. Elle s'aperçut qu'elle tenait son magazine à l'envers et elle continua à le tenir ainsi jusqu'à ce que l'hôtesse ait détourné son regard. Elle le retourna et se dit qu'elle ne devait pas s'énerver même s'il était clair qu'Ames avait donné l'ordre de ne pas la recevoir. Il pensait probablement qu'elle reviendrait pour le supplier de lui rendre son emploi. Il voulait lui montrer qu'il était le patron et qu'il la renvoyait la queue entre les jambes comme il aurait renvoyé Pom Pom, le petit chien si peu courageux de Patricia. Eh bien, elle allait lui montrer. Elle l'attendrait ici toute la journée s'il le fallait.

Cela ne fut pas nécessaire. Elle entendit la voix de Sloane avant même de le voir. Il entra dans la salle d'attente avec un client. Il serra la main de l'homme, l'assurant que tout serait prêt avant la fin de la semaine et regarda Christine avec plaisir.

— Eh bien ! mademoiselle Ireland, quelle agréable surprise !

— J'en suis sûre. Tout particulièrement pour Ames. Il paraît qu'il est pris pour des jours et des jours.

— Je n'ai pas dit cela, intervint l'hôtesse, indignée. J'ai dit qu'il était occupé aujourd'hui. Et elle n'a pas de rendez-vous.

— Depuis quand Christine a-t-elle besoin d'un rendez-vous ? demanda Sloane.

L'hôtesse devint rouge comme une cerise.

— Eh bien, M. Prince a dit que… que…

— Qu'il ne veut pas me voir, l'aida Christine. Mais il va me voir.

— Mais naturellement, dit Sloane en lui faisant un clin d'œil complice. Je sais qu'en ce moment, il est en train de prendre un café dans son bureau. Viens avec moi, Christine.

L'hôtesse faillit tomber de sa chaise.

— Oh ! monsieur Caldwell, parvint-elle à balbutier. Je ne pense vraiment pas…

— Ne vous en faites pas, lui dit légèrement Sloane. Je prends la responsabilité de tout ce qui va arriver.

Tandis qu'ils marchaient sur l'épais tapis du long corridor, Christine lança à Sloane un regard reconnaissant.

— Sloane, dit-elle, je ne sais pas comment te remercier de prendre ce risque. Ames va être furieux contre toi.

— Il a déjà été furieux contre moi et j'ai survécu. Et toi aussi.

Il frappa à la porte du bureau et l'ouvrit sans attendre de réponse.

— Ames, dit-il, vous avez une visite.

Ames vit Christine et s'écria :

— Va-t'en immédiatement. Je ne veux pas te parler.

Christine ressentit cela comme une gifle. Elle se raidit et dit :

— Je ne m'en irai pas. Je vais prendre dix minutes de ton temps et, ensuite, tu n'entendras plus parler de moi si telle est ta volonté.

Ames la fixa froidement de ses yeux gris. Puis elle fut stupéfaite d'y voir une lueur d'admiration.

— D'accord, dit-il, madame je-peux-tout, dis ce que tu as à dire.

Christine se rendit compte que Sloane avait quitté discrètement la pièce. Elle se prépara à dire en peu de mots l'essentiel de ce qu'elle avait à dire.

— Ames, je sais que mon père et toi vous avez été des amis très proches à l'université et à l'école de droit. Vous vous êtes ensuite un peu perdus de vue. Par conséquent, en accueillant deux orphelins, tu as été encore plus généreux que si tu avais accueilli les deux enfants de ton meilleur ami.

Elle inspira avec force.

— Tu le sais, Dara et moi, nous n'avons jamais été des amies. Mais Jeremy l'adorait. Non pas de cet amour que tu aurais pu trouver offensant. Il l'aimait à cause des qualités qu'il lui trouvait. Il ne lui aurait jamais fait de mal et cela veut dire aussi qu'il n'aurait pas livré son journal à la police. En fait, il m'a demandé de ne pas lire le journal parce que Dara ne l'aurait pas voulu mais j'y ai trouvé des informations qui auraient pu aider la police à découvrir le meurtrier.

— Ma fille n'est pas morte, dit Ames sans manifester la moindre émotion.

— Bien sûr que si et tu le sais. Mais ce n'est pas pour cela que je viens te voir.

Ames continuait à la regarder fixement et elle se mit à parler très vite pour ne pas lui donner une chance de l'interrompre.

— Je comprends que tu sois furieux contre moi, je comprends que tu me mettes à la porte, je ne viens pas pour moi mais pour que tu acceptes de garder Jeremy. Il a un véritable talent pour créer des bijoux. En fait, il t'a fait une surprise que j'ai prise dans sa chambre ce matin. Il ne sait pas que je suis ici et il ne sait pas que je te l'ai apportée.

Elle ouvrit son sac, y trouva un petit écrin en velours et le lui tendit.

Ames l'ouvrit.

— Jeremy, dit-elle, a appelé cette broche la broche de Dara. Rey lui a dit que les Incas appelaient l'argent les larmes de la lune. Il s'en est souvenu et il a fait les feuilles en argent. Il a entendu dire que le corail chassait le mauvais œil et c'est pour protéger Dara qu'il a sculpté la rose dans le corail. Il savait aussi que Dara aimait les roses qui se trouvaient dans le jardin d'Eve. Il y a dans ce jardin un rosier qui donne des roses exactement de cette couleur. C'était le rosier favori de Dara.

Elle surveillait Ames de très près. Ses mains tremblaient un peu mais il n'eut pas un regard pour elle.

— Jeremy a fait cela pour Dara, et aussi pour toi, dit-elle. Mais en dehors même du sentiment, considère son habileté. Il a fait un merveilleux travail et Rey ne l'a pas du tout aidé. Ames, je te supplie de ne pas le punir parce que tu es furieux contre moi. Laisse-le continuer à travailler au magasin sous la direction de Rey qui lui a déjà tellement appris. Ils s'aiment beaucoup tous les deux. Je t'en prie, je ne te demanderai plus jamais rien.

Ames continuait à la fixer. Il finit par dire :

— Je n'ai pas renvoyé Jeremy. Seulement toi.

— Il ne veut pas rester sans moi. C'est ce qu'il dit mais je sais qu'il changera d'avis si tu le lui demandes. Demande-le-lui sincèrement et non pour lui faire plaisir. Si tu lui dis que tu as besoin de lui au magasin, je sais qu'il restera.

Elle ne vit pas le moindre changement sur son visage et son cœur se serra. Elle s'attendait à le voir fermer l'écrin et le lui tendre en lui disant de s'en aller. Au lieu de cela, il leva lentement son regard glacé et dit :

— J'y penserai, Christine. Je ne peux rien te dire d'autre pour le moment.

Il se tut, tendit la main vers le verre qui se trouvait sur son bureau, but une gorgée et dit :

— Va-t'en maintenant. Je suis fatigué.

Ce n'était pas la réponse qu'elle espérait mais c'était mieux que rien, pensa-t-elle. Elle se leva et dit :

— Merci de m'avoir écoutée, Ames. Il lui tendit l'écrin mais elle dit :

— Non, Jeremy l'a fait pour toi. Et pour Dara. Je suis sûre qu'il veut te donner cette broche.

Elle sortit du bureau d'un pas assuré, ferma la porte et fut prise d'un tremblement. Jusqu'à présent, elle ne s'en était pas rendu compte mais elle s'était toujours demandé ce qui se cachait derrière l'attitude si souvent glaciale d'Ames. Elle comprit qu'elle en avait toujours eu un peu peur.

2

Christine craignait autant sa seconde visite de la matinée que celle qu'elle venait de faire chez Ames. Elle vit en arrivant que, comme elle s'y attendait, Reynaldo avait ouvert la bijouterie Prince. Ginger la regarda, interloquée.

— Cela fait un an que je travaille ici, dit-elle, et vous n'avez jamais eu une minute de retard. Il est dix heures. Est-ce que M. Prince a oublié de vous dire que nous ouvrions aujourd'hui ? Et où est Jeremy ?

Christine n'avait pas dit à Rey et à Tess qu'Ames l'avait renvoyée mais, en voyant le regard de sympathie de Rey, elle comprit qu'il se doutait de quelque chose.

— M. Prince m'a appelé la nuit dernière et m'a dit d'ouvrir aujourd'hui, lui dit-il. Est-ce qu'il y a quelque chose qui ne va pas, Christine ?

— Je ne suis plus la directrice de la bijouterie Prince, dit Christine d'une voix calme, espérant ainsi cacher le tremblement de sa voix.

— Quoi ! explosa Ginger. Vous n'êtes plus la directrice ? Pourquoi ? Qu'est-il arrivé ? Ce n'est pas à cause du stupide journal de Dara ?

— Comment connaissez-vous son existence ?

— La moitié de la ville est au courant. Vous savez à quelle allure circulent les cancans.

— Eh bien, oui, c'est à cause du journal, dit Christine, consciente du fait qu'Ames était partiellement justifié.

Si tellement de gens étaient au courant de l'existence du journal, combien y en avait-il qui savaient ce qu'il contenait ?

— Il est furieux parce que je l'ai livré à la police. Il contenait des choses confidentielles.

— Vous voulez parler de tous ces types avec qui elle couchait ? dit Ginger interloquée. Il y a bien une centaine de personnes qui étaient déjà au courant.

— Moi je ne le savais pas, dit Christine. Elle ne se confiait pas à moi.

Ginger leva les yeux.

— Elle n'avait pas besoin de se confier, il suffisait d'ouvrir les yeux.

Elle s'arrêta brusquement, se souvenant soudain qu'en principe, Rey avait été son seul et unique amour.

— Oh ! Rey, je suis désolée, dit-elle. J'oubliais que vous l'aimiez. Je me suis toujours dit qu'il fallait être fou pour la choisir.

— Ginger ! protesta Christine.

— C'est ce que je pensais !

Personne ne pouvait arrêter Ginger une fois qu'elle était lancée.

— Je veux dire… Il y avaitTess, le sel de la terre, qui l'adorait et il ne s'en apercevait même pas. Il voulait monter dans la lune avec Dara qui se donnait à tous ceux qui la voulaient.

Rey était devenu blême et Christine intervint avec violence :

— Ginger, vous en avez assez dit pour la journée. De plus, il s'agit ici de mon renvoi et non de la vie de Dara. Je ne sais pas par qui Ames a décidé de me remplacer. Il confiera sans doute le magasin à Rey. Mais je voulais vous dire au revoir.

— Cela sent mauvais, Christine, dit Rey faiblement, encore sous le coup de ce que venait de dire Ginger. Je ne sais pas ce qu'a en tête Ames.

Ginger se jeta dans les bras de Christine.

— M. Prince va comprendre qu'il a tort. Dans une semaine, vous serez revenue. Ce magasin ne peut marcher sans vous. Nous ne sommes pas capables de vous remplacer, n'est-ce pas, Rey ?

— C'est tout à fait vrai, dit Rey, qui, manifestement, ne pouvait penser qu'aux infidélités de Dara.

Christine s'obligea à sourire.

— Je veux que vous vous remettiez au travail comme si rien n'était arrivé. Et ne vous en faites pas pour moi, tout va bien aller. Ames n'a pas renvoyé Jeremy. Celui-ci dit qu'il ne reviendra pas sans moi mais j'espère qu'Ames saura le faire changer d'avis.

Rey et Ginger échangèrent des sourires qui étaient

aussi épanouis que faux. Ils savaient tous les deux qu'il était impossible d'amener Jeremy à changer d'avis.

— Bien, dit Christine, je vais à côté voir si je peux persuader Tess de déjeuner avec moi. Au revoir à tous les deux et à bientôt.

Elle se détourna et marcha vers la porte en espérant que ni Ginger ni Rey ne voyaient les larmes qui baignaient ses yeux.

3

La librairie Calliope était le magasin voisin de la bijouterie Prince. Christine avait commencé à le fréquenter dès son arrivée à Winston. Elle aimait les livres, elle en dévorait au moins trois chaque semaine et elle avait tout de suite été intriguée par le nom du magasin. Mais elle avait été fascinée en découvrant qu'il y avait dans la librairie un véritable calliope en état de marche, un étrange instrument fait de tuyaux tel qu'on en voyait autrefois sur les bateaux à vapeur du Mississippi ou dans les cirques. Il avait appartenu à l'arrière-grand-père de Tess. Il se trouvait à l'arrière du magasin sur une sorte d'estrade, une grande machine en acajou sur laquelle étaient représentées des scènes pastorales qui avaient été soigneusement restaurées lors de son installation dans la librairie. Christine avait un jour demandé à Tess de le faire jouer et celle-ci s'était lancée dans l'interprétation éraillée d'*Une bicyclette pour deux*. Les tuyaux avaient émis une telle cacophonie de sifflets qu'elles étaient devenues hystériques à force de rire. Elles en avaient conclu par la suite que le calliope était un excellent sujet de conversation mais qu'il ne pouvait en aucun cas assurer à la librairie une musique d'ambiance.

Tess se tenait derrière son comptoir en train d'aider une vieille dame aux cheveux bleu électrique à faire son choix entre deux livres de poche. Christine se promit alors que lorsque ses cheveux seraient devenus gris, même s'ils prenaient une teinte jaunâtre, elle n'essaierait jamais de leur redonner leur couleur naturelle à l'aide de teintures bleues ou violettes. Ces couleurs, pensa-t-elle, faisaient ressembler les vieilles dames à des chanteuses de rock d'un autre temps.

Christine n'avait pas revu Tess depuis le jour où celle-ci l'avait ramenée chez elle avec Jeremy juste après qu'il eut montré à tous la broche de Dara. Tess était furieuse ce jour-là, jalouse d'avoir vu le bras de Rey passé sur l'épaule de Christine. Sa réaction était certes ridicule mais Christine en était restée préoccupée. Elle attachait une grande importance à l'amitié de Tess et elle voulait s'assurer que, maintenant, tout allait bien entre elles.

— Comment vont les affaires aujourd'hui ? demanda Christine après le départ de la vieille dame.

— C'est incroyable. Quand la télé a cessé de marcher, au plus haut de la crue, j'ai l'impression que les gens ont pris conscience de l'importance des livres et qu'ils ont décidé d'en stocker en prévision d'un autre désastre.

Elle parlait d'un ton animé et son sourire était sincère. Christine se sentit soulagée. Tess reprit :

— Et à la bijouterie, comment ça va ?

— Je… ça va.

Christine avait décidé de ne pas parler à Tess et à Bethany de son renvoi avant d'en avoir informé Rey et Ginger mais maintenant, après sa rencontre avec Ames et sa conversation avec Rey et Ginger, elle ne se sentait pas le courage de faire face à une nouvelle scène chargée d'émotion. Elle se contenta de dire :

— Malheureusement, pendant l'inondation, les

gens n'ont pas eu besoin de bijoux comme ils ont eu besoin de livres.

— Non, ils sont restés en survêtements, ce qui n'incite pas à la coquetterie mais voici venir le temps des examens, puis, en juin, des mariages. Rey va beaucoup travailler et je suis sûre qu'il s'en réjouit à l'avance.

Elles levèrent les yeux en entendant la sonnette tinter à la porte et elles virent entrer Bethany. Elle si soignée d'habitude, elle s'était contentée de relever ses cheveux, elle n'était pas maquillée à l'exception d'un peu de rouge à lèvres et son pull-over jaune jurait effroyablement avec son pantalon bordeaux.

— Vous êtes là toutes les deux, dit-elle comme si elles étaient les deux seules personnes qu'elle eût envie de voir. J'ai un million de choses à faire aujourd'hui. Je dois préparer l'enterrement et c'est tellement déprimant. Je dois choisir le cercueil, les vêtements de Travis, les fleurs…

Elle sourit à ses deux amies puis, brusquement, éclata en sanglots.

Christine se précipita vers elle et l'entoura de ses deux bras.

— Beth, je suis tellement désolée. Je sais que ce n'est pas la chose à dire mais…

— Que pourrais-tu dire d'autre ? lui répondit Bethany en reniflant. Je suis tellement furieuse contre lui à propos de tant de choses. Je lui en veux même d'être mort. Il n'avait que trente-huit ans, il avait une petite fille, il était si brillant et il ne pouvait pas s'empêcher d'être infidèle et sournois mais il me manque et je me demande comment je vais pouvoir vivre sans lui.

Incapable de trouver des mots pour apaiser sa peine, Christine se contenta de lui tapoter l'épaule. Elle se souvint de la mort de ses parents. Les gens avaient tellement essayé de dire des choses réconfortantes mais leurs mots étaient restés pour elle sans aucune signification. Elle avait pourtant apprécié la gentillesse derrière les mots et avait fini par oublier les platitudes.

Un client fit son entrée et Bethany se détourna pour cacher ses larmes. L'homme l'ignora et demanda d'une voix prétentieuse un guide donnant la liste des éditeurs et des agents littéraires.

— Je n'ai pas encore décidé à qui envoyer mon livre, dit-il à Tess. Je veux regarder ce guide et voir si un nom me saute au visage. Je crois qu'en l'occurrence, c'est la seule façon de procéder. L'instinct.

Bonne chance à votre merveilleux instinct, pensa Christine, sarcastique. L'homme était tellement plein de lui-même qu'elle eut envie de le gifler. Elle ne supportait pas le contraste avec le chagrin de Bethany. Mais l'homme ne savait pas que Bethany était malheureuse. Il était fier de ce qu'il avait accompli mais, en voyant cette absolue confiance qu'il avait en lui, Christine se demanda aussitôt si son livre avait quelque valeur. Il est vrai qu'elle avait tendance à se méfier des gens qui étaient trop sûrs d'eux.

Le téléphone se mit à sonner tandis qu'un autre client entrait en proclamant :

— Je voudrais un bon roman avec du sexe pour agrémenter ma soirée.

— Je prends le téléphone, dit Christine.

Tess lui lança un regard reconnaissant. Aussitôt qu'elle eut dit : « Librairie Calliope », elle entendit la voix d'une vieille femme :

— Mais ce n'est pas Tess. Qui êtes-vous ?

— Mon nom est Christine Ireland. Puis-je vous aider ?

— Oh ! Christine. Je suis Thelma Brown, la mère de Tess.

Elle criait dans l'appareil et Christine se souvint que Tess lui avait dit que sa mère refusait de porter une prothèse auditive.

— Cela fait une éternité que je ne vous ai pas vue.

— En effet, dit Christine en haussant la voix. Tess est occupée en ce moment. Voulez-vous lui laisser un message ?

— Je crois que vous êtes une véritable amie de quitter votre travail pour répondre au téléphone de Tess.

— Je ne faisais que passer.

Elle regarda Bethany qui examinait sans les voir une pile de livres.

— Madame Brown, voulez-vous que je dise quelque chose à Tess pour vous ou préférez-vous qu'elle vous rappelle dès qu'elle sera un peu plus libre ?

— Elle peut me rappeler mais vous pouvez aussi lui dire que je les invite à dîner dimanche soir, elle et Geraldo.

Après deux ans de mariage, Thelma Brown était encore incapable de se souvenir du prénom de Reynaldo Cimino.

— Je n'ai pas vu ma fille depuis je ne sais combien de temps, continua-t-elle. Je lui ai demandé de venir m'aider pendant l'inondation mais elle ne s'est pas montrée. Elle m'a appelée pour me dire que sa voiture était en panne.

— Je ne savais pas qu'elle avait eu des ennuis de voiture.

— C'est encore une excuse qu'elle a trouvée pour ne pas venir, dit Mme Brown avec humeur.

— Je suis sûre que non, madame Brown.

Tess ne lui avait en effet pas parlé d'un problème de voiture et, en vérité, celle-ci semblait en parfait état lorsqu'elle était venue la chercher à l'hôpital.

— Je suis heureuse que tout se soit bien passé pour vous pendant l'inondation et je vais dire à Tess de vous rappeler dès que possible.

— C'est bien. Vous pouvez venir dîner aussi si vous voulez. Ce sera à la fortune du pot, juste une bonne cuisine traditionnelle.

— Merci mais je dois vous quitter maintenant. Tess vous rappellera.

Christine raccrocha et laissa errer un moment ses pensées. Michael était persuadé que Travis avait été l'amant de Patricia Prince mais il n'avait pas la moindre preuve. Et si c'était Reynaldo ? Il ne semblait pas tellement heureux de son mariage et il avait l'air si mal aux obsèques de la jeune femme. Et si Rey avait été cet amant mystérieux, où donc était Tess cette après-midi au cours de laquelle elle prétendait être allée aider sa mère à déménager la cave ? Cette même après-midi au cours de laquelle Patricia avait été poussée du haut du grenier.

CHAPITRE 21

1

Christine regarda à nouveau la pendule. Il était sept heures. Pour la plupart des gens, c'était de bonne heure mais jamais encore Jeremy n'était rentré aussi tard sans prévenir.

Lorsqu'elle était repassée au gymnase à trois heures de l'après-midi, Jeremy semblait tellement heureux qu'elle n'avait pas voulu le ramener avec elle.

— Laisse-le encore un peu, lui dit Danny. À son arrivée, il semblait vraiment désespéré d'avoir été renvoyé de la bijouterie Prince.

— Mais il n'a pas été renvoyé, s'exclama Christine.

— Mes parents sont persuadés qu'Ames marche sur les eaux mais, de toi à moi, j'ai toujours pensé que cet homme était un sale type qui se prenait pour un petit saint et croyait tout savoir.

Ayant ainsi fait sourire Christine, il ajouta :

— Marti n'est pas en forme aujourd'hui. Sans doute a-t-elle attrapé ce virus qui court un peu partout. Jeremy me donne un bon coup de main. Il sait très bien se servir de tout l'équipement du gymnase et il plaît aux clients. Laisse-le-moi encore deux heures, je te rappellerai quand il sera prêt à partir.

Christine avait jeté un coup d'œil dans la salle et elle avait vu Jeremy en train d'aider un homme entre deux âges. Au moins ne se désolait-il pas d'avoir dû quitter la bijouterie Prince, pensa-t-elle. C'est ainsi qu'elle avait donné son accord à Danny. Mais maintenant il était sept heures et Danny ne lui avait pas encore téléphoné. Elle l'appela et lui dit :

— Danny, est-ce que tu as oublié d'appeler ? Je pars pour chercher Jeremy. Dis-lui d'être prêt et de m'attendre devant la porte.

— Tu veux dire que tu viens le chercher maintenant ?

— Oui, répondit Christine en riant. Vas-tu encore m'ânonner que tu ne peux pas te passer de lui ?

— Non, c'est que... Eh bien, j'étais persuadé que tu étais déjà venue.

— Qu'est-ce qui te fait penser ça ? Mon Dieu ! Il est parti, n'est-ce pas ?

— Eh bien, mais... Oui. La salle est pleine. Je crois que tous ceux qui ne sont pas venus pendant l'inondation se sont donné rendez-vous ici ce soir. Je l'ai cherché il y a à peu près une demi-heure et je ne l'ai pas trouvé. J'ai pensé qu'il était dans la salle de repos. J'y suis allé et il n'y était pas. Il n'était pas non plus au bar. J'ai donc pensé que tu étais venue le chercher et que je ne t'avais pas vue, ce qui n'était pas surprenant avec tout ce monde.

— Mais, Danny, je ne l'aurais jamais emmené sans te le dire.

— C'est ce que dit Marti. Nous étions sur le point de t'appeler parce que nous avons pensé qu'il avait peut-être décidé de rentrer à pied.

— Dix kilomètres à pied dans la nuit ?

Le cœur de Christine s'emballait.

— Tu sais bien qu'il a peur de marcher la nuit. Il

faut au moins qu'il soit sur son vélo et il ne l'avait pas avec lui. Danny, il est parti avec quelqu'un.

— Ne sait-il pas qu'il ne doit pas partir avec des étrangers ?

— C'était peut-être quelqu'un qu'il connaissait. Est-ce que tu t'es renseigné ? Est-ce que quelqu'un l'a vu partir ?

— J'ai demandé à tout un tas de gens mais personne ne l'a vu.

Danny prit une longue inspiration.

— Écoute, Chris, peut-être une personne qu'il connaissait lui a-t-elle offert de le ramener à la maison. Peut-être va-t-il arriver d'un instant à l'autre.

— Peut-être ? Et si cela se passe autrement ? Danny, je l'ai placé sous ta responsabilité, dit Christine, furieuse. Tu devais le surveiller.

— Je l'ai surveillé mais je ne pouvais pas garder mes yeux collés sur lui. Tu sais bien que je l'aime comme un frère. Mon Dieu ! je suis tellement désolé.

— C'est un peu tard, gronda Christine.

Elle posa l'appareil avec violence, sachant bien qu'elle s'en voulait plus à elle-même qu'elle n'en voulait à Danny. C'était elle qui était responsable de Jeremy et non Danny. Elle n'aurait pas dû le laisser si longtemps au gymnase. Peut-être s'était-il souvenu qu'il avait perdu son emploi et, démoralisé, s'était-il éclipsé sans se faire remarquer. Elle aurait dû l'emmener à trois heures, même de force. Elle aurait dû…

Quoi ? Faut-il donc l'attacher comme un chien en laisse au risque de le voir devenir faible et incapable ? C'est pourtant son désir d'indépendance, de contrôle de soi, de sens des responsabilités qui l'a poussé à réaliser tout ce qu'il a fait en dépit de son retard mental. Il lui a fallu lutter dur mais il est parvenu à croire en lui, à se sentir libre et à avoir confiance en lui.

Mais maintenant, ce qu'elle craignait depuis longtemps est arrivé : Jeremy a disparu et elle ne sait où le chercher. Ou chez qui car, elle en est persuadée en son for intérieur, si quelqu'un qu'il connaissait lui avait proposé de le ramener à la maison, il serait arrivé maintenant.

Elle eut tout de suite l'idée d'appeler Michael mais celui-ci n'était pas de service. Il était sans doute chez lui avec sa merveilleuse ex-femme. Cette image lui fit mal sans pouvoir la détourner de son inquiétude pour Jeremy. Elle devait le trouver. Et quand elle le trouverait, elle espérait qu'il serait seul et non entre les mains de la personne, quelle qu'elle soit, qui l'avait détourné de son chemin.

Mais que je suis bête, s'exclama-t-elle, j'ai oublié le policier qui surveille la maison. Elle se précipita vers la voiture de police. Le flic se nommait Morris. Elle lui dit avec précipitation que Jeremy avait quitté le gymnase. Bien entendu, il lui dit tout ce qu'on peut dire pour rassurer quelqu'un qui s'inquiète à tort, tout ce que Danny venait de lui dire.

— Écoutez, insista-t-elle, vous connaissez mon frère et vous savez qu'il est mentalement retardé. Il ne doit pas être dehors la nuit sans être accompagné. D'habitude, il a peur de marcher dans le noir mais il vient d'avoir un gros souci à la bijouterie Prince où il travaille. Peut-être est-il retourné là-bas.

— Mais la bijouterie est fermée à cette heure-là. A-t-il une clé ?

— Oui. J'y vais maintenant mais peut-être pouvez-vous venir avec moi ?

— Mes ordres sont de ne pas vous perdre de vue, dit-il en souriant.

Il avait un visage large et bienveillant et de beaux yeux bleu foncé.

— S'il n'est pas là-bas, nous continuerons à le chercher. A-t-il un téléphone portable ?

— Oui, s'il a pensé à le prendre.

— Alors, sautez dans la voiture et en route pour la bijouterie.

— Il va être inquiet s'il voit une voiture de police. Je préfère passer devant et que vous me suiviez.

— Comme vous voulez, mademoiselle Ireland. Et calmez-vous. Nous allons le trouver.

Christine détestait cette saison parce qu'il faisait nuit à six heures du soir. L'été était sa saison préférée, lorsqu'il faisait jour au moins jusqu'à neuf heures. Il était plus facile de trouver les gens en plein jour et on avait le sentiment que le danger était beaucoup moins menaçant que dans la demi-obscurité des soirées de la mi-mars.

Dès cinq heures, après la fermeture des magasins, on trouvait toutes les places qu'on voulait. Christine se rangea devant la bijouterie Prince et Morris se gara juste derrière elle. Elle lui dit à travers la vitre :

— Je ne m'arrête que quelques minutes et je ne vais pas illuminer la vitrine pour que vous puissiez m'attendre sans être vu dans votre voiture.

— Vous n'avez pas peur d'entrer seule ?

— Pas du tout. Merci de toute façon.

Elle ouvrit la porte du magasin. Il y avait toujours un peu de lumière dans la vitrine. Elle alluma la pièce et cria :

— Jeremy, est-ce que tu es là ?

Pas de réponse. Elle marcha jusqu'à la porte de l'arrière-boutique, alluma les lumières mais n'entra pas.

— Es-tu là ?

Toujours pas de réponse. Jeremy ne s'amuserait pas à lui faire une blague. S'il était là, il répondrait.

Elle entendit dehors un grand fracas, du métal frottant sur du métal, des hurlements et un cri strident. Christine se précipita et vit une camionnette qui venait d'emboutir le côté de la voiture de police avec une telle force que celle-ci avait été projetée sur le trottoir, l'avant dans une borne de stationnement.

Morris était dehors, portant la main à son front blessé. À l'intérieur de la camionnette, une rouquine poussait des hurlements rythmés, comme pour souligner le drame. Le conducteur était lui aussi dehors. Il faisait de grands gestes et il criait. Il était manifestement ivre. Sa chemise en flanelle était mal boutonnée et, malgré le froid, il ne portait pas de veste. Son visage faisait penser à une betterave trempée.

— Damnée voiture, criait-il, qui encombre la moitié de la rue !

Son visage ruisselant de sueur portait une barbe de trois jours et un bouc noir.

— Je ne pouvais pas faire autrement que de vous rentrer dedans, hurla-t-il. Où est la police ? Je veux qu'elle enregistre cet accident. Regardez mon camion !

— Mais je suis la police ! hurla Morris à son tour. Vous venez de heurter ma voiture et vous conduisiez en état d'ivresse.

— Je ne suis pas fou, répondit le conducteur, furieux.

Et s'adressant aux gens qui commençaient à se rassembler :

— Il prétend que je conduisais en ayant perdu la raison.

— J'ai dit que vous conduisiez en état d'ivresse, espèce d'abruti !

— Et je n'ai pas pris de dope. Je suis sain comme un enfant. C'est vous l'abruti !

Christine alla vers Morris et lui tendit un paquet de Kleenex qui se trouvait dans son sac.

— Mettez cela sur votre front tandis que j'appelle le 911 avec mon portable.

— Merci, dit Morris, et dites-leur d'envoyer du renfort. S'il n'est pas retiré du circuit, cet ivrogne risque de faire encore des bêtises.

Tandis que Christine appelait, l'homme se tenait au milieu de la rue, gesticulant avec rage et proclamant que ce n'était pas une façon de traiter un vétéran de l'opération *Tempête du désert*. Christine hésita et finit par proposer à Morris de s'asseoir dans sa voiture.

— Impossible, dit-il. Ce poivrot pourrait prendre la fuite.

— De toute façon, vous ne pouvez rien faire dans l'état où vous êtes. J'ai noté le numéro de sa camionnette.

Un léger sourire éclaira le visage soucieux de Morris.

— Beau travail, dit-il, mais le sourire passa aussitôt et il gémit : Je me sens mal.

Il accepta enfin de s'asseoir dans sa voiture en laissant la portière ouverte. Il était en train de s'installer lorsque le téléphone de Christine sonna.

— Allô ! répondit-elle, soucieuse.

— Christine ?

— Jeremy ! Je n'arrête pas de te chercher. Où es-tu ? Dis-moi où tu es et je viens tout de suite.

— Je suis… Je suis sur l'île.

— Sur l'île ?

— Sur l'île de Dara. Je suis venu pour elle mais je suis tombé et me suis cassé une jambe.

— Jeremy !

— Viens me chercher. Je ne crois pas que je vais pouvoir tenir longtemps. J'ai si mal ! L'os est sorti !

Les mains de Christine commencèrent à trembler et son front se couvrit de sueur malgré le froid.

— Où es-tu sur l'île ? demanda-t-elle.

— Je ne sais pas trop. Plus près de l'Ohio que de la rivière Crescent.

Sa voix semblait déformée par la douleur. Elle pensa avec terreur qu'il était peut-être en train de perdre conscience.

— Tu te souviens du grand tumulus, parvint-il à dire, celui où Dara a vu des chercheurs fouiller et découvrir des ossements. Je pense que je suis tout à côté.

Christine ne se souvenait pas exactement où était ce tumulus mais elle le retrouverait.

— D'accord, dit-elle. Reste allongé et ne bouge pas. Ne fais rien qui puisse faire mal à ta jambe. Tout va bien aller. J'arrive tout de suite.

— D'accord, Christine, mais dépêche-toi. J'ai vraiment besoin de toi.

2

Christine se tourna vers Morris.

— C'est mon frère. Il est sur l'île… Je veux dire sur le terrain qui se trouve de l'autre côté de la rivière Crescent, là où les Indiens ont élevé des tumulus. Il est blessé. Il faut que j'y aille.

— Je ne peux pas vous accompagner.

— Cela ne fait rien, je trouverai.

— Vous ne pouvez aller nulle part seule. Laissez-moi appeler et ils enverront un autre flic.

— Je ne peux pas attendre. Mon frère a la jambe brisée. Il saigne. J'appellerai le 911 en route.

— Aucune ambulance ne pourra passer sur le pont. Il s'écroulerait.

Christine était presque folle de panique.

— Nous trouverons bien un moyen. J'ai une trousse de secourisme dans mon coffre.

— Vous non plus, vous ne pourrez pas traverser. Comprenez-vous ? Ce damné pont s'écroulerait d'un seul coup dans la rivière.

— Il faut que j'y aille, monsieur l'agent. Il faut que j'y aille !

Elle l'entendit qui essayait de la rappeler mais sa voix était couverte par celle de l'ivrogne et par celle de la rouquine qui continuait à hurler. Elle refusa d'y prêter attention. Elle savait à quel point était branlant le pont sur la rivière Crescent mais elle ne pouvait pas abandonner Jeremy. Elle conduirait jusqu'au pont et traverserait à pied. Elle traverserait même à la nage s'il le fallait. Elle était prête à tout pour arriver jusqu'à lui.

Elle traversa la ville à toute allure en ignorant les limitations de vitesse. Ce faisant, elle appela Streak. Pas de réponse. Elle savait que s'il avait été là, il aurait répondu. Son appel était trop important.

Elle appela ensuite le 911. On lui dit que Morris avait déjà appelé et qu'elle attende du secours devant le pont. Quel secours pourront-ils me donner ? se demanda-t-elle. Aucune ambulance ne pourra passer sur ce pont.

Désespérée, elle essaya le numéro de Sloane Caldwell. Pas de réponse. Elle essaya Reynaldo et Tess. Ils étaient occupés. Mais que se passait-il ? Pourquoi ne répondaient-ils pas alors qu'elle avait tellement besoin d'eux ? Ils vivaient leur vie. Mais la vie de celui qui était à ses yeux le plus important au monde, cette vie se trouvait en danger en un lieu désert, là où les Indiens enterraient leurs morts.

Elle descendit la route cahoteuse qui menait au pont et s'arrêta. Les tumulus dont Jeremy lui avait parlé se trouvaient à au moins cinq cents mètres. Que faire ? Aller à pied prendrait trop de temps et, de toute façon, Jeremy ne pourrait pas marcher jusqu'au pont.

Elle examina celui-ci dans le faisceau de ses phares. Les planches étaient grises. Sans peinture et sans protection, elles avaient souffert des intempéries. La balustrade était en partie démolie et il y avait un grand trou en plein milieu du plancher.

Sa voiture était une Dodge Neon, l'une des plus légères sur le marché. Sans doute pourrait-elle passer là où une ambulance ne passerait pas. Elle savait qu'il lui fallait prendre un grand risque mais Jeremy ne valait-il pas tous les risques du monde ?

Elle remonta dans sa voiture dont elle n'avait pas arrêté le moteur, se mit en prise directe et s'avança lentement se faisant toute petite chaque fois qu'elle entendait craquer les planches. Vers le milieu, le pont tout entier émit comme un gémissement. Tendue à l'extrême, elle se dit qu'elle allait être précipitée dans les eaux gonflées de la rivière mais elle eut le bon réflexe de garder le pied sur l'accélérateur. Elle fit un bond en avant sans trop savoir ce qui lui arrivait et elle poussa presque un cri de soulagement en sentant que ses roues quittaient les planches pour s'enfoncer dans la boue. Elle accéléra encore un peu et se trouva sur un terrain solide.

Elle s'arrêta et posa un instant le front sur le volant. Elle avait réussi. Il lui fallait maintenant trouver Jeremy.

Elle leva la tête et regarda droit devant. La nuit était obscure, la lune était cachée derrière les nuages et on se serait cru au royaume des fantômes avec ce brouillard qui montait de la rivière. La seule lumière venait de ses phares. Elle repartit doucement, se souvenant que le grand tumulus était proche de l'Ohio, vers le nord. Elle tourna légèrement sur la droite. La voiture sautait sur les bosses et les trous. Elle traversa une zone tout à fait plate, puis un lieu plus accidenté, là où les archéologues croyaient avoir découvert un village de constructeurs de tumulus datant de six cents ans.

Elle pensa qu'elle devait se trouver près du grand tumulus et s'arrêta pour s'orienter. Elle sortit de la voiture en laissant les phares allumés et sa portière ouverte. Elle prit une lampe électrique dans sa boîte à gants et commença à marcher en ce lieu sinistre en appelant Jeremy. Elle arriva enfin au grand tumulus, là où Dara avait vu les chercheurs exhumer les squelettes. Elle crut se rappeler qu'il y en avait huit. Cet endroit était sacré aux yeux de Dara. Était-il important aussi aux yeux de Jeremy ? Elle sc demanda ce que Jeremy pouvait bien considérer comme important. Certaines chansons, les tumulus, *Star Trek*.

Christine s'arrêta net. *Star Trek.* Quand ils étaient enfants, il avait imaginé un code secret qu'ils seraient les seuls à connaître.

— Si l'un d'entre nous, lui avait-il dit, a un problème et ne peut le dire à haute voix parce que les méchants le surveillent, il prononcera un mot tiré de *Star Trek.* Pourquoi pas Klingon ? Les Klingons sont les pires ennemis du capitaine Kirk.

Soudain, elle se souvint des mots qu'il avait prononcés lorsqu'il l'avait appelée au magasin : « Je ne crois pas que je vais pouvoir tenir longtemps. »

Tenir. Il avait utilisé le mot *cling on.* Il l'avait aussi appelée Christine. Deux fois. Depuis qu'il avait appris à parler, il l'appelait toujours Christy. Jamais Christine.

— Christine, est-ce toi ?

Elle se tourna et se trouva face à Sloane Caldwell.

— Sloane, que fais-tu ici ?

— J'ai reçu un appel de Jeremy. Il m'a dit qu'il

avait un problème, qu'il était blessé et je suis venu aussitôt.

Christine sentit monter en elle une bouffée de soulagement. Mais tout de suite après, ses pensées commencèrent à se remettre en place et elle réalisa soudain que quelque chose n'allait pas : Jeremy n'avait sûrement pas le numéro du portable de Sloane Caldwell. Pourquoi l'aurait-il eu ? Il n'avait eu que très peu de contacts avec lui ces derniers temps. Non, quelque chose n'allait vraiment pas. Elle le savait mais elle savait aussi qu'elle ne devait absolument pas le montrer, même si son cœur battait fort, fort au point, elle en avait la sensation, de faire éclater sa cage thoracique.

— Je suis si heureuse qu'il t'ait appelé, dit-elle d'une voix haut perchée. Moi aussi je suis venue tout de suite le chercher. Il m'a dit qu'il avait une jambe cassée. J'ai appelé le 911. La police va arriver d'un instant à l'autre.

Sloane la regarda longuement.

— Tu n'as jamais su mentir, Christine. Tu n'es vraiment pas douée pour cela.

Il se tut un instant et ajouta :

— Tu aurais dû prendre des leçons de Dara. Elle était aussi bonne menteuse que ma mère.

Christine se mit à trembler. Elle n'avait rien d'autre à faire que de continuer à parler jusqu'à ce qu'elle sache où était Jeremy.

— Ta mère ? balbutia-t-elle. Est-ce qu'elle ne s'appelait pas Catherine ?

— Non, elle s'appelait Lula. Elle était bien connue en certains lieux comme une femme qui avait de nombreux talents exotiques. Peut-être devrais-je plutôt dire de nombreux talents érotiques.

Christine n'y comprenait plus rien. Sloane lui avait souvent parlé de ses parents, de la très belle et très gracieuse Catherine et du très beau et très prestigieux Preston. Il lui avait parlé de sa si magnifique sœur cadette Amelia, une artiste. Il lui avait longuement décrit la majestueuse demeure familiale où ils menaient tous une vie idyllique dans la célèbre rue de la Rivière. Ses yeux noisette s'étaient emplis de larmes quand il avait raconté la mort de ces trois-là dans un accident de voiture. Il était alors à Harvard. Il avait ouvert pour elle l'album des photos de famille. Il y avait une photo de lui à douze ans en train de plonger dans la piscine, une autre où, adolescent, il faisait le pitre devant la porte d'une boîte de strip-tease du quartier français. Mais sa préférée était celle où on les voyait tous les quatre devant la façade de leur maison ornée de colonnes grecques. Il avait alors vingt ans. Amelia le tenait par le bras et ils semblaient tous tellement heureux. Que voulait-il donc dire ?

— Je ne comprends pas, Sloane, dit-elle en essayant de parler aussi calmement que possible. Qui est Lula ? Ta mère ne s'appelait-elle pas Catherine Caldwell ?

— Je devrais savoir qui était ma mère, répondit-il, sarcastique. Mon père, c'est autre chose. Je veux dire mon père biologique. Je sais très bien qui vivait avec Lula quand j'avais quatre ans. C'était Bobby Ray. Il vivait de ce qu'elle « gagnait », prétendait être son mari et m'a élevé avec une douce sagesse, ce qui voulait dire de nombreuses raclées, des bagarres et du mépris.

— Mais tu m'as montré des photos, ta maison, ta famille…

— Les photos sont celles de la famille Devereaux. J'ai commencé à travailler chez eux comme jardinier quand j'avais douze ans. Je tondais les pelouses. C'étaient des êtres merveilleux et ils ont été très bons pour moi. Ils me répétaient que j'étais intelligent, ambitieux et beau. Ils me disaient qu'ils auraient souhaité avoir un fils comme moi. Amelia m'aimait et ses parents ne la décourageaient pas. Je crois qu'ils auraient été d'accord pour que je l'épouse. Amelia était délicate. Elle avait besoin de quelqu'un de fort.

Il se tut un moment comme s'il se laissait emporter par ses souvenirs puis il revint brusquement à Christine.

— Ils me traitaient comme si j'avais fait partie de la famille. Ils m'ont même envoyé à Harvard. J'y étais encore lorsqu'ils ont été tués dans cet accident de voiture. J'ai vraiment cru que j'allais mourir. Ils ont fait tout ce qu'il fallait pour moi. Dans son testament, Preston m'a laissé assez d'argent pour finir mes études à Harvard et à l'école de droit.

Il éclata d'un rire strident.

— Ne crois surtout pas que Lula n'ait pas essayé de s'emparer de ce fric. Elle a fait tout ce qu'elle a pu mais Preston avait pris ses précautions. Le testament était sans faille et ne lui a pas laissé la moindre chance. C'est ainsi que j'ai obtenu mes diplômes.

Il lui sourit et ajouta :

— C'est pourquoi Dara m'avait surnommé le Cerveau.

— Mon Dieu ! s'écria Christine. Tu as été un de ses amants !

— Un d'entre eux, tu peux le dire.

La lune avait fait son apparition entre deux nuages et Sloane se découpait sur le paysage argenté. Christine réalisa à quel point il était grand et arrogant avec une pointe de folie dans le regard.

— Sloane, demanda-t-elle doucement. Où est Jeremy ?

— Je n'aurais jamais imaginé que Lula puisse me

retrouver à Winston, dit-il comme s'il ne l'avait pas entendue. Elle a réussi à trouver de l'argent pour engager un détective. Elle n'a sûrement pas pu gagner son argent comme elle le faisait autrefois, il suffisait pour s'en convaincre de voir ce qu'elle était devenue. En plus, elle avait le sida. Et Bobby Ray avait disparu depuis longtemps. Je dois reconnaître qu'elle était astucieuse. Un an après mon arrivée ici, elle m'a poursuivi comme une chienne de chasse. Elle voulait de l'argent. Un revenu régulier, sinon elle racontait à tout le monde qui j'étais vraiment : le fils illégitime d'une prostituée. Il fallait bien que je la tue et cela a été très facile. J'aurais dû le faire il y a des années.

Il regarda autour de lui.

— Elle est enterrée ici, je ne sais pas exactement où.

Christine avait le sentiment que sa bouche était bourrée de coton hydrophile. Son regard se brouillait comme si elle allait s'évanouir. Elle avait besoin de toute son énergie pour rester consciente. S'évanouir et sortir de ce cauchemar, cela lui aurait été facile mais il y avait son frère.

— Jeremy, murmura-t-elle. Sloane, s'il te plaît, dis-moi que tu n'as pas...

— Tu vas arriver à le sortir ! que je n'ai pas quoi ? Que je ne l'ai pas tué ?

Sous son regard intense, elle se sentit sans poids et sans substance comme si, au cœur de la nuit, elle était emportée par une brise glaciale venue de nulle part.

— Christine, continua-t-il, je me vante de n'affronter que des ennemis dignes de moi. Ce cher Jeremy avec son esprit obtus n'entre certainement pas dans cette catégorie.

Elle expira avec violence et demanda :

— Où est-il ?

— Chez moi. Drogué. Je suis passé au gymnase en sortant du bureau et je l'ai vu. Alors, un plan s'est tout naturellement formé dans mon esprit. Je lui ai proposé de le ramener chez toi, pour ne pas te déranger, mais je lui ai dit que je devais d'abord passer chez moi pour y prendre quelque chose. Une fois là, je lui ai offert une tasse de cet affreux chocolat qu'il aime tant mais j'y ai ajouté quelque chose : quarante milligrammes de Valium. J'ai appuyé mon revolver sur son front et je lui ai ordonné de t'appeler. Il s'est montré très obéissant.

— Il te faisait confiance, Sloane. Il l'a toujours fait. Comment as-tu pu lui faire cela ?

— Ce n'est pas de ma faute si ce cinglé avait confiance en moi.

— Est-ce que Dara avait confiance en toi ?

Le petit sourire qu'il arborait depuis un moment disparut subitement.

— Elle m'a fait confiance au début, dit-il.

Christine avala sa salive. Un rayon de lune venait d'éclairer le revolver qu'il portait à son côté. Si elle se mettait à courir, il tirerait sur elle. La seule chose à faire était de continuer à parler jusqu'à l'arrivée de la police, si toutefois la police arrivait. Elle demanda :

— Est-ce que tu as commencé à fréquenter Dara avant ou après nos fiançailles ?

— Après.

— Tu l'aimais ?

— Aimer Dara ? (Il secoua la tête.) J'aimais son physique. J'aimais son habileté au lit mais je n'aimais pas Dara.

— Alors, pourquoi ?

— Parce que je ne t'aimais pas non plus. Je ne te trouvais même pas attirante.

Christine eut un geste de recul.

— Alors, pourquoi est-ce que je t'ai demandée en

mariage ? Parce que tu étais la femme idéale pour un jeune avocat en pleine ascension. Excellent milieu. Excellente éducation. Une conduite sans reproche et, en plus, une belle somme laissée par tes parents.

Christine demanda d'une toute petite voix :

— Alors, tu ne m'aimais pas du tout ?

— Non, Christine. Je ne t'aimais pas. Mais je voulais que tu deviennes Mme Sloane Caldwell. J'aurais supporté Jeremy pendant un an ou deux. Cela valait la peine pour avoir une femme de ta classe et un pseudo-beau-père comme Ames Prince. Ensuite, il aurait eu un malheureux accident.

Christine sentit son cœur devenir comme un petit morceau de glace. Elle demanda :

— Tu avais donc décidé depuis longtemps de tuer Jeremy ?

— Naturellement. Je n'aurais pas pu vivre longtemps avec lui. Non seulement il m'embarrassait mais il mettait mes nerfs à rude épreuve. Tu ne sais pas la force de caractère qu'il m'a fallu pour être gentil avec lui. Mais il le fallait pour t'avoir et je l'ai fait.

— Tu ne m'aimais pas mais nos fiançailles, notre mariage étaient importants pour toi ?

— Extrêmement.

— Mais il te fallait aussi Dara.

— Dara a été une malheureuse défaillance due au désir sexuel. Très malheureuse.

— Au cours des dernières semaines de sa vie, elle a eu le sentiment que quelqu'un la suivait. Était-ce toi ?

— Ta question m'embarrasse. Je savais qu'elle avait un autre amant. Ce n'était pas Reynaldo. Celui-là, elle le gardait pour épater les gens mais il y avait quelqu'un d'autre qui était vraiment important à ses yeux. Cela me tracassait. Elle avait même cessé de faire l'amour avec moi. Elle disait qu'elle avait un kyste à l'ovaire et que cela lui rendait les relations douloureuses. Ensuite elle est tombée enceinte.

— Elle te l'a dit ?

— Oh oui ! Il semble que le père du petit bâtard ait refusé de l'épouser. Elle était terrifiée à l'idée d'avorter, certaine qu'elle en mourrait. Elle ne supportait pas l'idée d'épouser Reynaldo parce qu'elle savait qu'il refuserait toujours le divorce, qu'elle ne pourrait jamais se débarrasser de lui. Alors, elle s'est adressée à moi. Elle m'a dit que nous ne resterions mariés qu'une année et qu'ensuite nous divorcerions. J'ai refusé. Après tout, toi et moi, nous étions fiancés. Épouser Dara, c'était te perdre pour toujours. En désespoir de cause, elle a essayé de me faire chanter. « Épouse-moi, m'a-t-elle dit, ou je dirai tout. Mon père te fichera à la porte et Christine ne voudra plus de toi. Tu ne seras plus rien en ville. »

— C'est alors que tu as décidé de la tuer ?

— Non, pas tout de suite. J'ai d'abord essayé d'être raisonnable, de lui faire assez peur pour qu'elle accepte de se faire avorter. Mais après le spectacle qu'elle a donné à cette fameuse soirée et la rupture de nos fiançailles, je savais ce que j'avais à faire. La chance était avec moi. Je savais qu'une semaine plus tard, c'était la nuit de la lune noire. Elle parlait toujours de ces idioties de sorcellerie et je savais que, cette nuit-là, elle descendrait au bord de la rivière. C'est là que je lui ai rendu une dernière visite.

— Tu l'as tuée, elle et le bébé qu'elle portait.

— Ce n'était pas mon enfant, Christine. C'était celui de Cimino ou de l'autre type par qui elle se faisait baiser. Quelle pute ! Elle était comme ma mère.

Il eut une grimace de dégoût.

— Ensuite je l'ai enveloppée dans un plastique que j'avais amené et je l'ai jetée dans la rivière Crescent.

— Pourquoi ne l'as-tu pas enterrée ici, avec ta mère ?

— Nous étions en pleine inondation et je n'étais pas sûr de pouvoir l'amener jusqu'ici et de revenir sans danger. De plus, elle adorait cet endroit. Elle ne méritait pas d'être enterrée dans un endroit qu'elle aimait.

— Tu lui as brisé les dents et tu as coupé les bouts de ses doigts pour qu'on ne puisse pas l'identifier. Mais tu as laissé sa bague avec le rubis près de son corps.

— C'était un accident. La bague a dû tomber de ma poche pendant que je l'enveloppais. J'étais terriblement pressé de revenir chez elle et de rassembler quelques-unes de ses affaires pour faire croire à une fugue. Ainsi, on ne commencerait pas l'enquête tout de suite. C'est seulement quand je suis rentré chez moi que je me suis rendu compte que je n'avais pas la bague.

— Et les lettres qu'elle a soi-disant envoyées à Ames ?

— C'est un ami qui les a envoyées. Disons plutôt un homme que je faisais chanter. Ames y a cru.

Il se rapprocha d'elle. Mon Dieu ! se demanda-t-elle, que fait la police ? Elle savait que le 911 avait été appelé. Ils devraient arriver bientôt. Puis elle se souvint du pont et de la voiture de police, une Crown Victoria qui devait peser une tonne de plus que sa propre voiture. Ils ne passeraient jamais et il leur faudrait venir à pied.

— Quel était l'autre amant de Dara ? demanda-t-elle soudain. Est-ce que tu l'as découvert ?

Sloane regarda au loin pendant un moment. Le

vent soulevait ses épais cheveux, découvrant son large front. Pourquoi, se demanda-t-elle sèchement, dit-on toujours que les traits du visage permettent de deviner la qualité de l'esprit ? Sloane expliqua :

— J'ai honte de le dire mais, à l'époque, je ne savais pas qui c'était. Elle m'affirmait qu'elle ne couchait plus avec Cimino et j'avais tendance à la croire en voyant l'air de chien battu qu'il avait alors.

Il la regarda, s'avança encore et lui toucha délicatement la joue. Elle fit son possible pour ne pas se dérober. Ce n'était pas le moment de montrer de la répulsion.

— En fait, dit-il, c'est Jeremy qui m'a révélé qui était cet amant.

— Jeremy ?

— Oui, c'était le Charmeur de serpents, Travis Burke. En principe il était mon ami mais j'ai tout compris. Dara parlait toujours de sa classe et un jour, subitement, elle n'en a plus dit un mot. Je ne m'en suis pas aperçu tout de suite. Je sais maintenant qu'elle se méfiait. Et bien sûr, elle a écrit dans son journal qu'elle était amoureuse du Charmeur de serpents. Je vous ai entendus, Streak et toi, lire le passage du journal où elle disait qu'elle était amoureuse de S. C. mais je ne savais pas alors qui était S. C.

Il sourit et ajouta :

— Ensuite, il a fait l'erreur de faire l'amour avec Patricia.

Christine eut un sursaut de surprise.

— Tu avais aussi une affaire avec Patricia ?

— Il me fallait quelqu'un en attendant que tu te calmes et me reviennes. Car je n'ai jamais perdu l'espoir de t'épouser. En attendant, je ne pouvais pas vivre comme un moine.

— Mais il y a d'autres femmes dans le monde en

dehors de la femme et de la fille d'Ames, dit-elle d'un ton acide.

Elle le regretta aussitôt car elle eut l'impression qu'il allait la frapper.

— Je le sais, dit-il, mais elles étaient commodes et attirantes. Et à ce moment-là, elles étaient discrètes.

— Et puis Travis t'a enlevé Patricia.

— Il ne me l'a pas enlevée, s'écria Sloane avec rudesse. J'en avais fini avec elle.

— Et tu n'étais pas jaloux ?

— Disons plutôt que j'étais inquiet. J'avais gardé plusieurs choses qui avaient appartenu à Dara, la bague qu'elle tenait de sa mère et qu'elle portait sur une chaîne autour du cou. Il y avait aussi sa boule de cristal. En fait, c'est avec cette boule que je l'ai assommée.

Christine crut voir cette magnifique boule de cristal s'abattre sur la tête de Dara. Elle la vit couverte de sang et de cheveux et elle sentit monter en elle une nausée.

— Je n'avais jamais nettoyé sa boule, dit-il en souriant. Je la conservais enveloppée dans un plastique avec des cheveux de Dara qui y étaient restés collés. Elle avait de si beaux cheveux que je n'avais pu m'empêcher d'en couper quelques mèches. Je les conservais en souvenir, entourés d'un ruban rouge.

Il se tut un moment puis reprit :

— Et puis un jour, alors que j'avais décidé d'en finir avec Patricia, parce que faire l'amour avec elle ne me disait plus rien, elle est venue chez moi avec son horrible petit chien. J'avais laissé la porte du placard ouverte. Pendant que je parlais avec Patricia, le chien s'est glissé dans le placard et a commencé à fouiller dans une boîte. Il a arraché le plastique qui entourait la boule et les cheveux encore tout couverts de sang. Avant que je puisse l'arrêter, Patricia s'était précipitée vers le placard pour reprendre son chien. Je ne sais pas exactement ce qu'elle a vu et même si elle a vu quelque chose. Après tout, le sang qui couvrait la boule était devenu noir. Qu'est-ce que c'est que quelques cheveux et un petit collier plutôt insignifiant ? J'ai donc décidé de ne pas me faire de soucis.

» Ensuite, j'ai appris que Travis était devenu l'amant de Patricia. L'imbécile, je pensais que nous étions amis. Il me l'a dit, avec sa désagréable façon de parler, on aurait dit un petit garçon qui ricanait, conscient d'avoir échappé à une punition. Il m'a même donné des détails. Il m'a dit qu'il lui glissait des billets sous la statue, qu'il la retrouvait dans le grenier de l'écurie et qu'il lui faisait l'amour en écoutant de la musique sur son baladeur. C'était si ridicule que, malgré ma fureur, j'ai été sur le point de lui éclater de rire au visage. Je l'ai tout de même écouté. J'écoute toujours et je n'oublie rien.

» À cette époque, Patricia a commencé à se montrer nerveuse avec moi. J'ai d'abord pensé que cela avait quelque chose à voir avec notre affaire mais il y avait autre chose. Je pense qu'après la découverte du corps, elle a tout de suite été sûre qu'il s'agissait de Dara. Alors, elle a commencé à penser aux dernières semaines de Dara, à son attitude envers moi et elle a compris que j'avais eu une aventure avec elle. Peut-être alors a-t-elle eu un soupçon à propos de ce qu'elle avait aperçu dans le placard. Des cheveux noirs, un objet sphérique, un anneau passé dans une chaîne. Alors, j'ai décidé de ne pas prendre de risques. J'ai poussé Patricia et j'ai placé près d'elle, jouant aussi fort que possible, le lecteur CD que j'avais volé dans la voiture de Travis.

— Mais tu avais un alibi pour l'après-midi où

Patricia est morte. Tu étais en train de recueillir une déposition et il y avait de nombreux témoins.

— Ne sois pas stupide, Christine. Nous faisons une pause pour le repas de midi et, ce jour-là, nous avons pris deux heures. J'ai facturé une de ces deux heures. Ajouter des heures sur une facture, c'est un vieux truc que connaissent bien tous les avocats.

— Mais c'est malhonnête !

— Ne me lance pas ce regard de reproche, ma chère. De nos jours, cela se fait couramment.

Il avait l'air légèrement amusé mais son visage se durcit aussitôt.

— Lors de l'enterrement de Patricia, ton brillant frère a dit à haute voix que Travis était le Charmeur de serpents. J'ai réalisé alors qu'il avait été l'amant de Dara et qu'il était probablement le père de ce bébé à cause duquel elle avait voulu me forcer à l'épouser. C'est pour cela qu'elle a tout fait pour t'éloigner de moi et qu'ainsi elle m'a obligé à la tuer, cette sale petite chienne.

Mon Dieu ! pensa Christine, on dirait qu'il est vexé comme si on lui avait causé du tort. Elle avait toujours considéré Sloane comme un homme fort, équilibré, gentil et généreux, et elle s'apercevait maintenant que c'était un dément. Un dément qu'elle avait failli épouser.

Une colère froide s'empara d'elle et elle dit d'une voix coupante :

— Travis t'a d'abord enlevé Dara, puis il t'a enlevé Patricia mais qu'est-ce que ça pouvait bien te faire ? Tu prétends que tu ne les aimais pas.

— Je ne les aimais pas mais elles étaient à moi. Et je n'abandonne jamais ce qui est à moi à moins que je ne l'aie décidé. Toute ma vie, j'ai dû me battre pour obtenir ce que je voulais et ceux qui veulent m'en dépouiller doivent être punis.

— C'est ce qui est arrivé à Travis.

Sloane sourit et dit :

— Oh oui ! J'allais souvent chez les Burke, je savais où il gardait les clés de la maison aux serpents. Un jour, lors d'une visite, j'ai pu m'emparer d'un trousseau. Je suis revenu le lendemain au petit matin, je suis entré dans la maison aux serpents et j'ai ouvert les cages. Il m'a fallu avoir des gestes très lents, tranquilles et doux pour ne pas agacer ces damnés animaux.

Il fronça les sourcils.

— Cela n'a pas été aussi facile que de tuer Patricia mais, en sortant indemne de la maison aux serpents, je dois dire que j'étais fier de moi. J'avais laissé une fenêtre légèrement entrouverte dans le bureau de Travis. J'ai déposé les clés sur le bureau et je suis rentré me coucher. Le lendemain a été pour moi un jour de triomphe. La mort de Travis a été délicieusement macabre. C'était vraiment la mort qu'il méritait.

Il rit et ajouta :

— Il ne ressemblait plus au chéri de ces dames.

Christine sentit monter une nausée si affreuse qu'elle faillit vomir.

— Mais tu es malade, Sloane. Quelle enfance a dû être la tienne pour faire de toi ce que tu es !

Sloane se recueillit un moment avant de dire :

— Je me demande pourquoi Lula ne s'est pas débarrassée de moi. Cela aurait été gentil de sa part et c'est sans doute pour cela qu'elle ne l'a pas fait car, gentille, elle ne l'était pas. Je me souviens qu'un jour elle a bredouillé quelque chose à propos d'un homme qui voulait un enfant. Une envie qui n'a pas dû lui durer longtemps parce qu'il était parti avant que je ne sois assez grand pour me souvenir de lui. Et puis un jour, Lula a compris que je pouvais amener de l'argent au foyer. J'ai d'abord été un joli petit gamin mendiant au coin des rues ou devant les magasins. Plus tard… (il frémit). Tu sais, il y a des hommes qui aiment les petits garçons.

Christine se sentit soudain glacée jusqu'à la moelle des os.

— Mon Dieu ! dit-elle.

— Oui. Je demandais souvent à cet homme tout-puissant de m'aider mais il faut croire qu'il ne voulait aider qu'à sa façon. Je ne comptais plus sur lui lorsque j'ai rencontré Preston Devereaux. Je n'en suis pas encore revenu. Au début, il me terrifiait et je me montrais rude et hostile mais il me comprenait. Il a su être patient et cela a tout changé. Il m'a appris à m'habiller convenablement. Il m'a appris lcs bonnes manières. Amelia m'a initié à l'art et à la littérature et, même si je n'étais pas vraiment doué, j'absorbais tout ce qu'elle me disait. Je regardais vivre cette famille, je copiais la façon de vivre de Preston, sa façon de parler, sa façon d'être. Je voulais tellement devenir un gentleman.

Christine se souvint de tous les efforts que faisait Sloane pour être toujours correct en toutes circonstances, comment il était toujours parfaitement habillé, soucieux de faire bonne impression. Pendant leurs fiançailles, ce formalisme l'avait souvent ennuyée. Au point qu'il lui arrivait d'avoir la sensation d'étouffer. Maintenant, elle le comprenait. Il n'était jamais naturel. Il lui avait fallu tout apprendre et il devait toujours s'en tenir strictement à ce qu'il avait appris. Jamais il n'avait pu être lui-même.

— La vie s'annonçait bonne pour moi, reprit Sloane d'une voix rêveuse. C'en était fini de la crasse, des femmes aux paroles ordurières et de l'alcool bon marché. Je vivais au royaume de la beauté, de la grâce et des possibilités illimitées.

Il eut un sourire amer.

— Et alors, continua-t-il, ce bon garçon qu'on appelle Dieu m'a enlevé tout ça d'un coup. Il m'a fallu tout recommencer. Preston m'avait appris que lorsqu'on tombe, il ne faut pas rester par terre. Il faut se relever et se battre. C'est ce que j'ai fait ici, à Winston. J'avais un bon travail, une fiancée parfaite, des projets plein la tête et quand tout commençait à bien aller, Dara est arrivée.

— Laisse-moi te dire que Dara a plus souffert par toi que tu n'as souffert par elle, murmura Christine.

— Tu n'as pas toujours si bien parlé, Christine.

— Je n'ai peut-être pas toujours dit ce que je pensais.

Sloane fronça les sourcils.

— Peut-être as-tu raison parce que, après la mort de Dara, j'ai découvert en toi des côtés que je ne connaissais pas. Comme d'insister auprès de la police sur le fait que si Dara avait vraiment fait une fugue, elle n'aurait pas emporté les choses qui manquaient dans sa chambre. Des années plus tard, tu as creusé, creusé, creusé pour expliquer sa mort. Et puis tu as trouvé ce journal et l'as donné à la police en laissant entendre que je pouvais être le fameux S. C. Là tu t'es trompée mais je suis certain qu'à la longue, tu aurais fini par découvrir des éléments contre moi. Je ne voulais pas te tuer, ma chère. Je ne le voulais vraiment pas. C'est pour cela que j'ai essayé de te faire peur. Je t'ai passé au téléphone une cassette de Dara en train de chanter que j'avais prise chez les Prince. Je t'ai envoyé des photos à l'intérieur d'une carte. Et puis il y a eu le tour de force du gymnase. Là, j'ai failli me laisser aller, j'ai été à deux doigts de te violer mais, ce matin-là, j'avais déjà perdu assez de temps avec toi. Mais la goutte d'eau qui a fait déborder le vase, c'est quand j'ai vu que tu t'intéressais à ce flic. Je m'en suis aperçu à l'enterrement de Patricia. Tu es passée devant moi pour aller lui parler. Et ce regard que tu lui as lancé ! Jamais tu ne m'as regardé comme ça. Jamais.

— Mais, Sloane, tu étais important à mes yeux. Je ne voulais pas te faire un affront à l'enterrement. J'avais seulement quelque chose à dire à Michael.

— Tu l'appelles Michael maintenant. Arrête, Christine, rien de ce que tu peux dire ne changera quoi que ce soit à ce qui va t'arriver.

— Et qu'est-ce qui va m'arriver ?

La voix de Christine était étrangement forte étant donné la peur qui s'était emparée d'elle.

— Est-ce que tu vas me tirer dessus pour courir ensuite jusqu'au pont et y tomber dans les mains de la police ?

— Je ne vais pas te tirer dessus à moins que je n'y sois obligé. Tu vas avoir un terrible accident. Tu vas terminer ta vie cette nuit dans la rivière. Dans ta voiture.

Le vent noir de la panique s'empara de Christine.

— Dans ma voiture ? dit-elle. Mais pourquoi dans ma voiture ?

— Tu sais bien que la péninsule se relève en approchant de la rivière, si bien qu'elle la domine de quatre à cinq mètres. Tu vas traverser la péninsule à toute allure et tomber directement dans l'Ohio qui est encore très haute. Tu y resteras moins longtemps que Dara mais tu seras tout aussi morte.

Christine fixa sur lui son regard. Elle crut voir une faille dans le scénario qu'il venait de dérouler devant elle.

— Personne ne croira que je suis venue ici me promener en voiture. Et personne ne croira non plus que je me suis suicidée en abandonnant mon frère.

— Est-ce que tu crois sincèrement que je n'ai pas

prévu cela ? Il se trouve que Jeremy a pris un mélange d'alcool et de Valium et que, dans cet état, il a eu la brillante idée de t'attirer ici pour ranimer le souvenir de sa précieuse Dara auprès des tumulus qu'elle aimait tellement. Mais les choses n'ont pas marché comme il le voulait. Il faisait nuit, tu ne connaissais pas le terrain et tu es tombée directement dans la rivière. Alors, le pauvre Jeremy, retardé mental, ivre et drogué par-dessus le marché a décidé de prendre la fuite mais il s'est écroulé sur les rails du train où il a été coupé en deux à une heure du matin. La ville parlera longtemps de cette double tragédie.

— Une double tragédie ? dit Christine furieuse de sentir sa voix trembler. Ne crois-tu pas que c'est une étrange coïncidence ? Je te signale que l'adjoint Winter déteste les coïncidences.

— À propos de Michael, j'ai entendu dire que son ex-femme est en ville. Oui, cette magnifique ex-femme vit dans sa maison. Je ne crois pas qu'il va s'intéresser à toi autant que par le passé. Tu n'auras été que la fantaisie passagère d'un homme seul. Et Ames, tu peux en être sûre, ne sera pas aussi bouleversé par ta mort qu'il l'a été par celle de sa fille. Il sera même probablement heureux de te savoir partie.

— Tu te trompes, dit Christine avec violence. Michael et Ames sauront qu'il y a quelque chose de louche. Et tu oublies Rey, Tess et Bethany.

— Mais, mon cœur, Rey est trop absorbé par l'échec de son mariage pour penser à autre chose. Tess est obsédée par lui et elle ne sera pas fâchée de voir disparaître une rivale potentielle. Quant à Bethany… Que dire de cette petite et si faible Bethany ? Elle a perdu son mari. Elle doit s'occuper de sa petite fille. Elle ne va pas perdre son temps à essayer de comprendre ce qui s'est passé pour toi et Jeremy.

Il secoua la tête et ajouta :

— Tu n'as vraiment pas de chance, ma fille. Allons ! Marchons jusqu'à ta voiture.

Ma voiture, pensa Christine, c'est par elle que je vais mourir.

— Non !

— Mais si ! Je ne vais pourtant pas te porter. Tu n'es pas un petit objet délicat, Christine. C'est une autre chose que je n'ai jamais aimée en toi mais j'étais prêt à passer là-dessus.

Il rit doucement, puis il sortit son revolver et le pointa sur sa tête.

— J'ai dit avance !

Christine se dirigea lentement vers sa voiture, cherchant désespérément un moyen de s'en sortir. Elle pouvait se mettre à courir mais il tirerait sur elle et elle finirait tout de même dans la rivière. Elle pouvait essayer de lui arracher le revolver mais elle savait qu'il était tellement fort. Beaucoup plus fort qu'il ne le paraissait. Jamais elle ne pourrait lui arracher ce revolver.

— Plus vite ! commanda-t-il.

Du fait que la péninsule avait été autrefois cultivée, on y trouvait peu d'arbres, sinon quelques faux acacias qui avaient poussé un peu partout comme des mauvaises herbes. La lune était à nouveau derrière les nuages si bien que l'obscurité était totale. Le brouillard était si épais que Christine ne savait pas où elle posait les pieds. Les gens qui la connaissaient n'auraient aucun mal à croire que, paniquée à l'idée du danger que courait son frère, elle se soit aventurée en ce lieu qu'elle connaissait mal par une nuit aussi noire. Sloane avait inventé une histoire qui tenait debout mais elle n'en était pas étonnée car elle le savait intelligent. Simplement, elle ne le croyait pas aussi rusé.

— Tu as mis au point, lui dit-elle, un plan brillant

pour te débarrasser de Jeremy et de moi. Il n'est pas étonnant que Dara t'ait surnommé le Cerveau.

— Les compliments ne te serviront à rien, lui dit-il. Ah ! Voici ta voiture.

Elle se tourna pour le regarder. Elle n'avait plus rien à perdre.

— Et maintenant, lui dit-elle, que vas-tu faire ? Me mettre des menottes, me jeter dans la voiture et la pousser dans la rivière du haut de la falaise ?

— La rive n'est pas assez haute pour qu'on puisse parler de falaise, dit-il d'une voix irritée. Et puis, si tu avais des menottes, cela ne ressemblerait guère à un accident, n'est-ce pas ?

— Je suppose que non mais je vais faire un marché avec toi : je ne vais même pas essayer de résister. Je vais me laisser mourir si tu me promets d'épargner mon frère.

Sloane fronça les sourcils.

— Je ne peux pas le laisser vivre après le coup de téléphone qu'il t'a donné.

— Mais tu l'as dit toi-même, c'est un retardé mental. La plupart des gens ne croiront pas un mot de ce qu'il dira alors que, toi, tu as une excellente réputation. Qui pourrait croire qu'un homme comme toi a kidnappé mon frère, qu'il l'a drogué et obligé à m'appeler pour m'attirer ici ? Ils croiront plutôt à ton histoire, qu'il m'a attirée ici pour me faire une blague et que les choses ont mal tourné. D'un autre côté, tu risques d'être vu en le plaçant sur les rails. Ou bien il peut revenir à lui et s'en aller. Le conducteur du train peut s'arrêter à temps. Des tas de choses peuvent arriver et compromettre ton plan.

Elle avait marqué un point. Elle vit qu'il réfléchissait, pesant le pour et le contre, comprenant qu'il ne lui serait pas facile de placer sur les rails un type qui mesurait un mètre quatre-vingt-dix et pesait presque cent kilos. C'est vrai qu'il pouvait arriver des tas de choses. Christine sentit une bouffée d'espoir se lever en elle mais cela ne dura pas longtemps.

— Mais, Christine, lui dit-il, je n'ai pas l'intention de l'abandonner en ville. J'irai quelques kilomètres plus loin, là où il n'y a plus de maisons et où il y a très peu de voitures la nuit. Il faut simplement que ce ne soit pas trop loin pour qu'il ait pu aller à pied jusque là-bas. Il a en lui assez de Valium pour rester tranquille jusqu'au matin. Et avec ce brouillard, le conducteur du train ne le verra pas. Si cela peut te réconforter, pense que Jeremy mourra sans même s'en apercevoir.

— Sale type !

— Sale type peut-être, dit-il en souriant, mais diablement intelligent.

Il fut si rapide qu'elle ne vit pas sa main arriver. Il la frappa sur la tempe avec la crosse de son revolver et elle s'écroula, glissant dans une bienheureuse inconscience.

Quand elle reprit conscience, elle se trouvait derrière le volant de sa voiture et celle-ci roulait. Sa tête lui faisait terriblement mal et, pendant un instant, elle ne comprit rien à ce qui lui arrivait. Ensuite, la mémoire lui revint aussi vite que sa voiture se précipitait vers la berge. Sloane l'avait posée sur le siège, il avait démarré le moteur, placé son pied sur l'accélérateur avec une grosse pierre dessus. Enfin, il avait mis la voiture en prise directe et l'avait laissée partir vers la rivière où elle allait s'engloutir dans l'obscurité des profondeurs.

— Stop ! s'écria une voix juste derrière Caldwell. Police ! Arrêtez-vous !

La petite voiture était maintenant tout près de la berge.

— Christine, ouvrez la portière, cria quelqu'un. Ouvrez la portière et sautez ! Sautez maintenant !

L'avant de la voiture s'inclina. Christine cherchait désespérément la poignée de la portière. Ses doigts trempés de sueur l'ouvrirent et elle plongea, heurta le sol rugueux, roula, roula jusqu'au moment où elle s'arrêta contre un rocher. Juste avant de perdre conscience, elle entendit sa voiture tomber dans les eaux profondes et glacées de la rivière Ohio.

ÉPILOGUE

Deux mois plus tard

Le pâle soleil du petit matin brillait sur l'herbe vert émeraude de juin. La brume de l'aube s'évanouissait peu à peu, révélant le cimetière qui semblait fraîchement lavé.

La veille, Christine était restée discrètement à l'écart des obsèques mais elle se sentait tenue de venir aujourd'hui. Naturellement, Jeremy avait voulu l'accompagner mais elle avait été surprise lorsque Michael avait insisté pour venir avec eux.

Les résultats des tests ADN étaient parvenus la semaine dernière. Ils prouvaient que le corps retrouvé dans la rivière était bien celui de Dara Prince, si bien que les autorités avaient enfin donné le permis d'inhumer. Il n'y avait pas encore de pierre tombale. Ce serait pour plus tard. Pour le moment, Dara reposait aux côtés de sa mère tout près de la pierre en granit rose qui portait le nom de Prince. Les fleurs apportées la veille étaient encore dans tout leur éclat.

— Je persiste à croire, répéta Jeremy, qu'elle aurait été plus heureuse si elle avait été enterrée sur l'île, près des tumulus.

— La loi interdit d'enterrer quiconque en dehors d'un cimetière, répondit Michael. Mais c'est vraiment un bel endroit ici et Dara est près de sa mère.

Jeremy avait apporté un bouquet d'œillets blancs ainsi que des roses de la même couleur que celle qu'il avait sculptée pour la broche de Dara.

— Pourquoi, lui demanda Christine, ne poses-tu pas tes fleurs là où se trouve sa tête ?

Jeremy déposa son bouquet et se recueillit avec beaucoup de solennité.

— Dara, finit-il par dire, tu me manques énormément. Je ne t'oublierai jamais. Jamais.

Les yeux de Christine s'emplirent de larmes. Elle se sentait pleine de compassion pour cette fille qui avait été si mal dans sa peau et qui avait trouvé le repos dans ce beau cimetière si paisible et baigné de soleil. Michael posa la main sur son épaule. Elle eut un faible sourire. Elle était heureuse parce que son frère se trouvait enfin lavé de tout soupçon en ce qui concernait la mort de Dara. Et elle se sentait triste pour cette jeune fille qui avait eu devant elle toutes les bonnes choses de la vie et qui les avait perdues par son étourderie et son insouciance. Si sa mère avait vécu, tout aurait peut-être été différent mais, maintenant, on ne le saurait jamais.

— Je ne crois pas, lui dit Michael, qu'Ames Prince aurait refusé votre présence aux obsèques. Après tout, il vous a proposé de vous reprendre au magasin.

— Mais il reste des problèmes entre nous, surtout depuis qu'il a appris que j'allais ouvrir ma propre bijouterie et que Rey et Ginger viendraient avec moi.

— Et Jeremy aussi, bien entendu, dit Michael.

Jeremy eut un large sourire.

— Christy dit que c'est à moi de trouver le nom de notre nouveau magasin mais je n'ai encore rien trouvé de bon.

— Tu vas y arriver, lui dit Michael.

— Je l'espère tellement.

Il regarda autour de lui et dit :

— Je vais regarder les cygnes sur l'étang.

Christine ferma les yeux un instant et dit :

— Je ne peux pas croire que Sloane ait été capable de faire ce qu'il a fait. Je sais qu'il était un monstre mais quand je pense à l'enfance qu'il a eue, cette enfance dont il avait tellement honte, je me sens triste pour lui malgré tout.

— La plupart des gens ne penseraient pas comme vous et il savait qu'il serait jugé sévèrement. C'est pour cela qu'il s'est tiré une balle dans la tête plutôt que de se laisser arrêter. Il n'a pas pu supporter l'idée de voir s'évanouir devant un tribunal l'idée qu'il avait donnée de lui-même. J'ai envie de disparaître sous terre quand il m'arrive de penser que vous avez failli l'épouser. Dieu seul sait ce qu'il aurait fait de vous.

— Nous savons au moins ce qu'il réservait à Jeremy. Je ne lui dirai jamais que, depuis des années, Sloane avait décidé de le tuer. Et Dieu merci, c'est tout juste s'il se souvient de son enlèvement.

— C'est parce qu'il a été drogué mais il s'est tout de même souvenu du code secret que vous aviez établi au cas où l'un d'entre vous serait en danger.

— Klingon, dit Christine avec un pâle sourire. Et il m'a appelée Christine et non Christy. J'aurais vraiment dû comprendre avant de me précipiter vers l'île. Mais comme au cinéma, vous êtes arrivé juste au bon moment pour me sauver la vie.

Michael sourit.

— Grâce à Dieu, Lasky m'a appelé à la maison pour me dire ce qui s'était passé avec Morris et aussi que vous étiez partie à toute allure vers la rivière Crescent pour voler au secours de votre frère. Lasky s'est souvenu que j'avais une voiture assez légère pour traverser le pont.

— Et vous êtes venu malgré les protestations de Lisa.

Michael lui caressa les cheveux et lui dit :

— Lisa et moi, nous n'étions vraiment pas faits pour être ensemble. J'étais attiré par sa beauté. Fasciné me semble le mot juste mais, à l'exception de notre fille, nous n'avions rien de commun. Je sais que Lisa aimait Stacy mais elle ne pouvait l'aimer plus qu'elle ne s'aimait elle-même. Je n'aurais jamais dû aimer quelqu'un tellement irresponsable, tellement centrée sur elle-même. Je ne lui ai pas demandé de revenir. En fait, je ne la voulais pas ici.

— Mais, Michael, elle a peut-être changé depuis votre séparation. Elle peut avoir mûri et décidé que vous étiez pour elle la personne la plus importante au monde.

Michael secoua la tête et dit :

— Elle est seulement venue parce que sa carrière allait de travers en dépit de l'adoucisseur fabuleux qu'elle présentait à la télé. Elle s'ennuyait et elle avait un peu peur de la vie mais elle ne m'aimait pas plus que je ne l'aimais. Dès que je l'ai vue entrer dans ma chambre d'hôpital, j'ai su que tout était fini. Je ne la désirais même plus. Pendant les jours où elle est restée chez moi, il ne s'est rien passé entre nous. Je lui souhaite tout le bien du monde mais je suis heureux qu'elle soit repartie. Nous sommes divorcés depuis deux ans mais c'est seulement maintenant que je me sens vraiment divorcé.

— Je ne sais pas si je dois être heureuse ou triste pour vous.

— Heureuse, j'espère.

Michael lui prit la main, il la porta à ses lèvres et embrassa tendrement la paume.

— Je suis heureux d'être libre pour tout recommencer de zéro.

Christine eut le sentiment que son cœur s'arrêtait

tandis qu'elle se perdait dans son regard si plein de tendresse.

— Voulez-vous vraiment, demanda-t-elle, tout recommencer de zéro ?

Jeremy s'avança vers eux et dit :

— Les cygnes n'avaient pas grand-chose à me dire. Hé ! monsieur l'adjoint Winter, vous êtes en train d'embrasser ma sœur !

— Jeremy ! s'écria Christine, embarrassée.

Michael éclata de rire.

— Dis-moi, Jeremy, demanda-t-il, serais-tu capable de dessiner une magnifique bague de fiançailles que je puisse lui offrir ?

— Si je serais capable ? Est-ce que tu vas épouser Christy ?

— Je l'espère. Qu'en pensez-vous, Christine ? Êtes-vous prête à prendre ce risque ?

— Déjà ? Mais vous ne me connaissez que depuis un peu plus de deux mois et vous ne m'avez jamais dit que vous m'aimiez.

— Je ne l'ai pas dit ? Où avais-je la tête ces jours derniers ? Christine Ireland, je vous aime follement. Et même si je ne vous connais pas depuis longtemps, quand le temps est venu, le temps est venu.

— C'est vrai, Christy, explosa Jeremy. Quand le temps est venu, le temps est venu. Il sait qu'il t'aime et toi tu l'aimes, je peux te le dire. Tu l'aimes comme une folle !

— Oui, je crois que je l'aime comme une folle, dit Christine en souriant et rougissant à la fois.

Michael la prit dans ses bras, la souleva du sol et la fit tourner sur elle-même.

— Alors, dit-il, faisons confiance au vent qui nous emporte et donnons-nous une chance de nous aimer l'un l'autre comme des fous jusqu'à la fin de nos vies.

DU MÊME AUTEUR

Aux Éditions de La Table Ronde

LES SECRETS SONT ÉTERNELS, 2005.

SI ELLE DEVAIT MOURIR, 2004, Folio Policier n° 424.

DEPUIS QUE TU ES PARTIE, 2003, Folio Policier n° 348.

NE FERME PAS LES YEUX, 2002, Folio Policier n° 320.

SIX DE CŒUR, 2001, J'ai lu, 2003.

PAPA EST MORT, TOURTERELLE, 2000, Éditions de La Seine, 2002; J'ai lu, 2001, sous le titre RHAPSODIE EN NOIR.

TU ES SI JOLIE CE SOIR, 1999, J'ai lu, 2000, et Éditions de La Seine, 2002.

PRÉSUMÉE COUPABLE, 1993, Folio Policier n° 386.

NOIR COMME LE SOUVENIR, 1991, J'ai lu, 2000.

DU MÊME AUTEUR

Aux Éditions de la Table Ronde

[illegible]

[illegible]

[illegible]

[illegible]

[illegible]

[illegible]

[illegible]

[illegible]

COLLECTION FOLIO POLICIER

Dernières parutions

252. Max Allan Collins — *Mirage de sang*
253. Thierry Chevillard — *The Bad leitmotiv*
254. Stéphanie Benson — *Le loup dans la lune bleue*
255. Jérome Charyn — *Zyeux-Bleus*
256. Jim Thompson — *Le lien conjugal*
257. Jean-Patrick Manchette — *Ô dingos, ô châteaux !*
258. Jim Thompson — *Le démon dans ma peau*
259. Robert Sabbag — *Cocaïne blues*
260. Ian Rankin — *Causes mortelles*
261. Ed McBain — *Nid de poulets*
262. Chantal Pelletier — *Le chant du bouc*
263. Gérard Delteil — *La confiance règne*
264. François Barcelo — *Cadavres*
265. David Goodis — *Cauchemar*
266. John D. MacDonald — *Strip-tilt*
267. Patrick Raynal — *Fenêtre sur femmes*
268. Jim Thompson — *Des cliques et des cloaques*
269. Lawrence Block — *Huit millions de façons de mourir*
270. Joseph Bialot — *Babel-Ville*
271. Charles Williams — *Celle qu'on montre du doigt*
272. Charles Williams — *Mieux vaut courir*
273. Ed McBain — *Branle-bas au 87*
274. Don Tracy — *Neiges d'antan*
275. Michel Embareck — *Dans la seringue*
276. Ian Rankin — *Ainsi saigne-t-il*
277. Bill Pronzini — *Le crime de John Faith*
278. Marc Behm — *La Vierge de Glace*
279. James Eastwood — *La femme à abattre*
280. Georg Klein — *Libidissi*
281. William Irish — *J'ai vu rouge*
282. David Goodis — *Vendredi 13*
283. Chester Himes — *Il pleut des coups durs*
284. Guillaume Nicloux — *Zoocity*

285. Lakhdar Belaïd — *Sérail killers*
286. Caryl Férey — *Haka*
287. Thierry Jonquet — *Le manoir des immortelles*
288. Georges Simenon — *Oncle Charles s'est enfermé*
289. Georges Simenon — *45° à l'ombre*
290. James M. Cain — *Assurance sur la mort*
291. Nicholas Blincoe — *Acid Queen*
292. Robin Cook — *Comment vivent les morts*
293. Ian Rankin — *L'ombre du tueur*
294. François Joly — *Be-bop à Lola*
295. Patrick Raynal — *Arrêt d'urgence*
296. Craig Smith — *Dame qui pique*
297. Bernhard Schlink — *Un hiver à Mannheim*
298. Francisco González Ledesma — *Le dossier Barcelone*
299. Didier Daeninckx — *12, rue Meckert*
300. Dashiell Hammett — *Le grand braquage*
301. Dan Simmons — *Vengeance*
302. Michel Steiner — *Mainmorte*
303. Charles Williams — *Une femme là-dessous*
304. Marvin Albert — *Un démon au paradis*
305. Frederic Brown — *La belle et la bête*
306. Charles Williams — *Calme blanc*
307. Thierry Crifo — *La ballade de Kouski*
308. José Giovanni — *Le deuxième souffle*
309. Jean Amila — *La lune d'Omaha*
310. Kem Nunn — *Surf City*
311. Matti Yrjänä Joensuu — *Harjunpäa et l'homme oiseau*
312. Charles Williams — *Fantasia chez les ploucs*
313. Larry Beinhart — *Reality show*
315. Michel Steiner — *Petites morts dans un hôpital psychiatrique de campagne*
316. P.J. Wolfson — *À nos amours*
317. Charles Williams — *L'ange du foyer*
318. Pierre Rey — *L'ombre du paradis*
320. Carlene Thompson — *Ne ferme pas les yeux*
321. Georges Simenon — *Les suicidés*
322. Alexandre Dumal — *En deux temps, trois mouvements*
323. Henry Porter — *Une vie d'espion*
324. Dan Simmons — *L'épée de Darwin*
325. Colin Thibert — *Noël au balcon*

326. Russel Greenan | *La reine d'Amérique*
327. Chuck Palahniuk | *Survivant*
328. Jean-Bernard Pouy | *Les roubignoles du destin*
329. Otto Friedrich | *Le concasseur*
330. François Muratet | *Le pied-rouge*
331. Ridley Pearson | *Meurtres à grande vitesse*
332. Gunnar Staalesen | *Le loup dans la bergerie*
333. James Crumley | *La contrée finale*
334. Matti Yrjänä Joensuu | *Harjunpää et les lois de l'amour*
335. Sophie Loubiere | *Dernier parking avant la plage*
336. Alessandro Perissinotto | *La chanson de Colombano*
337. Christian Roux | *Braquages*
338. Gunnar Staalesen | *Pour le meilleur et pour le pire*
339. Georges Simenon | *Le fils Cardinaud*
340. Tonino Benacquista | *Quatre romans noirs*
341. Richard Matheson | *Les seins de glace*
342. Daniel Berkowicz | *La dernière peut-être*
343. Georges Simenon | *Le blanc à lunettes*
344. Graham Hurley | *Disparu en mer*
345. Bernard Mathieu | *Zé*
346. Ian Rankin | *Le jardin des pendus*
347. John Farris | *Furie*
348. Carlene Thompson | *Depuis que tu es partie*
349. Luna Satie | *À la recherche de Rita Kemper*
350. Kem Nunn | *La reine de Pomona*
351. Chester Himes | *Dare-dare*
352. Joe R. Lansdale | *L'arbre à bouteilles*
353. Beppe Ferrandino | *Le respect*
354. Davis Grubb | *La nuit du chasseur*
355. Georges Simenon | *Les Pitard*
356. Donald Goines | *L'accro*
357. Colin Bateman | *La bicyclette de la violence*
358. Staffan Westerlund | *L'institut de recherches*
359. Matilde Asensi | *Iacobus*
360. Henry Porter | *Nom de code : Axiom Day*
361. Colin Thibert | *Royal cambouis*
362. Gunnar Staalesen | *La belle dormit cent ans*
363. Don Winslow | *À contre-courant du grand toboggan*
364. Joe R. Lansdale | *Bad Chili*
365. Christopher Moore | *Un blues de coyote*

Composition IGS
Impression Novoprint
le 05 juin 2006
Dépôt légal : juin 2006

ISBN 2-07-030967-3./Imprimé en Espagne.

137332